Casado com minha secretária

ROXANA AGUIRRE

Casado com minha secretária

TRADUÇÃO
UBK Publishing House

© 2017, 2019 Roxana Aguirre
Copyright da tradução © 2019 por Ubook Editora S.A.

Publicado mediante acordo com Nova Casa Editorial, Espanha. Edição original do livro, *Casado con mi secretaria*, publicada por Nova Casa Editorial.

Todos os direitos reservados. Nenhuma parte deste livro pode ser utilizada ou reproduzida sob quaisquer meios existentes sem autorização por escrito dos editores.

COPIDESQUE	Vinícius Nascimento
REVISÃO	Sofia Soter e Rafael Ottati
PROJETO GRÁFICO E CAPA	Guilherme Peres
IMAGEM DA CAPA	Sakkmesterke/iStock Photo

Dados Internacionais de Catalogação na Publicação (CIP)
(Câmara Brasileira do Livro, SP, Brasil)

Aguirre, Roxana
  Casado com minha secretária / Roxana Aguirre ; tradução UBK Publishing House. – Rio de Janeiro : Ubook Editora, 2019.

  Título original: Casado con mi secretaria.
  ISBN 978-85-9556-051-2

  1. Ficção nicaraguense I. Título.

19-27002   CDD-N863

Índices para catálogo sistemático:
1. Ficção : Literatura nicaraguense   N863

Maria Alice Ferreira – Bibliotecária – CRB-8/7964

Ubook Editora S.A
Av. das Américas, 500, Bloco 12, Salas 303/304,
Barra da Tijuca, Rio de Janeiro/RJ.
Cep.: 22.640-100
Tel.: (21) 3570-8150

Capítulo 1

O som do despertador na mesa de cabeceira me acorda. Ainda sonolento, estendo a mão para desligá-lo, e só tenho sucesso depois de três tentativas. Maldito alarme! Resmungo. Como eu gostaria de dormir o dia todo, mas tenho coisas mais importantes para fazer do que descansar. São cinco da manhã, a hora perfeita para correr alguns quilômetros, relaxar e me preparar todo o estresse que me faz ser eu, Oliver Anderson. Afinal, tenho que manter meu corpo, meus músculos abdominais não estão aqui por preguiça.

Pego meu celular e ligo para David, meu parceiro de exercícios que também gosta de se manter em forma, embora às vezes com relutância, como hoje.

— David, prepare-se, eu passo aí em dez minutos — digo. Já saí da minha cama e estou procurando algo para colocar no meu armário.

— Oliver... Que tal irmos amanhã? — Sua voz, rouca e sonolenta, me decepciona.

— Dez minutos.

Dito isto, desligo o telefone, visto uma calça cinza e calço tênis. David sabe que, para mim, dez minutos são dez minutos; saio de casa e caminho até a casa do David, a poucos metros da minha. Este é um lugar tranquilo nos arredores da congestionada cidade de Nova York. Amo morar aqui.

Em menos de dez minutos chego à casa de David, meu melhor amigo desde os dez anos de idade. Seu pai costumava ser o motorista do meu pai, e eles foram muito bons amigos até o Sr. Schmitt morrer, dez anos atrás. David estudou Economia em Yale, enquanto eu estudava Administração em Harvard. Depois de terminar a faculdade, ofereci-lhe o cargo de gerente geral da minha empresa e devo admitir que não me arrependo dessa escolha.

David aparece com a cara mais ranzinza do mundo, franzindo a testa, o cabelo loiro desgrenhado, os olhos avelã menores que o normal e a barba desarrumada. Ele olha para mim enquanto veste o suéter.

— Eu te odeio, maldito Anderson — me diz enquanto desce os degraus até a porta da frente. — Desejo que você um dia se apaixone.

— Melhor me matar. Anda depressa!

Começamos a correr e, hmmm... que garotas bonitas! Duas moças bastante em forma passam por nós com um olhar sedutor. Eu sorrio. Talvez eu devesse sair com uma delas, acho que a loira... ou quem sabe deva sair com as duas. David também olha para elas, é impossível não notar.

Meu celular toca e eu paro por alguns momentos para atender, enquanto David continua.

— Bom dia — eu digo ao atender.

— Oliver? Oliver Anderson? — A voz de uma mulher na outra linha.

— Sim. Quem fala? — respondo hesitante, sem ideia de quem possa ser.

— Meredith — ela diz com um tom sedutor.

Ahh, lembrei da voz! Meredith, de Wall Street.

— Estarei sozinha esta noite — sua voz sedutora continua, e eu sei o que isso significa.

— Sinto muito, mas tenho que viajar muito cedo para a Inglaterra, Melany.

— É Mered...

Desligo o telefone. A verdade é que quando se prova algo uma vez, não te apetece uma segunda, ainda mais quando o menu é tão requintado, como todas as suas amigas. Só de lembrar me faz sorrir de orelha a orelha.

Volto para casa, tomo banho e me visto rapidamente para ir para a empresa. Minha cueca boxer da Calvin Klein, minha calça Armani preta... na verdade, todo o meu guarda-roupa é principalmente composto por calças, paletós e gravatas. Hoje decido por uma gravata cinza. Coloco na minha amada cama com lençóis brancos de veludo e, como sempre, escolho uma camisa branca de mangas compridas, abotoada. Tenho umas cinquenta camisas brancas. Visto meu paletó e termino de arrumar a gravata corretamente. Gosto de tudo perfeito, até meu cabelo que, se pender levemente para o lado direito, eu penteio de volta para trás. Ponho meu Rolex, que não pode faltar no meu pulso direito, e me dirijo para a sala de jantar.

Sob as escadas, Rosa, como sempre, preparou um farto café da manhã. Sento na minha enorme sala de jantar — e nem sei por que tenho uma enorme sala de jantar se eu moro sozinho e eu estou feliz vivendo sozinho; ninguém te diz o que fazer ou a que horas retornar. Leio o jornal enquanto Rosa me serve uma omelete em um prato de porcelana branca. "Oliver Anderson, o magnata de Nova York, continua a aumentar sua renda investindo na rede hoteleira Beltrán." Estão certos. Dou apenas uma mordida na omelete, uma vez que tenho o hábito de pedir meu café da manhã no restaurante em frente à empresa. Rosa olha para mim com o cenho franzido e seu olhar mais malévolo que o normal. Algumas marcas da velhice são visíveis na testa dela. Eu sorrio. Rosa foi a única que soube entender a importância da perfeição para mim. Trabalhou para os meus pais por vinte anos e agora trabalha para mim. Eu até comprei a casa da frente para ela, para que pudesse estar aqui o mais cedo possível quando eu precisasse sair às pressas. Tenho muito apreço por ela. Sempre cuidou do meu irmão e de mim quando meus pais estavam fora.

— Tchau, Rosa! Até mais tarde — digo com um sorriso, pegando minha maleta na cozinha.

— Adeus, menino Oliver — me responde ela com um sorriso.

Paro um instante no meu caminho, me viro e olho para ela. Ela sabe que eu odeio esse apelido. Ela sorri quando se volta para a cozinha, amarrando o cabelo curto em um rabo de cavalo.

Vou para o meu carro e começo a dirigir. As árvores já começam a florescer. Se continuasse o inverno eu já estaria deprimido. Chego na empresa e amo o sentimento de todos correndo para me ver chegar. Gosto muito de dirigir uma empresa tão grande quanto a revista *Anderson*, com mais de vinte e cinco mil funcionários. Dois anos atrás, quando meu pai me deixou no comando, os funcionários não passavam de dez mil.

Eu entro na empresa, tudo no seu devido lugar, é bom. O vidro tão transparente que deixa ver todo o lado de fora, o carpete cinza afiado, as mesas dos empregados de vidro e mármore brilham, as paredes brancas e impecáveis, posso cheirar a limpeza extrema aqui, e eu adoro!

— Bom dia, Sr. Anderson — a recepcionista morena me dá um sorriso que eu não respondo. Por que o faria? Eu não quero que eles pensem que podem ser meus amigos, ou me seduzir... já aconteceu comigo. Na verdade, para mim, a vida privada e o trabalho não se misturam. Isso é algo que tenho muito claro, é por isso que minhas conquistas estão muito longe daqui.

Entro no meu elevador privado, pois não entraria com todos os funcionários ao mesmo tempo para nada no mundo. Além do desconforto que é vê-los. Meu elevador tem letras brilhantes que dizem "CORPORATIVO". Assim, todos respeitam, e também não é conveniente para eles perder o emprego por causa desse detalhe insignificante.

Desço até o vigésimo quinto andar e, até chegar à minha sala nos fundos, percebo que minha secretária não está lá e olho para o relógio. Já deveria estar aqui. Alguém terá problemas hoje. Entro no meu escritório, a vista de Nova York daqui é extraordinária. Toco levemente minha mesa de vidro com os dedos para ter certeza de que está limpa, como minha cadeira giratória ergonômica, as janelas em volta, tudo é perfeito.

Tiro meu laptop da pasta e o ligo, sentado na minha cadeira. Ahhh! Minha cadeira! Eu poderia dormir nela! Vejo um papel na minha mesa, me parece estranho. Tiro debaixo do clipe e eu o observo; é uma carta de demissão da minha secretária.

Eu leio com cuidado. Por que você se demitiu? "Motivos pessoais", isso para mim não é um motivo aceitável, não tinha sequer um mês. Inferno! Por que ela não me avisou com antecedência? Eu tenho uma viagem para a Inglaterra amanhã de manhã! Odeio pessoas irresponsáveis.

Vou à sala do David, ele já deveria estar aqui por essa hora. Como detesto que façam isso. Por que não notificar quinze dias antes? Eu sou uma pessoa ocupada. Pensando tudo isso com uma fúria dentro de mim, ando pelo corredor — perfeitamente atapetado, a cor das paredes bege, as lâmpadas finas que pendem do teto — e vejo como todas as pessoas que caminham por este mesmo corredor se afastam quando me veem. Abro a porta sem bater. Má ideia.

A assistente ruiva do David, Andi, está em seu colo, e ele tem as mãos onde não ouso ver, prefiro fechar os olhos. Ela até que tem boas curvas, mas se envolver com sua assistente não é correto, muito menos se ela é casada. Ao me ver ela se levanta, com uma cara de pavor. Embora David não se importe, me incomodam esses tipos de atos pouco profissionais dentro da minha empresa.

— David... — minha expressão neutra é mais que suficiente para esse tipo de ocasião. Andi passa ao meu lado.

— Sinto muito, Sr. Anderson — ela olha para baixo enquanto endireita a saia e passa por mim. Só vejo David, acariciando sua barba enquanto observa Andi sair de seu escritório.

— É sério, David? — Eu pergunto com um tom ligeiramente irritado na voz após Andi já se retirado. — Faça suas safadezas longe da minha empresa!
David apenas ri.
— Oliver, aqui é o único lugar onde eu posso vê-la, o marido dela fica com ela todo o restante do tempo fora daqui. — Levanto uma sobrancelha e balanço a cabeça. Se existe algo que eu nunca fiz foi me envolver com mulheres casadas.
Deixando de lado a situação com o David, preciso voltar aos meus problemas.
— Sarah se demitiu — digo, colocando a carta na sua mesa. — Ela comentou algo com você? Por que não apenas dizer alguns dias antes para que tivéssemos tempo para procurar outra pessoa? — David franze a testa.
— Ela não me disse nada — pega a carta de demissão e começa a ler.
— Amanhã vou para a Inglaterra, então preciso que você me consiga uma secretária para quando eu voltar. Tenho muitas coisas para fazer e não posso me atrasar.
— Certo, não se preocupe. Vou pedir a Andi hoje mesmo para publicar o anúncio da vaga para secretária. No dia que você voltar, ela já estará aqui. — David pega o telefone e começa a dar instruções à sua secretária para o anúncio da vaga de emprego — Pronto — diz ele, desligando a chamada. — Não se preocupe, Oliver, vai ficar tudo bem.
Por essa e muitas outras razões, David é meu braço direito.
Volto ao meu escritório mais tranquilo. Trabalho um pouco mais do que o habitual por não ter uma secretária. Posso sobreviver sem uma secretária, mas não para sempre. Volto para casa exausto. Só troco de roupa e adormeço em instantes.

Capítulo 2

Meu alarme soa às quatro horas. David me deixa uma mensagem de que está tudo pronto para minha viagem à Inglaterra. Enquanto não tenho uma secretária ele está tendo o dobro de trabalho, mas faz tudo muito bem. Eu uso meus trajes de negócios característicos, sem eles eu sinto que não sou eu. Rosa me espera ao pé das escadas com a minha mala pronta. Digo adeus a ela, o motorista da empresa está esperando para me levar ao jatinho. Pego no sono novamente. Quando chegamos, eu vejo meu jato com as letras "ANDERSON" em ambos os lados das ligas. É perfeito. Eu nunca iria viajar em um avião comercial, não posso nem pensar nisso.

A viagem é bastante cansativa, mas, enquanto isso, verifico e-mails e procuro oportunidades de investir meu dinheiro, pois há coisas interessantes todos os dias. Meu dia passa rápido, como sempre.

A reunião é mais que produtiva: novos parceiros, novos investimentos, oportunidades de negócios.

— Anderson, você vem para a festa depois? — pergunta Anthony Romanov, um empresário russo bastante idoso, com cabelos e barba grisalhos pela idade. Enquanto tomo um gole de champanhe, uma jovem garota de cabelos negros e um decote bastante evidente (que rouba bastante minha atenção, devo admitir) está agarrada em seu braço.

— Claro — digo, tentando não parecer interessado na bela moça que está com ele.

— Esta é minha noiva, Lauren — ele acrescenta. Sorrio para Lauren, estendendo minha mão, e ela retribui o gesto, seus dedos macios e delicados ao lado dos meus. Lauren passa a me olhar de uma forma muito provocante pelo restante da noite. Seus olhos cor de mel brilham de uma forma especial que quase me dizem para me aproximar dela com seus grossos cílios arqueados.

k

O Sr. Romanov me convida para dividir uma limusine com ele e sua noiva para ir à festa. Eu tenho minha própria limusine, mas ir com esse colírio que é a Lauren ao meu lado me faz pensar em compartilhar a companhia deles.

O Sr. Romanov vai falar com alguns parceiros, deixando Lauren e eu sozinhos na grande mesa redonda de vidro. Ela começa a flertar com os olhos e eu apenas olho para ela enquanto tomo um copo do meu vinho.

— Eu nunca imaginei que Oliver Anderson era tão jovem e atraente — Lauren quebra o silêncio depois de alguns minutos de olhares e seu comentário me faz sorrir.

— Obrigada, Lauren. E eu nunca imaginei que a noiva do Romanov fosse tão bonita — levanto uma sobrancelha enquanto coloco meu copo de vinho na mesa. Ela sorri, revelando seus dentes brancos perfeitos e alinhados. Para ser sincero, nem imaginei que Romanov pudesse ter uma mulher.

— Sr. Anderson, o que acha de irmos lá fora? A música está me deixando um pouco desorientada — ela se levanta inclinada para mim mostrando seu decote. Bem, por que dizer não?

Como eu imaginava, não queria apenas conversar. Lauren vai ao banheiro e eu a sigo secretamente. Ela se certifica de ter fechado bem a porta, se aproxima e começa a me beijar com paixão. Não vou desperdiçar a chance. A levo pela cintura até pia. Dá gemido de prazer enquanto beijo seu pescoço e acaricio uma de suas coxas, mas este não é um bom lugar para essas coisas, seu noivo é um parceiro muito importante, não posso arriscar, e sei que ela também não quer arriscar.

— Vamos para outro lugar — murmuro em seu ouvido, fazendo correr um calafrio por todo o corpo dela.

Ela acena com a cabeça. Entramos na limusine e nem mesmo ali ela consegue se conter, essa mulher é puro fogo. Como o pobre Romanov com uma idade tão avançada consegue dar conta dela?

Chegando ao meu quarto de hotel, ela me joga na cama. Uau, uau! Ela tira o vestido e em minutos está em cima de mim só de lingerie. Eu sigo seu ritmo, ela passa as mãos no meu tronco e literalmente arranca minha roupa. Ela tem um corpo bonito e não é muito alta. Ela tem um corpo perfeito que eu sei que Romanov pagou, porque, bem, eu sou um homem e sei distinguir entre seios naturais e pagos.

Ela tira o resto das roupas que ainda usava, enquanto eu pego uma camisinha da minha carteira. Não posso dormir com alguém sem me proteger, não quero que surjam histórias de gravidez ou doença. Ela geme alto quando eu a penetro, praticamente grita a cada investida minha. Talvez teria sido bom se seus gritos não fossem tão eloquentes, acho que fiquei surdo. Não posso nem me soltar com tranquilidade. Até que enfim! Inferno! Quero sair daqui. Lauren adormece em segundos. Graças a Deus! Eu verifico o preservativo e me certifico de que não há falhas, coloco minhas roupas e, enquanto coloco o relógio no meu pulso, a assisto. Não parece tão bonita depois de ouvi-la gritar tanto. Me retiro, não quero que ela acorde, me veja aqui e queira me ensurdecer de novo. Não quero ter que inventar uma desculpa esfarrapada. Por que é tão difícil encontrar uma mulher com quem o sexo seja bom? Eu prefiro dormir no meu jato.

Volto a Nova York mais cedo do que pensava. Telefono para o David para avisá-lo, pois não quero chegar e não ter ninguém na empresa.

— David, em uma hora eu chego em Nova York, espero encontrar você e que você tenha cumprido a sua promessa. — Eu não sei o quanto eu dormi, mas não me importo.

— Não se preocupe, tudo está ajeitado, nos vemos lá — David boceja. Quem ainda dorme às cinco horas?

Meu jato é equipado para ser confortável. Eu viajo constantemente, então eu tive que pagar caro para ter um assim: tem uma cama idêntica à minha para eu me sentir em casa, banheiros, móveis, enfim, tudo o que é necessário. Tomo banho e me arrumo, vestindo minha cueca boxer e minhas calças pretas impecáveis. Não suporto usar algo que não é bem passado. Abotoo minha camisa branca e ponho minha gravata vinho tinto enquanto preparo um relatório. Na chegada, o motorista está me esperando. Entro na limusine e vou para a empresa, coloco meu casaco perfeitamente passado antes de sair do veículo.

Entro e vejo todos correndo de um lugar para outro. Amo esse sentimento. Entro no meu elevador pessoal e chego ao andar do meu escritório, onde vejo David no terno cinza que lhe dei em seu último aniversário. Ele me cumprimenta de longe e faz uma careta quando me aproximo dele. Ao seu lado está uma jovem loira, que mantém os olhos em alguns papéis.

Eu a noto um tanto desconcertado, pois nunca a tinha visto aqui. Bem, eu não conheço a maioria dos meus funcionários, mas uma mulher assim não passa despercebida.

Eu chego a David e o cumprimento.

— Sr. Anderson, esta é Alexandra Carlin, sua nova secretária.

Ela olha para cima e me encara com seus grandes olhos verdes — seus olhos quase me dominam, e ela usa óculos. Eu não conheço muitas mulheres que ficam tão bem de óculos, seu rosto e pele tão bem-cuidados, ela parece uma boneca de porcelana. Vestida modestamente, com calças pretas simples e uma blusa branca com gola alta que faria qualquer mulher parecer uma mulher amarga, mas faz ela parecer uma deusa. Seu cabelo loiro com longos cachos, um pouco desgrenhado, mas um bonito desgrenhado. Maldita seja! Há mulheres bonitas mesmo desgrenhadas? Sim, ela. Eu a olho da cabeça aos pés.

Isso não deve ser verdade.

Capítulo 3

Olho para o David e olho para ela, eu não posso acreditar que ele contratou alguém só porque é bonita. Ela me estende a mão.

— Muito prazer, Sr. Anderson — uma voz doce vem de seus lábios rosados e carnudos.

Não aperto as mãos dos meus empregados e ela não será a exceção. Começo a andar sem me importar se me seguem ou não. Dou minhas ordens, e David, que me conhece, me acompanha. Ela também me segue depois que David lhe diz algo que eu não consigo ouvir. Talvez eu tenha sido rude, mas é assim que tenho que ser, caso contrário meus funcionários não me levariam a sério.

— Eu preciso dos papéis prontos hoje. Entre em contato com o cara encarregado de projetar a nova capa, preciso vê-lo hoje também. Ligue pro Clarkson para cancelar a reunião do meio-dia, peça ao Kevin que prepare a sessão de fotos e me traga um café — espero que ela já tenha entendido que eu não tenho paciência. Quando chego ao meu escritório, viro a maçaneta para entrar.

— Sinto muito, Sr. Anderson. Você poderia repetir a última coisa que disse? — Não pode ser! Eu me viro e levanto uma sobrancelha. Não suporto esse tipo de situação.

— É sério? Eu não repito nada, se você não conseguir da conta de tudo isso por hoje, não volte amanhã — digo sem hesitação. Não me importo se não gostarem, as coisas para mim são claras e precisas. Dou meia-volta e entro na minha sala. David vai atrás de mim e fecha a porta atrás dele.

— David. — Eu coloquei minha maleta na minha mesa para me virar para falar com ele. — Espero que esta não seja uma de suas conquistas, uma coisa é a que você escolhe para sua secretária e outra é a que você escolhe para mim.

David olha para mim com seus pequenos olhos claros, franze o cenho e se senta na cadeira branca em frente à minha mesa.

— Não, Oliver, é verdade que a menina é bonita, mas não é meu estilo. Ela me lembra a minha irmã, só que de olhos verdes. — Pego o relatório de Londres da minha pasta e entrego a David. — Ela foi a única pessoa em toda a minha vida te ajudando nos negócios que me deu uma resposta inteligente.

Me sento na minha cadeira giratória enquanto rodo a mesa e olho para David, uma vez que já estou confortável.

— Que resposta?

— Quando perguntei por que deveríamos escolher ela, enquanto todos os outros responderam suas realizações e detalhes narcisistas, ela apenas me disse que não conhecia as outras garotas, então ela não podia responder por que deveríamos contratá-la e não o resto. — David solta uma risada. — Essa resposta me deixou pensando o dia todo. Como é possível que eu nunca tenha pensado em algo assim? E isso é tão razoável. Além disso, ela é louca, é a colher de açúcar que você precisa para adoçar esse ar amargo que você carrega.

— Humm... sua missão era me encontrar uma secretária, não um torrão de açúcar, David. — Ele sorri e se levanta, ajeitando o saco.

— Bem, o que está feito está feito. Agora, se você me der licença, eu tenho que ver Andi fazer as coisas do jeito que eu digo.

— Só pra lembrar, Schmitt, eu não quero esse tipo de comportamento na minha companhia — olho em seus olhos, com a expressão mais séria que ele poderia ter.

— Sim, senhor! — diz com um aceno de militar com a mão direita, e sai da sala.

Pego o computador, preciso checar meu e-mail.

Alguém bate na porta.

— Entre — digo, enquanto começo a digitar minha senha. O fotógrafo da revista entra pela porta colorida bege de madeira fina.

— Diga, McGarthy — eu digo, observando-o entrar pela porta, uma enorme câmera pendurada em seu pescoço.

— Eu só quero te dizer que a modelo que foi contratada não apareceu.

— O quê? Merda! Por favor, vá até o escritório de David e diga que ele é o responsável por esses contratos e, por favor, prepare a sessão de fotos para mais tarde. Certo?

— Entendido, Sr. Anderson!
Outra pessoa bate na porta.
— Pode entrar!
Alexandra entra na sala, trazendo minha xícara de café. Ótimo, preciso de muito café esta manhã. Ela coloca a xícara na minha mesa enquanto Kevin se despede e se retira.

— Eu já disse a Kevin para preparar a sessão de fotos, uma coisa a menos que você tem que fazer — digo, sem olhá-la nos olhos. Tomo um gole do meu café. Argh, não pode ser! Jogo o café no chão, e agora eu manchei o tapete perfeito que meus pés pisam. Solto um xingamento.

— O que é isso? — pergunto, agora vejo seu rosto, posso ver como o rosto dela fica pálido enquanto olha para baixo. Não tenho como ficar chateado com essa cara. Demônios! Droga, David.

— Uma garota ruiva que estava no refeitório me disse que esse era seu favorito — sua voz doce quase treme. Esse é o outro trabalho de Andi. Aquela garota só não é demitida porque David me implora para não fazer isso.

— Assistente do David? — solto um suspiro. — Vou deixar essa passar só porque você é nova. Por favor, peça ao David para vir aqui. Espero que você faça o restante de suas tarefas bem, sem ser influenciada por alguém — digo essa última frase pausadamente, batendo levemente na mesa com as unhas enquanto a assisto sair pela porta. É impossível não ver que as calças se encaixam tão bem no corpo dela. Por que o David fez isso comigo?

David chega às pressas no meu escritório depois de alguns minutos. Como tenho muito trabalho, sequer olho para ele quando chega, além do mais, ele é o único que não bate na porta ao entrar.

— Bem, o que você fez? — Ele pergunta ao entrar, fechando a porta atrás dele.

— O que Andi fez, você vai perguntar? — continuei digitando no computador. — Ouça, não é a primeira vez que ela apronta com uma das minhas secretárias e estou ficando cansado disso. Aqui não é o ensino médio ou outro lugar para brincar de ser a loira gostosona dos filmes que nos obrigavam a ver.

— Aquele filme sobre a garota que se mudou da África?

— Exatamente — levanto o olhar para encontrar seus pequenos olhos e ele está sorrindo com um olhar perdido, num ponto da sala.

— Ainda me lembro daquelas garotas, as duas — ele diz, voltando seu olhar para mim.

Sorrio, também me lembro delas.

— Quero que você faça um memorando para Andi, que vai me trazer para assinar, eu mesmo — digo e levanto uma sobrancelha.

— Oliver, tenho certeza que ela deve ter uma explicação. — Aqui vamos nós de novo.

— Não, faça exatamente como te disse, David.

Dito isso, saio do escritório e sigo para uma reunião com um parceiro importante, enquanto deixo na mesa da Alex todos seus afazeres de hoje.

— Isso tudo tem que ser feito hoje, entendeu? — Fito os olhos dela com uma expressão neutra, mas é quase impossível com aqueles lindos olhos.

Continuo com todas as minhas tarefas do dia, Alex sai do escritório por volta das sete da tarde. Pelo menos ela entende que se as coisas não terminarem ele não pode sair. Ela tem uma qualidade incontestável.

Acordo e, como de costume, vou correr. Quando volto para casa, o aroma de comida está tão maravilhoso que nem vou tomar banho, mas, sim, direto para a cozinha.

— Bom dia, Rosa — exclamo, suspirando pelo cheiro de bacon que invade toda a casa.

— Bom dia, Oliver — ela responde, enquanto me serve um prato daquela deliciosa refeição.

— Como está no trabalho?

— O maldito do David me deu uma nova secretária e, adivinhe? — Pego um pão numa pequena cesta no balcão. — Ela é loira, alta, magra, tem olhos verdes enormes e lindos. Tenho certeza de que o David está procurando outra pessoa para suas aventuras, mesmo que ele diga que não.

Ela olha para mim e sorri.

— Como se chama? — pergunta, enquanto me sento na sala de jantar.

— Alexandra Carlin. — Até seu nome parece legal.

— Bem, você deveria proibi-lo de se envolver com suas secretárias, senão aconteceria a mesma coisa de novo, como com as outras garotas. — Eu perdi mais secretárias por conta do David do que por mim mesmo, pois ele acaba as convidando para sair e depois elas brigam com a Andi no escritório.

Tenho que viajar por algumas semanas. Adoro viajar porque conheço garotas de diferentes lugares e como não somos sequer amigos eu não tenho a menor obrigação de ligar para elas depois, até porque a maioria delas sai com outras pessoas. Facilita as coisas para mim porque elas não me procurarão depois, embora eu deva admitir que já fizeram isso algumas vezes, mas na verdade não me interessam.

Eu durmo como um bebê no meu jato. Às cinco horas aproximadamente, pouco antes de meu alarme tocar, meu celular me desperta. Tento ajustar meus olhos à luz da tela para ver quem diabos me liga a essa hora. Meu pai ligando, eu franzo a testa. Por que meu pai me ligaria?

— Olá? — Eu digo quando atendo.
— Filho! Como vai? — Estaria bem, se você não me ligasse.
— Bem, pai. E você? — Droga! Agora o que diabos você quer?
— Bem, filho, hoje estarei em Nova York. O que você acha de tomarmos café da manhã? Quero falar com você.

Não.

— Ok, pai. Às seis horas vou estar na empresa.
— Bem, te espero lá.

Dito isso, desligo o telefone. Não tenho um excelente relacionamento com meu pai. Sei que isso terminará em discussão.

Não consigo pensar com clareza, não consigo nem terminar o relatório desta viagem. Eu penso e penso, tomo banho e levo mais de vinte minutos para pensar em coisas estúpidas. Me olho no espelho enquanto ajusto minha gravata azul-celeste com tons mais escuros. Eu coloco nos meus ombros o paletó azul escuro enquanto eu saio do jato.

Quando me dou conta, a limusine já está na frente da empresa. Eu pensei em todo o caminho no que o meu pai poderia esfregar na minha cara.

Chego ao meu escritório e lá está ele. Observando a cidade pela janela, com uma xícara de café nas mãos, os cabelos negros de tons acinzentados. Sei que assim ficará o meu cabelo quando eu tiver a idade dele. Vira-se para me ver ao ouvir a porta se abrir. Sempre com seu ar autoritário, com um terno bege perfeito, ele me observa com seus pequenos olhos castanhos.

— Como vai, Oliver? — esboça um sorriso e vem me dar um abraço.
— Muito bem, pai. E você? — Correspondo ao seu abraço e sorrio.
— Eu vejo que tudo está em ordem, Oliver. É ótimo. — Dou um sorriso amarelado quando saímos pela porta da minha sala. Fazemos todo o caminho até o restaurante num completo silêncio enquanto ele observa a cidade pela janela.

— Chegamos, Sr. Anderson — diz o motorista, que sai para nos abrir a porta do carro.

Entramos no restaurante. Meu pai já tinha reserva, como se já tivesse planejado aparecer aqui para falar comigo. Me sento na frente dele em uma pequena mesa para duas pessoas um pouco distante dos outros que tomavam café da manhã no local.

— E o que te trouxe para a cidade, pai? — pergunto, enquanto abro o menu.

— Uma reunião com alguns amigos. Chris Sanders, o dono do escritório de advocacia que trabalha conosco, fez aniversário ontem. — É tudo sobre o que falamos. O resto do café da manhã é em completo silêncio, até terminarmos.

— Oliver, quando você está pensando em se casar? — Pergunta típica dele.

— Papai, eu só tenho vinte e cinco anos de idade. — Solto um suspiro, estou farto dessa maldita pergunta.

— E daí? Seu irmão tem vinte e três anos e se casou no ano passado.

— Eu sei pai, eu estava lá. Agora me diga: ele está feliz? — Ele me observa por vários minutos.

— Sim, está — diz, depois de alguns segundos. — Eu sempre soube que de vocês dois, Henry era quem pensava melhor.

Uau, isso foi um golpe baixo.

— Só porque não me casei, não sei pensar, embora tenha feito essa empresa crescer mais de cinquenta por cento? — cruzo os braços, indignado com comentários.

— Isso não é tudo, Oliver. Eu ouvi milhares de rumores circulando por aí de você com mulheres diferentes em cada encontro de sócios. — Ele coloca a xícara de café na mesa. — É sério? Você não sabe a vergonha que você me faz passar.

— Por que você acredita em boatos por aí, pai? — apoio os cotovelos na mesa e olho diretamente para ele.

— Porque você não tem uma vida formal, Oliver. Eu nunca conheci uma namorada sua, ao menos.

— Porque eu não gosto de compartilhar minha vida privada, pai. Você critica tudo e eu tenho certeza que se eu apresentar você a alguém, você também a criticará. — Ele enruga a testa, tornando suas marcas de idade ainda mais visíveis.

— É sério? Eu não quero que você se perca com mulheres promíscuas por aí, Oliver. — Ele me olha diretamente nos olhos. — Seu irmão é mais cauteloso, ele é tão obstinado quanto você no trabalho, além de um excelente marido. Você que anda por aí dormindo com mulheres diferentes toda noite. — Eu sorrio, não de felicidade ou triunfo, mas de frustração. Sério, meu pai me deixa louco.

— Você não sabe nada da minha vida. Agora, se me der licença, tenho trabalho a fazer — levanto-me dizendo estas palavras, sem me importar se não termino todo o meu café da manhã.

— Eu sei o suficiente, Oliver, para tirar de você a presidência por não ter uma vida formal — levanta o tom de voz olha para mim.

— O quê? Você não faria isso. — Olho em seus olhos, aqueles olhos frios e exigentes que ele sempre me mostrou.

— Eu faria, e daria a Henry, porque ele é tão bom quanto você, Oliver. E ele pensa melhor, em muitas maneiras. — Meu pai também se levanta da cadeira. — Não vou colocar em risco o prestígio da revista que me custou tanto.

— Sério? Se você soubesse tanto de mim quanto disse, deveria saber que me casei há um mês. — A pior mentira que já disse em minha vida. Meu pai me olha com uma expressão de espanto e ao mesmo tempo de descrença.

— O que você disse? — pergunta.

— Que me casei há um mês, mas é algo que você não sabe já que prefere gastar seu tempo criticando a minha vida. — Ando de volta para a limusine, deixando uma conta enorme para o garçom que olha com espanto. Meu pai segue meus passos. Esperava voltar sozinho para a empresa, mas não, ele quer chegar ao fundo da questão. Não vou negar que me arrependo de ter dito isso, porque eu não tenho uma esposa e nem quero ter.

— Oliver, pare! — ordena atrás de mim. — O que você disse? Você realmente acha que eu vou acreditar? Se ninguém sabe, é porque tem alguma coisa aí... — ele entra na limusine logo depois de mim.

— David sabe, porque ele é o único em quem eu poderia confiar — é uma mentira muito grande, mas estou aborrecido demais para pensar nisso. Há um silêncio constrangedor entre nós uma vez que não respondo nenhuma de suas perguntas, até que chegamos à empresa. Entro no elevador sem me importar se ele vai comigo ou não, mas já esperando que me siga até minha sala. Ele faz um aceno para David, que está num canto revendo alguns papéis. David entra no escritório logo depois dele.

— David, como é que o Oliver se casa e eu não sei nada sobre isso? — dispara, com uma raiva em sua voz enquanto olhava David nos olhos, e eu me recosto na minha cadeira giratória desejando não ter nascido.

David me observa com alguma incerteza, mas entende rapidamente, com apenas um olhar.

— Ah, isso... Sr. Anderson — ele gagueja —, Oliver me disse para não comentar com ninguém porque é sua vida particular.

Boa!

Agora ele olha para mim.

— Quem é ela, Oliver?

— Papai, voz baixa, que não quero que todo mundo descubra. — Me levanto da cadeira, ajeitando meu paletó, e vou até o arquivo pegar alguns documentos com toda a tranquilidade possível enquanto David continua com seu olhar confuso na outra extremidade.

— Abaixar a voz? Depois de me dizer que você se casou e eu não sei de nada.

Eu apenas dou de ombros, lendo alguns papéis, e volto para a minha cadeira.

— Eu até tive que guardar minha aliança porque ia sair com você. — Ele me olha com aqueles pequenos olhos furiosos.

— Bem, eu quero conhecê-la.

— Você não pode, ela está fora da cidade. Depois vamos visitar os pais dela e depois tenho uma reunião com alguns parceiros na Rússia — digo tudo isso tão naturalmente que até eu acredito.

Ele olha para mim, como David, que tenta ser indiferente. Mas eu sei que ele quer fugir. Meu pai sai do escritório enfurecido. David se assegura de que ele já esteja longe o suficiente e se aproxima de mim.

— Oliver, que diabos você fez? — David me olha nos olhos e cruza os braços. — Caramba... de que cartola você vai tirar uma esposa?

— De nenhuma, David. Eles vão parar de insistir quando eu lhes contar umas desculpas. — Deixo os papéis sobre a mesa; na verdade, arrumo os papéis sobre a mesa.

— Sério, parece que conheço seus pais melhor do que você. Não me mete nessa, Oliver.

— David, ele disse que vai me tirar a presidência e dar para Henry. E se Henry entrar aqui como presidente a primeira coisa que ele vai fazer é te expulsar. Você sabe disso — o encaro nos olhos, encostado na minha cadeira enquanto assino uns papéis.

David olha para mim pensativo. Ele não diz nada, pois sabe que é verdade. Ele não tem um bom relacionamento com Henry.

Quando saio do escritório, não consigo parar de pensar no que meu pai disse. Como ele se atreve a falar que vai tirar a presidência de mim depois desses anos todos de crescimento? Milhares de coisas para fazer e eu não consigo me concentrar. E assim passo o resto do dia. Nem presto atenção ao que eles estão dizendo na reunião, mas felizmente eu tenho o David e é em casos como estes que eu aprecio ter uma secretária, porque ela me lembrará o que foi dito.

Volto ao meu escritório pensativo. Por que meu pai é assim comigo? O que eu fiz? É normal que eu queira me divertir, tenho apenas vinte e cinco anos. Meu irmão não é feliz, eu não me imagino casado e sendo feliz. Uma batida na porta me desvia dos meus pensamentos.

— Entre — ordeno.

Alex mostra seu lindo rosto através da porta, com o lindo cabelo loiro puxado para o lado.

— Sr. Anderson, o Sr. Christopher chamou a Depreé para uma reunião hoje e...

Não quero saber de reuniões.

— Cancele a reunião — interrompo rapidamente. Ela assente com a cabeça e fecha a porta.

Suspendo todo o trabalho que tinha que fazer e fico como um idiota, observando a cidade pela janela por várias horas. Queria desaparecer daqui, não consigo fazer nada enquanto minha cabeça está em outro lugar. A primeira coisa que me ocorre é ir a um bar.

Começo a beber. Drink após drink, sozinho, sem o David nem mais ninguém. Na verdade, quero um tempo só para mim, para pensar na minha vida amarga. Depois de várias bebidas me sinto tonto. Inferno! Amanhã vou me arrepender. Como não quero parar, mais e mais bebidas. Minha visão fica meio turva, saio do bar cambaleando, procurando meu carro, mas não consigo localizá-lo pelo meu estado. Começo a procurar a chave para soar o alarme e me fazer ir na direção dele. Quero me sentar. Vejo um reconfortante banco branco na frente do estacionamento e não hesito, só para descansar. Uma voz muito familiar me interrompe.

— Olá, Sr. Anderson, você está bem? — Olho para cima imediatamente, e um par de olhos verdes fitam os meus.
— Senhorita Carlin. O que faz aqui? — Ela me olha com incredulidade. É vergonha olhar para o seu chefe nesse estado.
— Eu saí com alguns amigos. Se quiser posso lhe chamar um táxi. — A luz do poste contra seu cabelo dourado a fez parecer um anjo. Por que diabos Alex é tão bonita? Mas no que estou pensando? Bebi demais.
— Não, obrigado, eu estou bem, vá embora. — Paro de olhar para ela antes que eu saia do controle e a coloque em um carro na minha frente.
— Aconteceu alguma coisa? Há algo de errado com a empresa? — Ela pergunta, com um olhar intrigado.
— Não há nada de errado com a empresa, o problema é com meu pai — nem sei por que estou dizendo isso. — Ele está sempre esperando de mim algo que não posso ser, e agora posso perder a presidência que me custou tanto. Você já foi roubada de algo que lhe custou? — Eu olho para cima novamente e prego meu olhar no dela, esperando por uma resposta reconfortante.
— Bom — começa, sentando ao meu lado —, muitas vezes. Acho que todos os pais são iguais, esperam de nós algo que não somos.
— É que é diferente — levanto a voz, não sei nem por que eu levanto a voz, ela olha em volta como na esperança de que ninguém ouça. — Quer que tudo seja como ele diz, eu fiz o melhor para esta empresa e ele só julga meu jeito de ser — continuo meu vômito verbal. — Sempre me dizendo que meu irmão pensa melhor do que eu e que dará para ele a presidência. Ele nem sabe o que é lutar por algo... Me diga, o que isso tem a ver com gerir uma empresa?
Ela olha para mim, com aquele belo olhar esverdeado que é digno dela, embora neste momento não possa ver perfeitamente por conta da luz do poste.
— Bem, muitos acreditam que se estabelecer num relacionamento é para pessoas responsáveis — responde minha pergunta com algo de medo em sua voz, percebo.
"Eu sou uma pessoa responsável, muito responsável e não preciso me casar para ser", eu quero responder, mas naquele momento tudo o que ingeri mais cedo sai pela minha boca e, então, tudo fica escuro.

Capítulo 4

Eu acordo com uma tremenda dor de cabeça que me faz deitar novamente entre meus lençóis de veludo marrom, massageando minhas têmporas. Preparo a minha banheira com todos os tipos de essências aromáticas e mergulho nela, tentando aliviar essa dor esmagadora. Acho que vou ter que tomar umas aspirinas. Como cheguei em casa? Relaxo enquanto ouço clássicos em inglês e de repente todas as memórias começam a vir à mente, o bar, todas as bebidas, meu pai, Alex... Alex? Abro os olhos. Que constrangedor Alex ter me visto desse jeito! E no processo ela ainda me viu vomitar e desmaiar, que inferno! Eu sou ruim para ficar bêbado e eu sei. Não sei por que sempre insisto nisso.

Eu saio da banheira e me visto o mais rápido que posso quando vejo a hora no relógio: a primeira vez na minha vida que eu vou me atrasar, não faço mais isso. Ando o mais rápido que posso a caminho do escritório. Olho no retrovisor do carro e pelo menos pareço bem, apesar de não ter dormido nada e ter caído inconsciente.

Chego no escritório e Alex já está lá, tão bonita com uma saia preta que se ajusta mais que bem em seu corpo, ainda que seu casaco não me deixe ter uma bela vista. Ela olha para mim. Vou fingir que não me lembro de ontem, sinto vergonha pela primeira vez na minha vida para falar com alguém. Minha vida continua, eu vou em uma viagem, eu conheço garotas, tenho aventuras, minha mãe liga de novo e de novo e eu me recuso a responder, eu sei o que ela quer falar e eu não quero falar sobre isso. Mentir para meu pai é uma coisa, mas mentir para minha mãe é uma coisa séria. Depois de algumas semanas, suas ligações são mais frequentes. Eu sou forçado a falar sobre isso quando ela me liga de um outro número e, não tendo ideia de quem seja, atendo.

— Boa tarde — digo ao atender.
— Oliver, pelo amor de Deus! Por que você não atende minhas ligações? O que diabos está errado com você? — A voz chata da minha mãe me tira da minha paz interior.
— Mãe. Por que você está ligando de outro número?
— Por quê? Ainda perguntando por quê? — Agradeço não estar na frente dela agora. — Você não atende minhas ligações, Oliver.
— Porque eu sei que você vai querer falar sobre a notícia que meu pai te deu. — Me recosto de forma bem relaxada na parte de trás da minha cadeira, já que não tenho outra forma.
— Claro, Oliver! Como você se casou e sua mãe, a pessoa que lhe deu vida, não sabia?
— Porque a única coisa que o papai faz é julgar.
— Mas eu não!
— Mamãe...
— Quero conhecê-la — insiste, agora mais irritada. Nunca ouvi minha mãe falando desta forma.
— Oliver... — A voz rouca do meu pai é ouvida na outra linha.
— Papai? — Faço uma careta, agora eu tenho que ouvir sua bronca.
— Por que você não quer que a conheçamos?
— Eu já te disse...
— Escute, Oliver — faz uma pausa —, se a razão é porque é ele e não ela, não temos outra coisa a fazer a não ser aceitá-lo, mas pelo menos quero conhecê-lo.
— O quê? — Bem, isso me incomodou — Pai, é sério o que você acabou de dizer?
— É o David? — Quê? Solto um suspiro.
— Ouça bem, papai, eu os espero amanhã, a apresentarei a vocês. E outra coisa, pai, não é o David, é uma mulher e é muito bonita.

Tendo dito isso, eu desligo o telefone. Como é possível que eles achem que sou gay? Se as mulheres são as criaturas mais bonitas do universo. Mas agora, quem diabos vou procurar para me ajudar nessa mentira? Eu nem tenho amigas... Começo a discar o número do escritório de David.
— Oliver...
— David, você pode vir?
— Claro.

k

Dois minutos mais tarde, David vem ao meu escritório, tem uns papéis na mão e entra com a testa franzida. Olho fixamente para uma planta em um pote que está no canto do meu escritório. David me observa e olha também.

— O que há de errado com essa planta? — ele pergunta, sarcasticamente.

— Eu preciso de uma esposa, David. — Agora ele se vira para me ver, mas eu não tiro meus olhos do chão.

— Oliver, mas a planta não é uma boa opção, apesar de parecer bem sexy neste pote branco — ele ri. Eu imediatamente o olho nos olhos com toda a seriedade possível e todos os vestígios do riso são apagados do seu rosto.

— Bem — ele finalmente diz, sentando-se seriamente na cadeira oposta —, é por conta do seu pai, certo? Eu te disse que não te deixaria em paz.

— Ele acha que sou gay.

Isso faz com que David caia na gargalhada.

— E que você é meu parceiro. — David olha para mim indignado e agora seus lábios são apenas uma linha reta.

— O quê? — Seus olhos avelã brilham numa raiva que reconheço. — Como ele pode pensar que eu sou gay? Sou um homem muito macho, já até saí com sua nora.

— Mas ele nunca soube disso, David. E não acho que o Henry vai dizer a ele que a esposa estava saindo com você — começo a acariciar meu queixo com o cotovelo no braço da cadeira giratória.

— E o que diabos você tem em mente? Talvez você deva procurar uma garota e se casar seriamente. — Não posso deixar de rir.

— Meu Deus. Eu, casado? Você está falando sério, David? Além disso, eu preciso disso para amanhã.

— Amanhã? O que há de errado com você, Oliver?

— Estou chateado.

— Bem, tenho algumas amigas atrizes, acho que não temos outra escolha.

— Eu sei, mas isso não é algo que eu possa confiar a qualquer uma que vá vender essa informação para a mídia por alguns dólares. Preciso de alguém em quem confiar. Eu não conheço nenhuma mulher que possa me ajudar com isso.

— E a sua secretária? — ele pergunta, olhando para mim com intriga.

— Alexandra? Não acredito.

— Ela te levou para casa outro dia e não tirou nenhuma foto sua para te subornar mais tarde, ou para vendê-lo para a mídia. — Estou distraído pensando que Alex poderia ser uma boa opção. — Você se lembra daquele dia em que saí com aquela garota? Fiquei bêbado e ela me subornou por três meses com aquele maldito vídeo meu dançando de calcinha vermelha.

Eu rio alto. Ainda me lembro disso, a mulher me enviou o vídeo na esperança de que eu demitisse o David porque ele não lhe dava dez mil dólares.

— Sabe, Alex é a única opção. Além disso, não podemos negar que ela é linda. — Continuo pensando na Alex. Ela pode ser minha salvação. — E te odeia, o que facilita as coisas — acrescenta David com entusiasmo, o que me chama a atenção.

— Por que você diz que ela me odeia?

— Porque todas as suas secretárias te odeiam, Oliver. Vamos ser honestos. — Não posso deixar de rir, eu amo ser odiado.

— Diga-lhe que venha, por favor — digo, abrindo meu laptop para começar a digitar.

— Bem, qualquer coisa me chame. — Eu aceno com a cabeça. Me levanto, e pego o paletó cinza que está encostado nas costas da minha cadeira giratória, deixando minha camisa da mesma cor muito bem ajustada ao meu tronco exposto. Me sento novamente e ajeito a gravata cinza com detalhes marrons, enquanto penso de que forma pedirei Alex em casamento. Demônios!

Começo a consultar no Google "Como dizer à minha secretária que se case comigo?" e a única coisa que aparece são vídeos românticos que me atingem como tapas. Como os homens são capazes de fazer todas essas coisas por uma mulher? Ursinhos de pelúcia, pétalas de rosa... balanço negativamente a cabeça.

Alguém bate na porta, tenho certeza que é ela.

— Entre — falo, enquanto continuo a consultar propostas de casamento no Google.

Ela entra, arrumando sua jaqueta preta, com um caderno nas mãos, as calças brancas contornando perfeitamente as pernas. Ao entrar pela porta, o doce aroma de sua fragrância invade meu escritório.

— O Sr. Schmitt me disse que queria me ver.

— Então, por favor, sente-se. — Ela vai até a cadeira em frente à minha mesa e deixa cair o caderno. Ela se inclina sem perceber que está me oferecendo uma ótima visão, então seus óculos caem do bolso e ela suspira. Eu sei que ela está xingando mil vezes em seu coração.

k

Ela se senta, finalmente, e arruma o cabelo atrás das orelhas enquanto cruza as pernas.

— Lembro-me do dia do bar. Obrigado por me levar em casa, mas, você sabe, nunca deixei ninguém dirigir meu Porsche — digo sem hesitação, olhando de volta para o meu computador e começando a apagar o que tinha digitado.

— Bem — sua voz começa a tremer —, não havia nenhum táxi perto e não poderia carregar você nos braços para procurar um. — Fico olhando para ela, como ela consegue dizer milhares de palavras em segundos?! — É por isso que você vai me demitir? — demiti-la? Quê? — Eu apenas fiz algo que qualquer um teria feito se visse alguém naquele estado, caso contrário, você poderia estar nas notícias agora. Esse não é um argumento válido para me demitir, você sempre tem que ajudar ao próximo. — Muitas palavras para mim.

— Alexandra! — exclamo, vendo que ela não pararia de falar.

— Ou... e se vagabundos o tivessem violado? — Ela olha para mim com surpresa. O que ela disse? Eu franzo minhas sobrancelhas e me ajusto melhor para vê-la cara a cara, não sei se devo rir ou me incomodar nesses casos.

— Então... você acha que eu deveria te agradecer? — levanto uma sobrancelha. — E eu não vou te demitir. De onde você tirou isso?

— É o trauma de escrever tantas cartas de demissão — ela fala e olha para o chão. Vou admitir que ela me faz sorrir.

— Eu só preciso falar algo sério com você — continuo. — Posso confiar em você, certo?

Eu sei que começa a passar milhares de coisas na cabeça dela, só pela forma confusa como me olha. Eu gostaria de perguntar que coisas, mas não tenho tempo.

— Alex? — pergunto, ao não ter nenhuma resposta.

— Sinto muito — diz ela, limpando a garganta. — Diga-me, Sr. Anderson. Em que posso ajudar?

— Sinceramente, você é uma das poucas pessoas em quem posso confiar. — Começo a digitar qualquer coisa no meu computador para parecer natural, mas já não faço ideia de como perguntar.

Eu olho nos olhos dela, e ela também, aquele olhar que eu gosto, o que é pior. Há um silêncio desconfortável. Talvez esta seja a primeira e última vez que eu pergunte isso a alguém.

— Você seria minha esposa?

Capítulo 5

Ela me olha espantada. Eu sei que ela não pode acreditar — bem, nem eu. Quem acreditaria que eu diria essas palavras alguma vez na minha vida?

— Por que a pergunta? — questiona, finalmente. — Você quer dizer, como seria como um marido? — Acho que não me expressei bem.

— Não, eu quero que você se case comigo. — Eu apoio meus cotovelos na mesa de vidro, entrelaço meus dedos e olho para ela.

Alex solta uma risada. Deus! Por que essa mulher é tão difícil?

— Então, assim, do nada? Sem café? Sem um jantar romântico? Sem a música de Titanic de fundo? — Quê? Ela continua a rir e relaxa nas costas da cadeira, leva o caderno para as pernas e começa a escrever não sei o quê nele. — Boa piada, Sr. Anderson! Fale, já estou começando a me desesperar.

— Não é uma piada! — exclamo, com minha expressão mais séria possível. Agora sim fiquei chateado. Eu vejo isso com intensidade, mesmo eu não vá juntar as escovas de dentes. Oliver, relaxe. — Eu disse ao meu pai que havia me casado.

— E não é verdade? — Claro que sim! Agora, fica um pouco mais que já vem mais uma piada...

— Claro que não! — rio. — Eu, Casado? De qualquer forma, essa é a questão, eu preciso de uma esposa. Eu não conseguia pensar em nada melhor do que isso, o tempo todo ele está falando sobre o meu irmão e ele se casou no ano passado e blá-blá-blá. Amanhã, ele estará com minha mãe e meu irmão na cidade e ele quer que jantemos juntos. — Bem, foi ao contrário, eu o convidei sem pensar, mas não vou lhe dizer isso. — E você seria a esposa perfeita.

Pelo menos, quero acreditar nisso.

— Eu quero esclarecer isso de uma vez por todas, Sr. Anderson. — Ela pigarreia e agora olha para mim. — Você está me pedindo para fingir ser sua esposa para jantar com sua família? — Acho que ainda não me expliquei bem.

— Não exatamente — me levanto do meu lugar e dou a volta na minha mesa aos poucos, antes de explodir e ela dizer não. — Eu estou pedindo para você se casar comigo, já que meu pai não acreditou muito que eu me casei e quer ver a certidão de casamento.

Eu nunca tive tanta paciência. Paro na frente dela, que me olha perplexa, aproximo meu rosto do dela e ponho as mãos nos braços da poltrona onde ela está sentada. Ela cheira tão bem... e esses olhos, Deus, o que têm que me atraem tanto?

— Alexandra, é só para jantar com meus pais, então nossas vidas continuam. Eu vou dobrar seu salário. — Talvez agora ela aceite.

Ela olha para mim outra vez, sem palavras. Eu estaria igual se tivesse uma chefe que pedisse para casar comigo, embora eu não negasse.

— Eu não sei... é que... — ela gagueja. — E se eles me virem aqui na empresa algum dia?

— Isso não é um problema, meus pais trabalharam juntos aqui, meu irmão trabalha com a esposa na gráfica, você trabalha aqui comigo — me afasto dela. Essa proximidade me causa um sentimento estranho. Ando em direção à minha cadeira com as mãos nos bolsos da minha calça cinza. — É perfeito — viro para ela, que de imediato olha para outro lugar.

— Mas por que não a ruiva? Ou alguma outra garota daqui? — diz depois de alguns segundos.

Eu odeio perguntas. Mas, ok, ela está certa em fazê-las. Não é todo dia que alguém te pede em casamento. Sento-me na minha linda cadeira giratória e olho para ela.

— Quem, Andi? — Eu rio de novo, é a coisa mais idiota que eu já ouvi. — Minha mãe odiaria Andi só de vê-la e eu não posso arriscar pedir isso a ninguém porque podem vender as notícias para a mídia. Além disso, conheço minha mãe e você gostaria dela.

— Não sei...

O que diabos isso significa? Não sei?

— Bem... eu triplicarei seu salário — a interrompo. Isso está sendo mais difícil do que pensei.

— Por quanto tempo ficaríamos casados?

Boa pergunta!

— Seis meses no mínimo, então direi que estaremos separados por horários apertados ou qualquer outra coisa, eu não sei, mas vai me ocorrer algo sem que nenhum de nós saia prejudicado.

— E o que mais eu deveria saber? Eu vou ter que viver com você? Que mais requisitos teria para cumprir como sua esposa? — Ela olha para mim, com aqueles enormes olhos verdes que eu amo. Sorrio, sei o que ela está pensando. Não! É claro que não poderia complicar minha vida com ela se ela fosse minha esposa pelos próximos seis meses.

— Só jantar com meus pais, então todos continuam com a vida normal até o tempo acabar. Olhe para isso como um negócio vantajoso para todos. Mantenho a presidência e você fica com um emprego bem remunerado.

— E... continuarei trabalhando aqui quando nos divorciarmos?

— Claro, eu não vejo nenhum problema. E mais, seria um ato "maduro", trabalharmos juntos sem estarmos envolvidos. — Eu apoio meus cotovelos na minha mesa.

— O que acontece se eu não aceitar?

Merda, quando já achava que tinha conseguido. Óbvio que terei que matá-la, porque ela já sabe de tudo. Não literalmente, mas eu diria para ela aceitar.

— Tudo bem, eu aceito — diz. Ótimo, não tive que dizer nada ameaçador. Meu rosto se ilumina, sinto um enorme alívio passando pelo meu corpo, sinto um enorme peso decolar dos meus ombros, estou prestes a rir de emoção, mas não vou, não na frente dela.

— Ótimo! Mas ninguém daqui pode perceber. De acordo? — Me levanto. Preciso de um advogado.

— Como se eu tivesse tempo de ter amigos neste lugar — Alex bufa e eu olho para ela com as sobrancelhas arqueadas. Melhor não dizer nada. Pego meu cartão e dou para ela.

— Tome, compre algo para o jantar dos meus pais. Depois me acerto com o banco.

— Ah, não, não posso...

— Eu estarei de volta em algumas horas, vou falar com meu advogado — interrompo, não posso ficar esperando o que Alex tem a dizer, ou esperar ela se arrepender. Pego meu casaco e o coloco de volta no meu antebraço.

Saio do escritório o mais rápido que posso, chamo o David, ele é o único que pode me ajudar com isso.

— David, saia do escritório, eu esperarei por você no estacionamento. Preciso de um advogado e de alianças de casamento.

— Disse que sim? — escuto do outro lado da linha.

— Sim, se apresse antes que ela se arrependa.

Dois minutos depois, David sai às pressas da empresa falando ao telefone. Eu já estou no meu carro esperando por ele, que entra enquanto desliga e guarda o celular.

— O advogado está pronto, concorda com o casamento hoje e disse que muda a data por alguns dólares, eu disse que tinha que ser com a data de sete semanas atrás. Está bem?

— Perfeito — digo, enquanto dou a partida com o carro. — Falou com ele que terá que assinar uns papéis para manter sua boca fechada, certo?

— Isso mesmo, camarada. E tenho uma amiga dona de joalheria, ela pode nos ajudar com os anéis.

— Amiga? — Eu sorrio. — Claro... amiga.

Capítulo 6

Chegamos em um lugar bastante fino. Uma moça ruiva, a "amiga" do David, me ajuda com a escolha das alianças, presumo que com as mais caras da loja. Não entendo muito de alianças, o que me faz aceitar as sugestões dela.

Por volta das três da tarde, ligo para Alex para dizer o lugar onde vamos nos casar. Se tivéssemos mais tempo, eu teria mudado... mas fazer o quê? Vou me divorciar em seis meses, e isso será apenas uma lembrança ruim.

Alex entra pela porta, enquanto eu e o David estamos sentados num pequeno banco no escritório do advogado. Minhas mãos estão suando e eu sei que ela se sente igual. Dou a ela o anel de noivado enquanto nos aproximamos do senhorzinho de idade avançada que, felizmente, estava falando ao telefone e não percebeu que Alex estava colocando naquele momento um anel de noivado com diamante enorme, olhando atônita. Quando, finalmente, termina a ligação, ele olha para nós.

— Eu amo as histórias de amor, de jovens que se casam sem pensar muito — exclama efusivo. O quê? História de amor?

Começo a procurar alguns papéis quando ouço uma risada vindo de Alex e imediatamente me viro para ela intrigado. O que é engraçado nisso tudo?

— Desculpe — pigarreia —, é a emoção. — O advogado sorri, franzo minhas sobrancelhas e a observo enquanto ela se posiciona ao meu lado, no lugar apontado pelo advogado.

Depois do sermão, assinamos os papéis. Trocamos as alianças, me parece que a amiga do David disse que eles eram dezoito quilates... não sei e não me interessa, pelo menos o ouro branco é bom, pelo tempo que terei de usá-lo está ótimo. — Pode beijar a noiva — exclama o advogado. Eu franzo minhas sobrancelhas e paro de olhar o anel para olhar para Alex.

k

Bem, a noiva e o noivo devem se beijar, e um beijo não significa nada. Alex se vira para mim e me olha, como se procurasse uma explicação ou que eu me negasse. Não tenho outra escolha, beijo seus lábios macios enquanto o advogado aplaude.
Esse senhor me tira do sério.
Saímos dali, ainda não acreditando no que acabo de fazer por culpa do meu pai. Estou cheio de trabalho a fazer. Vou a empresa depois de dizer a Alex que como presente de casamento ela pode faltar ao trabalho amanhã. Ela sorri, deixando seus perfeitos dentes à mostra. Tem um sorriso bonito, devo admitir.
No dia seguinte, continuo o meu trabalho como sempre, ainda não acredito que me casei e nem sequer desfrutei da minha noite de núpcias, como costumam fazer. Recebo ligações do meu banco novamente, ao menos Alex está cumprindo com sua parte e está se preparando para o jantar e... comprando lingeries, que não poderei ver. A assistente de David está fazendo o trabalho de Alex. Já estou com dor de cabeça. Não gosto de repetir nada, ao menos Alex sabe disso. Saio cedo do escritório, pois tenho que me preparar.
— Oliver. A que se deve você tão cedo em casa? — Rosa está aspirando os sofás da minha sala e me olha intrigada.
— Eu me casei e tenho que ir jantar com meus pais. — Ela franze a testa e para de aspirar. — Casei com Alexandra, minha secretária.
— Quê? — Ela leva as mãos à cintura e olha para mim com ainda mais incerteza no rosto. — A garota bonita de olhos verdes?
Me pego analisando "a garota bonita de olhos verdes"... se eu disser que sim, Rosa vai continuar me incomodando com isso o dia todo, então é melhor ignorar a pergunta.
— Meu pai ameaçou me tirar a presidência por não ser casado. Então a única opção era Alex.
— Quer dizer, ela disse sim, que se casaria com você para manter a presidência? É isso mesmo? — Ela cruza os braços e eu assento com a cabeça.
— Não é perfeito? Quando eu me divorciar, vou até levá-la para comemorar com algumas cervejas. — Dou uma piscadela para ela enquanto

caminho para as escadas. Rosa cai na gargalhada, mas não posso ficar para acompanhá-la, tenho que me arrumar. Subo para o meu quarto e tomo um banho relaxante.

Me visto e me penteio à perfeição, como é habitual. Coloco meu relógio no pulso e espero que Alex esteja pronta, porque eu odeio esperar. Desço as escadas, ajeitando meu terno preto; basta ouvir só o som dos meus sapatos para saber que Rosa já foi para casa. Alex me envia seu endereço em uma mensagem de texto.

Eu dirijo e dirijo. Não moramos nada perto um do outro. Chego no endereço, um edifício de vários apartamentos, eu não poderia viver aqui nem em sonhos — muitas pessoas, muito ruído. Entro e vejo o elevador, chego ao décimo segundo andar e observo os números nas portas dos apartamentos até chegar ao que diz na mensagem.

Bato na porta e uma jovem garota, eu acho que da idade de Alex, com cabelos encaracolados e crespos abre a porta. Eu não preciso perguntar.

— Olá! Você deve ser Oliver Anderson! Prazer, sou Natalie, melhor amiga, colega de quarto, companheira nos drinks, maquiadora, sexóloga...

O quê? Este último parece interessante.

— Natalie! — ouço a voz da Alex.

— Da Alex — continua.

— Bem, é um prazer, Natalie, melhor amiga, colega de quarto, companheira nos drinks...

— Agora! — Alex volta a chamar. Soa engraçado, mas não vou rir. A garota morena se vira para olhar em sua direção e eu olho por cima da cabeça dela.

Não acredito!

Capítulo 7

Meu queixo quase cai quando Alex se aproxima. Meu Deus! Essa... essa é a Alex? Eu a vejo da cabeça aos pés e, se já a achava atraente antes, agora não resta a menor dúvida. Seu cabelo loiro está perfeitamente penteado para um lado e a maquiagem deixa seu olhar mais desafiador e o verde dos olhos dela ainda mais em evidência. Não tinha visto tão bem seu corpo antes porque normalmente ela não usa roupas tão sensuais, mas este vestido preto que torneia perfeitamente seu corpo como ampulheta me faz fantasiar o que não deveria. Eu acho que eu vou babar, seus seios são lindos e grandes, o que não faria com esses seios? Deus! Esta é minha esposa e eu não posso nem tocá-la?

— Vamos? — ela pergunta. Tenho que me recompor e não olhar para os seios dela. Meu Deus!

— Claro — limpo a garganta. Eu não posso disfarçar que me deixou sem palavras. Ela abraça sua amiga, enquanto eu me viro para andar pelo corredor.

Pegamos o elevador. O que eu mais odeio em elevadores públicos é como as pessoas olham para mim. Por que diabos você está me observando? Eu já estou estressado, muito mais com esse aroma que Alex exala. Por que não a conheci antes e em outras situações?

— Você não sabe como eu odeio elevadores públicos — digo, enquanto eu abro a porta do edifício para deixar a Alex passar. Ela sorri e fecho a porta atrás de mim. Abro a porta do carona do carro para que ela entre, e partimos. Sem palavras, chegamos ao lugar onde meu pai tinha reservas. O que mais eu poderia dizer? Eu não consigo nem articular palavras coerentes neste momento.

Chegamos ao restaurante, um bistrô francês muito luxuoso. Estaciono o carro, abro a porta do lado dela, ela sai e eu ando atrás, me perco nesse corpo. Maldita seja! Antes de entrarmos, estendo minha mão e ela pega, suas mãos macias levemente frias. Eu sei que ela está nervosa, assim como eu.

— Bom! O que devemos fazer e o que não? — me questiona, e sua pergunta me chama a atenção.

— Bem, primeiro, comece me chamando de "você" — digo, entrando no lugar.

— Sr. Anderson, aqui, por favor — diz um garçom, me interrompendo, e eu vou atrás dele com Alex segurando minha mão.

Eu posso ver meus pais e meu irmão ao lado de sua esposa. Minha mãe, sorridente, nem sequer espera por nós e sai para abraçar Alex, deixando-a quase sem fôlego. Seus olhos azuis escuros muito idênticos aos meus brilham com grande intensidade.

— Mamãe, chega! Vai deixá-la sem ar — exclamo, enquanto ela continua sorrindo. Sei que gostou dela. E quem não gostaria? Alex tem um rosto assustadoramente angelical e hoje está estupenda, até mesmo desejei que fosse minha esposa de verdade para depois saciar esse desejo e... Oliver, pare! Acalme-se!

Alex sorri para minha mãe e elas se apresentam. Não posso deixar de notar quantos homens ao nosso redor estão assistindo, até mesmo os garçons, até Henry olha para o outro lado. Não posso deixar de me sentir irritado, afinal, supostamente é minha esposa.

Minha mãe volta para a mesa segurando a mão da Alex. Tudo isso acontece sob o olhar atento do meu pai e meu irmão.

— Papai, essa é minha esposa. Alexandra, esses são meu pai, meu irmão e sua esposa Brittany. E, bem, você já conheceu minha mãe — eu pego uma cadeira para ela e outra ao lado dela para mim.

Meu irmão a observa dissimuladamente com seus olhos castanhos idênticos aos do meu pai. Sou homem e não o culpo. Sim, Alex está maravilhosa hoje, e tiro logo este pensamento da minha cabeça, porque não posso ter nada com ela. Tanto meu pai e Henry estendem as mãos para cumprimentá-la, enquanto Brittany, minha cunhada, com seus olhos também castanhos sob óculos enormes, observa Alex de cima a baixo, com notório desagrado. Põe uma mecha de seu cabelo preto, curto e malcuidado por trás de sua orelha enquanto murmura ao Henry:

— Ah, é loira, vai ser divertido.

Espero que Alex não tenha lido isso em seus lábios.
Minha mãe não pode deixar de olhar Alex. Nem eu, mas tento disfarçar.
— Sinto muito! — exclama minha mãe, finalmente. — Eu ainda não consigo acreditar, meu bebê casado com uma mulher bonita! — Bebê? Oh Deus! Por estas razões, eu nunca levaria alguém para conhecer meus pais. Minha mãe estende a mão para Alex e ela a pega com apreço.

— Bem, mãe, nós sempre preferimos manter segredo, é melhor assim, e bem, um dia acordei e disse que queria me casar com essa linda mulher, nunca tinha sentido algo assim por alguém. — As coisas estúpidas que eu tenho que dizer por conta do meu pai... Felizmente Alex é bastante inteligente e capta rápido, não tenho que lançar a ela aqueles olhares furtivos para acompanhar o fluxo.

— Eu usei meu anel de noivado por apenas algumas horas. Ele foi todo fofo, arrumou seu escritório com flores e um cartaz de "CASA COMIGO?". Obviamente eu disse sim, e perguntei quando, e ele me disse "que tal hoje?". E nos casamos no mesmo dia! Realmente não me arrependo de nada, desde que me casei com ele tenho tido os melhores dias da minha vida. — Ela olha para mim e sorri. Sinto a necessidade de lhe dar um beijo carinhoso nos lábios, é um impulso. Minha mãe tem lágrimas nos olhos. Ela vai me matar se descobrir que tudo isso é uma grande mentira.

— Oh, Oliver — exclama minha mãe; sim, meu pai também se chama Oliver. — Você se lembra quando nós também nos casamos em segredo, mas quando minha mãe descobriu nos fez ter um casamento eclesiástico em que deveríamos ser apenas nós e nossas famílias e no final ela convidou cerca de trezentas pessoas? Mas olha — continua —, não vou fazer isso com você. A única coisa que importa para mim é que meus dois filhos estão felizes com as mulheres que amam. Bem-vinda à família — ela se dirige a Alex, estendendo a mão, que ela pega com ternura e sorri de volta. Pelo menos faz a sua parte mais do que bem. A posição de esposa se encaixa nela melhor que a de secretária.

Enquanto isso o francês encarregado do restaurante, com cerca de uns quarenta anos, muito alto e magro, se aproxima de nós.

— Oferecemos a especialidade da casa, le fabuleux "coq au vin" ou "cassoulet" — diz apenas isso em francês e volta a falar nosso idioma. Bem, ao menos entendo, sei o que é cassoulet e não sou muito fã, da mesma forma que também não sou muito fã de idiomas. Sempre que preciso procuro um tradutor. Entendo francês, mas não falo. Antes de dizer "eu quero água" busco um profissional. Nesse momento Alex, com um excelente francês, fala com o senhor.

k

— Le coq au vin c'est bom. — Assisto, com uma certa surpresa, mas imediatamente desvio o olhar em outra direção porque presume-se que se ela é minha esposa eu sei tudo sobre ela. Como é que ela não me disse que fala outra língua, nem sequer colocou no seu currículo? Percebo que o francês está olhando para ela com uma expressão de alívio no rosto.

— Ohhh vous belle dame parlez français. — Ótimo, minha esposa fala francês perfeitamente, minha mãe agora vai esfregar na minha cara, principalmente porque ela é francesa e sempre me disse a importância de falar a língua.

— Oui, pour le monsieur et pour moi, s'il vous plaît, coq au vin. — Eu não sei o que é pior: ela falar francês e eu não saber disso, ou o que ela está pedindo para mim.

— Merveilleux — o francês fala. Todo mundo está assistindo. Minha mãe com um sorriso e o resto (inclusive eu) com uma expressão de espanto. É melhor eu olhar para o menu, alheio a essa conversa.

— Ah, Deus! Você também é francesa? — pergunta minha mãe. Alex balança a cabeça negativamente enquanto leva uma taça de vinho à boca.

— Eu aprendi há alguns anos e passei um semestre em uma universidade em Paris, num intercâmbio.

— Bem, eu nasci em Paris. Mas moro nesse país desde os cinco anos de idade. É que o seu sotaque é excelente, achei que você fosse nativa.

— Bem, a maioria das pessoas hoje sabe francês, eu não entendo qual é a surpresa — interrompe Brittany, como sempre, querendo se destacar tentando afundar os outros.

— Também sei alemão e há algum tempo fui louca por anime, então estudei japonês. — Esqueci que Alex sabe se defender. Daí percebo: ela disse japonês?

— Japonês? — pergunto imediatamente.

— Alemão? — diz meu pai. E começa a falar um monte de palavras em alemão. Alex sorri e responde imediatamente com um ótimo sotaque, ou pelo menos eu acho que é um excelente sotaque porque meu pai sorri abobalhado. Não sei uma vírgula de alemão.

— Ohhh, eu já tenho alguém para praticar meu alemão — ele diz entusiasmado. — Você morou na Alemanha? Você estudou na Alemanha?
— Meu pai é alemão — Alex responde ao meu pai. Droga, eu não sei nada sobre ela.
— Eu adoraria conhecer sua família, Alexandra. — Ah, pelo amor de Deus. Não!
— Eu também — minha mãe diz. — Quando seria? Nunca.
— Algum dia, mãe — eu digo, pegando a mão da Alex. Um dia muito, muito, muito longe.
— Espero que muito em breve — fala meu pai. — Devo admitir Oliver, você fez uma boa escolha, se casar com uma mulher, exatamente como sua mãe, linda e muito inteligente — olhando para minha mãe, dá-lhe um terno beijo na boca enquanto sorriem. Essas imagens sentimentais me traumatizam.
— Claro, pai, eu não poderia ter feito uma escolha melhor — seguro suavemente o queixo da Alex e lhe dou um beijo nos lábios.
Existem mulheres inteligentes e bonitas? Sim, e elas são a queda de todo homem. É melhor eu ficar longe.

Comemos da forma mais normal possível, agora sem nenhuma surpresa. Meu pai começa a contar todas as suas histórias e suas aventuras na Alemanha, que estava trabalhando em um jornal local durante esse tempo e não sei o que mais, quase não presto atenção. Todos já ouviram esta, menos a Alex, que parece intrigada com cada palavra, e se passam três horas sem nos darmos conta. Não foi tão ruim, gostei. Todos gostaram da Alex, exceto a Brittany, que só a olhava de canto de olho. Claro que ela não foi engraçada da forma que queria, mas impressionou muito os meus pais, algo que a Brittany nunca conseguiu.

Nos despedimos deles. Isso acaba por aqui e estou de volta à minha vida normal.

Capítulo 8

Caminhamos para o estacionamento até que escuto meu pai gritar "Gute Nacht" do outro lado. Pelo menos sei o que isso significa. Alex exclama a mesma frase e não posso deixar de encará-la por ter me feito passar por esse susto sem ter ideia do que fazer.

Ela se vira depois de desejar boa noite a meu pai em alemão e colide comigo, me encara com seus lindos olhos e franze a testa.

— É sério? Você fala quatro idiomas e não adiciona isso ao seu currículo? Eu tive que esconder minha surpresa imediatamente para que ninguém notasse que eu não sabia que minha própria esposa fala mais três línguas. — Eu cruzo os braços esperando por sua resposta e ela apenas olha para mim um tanto desconcertada.

— Isso mudaria alguma coisa? Já tenho trabalho, você não pediu uma poliglota, por que eu adicionaria isso?

— Você tem trabalho porque sua resposta deixou o David impressionado, mas talvez, se você tivesse dito algo comum, não estivesse aqui. As coisas mudam quando você adiciona mais idiomas ao seu currículo. — Para minha surpresa, ela apenas ri.

— Eu? Impressionei o Sr. Schimt? Eu o confundi com um sequestrador! — Franzo as sobrancelhas. Essas palavras me fazem rir. Agora eu entendo ao que David estava se referindo.

— Foi o que ele me disse — esboço um sorriso, abro a porta do passageiro para ela. — Finalmente, devo admitir que você foi ótima neste encontro com meus pais, meu pai é um homem difícil de impressionar, nem mesmo Brittany o impressionou como você hoje.

Ela sai do carro e contorna o contorna para ficar do lado do motorista.

— Bem, parece que não agradei muito essa Brittany. — Engato a marcha do carro depois de colocar o meu cinto.

— Na verdade ela não gosta de ninguém que seja um pouco mais esperta do que ela. Ela sempre gosta de mencionar o quão inteligente ela é, mas ela não gosta que digam que outra pessoa é — dou de ombros.

— A propósito, seu pai é alemão? — Ela concorda no mesmo momento em que meu celular toca. O tiro do bolso e observo que é meu pai. Meu pai?

— Diga, pai — digo quando atendo.

— Filho, acho que vamos precisar da sua ajuda. Henry esqueceu de fazer a reserva no hotel e agora estão todos lotados, precisamos que Alex e você nos deem um espaço em sua casa para ficarmos.

Não, por favor, não!

— É sério? E você quer deixar a empresa nas mãos dele? Deus do céu! — Eu adiciono isso com frustração. Como vou dizer isso a Alex agora?

Eu rio sarcasticamente para que meu comentário não pareça tão ruim, mas estou preocupado. Depois de dizer que as portas da minha casa estão sempre abertas para eles, desligo e estaciono enquanto Alex me observa franzindo a testa como se soubesse que algo estava errado. — Alexandra, eu acho que isso vai durar um pouco mais do que o esperado. — Eu a olho nos olhos. E se ela disser não?

— Como? O que você está dizendo? O que você quer dizer? — Ela me olha preocupada. Bem, eu também estou.

— O idiota do meu irmão não fez reservas no hotel e agora todos os hotéis aqui estão cheios, meus pais querem... bem, eles precisam ficar na minha casa, o que significa que você terá que ficar comigo.

— NÃO! Não foi esse o trato!... — ela dispara quase imediatamente. Droga! Se a proposta do casamento me custou, isso me custará muito mais.

— Eu sei! — interrompo. — Mas isso não era previsto, eu não sabia que ia acontecer. Como vou morar em uma casa e minha esposa em outra? Me diga o que você quer?

Ela olha para mim, como se analisando sua resposta. Olha alternadamente para outros lugares dentro do carro e imediatamente eu o coloco em ponto morto. Não sei por que eu tenho a impressão de que ela pode querer fugir.

— Eu quero uma vaga na revista, talvez na equipe editorial. Só isso. — Eu franzo a testa e a observo.

— É tudo? Alex, você sabe que é mais fácil te dar dinheiro.

— Espera aí! Além disso, você me ofende? — Oh, pelo amor de Deus, como as mulheres são difíceis.

— Não! Eu não estou te ofendendo, sério. — Me desculpe se soou dessa maneira, mas esta é uma revista muito prestigiosa e eu não posso te dar uma vaga como essa na equipe editorial. Eles passam por muitos testes.

— Eu posso fazer esses testes, eu sou boa em escrever, eu juro. — Ela me observa, e com esse olhar, droga! Como dizer não? — Eu só quero essa vaga e serei sua esposa sempre que você quiser.

Mas que interessante!

— Quando eu quiser? — pergunto intrigado. Ergo uma sobrancelha, não vou esconder que acabo de dar um largo sorriso.

— Não esse tipo de quando você quiser! — ela exclama com firmeza. Eu não digo nada e ela me lança um olhar feroz, também levantando uma sobrancelha.

Eu não vou rir.

— Que mente maliciosa! Eu não perguntei isso, eu nem tinha pensado nisso. — Claro que pensei. — Mesmo que você esteja sexy nesse vestido — preciso acrescentar! Imediatamente olho para frente e ponho o carro em movimento.

k

— Escuta, vou pensar nisso de lhe dar uma vaga no editorial — interrompo depois de alguns minutos pensando em sua proposta —, mas me envie alguma coisa, algo que tenha escrito.

— Certo, me leve ao meu apartamento, por favor.

Essa mulher vai me matar!

— Não, realmente, Alex, eu preciso disso. Eu te disse que tenho que pensar, não me coloque entre o fogo e a caldeirinha...

— Não — ela me interrompe imediatamente —, eu preciso ir ao meu apartamento porque eu não posso dormir com essas mesmas roupas, ou acordar com as mesmas roupas. Supostamente também é a minha casa, certo?

Isso me alivia, quase tive um ataque cardíaco. Faço o retorno rapidamente e chego ao seu apartamento. Ao entrar, encontro várias pessoas. O que é isso? Uma festa? Neste lugar apertado? Alex acena para Natalie, que por alguma razão eu sei que sabe de tudo, mas enquanto ela não fala nada eu não tenho nenhum problema. Ela passa e me dá uma pequena cadeira branca para me sentar. Eu coloco minha bolsa e me acomodo.

Outras duas garotas presentes me olham de novo e de novo, o que me deixa desconfortável, até porque elas nem são tão bonitas assim. Por sorte, Alex logo sai e se despede de todo mundo. Tenho que me despedir também, não quero que pensem que sou indelicado, embora não me importe se acham que sou.

Chegamos em casa, felizmente cinco minutos antes dos meus pais. Eu carrego a pequena mala de Alex para o meu quarto e desço as escadas para encontrar meus pais rindo com Alex, meu pai contando suas histórias de quando era jovem. Acho essas histórias chatas, mas pelo menos ela se diverte. Não sei o que eles tanto têm a falar, uma menina de vinte e três anos e meus pais de cinquenta.

Depois de alguns minutos, Alex vem para o meu quarto comigo. Ao entrar, ela olha para a mala e começa a ver o que está dentro. Eu entro no banheiro e me troco, um simples pijama azul. Gosto de dormir sem camisa, mas com Alex aqui acho melhor eu me cobrir, apesar de me sentir confortável com meu corpo, porque é minha secretária.

Me encosto na cama enquanto Alex se troca no banheiro. Nunca trouxe alguém para o meu quarto, não podia, sinto que meu pai está me vigiando por todos os lados, é como um trauma. Pego o jornal que esta manhã tinha deixado na minha mesinha de cabeceira. Uns dois minutos depois Alex sai, eu me viro para vê-la por alguns momentos e depois olho para trás para ter certeza do que eu acabei de ver. Seus pequenos shorts expõem as coxas lindas e tonificadas e ela veste uma regata com um gato na frente, escrito Hello Kitty. Tudo se encaixa muito bem em suas curvas. Ela imediatamente fica entre meus lençóis e desvio meu olhar para continuar minha leitura antes que qualquer pensamento lascivo se apodere de mim e ela perceba. Que tipo de tortura é essa?

— Então... quem dorme no sofá? — ela pergunta. Agora eu entendo por que ela estava olhando para o sofá, eu pensei que fosse para desviar a atenção.

— O quê? Eu pareço com alguém que dorme no sofá? Eu nunca dormiria em um sofá.

— Bem, eu também nunca dormi num sofá — diz ela, se acomodando do outro lado da minha cama.

Alto aí!

— E eu nunca deixei ninguém dormir na minha cama. — Nem mesmo deixei uma mulher entrar em minha casa.

— Bem, agora está casado Sr. Anderson. Acostume-se com isso — adiciona sem hesitação. Oh, Deus!! Não creio que isso está acontecendo comigo.

Percebo que ela não vai sair da minha cama e, além disso, eu não posso mandá-la dormir no sofá. Que tipo de homem eu seria? Fazemos um acordo de um metro de distância entre os dois, o primeiro a quebrar este acordo dorme no sofá. Minha cama é grande o suficiente, mas, mesmo assim, colocamos almofadas no meio para estarmos cientes de quando estamos nos movendo para o limite. Não é que eu não queira que ela durma comigo, mas é que não poder tocar em nada me tortura. Droga!

Acordo e Alex se foi. Aonde diabos teria ido? Ah! Demônios! Eu esqueci de colocar meu alarme para despertar. Bato na porta do banheiro para ter certeza de que posso entrar e Alex não está lá. Para onde foi? Saio do quarto, e um cheiro delicioso invade minhas narinas enquanto desço as escadas — cheiro de comida, meu preferido! Aroma muito melhor do que o ovo com bacon do restaurante em frente à empresa. Quando me aproximo da cozinha ouço a voz de Alex no que creio ser alemão. Meus pais e Alex estão rindo alto. O quê? Me espanto.

— Oi, amor, venha aqui! — Alex se aproxima de mim e pega minha mão para me sentar ao lado dela.

— Oliver, além de uma grande mulher, você achou uma cozinheira muito boa! — meu pai acrescenta com um enorme prato de comida na frente dele. Com esse cheiro, é compreensível que esteja cheio.

Eu sorrio. O que mais posso fazer? Tudo isso foi uma surpresa, eu pensei que Alex era uma garota como qualquer outra da sua idade, não que ela soubesse muitas coisas que me deixam perplexo. Ela pega um garfo e leva um pouco de bacon a minha boca. É vergonhoso. Pego o garfo e começar a comer por conta própria e a fulmino com o olhar quando ninguém está vendo. Ela ri. Está tudo tão delicioso que posso comer até as migalhas. Depois de alguns minutos de conversa com os meus pais, vou para o quarto, tomo um banho e me visto enquanto Alex vai ao banheiro.

Eu odeio esperar e Alex demora um tanto. Começo a olhar o meu relógio e, quando eu olho para cima, ela vem descendo as escadas, naquele vestido vermelho que se encaixa perfeitamente no seu corpo como uma segunda pele e saltos que fazem suas pernas parecerem maiores. Não posso evitar de olhar. Um casaco bege cobre seus ombros. Sem dizer uma palavra vamos para o meu carro, sentindo aquela fragrância dela que me faz querer abraçar e cheirá-la por um longo tempo.

— Demorou! — falo, esperando ela descer o último degrau.

— Você também está lindo, meu amor. — Ela pisca para mim. Não sei por que tenho a necessidade de sorrir, mas sorrio.

Naquele momento, meu pai se aproxima de nós e, por um instante, escutar sua voz me faz estremecer. Espero que ele não tenha nos ouvido.

— Filho, nós pensamos em ficar mais tempo. — Ele apoia a mão no meu ombro.

Oh, Deus! Como eu digo não?

— Claro — sorrio, mais fingido que a Brittany —, seria ótimo.

— Eu me dei conta de que preciso de mais tempo com minha família. Olha, eu nem percebi que você tinha se casado, não quero que isso aconteça novamente. Eu quero ser seu pai, não um estranho na sua vida, Oliver. Em breve vocês terão lindos bebês que com certeza não vou conhecer se continuarmos do jeito que estamos. Não quero que isso aconteça.

Maldito seja! Sempre que meu pai aparece é para arruinar minha paz interior.

Capítulo 9

Na empresa está tudo exatamente igual, eu dou minhas ordens e Alex cumpre tudo ao pé da letra, sem necessidade de perguntar ou lembrar. Não posso deixar de lembrar o carro velho que ela dirige, meus pais não podem vê-la andando nisso. Como é possível para meus pais verem que minha esposa tem uma lata velha? Estou sentado em minha cadeira giratória pensando que tenho que conseguir um carro melhor para Alex.

Saio da minha sala e lá está ela tentando se aconchegar na sua cadeira de trabalho. Eu sei que é por causa daquele vestido que ela está usando, mas a deixa maravilhosa.

— Carlin, vem comigo. — Ela olha para mim intrigada enquanto passo pela sua mesa e digo essas palavras sem parar de andar. Ela leva as coisas dela rapidamente e, sem pensar muito, me segue, já que me conhece e sabe que eu não espero por ninguém. Ela vai até o elevador geral, o que me faz esperar, pois meu elevador privativo não para em nenhum dos andares da empresa. Compreensível.

Quando vejo que a porta se abre e ela está lá, começo a andar em direção à entrada principal. Quando chego no carro ela já está atrás de mim, eu não sei como ela faz isso tão rápido com esses sapatos. Eu abro a porta do carro e ela sobe sem uma palavra. Chegamos ao meu lugar favorito para comprar carros, D & C Cars. Eu saio do carro e, sem esperar que eu abra a porta, ela sai analisando o lugar.

— Escolha um — digo e olho para o relógio. Não tenho muito tempo. Volto os olhos para ela e observo que ela me olha com perplexidade. — O quê? É sério, escolha um. Eu não gosto de me repetir.

— O quê? Para quem? — Eu começo a andar e ela me segue.

— Por Deus! Você me faz perder a paciência. Para você! Você vê mais alguém aqui? — Esta mulher tem o dom de me desesperar.
Um homem de terno verde retrô se aproxima de nós. Ele estende a mão para mim com um largo sorriso.
— Bem-vindo ao D & C Cars, é um prazer atendê-lo, sou Charles Davis, agente de vendas da D & C Cars, você está procurando um carro específico?
— Prazer em conhecê-lo, Sr. Davis, eu sou Oliver Anderson, estamos procurando um carro para ela. — Aperto sua mão e depois ele cumprimenta Alex.
— Um prazer ajudá-lo! A senhora procura algo específico? — Eu olho para Alex, esperando ela falar, mas não diz nada. Ah! Por Deus! Eu não tenho tempo.
— Um Bentley perolado, por favor. — Eu posso ver o rosto surpreso da Alex, ela pega meu braço e praticamente me puxa, amassando meu terno.
— Ei. É sério? Um Bentley? Eu estou bem com o meu carro — diz, quando o Sr. Davis já está longe o suficiente.
— O quê? Você realmente acha que eu estou fazendo isso porque sou gentil? — Aqueles olhos, inferno! Eles são mais bonitos no claro. — Eu faço isso porque me sinto envergonhado por você dirigir aquele carro velho. Meus pais não podem ver minha esposa numa charanga dessas.
Dou a volta antes que aqueles olhos me distraiam de novo e vou falar com o Sr. Davis. Não sei qual é a cor favorita da Alex, mas todas as mulheres adoram essa cor celeste que para mim é azul, mas na realidade é chamada turquesa ou algo assim. Eu pago o carro e Alex começa a assinar alguns papéis. Ela ganhou facilmente um carro que eu espero que ela não venda.
— Não vá vendê-lo nem nada assim — eu esclareço, antes que pense nisso, e ela me olha confusa. — Sério, eu não quero ver você nesse carro ridículo que você tem, se você vender é para comprar algo melhor do que isso. — Ela ri e eu a olho intrigado.
— Claro! Como se eu tivesse dinheiro para comprar algo melhor! — Viro sério, hoje acordei sem vontade de rir e é notável. Ela entende e me segue, o Sr. Davis lhe dá as chaves do seu carro e ela as observa por alguns segundos.
— Carlin, vou almoçar, não vou voltar ao escritório à tarde porque temos uma reunião com meu pai e Henry. Você termina tudo e vá para casa, não demore. Leve o número do Sr. Williams da G & G Photography. Também preciso das edições do artigo que eles estão preparando. — Ela

tenta encontrar algo em que escrever, mas deixou sua bolsa no meu carro e eu continuo a dar ordens. — Eles vão ligar para uma conferência de imprensa, por favor, diga-lhes que não estou disponível por um bom tempo.

— Uau! Sr. Anderson — ela me interrompe —, não vou me lembrar de tudo isso. Preciso do meu caderno que está no seu carro.

Eu suspiro, tiro sua bolsa do carro e a entrego, olhando para aqueles lindos olhos.

— Eu não me repito nunca — digo isso, entro no carro e saio, deixando Alex com a maior expressão de ódio que ela pôde fazer. Eu sorrio assim que me viro e a deixo. Mudo meu rosto quando entro no carro e continuo meu caminho.

Me dirijo ao restaurante onde meu pai disse que ele estaria esperando com Henry. Almoçamos e o resto da tarde passa rápido, falando sobre as coisas da empresa com meu pai e ajudando Henry com a gráfica que ele gerenciava, também foi fundada pelo meu pai há alguns anos. Eu possuo mais de 60% das ações, portanto, me convém que as coisas corram bem. Tudo vai maravilhosamente até que, como sempre, meu pai resolve tirar a minha paz.

— Estou orgulhoso de você, Henry. Sempre dando bom andamento às coisas. Aprenda, Oliver, Henry é um bom marido e bom administrador.

Eu sinto uma raiva tomar meu ser, mas eu não posso atacar Henry, porque meu pai não sabe tudo o que sei. Imediatamente Henry olha para as feições do meu rosto e tenta suavizar a tensão que agora pode ser cortada com uma faca.

— Papai, Oliver também é, tenho certeza, e fez a revista crescer mais de 50%.

— Eu sei — interrompe o homem que afirma ser meu pai. Às vezes gostaria que me dissessem que sou adotado. — Mas...

Nesse momento, o bendito do garçom nos interrompe. Mas? Isso me deixa pensando. Meu pai entrega seu cartão para o jovem, mas não permito que ele pague as coisas por mim, então imediatamente pego meu cartão para pagar o que consumi. O garçom sai e eu viro meu olhar para meu pai.

— Mas o quê, pai? Continua... — eu relaxo na parte de trás da cadeira de mogno com uma base acolchoada e assisto à cena.

— Vamos encarar, Oliver. — Ele me olha atentamente. — Eu não acho que você vai fazer sua esposa feliz. Você é distante, retraído e frio com ela, não vai demorar muito para deixá-lo.

— Papai, do que você sabe? — levanto minha voz. Odeio que julguem o meu jeito de ser. — Só porque eu não saio por aí beijando minha esposa toda vez que você quer eu não a faço feliz? Um beijo não significa nada. Por Deus! — Eu jogo o guardanapo na mesa e me levanto.

— Oliver... eu não queria incomodá-lo — eu o ouço falar assim que me viro e ando em direção à porta. Ouço o barulho das cadeiras, suponho que eles também se levantaram, e então ouço passos atrás de mim e sei que são eles.

— Oliver... — Não me interessa, continuo o meu caminho e entro no carro sem parar. Vejo que eles também entram nos seus e começo a dirigir bem atrás deles. Isso me faz querer desviar do meu caminho e ir para outro lugar para arejar a cabeça, mas eu sei que seria jogar lenha na fogueira. Ele nunca fica feliz. Henry é melhor que eu? Ele não quer a Brittany. Quem ama sua esposa e tem amantes? Pelo menos não dormi com ninguém nesses dois dias de casamento com Alex. Eu tenho que me acalmar, estou tão chateado que faria qualquer coisa maluca agora.

Nós finalmente chegamos em casa. Eles entram e eu os sigo. Eu só quero ir dormir para esquecer tudo isso, mas lembro que tenho que dividir minha cama com outra pessoa porque meu pai faz tudo dentro de mim mexer. A sensação de raiva volta, tirando o cansaço.

Alex está em uma pequena poltrona em frente à TV e me observa entrar pela porta. Meu pai se aproxima da minha mãe que está na cadeira grande e lhe dá um terno beijo, enquanto Henry beija Brittany, que está em outra poltrona. Não percebe isso, pai? Eu não vou fazer igual só porque todos beijam suas esposas.

Vou para a outra sala e me sento diante de uma enorme janela olhando para fora, neste momento não estou com vontade de dormir.

— Tudo bem? — Alex se aproxima de mim com uma expressão intrigada no rosto e se senta ao meu lado, mas eu não tiro os olhos da janela.

— Claro, por que não estaria? — respondo friamente, não tenho vontade de falar.

— Sabe? Eu acho que eu te conheço e se você não entrou aqui dando ordens a todos é porque há algo errado com você. — Isso me faz sorrir, e a olho nos olhos. É essa a ideia que ela de mim? Mas meu sorriso é apagado pela lembrança do que meu pai me disse hoje.

— Por que você não cuida dos seus negócios, Alex? — Nem percebo sua expressão quando olho para a janela.

— Quê? — ela pergunta, quase imediatamente na defensiva.
— Se preocupe com a sua própria vida. — na verdade não pensei muito bem no que eu disse, nem no tom da minha voz.
— Eu vou — diz ela sem hesitação. A vejo sair e, a conhecendo, sei que falou sério. As mulheres sempre falam sério.
Merda!
A sigo para o quarto. Na verdade, não era minha intenção falar com ela daquela maneira, só queria dizer que não queria conversar. Por que um problema com meu pai sempre provoca outro problema?
— Espera! O que está fazendo? Você não pode ir — eu digo, entrando na sala. Ela pega a mala e começa a colocar suas coisas dentro.
— Sabe de uma coisa? Estou farta desse caráter de merda que você tem, detesto isso. Você realmente acha que pode falar com todo mundo assim só porque você é Oliver Anderson? — Ah! Por que essas coisas só acontecem comigo? — Você não entende o que é o respeito, nem humildade, nem nada, só fica imerso nesse seu mundo narcisista. — Fecho a porta, alguém pode escutar. — Você sempre se acha melhor do que as outras pessoas e eu não posso continuar com isso...
Droga! Eu a abraço, não tenho outra opção, consigo sentir sua respiração agitada. Por favor, Alex, se acalme.
— Alex, já chega. — Gosto do cheiro de perfume em seu pescoço. — Estou estressado e eu não quero brigar, de verdade.
— Ah, ótimo! E você tem que descontar em mim! — se sacode para se soltar e, finalmente, a solto. Ela caminha até o banheiro e bate a porta.
Viro as costas para a parede enquanto passo as mãos pelos cabelos com frustração. Eu sei que Alex me odeia agora e eu não a culpo, eu sou um verdadeiro idiota. Amanhã tudo volta ao normal, meus pais se foram e eu não tenho mais que ficar com a Alex. Pego meu travesseiro e me deito, não quero continuar brigando por essa estupidez.

Capítulo 10

Agora sim ligo o despertador. Hoje vou me exercitar em casa, tenho minha academia pessoal com tudo que é necessário e David está aqui colocando os peitorais em ordem, dei a ele uma chave para vir quando quisesse.

— E a vida de casado, Oliver Anderson? — ele cerra os punhos e eu bato gentilmente com os meus nos seus dedos enquanto faz os abdominais.

— Esperando que se cumpram os malditos seis meses — eu respondo, enquanto me dirijo para um banco inclinado ao lado dele.

— Está tão ruim assim? Faz apenas três dias — ele ri, se sentando no banco em que estava deitado e olhando para mim.

— Eu não gosto de compartilhar minha cama e meu pai me estressou. Tudo estava bem até ele aparece.

— Espera, você está compartilhando a cama com a Alex? — esboça um sorriso malicioso que eu sei que o que está insinuando.

— Sim, mas não desse jeito que você está imaginando e é a pior tortura do mundo.

David olha para mim enquanto eu me sento na barra inclinada e me ajusto.

— E por que seria tortura dividir uma cama com uma mulher bonita? — ele diz isso de uma maneira tão óbvia, como se não me entendesse. Aposto que ele nunca só dormiu com uma mulher.

— Exatamente, idiota. Eu não posso nem tocar naquelas pernas gostosas porque tenho certeza de que ela me mataria.

— Você é um idiota, na certidão de casamento tinha que ter colocado em letras pequenas que ela ia deixar você tocar nas pernas dela durante esse tempo.

Não sei se devo rir ou me preocupar com essas idiotices de que o David fala. Eu termino minha rodada de exercícios com ele falando sobre coisas triviais e economia, ele e eu nos entendemos em muitos aspectos.

Ele se retira e o acompanho até a saída enquanto coloco uma toalha no meu pescoço. O cheiro que invade minha casa me enlouquece, sei que Rosa já chegou, ando até a cozinha, nem escuto meus pés descalços no corredor acarpetado. O suor escorre pelo meu tronco nu até a barra da minha calça esportiva.

Eu chego à cozinha e lá está Alex, arrumando um casaco branco e dando risadas com Rosa. Espero que ela não tenha contado nada vergonhoso porque ela sabe o suficiente de minhas histórias que eu não gostaria que a Alex ou ninguém mais soubesse. Alex olha para mim, e bem, eu não quero soar arrogante, mas que mulher, não? Eu tenho trabalhado duro para manter um corpo de revista que até eu não consigo parar de olhar no espelho às vezes. Alex finge tomar um suco da geladeira.

— Bom dia, Rosa — digo, enquanto caminho até a sala de café da manhã.

— Bom dia, Oliver — ela responde quase imediatamente.

Me sento num banquinho em frente à mesa enquanto Rosa me serve umas panquecas de morango, e em um momento percebo que não falei com Alex. Na verdade, me dei conta que estou no automático, nunca falo com ela quando a vejo e ainda não me acostumei a ter uma esposa. Ela parece não se importar, o que facilita a minha vida. Rosa também serve panquecas à Alex, num prato ao meu lado, e acena para que ela se sente.

Ótimo! E aí vêm os sermões da Rosa. Eu me lembro quando o Henry e eu éramos pequenos, fazia o mesmo quando nós brigávamos, mas isto é diferente.

— Talvez devessem mostrar mais entusiasmo — ela murmura —, se presumem que são recém-casados. Meu Pablo e eu somos casados há trinta e cinco anos e ainda nos entreolhamos como no primeiro dia em que nos casamos. — Por que Rosa tem que ser tão sentimental? — Então vocês têm que se ver, vocês têm que acreditar primeiro para o restante acreditar. Se continuarem assim, o Sr. e a Sra. Anderson irão suspeitar. Olhe para ela — ela se dirige a mim —, olhe para aqueles belos olhos, se abracem, se beijem. — Não consigo me imaginar beijando e abraçando a Alex sem ter segundas intenções. — Se seu pai não acredita que você a ama, isso tirará

a presidência igual e este esforço de ambos será em vão. — Quê? Tudo o que eu faça para ele não é suficiente. — Pegue a mão dela.
 Eu olho para Rosa com a maior incerteza possível no meu rosto. Como você vai me pedir isso?
 — Venha, pegue sua mão — ela insiste, ai, meu Deus! Não pode ser! Não tenho outra opção diante daqueles olhos ferozes da Rosa, então tiro a toalha do pescoço e coloco sobre a mesa do café para evitar suar mais do que o habitual. Passa mil coisas na minha cabeça. Eu pego suas mãos, pequenas e macias.
 — Olhe para ela, diga-me o que você gosta nela. — Quê? Para que inimigos se eu tenho a Rosa? — Eu só quero ajudar — acrescenta ela. — Confie em mim, você não confia em mim, Oliver?
 Eu gosto de tudo sobre ela, Rosa, até mesmo seus gestos estranhos quando está com raiva, mas obviamente não vou dizer isso.
 — Eu gosto dos olhos dela — digo, finalmente, e é verdade, foi a primeira coisa que me chamou a atenção. Posso ver ela corando, mas ela disfarça muito bem. Rosa sorri e agora se dirige para ela.
 — O que você gosta nele, Alexandra? — Eu quero ouvir, vamos lá, Alex, diga.
 — Eu gosto do seu sorriso — responde ela, depois de alguns longos segundos. Ela diz isso de uma forma tão natural que parece que não lhe custou tanto quanto me custou. É a primeira vez que ouço alguém dizer que gosta do meu sorriso e não de outra parte do meu corpo, o que me faz sorrir.
 — Viu? As coisas não estão mais tão tensas entre os dois, hein? — diz Rosa depois de alguns segundos. Entre Rosa e eu é que as coisas ficarão tensas depois desse momento desconfortável que acabou de acontecer.
 Meu pai desce as escadas.
 — Muito bom dia a todos! — Ele exclama — Ah! Vou sentir falta do clima de Nova York. — Alex e Rosa respondem seu bom dia, eu não. — Sabe o que mais? Eu quero que você venha para a Califórnia com a gente, quero que você conheça o resto da nossa família, Alexandra.
 Por favor, não!
 — Papai, adoraríamos, mas temos muito trabalho — respondo quase que imediatamente. Não quero ir e levar a Alex para conhecer minha família, quando nosso casamento não é verdade e vai acabar em breve. Eu não quero que eles se apeguem a ela e então me censurem, porque eu sei que eles vão amá-la. Quem não a amaria?

— E daí? — Interrompe meu pai, tomando uma xícara de café que Rosa oferece a ele. — Se você se dedicar a trabalhar toda a sua vida, vai perder o melhor dela. Responda, querida. — Ele observa Alex. Ah! Que ótimo! — Quando foi a última vez que Oliver te levou a algum lugar além do trabalho? — Demônios! Até meu café da manhã ele tem que estragar.
— Bem... — Alex balbucia. Onde mais posso levá-la se mal nos conhecemos? Alex, por favor, invente algo.
— Viu? Você nunca levou sua esposa para um lugar bacana. — E lá vamos nós de novo. — Como sempre, você está mais imerso em seu trabalho, o que é ótimo, mas nós também devemos dar espaço para a família. Não me surpreenderia se ela te abandonasse, já que para você seu trabalho é mais importante. Veja seu irmão, nunca deixa seu trabalho, mas também dedica muito tempo a sua esposa, eles saem, se divertem. Ele é muito responsável e isso não o impede de ser um bom marido. — Blá-blá-blá. — Eu sempre ensinei a ambos sobre o valor da família, mas parece que você não escuta.

Me levanto do meu lugar confortável, não posso sequer desfrutar das deliciosas panquecas da Rosa por causa dele. Por que ele sempre vem arruinar minha vida?

— Com licença — eu digo. Alex me observa enquanto me retiro, meu pai também, mas ele já sabe que é essa a minha reação quanto a isso.

— Diga-me, Alexandra, honestamente, você está feliz com Oliver? Me diga a verdade — ouço isto enquanto saia pela porta da sala de jantar, o que me faz parar para ouvir sua resposta. Espero que não me entregue diante dele, o que seria muito pior.

— Claro — Alex responde muito naturalmente. — Com todo o respeito, Sr. Anderson, não deve ser tão duro com o Oliver, ele é um grande esposo e tem crescido a sua empresa em dois anos, eu entendo você se sentir orgulhoso por Henry, mas também permita ao Oliver saber que você se orgulha dele. Eu amo Oliver como ele é, por ser sempre determinado, com um objetivo em mente, por cumprir suas metas. Dessa forma, só vai conseguir que ele se afaste de você. Diga-me, realmente, você acha que o Henry é mais capaz do que Oliver para gerenciar o seu negócio?

Um Oscar para esta mulher, por favor.

— Você tem razão — ele finalmente diz —, Oliver sempre foi e sempre será a pessoa mais esperta, corajosa e perseverante que já conheci, e é por isso que sou assim com ele, porque não quero que ele perca sua vida. Ele sempre foi mais desobediente e muito ruim em tomar decisões em sua vida pessoal. Eu não quero que ele se perca, eu estou feliz que ele se casou com uma mulher tão inteligente como você e que se preocupa tanto com ele, sério, mas o faça relaxar um pouco, só vocês dois. Eu não quero que você o deixe. Um relacionamento rotineiro é a pior das coisas.

k

Por que ele tem um conceito tão ruim de mim? Ele nunca viu como sou num relacionamento. Bem, eu não sou muito de ter um relacionamento de verdade, de fato, sequer me lembro da última vez em que estive em um.

— Então, eu prometo que nós vamos para a Califórnia, se você prometer que não será tão duro com Oliver. — Não, Alex, não, por favor.

— Trato feito! Só porque confio em você e sei que você o guiará em um bom caminho.

Não! Maldita seja! Não!

Ouço Alex se levantar de sua cadeira e corro para o quarto. Não quero que ela perceba que estou interessado nas suas respostas.

Entro no banheiro e tomo um banho relaxante. Já está tarde, então não posso ficar mais tempo. Termino meu banho e vou para o quarto — tinha esquecido até minha cueca por ter entrado tão rápido, então amarro uma toalha na cintura e saio. Ao me ver sair, Alex pega uma toalha e entra no banheiro.

— Quero falar com você — eu falo, sem ao menos olhá-la. Ela se vira para mim e me observa, eu sei que ela está pensando o pior nesses momentos. — Vamos juntos para a empresa hoje.

— Tudo bem — ela responde. Dito isso, ela fecha a porta do banheiro atrás dela.

Aproveito que a Alex entrou no banheiro e me visto rapidamente antes que ela saia. Espero não ter que esperar tanto, porque odeio esperar.

Fico esperando mais de cinco minutos ao pé da escada e não aguento mais. Olho para o meu relógio mais uma vez e não posso acreditar. Cada segundo que passa para mim parecem horas. Mais uma vez eu olho para o relógio, outro minuto se passou, eu vou subir e fazê-la descer do jeito que estiver vestida. Eu olho para o relógio novamente, mais um minuto e subo. Quando a vir, ela vai ouvir por me fazer esperar por ela.

Ouço barulho de salto se aproximar das escadas e olho para cima. Finalmente! Ela está linda, levanta o olhar e olha para mim, curvando os lábios, emoldurando um lindo sorriso de lado. Ela nem precisa de muita maquiagem para ficar bonita. Até esqueço tudo o que tenho a dizer, é melhor calar a boca. Eu ando atrás dela, e abro a porta para ela passar. Ela me agradece como sempre, aliás, ela agradece por tudo, eu não a entendo. Meu pai está fazendo as malas e o motorista as coloca no carro. Quando eles veem Alex, ambos sorriem para ela e a abraçam. Eu sei que eles gostaram dela, assim como ela deles. Eles não são tão amigos da Brittany, mas, bem, Brittany não tem amigos. Eles só dedicam a ela um sorriso do mais falso possível, que já notei. Henry está ajudando o motorista com as malas e cumprimentando Alex com um aceno de mão.

Eu abro a porta do meu carro para Alex subir.

— Ah, que cavalheiro, Sr. Anderson. — Pelo menos notou.

— Suba — respondo, com meu olhar mais fulminante possível. Fecho a porta e digo adeus aos meus pais, a Henry e mesmo à tal da Brittany.

— Escute — eu quebro o silêncio depois de um longo caminho sem dizer uma palavra —, peço desculpas por ontem.

— Você, Oliver Anderson, se desculpando? — ela diz, virando o rosto para mim.

— Eu não vou me repetir — falo, vendo a diversão em seu rosto. — Eu quero renunciar.

— Ao nosso casamento? — Eu sorrio e continuo olhando para a estrada.

— À revista *Anderson*. Eu não quero mais fazer parte da revista *Anderson* ou qualquer coisa relacionada ao meu pai.

— Eu acho que você está chateado, Oliver. — Estou mesmo.

— Não, eu pensei com a cabeça fria, eu sei que posso construir algo do zero. Mesmo que isso me custe, vou deixar isso para o meu irmão. Eu quero que meu pai perceba o erro que ele comete ao tentar colocá-lo sempre na minha frente, ele não é um bom administrador, ele foi para uma escola que meu pai pagou, eu entrei em Harvard pelo meu próprio esforço.

— Eu acho que você tem que pensar um pouco mais, Oliver. — Eu nem sei por que estou falando isso com ela.

— Pensar em quê, Alex? — Paro o carro e me viro para ela.

— Você fez a revista *Anderson* crescer. Você não vai deixar seu irmão ficar com o que você fez, ou, pior, destruir tudo. A revista *Anderson* era como a gráfica que seu irmão administra. E o que seu irmão fez? Absolutamente nada. O que você fez? Você criou mais de vinte e cinco mil empregos, tem ações em mais da metade das empresas nesta cidade e fora do país. Seu pai sabe disso, sabe que você é o único capaz nessa função, apenas quer que melhore certos aspectos da sua vida.

— Ele quer me mudar, é diferente. — Recosto a cabeça no banco. Sinto ela doer.

— Bem, te pedir para levar uma vida formal não é te mudar. — Ah, é sim. Ela faz uma pausa. — Existem situações piores, Oliver. Por exemplo, eu não falo com meu pai há cinco anos. Eu tenho uma irmã que sempre foi melhor para ele do que eu, ela tem sido praticamente sua única filha.

— Franzo o cenho. Presto atenção sem dizer uma palavra. — Ele nunca está presente em nenhum dos meus aniversários, mas aos da minha irmã ele sempre compareceu. Sempre me dava uma desculpa de que tinha que trabalhar. Eu disse a ele que eu queria escrever e não ir para a faculdade de Medicina. Ele ficou sem falar comigo por um mês. Então fui para a maldita faculdade de Medicina mas não era algo que eu gostava. Só fiz isso para que, pela primeira vez na vida, ele ficasse feliz por mim, mas também não era suficiente, uma vez que não tirei um dez em todas as disciplinas. Então mandei tudo à merda e vim para Nova York. Desde então não falamos. — Sorrio. Não sei por que até mesmo os palavrões nesta mulher soam sedutores.

— E sua irmã estudou Medicina, suponho? — Não sei por que já me sinto relaxado, talvez eu precise conversar com alguém de vez em quando.

— Não, minha irmã foi para a faculdade de Medicina um semestre, três meses depois se casou com um de seus professores, que acham que é bilionário. Ele é doze anos mais velho que ela! Ela mal tinha dezoito anos. Você pode acreditar? É claro que, para meu pai, ela triunfou na vida. — Levanto uma sobrancelha e olho para ela. Aparentemente não sou só eu que tenho problemas com meu pai.

— Bem, você está casada com o homem mais rico de Nova York, deveria comentar com ele. — Ela ri e fica no banco do carona.

— Isto não é real, Oliver, eu não quero mentir para eles.

— Por que não? — Eu a olho fixamente. Ela olha para a frente e mesmo de perfil essa mulher é linda. — Seria divertido ver o ego do "doutorzinho" baixar, e deixar o seu pai saber que você não é casada com qualquer médico, mas com a pessoa que fez grandes doações para os hospitais funcionarem. — Ela sorri e agora olha para mim.

— Você realmente faz isso? — agora ela tem os olhos nos meus olhos.

— Claro, saúde é importante, existem muitas pessoas lá fora que não podem pagar um médico particular. — Pego o volante e inconscientemente dou umas batidas com as pontas dos meus dedos.

— Eu, por exemplo — responde.

— Você pode usar meu médico particular sempre que quiser. Afinal, você é minha esposa. — Esposa... que palavra estranha.

— Ele é jovem e bonito? — Faço uma careta.

— Não. — O que tem a ver?

— Então não — me interrompe. Já entendi. Graças a Deus meu médico não é jovem e bonito, não quero que seja meu concorrente. Eu não posso deixar de rir do meu próprio pensamento.

— Você quer tanto esse posto na edição? — eu pergunto, agora ela me olha.

— Eu não estou aqui te suportando à toa. — Eu deveria ficar chateado, mas isso é engraçado.

— Se eu te der o posto na edição você não vai ser mais minha secretária, e você é a única que faz as coisas da forma que eu digo e quando digo. — Continuo olhando para a frente. Essa coisa de falar sinceramente está me corroendo.

— Então estou presa como sua secretária só por capricho? — ela bufa e lanço um olhar divertido.

— Eu vou te testar na edição, mas você continua como minha secretária. Você pode fazer isso? — levanto uma sobrancelha.

— Eu tinha dois empregos na faculdade e fui a melhor da minha turma.

— Ótimo — eu sorrio.

— A propósito, vamos para a Califórnia com seus pais, quer você queira ou não. Eu prometi ao seu pai.

— O quê? Não! — bufo. — Alex!

— Alex nada, eu prometi a seu pai, então nós vamos.

Eu balanço minha cabeça e ligo o carro. A verdade é que não foi tão ruim conversar com a Alex, me sinto melhor agora, pelo menos eu sei que ela é alguém a quem posso recorrer se precisar. Na empresa, tudo igual, como se nós não nos conhecêssemos, sempre bem eficiente. Ela deixa tudo pronto antes da reunião na hora do almoço. Não sei se vou encontrar outra secretária assim.

Vamos à reunião no andar de conferência da empresa. Todos os parceiros importantes estão aqui, cumprimento cada um, é por isso que sempre venho uma hora antes. Um pouco antes de começar a reunião todo mundo tomou seu lugar, eu procuro a Alex e vejo que tem um cara literalmente em cima dela. Vou para onde ele está e vejo que ele é o filho do homem que eu havia cumprimentado alguns minutos atrás, para cujo casamento eu fui convidado.

— Como vai, Spencer? — Ele imediatamente traz seu olhar para mim e esboça um sorriso.

— E aí, Anderson? — ele me responde. Sem apertar a mão dele, me sento do outro lado da Alex.

A reunião começa, todos os importantes da reunião são apresentados. Eles começam a dar as estatísticas da empresa, os números estão muito bons, estou feliz com a minha equipe, os investidores também estão felizes. A reunião termina uma hora depois, todos se aproximam para se despedir e me parabenizar pelo bom andamento da empresa.

Não posso deixar de notar que William se aproxima de Alex e lhe entrega um papel, piscando para ela. Não posso acreditar, sua esposa está aqui! Onde está o respeito para com ela e comigo? Bem, não é que a Alex seja minha verdadeira esposa. Mesmo assim, eu mereço respeito como um marido de mentira. Alex olha intrigada para o papel e eu não posso deixar de ter curiosidade. Me aproximo e arranco o papel das mãos dela. Ah! É um cartão com o seu número de celular. Alex não vai ligar para ninguém, eu amasso o cartão e o jogo na cesta de lixo.

— Ele é casado — eu menciono. Alex franze a testa e olha para mim desorientada. — E você também — acrescento isso e me retiro.

Capítulo 11

Por fim! Já estava a ponto de enlouquecer, já me sinto solteiro novamente, já posso dormir pelado se eu quiser, já não tenho que compartilhar minha casa, meu quarto, minha cama. Eu chego em casa, respiro paz e silêncio, todo meu interior relaxa, não consigo acreditar, estou livre de novo. Me jogo na minha linda cama mesmo sem trocar de roupa. Como adoro essa sensação de solidão. Até que meu maldito celular interrompe meu momento relax. É o David.

— Que foi? — Digo ao atender. Ele sabia o que eu faria desde que saímos da empresa.

— Ui! Você está naqueles dias? — Eu suspiro, e o filho da puta só ri do outro lado, vou matá-lo.

— David, é sério.

— Eu só queria perguntar se você quer sair por um pouco, para comemorar que você está solteiro de novo, mas se você quer dormir em vez de conhecer garotas, então não tenho escolha a não ser ir sozinho. Garotas? Preciso.

— Tá, eu passo aí em vinte minutos. E você sabe que para mim vinte minutos são vinte minutos! — David suspira.

— Eu sei, maldito — diz e desliga o telefone.

Tomo um banho relaxante e me visto. Calças jeans pretas são ótimas para hoje. Saio de casa colocando em cima da minha camisa branca uma jaqueta de couro preta. Por sorte, ainda não tinha guardado meu carro na garagem. Passo no David, como eu disse, em vinte minutos exatos. Ele sai em um ritmo rápido de casa com uma jaqueta quase igual à minha. Ótimo! Agora dirão que nos vestimos da mesma forma para sair. Ele entra e se senta no banco do carona e percebe que estamos vestidos quase da mesma maneira, exceto pela sua bota de cowboy desgastada. Ele me olha da cabeça aos pés e nega.

— Da próxima vez me avise como vai se vestir, Oliver.

Eu suspiro e saio com o carro antes que meu impulso de ir para casa e trocar de roupa me tome — sou muito preguiçoso. Chegamos em uma boate, não muito luxuosa, mas que também não é ruim. Me sento em uma mesa de canto com o David, começo a observar o lugar e... Uau! Pelo menos há mulheres bonitas. E uma se aproxima.

— Olá, David! — exclama a garota.

Aah! Entendi, ele veio para ver uma garota. Ele poderia ter me dito isso antes, elas sempre trazem boas amigas com ela.

— Olá, Katherin — ele responde, beijando-a no rosto. — Esse é meu amigo Oliver. Oliver, essa é Katherin! — A garota morena acena com a mão e eu faço o mesmo. Sempre David e seu gosto pelas morenas.

— É um prazer, Katherin — eu digo, me acomodando no lugar ao lado do David.

— Digo o mesmo, Oliver. Minha amiga Malena está a caminho. — Levanto uma sobrancelha. Eu sabia. Espero que Malena seja bonita, se não for, vou embora. Por hoje eu só quero dormir.

A música está bem alta, e a salsa começa a tocar, olho como todas essas garotas na pista de dança se movem sensualmente e os meus olhos encontram uma específica, um vestido branco que realça suas curvas perfeitamente. Eu conheço esse corpo! E aquele cabelo que cai na cintura... Caramba! É...? É a Alex. O que diabos a Alex está fazendo neste lugar dançando sozinha? Os abutres logo caem, estou certo disso. Ela sai da pista de dança e vai para o bar, nem um minuto se passou quando já tem um cara em cima dela. Me levanto e vou em sua direção. Pelo pouco que consegui ouvir sei que se chama Charles.

Alex sorri para ele. Não responde, mas não espero sua resposta. A abraço por trás e tasco um beijo na bochecha macia e cor-de-rosa. Sinto que a abalou e posso jurar que ia me bater quando levemente se vira para ver quem é e sua expressão de fúria se converte em surpresa. Esse tal de Charles sorri um pouco desconcertado enquanto o observo com toda a seriedade possível.

— Bem, deixamos para a próxima. Prazer — ele gagueja, se afastando de nós.

Eu solto Alex antes que comece a me bater e não consigo conter uma risada.

— O que diabos você acabou de fazer? — ela pergunta furiosa, enquanto eu dou a volta para me sentar no lugar que Charles estava ocupando.

— Eu só estou te salvando de um cara que só quer sexo com você — eu respondo, com um sorriso triunfante. Eu adorei esse momento.

— Quê? — responde imediatamente. — Você arruinou minha chance de fazer sexo.

Eu não posso acreditar no que ouvi, e rio em voz alta enquanto ela olha para a bebida que foi servida.

— Eu vou tentar esquecer esse comentário — respondo, com um sorriso. Não posso imaginar Alex assim. Tiro a jaqueta, deixando apenas a minha camisa branca.

— E o que faz o grande Sr. Anderson numa boate que não serve caviar, champanhe ou vinho fino? — ela pergunta, com uma sobrancelha levantada. Não sei por que esse gesto a faz parecer tão sensual.

— Eu prefiro que você me chame de Oliver — eu digo, tomando um drink que me serviram, e faço um sinal para que sirvam outro para Alex.

— Eu venho aqui porque é cheio de garotas bonitas. O David já encontrou uma, mas não consigo ficar com ninguém se minha esposa estiver presente.

— Posso te perguntar uma coisa? — Agora ela olha para mim seriamente e levanto as sobrancelhas.

— Depende. É algo privado? Porque eu não gosto de dar detalhes da minha vida privada. — Por causa de sua seriedade eu sei que é algo pessoal. Descanso meus cotovelos no bar, mas sem tirar os olhos dos dela.

— Quantas tem? Namoradas, mulheres, amantes, o que quer que você as chame. — Eu não esperava que me perguntasse isso, e começo a rir, me viro para ela e a olho de perto.

— Não tenho namoradas, mulheres, amantes ou o que seja.

— Quê? Não acredito! — Ela me olha espantada. Que foi? Eu não estou brincando.

— Para chamar alguém de uma dessas coisas, eu teria que ter mais de um encontro com elas, e eu não durmo com a mesma garota duas vezes. — É verdade, só uma vez eu tive uma parceira, eu era muito jovem e estúpido.

— Quê? — Ela me olha com aqueles belos olhos verdes que estão bem abertos e não pode deixar de rir. — Isso porque nenhuma fez direito com você — acrescenta. O quê? Isso soa muuuuito bom, eu não posso com ela, sério, eu me acabo de rir. Enquanto isso o celular dela toca. Eu olho com desconfiança para a mensagem, não posso evitar.

Natalie
Querida, não quero interromper
a conversa com o Sr. Anderson,
mas eu vou para a casa do Dereck,
te levo para casa?

Pelo menos é sua amiga.
— Diga a ela que vou te levar para casa — digo, olhando o celular dela.
— Eu acho melhor eu pegar um táxi — responde. Como eu odeio ser contrariado.
— Alex, eu te levo — suspiro —, não tenho nenhum problema e é mais seguro ir comigo do que em um táxi com qualquer idiota. Venha!
— Ela não diz uma palavra, suponho que ele vai aceitar. — Ei, eu quero ir comer. Me acompanha? — eu pergunto. Ela hesita por um momento, mas eu não espero pela resposta dela para tirá-la daquele lugar.

Por que eu convidei Alex Carlin para comer? Não sei. A única coisa que sei é que gosto da sua companhia, muito mais do que gostaria. Eu dirijo pensando em tudo isso quando sua preciosa voz me interrompe.
— Você já comeu um hambúrguer ou um cachorro-quente em uma estação de trem? Já tomou um sorvete enquanto caminha pelas ruas? — ela pergunta, uma vez que paro meu carro no estacionamento.
— Na verdade não, nem pretendo — digo, e observo que ela vai sair.
— Não! — disparo imediatamente, a fazendo estremecer. Eu não sei, sempre foi assim. Eu saio do carro para abrir a porta para ela.
— Oliver, não precisava — ela sorri e sai do carro. — Vou me acostumar com isso e no dia que você não...
— Eu sempre faço isso — eu interrompo. — É parte de mim. Se um dia você sair com alguém e o cara não fizer isso, mande-o para o inferno.
— Ela ri baixinho enquanto eu fecho a porta do carro.
— Ei. Que tal irmos para outro lugar? — Ela olha para dentro do restaurante meio descontente e pega as chaves da minha mão.
— Por favor, me diga que não vamos comer salmonelas por aí. — A olho com preocupação, ela balança a cabeça enquanto anda para o lado do

motorista. Com as mulheres você não pode, eu acabo cedendo e subindo no lado do passageiro.

Chegamos a um lugar. Ótimo! Um Subway, essa mulher quer me engordar, típico de esposas. Bem, não é um lugar tão ruim, pega minha mão para entrar e fazer nosso pedido. Ela faz sua escolha e eu faço a minha, hoje eu não posso comer muita gordura.

— O quê? Não, não, não, o mesmo para o cavalheiro, por favor — ela interrompe, eu franzo a testa.

— Você quer me matar? — Cruzo meus braços. Não imaginei que ela me faria comer essas coisas.

— Oliver, você não vai morrer por comer um sanduíche. — Ela pega minha mão e caminhamos até uma mesa. — Olhe para isto, um lugar jovem, boêmio e artístico. Aproveite!

— Um lugar jovem, boêmio e artístico é La Maison Blanche em Paris — me olha com os olhos entrecerrados. Encontramos uma mesa vazia e uma cadeira. Pego outra para que ela possa se sentar.

— Claro! Se você tem dinheiro para ir lá — diz ela enquanto eu tomo meu lugar na frente dela. — A propósito, eu amo Paris.

— Além disso, tenho uma propriedade na cidade, não gosto de ficar em hotéis e viajo muito, por isso foi necessário.

— Você comprou uma casa por alguns dias para não ter que ficar em um hotel? — ela pergunta, levantando uma sobrancelha.

— Claro! Em um hotel não posso levar ninguém sem que eles percebam e não posso me expor, muito menos com meu pai seguindo meus passos.

Na verdade, comprei pelo segundo motivo, porque eu nunca peguei ninguém lá.

— Sabe de uma coisa? Em parte, eu entendo seu pai. — Nesse exato momento uma garçonete vem com nosso pedido. Eu olho para o maldito. sanduíche. Não é possível que eu vá comer isso. Ela olha para mim e ri.

— O quê? Você nunca sabe o que esperar desses lugares — eu digo e ela sorri, balançando a cabeça.

Não posso deixar de rir com cada coisa que acontece com essa mulher, juro que muda meu dia. Não me dá sono e qualquer cansaço se esvai, eu vou ter que levá-la a todas as reuniões com sócios.

— Viu só? Você não morreu por comer um sanduíche. Eba! — Ela me tira dos meus devaneios e começa a aplaudir, enquanto olho para ela com desaprovação. Depois de alguns minutos nós não conseguimos mais conversar: a música começa a ficar muito alta quando uma banda de rock alternativa entra no palco. Não gosto de rock, mas esses caras tocam bem. Dou a volta na mesa para me sentar ao lado da Alex e ver melhor o show.

— Você gosta? — ela me pergunta, quase ao pé do ouvido. Imediatamente viro minha cabeça em sua direção de modo que nossos lábios ficaram muito próximos. Na verdade, essa proximidade me incomoda. Não de um jeito ruim, mas sinto o terrível impulso de beijar aqueles lábios, sem poder fazê-lo.

— Na verdade, este não é o meu tipo de música — falo em seu ouvido —, mas devo admitir que eles são bons. — Ela sorri.

Terminamos e a levo ao seu apartamento. Ela sai do carro com um sorriso. Uma vez que eu abro a porta para ela, a levo até o hall.

— Obrigado, Sr. Anderson — diz ela, se virando para mim com um sorriso.

— Te vejo amanhã, Srta. Carlin. A propósito, para mim trabalho é trabalho, então hoje nunca aconteceu! — Ela ri. Eu gosto quando ela faz isso.

— De acordo! — responde.

Volto para o meu carro e vou para casa. Em algum momento na estrada eu sorrio. Nenhuma mulher nunca gostou de mim tanto quanto ela.

Capítulo 12

Acordo e está muito frio. Não tenho a menor vontade de sair debaixo desses deliciosos lençóis que cobrem meu corpo. Como amo dormir sozinho! Posso me mexer como quiser. Saio da cama quando me lembro do sanduíche que comi ontem. Tenho que queimar toda essa gordura.

— David, eu chego em dez. — David boceja, nem o deixo responder.

Chego na casa dele, me abraçando por conta do frio. Deveria colocar outro casaco. David está de pé na porta de casa com cabelo bastante desgrenhado, segurando uma xícara de café. Eu sei que ele deve estar me odiando agora. Põe a xícara de café em uma mesa dentro de casa ao me ver e fecha a porta ao sair. Coloca seu casaco marrom e um gorro na cabeça e se aproxima de mim com a cara mais séria que já vi.

— Eu te odeio, maldito Oliver.

— Claro, estou bem. E você, David? — David sorri e sai na minha frente para correr. Vou atrás dele.

— Oliver, por que diabos você foi embora ontem? Malena teve que ir porque não te encontramos — ele diz.

— Ah! É verdade, eu esqueci completamente. É que a Alex...

— Alex? — interrompe e me olhou de imediato.

— É, ela também estava lá ontem, daí fomos comer e eu esqueci da tal da Malena. — David ri, me interrompendo.

— Algo me diz que a Alex vai acabar gostando de você. — Ele levanta as duas sobrancelhas repetidamente com um sorriso irônico e sai correndo para longe o suficiente para que eu não o pegue. Ele me conhece.

Balanço negativamente a cabeça e o observo rir seriamente em voz alta. Que grande filho da puta!

Retornamos depois de uma meia hora dando voltas correndo pelo bairro. Nos despedimos e David vai para sua casa. Eu o vejo pegar algo do chão da entrada, deve ser o jornal. Apenas dois minutos depois, já quase em casa, recebo uma ligação do David.

— Fala...
— Oliver, você tem que ver o jornal, urgente — diz de imediato, o que liga todos os meus alarmes.
— Quê? Por quê? — Corro para casa, que já está a poucos metros de distância. Guardo o celular já que David desligou.
— Rosa! Rosaaaa! — Eu tento encontrar o bendito do jornal em todos os lugares. — ROSSAAAA! — minha respiração está descompassada.

Rosa chega às pressas na sala, limpando as mãos com uma toalha de papel.

— O que houve, Oliver? O que aconteceu? — ela parece preocupada enquanto eu corro de um lado para o outro.
— Onde está o maldito jornal? Onde está? — Corro descontrolado ao redor da sala, procuro em todas as gavetas possíveis, em todas as mesas e até nas poltronas e nada.
— Oliver, acalme-se! Está na sala de jantar, já que você gosta de ler lá.
— Corro para a sala de jantar e lá está o maldito jornal. Não acredito! Primeira página. Rosa vem correndo atrás de mim e observa o que preciso ver.

"Oliver Anderson diz 'sim' em uma cerimônia privada."
O patriarca Anderson contou à imprensa que seu filho mais velho se casou. Muito orgulhoso, afirmou que seu filho é e sempre será sua melhor escolha para a presidência da revista *Anderson*, sempre tomando as melhores decisões para o conglomerado. Quando perguntado sobre a esposa do magnata de Nova York, não hesitou em elogiar sua nora: "A melhor esposa que meu filho poderia encontrar, Alexandra é uma mulher muito inteligente, que se preocupa com ele e com seu bem-estar, fala quatro idiomas e trabalha tanto quanto o meu filho pela empresa. Estou muito feliz e orgulhoso", foram as palavras do Sr. Anderson. Ontem à noite Oliver Anderson foi visto saindo do Rock & Roll Discotec com uma garota misteriosa. Será ela a esposa sortuda ou apenas uma das grandes conquistas de Anderson?

Que merda é essa? Para finalizar, uma foto minha com Alex saindo daquela bendita boate. Pelo menos não foi com outra pessoa. E se tivesse sido com aquela Malena? Estou em choque. Rosa olha para mim e puxa uma cadeira para que me sente, sabe que vou entrar em colapso a qualquer momento. Odeio meu pai. Adeus, garotas, agora que todo mundo sabe que eu tenho uma esposa. Um passo em falso e a imprensa vai cair em cima de mim com tudo. Não acredito! Apoio meus cotovelos nos joelhos e coloco a cabeça entre as mãos, frustrado.

Depois de alguns minutos e um chá relaxante que Rosa prepara, tento me recompor. David me diz para não ir trabalhar hoje porque a empresa está cheia de jornalistas e os telefones não param de tocar, mas é impossível, eu não posso ficar preso em casa quando tenho um mundo de coisas para fazer.

Dirijo para a empresa, e David não estava errado: dezenas de repórteres, suponho que de todo o país. Eu não posso acreditar que isso está acontecendo comigo. O caos que se forma ao entrar é tão grande que até os guardas da segurança da empresa têm que me escoltar e, como se não bastasse, tenho o olhar de todos os meus funcionários em mim. Entro no elevador enquanto tiro as luvas que estava usando. Ando pelo corredor até o escritório de David enquanto tiro meu casaco. Abro a porta e, para minha surpresa, aqui está Alexandra.

— Oliver, eu te disse...

— Eu sei o que você me disse, David — interrompo —, mas não posso me trancar, tenho muitas coisas para fazer. Tenho que admitir para essa gente que isso tudo é verdade, senão eles não vão me deixar em paz. Nessas horas odeio meu pai. Alex, organize uma coletiva de imprensa! — Estou aborrecido, pego o jornal das mãos de David e leio de novo, ainda não consigo acreditar.

Saio da sala do David sem dizer uma palavra e me tranco no meu escritório até que esteja tudo pronto. Não posso sair, não posso me mexer, vou ter que demitir vários funcionários pelo jeito que me olham. David chega e entra sem bater na porta. Odeio isso, mas hoje quero mais que se dane.

— Oliver, está tudo pronto — diz. Eu sequer olho para ele, de tão perdido em meus pensamentos.

— Ótimo — respondo, sem qualquer emoção.

Dito isso, eu coloco meu casaco de novo e caminho para ao lado do David, enquanto coloco minhas luvas. Não quero pegar um resfriado por causa do meu pai. Deixando o elevador, coloco um lenço no pescoço. Busco Alex com os olhos. A procuro desde que saí do escritório. Onde diabos ela estará? Saio do prédio, uma onda de ar frio atinge meu rosto, e continuo procurando Alex com meus olhos, ficando desesperado.

Me aproximo do palanque e a multidão de repórteres se vira imediatamente. Isso terá de ser rápido porque não sou de dar explicações, só quero que me deixem em paz.

— Sr. Anderson, como você se casou sem dizer nada? Sr. Anderson, quem é a garota com quem foi visto ontem? Sr. Anderson, sua esposa está aqui? — e muitas outras perguntas bombardeadas pelos jornalistas, que sequer me deixam responder. David está de pé bem atrás de mim à minha direita, enquanto seis seguranças da minha empresa garantem que nenhum repórter saia de controle.

Olho para a multidão e, num canto, vejo Alex com outros funcionários da empresa. Como se soubesse o que ia acontecer, ela arrumou o cabelo e se maquiou muito bem. Sempre achei que as mulheres tinham um sexto sentido. A cor preta faz o seu cabelo literalmente brilhar, assim como sua tez branca. Bebe café num pequeno copo descartável. Pelo menos eu tenho uma esposa linda e inteligente. Caso contrário, nem em pesadelos eu faria o que estou prestes a fazer.

— Peço silêncio, por favor — finalmente, todos obedecem. — Eu decidi me casar em segredo porque, para mim, minha vida privada é estritamente privada. — Eu olho para todos aqueles olhos, câmeras e flashes sobre mim. — Minha esposa e eu decidimos assim. Me uni a essa mulher maravilhosa e juntos conseguimos muitas coisas para esta empresa. — Faço uma pausa. — Quanto à garota de ontem, sim, era minha esposa, que amo com todo meu coração. E ela está aqui, sim. Alexandra?

Estendo a minha mão em direção a ela, ela levanta seu belo olhar e observa todos os repórteres que agora estão na sua frente. Sei que isso não era esperado, está prestes a ter um ataque de pânico. Olha para mim e caminha na minha direção. Reagiu, pelo menos. Segura seu café com uma mão e me estende a outra. A abraço na altura da cintura e a beijo. Um beijo quente, com um leve sabor de café que eu gosto. Nos beijamos carinhosamente e ela me corresponde imediatamente. Não sei se é por causa do sabor do café, mas são os melhores lábios que beijei, e olha que já beijei vários. Ela beija tão bem, me deixou surpreso. Se não fosse estarmos ao vivo para todo o país, esta cena deliciosa continuaria. Abro meus olhos e seus olhos verdes estão presos nos meus, aquele olhar digno dela que a faz parecer tão doce e terna. Dou um beijo em sua testa.

— Muito obrigado — digo no microfone a todos os repórteres que enlouqueceram, como todo o país.

Levo Alex pela mão de volta à empresa. Ela não diz nada e olha para um ponto fixo enquanto nós caminhamos para o elevador. David nos segue, subimos pelo meu elevador privado e rapidamente chegamos ao vigésimo quinto andar, onde todos, quando me veem, param de fofocar. Deixo Alex na sua mesa e entro no meu escritório. Não acredito no que acabei de fazer. Recebo milhares de e-mails, incluindo os de "amigas", ainda que tenha deixado claro que eu não durma duas vezes com alguém. Agora tenho que ter muito cuidado se eu quiser ter algo com alguém.

O telefone da minha sala toca, vejo que está vindo do escritório do David.

— O que foi agora? — eu solto um suspiro, não quero mais traumas.

— Sua sogra está no telefone.

— Minha o quê? Ah! A mãe da Alex? — Não pode ser.

— Ela diz que insiste em falar com Alex porque ela não atende suas ligações.

Vou enlouquecer.

— Transfira para mim.

— É sério, Oliver?

— Sim, faça isso. Todo mundo já sabe mesmo.

David, meio hesitante com o meu pedido, transfere a ligação. Não passaram cinco segundos quando uma voz muito semelhante à da Alex fala na outra linha.

— Alô? — ela diz hesitante.

— Sra. Carlin? Prazer em falar com a senhora. Oliver Anderson. — Eu me inclino contra o respaldo da minha cadeira giratória, esta conversa pode ser bastante longa.

Silêncio do outro lado. Eu ouço murmúrios com uma voz masculina: "É ele." "Quem?" "Oliver Anderson."

— Sinto muito. — Ela pigarreia. — Prazer em conhecê-lo, Sr. Anderson. Eu sou Alicia Carlin, a mãe da Alex. Eu apenas queria falar com minha filha, já que ela não responde a minhas mensagens ou ligações.

— Eu entendo, Sra. Carlin, não se preocupe. Alex está um pouco ocupada agora.

Isso é o que eu espero.

— Ocupada ou não quer falar com a gente?
— Me chame de Oliver, por favor. — Digo, sorrindo. O que mais posso fazer? — Desculpe por interferir, Sra. Carlin, mas por que Alex não falaria com você?
— Ela ficou chateada porque não fomos à festa de formatura dela. Nós não tínhamos dinheiro para viajar para Nova York.

Continuo analisando sua resposta por alguns segundos. Não posso perguntar isso a Alex porque é óbvio que ela não vai me dizer nada.
— Eu entendo. Vou dizer a ela que você está tentando falar com ela.
— Como é que ela se casou e nem nos enviou uma mensagem? — me interrompe quase imediatamente. Eu começo a massagear minhas têmporas, tudo isso vai me causar um AVC.
— Lamento. Foi uma coisa espontânea. Por favor, vou lhe mandar um presente como pedido de desculpas por casarmos tão às pressas...
— Com licença... — uma voz masculina, muito forte e rouca interrompe. — Eu sou o pai da Alex.

Ah, seu pai, ótimo. Agora, sim, me sinto nervoso.
— Prazer em conhecê-lo, Sr. Carlin.
— Como está ela? Como está a Alex? — parece alguém preocupado, não o homem que a Alex me descreveu.
— Ela está ótima, Sr. Carlin. Não se preocupe, ela está em boas mãos. Ótimo. Agora, se algo acontecer com ela, será minha culpa.

David entra no escritório, interrompendo a conversa, me dá um envelope com alguns documentos, e sai quase que imediatamente.
— Tenho certeza disso, Sr. Anderson. Fico feliz que esteja tudo bem. Por favor, cuide bem dela. — Fico na dúvida se está fingindo porque está falando comigo ou se ele realmente está falando sério.

Isso me confunde.
— Por favor, não diga a ela nada sobre essa conversa — ele continua.
— Ela não quer saber nada de mim.

Franzo a testa. O Sr. Carlin parece alguém totalmente diferente.
— Não se preocupe, eu não vou comentar nada disso com ela — respondo, da maneira mais gentil possível.
— Ótimo, muito obrigado, Sr. Anderson — dito isto, o homem desliga a ligação. Apoio meus cotovelos na mesa e a cabeça nas mãos, passando os dedos entre meus cabelos lisos. Não me importo de bagunçar, acho que tenho problemas piores do que o meu cabelo hoje.

Olho para o envelope que o David me trouxe, me levanto e saio da sala. Não preciso ir até a mesa da Alex, quase imediatamente ela olha para mim e eu a chamo para vir ao meu escritório. Entro novamente, deixo a porta aberta para ela e me sento na cadeira na frente do computador. Começo a rever alguns e-mails da empresa e a respondê-los, a maioria dos meus parceiros me parabenizando pelo casamento. Ótimo! Agora não estou mentindo apenas para os meus pais, mas para todos neste planeta.

— Oliver. O que diabos você fez? Agora todo o país sabe disso. Minha mãe está chateada, minha irmã deve estar também, toda a minha família... você me disse que seria apenas aquela noite para seus pais.

Alex entra quase gritando na minha sala e fecha a porta atrás dela. Não presto atenção pois sei que vou me aborrecer e continuo a responder os benditos e-mails usando "CTRL + C / CTRL + V" com a mensagem "Obrigado, minha esposa e eu agradecemos e desejamos um excelente dia e sucesso no trabalho! ". Quão patético me sinto fazendo isso, ridículo.

— Oliver! Estou falando com você!

— Eu sei. — Essa mulher me sufoca. — Esses são seus novos documentos.

Ela me olha intrigada enquanto pega o envelope contendo sua nova carteira de identidade, carteira de motorista e cartão de crédito ilimitado em nome de "Alexandra Jane Anderson". Eu continuo enviando as respostas estúpidas.

— Você mudou meu sobrenome? — interroga, um pouco frustrada. Eu também estou.

— As coisas se estenderam um pouco mais do que pensei, então você vai precisar disso. Não existe a possibilidade de você ser minha esposa e continuar sendo chamada de Carlin.

— Mas você nem me pergunta. Você nem pediu minha opinião pelo que fez hoje. Eu sinto que minha opinião não conta.

Ahhh! Drama, drama e mais drama.

— O cartão de crédito ilimitado, pegue-o como parte do pagamento, você pode comprar o que quiser. Te aviso desde já que eu tenho acesso à conta e se você comprar algo para outra pessoa, como um amante, por exemplo, eu suspenderei o crédito. — Não vou manter nenhum marmanjo.

— OLIVER!!!! PRESTE ATENÇÃO EM MIM. ESTOU FALANDO COM VOCÊ! — dispara essa frase a plenos pulmões e me faz estremecer, se aproxima e fecha o meu laptop com um golpe. Eu vou matar essa mulher antes mesmo dos seis meses.

Naquele exato momento, David entra no escritório.

— Legal! Já estão agindo como um casal — ele ri, como sempre. David e seu sarcasmo na hora errada! Eu apenas olho para ele, que entende, me entrega alguns papéis e se retira com um sorriso no rosto. Vou matar ele antes da Alex.

— Você terá que usar aliança o tempo todo, e você não pode ter namorados, homens, amantes ou como quer que você os chame, enquanto estiver casada comigo. Eu não serei envergonhado — digo isso com os olhos nos papéis que David me entregou.

— Então você não pode ter namoradas, mulheres ou amantes também.

— Ela olha para mim com toda atenção, apoiando o quadril na minha mesa. Espero que ela não esteja falando sério.

— Isso vai ser difícil, meu amor — eu respondo ao seu olhar fixo. Eu que não vou ficar sem sexo todos esses seis meses.

— Ótimo, mas tenha em mente que o que você fizer eu também farei. Agora que é público, não vou passar vergonha com um marido infiel, se para você também será vergonhoso que a imprensa descubra que sua esposa te traiu.

Não acredito, ela não faria isso.

— Você não é assim, sei que você não faria isso. — Eu relaxo, pouco me importando com suas palavras.

— Me teste. — Esse "me teste" desafiador ressoa na minha cabeça. Ela fala sério. Eu olho para ela e aqueles olhos verdes irritados parecem mais radiantes. Desconverso sem desviar o olhar.

— A propósito, vai ter um trabalho melhor do que queria, terá um escritório e ficará encarregada de dar aprovação para tudo relacionado a revista. Se não gostar de algo, dirá ao responsável. Quando achar que está pronta para ir ao mercado, me envie. Sua opinião será de grande importância, então você estará comigo em todas as reuniões que eu for, como um outro David.

Ela ri, o que me faz olhá-la com a testa franzida. É melhor eu ignorar isso.

— Prepare-se porque estamos indo para a Itália, vamos sair hoje à noite — eu me levanto e digo tudo isso enquanto levo alguns papéis para meu arquivo.

— Itália? — Ainda pergunta? Pelo amor de Deus, não foi o que eu disse?

— Você é minha esposa, terá que ir comigo onde quer que eu vá. Logo iremos para a Califórnia. Vou deixar o David no comando, já que alguém prometeu ao meu pai que iríamos para lá. — Ando até minha cadeira enquanto olho para ela com uma expressão incrédula. Abro meu laptop novamente e começo a digitar.

— Compre algo elegante porque é um jantar de gala com parceiros importantes. Afinal, você tem um cartão de crédito ilimitado. Um motorista vai te acompanhar pois eu não poderei ir. Eu estarei esperando por você no jato.

Capítulo 13

Ela sai da minha sala. Isso tudo é um caos, já que não sei nada da sua vida pessoal. A única opção que tenho é recorrer à sua amiga, Natalie. Sei que ela trabalha para o canal de um amigo, Max Pierre. Peço ao David que me consiga o número dela e em questão de minutos ele me envia. Ligo do escritório e em dois toques ela atende.

— Natalie Carson — ouço do outro lado.

— Olá, Natalie. Oliver Anderson...

— O marido da minha amiga? — me interrompe quase que imediatamente. Marido da sua amiga? Quão forte isso soa, eu quero sorrir triunfante e dizer não, mas essa é a minha triste realidade e eu não posso nem desfrutar da minha esposa.

— Hmmm — eu balbucio —, acho que sim. — Isso confirma que ela sabe. — Eu preciso saber coisas sobre a Alex, porque se você ainda não está por dentro, todo o país sabe. Coisas comuns.

— É claro que eu estou por dentro! — Rio, sei que isso foi um show para todos. — Bem, o que posso te dizer sobre ela? Sua cor favorita é preta — isso eu tinha notado —, ela adora junk food — eu sei — ela gosta de basquete, enfim, todos os esportes. Ela praticava kickboxing no colegial... — Kickboxing? Ótimo, ela pode quebrar minha cara a qualquer momento, já quero me divorciar.

— Informação suficiente para os meus ouvidos, obrigado, Natalie! — Não quero saber o que mais ela praticou.

— De nada. Qualquer coisa, pergunte.

— Tenha um bom dia — digo e desligo. Kickboxing? Por que eu não investiguei isso antes de me casar com ela? Eu nunca teria me casado com alguém que sabe kickboxing.

Termino minhas tarefas e vou para casa, buscar minha mala que Rosa já fez. Não sei o que faria sem ela. O chofer me leva ao jato enquanto o outro carro ainda não chegou com a Alex. Odeio esperar, mas não direi nada porque agora sinto um certo medo que ela me bata. Vou para o quarto do jato enquanto tiro o casaco e a gravata, ficando só com a camisa branca. Dobro as mangas perfeitamente até os cotovelos.

Saio do quarto, sento no meu lugar e aperto os cintos. Pego meu laptop e começo a ler um relatório que Alex enviou hoje. Apenas cinco minutos depois, ela entra no jato e se senta ao meu lado.

— Oi, Sr. Chefão — ela diz sarcasticamente. Eu deveria ficar chateado, mas ela fez um bom trabalho com o relatório. Ela tem uma capacidade incrível de escrever.

— Olá, CARLIN — respondo, sem tirar os olhos do monitor, enfatizando seu sobrenome porque sei que ela está chateada. Não tiro meus olhos da tela até sentir que ela pisa no meu sapato. Eu olho para ela enquanto ela gesticula "sinto muito" com um sorriso que é difícil dizer não.

Toda a viagem segue tranquila até ser interrompida por um motivo um tanto desconcertante: Alex começa a rir em voz alta.

— Posso saber o que te faz rir tanto, Alex? — A olho com a expressão mais séria possível.

— Sua comissária de bordo. Ela realmente não sabe que sua esposa está ao seu lado? — Não tinha notado, dificilmente presto atenção nos outros, os funcionários são funcionários.

— Não sei. Espero que não, porque ela está linda. — Não é qualquer mulher que eu ache atraente.

Alex bate no meu braço tentando incomodar como uma brincadeira, mas não pode deixar de rir. Em poucas horas ela adormece. Parece tão doce dormindo, em nada capaz de me destroçar. Chegamos e é meia-noite aqui. O motorista nos leva para o hotel.

— Vamos dividir um quarto? — Gostaria que não fosse assim, fico tenso dividindo a cama com ela.

— Vamos, porque meu irmão também está hospedado aqui, e ele não pede um quarto separado da esposa — respondo, enquanto um jovem abre as portas do hotel. Como sempre ela agradece até mesmo por uma mosca que voa em volta dela.

Reservei a suíte presidencial, branca, atapetada, bem grande e confortável para não ter de colidir com a Alex por falta de espaço. A varanda tem uma excelente vista de toda a cidade. Tiro a camisa e entro no banheiro com a calça do pijama em minhas mãos, tomo um banho relaxante e saio minutos depois vestido, pego meu computador e me sento em uma pequena cadeira de canto branca, enquanto Alex entra no banheiro.

— Por que você não para de trabalhar? Melhor descansar — diz ela, após sair do banheiro. Alguns minutos depois caminha na minha direção e fecha meu laptop. Mas que diabos está errado com ela?

— Eu odeio que você feche meu laptop, Carlin — digo da maneira mais calma possível, porque o que eu menos quero é brigar —, e não estou trabalhando. Estou vendo o que eu te dou de presente pelo nosso primeiro mês de casamento.

— Quê? Por que você me daria alguma coisa? — Alex olha para mim intrigada e cruza os braços.

— Maridos dão coisas para as esposas o tempo todo. Além disso, meu pai vai me perguntar o que eu te dei.

— Bem, você me deu um Bentley, é o suficiente.

— Um Bentley que você nem usa. Venha, sente-se aqui — bato suavemente na cadeira, sinalizando para que ela se sente ao meu lado, o que milagrosamente ela faz.

— O que prefere? Um iate ou um helicóptero? — pergunto, mostrando a ela um site.

— O quê? Nenhum dos dois — dispara quase imediatamente. — Por que você não me dá algo mais normal? Como um ursinho de pelúcia, chocolates ou rosas.

Urso de pelúcia? Como assim?

— Sério? Isso não é um presente, Alex.

— Oliver, eu não quero que você me dê esse tipo de coisa.

— Qualquer mulher morreria por um presente assim e você o rejeitando? — De verdade, o que há de errado com a Alex?

— Eu pareço com qualquer mulher? Para mim, existem coisas mais importantes que coisas materiais. Dizem que o dinheiro não compra felicidade e é verdade. — A observo fixamente com uma sobrancelha arqueada.

— Mas compra esse tipo de coisa, que é igual a felicidade. — Ou talvez não. Eu sou feliz? Bom, não estou triste.

— Isso não é felicidade, você sabe o que é felicidade? Ter alguém para cuidar de você, te abraçar, alguém que te beije, te dê amor, que te ame incondicionalmente, alguém que está contigo, no bem e o mal. Você pode ter todos os bens materiais que você quiser, mas acorda todos os dias sozinho, sem ninguém que te cuide, que te ame, que se preocupe contigo. Você dorme com garotas só uma vez. E depois? Todas elas estão lá apenas por interesse. Alguma vez você já se perguntou quem estaria com você se você não fosse Oliver Anderson?

Na verdade, não, mas também não quero.

— Se você quer mostrar a seu pai que você é um bom marido, você tem que agir como seu pai age com sua mãe.

Rio, não posso evitar.

— Você realmente quer que seja assim? Porque meus pais fazem muitas coisas que você e eu não fazemos, boneca — sim, a chamei de boneca —, que você não me deixaria fazer com contigo, já que você queria me matar só porque eu te dei um beijo.

— Porque você não me perguntou primeiro! Você não me leva em conta! E, além disso, depende de que tipos de coisas são o que você quer fazer comigo, até porque eu posso te quebrar de porrada.

Rio novamente. Mas realmente fiquei assustado.

— Está vendo? Eu te conheço! — exclamo. Ela sorri em desafio.

— Você não me conhece — ela diz imediatamente.

— Você gosta de junk food, preto é a sua cor favorita, você gosta de comédias e filmes de terror, rock 'n' roll, você sabe kickboxing, você parece ter um caráter forte, mas você é bem brega.

Demasiado brega, eu não sei o que faria com uma mulher assim.

— Mas que diabos! Como você sabe de tudo isso? — ela levanta uma sobrancelha e pelo tom que falou comigo sei que está chateada.

— Eu te disse ontem que te investiguei, conversei com pessoas que te conheciam, eu não ia me casar com alguém que eu não soubesse nada. Mas ninguém me disse que você falava quatro idiomas.

— Como você me investigou? Isso é invasão de privacidade, Oliver! — Alex me olha irritada. Por quê? Essas coisas são tão triviais.

— Eu não investiguei você, são coisas que eu notei em você nestes últimos dias — me inclino no encosto da cadeira e cruzo os braços. — E o que você sabe sobre mim?

— Além de mau caráter, você é superficial e materialista, um mulherengo, possessivo e dominante, você faz as coisas sem consultar os outros, pouco se importando se vai machucar ou afetar alguém ou não. Você só pensa em você o tempo todo.

Mmm... de onde diabos tira todas essas impressões ruins de mim?
— Eu tenho um mau caráter? Quem é quem está o tempo todo procurando briga? — levanto da maldita cadeira, e sim, já estou chateado.
— Estou tentando fazer a minha parte para que nosso trato funcione, mas você fica chateada com tudo. Se eu não tivesse esse caráter você não iria me respeitar, e sabe, só porque te dei um pouco de confiança você já fecha meu laptop, grita comigo a hora que quer, me ofende. Se não fosse pelo meu pai eu não me casaria com você! — O que é verdade, o que me enlouquece, também sei que ela não se casaria comigo, pelo que acabou de dizer, mas não me importo. Coloco uma camisa. Alex ainda está sem palavras, e de fato, não estou pensando claramente. Pego minha mala. — Volto amanhã — digo isso e saio.
— Aonde você está indo? — ela pergunta. Que droga isso importa para ela? — Você não pode sair, seu irmão pode vir amanhã.
Saio do quarto fechando a porta atrás de mim. Agora para que diabos eu vou? Todos os filhos das putas dos quartos estão cheios. Ando sem rumo pelo hotel até chegar à piscina, parecendo um menino sem teto. Me deito numa cadeira confortável nas margens e olho para o nada. Isso é ser casado? Massageio minhas têmporas, isso vai me dar um AVC. Meu celular toca, é o David, como ele sabe quando estou passando por esses momentos difíceis?
— Fala — atendo com relutância, espero que não seja má notícia, porque se for eu me suicido.
— Se divertindo? — Este tom dele. Já sei que ele está imaginando toda a sujeira possível.
— Sim, claro, estou de frente a uma piscina sozinho, com minha mala, sem ter para onde ir porque todos os quartos estão reservados.
— Como assim? — David desata a rir e eu só quero atirá-lo num abismo.
— Eu juro que quero matar você, David, agradeça a Deus por estar a milhares de quilômetros de distância.
— Tudo bem, desculpe, então vamos falar sério — faz uns barulhos estranhos que eu sei que está contendo o riso, o que me faz rir.
— Ok, passou no teste — solto, olhando em volta. Aqui não parece um mau lugar para dormir.
— É sério?
— Isso mesmo, eu ofereci a ela um iate ou um helicóptero. E ela me rejeitou completamente. Ela quer ursos de pelúcia, chocolates e eu não sei

o que mais breguices — ainda massageio minha têmpora, minha cabeça ainda dói.
— O quê? O que tem de errado com a Alex? — cai na gargalhada. — Você encontrou a mulher dos seus sonhos, Oliver! VOCÊ ENCONTROU! — ele grita tão alto que vai estourar meu tímpano, mais dor de cabeça.
— Você está bêbado, David? Ela é teimosa e tem a capacidade de me deixar louco em instantes. Eu vou dormir em uma cadeira de praia hoje.
— David ri.
— É assim que as boas relações começam. — Faço uma careta e suspiro. Deus! Me dê paciência.
— Não, nunca e jamais. Agora, com licença que eu tenho que dormir, aqui já é muito tarde e vou levar mais tempo para dormir nesta cadeira.
— Ou talvez deva... — desligo, já não quero escutar mais nada que ele tenha a dizer.

Capítulo 14

Não, definitivamente esta cadeira não é confortável. Ah! Por que diabos me casei? Melhor que me tirassem a presidência e eu fosse pedir esmola no shopping. Já não iria mais dirigir meu Porsche e teria que vender minha casa, não pagaria Rosa e não teria aventuras com qualquer garota. Não, não e não! É melhor eu aguentar isso por mais alguns meses. Um pesadelo é pensar em ser pobre e ter que beber água da torneira e dormir em uma cama pequena, e não usar mais meus ternos, não poderia suportar. Droga! Vou voltar para o quarto, me doem as costas e o corpo inteiro, espero que a Alex não esteja acordada porque, sério, eu não quero brigar. Olho para meu celular, tenho vinte e cinco chamadas perdidas, alguém está com a consciência pesada. Faço o caminho de volta, entro na sala e felizmente ela está dormindo. Deixo minha mala num canto e me acomodo, colocando almofadas entre nós. Não a quero perto de mim. Adormeço momentos depois.

Um som na porta me faz acordar.

Ah! Não pode ser! Por favor não! Por favor. Abro os olhos devagar até me acostumar com a luz que entra pela janela, é o camareiro com o café da manhã. Não, não, não, quero dormir mais. Que horas serão? Alex se levanta para abrir a porta.

— Bom dia, Sr. Anderson, posso entrar e servir seu café da manhã? — é o que eu posso ouvir.

— Claro, vá em frente — Alex responde, deixando-o entrar no quarto. Eu faço um sinal para que passe, e ainda com todo o sono do mundo, posso ver uma pequena placa de identificação pendurada sobre o colete amarelo: "CARL WILLIAMSBURG".

Vou reclamar na gerência por não me deixar dormir o suficiente. Ou melhor, vou agradecer, porque já é bastante tarde. Meu celular toca e é o Henry.

— Oliver, você pode vir por alguns momentos? — ouço quando atendo.

— Claro, me dê dois minutos, já chego aí. — Desligo a ligação e vou ao banheiro com um jeans e uma camisa preta para me trocar. Pego meu laptop e saio da suíte sem dizer nada a Alex.

Chego ao quarto de Henry e bato na porta. Brittany é quem chega para abrir.

— Eu só queria ter certeza de que você era você e não uma cadela qualquer. — Faço uma careta. Henry pega seu suéter e olha para Brittany com desaprovação.

— Vamos para o salão para o café da manhã? — Aceno com a cabeça. Ele sai e fecha a porta atrás dele.

— Brittany me deixa louco às vezes. Não acontece a mesma coisa com sua esposa? — pergunta. Ele não faz ideia.

— Na verdade não, Alex é a melhor esposa que um homem pode ter.

— Nem eu acredito nisso.

Henry começa a me mostrar as estatísticas de sua empresa enquanto tomamos café da manhã. Eu o ajudo e explico o melhor que posso. Afinal, é meu irmão. Não me importo se meu pai acredita que é melhor do que eu, não é por me gabar, mas eu não sei o que ele faria sem mim. Depois de algumas horas volto para o quarto, tenho que me preparar para a reunião com os sócios.

Abro a porta e ouço barulho do chuveiro no banheiro. Me sento na enorme cama com deliciosos lençóis de flanela e começo a checar minha correspondência enquanto isso. Uns cinco minutos depois a porta do banheiro se abre e desvio meu olhar do monitor para ela.

Meu Deus! Alex sai do banheiro com uma calcinha de renda rosa muito sexy. Aparentemente não notou minha presença, pois caminha até a mala. Que corpo! Não! Não pode ser! E para me dar uma melhor visão tem o cabelo amarrado em um coque. Eu acho que vou começar a suar, este par de pernas, longas e torneadas, seu abdômen liso, cintura estreita. De costas para mim, procura as roupas na mala. E a bunda... Nãoooo! Eu vou me descontrolar! Rapidamente volto meu olhar para o monitor do computador, limpo minha garganta antes que eu me jogue em cima dela e ela me mate. Alex se vira e olha para mim, seus olhos arregalados, e tenta se cobrir com uns jeans brancos que segurava, mas é inútil, porque eu já tinha visto tudo e quase enlouqueci.

— O que diabos você está fazendo aqui, Oliver? — Não tiro os olhos do monitor, porque sei que, se o fizer, não serei capaz de me controlar.

— Este também é o meu quarto, caso tenha esquecido — falo, fazendo um esforço sobre-humano para não olhar.

— Mas por que você não avisa? Demônios! — Ela corre ao banheiro rapidamente e respiro fundo várias vezes. Por que essa punição? O que eu fiz?

Depois de alguns minutos de luta interna para apagar da minha mente o que acabei de ver e não causou uma ereção, Alex sai com uma calça jeans clara e uma camisola branca, seus seios grandes se destacam mais com essa blusa. Nunca mais vou vê-la da mesma forma depois disso.

Ela soltou seu cabelo e sem uma palavra calça os sapatos, pega sua bolsa, seu casaco e sai do quarto. Nem sequer pergunto aonde estava indo, não consigo falar nada coerente no momento.

E não consigo tirar essa imagem da Alex da minha cabeça. Não consigo nem me concentrar, eu não posso acreditar. E não é a primeira mulher que eu olho de calcinha. Claro, mas os outros corpos que eu vi foram meus imediatamente depois e eu sei que com Alex isso não vai acontecer. Ah! Eu tenho que me acalmar.

— Oliver. Tudo bem? — Henry balança a palma da mão na minha frente enquanto almoçamos, o que me faz sair dos meus devaneios.

— Claro — solto um pigarro —, estou apenas me lembrando de algumas coisas que tenho que fazer por hoje.

Coisas para fazer hoje ou coisas que vi hoje.

— Bem, aonde está Alex, a propósito? — Verdade, aonde está a Alex?

— Suponho que ela deve estar se arrumando para o jantar — exclamo com indiferença.

— Tão cedo? — pergunta Brittany na minha frente. Ela é quem deveria estar se arrumando agora, pois precisa disso.

— Sim, ela gosta de estar sempre bonita, mas nem precisava se esforçar tanto. — Brittany me olha com toda seriedade possível, eu sei que captou meu duplo sentido.

Volto para o quarto e vejo que Alex ainda não está lá. São quase duas da tarde. Eu chamo meu motorista e ela não saiu de carro. Essa mulher vai me irritar. Ligo para ela, felizmente ela responde.

— Onde você se meteu? Me perguntam sobre minha esposa e eu não tenho ideia de onde ela está. Por que você não pegou um carro? — Meu tom firme é o suficiente para deixá-la saber o quanto estou chateado.

— Eu tenho que te dizer onde estou o tempo todo? — escuto do outro lado. — Além disso, eu não queria levar o carro, não gosto de andar com um motorista para todos os lados.

— Eu quero você aqui em trinta minutos — desligo, não vou esperar pela resposta que me incomode ainda mais.

Tomo um banho e visto rapidamente meu terno de grife preto, penteio meu cabelo perfeitamente e coloco meu relógio no pulso esquerdo. Saio por um momento e encontro com um dos sócios no primeiro andar, enquanto eu ia checar se meu motorista tinha alugado a limusine. Senhor Fascinelli tem a capacidade de dizer milhares de palavras e deixar qualquer um plantado horas e horas. Por não querer ser desagradável, tive que ouvir falar sobre todas as suas andanças pela Itália. Poucos minutos depois, meu celular toca.

— Perdão, Sr. Fascinelli, é minha esposa.

— Ah, atenda — diz com um sorriso cordial que correspondo imediatamente —, as esposas são prioridade.

Eu sorrio novamente.

— Desculpe-me, por favor. Eu te vejo no jantar.

— Bem, Sr. Anderson, saudações à sua esposa. — Pela primeira vez, agradeço que Alex tenha me salvado de um sermão. Eu atendo.

— Já estou aqui, Sr. Anderson. — escuto sua voz doce e me lembro desta manhã.

— Bom, se apronte, já passo por aí para que possamos ir ao jantar — digo e desligo.

Passo pela sala de jantar e peço um suco de laranja enquanto espero por Alex. Eu não quero entrar e a encontrar na mesma situação hoje mais cedo, porque não me seguraria duas vezes. Me sento no bar e quando penso que é o momento prudente que posso esperar sem enlouquecer, volto para o quarto.

Chego e abro a porta. Alex está sentada na beira da cama colocando uns saltos pretos enormes, e quando me vê ela esboça um sorrisinho. Ela se levanta para se olhar no espelho da sala. Eu não posso evitar olhá-la quase descaradamente da cabeça aos pés, e o vermelho nela fica espetacular, realça seu cabelo, olhos e corpo. Posso dizer que envolve cada curva perfeitamente até seus tornozelos. Finalmente está pronta.

— Você vai fazer todos os homens do lugar babarem — preciso dizer isso. Coloco minhas mãos no bolso, sem conseguir desviar meu olhar para longe dela.

— E não você, Sr. Anderson? — ela responde, zombando com um sorriso brincalhão.

— Não, eu sou difícil — eu olho para o relógio no meu pulso, embora eu saiba que é a maior mentira que eu já disse.

Capítulo 15

Alguém bate na porta e eu abro. É Henry, que olha para Alex da cabeça aos pés. Não posso deixar de sentir algum desconforto dentro de mim, e sei que ele não será o único que vai vê-la dessa maneira. Ele tenta esconder e a cumprimenta o mais naturalmente possível.

— Como você está, Alex? — Ele traz seu olhar para mim, que indiferente arrumo meu relógio, mas na verdade estou incomodado.

— Bem! E você, Henry? — ela responde, colocando um pouco de brilho labial.

— Estou ótimo! — ele exclama. Henry me abraça em cumprimento e eu retribuo da maneira mais gentil possível quando quero bater nele por olhar para minha esposa desse jeito.

— Podemos dividir uma limusine? — ele pergunta, separando-se de mim e olhando para Alex de novo, que está alheia à nossa conversa, e retorna o olhar para mim.

— Claro! Sem problemas! Meu amor? — Vou até ela e lhe dou um beijo na testa, quando na verdade quero pegá-la pela cintura, beijá-la nos lábios, carregá-la para este móvel e... Oliver, acalme-se.

— Problema nenhum — ela responde, colocando uma pulseira no pulso esquerdo.

Alex pega sua bolsa e eu a mão dela e vamos em direção a limusine enquanto Henry vai buscar Brittany. Alex não passa despercebida por nenhum homem e me incomoda — e ela nem é minha verdadeira esposa. Enquanto esperamos por Henry e Brittany eu sinto a mão de Alex acariciar a minha, franzo a testa e olho para ela intrigado.

— Que foi? — pergunto. Ela imediatamente solta a minha mão e olha em outra direção. Eu sorrio.
— Nada, suas mãos são tão macias. — Eu não posso deixar de rir.
— Eu também gosto das suas, boneca. Sem ter que usar esmalte nas unhas, elas parecem perfeitas. — Ela me olha nos olhos e sorri levemente, e nesse exato momento Henry e Brittany aparecem.

Brittany e Alex não são e nunca serão melhores amigas. Elas sorriem da maneira mais falsa possível. E que mulher não odiaria ver a Alex? Brittany parece insignificante ao lado dela em seu vestido preto simples, com mangas compridas e costas nuas. Eu não posso acreditar que há algum tempo David estava babando na Brittany, embora até então ela não fosse tão vaidosa quanto é agora.

Entramos na limusine, Alex está tão bem perfumada que quase me distrai enquanto falo com Henry sobre a empresa. Não posso deixar de notar como Brittany olha para ela repetidas vezes. Eu sorrio. Se eu fosse uma mulher também me sentiria intimidado.

Chegamos ao elegante lugar onde é o jantar e há câmeras, fotógrafos, repórteres e flashes por todos os lados. Estendo minha mão para Alex descer e a pego pela cintura quando ela está no último degrau, para lhe dar um beijo nos lábios. Henry não faz isso nem mesmo em sonhos, ele prefere ajeitar seu terno cinza e sua gravata com tons marrons antes de fazer algo assim com a Brittany. Na verdade, isso é tão natural para mim, que eu faço sem pensar, minha mãe me acostumou assim.

— Alexandra, como você conquistou o Sr. Anderson? Alexandra, como é que você conseguiu roubar o coração do magnata de Nova York? Alexandra, como é a inveja de todas as garotas?

Eu tenho que me controlar para não rir. Alex é o centro das atenções e ela odeia isso.

Não tiro minha mão dela em nenhum momento. O lugar é enorme e luxuoso, todos os meus sócios estão aqui e eu lhes apresento Alex um por um. Mas Deus! Que afronta! Quantos homens sem vergonha neste lugar! Me irrita vê-los olhar para a minha esposa assim — pior, olhar para lugares que só eu deveria ver e não posso.

Pego Alex pela cintura e a aproximo de mim, dando um beijo carinhoso nos lábios macios com um aroma delicioso de morangos.

— Eu vou te matar — ela sussurra entre o beijo, separando ligeiramente minha testa da dela. Um aroma delicioso.

— Por quê? Por beijar minha esposa na frente desses degenerados que te comem com os olhos? — falo de uma maneira sensual, unindo meu nariz ao dela.

Ela franze a testa e olha ao redor, e ninguém está olhando para ela, ótimo.

— Ah, e quanto a ontem... — Eu olho nos olhos dela, o que me faz querer fazer as pazes.

— Me desculpe — ela me interrompe e olha para o lado com uma expressão de extrema inocência que me é engraçada e surpreendente.

— Você? Pedindo desculpas? — rio um pouco.

— Claro, embora você também tenha me ofendido. — Eu envolvo sua cintura pequena com meus braços e a aproximo mais do meu corpo. Ela ajusta minha gravata.

— Foi autodefesa, mas também tenho que te pedir desculpas. — Ela me olha nos olhos, não sei o que eles têm que eu adoro. Ainda mais quando ela olha para mim desse jeito. Beijo sua testa e ela sorri.

Naquele exato momento, dois velhos amigos da universidade se aproximam. Faz tempo que não nos vemos. Não tenho redes sociais, então não tenho contato com nenhum velho amigo.

— Meu Deus! Você se casou e não nos contou nada? Nós poderíamos ter feito a melhor despedida de solteiro, você sabe, com dançarinas exóticas, strippers. Brincadeira — diz Kevin, se dirigindo a Alex sorrindo. Kevin, com seus olhos que ficam mais azuis e brilham com a pele morena toda vez que diz uma maldade.

— Dançarinas exóticas e strippers não são a mesma coisa? — Alex pergunta, arqueando as sobrancelhas. Ela gosta de entrar nas brincadeiras.

— Não, dançarinas exóticas são aquelas que o Oliver paga mil dólares por dança e strippers são as que por cem dólares mostram tudo.

Ai, meu Deus! Como ele me manda uma dessas? O que a Alex vai pensar de mim? Olho para Kevin com uma cara de desaprovação, enquanto eles, incluindo Alex, riem alto.

— Não é verdade — eu olho para Alex tentando não parecer chateado, mas eu estou. — Meu amor, esses são Kevin e Dason, estudamos juntos em Harvard — acrescento, apresentando estes dois insociáveis. Ambos estendem as mãos e Alex os cumprimenta.

— Vocês estão indo embora amanhã? — Dason pergunta, colocando as mãos nos bolsos da calça preta.

— É, tenho trabalho a fazer porque vamos perder uma semana na Califórnia com meus pais. — Por causa da Alex, mas não vou dizer isso. A envolvo pela cintura com meu braço.

— Então podemos sair hoje! Um amigo está dando uma festa, podemos ir. Temos que nos atualizar. Olha que agora você está casado e seus amigos de infância não faziam ideia! Vamos convidar o Henry.

— Henry está com a Brittany, então isso depende dela.

— Bitchany está aqui? — Kevin pergunta seriamente, o que faz todo mundo cair na gargalhada.

— Bitchany? — Alex pergunta, porque ela ainda não conhece a história de Brittany. — Aparentemente vocês gostam da Brittany — acrescenta ela, com um tom sarcástico.

Eles nos convidam a dividir uma mesa. Henry e Brittany se juntam a nós e Dason se levanta para pegar uma garrafa de champanhe. Começamos a conversar sobre negócios e outras coisas.

— Henry, depois vamos a uma festa, você vem com a gente? — Kevin pergunta. Brittany imediatamente olha para Henry, o que significa drama.

— Ok, deixe-me ver a minha agenda, se não houver mais nada a fazer depois daqui. — Não é verdade.

Dason volta com a garrafa de champanhe, começa a nos servir em finas taças de cristal enquanto noto que Brittany e Henry discutem.

— E aí, Henry? Vai se juntar a nós? — pergunta Dason. Henry olha para ele.

— Claro! — ele exclama, sem hesitação. Posso ver a Brittany apertando a mandíbula e olhando para ele com desaprovação. Eu não sei o que eu faria com uma mulher assim. Brittany dá um sorriso falso, daqueles que ela mostra à Alex o tempo todo.

O champanhe é bom e a pista de dança está cheia. Henry e Brittany vão dançar ou discutir. Argazzi se aproxima de nós com um sorriso impecável no rosto, deixando suas rugas mais visíveis.

— Ah, esta linda mulher é sua esposa? — ele pergunta muito gentilmente. — Parabéns, Sr. Anderson.

— Muito obrigado, Sr. Argazzi, e sim, esta linda mulher é minha esposa. — Claro, só podia ser. — Querida, este é o Sr. William Argazzi, dono do hotel onde ficamos.

— É um prazer, Sr. Argazzi — ela estende a mão e ele muito gentilmente beija seus dedos. Se fosse um homem mais jovem e atraente me incomodaria.

— O prazer é meu, Sra. Anderson. Você se importa se eu o roubar por alguns segundos, linda?

— Claro que não — Alex responde, com um sorriso nos lábios.

Me retiro com o Sr. Argazzi. Espero que Dason e Kevin não comecem a contar coisas sobre nossas aventuras na faculdade para Alex.

O Sr. Argazzi me apresenta a algumas pessoas. Quando sinto um puxão no meu antebraço, encontro os brilhantes olhos de mel de Lauren.

— Então você se casou? — dispara, com fúria.

— E isso te importa por…? — eu respondo como se fosse óbvio.

— Você dorme comigo e me deixa deitada em um quarto de hotel — ela murmura, impedindo que alguém ouça.

— E daí? O que você tem a ver com isso? — Argh, que frustrante.

— Você já era casado? Sua esposa vai ficar superfeliz se souber disso.

Inferno! Há quanto tempo fui para a cama com essa garota? Não sei. Eu tento lembrar se meu pai mencionou uma data no jornal e me parece que não. Ótimo, posso mentir.

— Ainda não estava casado. Se você não se importar, tenho que falar com algumas pessoas — digo isso colocando as mãos nos bolsos das calças.

— Mas eu acho que você já estava comprometido. — Como sempre carrega um decote, que já nem chama minha atenção.

— Lauren, você está me dando nos nervos. — Levo minhas mãos para as têmporas e as massageio, como sempre faço quando algo me desagrada. — E não, não estava comprometido, porque naquele dia, se você não percebeu, eu estava só. Ela e eu estávamos separados por um tempo. Na verdade, tudo o que que aconteceu com você foi apenas o resultado de um deslize. Depois de estar com você eu percebi que ninguém é como ela. — Lauren me olha desconcertada. — No dia seguinte, a procurei e pedi que se casasse comigo. Percebi que não quero estar com ninguém além dela. Preciso ir, foi bom ver você, Lauren.

Ela me observa andar, parada ali de braços cruzados sem fazer ou dizer qualquer coisa por um tempo, até que finalmente Romanov chega para levá-la, e eu paro para conversar um pouco mais com as pessoas que o Sr. Argazzi tinha me apresentado e com alguns outros sócios. Depois de vários minutos eu olho para a mesa onde Alex estava e vejo Lauren sorrindo na frente dela. Que diabos…? Ah! É que essa mulher não vai me deixar em paz.

— Mil desculpas — eu digo para as pessoas com quem estou conversando. Eles acenam e eu vou para a mesa onde elas estão. Espero que Alex não diga nada desconcertante para ela.

Percebo que Lauren está olhando para ela intrigada, da mesma forma que ela estava me olhando há alguns minutos. Chego à mesa e levo a Alex pela mão, enquanto ela dá um sorriso de despedida para Lauren. A levo o mais longe possível daquela mulher.

A pego pela cintura com uma mão, e com a outra pego sua mão começar a dançar uma música romântica que está tocando.

— Oliver, quem é essa garota? — Alex pergunta imediatamente, murmurando no meu ouvido.

— O que exatamente vocês estavam conversando? — interponho, ignorando sua pergunta.

— Quero saber quem ela é! Agora! Você dormiu com ela, certo?

— Isso é pessoal. — Eu não vou falar sobre essas coisas com a Alex. É incômodo.

— Pessoal, Oliver? Para mim é vergonhoso que você tenha amantes por aí, ainda que nosso casamento não seja real. Você gostaria que eu saísse por aí fazendo você de idiota? — Que estresse.

— O que aconteceu com Lauren já tem muito tempo, e eu te disse que eu não tenho amantes por aí. — Já estou me incomodando.

— Mas e quanto ao tempo que "estávamos namorando"? Você me traiu! — Não, já tenho a desculpa perfeita.

— Não sabia que isso iria acontecer. Além disso, tenho certeza de que quando éramos "namorados" você também tinha seus contatinhos por aí. — Sei que estou certo. Depois de alguns segundos ela esboça um sorriso malicioso e não posso deixar de rir. Até que sinto curiosidade em saber o que raios ela fez que a fez rir daquela forma.

— Viu? Que coisas escusas você fazia naquela época em que "estávamos namorando"? — Ela me faz rir. Ela ia responder quando um homem de meia-idade sobe na plataforma e chama a atenção de todos.

— É um prazer para mim dar este prêmio para o empresário do ano, este homem que em tão tenra idade conseguiu fazer de sua empresa uma das mais importantes internacionalmente. Senhoras e senhores, Oliver Anderson.

Os holofotes estão em mim. Me afasto da Alex para ir ao palco. Eu sorrio bastante quando recebo o prêmio.

— Eu agradeço muito por este prêmio. Agradeço aos meus pais, ao meu irmão e especialmente à minha linda esposa, que é minha inspiração e meu motor para seguir em frente. Te amo, meu amor! — Eu deveria ser ator. Procuro por Alex no meio da multidão e seu cabelo brilha pela luz do refletor, está tão linda.

Desço do palco e Alex me alcança e me beija com carinho, um beijo que eu correspondo imediatamente, sem me importar que todos nos olhem. Não solto sua mão o restante da noite, até porque todos os homens daqui são uns depravados. Nos retiramos na limusine com Henry e Brittany, e Alex se apoia no meu ombro enquanto olha pela janela todo o caminho de volta.

Capítulo 16

Chegamos ao hotel. Queria ir direto para a festa que Kevin nos convidou, mas Alex insistiu em trocar esse "vestido detestável", de acordo com ela. Não entendo por quê, mas ela está incrível. Enquanto isso, tiro a gravata e ajeito meu terno.

— Você vai assim? — me pergunta, olhando para mim intrigada enquanto ajusto meu relógio.

— Claro, eu vim aqui porque você queria se trocar, então se apresse.

Alex já sabe que "se apresse" significa não mais do que cinco minutos, é assim na empresa e aqui não seria diferente. Depois de cinco minutos olho para o relógio, já estou ficando aborrecido. Vou apressar Alex quando ela finalmente sai do banheiro.

— Oliver, esse vestido fica bem com esses sapatos? — me pergunta. Eu olho para cima para observá-la e meu queixo cai quase no chão.

Não pode ser. Se eu achei o vestido vermelho espetacular, este vestido preto a deixa sensacional: realça os seios dela e se ajusta perfeitamente ao seu corpo magro, mas cheio de curvas, e deixa descoberta mais da metade de suas coxas estupendas. Por Deus, ela é muito melhor do que várias modelos que conheço. Por que não a conheci em outro momento e outra situação?

Como eu digo a ela de uma forma não tão vulgar que ela parece extremamente requintada e que eu quero jogá-la naquela cama e lambê-la como um picolé?

— Pa... parece bom — eu gaguejo como um idiota. Melhor levar meus olhos para outro lugar antes que minha virilha me delate.

Vamos à limusine e eu a ajudo a entrar. Dois minutos mais tarde, chegam Henry e Brittany. Como sempre, Brittany não cumprimenta ninguém e mantém no rosto a expressão mais amarga possível. Eu não me importo. Ela não gosta de mim desde que saiu com o David e acabou se casando com Henry.

Converso com meu irmão até chegarmos na festa, e não consigo parar de olhar as pernas da Alex; estão cruzadas e são tão macias que quero passar a mão nelas. Porra, que tortura!

Chegamos na festa, um lugar enorme, com luzes coloridas por toda parte e música eletrônica tocando sem parar. Não sou amante desse tipo de música. O DJ começa a dizer algumas palavras em italiano. Kevin e Dason já estão aqui e nos apresentam mais dois caras. Um deles é o anfitrião da festa, Carlo, um italiano. Ele pega a mão de Alex e beija os nós dos dedos. Olho para ele seriamente, eu não gosto disso e ele nota. Abraço Alex pela cintura e a aproximo do meu corpo.

Uma vez que o cara sai, eu sorrio para ela e ela balança a cabeça. Eu me divirto com as reações.

Vamos para umas poltronas de couro que cercam uma linda mesa de cristal, onde estão servindo doses de vodca. Passo o olhar pelo lugar, há meninas bonitas. Especialmente duas quase em frente a nós, mas a uma distância segura, com uns vestidos quase transparentes decotados. Estão me observando, o que me faz observá-las também, e flertam com o olhar. Naquele exato momento, eu sinto umas mãos suaves acariciarem meu rosto. Alex junta seus lábios macios com os meus e começa a devorá-los, aproveitando para usar a sua delicada língua. Eu correspondo. É um beijo delicioso, eu nunca tinha beijado assim, meus movimentos de língua em um ritmo sincronizado com os dela, e não é que esta diaba beija tão bem que me faz me perder em segundos! É como uma droga, ponho minha mão no pescoço dela, sinto meu coração acelerar.

Oliver, relaxe.

— Maldita, você — digo, entre beijos, que ficaram mais lentos.

Que boa força de vontade. Tenho orgulho de mim.

— Por quê? Por beijar meu marido na frente de todas essas degeneradas que comem ele com os olhos? — disse ela e eu me lembro de minha frase de algumas horas atrás.

— Você só se lembra das coisas ruins. — Dou um largo sorriso e não consigo parar de pensar que eu quero outro beijo como esse.

— Você não vai ver mulheres na minha frente.

— Ou o quê? — Eu a olho nos olhos em desafio, como ela costuma fazer, enquanto tomo outro gole.
— Eu corto suas bolas. — Quê? A olho perplexo, franzo a testa e levanto uma sobrancelha. Não me imagino sem a minha masculinidade.
— Porra! Agora eu entendo por que você não tem namorado.
— Eu não tenho namorado porque não quero. Tenho experiências ruins. Todo mundo é depravado — responde ela, tomando uma bebida que repousa sobre a mesa de vidro redonda.
— Como assim? Eu tenho sido um bom marido — rio, pegando um dos sanduíches que nos trouxeram.
— Você me fez de corna nos nossos supostos dois meses de casamento, Oliver.
— Quê? Claro que não! — É verdade, eu não fiz isso. — Desde que me casei com você, não tive nada com nenhuma mulher. Não é porque quero ser fiel, mas não tive tempo de conhecer garotas.
— Uau! Obrigado pela sua sinceridade, Sr. Anderson. — ela sorri, fazendo um brinde com sua bebida. — E me diga — Alex olha nos meus olhos enquanto diz essas palavras —, você já pensou em se casar? Quero dizer, a sério, começar uma família. — Pergunta interessante.
— Na verdade, não — eu respondo sem hesitação. — Já tenho o suficiente com você para ser traumatizado pelo resto da minha vida. — É verdade, o que eu gosto de ter uma esposa como a Alex é que eu posso ser honesto sem pensar que eu estraguei tudo e tenho que descobrir como agradá-la. Alex franze a testa e eu sorrio. Ela é tão fofa fazendo esses gestos.
— E você? Planeja se casar de novo? — pergunto. Não sei o porquê, mas estou curioso. Eu olho para cima para encontrar Carlo, que olha para Alex descaradamente.
— Claro que sim — diz imediatamente, o que me faz olhar para ela intrigado.
— Claro que sim? — eu questiono. — Você acabou de me dizer que só encontra homens degenerados.
— É, mas no fundo eu acho que ainda existem homens bons. Talvez você não pense assim, mas é reconfortante ter alguém para te apoiar, amar, respeitar e encorajar quando for preciso.
Penso no que ela acabou de dizer e a observo. Eu ia responder quando ela me interrompe.

— Você já teve algum relacionamento sério? — Tento me lembrar e penso no significado de "relacionamento sério". Quando foi a última vez que chamei algum relacionamento de "sério" com alguma garota? Ah, lembrei.

— Tive, há muito tempo. — Faço uma pausa. — Kim.

— Kim? — ela pergunta. Agora ela me olha de perto. Eu não falo sobre essas coisas com ninguém. Mas eu não sei o que Alex tem que me faz responder suas perguntas.

— Sim. — Viro meu olhar para aquele Carlo de novo e lá está ele olhando para Alex. Imediatamente seus olhos encontram os meus e ele desvia o olhar para Henry, com quem parece ter uma conversa incrível.

— O que aconteceu com a Kim? — Volto meu olhar para ela.

— Ela dormiu com meu colega de quarto em Harvard. É tudo o que vou dizer, então vamos mudar de assunto.

Fodam-se os relacionamentos.

— E você se apaixonou? — Alex me olha com uma ligeira careta, sabe que não sou de falar essas coisas, mas, com aquele rosto, como posso dizer não?

— Alex...

— Quero saber — ela diz imediatamente. Foda-se.

— Se você quer saber se eu chorei por ela, não, mas, ela foi a minha primeira em tudo, se você sabe o que eu quero dizer. — Levanto uma sobrancelha, eu sei que ela sabe o que quero dizer.

— Não acredito! Quantos anos você tinha? Catorze? — zomba ela, com um gesto descontraído.

— Não, eu tinha dezenove anos, foi minha primeira namorada séria. Antes eu era um nerd que só se importava em tirar boas notas.

Ela ri baixinho e traz seus lindos olhos para os meus.

— Então Kim chegou — continuo — e me tirou da minha bolha de estudo. E, bem, o que posso dizer... ela dormia com vários ao mesmo tempo.

Por essa razão, é melhor eu não ter um relacionamento sério com ninguém.

— Bem, talvez se você deixar de ver só o físico vai se dar conta que existem pessoas boas que não têm o mesmo físico.

Eu olho para ela com perplexidade. Alex está dizendo isso? Alex com seu corpo de ampulheta? Seu cabelo loiro? Seus olhos verdes? Seu rosto de boneca? Seus lindos seios?

— O quê? Do que você está falando? — Não sei o quanto ela bebeu para dizer isso. — Alex, você é uma das mulheres mais bonitas deste lugar. Para onde vamos, há uma cambada de idiotas babando por você. Se você não fosse uma dor de cabeça completa e superirritante, até eu gostaria.

E eu a aprecio, sério, ainda que seja uma dor de cabeça. Ela olha para mim pensativa, com aquele ar gentil e com a testa franzida.

— Você acabou de me ofender ou de me elogiar? Eu não sei se agradeço ou quebro seu nariz. Talvez os dois. — Essa mulher me diverte, não consigo deixar de rir e quando ela faz um gesto para continuar falando, outros amigos nos interrompem.

— Oliver Anderson, como você se casou? Eu seria o padrinho do seu casamento. — Levo meus olhos para a voz e encontro mais amigos da universidade. Eu sorrio e fico de pé para dizer olá.

— Por que eu deveria esperar se eu tive a chance de me casar com essa beleza no mesmo dia? — Estendo minha mão para Alex para pegá-la e ficar ao meu lado.

— Pessoal, essa é Alexandra. Meu amor, esses são Christian e Edward.

— Oi — Alex diz gentilmente, acena para eles e os dois olham para ele da cabeça aos pés. Eu vou matar esses caras.

— Agora eu entendo por que você é casado, Oliver — Edward diz, olhando Alex descaradamente. Franzo a testa e dou um tapa no braço dele, com um sorriso fingido. Queria ter mais força para quebrá-lo.

— Você sabe que é piada, amigo — diz ele, enquanto os dois apertam a mão de Alex e sorriem para ela. Eu sei que Alex está desconfortável. Quem não estaria?

É por isso que eles nunca foram amigos próximos.

Eles se sentam conosco e se juntam a Dason, Erick e Angie, a namorada de Dason.

— Vamos lá para fora? — pergunto a Alex. Na verdade, essas atenções recebidas por ela pelo sexo masculino me incomodam. Se fosse minha esposa, já batido em vários marmanjos. É, às vezes saio do controle.

— Claro — ela responde, pegando minha mão, e saímos.

Lá fora tem mais gente, música e uma piscina. Está frio e com aquele vestido sem alças eu sei que Alex precisa de um casaco. Eu tiro o meu e coloco nos ombros dela e ela sorri. Depois de um tempo ela tira os sapatos e começa a andar descalça.

— O que está fazendo? — eu pergunto, observando seus pés descalços intrigado.

— Sinto muito, eu não suporto esses saltos. — Paro por um momento e ela parece pouco se importar que seus pés descalços estejam tocando o chão. Em um movimento ágil, eu a pego e a coloco no meu ombro. Alex é muito leve.

— Oliver! O que você está fazendo!? — Começa a chutar e me dá vontade de rir.

— Você não vai andar descalça aqui, Alex!

— Oliver, me põe no chão... agora! — ela tenta soar furiosa, mas eu sei que ela está segurando uma risada.

— Eu não recebo ordens de meus funcionários — digo arrogantemente, esperando sua bronca, mas ela apenas ri.

— Oliver, com este vestido você vai fazer todo mundo ver a minha bunda. — Começa a chutar de novo e eu noto o quão apertado o vestido dela está em suas pernas. Eu ajusto melhor e, sem querer, meus dedos tocam sua pele. Eu quero colocar minha mão inteira em suas coxas e começar a acariciá-las.

Mas eu não sou assim. O que mais tenho em mim é respeito.

— Pronto, você está bem, boneca. — Ela riu levemente e, finalmente, para de implorar. — Chegamos! — exclamo, vendo o enorme lugar que eu sempre quis conhecer.

Quando seus pés tocam a calçada, a ajudo a colocar os sapatos, me inclinando sobre um joelho enquanto ela se apoia em mim.

Ela observa o lugar, enquanto ajeita seu cabelo. É um lugar legal, um restaurante ao ar livre, tem um aroma perfumado de rosas e um jardim no lado direito. Pego em sua mão para entrarmos. Lá dentro tem uma grande estátua de gelo de dois cisnes formando um coração e se ouve uma bela música clássica com violinos. É um lugar de comida italiana. Puxo uma cadeira para ela em uma mesa perto do belo jardim e me sento na frente dela.

O garçom nos oferece a especialidade da casa. Adoro a verdadeira massa italiana e hoje é a especialidade, então pedimos a mesma coisa. Pouco tempo depois, ele se aproxima, com duas pequenas sobremesas — cortesia da casa — com uma cereja no centro.

— Faça um nó com sua língua neste caule — Alex fala de repente. Olho para ela intrigado.

— Sério? — pergunto, olhando para o caule e depois para ela.

— Claro, quero verificar essa teoria. — Pelo amor de Deus! Espero não passar ridículo. Eu pego o caule da cereja que está me dando e sorrio. Coloco o caule na boca e em menos de cinco minutos faço o bendito do nó, Nem eu acredito nisso.

— Isso prova sua teoria? — Sorrio triunfante.

Ela balança a cabeça e ri. Gostaria de testar essa teoria com ela também, porque ela beija bem para caralho. Em poucos minutos eles trazem nossa massa, que tem um cheiro delicioso.

— Por que você não fala com sua família, Alex? — pergunto, me lembrando da conversa com sua mãe, depois de alguns minutos de silêncio comendo nossa massa.

— Por que a pergunta sobre minha família? — Ela olha para mim com intriga. Tenho que contar a ela.

— Falei com a sua mãe. — Ela me olha surpresa. — Ela diz que tem muito tempo que não sabe sobre você.

— Como você conversou com minha mãe? — Algo me diz que ela vai se chatear.

— Ela ligou para o escritório e David atendeu à chamada. Ele me disse que sua mãe estava ligando, então eu o pedi que transferisse a ligação. Mandei um Rolex para sua mãe, um para seu pai e outro a sua irmã como um pedido de desculpas por não ter avisado do nosso casamento — ou espero que o David tenha enviado.

— Sério? Oliver! Por que você faz coisas sem me consultar antes? — Seu tom me desaprova.

— Porque se eu te consultasse, nós perderíamos tempo, que nem agora.

— E isso é verdade. — Eles nos convidaram para o Natal.

— Minha mãe nem comemora o Natal e eu não quero que eles se envolvam nisso. Você sabe que quando nos divorciamos, meu pai verá que eu sou um fracasso. — Eu a observo, intrigado. Seu pai não me parece com aquela pessoa que ela descreveu.

— Não — olho para o meu prato —, diremos algo aos nossos pais para que ninguém seja afetado. Além do mais, sua mãe insistiu muito porque você não atendeu às ligações dela. Ela é legal.

— Porque você é Oliver Anderson, caso contrário ela nem se importaria em te conhecer. — Não entendo por que ela tem uma impressão tão ruim da sua família, e eu sei que ela não vai me contar mais, mas eu gostaria de entender melhor as coisas.

— Você não deveria ser tão dura com eles. É o que você me diz o tempo todo, você também não conhece meu pai.

— É diferente, Oliver. Minha mãe não se importa se eu estou viva ou não, a última vez que ela me ligou foi no ano passado e meu pai não fala comigo, diz que tem certeza de que eu não sou filha dele e que me trocaram no hospital.

Eu não posso deixar de rir desse último.

— Não acredito! — eu digo, enquanto enrolo meu macarrão no garfo. — Disseram que você ficou chateada porque eles não foram na sua formatura.

— Não, o que me incomodou foi que eles me disseram que não tinham dinheiro para ir a Nova York, porque precisavam ajudar a minha irmã a comprar seu carro novo. Oliver, eu prefiro manter você longe disso, por favor. — Eu a olho de novo. Não tenho escolha a não ser aceitar.

— Se é o que você quer… mas isso não vai te deixar em paz, acredite — digo e levo o garfo à boca. Ela só me olha pensativa e eu volto a olhar para o prato.

Terminamos nosso jantar, sem tocar no assunto novamente. A verdade é que não tenho que me envolver nesses assuntos se ela não quiser. Nós bebemos um pouco de vinho tinto, eu amo vinho.

— Vamos? Os rapazes já devem estar nos procurando — Alex concorda. Eu pago a conta antes que ocorra a ela pagar e nos retiramos.

Ao sair do restaurante, Alex tira os sapatos e começa a correr, acho que para que eu não a levante de novo, o que me faz rir alto. Começo a correr atrás dela quase imediatamente, a seguro pela cintura e a levanto no meu ombro.

— Inferno! Oliver, me solta! — balbucia entre as risadas que não pode conter. Eu apenas sorrio, não vou deixá-la andar assim com um marido forte que possa carregá-la.

Voltamos para a festa e a ponho no chão apenas quando entramos, e eu a ajudo novamente com os sapatos.

— Como as mulheres conseguem andar com essas coisas? — pergunto, referindo-me aos seus calcanhares.

— Há muitas coisas que as mulheres podem fazer que os homens não conseguem — ela arqueia uma sobrancelha e parece vulgarmente sexy.

Ele arruma o vestido na porta dos fundos do lugar onde vamos entrar, e de repente Henry vem até a porta e nos vê, às risadas. Eu sei o que ele está pensando, com Alex despenteada e minha camisa branca perfeita amassada.

— Eu estava procurando por você, onde vocês foram? — Henry pergunta, me vendo colocar o casaco que Alex usava.

— Estávamos no restaurante ao lado — respondo, embora saiba que ele não acreditará.

— Claro — diz Kevin, que está logo atrás de Henry, rindo com seu olhar mais malicioso possível.

Capítulo 17

Alex vai ao banheiro e não tenho outra opção a não ser acompanhá-la. Pelo menos entram e saem umas garotas bonitas. Nunca entendi por que as mulheres nunca vão sozinhas ao banheiro, não me imagino indo ao sanitário com o David e mijando juntos enquanto conversamos sobre mulheres, seria esquisito. Mas, como sempre disse, as mulheres são seres estranhos.

Duas garotas passam na minha frente. Elas são lindas e estão me olhando, e eu aqui, casado. Droga! Eu também olho para elas, com um olhar sedutor, mas sério ao mesmo tempo. Espero que a Alex não perceba e comece a fazer o mesmo com os homens daqui. Embora pareça que ela tenha notado, pois quando olho para a porta lá ela está com um olhar intimidador, enquanto faz um sinal com a mão de que está me vendo. Essa mulher me faz rir. Ela fecha a porta e eu começo a olhar para o meu relógio. Cinco minutos são cinco minutos para mim.

Quatro minutos depois olho para o relógio de novo e ela sai. Tinha arrumado os cabelos e retocado a maquiagem, está linda, e aquele vestido… nem se fala. Tenho que admitir que eu revi como um desenho todas as curvas do seu corpo quando não está me vendo.

Eu só quero passar minhas mãos sobre essa figura deliciosa.

— Merda, vou ter que esconder todos os seus relógios — me diz enquanto caminha na minha direção. Levanto o olhar e rio.

— Se você esconder meus relógios eu fracasso como empresário. Se não for para ser disciplinado com o tempo em que faço as coisas, é melhor nem fazê-las — digo quase imediatamente.

— O quê? Melhor tarde do que nunca, meu amor. — Acaba de me chamar de… meu amor? Eu olho para ela com um sorriso emoldurado no rosto, o apelido carinhoso soa tão bem em sua boca. Eu pego sua mão e voltamos para a festa.

— Isso foi inventado por um cara preguiçoso que não queria fazer seu trabalho a tempo. Comigo você vai aprender que cinco minutos são cinco minutos. — Ela para de repente e me observa.

— Você e eu nunca vamos nos entender — diz ela, com seriedade. Eu não posso deixar de rir e entrelaçar os seus dedos com os meus.

— Claro que não! — exclamo e esboço um sorriso.

Procuramos os rapazes, e quase imediatamente os vejo na área VIP. Eles fazem um sinal para que nos aproximemos, mas na verdade quero ir embora.

— Eu quero ir — falo, muito perto do ouvido dela. Essa fragrância dela me deixa bêbado. — E você, Alex?

— Ainda é cedo — contesta. Está certa. Se eu estivesse sozinho não ficaria, mas com ela acho que iria amanhecer neste lugar.

Quando chego, vejo que há apenas uma pequena poltrona branca ao lado de Dason. Levo Alex pela cintura ao único lugar disponível. Eu a pego e gentilmente puxo seu antebraço para que se sente no meu colo.

O jovem garçom nos traz algo para beber. Converso com Dason sobre negócios e ele começa a me contar sobre sua experiência como corretor de Wall Street. Alex toma dois drinques, pega um ou outro para mim, e não hesita em levá-lo diretamente à minha boca.

— Você quer me deixar bêbado e depois se aproveitar de mim, certo? — Eu levanto uma sobrancelha e sorrio.

— Você não sabe as coisas que eu pretendo fazer com você — ela pisca. Ela coloca as duas bebidas na mesa e eu envolvo pela cintura com meus braços.

— Então continue — também pisco um olho e nós dois rimos.

Eu gostaria que ela estivesse falando sério.

Ela se senta e se inclina no meu colo, eu continuo falando com Dason e sua namorada começa a beijar seu pescoço e começa a rir. Isso é desconfortável, espero que Alex nunca faça isso comigo, eu morreria de vergonha.

Começo a acariciar o cabelo macio da Alex, e a sentir o aroma que ela exala. Levo alguns fios rebeldes para atrás da orelha e acaricio sua cabeça, eu sei que ela está prestes dormir. Sinto sua respiração no meu pescoço e quando olho para o rosto dela, seus lábios estão muito próximos dos meus.

Estou tentado a beijá-los, no entanto me contenho.

— Se você dormir eu te carrego na frente de todos e até a limusine, mesmo se você não quiser — falo muito perto do ouvido para que esteja avisada.

— Claro que não — responde rápido e se levanta do meu colo, ficando cara a cara comigo, com o rosto perto do meu. Seus olhos verdes me olham com intriga, aquele olhar que me hipnotiza, queria saber por que me atraem tanto. Talvez porque verde é minha cor favorita, mas... já conheci muitas mulheres de olhos verdes e nenhum par de olhos me chamou a atenção mais do que este.

Seu nariz pequeno e magro, seus lábios perfeitamente desenhados em seu rosto, cor-de-rosa e carnudos. Aquele incrível desejo de beijá-la toma conta de mim e agora, sim, eu vou fazer isso, mas para minha surpresa, ela se adianta e me beija.

Já não sei se são as bebidas, mas, caramba, como eu amo esses beijos.

Seus lábios macios estão nos meus e, de um jeito suave e delicado, ela passeia pela minha boca. Correspondo ao seu beijo da mesma forma. Seu cabelo fica entre nós; em outros tempos, o odiaria, mas seu cabelo é bonito demais para odiar. Acaricio cada mecha com minha mão e levo para atrás da orelha, deixo minha mão no seu pescoço e, em seguida, a desço lentamente até a parte inferior das costas, querendo seguir mais para baixo, mas me contenho. Por alguma razão, eu amo esse beijo. Escondo o melhor que posso a ereção que aperta minhas calças. Milhares de vezes me dá vontade de levar minhas mãos onde não devia, mas lembro-me mil vezes que a Alex pode me matar se eu fizer isso. Mordo seu lábio inferior e sorrio. Tinha que fazer isso. Ela sorri também, abre os lindos olhos e os prega nos meus. Pego suas mãos e entrelaço meus dedos nos dela.

— Oliver, vamos embora? Antes que eu caia bêbado e amanheça com uma ressaca terrível — a voz de Henry me faz tremer e Alex se levanta quase imediatamente do meu colo.

— Mas... claro — eu gaguejo. O beijo da Alex me deixou desorientado.

Nos despedimos de todos, entramos na limusine e ela se apoia no meu ombro. Seguro sua mão enquanto falo com Henry sobre as coisas da empresa, é uma longa jornada. Alex adormece, como de costume. Chegamos, Henry e Brittany saem da limusine e vejo que Alex ainda não acordou — típico dela, ela dorme como um anjo. Eu a levo em meus braços, e agora sim ela acorda.

— Oliver, o que você está fazendo? — pergunta rindo enquanto se acomoda em meus braços.

— Eu não te carreguei no dia do nosso casamento, então aproveite, continue dormindo. — As duas pessoas no elevador estão nos observando e rindo. Quem não riria? Devem imaginar milhares de coisas neste momento.

Chegamos à suíte e a deixo suavemente no lado da cama que tínhamos combinado, tiro seus sapatos e coloco sua bolsa sobre a mesa lateral.

— Precisa de mais alguma coisa? — pergunto.

— Sério? Você, Oliver Anderson, me perguntando se eu preciso de alguma coisa? — ela me olha com um certo tom de zombaria.

— Meu Deus! Alex, estou tentando ser um bom marido e você zomba de mim? — O que eu mais gosto nela é poder falar da maneira mais sarcástica possível e saber que ela vai entender imediatamente. Começo a tirar meus sapatos.

— Eu não me divirto — ela exclama, rindo. — Tá, eu quero torta de chocolate.

— Torta? Às onze da noite? — eu pergunto, pegando o telefone. Ainda não entendo como ela mantém esse corpo. Boa genética dessa mulher, só pode ser.

— Claro que sim! — exclama, se senta sobre o colchão da cama e apoia as costas na cabeceira com as pernas esticadas. Não posso evitar fazer um passeio por aquelas pernas longas e sensuais até ouvir uma voz do outro lado da linha.

— Boa noite, quero um pedaço de torta de chocolate.

— Claro. Suíte presidencial, certo?

— Isso, suíte presidencial.

— Seu nome, por favor.

— Oliver Anderson. — Olho para Alex, que está se divertindo com a unha do polegar dela.

— Chegará em alguns minutos, Sr. Anderson.

— Ótimo, obrigado.

Coloco o telefone no gancho, quando encontro a visão de Alex em mim com a testa ligeiramente enrugada.

— ESPERA! Você acabou de dizer obrigado? O que diabos está acontecendo com você, Oliver Anderson? — Alex finge um rosto surpreso.

Eu penso sobre isso por alguns segundos e percebo que é verdade: o que diabos está acontecendo comigo?

— Você está certa, seus maus hábitos estão me atingindo. — Eu finjo aborrecimento e Alex ri do meu comentário.

— Maus hábitos? Você está aprendendo a ser humano. Estou orgulhosa! — ela diz, levando a mão ao peito e fingindo um soluço. Lanço meu olhar mais feroz possível, mas isso realmente me faz rir. — Não é isso que você está tentando ser, um bom marido? — Tiro minha jaqueta para devolver meu olhar para ela.

— Você está certa — eu respondo, sorrindo mais fingido que a Brittany enquanto levanto as mangas da minha camisa até a altura dos meus cotovelos.

Eles tocam a campainha, eu abro a porta e lá está a torta de chocolate. Uma torta inteira e pequena, devo admitir que parece boa.

Eu levo a torta para a cama e com um garfo fino corto um pedaço e o levo até a sua boca, sentado de frente para ele na cama exuberante que compartilhamos.

— O que está fazendo? — ela pergunta rindo, se sentando na parte de trás da cama.

— Eu quero que você saiba como é vergonhoso que façam isso. — Ela come seu pedaço de torta tão delicadamente.

— Como assim? É legal. — Eu a olho por alguns segundos e não posso deixar de rir. Ela e essas coisas de bregas que ela ama.

— Para você, todas essas breguices são legais — digo, depois de um suspiro.

— Então, o que você acha fofo? — ela pergunta, enquanto eu levo outro pedaço de torta para sua boca.

Eu penso na minha resposta por alguns segundos.

— Você — mais direto não poderia ser. Tem chocolate no canto da sua boca e limpei com o polegar essas criações perfeitas. — Você é como aqueles coelhos bonitos que quando tocados te mordem e deixam uma cicatriz feia. — Não posso dizer apenas que é linda, porque pode interpretar mal.

Ela ri. Eu gosto do sorriso dela, da maneira como seus lábios se arqueiam para mostrar esses dentes perfeitos. Como aquele verde dos olhos dela brilha quando está feliz, como o narizinho dela enruga um pouco cada vez que faz aquela expressão divertida. É bela.

Maldita seja... Alex não pode gostar de mim.

Tomo lugar a seu lado para parar de encarar aquele rosto perfeito. Corto um pedaço de torta, encosto a cabeça na cabeceira, pego o pedaço de torta que cortei e levo a minha boca. Alguns segundos depois ela sorri e olha para o canto da minha boca.

— Tem um pouco de chocolate — ela diz, mas ela se aproxima de mim e com os lábios limpa suavemente o doce. Eu sinto que faz isso de uma maneira sensual e me deixo levar por esse sentimento. Trago minha mão ao pescoço dela, aprofundando o beijo. Seus lábios são doces, ela está se inclinando um pouco na minha direção e alcançando a parte de trás da minha cabeça, me fazendo estremecer. Tento não notar.

Alex, não faça isso comigo. Eu posso sair do controle.

Felizmente, se separa dos meus lábios com um sorriso caloroso.

— Qual é o seu sabor favorito, baunilha ou chocolate? — ela pergunta, me olhando nos olhos. Por um momento me sinto perdido, mas reajo rapidamente.

— Baunilha — respondo. — Sei que o seu é chocolate.

Ele acena com a cabeça, é de se imaginar, porque ela já comeu metade da torta de chocolate.

— Terror, romance ou ação?

— Ação, e aposto que você escolheria romance — acho óbvio.

— Você está errado! Eu prefiro o suspense, talvez devêssemos ir ao cinema e ver um filme assim. — É verdade, às vezes é assustador.

— Algo a se pensar. Comida favorita? — pergunto, esperando pela resposta da Alex enquanto ela engole outro pedaço de torta.

— Lasanha...

— Lasanha. Você é o Garfield? — Eu não posso deixar de rir, ela faz sua expressão divertida.

— Eu sei que a sua é bacon.

— É a coisa mais gordurosa que eu gosto de comer — digo. — Ah, e pizza.

— E qual especificamente? — Ela leva outro pedaço de torta à boca enquanto olha para mim.

— Presunto, queijo e salame. — Pelo amor de Deus, quero pizza.

— Merda! Agora quero pizza! — ela exclama.

— Eu também! — Não pode ser. — A culpa é sua por começar com estas perguntas. — Eu me levanto e vou ao telefone para pedir a bendita da pizza.

Adeus abdômen trincado.

Trinta minutos depois estamos comendo pizza e discutindo idiotices tais como por que as pizzas italianas deveriam ser a oitava maravilha do mundo. Nos damos conta que não deveríamos ter comido tanto a essa hora, mas não importa. Imediatamente depois já estávamos dormindo.

Capítulo 18

Acordo quando a luz que entra pela janela atinge meus olhos, e pisco várias vezes para me adaptar à claridade. Caímos no sono sem jogar fora a caixa pizza nem trocar nossas roupas. De fato, não me senti confortável com isso. Alex está de bruços dormindo, parece um anjo, e aquelas pernas... Eu olho em outra direção para evitar o pecado.

Eu pego a caixa e umas bordas de pizza que estavam espalhadas pela cama. Que desordem, eu detesto desordem. Eu tomo um banho, saio em busca de roupas e nada de Alex acordar. Eu pego meu celular, preciso ligar para Henry para ir correr comigo, não gosto de ir sozinho e, como o maldito do David não está aqui, ele é a única opção. Eu entro no banheiro, não quero acordar a Alex.

— Henry, vamos correr? — digo assim que atende.

— Ok, me dê dez minutos — escuto do outro lado da linha.

Henry também sabe que dez minutos são dez minutos.

Me visto no banheiro, não quero que Alex acorde de repente e fique desconfortável, embora eu não me importe, porque se eu cuido do meu corpo é para ser olhado. Coloco uma camisa de mangas curtas e me olho no espelho pela última vez, ela se encaixa perfeitamente nos meus braços. O preto da calça e os sapatos realçam o azul da camisa. Apenas dez minutos depois, Henry já está na porta esperando por mim, usando uma roupa parecida com a minha, exceto por sua camisa vermelha.

Saímos do hotel e começamos a andar no quarteirão. Chegamos em um parque bem perto do hotel. Paro para beber água com uma respiração entrecortada. Droga, a pizza de ontem. Henry é pior, para a cada cinco minutos e depois continua, não posso deixar de rir e zombar. Naquele exato momento, duas meninas muito atraentes se aproximam de nós, com roupas esportivas bastante atraentes: uma ruiva que parece natural, não vermelho tingido como a Andi, a assistente do David, e uma morena, com pernas fortes, como alguém que passa horas na academia. Henry imediatamente tira a aliança e a põe no bolso, e eu apenas sorrio. E eu que sou o mau exemplo, de acordo com meu pai.

— Você não vai tirar a aliança? — ele sussurra, vendo minha falta de ação.

— Por quê? — pergunto. — Esse tipo de garota não se importa se você é casado ou não. — Sei que estou certo.

— Ciao! — Ambas exclamam ao mesmo tempo.

— Desculpe, nós não falamos italiano — Henry fala às garotas e elas olham para ele com um sorriso.

— Nós pensamos que eram italianos — diz a ruiva. Faço uma careta, nem sequer parecemos italianos. — É que precisamos chegar a um endereço.

— Temos GPS no hotel, podemos ajudá-las com isso. Certo, Oliver? — Concordo com a cabeça. Elas são lindas.

A ruiva estende a mão para Henry e depois para mim. — Kristen — diz, com um sorriso muito paquerador que respondo da mesma maneira.

Nós nos apresentamos e a morena faz o mesmo: Jane. Me lembra da Alex, é o nome do meio dela. Por que Alex me pega em todos os lugares?

— Então vamos, não é muito longe — Henry dez e as duas garotas concordam. Chegamos no hotel falando sobre coisas triviais de suas vidas, nossas vidas e seu olhos brilham quando ouvem sobre nossos empregos.

Nos sentamos à mesa para conversar e tomar café da manhã. Pouco depois, a ruiva sentada perto de mim coloca a mão no meu antebraço, percebendo rapidamente minha aliança.

— Você é casado? — ela franze a testa e me observa.

— Sou — eu respondo, sem olhar para ela.

E, como assegurei a Henry, ela minimiza a importância de eu ser casado enquanto continua sua conversa de maneira sensual, acho que conheço esse tipo de mulher melhor que Henry. Procuro o endereço que me deram no GPS e uma vez que não obtenho resultados, procuro o endereço no navegador e não demoro muito para perceber que o endereço é falso. Sei o que querem, sorrio quando uma voz atrás de mim me tira dos meus pensamentos.

— Licença, posso saber o que você está procurando no braço do meu marido? — reconheço essa voz. Imediatamente Kristen se vira para Alex com grandes olhos castanhos bem abertos.

Isso não deve ser verdade, eu me viro quase sem acreditar no que Alex acabou de fazer. Henry e Jane também olham para Alex perplexos. Não sei se vou rir ou me incomodar com essa cena.

Em certa parte, parece um ato de ciúme e, por alguma estranha razão, eu gosto disso.

— Desculpe, eu não sabia... você tem uma esposa? — Ela olha para mim. Quê? Ela acabou de me perguntar sobre minha aliança!

— Eu te disse que sou casado — digo o mais calmamente possível.

Oliver, não ria.

Ela me solta imediatamente e se levanta da mesa.

— Com licença — exclama, levando a garota ao lado de Henry com ela.

Henry dissimuladamente começa a digitar em seu computador. Ele não está nem aí para mim, só teme por ele, caso Alex comente algo com a Brittany. Eu olho para Alex com desaprovação, e não aguento mais o riso. Eu ainda não acredito nisso.

— Você e eu vamos conversar, senhorita — digo. Uma vez sentada no lugar que a ruiva estava, ela apenas olha para mim com um sorriso.

— Por quê? Você estava se deixando levar por aquela biscate — ela também murmura, sem hesitar.

— Ela não estava me tocando, eu já havia dito a ela que sou casado, só procurávamos um endereço no GPS.

— E você foi o único que poderia ajudá-la?

— Você me disse que temos que ajudar ao próximo.

— Claro, mas não se o próximo usa shorts que cobre menos que a minha calcinha. — Ela levanta uma sobrancelha e mentalmente me preparo para a próxima coisa que vou dizer.

— Isso não é verdade — também levanto uma sobrancelha. Já tinha visto sua calcinha. Ela imediatamente arregala os olhos. Acho tão engraçado, se não estivéssemos em público eu falaria. Eu sei que ela não pode me bater aqui. O garçom se aproxima de nós. Já tomamos café da manhã, mas Alex não.

— A que horas estamos indo? — ela pergunta, depois de fazer seu pedido.

— Em alguns minutos, coma o café da manhã o mais rápido possível — respondo, enquanto checo os e-mails.

Ele começa a comer tudo. Eu imagino como vai caber toda aquela comida em seu pequeno corpo, mas cabe. Finalmente, deixa uma pequena sobremesa que eu sei que não vai comer, então decido fazer isso por ela.

Eu pego a sobremesa e começo a comer. Ela me observa com olhos fulminantes que, segundo ela, são assustadores.

— Vamos? — eu pergunto, saboreando a sobremesa da maneira mais maliciosa possível.

— Claro — ela responde, ainda, mantendo seu olhar feroz e observando a sobremesa.

— Vou buscar a Brittany — diz Henry, levantando-se da mesa —, vejo você na limusine.

— Ok — exclamo e viro meu olhar para a loira ao meu lado. — Segure minha sobremesa — falo, estendendo a mão com a sobremesa na direção dela.

— Hein? Você quer dizer *minha* sobremesa? — Ela levanta uma sobrancelha e eu não posso deixar de sorrir triunfante.

— Você não iria comer. Por que desperdiçar? Segure, não me faça repetir — Ela deixa cair o garfo sobre a tigela de fruta que estava comendo e cruza os braços.

— Você não manda em mim. — Essas palavras me incomodam. — Se não me pedir por favor, não farei. — Ela se levanta da mesa e eu franzo a sobrancelhas.

— Devo te lembrar eu ainda sou seu chefe, Alex — eu digo bruscamente e me levanto para encará-la.

— Aqui eu sou sua esposa e você não vai me demitir. — Pelo amor de Deus!

Quando está começando a gostar de mim, me fazendo pensar que talvez eu devesse tentar, as dores de cabeça aparecem.

Eu aprecio isso.

— Você não sabe o quanto eu quero fazer isso! — eu exclamo, depois de um suspiro para me acalmar.

— Quê? — ela levanta uma sobrancelha e olha para mim com sua expressão divertida.

O quê? Aposto que todo o meu rosto mudou com esse comentário. Pode ser.

— Você é masoquista, realmente — exclamo, rindo. Ah, como é.

— Quem? Eu? Eu não disse nada! — ainda fingindo indignação.

Algum dia vou ficar louco com tantas mudanças de humor que essa mulher me faz passar ao mesmo tempo. Finalmente, pega a sobremesa e eu posso ir, sem me preocupar se vai manchar os papéis.

— Viu? O que te custou carregar uma sobremesa enquanto seu lindo marido segura todos esses papéis e passa pela recepção? — Estendo minha mão para que siga em direção à porta do restaurante.

— Que modesto, Sr. Anderson! — ela fala enquanto caminha e eu vou atrás dela. Ela faz uma pausa para que eu a alcance e andamos lado a lado. — E quanto custa você dizer por favor? Você já aprendeu a dizer obrigado, não é tão difícil.

— Cala a boca, Alex.

— Não vou calar a boca.

— Por que você é tão rebelde?

— Porque se não fosse assim eu seria sua serva. — Bem que eu queria deixá-la aqui na Itália. O homem que nos serve café da manhã está em pé no corredor com seu carrinho de comida.

— Adeus, Sr. Williamsburg! — exclama Alex, apertando a mão do senhor do café da manhã.

— Adeus, Sr. e Sra. Anderson — exclama do outro lado. Eu assisto.

— Por que você tem que ser gentil até com o senhor do café da manhã, menos comigo? — pergunto, e ela vira aquele olhar verde para mim.

— Você é gentil comigo, Oliver Anderson? — Fico indignado.

— Como assim? Eu até te carreguei no colo! O Sr. Williamsburg carregou você nos braços dele? — Eu continuo meu caminho ao lado deste demônio loiro.

— O Sr. Williamsburg me serve café da manhã e você não.

— O Sr. Williamsburg é pago para servir o café da manhã e ninguém me paga para te carregar.

— Mas que romântico, meu amor — ironiza.

Entrego os papéis e minha identidade para a recepcionista. Começam perguntas sobre como foi minha experiência no hotel e blá-blá-blá e no momento não tenho queixas.

— Vamos? — pergunto, uma vez que eu termino a bendita da pesquisa de opinião. Pego sua mão sem esperar por uma resposta e ando em direção à porta de saída.

— E as nossas coisas? — ela pergunta, saindo do hotel.

— Eles levarão para o jato — respondo, e quando eu vou pegar minha sobremesa para começar a comer, vejo que ela já acabou.
— Ei, seus olhos ficam bonitos com o reflexo do sol. — Eu não posso deixar de sorrir, eu sei o que ela está fazendo.
— Você realmente acha que seus elogios farão com que não me chateie com você? — sacudo a cabeça enquanto continuamos o nosso caminho.
Henry e Brittany chegam até nós, o que acalma nossa discussão.
Entramos na limusine e chegamos ao aeroporto. Henry e Brittany vão para o jato deles e nós para o nosso. Observo que tudo está em ordem. Alguns minutos depois, o jato decola.
Meia hora depois, começo a ler um documento que David me enviou e, como se não bastasse, ele deixou um bilhete no final.
"Espero que esteja gostando ;)." Eu conheço a dupla intenção em todas as suas anotações.
— Oliver, eu não estou me sentindo bem — a voz de Alex me faz virar para ela e eu vejo em seu rosto uma certa palidez que não é normal.
— O que você quer dizer? — Eu franzo a testa.
— Eu. Hm... onde fica o banheiro?
— Não há banheiro. Há um balde — zombo dela. Óbvio que há um banheiro. — Sério? Não faria suas necessidades num balde, mesmo se sua vida dependesse disso — ela ri, mas de repente se levanta e vejo que a coisa é séria. Eu a sigo.
— Aqui — digo, abrindo a porta do banheiro, vendo que ela vai para outro lugar.
Entra bem a tempo. Entro atrás dela e seguro seu cabelo enquanto ela vomita. Estou prestes a começar a rir. A verdade é que estou tão acostumado a ver o David vomitando toda vez que bebe que virei expert nesses casos.
— Você vê o que acontece quando come algo que não é seu? — ironizo. Ela não olha para mim, deve se sentir envergonhada. Que sinta, por me fazer sofrer.
Ela se encosta na parede.
— Não era seu, você o roubou — diz. Deixo perto dela um guardanapo, uma garrafa de água e um comprimido.
— Me lembre de não beijar você o resto do dia — eu digo. Ela sorri levemente enquanto toma a pílula.
Voltamos aos nossos lugares e continuo a minha leitura, Alex se encosta em minhas pernas e acaricio seu cabelo, percebo que ela adormeceu.

A turbulência do jato chegando em Nova York a acorda.

— Boneca, seu cinto, por favor, estamos chegando — não sei desde quando me acostumei a chamá-la de boneca, mas gosto desse apelido para ela. Parece uma boneca. Ela arruma o cabelo e coloca um pouco de batom nos lábios.

Quando chegamos, descemos do jato e enquanto eu assino alguns papéis ela vai direto para a limusine. Quando a alcanço, eu posso ver que ela está dormindo, típico dela, mas eu me preocupo... E se for algo sério? Eu a acompanho até o apartamento dela enquanto Pablo carrega sua mala.

— Obrigada, Oliver. — Ela dá um sorriso largo e eu ainda acho que ela está escondendo que está doente.

— Tem certeza de que está bem? — Eu pergunto e ela concorda com a cabeça. — Eu te beijaria, mas depois... — ela não me deixa terminar, quando sinto seus lábios com o cheiro de morangos no meu.

— O que dizia? — ela diz, levantando uma sobrancelha, e eu não sei o que fazer com essa mulher que faz o que ela quer. — Até amanhã, Sr. Anderson — ela diz, abrindo a porta do seu apartamento.

— Até amanhã, Srta. Carlin, descanse — digo isso e ela sorri para mim. Eu a vejo se perder atrás da porta do seu apartamento. Ando até o elevador e não posso deixar de sorrir, apenas lembrando. Eu não sei como essa mulher veio para revolucionar meu mundo completamente.

Capítulo 19

Sinto que não consigo nem trabalhar com tranquilidade, não há um minuto que a loira não passe pela minha cabeça, não consigo acreditar. Eu sinto falta dela.
Eu, sentindo falta de alguém?
O que está acontecendo comigo?
Eu dirijo até o lugar onde tenho uma reunião. Sinto um vazio em mim que eu não consigo decifrar o que é. Alex sempre vai comigo para todas as reuniões, não a ter em uma delas é estranho. Eu teria dito a ela para vir, mas ela está doente, vou ligar para saber como ela está.
No final da reunião, já liguei para ela nove vezes e ela não atendeu. Isso não é normal, ela sempre atende minhas ligações. Será que algo sério aconteceu com ela? Talvez eu deva ir vê-la. Não sei por que sinto necessidade de vê-la.
Ao sair do local onde a reunião aconteceu, noto que há uma loja na frente com um macaco de pelúcia na vitrine. Eu sei que Alex gosta dessas coisas, atravesso a rua e vou até a loja para comprar a porra do macaco.
E tem chocolates.
Definitivamente, Alex ficará feliz.
Dirijo até o seu apartamento, ligo novamente e ela não atende, estou preocupado; aumento a velocidade para chegar lá mais rápido. Quando chego, bato na porta e é sua amiga quem sai para abrir. Ela esboça um sorriso ao ver o macaco de pelúcia que eu carrego em minhas mãos.
Sinto vergonha. Macaco do caralho.
— Alex está dormindo — ela diz, imediatamente. Eu não precisei perguntar. — Acontece.

Eu não hesito em entrar no apartamento. Tem um cara na sala que imediatamente olha em minha direção e me observa da cabeça aos pés enquanto sigo Natalie para o quarto da Alex. Ignoro o cara de cabelo comprido e volto meu olhar para uma porta antes de nós que tem uma imagem um gato com cabelo estilo Slash tocando guitarra elétrica. Eu não posso deixar de sorrir. Tão Alex, desde a porta.

— Ela está bem? — pergunto à garota. Ela imediatamente se vira para mim, abrindo a porta do quarto.

— É, pelo que sei, dormir de quatro a cinco horas por dia é normal.

— Nem me lembro de quando foi a última vez que dormi durante o dia. Ela se mexe em sua cama sob os lençóis. Imediatamente entro no quarto e Natalie fecha a porta, saindo. Alex olha para mim com a testa franzida, seu cabelo loiro desgrenhado brilha com a pouca luz que entra pela janela. Imediatamente, ao focar, ela abre bem os olhos e olha para mim com surpresa.

— Alex. Tudo bem? — eu pergunto. Ela se senta na cama e limpa a garganta enquanto me observa se aproximar dela.

— Oi — ela diz, com um sorriso. — Posso saber por que você não me avisou antes de vir? — Me sento na beira da cama e vejo aqueles lindos olhos verdes sonolentos.

— Eu te liguei dez vezes e você não atendeu, é por isso que eu vim. Eu me preocupo. — eu paro. — Te trouxe uma coisa — estendo o macaco de pelúcia e ela olha para ele levantando uma sobrancelha. Imediatamente seus lábios se curvam, sei que ela gostou.

— Um macaco de pelúcia? Sério? — Ela encosta suas costas na cabeceira da sua cama com um largo sorriso.

Eu gosto de vê-la assim.

— Tem chocolates dentro! — Ela ri um pouco. — Se você não se sentir bem, eu posso ligar para o meu médico para ele te atender. — Ela balança a cabeça, os olhos fixos no macaco feio.

— Eu só precisava dormir, obrigada. — Assim espero. Eu a olho diretamente nos olhos e lembro que tenho que voltar ao trabalho. Fico de pé sob o seu olhar atento.

— Eu tenho muitas coisas para fazer, só queria saber se você estava bem.
— Eu olho meu relógio. — Me chame se precisar de qualquer coisa, ok?
— Ela concorda com a cabeça. Acaricio um lado de seu rosto e pressiono meus lábios na outra bochecha.

Deixo seu apartamento em um ritmo rápido e, quando ando até o elevador, meus lábios esboçam um sorriso.
Eu não sei o que está mulher está fazendo comigo.

k

Sigo minha rotina de todas as manhãs antes de ir trabalhar. Quando estou pronto, dirijo para a empresa. Eu chego antes mesmo do David. Ele vai ter um infarto quando me vir aqui antes dele, já que sempre chega muito cedo para terminar o trabalho do dia anterior, por ser preguiçoso e ficar comendo pipoca. Eu tenho que terminar uns afazeres de ontem e. não posso estar pensando em alguém.

Mais de uma hora depois eu olho para o meu relógio. Alex já deveria estar aqui, eu tenho uma reunião em alguns minutos. Fico tenso só de pensar que alguém está atrasado, até a Alex, com aqueles lindos olhos verdes. Dois sócios se aproximam de mim enquanto espero a reunião começar, ambos me parabenizam pelo meu casamento, não tenho escolha a não ser sorrir e agradecer.

As portas do elevador abrem e todos giram imediatamente. Por fim, Alex aparece e sorri um sorriso largo, um sorriso que não apaga o fato de que ela chegou atrasada. Caminho na direção dela. A verdade é que estou estressado.

— Está atrasada — comento sem qualquer tipo de expressão. Ela coça nuca à procura de uma desculpa. Rodeio sua cintura com meus braços e lhe dou um beijo. Vou deixar isso passar apenas porque dois dos sócios estão aqui... e porque senti falta dela. — Vamos, temos uma reunião com esses senhores. Aja mais como minha esposa do que minha secretária, ok?

— falo no ouvido dela, ela balança a cabeça com um sorriso.

O dia passa muito rápido, tanto trabalho me cansa. Esses dias são os que eu quero ir para casa dormir. Conto as horas para terminar tudo e ir para casa, me enterrar nos meus preciosos lençóis. Muitas coisas para fazer às vezes me estressam, embora eu goste do que faço.

Saio da empresa quando uma imagem me chama a atenção. Alex está lá em seu carro feio, brigando com ele; eu esboço um sorriso. Me pego indo em sua direção. Bato na janela do carro dela quando ela está segurando a testa. Ela estremece e abaixa a janela. Sorri.

— Você tem um Bentley e prefere isso — eu digo, olhando especificamente para o espaço onde deveria ter um volante.

— Tá tudo bem, é normal — "Bem normal", quero zombar, mas não tenho ânimo nem para isso no momento.
— Venha, vou te levar — não espero pela sua resposta, só vou ao meu carro sem perceber se me segue ou não. Espero que ela esteja atrás de mim, porque estou estressado e não quero ter que voltar até ela.
Só a ela ocorre ter um Bentley do ano e colocar aquela lata velha na rua. Abro a porta do passageiro e espero por ela. Felizmente ela decidiu vir comigo, eu não tenho que me estressar com mais essa coisa.
— Nós vamos para minha casa para que você possa pegar o Bentley, vou mandar o seu carro para o conserto — falo quando ela já está perto o suficiente de mim. Ela olha para mim com uma careta e vira o olhar para seu carro velho.
— Não é necessário, vou procurar...
— Não se preocupe — interrompo. — Enquanto isso, use o outro carro. Todos sabem que você é minha esposa e eu não quero que te vejam... nisso — digo isso de forma depreciativa, enquanto ela gira os olhos e vai para o lado do passageiro.
Dirijo até a minha casa, não conversamos no caminho. A verdade é que estou estressado, quero calma, ouvir clássicos em inglês e tomar um banho relaxante para ir dormir.
— Ei, você tem um vaso de flores que possa me vender? — Alex interrompe meus pensamentos. Eu franzo minhas sobrancelhas enquanto continuo olhando para frente.
— Um vaso? — Eu levanto uma sobrancelha, olho para ela por alguns segundos e viro os olhos para a estrada.
— É o aniversário de Natalie e eu não comprei porra de presente nenhum — solta um suspiro alto, que me faz rir.
— Eu tenho um colar que comprei para a minha mãe para o aniversário dela, mas no dia do nosso jantar eu vi que ela já estava usando um idêntico, então eu não tenho o que fazer com ele. Você pode pegar e dar para a sua amiga.
— Eu tenho certeza que não posso pagar. — Reparo que me observava fixamente, mas não correspondo, porque o trânsito está bastante pesado.
— Eu disse que você pode ficar com ele, não que você tinha que me pagar.
— Ah, não. — Ela sacode a cabeça. Que mulher teimosa! — Eu não posso aceitar...

— Você faria sua amiga feliz, acredite. Diga a ela que é um presente de ambos, pronto. — Ela ri sarcasticamente. Eu não estou brincando.

No final, a convenço de ficar com o colar. Eu ia devolvê-lo porque não tinha o que fazer com ele mesmo.

Ela sai da minha casa e eu vou atrás dela. A única coisa que penso neste momento é dormir. Ela se vira e olha para mim, como quem quer me perguntar alguma coisa.

— Ei, você quer... ir para a festa? — Ela enruga a testa. Olho para ela com as mãos nos bolsos. Estava pensando em dormir, mas não me sinto capaz de recusar uma oferta para sair com a Alex. Na verdade, não me sinto capaz de rejeitar nada que venha da Alex.

O que está me acontecendo?

— Tudo bem — respondo, sorrindo. — Passo no seu apartamento? — Ela sorri e faz sim com a cabeça. Gosto de vê-la feliz. Minha cama terá que esperar por mim.

— Vejo você às oito? — ela fala, e eu olho para o meu relógio. Ainda faltam várias horas, posso descansar enquanto isso. Concordo.

Ela entra no carro e, alguns minutos depois, a perco de vista. Vou sair com ela e não tem nada a ver com o trabalho, nunca tinha feito essas coisas com uma mulher sem esperar algo em seguida. Com Alex, sei que nada pode acontecer e, ainda assim, morro de vontade de sair com ela.

Eu tomo um banho e me preparo para descansar. Acerto meu despertador para exatamente sete da noite. Deito na minha cama, mas não consigo mais dormir, porque penso na Alex: em seus olhos, seu sorriso, seus lábios... Merda!

O despertador toca e eu não preguei o olho. Eu me levanto e me arrumo perfeitamente. Para essas ocasiões gosto de usar ternos pretos; na verdade, para a maioria das ocasiões.

Me dirijo para o apartamento da Alex. Já conheço de memória os corredores deste lugar, os minutos que leva o elevador, quantos passos do elevador para seu apartamento, nada me escapa.

Bato na porta e ajeito minha gravata. Olho para o outro lado do corredor e há um gato me encarando. Enrugo minha testa e quando ouço a porta abrir levo o meu olhar para a loira linda na minha frente, que imediatamente sorri. Meus olhos conferem como o vestido azul bebê fica perfeito em sua cintura, como uma segunda pele. A saia é solta e curta, dando um toque divertido ao vestido. Eu gosto de como ela me olha, dá um terno beijo na minha bochecha e entra no elevador segurando a minha mão.

Chegamos ao local e todo mundo se vira para nos ver. É uma casa pequena não muito luxuosa, mas bem arrumada. Alex procura por sua amiga e quando a encontra elas se derretem num abraço. Pelo menos elas não gritam e me deixam surdo.

O cara de cabelos longos do outro dia está com ela e me cumprimenta com a cabeça. Respondo da mesma forma. Ele usa uma camisa xadrez aberta que mostra por baixo uma camiseta com letras góticas que escrevem "Metallica". As mangas de suas camisas estão dobradas até o cotovelo e ele tem uma tatuagem de um rosto no antebraço.

Um rosto que tenho certeza que não é de Natalie.

A morena fala com Alex sobre o colar, mas não estou prestando atenção. Eu sabia que ela gostaria. Dou uma olhada no local e posso ver como várias pessoas estão nos observando.

— Vou cumprimentar outras pessoas. Por favor, fiquem à vontade — fala Natalie. Assentimos e Alex pega na minha mão para chegar a algum lugar.

— Quer algo para beber? — ela pergunta, uma vez que chegamos a uma mesa.

— De qualquer forma eu iria pegar bebida para nós dois, Alex. Não se preocupe — eu digo, pegando sua mão e a fazendo se sentar na poltrona perto de uma pequena mesa.

— Não é... — Eu não deixo acabar porque sei como é teimosa. Eu atravesso a multidão e chego às bebidas. Para minha surpresa, há champanhe. Eu pego uma garrafa e dois copos. Pelo menos vou me divertir desse jeito. Volto e lá está ela, com os olhos na pista de dança. Seus olhos me focam e ele sorri. Pega o copo que eu estendo a ela. Ao abrir a garrafa, observo o líquido espumante caindo no chão e, em seguida, sirvo um pouco e me sento ao seu lado. Naquele exato momento, Alex pega meu queixo e pressiona seus lábios nos meus. Não posso medir o quanto gosto dos beijos dela. Correspondo ao beijo e coloco a garrafa de champanhe na mesa à nossa frente para pegar sua cintura e a segurar mais perto de mim.

Definitivamente, valeu a pena vir a este lugar.

— Sinto muito — diz ela, se separando dos meus lábios — me incomoda que aquelas sirigaitas olhem para você desse jeito quando sabem que você é casado comigo.

Ela dá de ombros e bebe o champanhe, olhando o líquido dentro. Rio e também saboreio o champanhe, a observando com atenção.

— Prefiro esse seu modo de ficar irritada ao outro em que você grita e fecha meu computador de repente — lanço meu olhar de desaprovação e ela apenas ri. Eu amo quando ela ri. Antes que eu fique bobo com esses olhos, essa maneira de falar e como joga o seu cabelo, começa a falar sobre as pessoas que eu conheço e estão no lugar.

Sei muito sobre linguagem corporal, porque me serve na hora de estabelecer negócios para me certificar de que não me darão falsas promessas, mas a Alex me confunde, age de uma maneira bonita que juro que se fosse outra mulher já estava em cima dela, literalmente. Ao mesmo tempo, sei que não é sua intenção porque as palavras não saem da sua boca com duplo sentido, sua maneira de olhar para mim não é daquelas que querem mais do que uma conversa. Essa maneira de brincar com a borda do copo enquanto me ouve é sexy demais. A maneira como ela tira o cabelo dos ombros e o jeito doce de sorrir, eu admito que me atrai. O pior de tudo é o jeito natural de fazer tudo isso. Como ela não teria milhares de homens a seus pés?

Porra, só de pensar, algo mexe dentro de mim. Isso não é nada bom.

— Vamos dançar? — ela pergunta, me fazendo voltar à realidade. Eu me perdi naqueles olhos verdes.

— Não, eu não danço, Alexandra — eu respondo, levando meus olhos para outro lugar.

— Como você não dança? — pega meu antebraço. — Você dançou comigo na Itália.

— Dancei, mas não essa música terrível — eu falo. Ela imediatamente se levanta e puxa suavemente meu antebraço.

— Eu quero dançar. — Nego com a cabeça, mas ela me puxa com mais força e acabo me levantando. — Para que ir a uma festa se você não vai dançar? — Já sei que não tenho outra escolha. Se aprendi algo com ela é que ela sempre sai impune.

— Que coisas você me faz fazer, Carlin — eu exclamo, enquanto a encarava com desaprovação. Ele começa a se mexer e a verdade é que ela faz isso de uma maneira tão sensual que desperta algo estranho em mim; a tomo pela cintura enquanto eu sigo seus passos. Felizmente, eu aprendi a dançar na universidade, me serviram todas aquelas festas que fui. É impressionante que eu não goste.

Uma balada começa a soar, sinto minhas orelhas descansarem. Esse é o tipo de música que eu gosto. Imediatamente prendo seu corpo ao meu ao redor de sua cintura e ela instintivamente leva suas mãos ao meu pescoço. Seu rosto muito perto do meu, tanto que posso cheirar seu batom de cereja. Eu quero devorar esses lábios, me aproximo lentamente de seu rosto, mas sem encostar meus lábios nos dela. Não quero abusar da situação, o que quer que aconteça entre ela e eu durará apenas alguns meses. Nossos narizes se esfregam um contra o outro, seu aroma me intoxica, e eu fecho meus olhos. Gosto dessa proximidade.

Mais do que deveria.

Eu abro meus olhos e os seus estão me vendo de um jeito carinhoso. Eu não posso evitar, imediatamente meus lábios procuram beijar os dela e quando eu vou me juntar a eles uma música estrondosa começa a soar, nos fazendo estremecer. Maldita música.

— Quer comer algo? — fala perto do meu ouvido. Aceno que sim e ela pega minha mão para ir à mesa de lanches.

Ficamos lá por algum tempo, até ela dizer que queria ir embora. Depois de dar adeus a sua amiga, que já estava usando o colar, eu levo Alex para o apartamento dela e a acompanho até a porta.

— Obrigada por ir comigo — ela fala. Eu a ajudo a segurar sua bolsa enquanto procura as chaves da porta.

— Obrigado por me convidar, eu realmente me diverti. — Eu sorrio.

— Amanhã eu devo ir para a França, tenho uma reunião importante. — Imediatamente vejo uma expressão em seu rosto que eu tenho certeza que não é alegria.

— Por quanto tempo eu não te vejo? — pergunta. Eu sorrio.

— Como assim? Você vem comigo — eu respondo. Não posso imaginar uma reunião tão chata sem ela. — Eu te disse que onde quer que eu fosse você viria comigo, não lembra?

Solta uma pequena risada, que parece ser de alívio. Ela quer ir comigo e eu não sei por que isso me causou alegria.

— Parece uma boa — diz ela. — Significa que eu vou ter que usar outro maldito vestido? — Isso me faz sorrir.

— Não necessariamente de gala, é mais casual. — Ela suspira de alívio.

— Eu te enviarei a hora por mensagem, ok? Mas você tem que chegar à empresa no horário normal, nem um minuto a mais, nem um minuto a menos. Eu sou seu chefe e ainda posso te demitir. — Ela revira os olhos.

— Você não vai querer ser dona de casa.

Eu não posso deixar de rir. Ela dá um sorriso largo e eu trago minha mão ao pescoço para lhe dar um beijo na testa.

— Depois vamos para a Califórnia, então se acostume a esse ritmo de vida. — Não sei o que eu gosto tanto nesses olhos. — Te vejo amanhã, boneca — digo isso sigo meu caminho para o elevador. Ao virar em sua direção, lá está esse encanto de mulher me observando. Pisco um olho e ela sorri. As portas de metal se fecham e por um momento fico pensando.

Eu acho que Alex gosta de mim e a coisa mais fodida é que eu não sei o que fazer para ela parar com isso.

Trabalho e sentimentos não se misturam. Eu tenho que acertar isso na minha cabeça.

Capítulo 20

Hoje também foi um dia bastante agitado, tanto para mim quanto para Alex, para o David e o resto da empresa. Eu tenho descansado o suficiente para terminar tudo o que tenho que fazer em menos de duas horas, me sinto energizado e quando Oliver Anderson está energizado todo mundo tem que estar, porque eu gosto de trabalhar no meu próprio ritmo. Felizmente, Alex chega cedo e termina todo o seu trabalho na hora. Hoje eu não fiquei estressado, é um dia positivo.

Estamos a caminho da França, ainda tenho algumas coisas para fazer, mas são coisas insignificantes. Vou dar crédito a Alex por fazer relatórios tão bem feitos, gosto de trabalhar com ela.

Chegamos a Paris e a limusine nos leva ao meu apartamento, aquele que eu comprei aqui há um tempo e nunca usei. Estou até pensando em vendê-lo, não tenho tempo para sair de férias. Alex me abraça de repente, me pegando de surpresa.

— Não estamos aqui para passear, estamos aqui para trabalhar — digo, entre as pausas. Ela olha para mim e me dá graça, mas eu não sorrio. Estou falando sério

Quando eu chego ao lugar, desço da limusine e mantenho a porta aberta para Alex sair. Eu pego a chave e dou a ela.

— Piso 15 — eu falo, ela sorri e se dirige ao apartamento. Eu estou logo atrás dela.

Chegamos e entramos no apartamento que me corresponde. Eu observo que tudo está arrumado e limpo, aparentemente, tudo está em ordem. Eu corro meus dedos sobre o vidro que o rodeia. A equipe de limpeza que eu pago faz um bom trabalho.

Alex percorre a casa e para em frente à grande janela com vista para a Torre Eiffel.

— É pequeno, mas venho sempre para um ou dois dias, então não precisamos de um maior — eu falo. Ela se vira para mim. — A reunião é em uma hora e meia. Você acha que fica pronta nesse tempo? — pergunto.

— Meu Deus, é pouco tempo — ela responde.

— Para mim, noventa minutos são...

— Noventa minutos — interrompe, terminando minha frase, e revira os olhos para a janela, me fazendo sorrir. Eu ando até o quarto, tenho que tomar um banho. Eu não gosto de estar atrasado.

Depois de uns quinze minutos tomando banho, eu vou para o quarto com apenas a toalha enrolada na minha cintura. Eu tinha esquecido de levar minha cueca comigo. Ela está deitada ali na cama e imediatamente seus olhos estão em mim. Eu deveria estar intimidado, mas na verdade não, meu corpo está bem o suficiente para eu não ter vergonha e apreciar seus olhos lascivos me olhando.

Ela vai ao banheiro e aproveito para me vestir. Depois de alguns minutos, penteio meu cabelo. Pego meu laptop e saio do quarto para deixá-la se vestir discretamente.

Eu afundo na poltrona, é o que mais gosto nessa casa. Eu começo a terminar meu trabalho, pelo menos não é estressante, então faço isso com calma. Depois de alguns minutos, ouço sua voz chamar meu nome e me viro em sua direção. Eu não posso deixar de ver sua silhueta emoldurada em um vestido verde apertado, em seu pescoço um colar fino com um pingente de pedra que cai bem entre seu busto.

Ela me diz para fechar o vestido e me aproximo dela para ajudá-la. Eu imediatamente sinto sua fragrância maravilhosa permear meu nariz. Lentamente eu fecho o zíper de seu vestido enquanto minha outra mão está em sua cintura. Eu vejo como sua pele branca está perdida atrás do tecido e eu só quero passar minhas mãos por suas curvas.

— Você cheira bem — falo. — Gosto de como você fica na cor verde.

Dito isto, volto para o sofá. Já disse muitos elogios, não quero que ela me entenda mal. Ela volta para o quarto e depois de alguns minutos percebo que já é hora de sair e vou até ela. Bato na porta do quarto e entro quando ouço "entra" de sua voz.

— Vamos? — eu falo e ela sorri para mim. Eu pego a mão dela e ela pega um casaco que descansa na cama e o coloca antes de sair pela porta.

A limusine nos leva ao lugar. No caminho eu falo com um dos meus sócios, mas as pernas da Alex me distraem. O vestido chega logo acima do joelho, mas quando ela se senta e cruza as pernas, me dá uma grande paisagem de suas coxas. Está com a cabeça no meu ombro e eu me ajusto melhor para acariciar o cabelo dela.

Chegamos ao local e apenas alguns minutos depois a reunião começa. Eu não sei como, mas minha mão acaba embalando a de Alex em toda a reunião, ela entrelaça seus dedos com os meus e sorri para mim quando olho para ela.

Quando termino, converso com alguns sócios enquanto Alex fica perto da mesa de bebidas. Duas senhoras se aproximam dela, esposas de dois dos meus parceiros, e ela gentilmente se apresenta. Eu não posso deixar de notar como ela parece empolgada na conversa, embora eu tenha certeza de que não estão falando sobre algo que ela está interessada em ouvir. Ela olha para cima e seus olhos estão presos nos meus. Eu sorrio e ela sorri de volta para mim de um jeito doce.

Depois do jantar, voltamos para casa. Me troco para continuar fazendo o relatório e Alex se oferece para me ajudar, gosto de trabalhar com ela. Eu explico as coisas que ela deve fazer e ela entende de uma maneira rápida.

Uma vez que sua parte termina, vai na direção do banheiro. Quando eu saio, posso notar que o belo vestido verde foi trocado por uns shorts muito curtos. Noto que o desejo de tocar essas pernas também voltou. Ela se senta ao meu lado depois de ir à geladeira para tomar sorvete.

Seu celular toca. Fico curioso com a expressão dela e, quando ela solta uma risada, franzo a testa. Começa a digitar e fico intrigado, arranco o celular da mão dela para saber quem a diverte tanto, e imediatamente ela se senta, montando em mim, tentando tirar da minha mão. A única coisa que consigo ver é o nome de Natalie, porque ela imediatamente pega meu rosto nas mãos e leva os lábios aos meus.

Isso me desconcentra.

Eu deixo cair o celular na cama, só queria saber quem era e agora sei; me relaxa saber que não é nenhum cara. Eu envolvo sua cintura com meus braços e o apego mais ao meu corpo. Nesta posição, ela logo notará minha ereção, mas imediatamente ela pula para a cama para pegar o celular. Não posso deixar de rir, pego seu pé e puxo para mim, para tentar pegar o bendito do celular, embora eu já saiba o que queria saber. Agora, a olho, com uma das pernas presas entre as minhas.

— O que você está escondendo? — Eu levanto uma sobrancelha, seu rosto muito perto dos meu, com um grande sorriso.

— Nada.

Eu sorrio, vendo aquele lindo verde de seus olhos. Eu sinto a necessidade de beijar esses lábios. No entanto, eu beijo sua bochecha, de uma forma terna, como nunca beijei a bochecha de ninguém, mas meus lábios continuam querendo se unir aos dela. Eu começo a beijar seu rosto até alcançar o canto de seus lábios.

— Se não fosse eu ter lido "Natalie" no celular, estaríamos voltando para Nova York — estou falando sério. Eu não sei por que isso me incomodaria.

Imediatamente, meus lábios se encontram com os dela. De uma maneira delicada, eu os percorro; eles têm gosto de sorvete de chocolate. Ela passa as mãos pelo meu abdômen de uma maneira suave, eu aprecio ter vestido somente a minha calça de dormir para sentir seus dedos no meu torso nu.

Por um momento, sinto que vou ficar fora de controle, ainda mais quando minha mão cai sobre sua coxa e a pele lisa faz contato com a palma da minha mão.

Eu quero comer isso.

Sexualmente falando.

Mas eu não quero estragar o que temos, eu não quero estragar seja lá o que tenho com a Alex, porque é uma coisa boa, mesmo que ela não saiba o que é. A primeira mulher com quem me controlei tanto, não sei como ela me faz sentir assim.

Isto não está certo. Eu gosto muito disso, de verdade.

Paro de beijá-la ainda com os olhos fechados para tentar me controlar. Oculto o melhor que posso minha ereção crescente, porque isso não pode acontecer e não quero que aconteça porque não há sinais para continuar. Eu gosto disso, gosto de sentir esse desejo, mas me estressa não poder de satisfazê-lo, porque não quero arruinar nossa relação.

Quando me importei com isso?

— Eu adoraria ficar assim, mas tenho que trabalhar — falo, abro os olhos e vejo seus olhos verdes fixos em mim. Sorrio, levanto-me imediatamente e vou ao banheiro.

Eu me recupero na pia, minha mente projeta milhares de cenas de um beijo quente, de nossos corpos nus. Eu tenho que me acalmar.

Isso não pode acontecer.

Eu tento relaxar e, quando meu pensamento aclara o suficiente, eu vou para o quarto. Lá está ela com as costas apoiadas na cabeceira da cama. Eu me aproximo e levo meu computador para continuar trabalhando, passo meu braço em volta dos seus ombros depois de beijar sua bochecha.

Eu continuo meu trabalho e não sei como, depois de um tempo, entre conversas e risadas, adormecemos.

Seu corpo nu sobre o meu, um beijo apaixonado, uma noite de descontrole. Minhas mãos passam por todas aquelas curvas enquanto eu me delicio com a dança dela sobre mim. Seus seios se movem no ritmo, minhas mãos os pegam e me perco neles. Seu cabelo loiro caindo sobre os seios, seus olhos verdes me olham com ternura, estou prestes a chegar ao clímax, quando sinto o líquido quente seguir seu caminho.

Eu acordo de repente.

Merda.

Eu pulo e checo minha virilha. Minhas calças do pijama estão molhadas. Droga, eu nem me lembro quando foi a última vez que isso aconteceu comigo, eu nem sei se isso já tinha acontecido comigo. Agora tenho que trocar. Não pode ser!

Malditos sonhos molhados. Merda.

Odeio isso.

No dia seguinte, como é de se imaginar, acordo de mau humor, odeio tudo. Maldita tensão, eu nem falo com a Alex ao me levantar, ela sempre sorrindo, tornando as coisas mais difíceis. Eu finjo estar estressado por tanto trabalho, mas na realidade nem tenho tanto trabalho assim.

Ela faz o relatório da reunião de ontem enquanto estamos a caminho da Califórnia.

— Já estamos quase chegando, falta muito? — eu pergunto, sem tirar os olhos do meu laptop.

— Estou terminando — ela responde, sem tirar os olhos do monitor.

Depois disso, nenhuma palavra de nenhum de nós.

Chegamos na Califórnia. A casa dos meus pais tem uma pista de pouso e eu saio do jato atrás de Alex. Como sempre, minha mãe corre na direção dela, antes mesmo de qualquer um de nós.

— Alex! Minha vida. Como vai? Que linda você está hoje — Alex, como sempre, agrada todo mundo.

— Obrigada — ela diz, sorrindo. — Você está igual, linda e radiante.

— Claro! Há uma razão pela qual é minha esposa — meu pai vem e olha para a jaqueta que Alex está usando. — New York Yankees? Eu tenho uma jaqueta exatamente igual. Bate aqui! — Levanta a palma da sua mão esperando que Alex a acerte.

— Um dia nós devemos usar os dois e fingir que somos gêmeos — responde Alex, batendo a palma da sua mão com a do meu pai.

No dia em que nos divorciarmos, sei que meus pais vão me odiar.

— Ah, parece interessante... — Meu pai parece pensativo por alguns segundos. — Margot, como eu ficaria loiro?

Eu não vou mentir que imaginar meu pai loiro me faz rir.

Olho para Alex e ela para mim, sorrindo. Não entendo como já ganhou o meu pai. Naquele exato momento minha mãe se joga em cima de mim. Odeio abraços, ainda mais quando não estou de bom humor.

Meu pai apresenta suas irmãs a Alex e elas gentilmente a cumprimentam. Como eu já mencionei, Alex agrada a todos, Brittany não tem a mesma sorte e ninguém na minha família a tolera. Então, ele apresenta minha prima Lindsey, que depois de abraçar Alex se aproxima de mim de uma forma efusiva, não me lembro de quando foi a última vez que a vi.

Volto meu olhar para meu pai, quando minha outra prima, Suzanne, se aproxima com quem eu acredito ser seu novo marido.

— Alex, essa é minha outra sobrinha, Suzanne, e seu esposo, Raymond — diz meu pai. Alex olha para os dois e o tal do Raymond olha para ela. Não sei por quê, mas tenho a impressão de que eles se conhecem.

Capítulo 21

— Alex? — Raymond pergunta, reagindo depois de alguns segundos, sorrindo e olhando para Alex. — Meu Deus! Alex! Quanto tempo! — continua. Alex sorri, mas um lindo sorriso forçado que eu conheço.

— Amor, essa é a Alex, uma velha amiga do ensino médio.

Eu franzo a testa e continuo observando o olhar perplexo de Alex e o olhar malicioso de Raymond. Que posso dizer? Eu sou homem.

— Oi, Suzanne, é um prazer — ela diz, apertando a mão de Suzanne, que também sorri.

— O prazer é meu, Alex — ela responde. O sorriso de Suzanne não alcança seus olhos. Ela imediatamente vira para mim, acenando.

— Ah, ótimo! Eles se conhecem — grita meu pai. — Agora vamos entrar, por favor, temos um jantar delicioso esperando todos vocês.

Eu vejo como Raymond olha para Alex de novo e de novo. Não sei o porquê, mas eu sinto ódio por esse cara e eu mal o conheço pessoalmente, só sabia que ele trabalha na gráfica que Henry dirige. Eu levo Alex pela cintura. Ele nem mesmo respeita sua esposa grávida que está prestes a dar à luz e eu posso ver o olhar desconfortável de Suzanne.

Chegamos na sala de jantar e minhas tias começam a falar sobre o seu casamento, os arranjos de flores e eu não sei o que mais, não consigo entender. Minha mente está prestando atenção no idiota, que olha para Alex de novo e de novo, eu já estou contando cinco olhares seguidos. Termino o jantar tão rápido que nem posso esperar que ela acabe, a pego pelo antebraço e a tiro gentilmente da sala de jantar, indicando que precisamos conversar.

— Desculpe, vamos nos retirar, estamos um pouco cansados — eu falo, e Alex olha para mim com uma carranca.

— Claro, não se preocupe, filho — meu pai responde, milagrosamente amável. — Sintam-se em casa. — Consinto com a cabeça, e ando às pressas com Alex. Na verdade, me sinto incomodado com aquele imbecil. do Raymond.

Chegamos ao quarto e, ao fechar a porta, a encurralo.

— Alex, diga, aqui e agora, por que você conhece esse cara? — Eu olho para ela profundamente e espero por sua resposta, de tal forma que não tenha tempo para mentir.

— É um amigo, Oliver, ele disse. — Isso não é uma resposta.

— Um amigo não te olha desse jeito. Preciso te lembrar que eu sou homem? — Ela olha para mim da mesma forma que a encaro.

— E que culpa eu tenho? Além disso, é a minha vida particular, você não gosta de falar sobre sua vida privada. — Eu posso ouvir pelo seu tom de voz que está começando a se chatear, ela tenta se soltar, mas não permito.

— Mas eu ainda respondo quando você me pergunta, não é?

— Porra, Oliver, foi há muito tempo, éramos vizinhos em Miami. O que te aconteceu? — Que me aconteceu? Não sei.

— Mas por que você está chateada, Alex? Você pode se aventurar na minha vida privada e eu na sua não porque isso te incomoda? Você sente alguma coisa por ele? — Eu não sei por que sinto que a resposta é importante para mim.

— E quem você pensa que é? — Seu marido, talvez. — Está com ciúmes? — ela olha para mim com firmeza e eu para ela. Ciúmes? É uma palavra ruim.

— Não — eu digo, me afasto completamente dela e começo a andar até o banheiro, sem perguntar mais nada.

Abro o chuveiro e depois de me livrar das minhas roupas, deixo que a água quente comece a molhar meu cabelo. Não sei por que sinto que o sangue ferve, mas não são ciúmes. Por que eu ficaria com ciúmes? Alex não é minha verdadeira esposa, eu nunca arrumei alguém e não pretendo, apenas estou aborrecido. Por que Alex não quer falar sobre ele? Será que ela gosta dele? Mas por que merda eu me importo?

Saio do banheiro com a toalha amarrada na cintura, não sei quanto tempo se passou. Tive que esperar até que todos os maus pensamentos me abandonassem, mas ainda não estou feliz. Alex já está deitada, mas imediatamente entra no banheiro, pegando uma toalha.

Eu procuro minhas calças de pijama no guarda-roupa, onde eu deixei a última vez que vim. Eu apago a luz depois de me vestir e fico de lado enquanto checo os e-mails do meu celular. Sai do banheiro e apenas uma toalha cobre seu corpo. Procura algumas roupas, entra no banheiro e, alguns minutos depois, caminha em direção à cama com o pijama e o cabelo levemente úmido. Eu continuo no celular e me viro para a visão da varanda. Ela apaga a luz e eu estremeço ao sentir seus braços finos em volta de mim.

— Alex, o que diabos você está fazendo? — retruco nervoso. Posso sentir sua respiração muito perto do meu pescoço, fazendo meu cabelo eriçar.

— Por que o Raymond te incomoda? — ela sussurra no meu ouvido. Fico tenso quando sinto seus lábios roçarem minha orelha.

— Não me incomoda o idiota — limpo minha garganta.

— Então? — Ah, droga.

— Volte para o seu lugar — disparo, tenho que falar com ela dessa maneira para que me leve a sério, caso contrário o fogo entre minhas pernas se tornará perceptível.

Quando, finalmente, pensei que ela iria se virar para o outro lado, ela se agarra mais em mim e começa a beijar minha bochecha de novo e de novo. Inferno! Eu não posso deixar de rir.

— Alex. Raios! Me deixa ficar chateado por pelo menos cinco minutos!

— Eu posso ouvir sua risada, de qualquer maneira ela não solta. — Não faz isso — falo, me viro para ela e está esboçando um sorriso, um sorriso terno que me faz enlouquecer e beijar aquela boca deliciosa.

— O que eu vou fazer com você, Alex? Não me obedece, não segue instruções, só faz o oposto. — Acaricio seu rosto, uma vez que os meus lábios se separam dos dela.

— Você tem que aprender a pedir as coisas por favor — ela fala, e olha para mim, de um jeito tão terno.

— Você é louca, eu sou seu chefe, você não vai me manipular — disparo e sorrio quando vejo seus lábios se curvarem.

Nossos rostos estão muito próximos, eu posso sentir seu hálito fresco e contenho o desejo de beijá-la novamente, para evitar a mesma situação de ontem, então pego seu rosto com minha mão e o acaricio. Sua pele é tão suave, lhe dou um terno beijo no nariz. Ela sorri.

Eu acaricio seus cabelos e ela adormece quase em instantes. Como é possível que essa mulher teimosa, mimada e desobediente seja tão linda? Minutos depois adormeço. Para que acordo tão distante dela na cama se assim é cem mil vezes melhor?

Capítulo 22

Acordo quando a luz do sol golpeia meu rosto. Olho no relógio e vejo que ainda é bem cedo, ótimo para ir correr um pouco. Troco de roupa bem rápido e em silêncio para não acordar a Alex. Não posso evitar olhar para suas pernas. Tiro todo o pensamento impuro da mente. "Calma, Oliver, é só a Alex." Com toda a força de vontade do mundo, controlo o olhar.

Saio do quarto e caminho pelo imenso corredor onde há cinco quartos, lá embaixo há outro corredor que leva aos outros quartos, acho que são dez no total. Chego naquela sala enorme, aparentemente ninguém acordou ainda, e noto que a sala de jantar e a cozinha também estão vazias. Ninguém na sala de ioga, na sala de bilhar, embora eu tenha certeza de que meu pai está acordado, mas deve estar andando em algum lugar lá fora.

Saio para correr alguns metros. O som da água de uma pequena cachoeira que cai de uma piscina natural me relaxa, me sento em uma rocha enorme ao lado, hiperventilando, tomo um gole de água de uma pequena garrafa que carregava.

— Como vai você, Anderson? — Eu me volto para a voz que está falando é a maldição do Raymond.

— Muito bem, Raymond. E você? — Aperto meu punho e o estendo em sua direção para que ele me dê um toque.

Observo a bola de basquete nas mãos dele.

— Eu estava jogando um pouco. Você quer me acompanhar? — Faço uma careta, mas acho que ele pode me dar informações sobre Alex.

— É claro — ele gentilmente estende a mão e me ajuda a levantar, talvez Raymond não seja tão ruim.

Começamos a jogar e vejo que ele é bastante ágil, parece que jogou profissionalmente no passado.

— Alex? — ele pergunta, me puxando para fora dos meus pensamentos. Ouvir seu nome da boca de Raymond me faz querer bater nele.

— Isso mesmo. — Eu sorrio. — De onde vocês se conhecem? — pego o rebote.

— Eu pensei que ela já teria te falado sobre isso. — Raymond olha para a cesta que eu acabei de marcar.

— Ela não me disse nada, eu não perguntei. — Claro! Eu não perguntei. Tento parecer indiferente, mas acho que você já semeou a intriga.

— Bem, nós praticamente nos conhecemos a vida toda, eu tinha cinco anos quando os Carlin se mudaram para a casa ao lado. — Ah! Isso não soa tão ruim, pelo menos não é o que eu pensei. — Ela teria três ou quatro, segurando um urso de pelúcia, e ficamos nos olhando por alguns minutos. Em seguida, sua mãe a levou pela mão e eles entraram em sua casa. Só uns dois anos depois que começamos a nos tornar amigos, quando fomos para a mesma escola. — Ele marca a cesta e eu pego o rebote. — Ela é uma boa pessoa, Oliver — agora ele olha para mim e eu levanto o olhar depois do que ele acabou de me dizer —, com um grande coração, embora, se você é seu marido, suponho que você já deve saber.

— Claro — eu respondo, tentando ter certeza da minha afirmação —, é o que mais me atraiu nela. — Suas pernas, olhos, lábios, nariz, cabelo, seios, corpo, inteligência.

— Lembro que ela chorou por três meses quando seu coelho morreu, eu não lembro o nome, ela tinha tantos — ri. — Sempre achei que seu animal favorito era coelho, mas não, são tigres.

Eu nem tinha perguntado isso antes. Até me incomoda que ele saiba mais sobre ela do que eu.

— E é tudo? Então nada aconteceu entre você? Quando já estavam mais velhos? — Estou intrigado em saber.

— Bem... — ele me olha e coça sua cabeça. Me sinto irritado. — Na verdade eu não chamaria de "algo" — faz o sinal de aspas com os dedos —, mas não vou mentir que surgiam sentimentos mais tarde. Mas foi tudo, eu juro. — Levanta a mão direita ao dizer este último, o que me faz rir, e ao mesmo tempo me dá um alívio, não podia suportar que Raymond queira a Alex novamente, o que me incomoda só de pensar.

Mas o que estou dizendo?

Bem, é normal eu ficar chateado, não quero que esse idiota brinque com minha prima.

— Sempre teve uma grande habilidade para a escrita — Raymond me distrai dos meus pensamentos e volto meus olhos na direção dele com intriga. — Escreve histórias grandes e completas, caso deseje.

— Sério? — Eu sorrio, só vi seus escritos em relatórios, mas não a imagino como escritora de livros.

— Ela gosta de escrever e tenho que admitir que é muito boa, acho que agora deve ser melhor. — Leva as mãos à sua cintura e sorri. Odeio que ele sorri quando está falando da Alex.

— Isso mesmo. — Sorrio. Eu nem sabia que ela escrevia histórias e eu deveria ser seu marido.

Vejo que Alex está se aproximando e Raymond vira os olhos para onde eu estou olhando. O cabelo dela brilha com o sol, é impossível não a reconhecer logo.

— Oi, Alex, tudo bem? — cumprimenta Raymond quando Alex se aproxima o suficiente e nos olha desconcertada. Eu vou até ela para cercá-la com meus braços e, é claro, para Raymond ver que ela tem um dono. Alex apenas balança a cabeça em saudação. — Estou morrendo de fome, eu vou para dentro para ver o que eu acho para comer. Vejo vocês mais tarde — ele diz num tom desconcertante e eu agradeço a ele por ter ido embora.

— Claro, tchau, amigo. — Ele me estende a mão em saudação e nos despedimos com um forte aperto. Ele me entrega a bola que estava em sua outra mão e se retira.

— Raymond é legal — eu digo, virando os olhos para Alex.

— Do que vocês estavam falando? — ela pergunta imediatamente.

— Ele estava me contando sobre seu coelhinho que morreu e você chorou por três meses. —- la me olha com curiosidade e esboça um sorriso.

— Sr. Bigotes, Pancho, Claudio, Robertina, Sam ou Casimiro? — ela diz, e eu a observo. Ela me faz rir com esses nomes incomuns.

— Quê? Sério, Alex? — Pega a bola em suas mãos e joga na cesta, acertando. — Ele me disse que você tem a capacidade de escrever histórias. Por que você não continuou? Por que simplesmente escrever relatórios, não livros?

— Eu não sei, eu acho que perdi inspiração quando meu pai me disse o tempo todo que não era uma profissão. — Eu assisto a cada um de seus movimentos quando a bola pula.

— Pelo amor de Deus, diga isso a Shakespeare, ou a Paulo Coelho, ou à JK Rowling — falo. Ela pega a bola que veio até mim.

— Meu pai disse que era um desperdício de tempo e se me via escrevendo algo simplesmente se desfazia de tudo o que escrevi sem me consultar.

— Eu franzo a testa e olho para ela com intriga.

— Deve ter alguma razão para ele agir assim. — Ela encolhe os ombros, eu realmente quero conhecer esse homem e saber a razão por que foi assim com ela. Talvez ele esteja arrependido.

— Então você não está mais com ciúmes do Raymond? — ela pergunta, mudando de assunto.

— O quê? Eu não estava com ciúmes de Raymond — eu bufo.

Ela está balançando a bola e, para desviar a conversa, tiro a bola da mão dela e arremesso dentro da cesta. Ela olha para mim com a testa franzida e imediatamente amarra o cabelo em um rabo de cavalo. Pega a bola novamente e marca.

— E por que terminaram? — Estou curioso.

— Porque ele queria ir para a faculdade, mas na realidade ele queria mesmo era vir morar com sua prima, então ela já me conhecia.

Eu levanto uma sobrancelha.

— Mas que interessante! — exclamo. — Para falar a verdade, você é uma mulher...

— Sério, chefe? E eu pensei que era uma alienígena! — me interrompe, definitivamente não posso com essa mulher.

— Eu ia dizer uma mulher bonita, mas você não me deixou terminar, Alexandra. — Não posso deixar de rir. — Eu não posso com você, sério. — Sacudo a cabeça, nunca na minha vida eu conheci uma pessoa como ela.

Encesta novamente, arrebatando a bola. Porra.

— Essa não valeu, você me distraiu — falo com um sorriso, pegando a bola.

— Camarão que dorme...

— Coração que não sente...

Ela sorri e eu olho para ela seriamente. Já está me contagiando com suas loucuras.

— Aquele que fizer o último ponto ganha — falo, pegando a bola. — Vou te dar vantagem. — Eu jogo a bola e ela começa a pular, tem bons movimentos, eu corro para tirar a bola dela, e ela se esquiva várias vezes, uau! É bom, entre dribles e dribles com a bola nossos rostos ficam muito próximos, eu a envolvo com meus braços e a encurralo contra a parede, seus lindos olhos me encaram intrigados, nossas respirações se misturam. Eu não consigo me conter. Beijo-a sem pensar duas vezes, é que esses lábios são tão viciantes. Quando eu sei que ela está distraída o suficiente, eu lhe arranco a bola e a pego.

— Porra, Oliver! Assim não vale! Você me usou — ela balbucia, e eu sorrio vitoriosamente.

— Ganhei! — falo e ela olha para mim feroz.

— Você vai ver — dispara. Ela começa a correr atrás de mim, mas eu sou muito mais rápido, chego à porta da casa e a observo, ela tenta controlar sua respiração com as mãos nos joelhos e com uma respiração entrecortada ela olha para cima e faz sinal com o dedo médio. Que romântico! eu respondo seu gesto de amor da mesma forma e ela ri alto, eu não posso deixar de rir também.

Capítulo 23

Entro em casa quando noto que Alex está se aproximando e vou para a sala de jantar, cheira deliciosamente bem e meu estômago começa a rugir.

— Oliver... — Eu ouço uma voz masculina atrás de mim, não demora muito para reconhecê-lo.

— Dmitri! — me viro rapidamente e não estava errado. Eu o cumprimento com um aperto de mão. — Te perguntaria o que te traz aqui, mas já sei. — Ambos sorrimos, estendo minha mão para a sala de jantar e ele assente, pega uma cadeira e ajeita seu traje de general, nunca deixando de se gabar. Me sento ao seu lado. Lindsey traz uns muffins e me dá um, esses bolinhos que como de uma bocada só podem ser trabalho da minha mãe. Só de levá-lo à boca uma explosão de sabor invade minhas papilas gustativas, é disso que mais sinto falta ao viver longe dela.

— Soube que você se casou — diz, enquanto limpo meus lábios com um pequeno guardanapo. — Lindsey comentou comigo.

— Isso mesmo — dou um largo sorriso. — Não deve demorar muito para eu vir aqui.

— Digo a Lindsey que também devíamos nos casar em segredo, para evitar todos os ensaios de casamento, os trajes de padrinhos...

— Não, esqueça, Dmitri — tia Kate, mãe de Lindsey, nos interrompe imediatamente. — Se não perdoei o Oliver, o seu caso será pior. — Dmitri ri e eu não posso evitar rir também.

Ele começa a fazer perguntas da empresa que eu não hesito em responder, estou orgulhoso de tudo o que tenho feito até hoje. Ele também começa a falar sobre o seu emprego, parece interessante. Eu não tinha percebido que meia hora tinha passado e Alex ainda não aparecia por aqui, começo a me preocupar. Onde terá ido? Naquele exato momento Henry me tira dos meus pensamentos, cumprimenta Dmitri e me puxa do meu antebraço.

— Me desculpe, eu tenho que falar com Oliver com urgência. — Eu franzo a testa. O que poderia ser tão urgente? Algo com a Alex? Dmitri assente e eu me solto do forte aperto de Henry quando ele sai pela porta que leva à sala de estar.

— O que acontece? — pergunto com notável interesse, olho por cima do ombro e atrás dele como se para garantir que ninguém estava por perto.

— Nós temos garotas para esta noite — ele sussurra, com emoção suficiente em seus olhos. Libero todo o ar que meus pulmões estavam segurando, ele me olha e franze a testa, maravilhado. Eu esperava algo pior.

— Nós? — eu pergunto, levantando uma sobrancelha.

— É. Você se lembra da garota que conheci naquele bar no Canadá? Ela está aqui na Califórnia e quer que nos vejamos, a irmã dela vem com ela, então eu disse a ela que já tinha falado com você sobre ela...

— Mas você não falou — interrompo, cruzando meus braços.

— Bem, eu estou falando agora — ele levanta ambas as sobrancelhas e parece muito engraçado.

— E pelo menos a irmã é bonita? — Ele pega o celular e começa a me mostrar fotos. Bastante curvilínea, e em poses bem provocantes, mostrando suas belas pernas trabalhadas na academia com um vestido pequeno.

— Estou dentro! — exclamo. Preciso aliviar toda essa tensão ou vou acabar no banheiro com um copo de vaselina.

— Eu te disse. Ambas são excelentes.

Naquele exato momento meus olhos veem Alex, com uma pequeno vestido de flores que revela parte de suas coxas. Ela usa um top por baixo que se encaixa em seus seios, fazendo-os se destacar mais. Chama minha atenção o cara que aparece atrás dela e caminha em um ritmo rápido para alcançá-la. Raymond.

Maldito.

Ele se aproxima de nós e nos cumprimenta, enquanto Alex, sem qualquer expressão vai direto para a sala de jantar, nem sequer olha para mim, nem olha para Henry. Eu posso ver em sua expressão que ela está chateada. Será que esse idiota disse algo para ela? Eu sigo seus passos até a sala de jantar e por trás eu a abraço pela cintura.

— Por que esse idiota veio com você? — eu questiono, ela abruptamente me solta e vai direto para a mesa com um sorriso para minha mãe e minhas tias.

Isso me deixa confuso.

— Bom dia — ela diz, me ignorando completamente. Minha mãe se aproxima e beija suas bochechas.

Ela toma seu lugar na mesa e eu me sento ao lado dela, logo teremos que conversar. Na frente de nós está Lindsey no colo de Dmitri, sorrindo quando se olha para Alex.

— Essa é a Alex — diz ela —, a esposa do Oliver. — Dmitri se levanta para cumprimentá-la.

— É um prazer, eu sou o general Dmitri Petrov — ele fala em seu sotaque russo. Alex também se levanta e apertam as mãos.

— O prazer é meu, general — diz ela, e toma o seu lugar novamente.

— Ele é meu noivo — diz Lindsey, ocupando seu lugar no colo.

— Ah, sério? Parabéns — Alex diz, sem qualquer emoção, pegando uma fatia de pão.

— Obrigado — respondem ao mesmo tempo. Minha mãe se aproxima de nós com frutas picadas.

— Então, você é a das quatro línguas — o russo fala.

— Acho que sim — responde Alex, tentando sorrir, mas sei que é mais falso do que os da Brittany.

— Alex. Está tudo bem? — murmuro, mas não me responde, só olha para Henry e Brittany que entram na sala de mãos dadas. Então olha para um copo na frente dela e continua a me ignorar.

Passa o resto da tarde retraída, e a vejo poucas vezes, nem mesmo prestando atenção no que Henry me dizia. Eu vou para o quarto, já está ficando tarde e preciso me arrumar. Lá está ela em uma cadeira giratória, olhando pela janela. Entro no banheiro com uma cueca boxer nas mãos e saio em menos de quinze minutos. Estou preocupado com a atitude da Alex.

— Alex, as garotas sairão esta noite. Você vai com elas? — Preciso começar uma conversa e descobrir o que está errado. Alex se vira.

— Oliver! Se vista! — dispara, e vira o mais rápido possível; me faz rir, eu nem me importo que me olhe de cueca.

— Não, eu não vou — diz secamente.

— Está bem? — Eu coloco minhas calças esperando por sua resposta.

— Estou. — Já estou me incomodando.

— Bem, só ficarão os meus pais em casa, você vai se cansar. Vou sair com Henry. — Visto a camisa preta e, sem abotoar, me aproximo dela, giro a cadeira para mim e me apoio nas mãos da cadeira. Eu olho nos olhos dela, ela vai me dizer o que está acontecendo aqui e agora.

— Tem certeza que você está bem? — Ela olha nos meus olhos por um longo segundo.

— Não, Oliver, não estou — levanta sua voz e vejo a fúria em seus olhos, o que me assombra por um momento em seu tom de voz. — Me chateia que você saia por aí dormindo com qualquer mulher.

O quê? Como? Como ela soube disso? Alguém contou para ela? Alguém mais sabe? Brittany vai saber? Por que me importo? Não é mesmo minha esposa real. A olho desconcertado, esperando que ela me diga como ela sabe.

— Como você soube disso, Alex? — Volto para a minha posição de pé e cruzo os braços.

— Eu ouvi o Henry, Oliver! — Ela se levanta da cadeira giratória tentando me encarar. Embora seja alta para uma mulher, na minha frente ela é muito menor. — Sério, eu tenho vergonha de você sair para dormir com mulheres. — Franzo as sobrancelhas.

— O que te faz pensar que vou dormir com ela?

— Você mesmo disse que não sai com alguém só para conversar. — Caramba! A que horas me ocorreu dizer isso?

— Mas por que você se incomoda? Se eu fizer isso, você também pode fazer. Você não deveria estar feliz? — Está me incomodando, ela tem o passe livre para fazer isso também, é o que tínhamos concordado, mas eu sei que ela não vai fazer isso, o que me faz sentir aliviado.

— Sério? Você não se importaria se eu dormisse com alguém? — Estes olhos verdes estão presos nos meus esperando pela minha resposta. Pela primeira vez na minha vida, não sei o que responder.

— Por que eu me importaria? Contanto que você faça sutilmente e ninguém perceba. — Nós olhamos nos olhos um do outro por alguns segundos.

Não tenho certeza da minha resposta.

Eu não quero nem imaginar Alex com outro homem.

— Bem — responde, finalmente. Eu não sei por que eu sinto que não é o que ela queria ouvir. — Tenha uma ótima noite. — Ela sorri, mas não de forma feliz ou tranquila, tentando esconder algo, e sai. A observo se perder atrás da porta do quarto e, com seus Vans silenciosos, não ouço seus passos se afastando pelo corredor.

Agora o pensativo sou eu.

Capítulo 24

Termino de ajeitar minha camisa e coloco meu casaco azul escuro com risca de giz. Acabo de colocar meus sapatos quando ouço uma batida na porta.

— Você está pronto, Oliver? — É a voz do Henry.

— Claro, Henry. Já saio. — Eu abro a porta, ajustando o meu relógio. Saio do quarto, desço as escadas e vejo Alex. Nossos olhos se encontram e eu me aproximo dela para lhe dar um beijinho nos lábios. Ela não corresponde, vira o rosto para outra direção. Eu sei que ela está chateada, mas eu sou um homem e tenho que me aliviar de vez em quando. Ainda mais com a tensão que Alex me provoca, não podendo fazer nada.

É irritante acordar à meia-noite com as calças cobertas pelo seu próprio líquido.

Eu dirijo para o lugar enquanto falamos bobagens sobre nossas vidas pessoais e ouvimos música atual no rádio. De vez em quando Alex vem à minha cabeça e sua última pergunta vem à minha mente e eu acho que por alguns momentos, se a Alex quiser sair com um homem, que faça isso, eu não entendo por que eu me importaria. Engulo saliva, algo penetra o meu coração. Não gosto que ela tenha algo com outro homem.

— Oliver! — Henry chama minha atenção. — Tudo bem? Eu te disse que era aquela discoteca, agora você vai ter que achar outro retorno.

Percebo que já tinha passado bastante do lugar, o trânsito está muito pesado. Por estar pensando na Alex, agora estamos atrasados, e eu odeio estar atrasado.

Chegamos ao local, no estacionamento vemos todos os tipos de carros de luxo, o carro esportivo do meu pai não fica muito atrás, é do próximo ano, ele tem verdadeira paixão por carros e motos. Na boate é possível ver pessoas ricas, há poltronas de couro fino e copos finos, vários guardas de segurança, mulheres espetaculares. As meninas já estão aqui, segundo Henry. Pelo menos elas são pontuais e eu gosto disso.

— Estão ali — exclama Henry e eu olho na direção que aponta. Ambas viram seus olhos para nós e sorriem. Tenho que admitir que são muito bonitas. Henry apresenta sua garota, Kendra, ela me estende a mão e com a outra põe o cabelo atrás da orelha.

— Essa é minha irmã, Vanessa — exclama a garota chamada Kendra. Vanessa se levanta e sorri de uma maneira muito atraente, estende a mão para mim e beija a minha bochecha, cheira bem e é bonita. Bom. Ela faz o mesmo com Henry, sei que seus olhos foram mais nesta mulher do que na sua. É difícil não desviar o olhar de seu decote e suas curvas bastante acentuadas que se destacam naquele vestido de renda preta. Ela penteia os cabelos acobreados com as pontas dos dedos enquanto volta para onde estava, Kendra a segue e Henry sinaliza que devo me sentar ao lado de Vanessa.

Vanessa cruza as pernas e expõe suas coxas. Tem belas pernas, mas devo admitir que as de Alex são melhores e não passam duas horas em uma academia. Penso em Alex. O que ela estará fazendo agora? Eu sacudo minha cabeça. O que está me acontecendo? Por que diabos eu penso na Alex? Eu começo a tomar champanhe e relaxo na cadeira de couro. Vanessa começa a conversar comigo sobre sua vida pessoal e Henry beija Kendra enquanto acaricia sua coxa.

Vanessa ri, ela tem um sorriso bonito e leva a mão à minha perna enquanto me conta sobre sua cidade, Vancouver. Seu rosto está muito perto do meu e eu sei o que ela está tentando. Eu não consigo ver bem os olhos dela por causa de todas as luzes coloridas que se movem de um lado para outro, mas pelo que vejo são bem claros. Vanessa se inclina para mim tentando tomar uma bebida que o garçom segura ao meu lado. Pega minha mão e sinto imediatamente a diferença entre a mão dela e a de Alex, gosto de pegar as mãos da Alex, bem macias, suaves, quentes e delicadas, as de Vanessa não são as mesmas e eu não tenho vontade de segurá-las.

Eu respiro profundamente.

Alex, saia da minha cabeça.

Eu tento me concentrar na conversa da garota, bebendo muito champanhe. Sinto que parte de mim está faltando, que isso é uma tortura.

Eu tento prestar atenção na Vanessa o máximo que consigo, mas é quase impossível, não falo nada que me mantenha interessado e penso naquela loira louca que me deixa histérico. Temos sempre o que conversar e nunca me entedio, sorrio. Demônios! O que está me acontecendo? Eu sei que ela deve estar chateada comigo e isso me deixa doente. Vanessa traz o rosto ao meu e sem pensar duas vezes beija meus lábios, me pegando de surpresa. Tento corresponder o beijo, mas naquele exato momento, sinto uma dor no meu peito. Sinto que estou traindo a Alex. A deixo quase abruptamente, saio daquela poltrona confortável e Henry me olha atordoado e me segue para fora do local.

— Oliver! — exclama. Não quero parar, mas faço isso para deixar claro que eu estou indo embora.

— Sinto muito, estou indo. — Eu me viro de novo e continuo meu caminho, ele me seguindo.

— Qual é o problema, Oliver? Meu Deus! O que há de errado com você? — grita. Ele para a alguns passos de mim.

— Eu não sei o que há de errado comigo, mas eu não quero voltar para lá. — Eu paro e me viro para vê-lo uma vez que chego ao carro.

— Eu até tinha dois quartos reservados — ele cruza os braços e olha para mim indignado.

— Pode usar os dois, porque eu vou embora. — Aperto o botão que desliga o alarme do carro e abro a porta.

— Você não pode sair antes, você vai levantar suspeitas e eu vou ter problemas, sério. O que aconteceu? No ano passado saímos com aquelas garotas francesas, você não agiu assim. — Eu suspiro. No ano passado eu não conhecia a Alex.

— No ano passado eu não era casado, Henry. — Eu levanto a minha voz, estou chateado, só quero sair e abraçar Alex com todas as minhas forças. Merda. O que eu estou pensando?

— Eu não sabia que isso era tão sério para você. — Ele coloca as mãos na cintura, colocando a jaqueta de lado.

— É, Henry. Tenho uma mulher bonita, inteligente e engraçada, e eu não quero dormir com nenhuma outra lá fora. — Ah, pelo amor de Deus! Eu não me reconheço no momento, tenho certeza que é a bebida

Henry olha para mim com os olhos bem abertos. Eu não sei o que estou dizendo, mas sei que se Alex me ouvir, ela me bate. Por que isso está acontecendo comigo? Por que Alex? Não, não, não... qualquer outra mulher, menos a Alex. Eu balanço minha cabeça e passo a mão pelo cabelo em frustração. Eu olho para a porta da boate e vejo que Kendra está saindo. Henry olha na direção dos meus olhos e olha para ela.

— Oliver, me dê dois minutos, eu vou com você — diz ele, girando em seus calcanhares.

— Henry, eu posso inventar qualquer coisa, você pode ficar se quiser.

— Eu não posso, porque a irmã dela terá que ir sozinha e ela não vai querer — fala com desaprovação para mim.

Me sinto culpado porque Henry não vai desfrutar da noite, mas em parte... e embora Brittany não mereça... ele não deveria fazer essas coisas, deve ser terrível que façam a você. Bufo, não deve ter bebido tanto.

— Vamos, eu disse a elas que você teve problemas com a empresa. — Concordo com minha cabeça e dirijo em silêncio até que chegamos em casa. Ele me olha de novo e de novo pelo canto do olho, mas não presto atenção.

Chegamos em casa e depositamos as chaves do carro no baú onde meu pai guarda as chaves. Chego ao quarto, espero não encontrar Alex acordada porque estou bêbado e sou capaz de chorar pedindo perdão.

Que vergonha.

Vendo que as luzes estão apagadas, entro com cuidado, e sim, lá está ela, dormindo o sono dos justos do seu lado em direção à varanda. Não entendo o que aconteceu comigo. Tiro a jaqueta e desabotoo minha camisa enquanto a vejo dormir. Me livro da camisa e do relógio de pulso, que deposito na mesa de cabeceira.

Eu me deito ao lado dela e, com meu braço, eu envolvo sua cintura, beijo sua bochecha e puxo o cabelo que está em seu lindo rosto. Descanso em seu pescoço e por alguns momentos eu sinto que é o melhor lugar do mundo.

— O que você está fazendo comigo, Alex? — Eu murmuro e adormeço quase instantaneamente.

Capítulo 25

Desperto e pisco várias vezes para adaptar meus olhos à luz do sol que entra pela janela. Tento levantar, mas uma leve dor de cabeça se apodera de mim e me irrita. Suspiro, detesto essas dores, e nesse momento me veem as imagens da noite anterior. Dispensar uma mulher pela Alex não deve ser certo. O que diabos aconteceu comigo? Me levanto e bato na porta do banheiro com os dedos para ver se está lá, mas não há resposta. Eu abro e não há ninguém, é um milagre que tenha despertado antes de mim.

Eu pego meu relógio que estava na mesa de cabeceira e percebo que é quase meio-dia. Merda! Odeio acordar a esta hora. Por que ela não se dignou a me acordar mais cedo? Onde diabos estará? Eu tomo um banho rapidamente e saio com a toalha na minha cintura, me certifico de que a porta está trancada e coloco algumas roupas no meu corpo, meu estômago ronca.

Debaixo das escadas, quando um cheiro de comida invade minhas narinas, chego à sala de jantar e lá está Henry, ao lado de Brittany.

— Querido. Onde está a Alex? — Minha mãe me dá uma xícara de café que eu tomo sorrindo, preciso acordar.

— Não sei, eu acabei de acordar e ela não estava. — Eu estremeço, minha cabeça vai explodir.

— Ela está com a Lindsey na praia — a voz de Dmitri atrás de mim me interrompe. — O que acha de irmos depois? Eu disse a Lindsey que iria.

Pelo menos está acompanhada.

— Ok, podemos ir um pouco, quando a dor na minha cabeça for embora — eu digo, tomando um gole de café.

— Dor de cabeça? Por que você não me disse antes, Oliver? — Minha mãe pega uma bolsa de remédios com centenas de comprimidos. Esqueci que minha mãe estava presente.

— Mamãe, não é nada que eu não tenha sentido antes, se acalme.

— Não, uma dor de cabeça pode se tornar séria, pegue isso — me dá um pacote com comprimidos. Não sei que diabos eles são e não quero ler. Mães! Inclusive ela até espera que eu os tome para ter certeza, e depois me dá um sanduíche.

Depois do almoço e conversamos por horas sobre nossos trabalhos. Me sinto melhor, fazemos o nosso caminho para a praia. Henry e meu pai se juntam a nós, a praia é bem próxima, a dez minutos de carro. Quando chego lá, não noto a loira nem Lindsey. Dmitri também procura por elas sem sucesso e, como se lendo sua mente, uma mensagem de Lindsey chega em seu telefone.

> Lindsey
> Estamos fazendo compras
> na cidade.

Eu sempre disse que as mulheres têm um raro sexto sentido que as faz perceber tudo. Bem, contanto que a Alex não ande sozinha, eu não tenho nenhum problema com que saia. Eu vejo como Henry gosta da vista da praia.

E eu não quero dizer a paisagem.

Mas ele não inicia uma conversa com nenhuma delas, porque meu pai está aqui e não é conveniente para ele olhar para esse plano.

Começamos a surfar. Meu pai, apesar de ter cerca de cinquenta anos, ainda tem bons movimentos e é difícil vencê-lo. Claro! Ele mora perto de uma praia, eu não, embora eu deva me mudar e viver perto de uma praia; vou considerar isso, eu gosto desse ambiente.

Depois de algumas horas voltamos para a casa, me sinto enrugado. Gosto de estar com meu pai quando ele não está me comparando com Henry, e não porque me importo com ele, mas me sinto melhor como pessoa do que ele é.

Eu chego ao quarto e ainda não há sinais da Alex. Entro no banheiro e, por causa da desordem, parece que Alex tomou um banho recentemente. Já deve estar por aqui. Dou de ombros e vou tomar meu banho. Visto uma roupa parecida com a que eu estava usando, exceto que esta camisa é branca e o short não é xadrez.

Eu não vejo a Alex o dia todo. Saio de casa e perto da piscina estão todos, mas nada de Alex ou Lindsey. Eu me aproximo deles e Dmitri me oferece uma cerveja, que eu tomo sentado ao lado dele.

— Você sabe se Alex está com Lindsey? — Eu questiono. Não saber nada sobre ela o dia todo me preocupa. Eu quero falar com ela, abraçá-la, beijá-la... Não sei.

— Acho que sim, ela me disse que sairia e eu não vi as duas.

Por que a Alex não me diz quando vai sair? Lembro que não estava com o meu celular. Volto para o quarto, tenho que ver se Alex disse algo, mesmo que uma mensagem, ou então vou ligar para ela e dar uma bronca. Eu ando pelo corredor da casa e encontro Raymond. Ele me cumprimenta e eu faço o mesmo. Eu acho meu celular dentro da pequena gaveta de minha mesa de cabeceira e noto que há que uma mensagem. Sim, é a Alex, pelo menos se dignou a me dizer, eu sinto um alívio através do meu corpo, passo meu dedo na tela e abro a mensagem.

> **Alex**
> Eu vou sair. Você disse que não se
> importava que eu namorasse outros
> homens. Bjss

Imediatamente sinto uma sensação estranha tomar meu corpo, minhas mãos começam a suar e sinto meu coração prestes a sair do meu peito. Como vai sair com outros homens? Eu... eu... eu não disse a ela que podia. Bem, talvez sim, mas eu nunca imaginei que ela fosse fazer isso. Minha garganta seca e meu coração bate forte.

Começo a ligar para ela: sem resposta. dez chamadas e ainda sem resposta, minha mente começa a se encher com imagens de Alex com outro homem, beijando outro cara, sendo tocada por outros, não, não, não... eu jogo meu celular com fúria na cama e passo minhas mãos no meu cabelo em frustração, me lembro daquele "me teste" desafiador que não íamos ter amantes. Mas... eu nem tive nada com a tal Vanessa, agora Alex deve ser engalfinhando com uma idiota por aí. Não!

Eu pego meu telefone novamente e começo a discar seu número e nada, agora, não aguento. Alex não pode fazer isso comigo. Engulo a saliva para umedecer a garganta um pouco, me sento na borda da cama, descansando meus cotovelos nos joelhos, passo os meus dedos no cabelo. Eu tenho que me acalmar, ela também pode sair, não é minha esposa de verdade. Como ela vai se sentir estando com outra pessoa? Será que a mesma coisa acontecerá comigo? Eu deveria perguntar a ela quando voltar, ou eu não deveria perguntar a ela? É melhor eu perguntar antes que eu enlouqueça. E se ela se apaixonar por esse outro cara? Não! Meu sangue ferve e tudo que eu quero é quebrar tudo.

Novamente eu ligo para ela. Já deve ter umas vinte chamadas perdidas minhas sem resposta. Já me sinto derrotado, ando de um lado para o outro do quarto na esperança de que atenda ou pelo menos interrompa o que está fazendo. Se desligou não é um bom sinal. Quase sinto que não consigo respirar. Estou irritado e minhas mãos estão congelando, meu telefone quase desliza algumas vezes, mas eu sempre tento segurar mais forte. Eu não sei o que fazer, eu teria instalado um GPS em seu celular, Alex, não faça isso comigo. Já são vinte e seis ligações quando, finalmente, ela atende e sinto imediatamente meus pulmões se encherem de ar e o sangue começar a correr em minhas veias.

Me sinto aliviado, ou é que já terminou de fazer o que tinha que fazer, e me chateio de novo. Eu nem espero que ela fale.

— Alex, onde diabos você está? — eu digo assim que atende.

Capítulo 26

— Quê? Por que diabos você quer saber? — Alex está na defensiva, o que me deixa mais bravo.
— Você me diga agora onde você está! — Eu preciso inspirar e expirar para evitar dizer uma loucura.
— Quê? Você me disse que, se o fizesse, eu também poderia fazê-lo! — Pelo amor de Deus.
— Estou muito chateado agora, Alex. Não me faça discutir com você. Você me diz onde você está agora e eu vou te buscar. — Eu me inclino sobre a mesa enquanto espero sua resposta.
— Como assim? Ou seja... você pode dormir com qualquer uma por aí e eu não posso? — Eu levo minha mão à cabeça tentando encontrar a paz interior.
— Você não vai para a cama com ninguém e eu não vou conversar isso ao telefone. Você me diga onde você está AGORA! — Porra, meu queixo está tenso. Tudo o que quero é que ela volte para casa para que possamos conversar.
— Oliver, vá a merda! — dispara. — E quer saber? Se você quiser me demitir, DEMITA!
O que acabou de me dizer?
— Você acabou de me mandar à merda, Alexandra Carlin?
— Se não se importa, tenho coisas a fazer. Tchau. — isso vai me deixar louco.
— Não me venha...— Quem você pensa que é? Minha mãe? Se gritar comigo de novo eu juro que não volto para essa casa.
Porra, Oliver, se controle. Você está apenas chateado, não diga nem faça nada maluco.

— Alex, por favor.
Disse por favor. Puta!
Entre pedidos e com uma voz suave, ela acaba me dando o endereço. Eu juro que se a empresa não me deixou louco, esta mulher vai deixar. Estou com os nervos à flor da pele e querendo jogar tudo contra a parede. Me troco para ir para ela. Nem pude beijar a Vanessa ontem, mas não direi, quero que imagine milhares de coisas por me fazer me passar por isso. Saio de casa tão rápido quanto posso e pego as chaves de qualquer carro, não sei nem qual. Eu chego ao estacionamento, o som do alarme me diz que é a caminhonete, eu entro e saio terminando a conversa com Alex. Espero que seja o endereço que ela me deu.

Não respeito os limites de velocidade, mas não me importo; eu chego num lugar com vários carros estacionados, estaciono, e antes de sair do carro dobro as mangas da camisa branca até o cotovelo, com a cabeça quente nem me dei conta do que havia vestido. Desço e olho para todos os lugares e Alex não está por perto, eu pego meu celular e ligo para ela.

— Eu estou aqui fora — digo, quando atende.

— Ok — desliga, o que me deixa mais mal-humorado.

Eu estou perto de uma enorme fonte de luzes, alguém passa ao meu lado derramando algo nos meus sapatos, como eu quero bater nesse cara. Eu suspiro, hoje é o pior dia da minha vida.

— Sinto muito — o idiota diz e sai. Duas garotas vêm atrás dele e quando elas me veem sorriem. Eu não quero sorrir para ninguém.

Agito minhas calças pretas para tirar um pouco de poeira por conta da fonte, eu odeio poeira. Eu olho para cima e vejo Alex sair da porta da frente com um cara. Alex tem cabelo liso solto, eu tive que ver duas vezes para ter certeza de que era ela, e é, é impossível perder de vista aquelas pernas. Ambos sorriem e pegam seus celulares, eu acho, trocando números, não posso acreditar nisso que estou vendo. Bem na minha cara? Ele a abraça e beija as bochechas dela de um jeito sensual, estou prestes a ir para cima daquele cara e matá-lo com golpes.

Alex se separa dele e caminha em minha direção, sua blusa preta até seus quadris delineia seu corpo, suas pernas parecem requintadas em um pequeno short branco e os sapatos pretos de salto alto fazem com que pareçam mais longas e mais torneadas. Eu a observo da cabeça aos pés. Como não haveria milhares de filhos da puta interessados nela se ela é linda em todos os sentidos? Eu estendo minha mão e ela pega, estou tão irritado que eu não percebo que eu quase a arrasto para a caminhonete.

Chegando no veículo, abro a porta do passageiro e ela bruscamente se solta de mim e entra sem dizer uma palavra. Bem, faça o que quiser. Eu subo de lado e coloco o carro em movimento, é um longo caminho para casa sem dizer nada.

Ao chegarmos, ela desce rapidamente do carro e vou atrás dela. Não posso evitar olhar como esse short branco se encaixa nela à perfeição. Deixo as chaves da caminhonete no baú de chaves e sigo atrás dela até o quarto. Tenho mil coisas para dizer, mas melhor me acalmar antes, não quero começar uma discussão.

Ela entra primeiro e coloca sua bolsa na mobília branca em frente à cama, eu entro atrás dela e imediatamente seu celular toca, não consigo evitar de me aproximar de forma cautelosa para ver quem era.

> Paul
> Boa noite, querida, eu me
> diverti muito com você.

Paul? Certamente aquele cara com quem ela estava hoje. Ela sorri e eu não aguento. Pego seu celular e jogo contra a parede, o sangue me ferve nessa hora e ela me olha atônita, observando o celular no chão em pedaços.

— Que diabos você fez...

Eu não a deixo terminar a frase.

Tomando a cintura e juntando meus lábios com os seus, começo a beijá-la suavemente. Se eu não fizer isso eu sei que acabaremos em uma discussão, e é o que menos quero. Como eu amo estes lábios. Ela envolve meu pescoço com os braços e o beijo começa a se tornar mais intenso, que tenho de admitir que não era minha intenção só queria evitar uma briga, não suportaria isso, tento separá-la um pouco de mim para que não sinta a ereção que está se formando na minha calça, e ela esbarra no móvel branco. A pego pelas coxas e coloco em cima do móvel e ela envolve minha cintura com as pernas. Estou começando a perder a sanidade, que se dane que sinta minha dureza. Acaricio seu tronco e logo estou com as duas mãos em ambos os lados de seu rosto. Tento me acalmar por dentro, mas ela leva as mãos debaixo da minha camisa e começa a acariciar meu abdômen, não pode ser, me descontrolo. Levo minhas mãos para suas coxas, há muito tempo queria fazer isso, elas são perfeitas e então minhas mãos acariciam sua cintura sob a blusa, não quero me conter, eu preciso que ela seja minha, e quando eu estou pronto para perder o controle ela me afasta abruptamente e desce do móvel.

— Isso não é necessário se não houver ninguém nos vendo — diz ela, alisando a blusa com as palmas das mãos.

Eu não sei exatamente o que eu sinto nessa hora, eu não posso acreditar, eu não posso acreditar no que ela me disse, eu nunca passei por isso, nenhuma mulher nunca me deixou assim, como eu gostaria de agarrá-la agora e torná-la minha naquela cama, porra! Tenho que me acalmar. Eu corro minhas mãos pelo meu cabelo em frustração, ela pega seu celular e eu trago minhas mãos para o armário branco. "Eu tenho que me acalmar", repito uma e outra vez. Vejo Alex se perder atrás da porta da quarto e ouço o som de seus saltos se afastando pelo corredor.

Maldição.

Se eu quiser, posso ter qualquer mulher a meus pés, e esse é o problema: ela é a única neste planeta Terra que eu sei que não posso ter aos meus pés, nunca.

Capítulo 27

Vou tomar um banho de água fria, preciso apagar o fogo entre as minhas pernas. O pior é ter que dormir com ela esta noite. Tiro minhas roupas e deixo a água fria no meu corpo fazer o seu trabalho, o que parece funcionar. Eu imediatamente sinto como se tudo dentro de mim estivesse se acalmando. Suspiro, nunca tive que fazer isso. Fecho os olhos e tento pensar em outra coisa, elefantes, sim, isso pode funcionar, elefantes cor de rosa com saias de tule, não pude deixar de rir, meu celular toca e me tira de meus pensamentos. Desligo o chuveiro e procuro em todos os bolsos das calças que usei até que eu finalmente o encontro.

— O que aconteceu, caramba? — Eu digo ao pegar, depois de ver que é o David.

— E a vida de casado? Está gostando? — A risada sarcástica de David do outro lado.

— Claro, você não sabe o quanto — ironizo.

Ele ri tão alto que eu até temo que ele esteja em um lugar público e assuste as pessoas.

Eu pego uma toalha e começo a me secar quando meu celular escorrega e cai na pia. Raios! Isso é carma por destruir o celular da Alex. Eu pego rapidamente e me certifico de que ainda funciona, e sim, parece que ainda está vivo.

— Você ainda está aí? — Eu espero pela resposta de David do outro lado. — Estou... sem tímpano por causa do som do seu celular estúpido — ele fala.

— Desculpe, eu estava tomando banho e meus dedos estão molhados.

— Espere... — ele me interrompe.

— Que foi?

— Você acabou de pedir desculpas? Oliver, o casamento te faz bem! — David começa a soar algo que parece uma colher em um prato.

— David. Chega! Você vai me causar uma dor de cabeça — disparo, massageando minhas têmporas.

— E por que diabos você está tomando banho a essa hora? — Fico em silêncio. Eu não vou contar isso ao David. — Foi banho frio ou quente? — interroga, rindo alto.

— Isso não é da sua conta, David. — Mais risos do David. Eu vou matá-lo. — Foi para isso que me ligou? — suspiro, tentando me acalmar. Se Alex e David se juntam, eles me matam de um AVC.

— Não, só queria dizer que, de acordo com a Forbes, você é o empresário do ano, e eles querem uma foto com você e sua esposa.

— O que a Alex tem a ver com tudo isso? — Tiro a toalha do meu pescoço para secar algumas gotas de água que saem do meu cabelo.

— Eu não sei. Aparentemente, não é só você que gosta da Alex.

— Como você pode imaginar — eu digo imediatamente.

— Espera...

— O que foi agora? — Passo alguma loção no meu corpo, ainda que eu vá dormir gosto de cheirar bem.

— Você acabou de admitir que você gosta dela! — Mais sons da colher contra o prato do outro lado. Eu trago minha mão para a minha testa e fecho meus olhos, eu preciso encontrar a paz interior.

— Eu juro que vou te matar um dia, David. — Mais risos do David. Foda-se.

— Você quer meu conselho? — ele pergunta, quase não entendo pois aparentemente ele está comendo.

— Se você não sabe como eu posso tirar ela da minha cabeça eu não me importo com o que você tem a dizer. — Escuto que se engasgou e começou a tossir.

— Eu nunca imaginei que você diria isso.

— Saí com uma mulher ontem e eu não pude sequer dar uns beijos nela. — Volto ao quarto para checar se a Alex não entrou. — Hoje ela saiu com um idiota que não sei onde caralhos ela conheceu, e não acredito ainda o que isso me fez sentir.

— Bem, eu zombaria, mas acho que isso é sério. Oliver, Alex não é o tipo de mulher com quem você dorme só uma vez.

— Eu sei. Eu falei, não sei como vou tirar isso da minha cabeça.
— E você não quer um relacionamento sério. — Estou considerando o relacionamento sério. — Se não quiser, estou aqui.
— Bem, qualquer coisa te ligo.

Desligo o celular e me olho no espelho: "Eu tenho que passar por esse tempo com a Alex e pronto." Repito isso várias vezes. Saio do quarto só com minhas calças de pijama eu vou para a cozinha.

Ao descer as escadas minha mente ainda não processa a imagem de minha mãe com Alex dormindo na sala, no sofá branco. Franzo a testa e sorrio, até que meu pai me tira dos meus pensamentos.

— Talvez devêssemos levá-las para dormir mais confortavelmente. — Concordo, Alex é ótima em dormir, assim acredito que não perceba. A ergo em meus braços, eu não sei se meu pai pode fazer o mesmo com a minha mãe, mas minha mãe tem um sono mais leve que só de levantar a Alex ela desperta. Eu sorrio e subo com Alex em meus braços, felizmente é bastante leve, eu acho que eu levanto mais peso na academia.

A coloco delicadamente na cama, tiro seus sapatos, e me pergunto que sonhos esta menina teria. Sério, nada a acorda. A cubro com os lençóis, e ela se mexe um pouco para uma posição mais confortável, sem sequer abrir os olhos, o que me faz sorrir. Eu me deito no lado da cama que havíamos combinado e a observo, um rosto angelical que me deixa louco. Tiro alguns fios de cabelo do rosto dela, essa mulher é tão bonita.

Por que não a encontrei em outro lugar e em outra situação?

Entre tantos pensamentos, estou adormecendo e seu rosto projeta em minha mente uma e outra vez. Seu sorriso, sua maneira de olhar para mim, seu jeito de andar, seu jeito tão único de ser. Merda, estou me apaixonando.

Acordo e Alex ainda dorme. Saio para correr alguns quilômetros, como habitual, e, chegando em casa, Lindsey está na sala de jantar. Pego o jornal de suas mãos e me sento ao lado dela.

— Você! Pare de corromper minha esposa. Estou te avisando. — Ela me olha com seus olhos azuis e sorri.

— Ou seja... vocês homens fazem suas coisas sujas por aí, mas nós não podemos? — Ela levanta uma sobrancelha. Se eu sei alguma coisa sobre Lindsey, é que ela não gosta de se comportar bem nos seus curtos vinte e um anos.

— Até onde Alex ficou com aquele cara ontem?

— Eu não sei, eles subiram e depois eu não os vi por cerca de duas horas. — Eu não posso acreditar.

— No andar de cima? Quartos? — Minha mandíbula aperta e cerro meus punhos com tanta força que sinto minhas unhas cravarem em minhas palmas.

— Não, rapaz, calma — solta uma risada. — Eles estavam sentados, conversando, você entende, con-ver-san-do — enfatiza, separando as sílabas. Eu a observo, com toda a raiva que consigo captar no momento. Até esqueço que é minha parente e me faz querer matá-la.

— Lindsey, isso não é algo para brincadeiras. — Ela apenas sorri.

— É sua esposa, você a conhece bem e sabe o que ela faria e o que não. Oliver, não é ruim sair com os amigos de vez em quando.

Amigos, sim, mas não com essas intenções. Naquele momento, Alex entra na sala de jantar e olha para nós com surpresa. No entanto, cumprimenta Lindsey, mas não eu. Não é como se eu quisesse que ela me cumprimentasse também.

— Alex, se arrume cedo, vamos almoçar com alguns parceiros — eu digo, olhando para o jornal em minhas mãos.

— Ok — ela responde. Na verdade, não me importo. Lindsey franze a testa e olha para nós alternadamente.

— O que está acontecendo com vocês dois? — ela pergunta, mas nenhum dos dois responde. — Bem, eu lhes digo que não há nada que um bom sexo não resolva. — Lindsey é capaz de fazer um mau momento ficar pior ainda.

Passamos cerca de cinco minutos sem uma palavra. Estou chateado, a Alex faz alguma coisa na cozinha e eu não presto atenção.

— Você quer? — ela pergunta, eu viro meu olhar para ela.

— Quero — eu respondo, observando o sanduíche em suas mãos.

— Alex, se meu pai perguntar, vamos almoçar sozinhos — murmuro, quando o sanduíche se aproxima de mim. Meu pai por nada no mundo precisa saber.

— Eu entendo — pelo menos eu sei que posso confiar nessas coisas.

Nós não falamos nada em meia hora, Alex se levanta e sai da sala de jantar, acho que na direção do quarto, e eu não posso deixar de notar aqueles shorts brancos que se ajustam mais do que bem.

Oliver, acalme-se.

Quando acho que já está pronta, subo para o quarto, não quero ter que falar com ela depois do que ocorreu ontem à noite. Entro no quarto e já está pronta e parece espetacular, com um vestido preto que eu amo, delineando bem seu corpo, e um casaco branco. Colocou os cabelos para trás da cabeça deixando seu belo rosto à mostra, e calçou uns saltos. Se levanta da cama para passar um batom vermelho, não posso evitar de olhá-la da cabeça aos pés. Eu vou para o banheiro e saio depois de alguns minutos apenas com a minha boxer preta da Calvin Klein, e lá está ela. Ela me olha, e sim, talvez eu tenha feito isso de propósito.

Ela se senta na cadeira giratória e me observa enquanto me visto. Não sei o porquê, mas o olhar dela em mim não me incomoda. Quero usar preto, não sei por quê, mas sinto que o meu verdadeiro eu morreu, já não posso nem beijar outra mulher sem pensar neste diabo de saias sentado na minha frente. Eu penteio meu cabelo perfeitamente e dou uma ajeitada na minha gravata cinza pela última vez. Saímos e felizmente meus pais não estão por perto. Pego as chaves da caminhonete, a mesma de ontem, e abro a porta para a Alex, que sobe sem uma palavra. Chegamos no hotel onde eu tenho a reunião com alguns parceiros em potencial.

Pego a mão de Alex para entrar no lugar enorme, com lustres luxuosos e antigos, móveis finos, com pinturas e retratos de vanguarda, é um bom lugar.

— Gosta deste lugar? — pergunto a Alex, a vendo direcionar os olhos para todos os espaços deste lugar.

— Gosto, é lindo — responde, sem mais.

— Eu vou comprar 40% das ações. É por isso que pedi para você vir comigo. Como somos casados, metade do que adquirir durante este tempo será de ambos.

— Não, obrigada — ela responde, pegando meu braço.

— Oliver Anderson — digo, mostrando minha identidade para a recepcionista, que me olha mais do que o normal, agora me sinto desconfortável.

— Neste corredor — diz ela, apontando para a direita. — O Sr. White está esperando por você na sala de jantar, Sr. Anderson. — Ela sorri, não correspondo seu sorriso. Alex pode pensar mal e isso vai me trazer mais problemas.

— Obrigado — eu respondo e olho para Alex. Sei que ela vai me dizer para falar essa palavra, e ela sorri.

De mãos dadas caminhamos até que entramos na sala de jantar, e chegamos a uma mesa redonda. Busco o Sr. White, quando olho para um par de olhos azuis olhando atentamente para Alex. Isso chamou minha atenção.

— Alex? — ele pergunta, enquanto a observa da cabeça aos pés. Levanto uma sobrancelha, esse é o cara de ontem, sei.

— Paul! — Ela exclama. Sim, é ele, caramba! E ela sorri, ele vem abraçá-la, Alex corresponde efusivamente e se separa da minha mão. Eu não sei como me sinto agora, mas estou prestes a bater nele e sair.

— Ah, ele é seu namorado? — Ele pergunta, apertando minha mão. Namorado?

— Marido… — esclareço, pegando a mão dele e sacudindo-a com um sorriso no estilo Brittany.

— Ah, marido! Alex, eu não imaginei que você fosse casada com Oliver Anderson. — Ele olha para mim enquanto sacode minha mão de qualquer maneira.

— Eu sou… Eu sei… — o interrompo. — Eu vi você com minha esposa no outro dia. — Mais sorrisos no estilo Brittany. Eu não sinto vontade de ver esse cara. Eu nunca cheguei a sentir tanto ódio por alguém como sinto dele.

— Ah, vejo que você já conheceu meu filho Paul… — se aproxima o Sr. White, cerca de sessenta anos de idade, careca e com um terno cinza.

Alex deveria ver que Paul provavelmente também será careca nessa idade. Não vou investir em nada que tenha a ver com os White.

— Exato! — respondo e sorrio. — Essa é minha esposa, Alexandra. Querida, esse é o Sr. Vladimir White, proprietário desta cadeia de hotéis. — A seguro a cintura e trago para mais perto do meu corpo, para que fique claro para esse tal de Paul que ela tem dono.

Nós caminhamos para uma mesa redonda onde há mais pessoas, eu começo a cumprimentá-los todos e eles começam a falar de negócios, assuntos interessantes para mim, mas vejo que não é para o tal Paul, que está prestes a adormecer, e Alex o observa com um olhar divertido. Por que Alex está olhando para esse idiota?

Naquele exato momento, vejo que ele passa um pedaço de papel para Alex debaixo da mesa. Que diabos? Acha que sou idiota? Eu nem presto atenção no que eles estão falando, eu quero sair daqui, obviamente eu estou levando Alex porque, por nada no mundo, eu a deixo aqui com esse filho da puta. Como se não bastasse Alex responder, o maldito lê o que Alex lhe enviou e ele sorri, eu juro que Alex vai me ouvir depois disso. Termina a reunião, não aguento, preciso saber o que tem escrito nestes dois malditos pedaços de papel. Digo adeus a todos. Paul abraça Alex novamente e ajusto mais sua cintura ao meu corpo. Ele me dá um aperto de mão e sai.

Quando ninguém está mais visível, olho para Alex e vejo que ela ainda detém o papel em suas mãos, eu praticamente o arranco a força e começo a lê-lo, sinto meu coração batendo forte.

"Ok, Sra. Anderson, o que mais eu deveria saber?"

Que ela é casada, talvez, droga.

"Responda-me o mesmo, Paul. Você disse que era surfista, não o filho de um dono de uma cadeia de hotéis. "

Surfista?

"Porque é isso que eu sou, o que é meu pai é outro assunto. Eu lhe disse que tínhamos uma pequena empresa familiar... A propósito, você está linda".

Quem diz isso para a esposa de outra pessoa?

"Obrigado, você igualmente, Sr. White. Eu não sabia que 'pequenas empresas' era uma cadeia de hotéis."

Eu fico olhando para ela, embora nada fora do comum aqui me incomode, eu viro meus olhos para o corredor e passo através dele amassando a porra do papel e o jogando na lata de lixo mais próxima, sinto minhas mãos queimando. Entramos na caminhonete e na estrada é um completo silêncio, não consigo nem ver, não posso acreditar que isso está acontecendo comigo.

Alex não sente o mesmo que eu, ela gosta desse cara. Por quê? Por que isso está me afetando tanto? Sem querer bato no volante suavemente com as pontas dos meus dedos, sinto muito estresse que dificilmente aguento, só quero que isso acabe de uma vez por todas.

Capítulo 28

Não sei o que está acontecendo comigo, mas eu não sou assim, nunca senti o que essa mulher está me fazendo sentir, nunca quis matar alguém por causa de como que olham para minha parceira. Na verdade, é esse o problema: ela não é minha parceira e isso me incomoda. Por não ser nada minha eu não posso fazer nada sobre isso, não posso me meter na sua vida ou decidir por ela. Talvez seja a tensão que me causa como homem e não poder me aliviar; nunca tive que controlar meus desejos. Se eu fizer minha parte, talvez isso passe ou talvez piore e eu não posso arriscar. Estamos melhor assim; quando isso acabar, cada um segue com a sua vida e esse capricho vai acabar.

Meu pensamento vai longe no assunto: por que estou passando por isso com a Alex? Não é meu tipo de mulher... ou é? Acho que não, é muito enjoada, mas é inteligente, humilde, uma comédia em pessoa, nunca eu tinha rido tanto com uma mulher, é simples e bonita, isso é... único. Eu tenho uma hora e minha mente não para de pensar nela e no tal Paul, só de imaginá-los juntos me ferve o sangue. Eu tenho que descobrir do que ela gosta nesse idiota. O que ele tem que eu não tenho?

— Então, Paul White? — Ótimo, Oliver! Boa maneira de começar a conversa.

— Sério, em vez de contemplar todas essas lindas paisagens, você pensa no Paul? — Ela olha para o exterior. Por que olhar para paisagens se eu posso descobrir o que ela viu nesse tal de Paul?

— Nós seremos sócios e você flertando com ele. É sério? Por que me faz parecer idiota na frente dos meus parceiros? Se eu faço alguma coisa é com mulheres que não têm nada a ver com você. — Não, não é isso que me afeta, mas eu quero acreditar em mim mesmo. Continuo meus olhos na estrada, eu não posso virar para vê-la.

— Eu não sabia que seria seu parceiro e, além disso, para mim é vergonhoso que aquelas mulheres com quem você dorme olhem para mim como estúpida.

— Alex, você nem sabe se eu dormi com ela ou não. — Maldita seja, que estresse. Ela ri sarcasticamente, embora eu admita que tudo isso começou por minha causa.

— Claro, você só introduziu seu pênis na vagina dela, mas não foram para a cama. — Quê? Eu olho para ela, meu sangue ferve. Ela nem sequer sabe se eu transei com ela ou não. — Oliver! — dispara, e eu levo meus olhos para a estrada, percebendo que estou na outra pista errada e outro veículo vem da frente. Agilmente, eu volto à pista.

— POR QUE VOCÊ FALA COISAS SEM SABER? — Estou chateado. Não, chateado é pouco, deveriam até inventar uma nova palavra para como eu me sinto, porque todas as palavras que existem para expressar o quão chateado eu me sinto são curtas.

Ela não diz uma palavra, nem eu. Meu sangue ferve.

— O que há de errado em conversar com Paul? — Ela finalmente fala.

— Faltam cinco meses até o término do nosso contrato, tempo suficiente para conhecê-lo bem. Eu quero ter um relacionamento com alguém que não seja um verdadeiro idiota.

Inconscientemente, freio do nada. O que ela acabou de dizer para mim?

— Oliver! — grita. — O que há de errado com você?

Não acredito no que disse, meu coração vai sair do meu peito, eu imediatamente sinto um calor pelo meu corpo, minhas mãos estão geladas e suam, minha mente está em branco, eu... Eu não p... Por um momento penso que teria um ataque cardíaco. Acalme-se, Oliver. Você está bem.

— Sinto muito. — Ponho o carro na estrada novamente. — Um esquilo atravessou a rua.

Um esquilo? Que merda estou falando? Sim, claro, ela já acreditou. Ela franze a testa e olha para a frente. Eu ainda estou em choque pelo que ela me disse. Ela confirmou na minha cara que gosta do Paul.

— E por acaso não foi Alvin? — ela zomba. Ah, por Deus, melhor não responder. Depois de alguns minutos, ela fala novamente. — Você se incomodou com o que eu disse?

— Não — eu respondo secamente —, é a sua vida. Você decide o que fazer.
— Oliver...
O carro começa a parar, soltando fumaça na frente.
— Demônios! — exclamo, isso não é bom.
Eu saio do carro e Alex sai em seguida, eu não posso acreditar nisso, a única coisa que falta, filho de puta! Eu abro o capô do carro e toda a fumaça deixada para trás sai de uma vez. Aqui só tem árvores, quero pegar aquele maldito carro com chutes, mas depois lembro que não é meu.
— Você sabe como consertar carros, por acaso? — eu pergunto, segurando o capô e olhando para o motor.
— Por que eu saberia consertar carros? — Alex cruza os braços e olha para mim intrigada.
— Porque você é a que pensa que sabe tudo. — Eu tranco o capô e pego meu celular, espero que pelo menos haja sinal.
— Eu não disse que sei tudo, Oliver.
— Mas você acha que sabe, você pressupõe as coisas sem perguntar, sem investigar primeiro. — Também estou chateado, levanto meu celular para encontrar pelo menos uma barra de sinal, mas nada, eu preciso de um mecânico urgente.
— Não é verdade, Oliver! Eu pressuponho que as coisas são da forma que você me faz acreditar.
— Você tem algum sinal? — Mudança de assunto, não tenho vontade de discutir e a olho por alguns segundos. Viro os olhos para o celular e ainda nada.
— Não! Porque alguém jogou meu celular contra a parede! — ela diz, furiosamente.
— Lamento. — Lembro daquele pequeno detalhe. Quero rir, mas é melhor não. Eu vou mostrar indiferença e continuar meu olhar no celular.
— Por que te incomoda eu sair com alguém? — Ela se aproxima de mim e imediatamente sinto um calafrio percorrer minha espinha, não posso lhe dizer por quê.
— Pela mesma razão que você, Alex! — eu olho para ela. Ela vai sentir o mesmo que eu? — Me responda você: por que isso te incomoda?
— Eu não dormi com Paul! — Ah, merda! Vou largar tudo com a fúria que tenho dentro de mim e isso não vai ser bom. Eu me aproximo dela e é melhor eu decidir me acalmar antes que isso acabe pior do que já está.

— Mas você gosta dele — eu digo. Na verdade, deveria dizer que eu não dormi com Vanessa por pensar nela o tempo todo.

— Está com ciúmes! — ela exclama, eu levo meu olhar incrédulo para os olhos dela.

— Quê? Claro que não! E eu não quero discutir bobagem com você, temos problemas suficientes aqui. — Me afasto dela. Ciumento?

Ela encosta no carro, leva o dedo indicador até a boca e começa a mordiscar a unha. Sei que ela também estava preocupada, ou pensando o que mais fazer para me irritar.

— Que tal andarmos? Mais adiante deve ter sinal — sugiro, e começo a andar sem esperar por uma resposta.

— Eu estou esperando por você aqui — diz ela com indiferença. Sério, isso me deixa louco.

— Não, esqueça, eu não vou deixar você aqui sozinha, Alex. Vamos — digo isso estendendo minha mão. Felizmente ela pega e vem comigo, pelo menos facilitou para mim.

Eu coloco meu braço por cima do ombro dela e começo a andar, não aguento mais andar com essa roupa, tiro meu casaco e gravata.

— Alex, leva isso — zombo. Que foi? Eu vou rir um pouco para não explodir de tanto estresse.

— O quê? Não, Oliver — ela diz imediatamente. Sua expressão me faz rir. — Você está chateado e de repente você está rindo. Você já visitou um psicólogo? — Ela se afasta de mim de repente. Eu realmente quero visitar um psicólogo para me ajudar a tirá-la da minha cabeça.

— Eu não posso ficar chateado quando você parece tão bonita com raiva. Já te disseram? — Ela para de repente e olha para mim seriamente.

— O que você quer é que eu quebre seu nariz para ver como estou muito bonita. — Ela começa a andar irritada. Por essas e outras razões é que Alex parece especial para mim, eu nunca conheci alguém como ela e tenho certeza que nunca vou conhecer

Naquele instante, alguns caminhoneiros passam.

— Adeus, bonequinha linda. Como eu adoraria ser esse...

Filhos da puta.

Eu não posso ouvir o resto por causa da velocidade com que eles estavam indo e eu os vejo ir embora.

— Viu? Depois você pergunta por que eu estou com ciúmes. — Espere... Eu disse isso?

— ESPERA, você está admitindo que está com ciúmes? — Ela olha para mim seriamente. — Você, Oliver Anderson, ciumento? — Ela rosna uma risada que me irrita. É melhor eu seguir meu caminho.

— Oliver — ouço ela falando —, mais dois metros e eu não suporto mais esses saltos. Vou subir na árvore para procurar um sinal, segure meus sapatos.

— Não. Como você vai subir nessa árvore? — Ela me estende os sapatos e não tenho escolha a não ser levá-los.

— Como assim? Você nunca subiu em uma árvore? — ela pergunta, começa a se aproximar de uma árvore e eu olho para ela com intriga.

— Não — respondo com dúvidas, não posso fazer isso. Pega o celular da minha mão.

— Você nunca teve infância, Oliver — ela diz. — Vou ter que te levar para escalar montanhas e árvores. Não olhe para cima.

Eu não posso deixar de rir, eu não pretendia olhar para cima, agora que ela despertou minha curiosidade para saber se ela está usando sua calcinha do Bob Esponja.

Eu a vi na mala dela.

Ela solta um grito e me faz estremecer.

— Por favor, tenha cuidado, Alex — falo. Agora eu olho para cima e está sentada em um galho. — O número do mecânico está entre os meus contatos.

Alguns minutos depois ela desce e começamos a caminhar de volta para o carro. Uma vez que estamos na frente daquela charanga quebrada, ela tira os sapatos.

— Me desculpe, eu não suporto eles — ela diz, me fazendo sorrir.

Eu a levanto pela cintura e a ponho no capô da caminhonete. Eu começo a massagear seus pés descalços. Tenho que ser melhor que aquele idiota do Paul.

— Oliver... — Eu olho para cima.

— Sim? — eu pergunto, olhando para ela.

— Por que ir para a cama com mulheres diferentes? Por que não procurar uma mulher solteira para dormir com você? — Faço uma careta, eu sei de onde isso vem.

— Qual é o motivo dessa pergunta, Alex?

— Quero saber o que acontece na mente dos homens para fazer isso. — Eu a olho com cuidado, eu tenho que contar. — E por que é melhor do que ter uma mulher oficial? — Sorrio. Até esta data deve ter uma impressão terrível de mim. — Porque eu não me imagino fazendo esse tipo de coisa.

— Essa pergunta vem do outro dia. Certo? — Eu continuo com meus olhos em seus pés, eles são tão macios.

— Você quer dizer quando dormiu com aquela cadela? Então sim, isso. — Eu suspiro, não aguento mais esse fardo.

— O nome dela é Vanessa. — eu me aproximo dela e coloco minhas mãos em na sua cintura. — Alex... Não, eu não fui para a cama com ela, nem introduzi qualquer coisa em qualquer lugar — eu tenho que contar, eu não posso permitir que acredite em coisas que não são verdade sobre mim, eu vou morrer se isso acontecer. — Voltei uma hora mais tarde... O que eu poderia ter feito em uma hora e meia? Se apenas o caminho foi mais de meia hora.

— Muitas coisas, Oliver... — ela olha nos meus olhos, e eu posso sentir alguma insatisfação. Me faz rir.

— Não sem que eu tenha tido ejaculação precoce, Alex. Sério, você me ofende. — Dou uma risadinha, ela ri, eu fico tentado a dizer a ela que, se ela não acreditava, a gente podia tentar, mas é Alex e certamente me bateria se eu dissesse isso a ela.

— Então... Por que você não aconteceu nada? — ela pergunta, e abaixa o olhar para as unhas dela.

— Porque... — Merda! O que eu digo a ela? Eu suspiro. — Eu realmente não sei.

— Ela não era tão boa? — ela solta uma risadinha. Era muito boa, mas eu não vou dizer isso, eu fui longe o suficiente para arruinar tudo agora.

— Não foi divertido conversar com ela, Alex. — Os lindos olhos verdes nos meus antes da minha resposta. — Eu gostaria de encontrar alguém que não me entediasse por horas, como... como você. — Eu olho para ela, com toda a sinceridade possível, porque é verdade, e eu não entendo como, mas eu nunca me senti tão à vontade com uma mulher, nunca senti tudo que ela me faz sentir. A luminária atrás dela faz seus cachos cor de cinza brilharem e, com aquele rosto, ela parece um anjo. É aí que eu percebo: essa é a mulher que eu amo. Eu a amo mais do que qualquer uma já me amou. Tomo seu rosto em minhas mãos, beijando delicadadamente seus lábios.

Capítulo 29

Ela corresponde ao meu beijo, daquele jeito doce que ela sabe fazer. Amo seus beijos, seus lábios, como sua língua roça a minha de um jeito delicado. Eu amo tudo o que tem a ver com ela. Eu lentamente me separo de seus lábios, embora eu não quisesse. Da minha parte eu ficaria assim toda a minha vida. Olho para os olhos dela, aqueles verdes seus, tão bonitos.

— Oliver, deixa eu te esclarecer algo — diz ela — eu sou a pessoa mais séria que você poderia conhecer. — Sim, claro! Ela olha para longe, mas esboça um sorriso.

— Sim, é claro — ironizo. — Vamos comer alguma coisa depois que eles consertarem esse lixo. O que você acha? — Com suas mãos ela pega as minhas e entrelaça nossos dedos.

— Lixo? Oliver, é um Land Rover no modelo do ano que vem! Nem deste ano! Mas do próximo ano! — Um sorriso está emoldurado na minha cara.

— Eu posso comprar um desses se quiser, Alex. Peça um a seu gosto! — Eu falo e ela olha para mim com uma leve careta.

— O quê? Claro que não! Oliver, eu não quero ter coisas dadas por você ou por ninguém, eu quero ter coisas que eu possa pagar e comprá-las pelo meu próprio esforço. — Uma das coisas que eu gosto neste demônio loiro, é que eu não daria a ela algo assim porque sei que não está interessada nessas coisas. Uma mulher que se aproxima de mim apenas por dinheiro não merece mais do que uma noite e eu ainda acho que é muito.

Isso me faz sorrir.

— Eu sei, meu amor...

Há um silêncio entre nós.

Eu não sei de onde essas palavras vieram, mas soou tão brega, que vergonha. O que estou me tornando? O que isso está me fazendo? Ela cora, isso me faz esquecer o que estou pensando.

— O jeito que você cora com esse tipo de coisa... é único — eu digo, depois de ver aqueles lindos olhos.

— Quê? Não! — Ela ri, nervosa. — É que... Bom, essa maneira de olhar nos meus olhos é um pouco intimidante — ela murmura e abaixa o olhar. — Eu aceito o jantar, mas não em um desses lugares que você costuma comer. Eu quero um hambúrguer.

Quê?

— Um hambúrguer? Não é comida. É lixo.

— Ótimo! Eu adoro sucata.

Ah, meu Deus

— Tá — eu suspiro —, mas com uma condição.

— Que condição? — ela olha para mim intrigada, seus olhos se estreitam.

— Que saia para correr comigo amanhã. — Eu vou fazê-la sofrer também. Ela levanta uma sobrancelha e sorri.

— Está bem. — E naquele exato momento, umas luzes bastante potentes iluminam o rosto da Alex e ela fecha os olhos como um reflexo, virando para ver um homem corpulento que chega com uma caixa de ferramentas.

— Finalmente! — exclamo, o mecânico, finalmente.

Alex desce do capô do carro e eu a ajudo com a minha mão. Vai para o banco do carona, esperando enquanto o mecânico conserta o carro. Ele fala de um tal de radiador, mas não entendo merda nenhuma e seu cabelo castanho longo me distrai cada vez que está em seu rosto. Se eu tivesse tantas madeixas de cabelo no rosto, não poderia suportar. Como ele aguenta isso?

O mecânico diz adeus. Finalmente! Eu ainda tenho aquela sensação do seu cabelo no meu rosto. Entro no carro e Alex ajeita o cinto dela. Em quase dez minutos, chegamos em uma hamburgueria. Olho para o lugar com preocupação, só vejo a palavra "gordura" por todos os lados.

— Tem certeza? — eu pergunto, levantando uma sobrancelha.

— Meu Deus, Oliver. Desça de uma vez! — Desce e dá a volta no carro, abre a porta e me puxa, quase me arrastando. Eu não quero entrar, na entrada há um enorme hambúrguer com pés e o nome "Burger World" em letras gigantes. Ao ver isso Alex sorri. É divertido, mas eu nunca vou me acostumar com esses lugares.

— Dois hambúrgueres com queijo duplo, picles, bacon, carne...
Estou perplexo.
Não!
— Você está falando sério, mulher? — a interrompo. Isso vai se alojar no meu abdômen.
— Shhh — me cala. — Batatas e dois refrigerantes, por favor.
Não pode ser.
— Tudo bem — diz a senhora ruiva atrás do balcão.
Ela pega a minha mão e vamos para uma mesa ao lado de uma enorme janela que nos dá vista do lado de fora.
— Alex, eu tenho um físico para manter — tomo meu lugar ao lado dela e ela está com uma sobrancelha de pé.
— Por quê? Você não é ator pornô, nem modelo. Além disso, você tem dinheiro, você pode ter qualquer uma a seus pés. — Boa teoria, mas não muito bem acertada.
— Sim, e então elas te deixam por alguém com mais dinheiro— eu respondo como se fosse óbvio. — Enquanto que, se você ficar em forma, não há muitos que possam competir com você. A maioria dos ricos com mais dinheiro são os avós que não podem satisfazer garotas jovens, mesmo que queiram.
Ela sabe que estou certo. Olha para mim de um jeito engraçado e eu sei que está pensando sobre o que eu acabei de dizer.
Uma garçonete se aproxima com nossos hambúrgueres. Eu olho para o hambúrguer umas três vezes, não posso acreditar que vou comer isso. O que se faz pelas as mulheres.
Alex, sem pensar duas vezes, pega o hambúrguer e o leva à minha boca.
— Alex! Não! — disparo. Pego a porra do hambúrguer com as mãos, Alex só me faz passar vergonha, ela acha engraçado, mas eu não.
Nós comemos nossos hambúrgueres enquanto falamos sobre coisas estúpidas que nem *The Walking Dead*. Nesse exato momento, quando estou me divertindo com suas histórias, lembro que ela gosta do Paul e eu serei apenas seu amigo.
— E... — eu interrompo. — O que você gosta no Paul?
Ela olha para mim e eu olho para o hambúrguer. Por que merda eu perguntei isso? Eu tento parecer indiferente, apenas esperando a resposta.
— Eu não disse que gostava, Oliver. — Ela me disse, eu lembro perfeitamente. Eu olho para ela com a minha expressão mais neutra.

— Mas você disse que iria considerá-lo uma vez que isso acabasse. — Aperto minha mandíbula.

— Bem, é que... ele é muito simpático, tem um sorriso bonito, bem tímido, e, o mais importante de tudo, não anda vendo mulheres por aí.

— Isso me cai como um balde de água fria. Claro, talvez eu veja algumas mulheres e me arrependa totalmente, mas foi antes... de começar a gostar dela desse jeito.

Eu não posso acreditar no que está acontecendo comigo, é a primeira vez que sinto algo por alguém que não é apenas atração física e eu não sou retribuído, dói. Droga! Não sei o porquê, mas tento me reanimar com a continuação da conversa divertida em que estávamos. No entanto, não tem nenhuma importância para mim. Tento sorrir para ela não perceber o meu desconforto, mas eu acho que eu sou demasiado óbvio. Todo o caminho de volta é em completo silêncio, até que ela o quebra.

— Oliver...— Alex...— Algo que eu disse incomodou você?

— Não.

E isso foi tudo que falamos durante todo esse tempo.

Chegamos em casa e o portão se abre automaticamente com a minha impressão digital, eu estaciono o carro e desço para abrir a porta. Ela esboça um sorriso que não posso corresponder.

Eu ando até a porta da frente, a abro e ela passa. Eu espero que Paul tenha todas essas atenções com ela, porque, se não, a pessoa quem vai mostrar a ele a golpes como tratar uma dama sou eu. Vou me contentar em ser amigo dela.

Que porra você está pensando, Oliver?

Eu coloco as chaves no baú e sigo. Maldito Paul. Estou imerso em meus pensamentos. Entro no quarto, ela me pega pelo braço e fecha a porta, me encurrala e me olha intensamente nos olhos. Por um momento penso que ela vai me estuprar e meu interior fica cheio de alegria.

— Paul é gay — diz ela, e minhas ilusões desaparecem. E... eu analiso o que ela acabou de me dizer.

Paul... ele é gay?

Quê?

E é assim que todo o drama que eu fiz hoje me faz parecer ridículo. Como eu não poderia ter adivinhado antes? Ele estava me olhando mais que o normal, por um momento eu pensei que era por conta competição por Alex, mas... Inferno! Porra, Alex, porque não me disse antes! Mas eu não vou facilitar para ela.

— Alex. Quantas vezes você acha que eu já disse que tenho amigas lésbicas só pra dar uma escapada com elas sem problemas? — Eu a observo, com o mesmo olhar desafiador dela, e quando ia dizer para se afastar para me fazer parecer difícil e interessante, ela estraga tudo.

Me beija suave e delicadamente, leva meu rosto com as duas mãos e correspondo; coloco minhas mãos na sua cintura pequena e a acaricio, levantando as mãos ao pescoço. A apego mais ao meu corpo, merda, Alex torna as coisas difíceis para mim. Eu tenho que me controlar, eu tenho que pensar em outra coisa, eu tenho que... não sei, tem uma cama a poucos metros de distância, eu tenho que levá-la até lá.

Oliver, acalme-se.

Eu não quero estragar nada.

Eu faço um esforço sobre-humano para separar meus lábios dos dela, não quero ter pensamentos pecaminosos e depois sonhos eróticos. Eu sorrio muito perto de seus lábios, dando-lhe um último beijo.

Eu vou ao banheiro depois de procurar pelas minhas calças de pijama e tomo um banho, penso naquele beijo de novo e de novo, eu penso como me fez sentir a imagem dela com o Paul, eu penso... aquele corpo dela sendo tocado por outro sujeito. Eu cerro meus punhos tanto que minhas unhas estão enterradas nas minhas mãos, eu sinto meu queixo tenso.

E se eu a conquistar?

Quero dizer, não pode ser tão ruim assim. Ela me encanta e não apenas de forma sexual, eu amo tudo, eu adoro quando ela sorri, sua maneira de tocar as minhas mãos, sua forma de me abraçar, como ela me olha nos olhos, o fato de que me sinto desafiado por uma menina que tenho certeza que é mais inteligente do que eu. O fato de que eu nunca encontrei e tenho certeza de que nunca encontrarei alguém como ela.

E se ela não sentir o mesmo? Bem, se ficou incomodada com Vanessa, é porque ela deve sentir algo por mim.

Ela bate na porta.

Eu fecho o chuveiro, seco algumas das gotas d'água com uma toalha e, em seguida, a amarro em volta da minha cintura. Eu abro e ela está lá, imediatamente seus olhos se concentram no meu abdômen e ela faz uma revisão rápida do meu corpo. Eu gosto dela fazendo isso. Imediatamente seus olhos se concentram nos meus e ela sorri para mim.

— Vamos ver uns filmes? — pergunta e eu concordo.

Eu termino de me secar e vou para o quarto com minhas calças de pijama. Ela entra no banheiro e depois de alguns minutos sai. Meus olhos vão para os seus shorts de Shrek; é engraçado. Alex é única, e é isso que me deixa louco.

Ela se senta ao meu lado, meu computador está em minhas pernas, apaga a luz e se inclina no meu ombro enquanto um filme traumático começa. Mas até mesmo os filmes de terror com ela e suas performances malucas são divertidos. Eu beijo sua bochecha.

Ela é divertida, eu amo isso.

Eu entrelaço meus dedos com os dela e nem percebo quando adormecemos.

Capítulo 30

Meu despertador soa, hora de correr alguns quilômetros e torturar a Alex. Nem o estrondoso som de alarme acorda essa mulher.

— Alex! Acorde! Vamos, levanta! — ela se mexe na cama e se ajeita em outra posição enquanto eu troco meu pijama por uma roupa esportiva preta.

— Alex, pelo amor de Deus! Como você é preguiçosa! — Não posso deixar de rir. Alex, um anjo, meio que abre os olhos e olha para mim enquanto eu coloco um moletom vermelho.

— Alex, vamos! — Não pode ser, eu me aproximo dela, se ela não acordar vou pegar água gelada.

— Que foi? O que aconteceu? — ela pergunta, sonolenta.

— Você prometeu correr comigo, lembra? — Agora é a minha vez de torturar.

Tiro seu cobertor, estamos perdendo tempo, o tempo é muito valioso para mim. Ela olha para o relógio na mesa de cabeceira e vira seu olhar incrédulo para mim.

— Oliver. São quatro horas da manhã! — Tenta pegar seu cobertor novamente e jogo mais longe; Na verdade, são quatro e vinte e três.

— Promessa é dívida. — Eu começo a colocar meu tênis. Finalmente ela se levanta e começa a procurar por algo em sua mala, vai ao banheiro e se troca. Tenho que bater duas vezes porque eu juro que ele adormeceu. Que ela sofra por me fazer comer muita gordura.

Já faz mais de meia hora e quando tento localizar Alex a vejo a quase meio quilômetro de distância. Paro para esperá-la, sei que ela deve me xingar horrivelmente. De repente, ela vira para a direita e eu a vejo deitada em um banco de ferro branco cromado. Não pode ser, eu não posso deixar de rir. Volto para ela e, quando eu chego, ela está dormindo em paz.

— Alex! Meu Deus! Levanta! Está faltando mais de um quilômetro.

— Oliver, vá para o inferno — ela diz, em um tom rouco de voz, e se ajeita novamente.

Não pode ser.

— Peraí, você me faz comer hambúrguer e depois não cumpre o que promete? — Eu cruzo meus braços enquanto a encaro.

— Eu saí para correr com você, eu só não disse o quanto. — Ela me faz rir. Eu me sento no banco, a trazendo para descansar a cabeça nas minhas pernas. — Eu te odeio, Oliver Anderson.

— E eu te odeio, Alexandra Carlin, que não aguentou correr nem por dois minutos.

— Meu Deus, estamos correndo há cerca de quatro horas! — penso logo nesse exagero gigantesco que a Alex disse.

— Você é uma exagerada — levo a minha visão para a frente e percebo que foi aqui mesmo que o casamento do meu irmão foi celebrado. — A propósito, aqui que o Henry se casou. Me lembro perfeitamente daquele dia, meu pai não parava de me dizer que o Henry fazia as coisas melhores que eu.

— Você sabe? No dia do casamento da minha irmã, meu pai me disse que eu não fazia parte da família. Ele não falava comigo, apenas abriu a boca para me dizer isso — Alex fala e permanece pensativa. — Pelo menos seu pai nunca tirou você da família. — Eu faço uma careta e a observo.

— Você nunca perguntou por que tem sido assim?

— Não — ela diz imediatamente —, mas tenho certeza que é porque nunca fiz o que ele queria que eu fizesse com a minha vida. Estou com fome — muda agilmente o assunto. Eu a conheço o suficiente para saber que se ela muda de assunto drasticamente é porque ela não quer falar sobre isso.

— Que bom, porque eu também e realmente quero que minha esposa prepare algo para mim. — Ela olha para mim com os olhos semicerrados e eu com um sorriso largo no rosto.

— Se você me levar, eu prepararei o que você quiser, mas depois me deixe dormir. — Isso me faz sorrir. Eu me levanto e ela olha para mim com intriga.

— Venha, suba — digo, para que ela suba nas minhas costas. Ela faz isso sem pensar duas vezes e então eu a levo para casa. Ela ri toda vez que eu começo a correr com ela nas minhas costas.

Eu amo sua risada

Nós chegamos em casa e ela desce das minhas costas, eu abro a porta para ela passar.

— Muito obrigada — ela diz, de uma forma sensual. O que ela está procurando é que eu a encurrale contra a parede.

Tira o moletom cinza que usa, deixando apenas o top branco que leva dentro. Eu não posso deixar de ver seu abdômen, especificamente na área do umbigo.

— Tem um piercing? — pergunto curioso. Eu ainda tenho que ver duas vezes para ter certeza.

— Eu também tenho uma tatuagem — ela olha para mim com as sobrancelhas arqueadas e eu trago minhas mãos para a minha cintura.

— Uma tatuagem? Você! Minha esposa! E eu nem sequer sabia disso. — Balanço a cabeça enquanto rio. — Nem eu tenho uma, mas você tem?

— Não se preocupe, vou fazer outra por nós dois. — Arqueia as sobrancelhas e me dá graça. Ela caminha em direção à cozinha e eu sigo seus passos.

— Posso ver? Ou pelo menos saber o que é? — pergunto. Ela abre a geladeira.

— Você não pode ver porque é perto de uma das áreas proibidas. — Eu levanto uma sobrancelha. As áreas proibidas? — E é uma âncora, foi a única coisa que nos ocorreu naquele momento.

— Nos? — Eu a vejo caminhar até o balcão segurando ovos.

— A Natalie e eu. — Sorrio, se mencionasse qualquer homem eu juro que mandaria eliminá-lo.

— Que bom, eu já ia mandar te matarem — falo sério. — E por que uma âncora? — questiono, observando todos os seus movimentos enquanto ela derrama ovos em uma tigela.

— Significa força e estabilidade, eu acho que é uma boa mensagem — sorrio, envolvo meus braços ao redor de sua cintura e descanso meu queixo em seu ombro. Até o suor dela cheira bem.

Após cerca de meia hora, estou devorando meu prato. Não sei se é fome ou se ela de verdade cozinha bem, mas sinto que não provei comida melhor do que isso. Definitivamente, esta mulher vai ser minha.

— Bem, se causar indigestão, não me culpe — ela interrompe meus pensamentos.

— Seria sua culpa por cozinhar tão bem — eu sorrio. — Se prepare, vamos comprar um celular novo.

— Só porque Paul é gay? — Ela levanta as sobrancelhas e a olho com desaprovação.

Bom, sim.

— Não, Alex! Porque eu não teria como me comunicar com você no caso de você precisar.

— É melhor assim, Oliver — me interrompe. — Eu posso sair com quem eu quiser sem você me ligar. — Ela sorri e eu apenas levanto uma sobrancelha. — Eu só quero que consertem, estou bem com o meu celular — diz ela, levando uma garfada à boca.

— Essa relíquia? — zombo, mas ela só olha para mim com os olhos semicerrados.

Eu vou tomar banho enquanto Alex termina de comer seu café da manhã; quinze minutos depois eu estou pronto para borrifar um pouco de perfume no meu pescoço.

— Vinte minutos — eu exclamo, a vendo entrar pela porta do quarto. Ela sorri um sorriso desafiador, mas sei que estará pronta em vinte minutos. É, eu estou sob as escadas, contando os segundos que faltam para os vinte minutos e ela desce correndo do segundo andar colocando sua jaqueta, triunfante. Seus passos não são ouvidos por conta do seus Vans brancos silenciosos.

— Você já está aprendendo — eu digo, olhando nos olhos dela.

Me dá um sorriso engraçado que eu sei que não significa nada de bom enquanto coloca uma faixa preta na sua calça branca que acentua suas curvas. Há um espaço de pele exposta entre as calças e a blusa que me faz querer acariciar, talvez faça isso mais tarde.

Quando saio de casa vou até a caminhonete. Espero que não aconteça o mesmo de ontem, embora eu considerasse quebrá-la para passar mais tempo com a Alex. Vejo que a Alex não vem para o meu lado e paro, eu não gosto de deixá-la para trás. Eu me viro para procurá-la e vejo que está vendo uma Harley Davidson do meu pai.

— Oliver, de quem é a moto? — ela pergunta, sem tirar os olhos da coisa.

— Do meu pai, ele ama essas coisas, ela tem cinco anos — respondo, e continuo em direção ao caminhão.

— Meu Deus! Diga a ele para te emprestar, estou morrendo de vontade de dirigir uma desses — observa a motocicleta como se fosse a última maravilha do mundo. Eu franzo a testa e já estou para entrar na caminhonete. Olho para ela novamente.
— Claro que não, Alex.
— Vamos, Oliver. Os carros são muito chatos. Você já andou numa dessas? — Ah, por Deus, eu sei que ele vai me convencer a ir nessa coisa.
— Já e não andarei de novo. — Eu abro a porta do carro e coloco o casaco preto que estava no meu braço nos assentos traseiros.
— Oliver... — Ela se aproxima de mim, com aquele rosto de súplica, não pode ser.
Isso não é mais possível.
— Não, esqueça. Você não vai me manipular com esse rosto. Vamos, suba. — Ela entrou no carro, mas é a Alex e ela sempre consegue o que quer.
— Oliver... — ela se senta no meu colo, mas não, sou difícil.
— Alex, por favor, estamos atrasados.
— Para quê? Ninguém espera por nós. Você deve se livrar dessa obsessão com horários. — Ela retorna ao seu rosto manipulador. Não!
— Você é uma manipuladora — suspiro. — Bem, me deixe ir pegar a droga das chaves.
Eu não posso acreditar o quão facilmente eu sou manipulado por Demônio Carlin. Volto para casa para trocar as chaves da moto, levanto um pouco as mangas compridas da minha camisa branca enquanto procuro por elas. Meu pai sempre disse que as coisas são nossas e nunca se preocupa se eu ou o Henry usamos; procuro dois capacetes que estão sempre dentro de uma gaveta desta mobília de mogno onde repousa o vaso com as chaves. Saio e Alex olha a moto de novo. Tem as letras "ANDERSON" impressas em estilo gótico, com algumas pinturas de fogo em seus lados. Meu pai e seus gostos.

Alex dá pequenos saltos de emoção, não posso deixar de me sentir satisfeito em vê-la feliz. Ela sobe primeiro e liga a moto, eu não sei se isso vai ser seguro, pelo menos se nós acidentarmos espero que morramos juntos, eu não suportaria vê-la com outro homem se eu me tornasse um fantasma.

Eu coloco meu capacete e me certifico de que o dela esteja bem colocado. Pego sua cintura, pelo menos eu gosto dessa parte. Isso se torna a maior tortura do mundo, entre frear e puxar eu sinto que minha alma se foi. Droga, ela apenas ri alto, eu não vejo a graça.

— Finalmente, a Terra! — exclamo, saio o mais rápido que posso e ela olha para mim de forma engraçada. Eu tiro meu capacete e adeus penteado, eu odeio ficar desgrenhado. — Esqueça de pilotar na volta.

Alex desce da moto e sorri, tira o capacete da cabeça e também está despenteada, mas ela não se importa muito, a mim sim. Começo a pentear o cabelo com as mãos e penteio os dela enquanto ri. Não vejo graça em estar despenteado.

Capítulo 31

Chegamos a um lugar que vende celulares, meu amigo Ken é o dono e praticamente um gênio com essas coisas. O procuro com o olhar e lá está ele. É o único com uma barba enorme que combina com seus cabelos negros.

— Ken está ali — eu digo. A porta se abre, Alex passa e a sigo, a porta fecha automaticamente atrás de mim.

— Ken? A Barbie também? — ela pergunta, com toda a seriedade que consegue, e eu a olho.

— Depois você diz que é a pessoa mais séria do mundo — eu olho para ela com desaprovação, sem impedir que um sorriso emoldure meu rosto. Ken se aproxima de nós e me dá um abraço como saudação.

— Ken, essa é minha esposa, Alex.

— Prazer em conhecê-lo, Ken — diz ela, apertando a mão dele e ele corresponde da mesma maneira.

— O prazer é meu — ele responde, e olha para Alex de uma certa maneira paqueradora que eu já conheço.

— Eu quero que você conserte uma relíquia que minha esposa deixou cair por acidente e não quer trocar. — Estou ficando desconfortável. Existe um homem que não olha para Alex assim?

Alex lhe entrega o telefone e saímos daquele lugar, de acordo com o retorno dentro de algumas horas. Despercebido, olho para atrás e os vejo olhando para Alex. Posso adivinhar o que estão olhando; cerro as mandíbulas e me ponho atrás dela. Se quiserem ver uma bunda que vejam a minha.

Passamos por uma loja de joias que costumava visitar quando eu morava aqui. Eu amo a sua linha de relógios, começo a vê-los todos e olho para

Alex, que está vendo um colar em ouro branco com um pingente que não vejo que pedra é, mas pelo olhar da Alex eu sei que ela gostou. Há coisas que não passam despercebidas para mim e essa é uma delas. Falo com o gerente, me aproveitando que Alex está distraída a ver outras coisas, e peço que envie o colar para o meu endereço. Pago o colar rapidamente e pego a cintura da Alex para sair dali, não quero que perceba que eles estão retirando o colar para embrulhá-lo. Eu quero fazer uma surpresa especial.

— Tem um parque de diversões na outra rua. Você quer ir? — pergunto, olhando nos olhos dela, o sol bate nos olhos dela e o verde deles ficam lindos. Que olhos lindos essa mulher tem! Não, eu nunca me canso de dizer isso.

— É claro — ela sorri, tentando bloquear o sol com a mão. Chegamos ao parque de diversões e há uma série de jogos mecânicos. Eu a levo para a montanha-russa, essa é a parte mais emocionante. Alex observa aquela montanha e, por sua expressão, eu juro que é algo que ela não gostaria de ir.

— Ah, meu Deus! Não me diga que você está com medo disso! — Eu levanto uma sobrancelha e posso jurar que ela está nervosa.

— A verdade é que... não é um dos meus favoritos, Oliver. — Eu não posso deixar de rir, há algo que a superpoderosa Alex Carlin teme. Eu não posso acreditar! Outra maneira de me vingar. Literalmente a arrasto para a fila para subir a montanha-russa. — Por que não vamos àquela minhoca gigante ali? — ela pergunta, apontando para o brinquedo mecânico para crianças na forma de um enorme verme.

— Não, você me faz fazer coisas que eu não quero, então você tem que aguentar. Pense duas vezes antes de me fazer sofrer.

Franze a testa e olha para cima, rodeio sua cintura com meus braços atrás dela, posso sentir o cheiro do cabelo dela que eu amo. Descanso meu queixo no ombro dela, quero beijá-la, mas está tão cheio de pessoas gritando lá em cima da montanha, que nem percebe que é quase nossa vez. Me causa graça vê-la assim enquanto alternadamente apoia seu peso de uma perna para outra, inquieta.

A montanha-russa para lentamente. Finalmente. Eu estava ficando entediado. Todos começam a descer e apontam nossos lugares, o rosto da Alex parece um poema nesses momentos, que divertido. O jovem de cabelos avermelhados e uma camiseta com o logotipo do parque se aproxima para garantir que estamos no nosso lugar, põe uma barra de metal em nossas pernas e um cinto em nossos ombros. Estou pronto!

A montanha russa começa a se mover e Alex segura minha mão tão forte que temo que o sangue não passe para os meus dedos, já estou começando a me divertir mesmo que não tenhamos chegado ao topo. Chegamos ao topo e começamos a descer desenfreados, isso é adrenalina, Alex fecha os olhos todo o caminho, e abre quando o dispositivo começa a parar, com certeza ela pensou que acabou, mas esta é a última volta e é ainda mais rápido, ela fecha novamente e aperta minha mão com mais força. Eu rio em voz alta, não por causa do brinquedo, mas por causa disso. Finalmente, ele para em um túnel enquanto as pessoas na frente começam a descer.

— Alex.

— Deus, é você?

— Não, eu sou Optimus Prime — eu rio. — É óbvio que eu não sou Deus.

Até suas ironias estão passando para mim.

— Já percebi — eu a ouço falar com um tom de desespero.

Eu nunca me diverti tanto com uma mulher.

— Minha mão é quem vai conhecer a Deus se você não a soltar, Alex.

Finalmente me solta e sinto o sangue fluir lentamente pela minha mão, tenho certeza de que quase se escuta o coro dos anjos. Saímos do túnel e o mesmo jovem ruivo tira a trava de segurança do aparelho. Alex sai o mais rápido que pode, se joga no chão e começa a acariciá-lo, como se nunca o tivesse tocado antes. Sinto que meu abdômen dói de tanto rir.

— Alex, o que está fazendo? — gaguejo, rindo.

— Por favor, diga à minha família que eu os amo e que os carreguei em meu coração até o último minuto da minha vida.

— Alex, levanta, droga. Você não vai me deixar viúvo.

— Oliver, não é engraçado. — Eu me agacho para ajudá-la.

— E para o seu marido não há palavras? — pergunto, com uma sobrancelha levantada, segurando a mão dela.

— Sim, estou esperando por ele no inferno.

Querendo ser sério e escolho Alex como esposa.

Rio descontrolado, até me sinto envergonhado pelas pessoas que passam. Eu ajudo a Alex a se levantar e a levo às pressas a uma loja de sorvetes a cerca de dez metros de distância. O meu celular toca. É um documento que o David enviou e eu começo a ler.

— Baunilha, certo? — ela pergunta, quando chegamos ao local, e concordo com a cabeça.

— Um de baunilha e um de chocolate, por favor — ouço Alex dizer para a loira atrás do balcão.

Alex pega o sorvete e faz sinal para sairmos, vou pegar minha carteira quando ela diz que já pagou. Não posso permitir isso. Não é machismo, é que a sociedade é tão distorcida que se veem uma garota te convidando para o sorvete eles criticam você por ser mesquinho.

— Quê? Não! Eu te convidei, aproveite — diz ela, enquanto me entrega o sorvete de baunilha.

— Não gosto que você pague, Alex. Você quer que eles digam que eu sou um pão-duro que deixei minha esposa pagar por mim?

— Eles não vão dizer isso, Oliver. É apenas sorvete. Além disso, é o dinheiro que você me paga, assim, é como se você estivesse pagando! — Me faz sorrir, lambendo o sorvete, e me pego tentado bater nele com meu dedo, fazendo com que caia no seu nariz.

— Oliver! — Ela exclama. Eu não posso deixar de rir, tirar o guardanapo do meu sorvete e ajudá-la a se limpar, quando maliciosamente acaba por espalhar seu sorvete no meu rosto. Recuo instintivamente e bato na parede. Ela me encurrala, começa a lamber o sorvete do meu rosto. Rio, coloco minha mão em seu pescoço e a beijo, fazendo com que o sorvete que sobrou no meu rosto se espalhe no dela. Seus beijos têm gosto de chocolate. Abaixo minha mão até a cintura dela, com a outra eu seguro meu sorvete, quero soltá-lo no chão e unir seu corpo ao meu, com uma mão não é suficiente, embora eu faça o meu melhor e me agarre. O beijo se torna intenso, mas não é um beijo daqueles descontrolados, é mais daqueles beijos que se apaixonam, que te fazem sentir emoções infinitas, que te embriagam, que te seduzem a alma.

Que me fazem saber que estou apaixonado.

Merda.

Ela se separa de mim e olha para mim, aqueles belos olhos que me deixam louco, não consigo tirar meus olhos dela e quero mais desse beijo.

Eu quero mais desses beijos para o resto da minha vida.

O som horrível do meu celular interrompe esse contato visual com ela. No entanto, não me sinto capaz de parar de ver esses olhos para decifrar o que eles têm de feitiço que me fazem ficar assim.

— Desculpa — digo, quando o celular não para. O tiro do meu bolso e até aquele momento não tinha tirado os olhos dela, maldito David inoportuno.

— Ok — ela responde e engole a saliva. Algo me diz que ela sentiu o mesmo. Eu olho para ela de novo, e lembro de tudo que ela me fez passar com Paul.

— Como você está, Vanessa? — Eu digo com malícia. Ela olha para mim, eu imediatamente vejo como seus punhos se fecham e sua mandíbula aperta. — Não é verdade, é apenas o David — eu sussurro, com um sorriso triunfante. — Como vai você, David?

Ela franze a testa.

— Beeeem, quem é Vanessa? — David pergunta do outro lado.

— É só uma piada para Alex — continuo meu sorriso malicioso, é que o rosto de Alex é um poema agora, Bem feito por me fazer sofrer dessa maneira.

Naquele exato momento ela começa a coletar pedras, garrafas e tudo o que encontra. Eu corro por instinto, sabendo que não me surpreenderia se uma dessas coisas chegasse à minha cabeça.

— Oliver — David ri —, se não for um bom momento, ligo para você mais tarde.

— Eu te ligo mais tarde — eu digo, eu imagino o David rindo naquele momento sarcasticamente, eu sei que ele vai me ligar mais tarde para tirar sarro de mim.

Capítulo 32

Quando vem correndo atrás de mim não tenho alternativa a não ser abraçá-la e a encher de beijos, sei que assim ela para e logo está rindo comigo pelo que acaba de acontecer. Eu a levanto em meu ombro, para minha surpresa, sem resistência. Pelo menos me livrei de uns pontapés.

— Essa é a hora em que me arrependo de ter dito que Paul é gay — ela diz, enquanto caminhamos ao longo da praia.

— Se você não tivesse dito, eu mataria os dois — eu respondo quase imediatamente, fingindo uma expressão de ódio.

— Eu sei que você é louco, mas não acho que chegaria a esses fins — solta uma risadinha. Me faz sorrir vê-la com prazer.

Alex começa a tirar os sapatos, eu faço o mesmo porque a areia já está entrando nos meus. Não me lembro quando fiz algo assim.

Eu observo a Alex, que é arrebatada ao ver um enorme urso de pelúcia pendurado no telhado de um estabelecimento. Ela gosta dessas coisas horríveis.

— Você gosta? — eu pergunto. Mas que pergunta, Oliver.

— Você não? — Eu olho para o urso e franzo a testa. Tenho certeza que Paul gostaria.

— Na verdade não, é muito feminino para o meu gosto. — Ela sorri.

— Mas eu vou conseguir para você.

Vou fazê-lo, mas primeiro coloco os sapatos. Vou em direção ao lugar e ela tenta me alcançar e pega a minha mão.

— Vocês têm que derrubar dez soldados com essa espingarda — o homem de cabelo cacheado e cheio diz. Pela sua camisa com o logotipo da feira parece estar no comando do lugar. Ele me dá a espingarda. Faz um tempo que não pratico tiro ao alvo, mas quando eu praticava era bom.

— Pratiquei tiro ao alvo há alguns anos, eu ainda espero lembrar — eu digo para Alex, aponto para o primeiro soldado, e não, aparentemente eu já me esqueci de como fazer isso. Merda!

Agora sinto vergonha.

Ela sorri e nega com a cabeça. Eu tenho que acertar dessa vez.

— Uma bala a menos — o cara exclama. O que ele está procurando é que a bala seguinte eu use nele.

— Que pontaria ruim, Sr. Carlin — Alex grunhe, quando eu aponto para o soldado, me fazendo rir e errar a mira.

— Isso é culpa sua, Alex. — Eu olho para ela com desaprovação, mas não posso deixar de sorrir.

—Deixe-me tentar... — diz, pegando a arma, bem já que pagarei outras três tentativas. — Se eu derrubar os soldados, é seu. — Concordo.

— Só mais uma tentativa, senhores! — Eu sei, eu quero acertar esse cara.

Eu cruzo os braços enquanto Alex aponta para o primeiro soldado. Parece bonita, como estas mulheres duras e sensuais dos videogames, eu me lembro quando eu era adolescente, dizia a mim mesmo que eu tinha que pegar uma garota como aquelas dos jogos e, bom, hoje eu tenho.

Os sonhos se realizam, senhores.

Eu não posso deixar de rir de meus próprios pensamentos até que sou tirado deles, ouço quatro tiros e imediatamente vejo os soldados caindo. Eu olho para Alex perplexo, e ela continua até derrubar o número dez. Não acredito... é imediato, o alarme que há um vencedor começa a soar e várias luzes coloridas piscam por todo o estabelecimento, até o idiota do cabelo cacheado olha surpreso; desce o urso enorme, que é quase do tamanho de Alex, e ela o recebe. Como é que...? Isso não é simplesmente pontaria. Ela me entrega o urso.

— É seu — exclama! — Um trato é um trato. — Pego o urso com meu cérebro dando muitas voltas, ela começa a andar e quando eu reajo sigo seus passos.

— Alex. Como assim? O que foi isso? — a circulo rapidamente para ver seus olhos.

— Escola militar — ela diz depois de um bufo.

— Escola militar?

— Eram mais como colônias de férias, às quais o Sr. Carlin me obrigou a ir por cinco anos seguidos enquanto minha irmã frequentava uma academia de balé no verão.
— Por quê? — Eu não sei o que pensar sobre tudo isso.
— Eu já disse, ele me odeia. — Ela suspira novamente.
— Seu pai não te odeia, Alex — sigo seus passos. — Na verdade, no dia que falei com ele, ele falou bem de você.

Alex para de repente. Talvez eu não devesse mencionar isso. Ela se vira para mim e sua expressão é de irritação quando ela dá alguns passos para se aproximar de mim.

— Você falou com meu pai? Você me contou sobre minha mãe, mas nunca sobre meu pai. — Passo a mão por trás da cabeça.

Merda.

— Não se incomode, Alex.
— Quando? — questiona imediatamente.
— No mesmo dia em que sua mãe ligou. Ele me pediu para não falar sobre isso — digo em uma voz derrotada.
— Ele não atende minhas ligações desde que me mudei para Nova York — ela levanta a voz e eu sinto que todo o meu esforço para agradá-la vai para o inferno.
— Talvez você devesse ir vê-lo, eu posso ir com você...
— O quê? Não! — ela me interrompe. — Você não entende? Ele agora quer bancar o pai responsável apenas porque sou casada com você, Oliver.
— Você não sabe...

Ela não me deixa terminar. Começa a andar em um ritmo firme e com os punhos cerrados. Que mulher difícil! Quando vejo que ela não vai parar, o urso está parado em uma parede marrom bem perto de nós e eu ando rapidamente em direção a Alex. Eu a pego pela cintura e começo a fazer cócegas nela.

— Oliver! Não! — começa a rir alto. Bem, quem era a zangada? — Oliver! Bas... bas... chega! Meu Deus! — balbucia, não pode parar de rir. Solto e ela bate em uma parede, deslizando as costas por ela. — Eu te odeio! — exclama, enxugando as lágrimas que causaram risos. Pego a porra do urso e volto a ela, estendendo a mão para a ajudar a levantar.

— Nós vamos por esse vestígio que você tem que pegar seu celular.
— Vestígio? Opa! Que homem culto, dicionário ambulante, enciclopédia humana...

Eu suspiro.

— Alex, às vezes eu queria que você fosse muda, sério.

— Se eu fosse muda, quem diria que você está bonito? Hein? — Eu olho para ela, quero ficar chateado, mas não consigo. Essa mulher sempre me vence, não posso acreditar. Eu termino de rir de seus comentários.

Caminhamos em direção à moto enquanto ela checa seu celular. Já está escuro e, como sempre, as luzes dos postes fazem seu cabelo brilhar.

Alex tira as chaves do bolso de trás e eu as pego, não confio mais nela dirigindo.

E eu lembro do urso.

Como vamos levar esse amigo urso nesta moto? Eu não sei como nós conseguimos, mas Alex trouxe de volta. Bem, ela é quem queria.

Quando chegamos em casa, minha mãe está sentada na cadeira branca em frente à televisão e observa o urso que estou carregando.

— Oh! Eu me lembro quando seu pai ganhou um para mim, era um coelho enorme que eu chamei de Cecilio — ela sorri. — Muitas luas atrás.

Cecilio? Isso me dá graça. Mais engraçado do que os nomes dos coelhos da Alex, mais do que tudo, porque aquele era um coelho de pelúcia e o chamava de Cecilio.

— Bem, eu ganhei esse para o Oliver. — Alex olha para mim triunfante, eu coloco as chaves dentro do baú e sorrio.

— Nunca dê uma arma a Alex, por favor — digo e caminho em direção à escada, a chamando para me seguir.

— Sinto falta dos encontros — minha mãe diz.

— Quê? Margot! Temos encontros todos os dias! Olha, hoje eu fiz brownies. — Meu pai sai da cozinha e lhe dá um beijo nos lábios.

O que foi isso? Acho que, se eu quiser um relacionamento com Alex, vou ter que me comportar dessa maneira.

Na verdade, acho que já me vejo assim, carregando esse maldito urso.

Eu chego ao quarto e coloco essa coisa na cadeira giratória. Alex pega algumas roupas e entra no banheiro. Eu me deito na cama e penso nela, de novo e de novo.

Eu nunca me senti assim por causa de alguém.

O som da abertura da porta do banheiro me tira dos meus pensamentos. Me sento na beira da cama enquanto tiro meus sapatos, também preciso tomar um banho. Levanto o olhar para vê-la. Ela veste uma blusa de tiras finas que se ajustam perfeitamente ao seu delicioso corpo. Imediatamente

meus olhos viajam pelas suas pernas, com uns shorts bem curtos das tartarugas ninja. Não sei se rio ou me excito.
Talvez os dois.
— Alex, o que você acha de encontros? — pergunto, uma vez que tirei meus olhos dos shorts.
— Eu odeio encontros. — Dá a volta na cama e se joga do seu lado.
Eu não sei o que pensar disso.
— E eu ia te convidar para um encontro cujo tema principal é hambúrgueres! — zombo e ela finge emoção.
— Então... amo encontros — exclama e me faz rir. — Falando sério, quando você gosta de alguém é maravilhoso.
— E qual seria o encontro perfeito para você? — Eu tiro minha camisa, não olho nos olhos dela. Por um momento, sinto vergonha de perguntar isso.
— Eu não sei... — Ela se senta no colchão da cama e se encosta na cabeceira. — Acho que a única coisa que importa é se você se diverte com essa pessoa.
— Como eu me divirto com você?
Oliver! Por que caralhos é tão direto?
— Eu também me divirto com você, Oliver. — Sorrio, talvez valha a pena ser direto às vezes. Eu entro no banheiro com minhas calças de pijama em minhas mãos.
Eu deixo a água correr pelo meu corpo e penso nisso.
Quando saio, ali está ela. Deitada de bruços, quando ela me vê, esboça um lindo sorriso e se vira para mim. Desligo a luz e me aproximo dela, pressionando meus lábios na testa.
Eu não sei o que temos, mas é fofo.
Me separo dela contendo a vontade de beijá-la, me encosto na cama ao lado dela enquanto eu continuo minha leitura do relatório que David me mandou hoje cedo, que me faz lembrar que eu tenho que ligar para ele, mas não vou fazê-lo em frente a Alex porque tenho certeza de que começará a me zombar por hoje e sentirei vergonha.
Eu estendo meu braço para que ela se incline no meu ombro e comece a ver o relatório. Sei que ela não entende nada, mas eu tento explicar para ela. Depois de um tempo ela cai profundamente no sono.
— Alex? — questiono, ela se mexe para se ajeitar melhor e leva a mão ao meu peito. Eu sorrio. Já entrou em seu sono típico, nem o barulho de

um helicóptero no ouvido a teria acordado. Pego sua suave mão e olho para ela, apenas com a luz do luar entrando pela janela. Passo meu dedo indicador para baixo sua bochecha, reforçando a minha ideia de que parece uma boneca. Seu nariz, seus olhos, seus lábios, seus cabelos sensualmente desgrenhados que fazem com que alguns pequenos cachos loiros decorem seu rosto. Os afasto. Essa mulher é linda. Não tem comparação, fisicamente, emocionalmente ou mentalmente, e isso me deixa preso.

Eu estou ficando louco, louco por ela.

Capítulo 33

Um barulho inquietante me tira da minha zona de conforto onde estava dormindo como um anjo. Me mexo um pouco, esperando que seja um pesadelo, mas o barulho na porta não para. Ah! Não aguento, justo quando tinha decidido descansar isso acontece.

— Queridos — é a voz perturbadora da minha mãe do outro lado da porta. Alex olha a hora e eu tiro meu braço da cintura dela. Minha mãe continua batendo na porta.

— Mãe, qual é seu problema? — pergunto, ainda com os olhos fechados. Essa senhora me deixa louco às vezes.

— Acorde, Oliver, vamos para a cabana! — Solto um gemido. Eu gostaria de poder gemer por outra coisa, mas esse é de frustração.

— Que diabos é a cabana? — Alex murmura, enquanto eu ponho um travesseiro no meu rosto.

— Um lugar a uns dois quilômetros daqui, sem LUZ, NEM CABO, NEM INTERNET — tiro o travesseiro do meu rosto, para poder expressar isso a plenos pulmões e minha mãe ouvir meu descontentamento.

Vinte e cinco anos da minha vida e ela ainda me faz fazer coisas que eu não quero.

— Perfeito para você, Oliver — ela diz do outro lado. — Assim você pode desintoxicar de toda essa porcaria de tecnologia! — Tecnologia não é lixo, eu não consigo me imaginar sem meu celular ou meu computador, escrevendo todos os meus relatórios. — Em meia hora vamos embora.

Eu ouço os passos de minha mãe se perdendo no final do corredor e meu mau humor se torna presente, mas ver Alex e seus shorts me cura.

— Por quê, Deus? Por quê? — ela diz, depois de um suspiro, e olha para o teto, colocando seus chinelos engraçados de gato.

— Por favor, Deus! — Eu também olho para o teto. — Responda a Alex para que se cale logo. — Ela olha para mim, com seu olhar típico de assassina. Eu não posso deixar de rir e virar o meu olhar para aqueles shorts, que de frente são mais divertidos.

— Alex, está falando sério? As tartarugas Ninjas? — eu digo, vendo aquelas malditas coisas verdes em seus shorts.

— Admita que te excita, Oliver — ela diz, enquanto coloca algumas roupas em uma mochila.

— Claro. Não há nada mais emocionante do que ver quatro tartarugas enormes por todos os lados — zombo, mas a verdade é que elas me excitam. Ainda mais quando elas sobem enquanto dormem e deixam uma visão bastante agradável de suas pernas sensuais. — A propósito, vamos andar, então use algo confortável.

— Quê? Andar? — bufa. Eu também odeio ter que ir para a cabana, mas quando chego não posso deixar de contemplar a bela vista de lá.

Eu também coloco minhas roupas em uma mochila enquanto escovo os dentes, tomo banho e me visto o mais rápido que posso, entendo que meia hora é meia hora. Eu vou até a sala de estar com minha mochila e a da Alex enquanto ela termina de se arrumar. Não sei por que as mulheres demoram tanto. Eu olho para o meu relógio de novo, faltam quatro minutos.

— E aí, irmão? — Eu me volto para a voz de Henry, que se aproxima de mim com o punho fechado.

— Tudo bem, Henry? — Eu bato os nós dos dedos com o meu punho e dou um pequeno sorriso, não nos falamos desde o que aconteceu naquela discoteca.

— Esperando por Alex? — Eu aceno com a cabeça. — As mulheres e sua falta de respeito pelos horários — acrescenta e sorri. — Apesar da Alex já estar aprendendo, em menos de dois minutos ela virá correndo pelas escadas, você verá. — Henry sorri. Eu sei que aquela loira louca em menos de dois minutos vai descer as escadas, colocando uma camisa xadrez por cima de uma blusa branca de alças finas, essas cores que a fazem parecer mais delicada, não posso evitar vê-la descendo e sorrio feito um tonto, deixo as mochilas no chão e me aproximo dela quando ainda não chegou ao último degrau. A rodeio pela cintura com meus braços e lhe dou um beijo na boca. Ela corresponde de uma forma doce que faz meu coração acelerar. Sorri e eu amo esse sorriso. Henry está nos vendo, rindo, e tenho certeza de que essa imagem de mim não passa pela cabeça dele, nem na minha ainda.

— Vamos, crianças? — minha mãe me tira dos meus pensamentos, tilintando as chaves da caminhonete, se dirige a Alex e lhe dá um abraço. Eu entendo por que ela gosta, por dentro são bastante semelhantes.

Em quinze minutos estamos em frente à enorme montanha que se abre para a cabana.

— Nos vemos lá em cima! — meu pai exclama. Ele convidou seus amigos mais íntimos. Alex carrega sua mochila nas costas e olha com descontentamento para a enorme montanha.

— Posso te ajudar a carregar, Alex. — Ela nega com a cabeça e se prepara para andar atrás de todos. Eu gostaria de ir primeiro, mas ela gosta de ir atrás. Não sei seus motivos, mas tenho de me adaptar a ela.

Eu não sei se vou atrás dela ou na frente dela. Por alguma razão, ela prefere me seguir por esse caminho estreito enquanto pega minha mão. Pelo menos o idiota do Raymond não está perto, ele vai muito mais a frente com o Henry. Ele está tentando o tempo todo agradá-lo por ser o chefe. É por isso que eu não falo com meus funcionários, eu não suporto o fato de que eles tentem "me agradar".

— Oliver... — fala a preciosa, me viro para vê-la intrigado.

— Alex... — Eu levanto uma sobrancelha, com um sorriso. Eu gosto como ela menciona meu nome.

— Você não lamenta pela Brittany? — Eu franzo a testa, e a rodeio para andar atrás dela. Não gosto dela atrás de mim, não é coisa de cavalheiro. Eu coloco minhas mãos em sua cintura, gosto dessa proximidade. Eu gosto mais do que deveria. — Claro que ela é um pé no saco, mas... — Eu não posso deixar de rir.

Ela disse que a Brittany é um pé no saco?

— Por que sentiria pena da Brittany? — eu digo entre risadas, embora eu já saiba o porquê da pergunta.

— Por quê? Porque Henry a trai e isso é triste — ela murmura. Não sei por que ela murmura se nos afastamos de todos, poderíamos nos perder aqui e ninguém notaria.

Nos perder. Soa bem.

— Eu sei, mas Brittany merece, Alex — eu respondo. Brittany merece isso e muito mais.

— Por que você está falando assim, Oliver? — resmunga. — Quem merece ser traído? — Eu acho que vou contar a ela para odiar mais a Brittany.
— Alguém que namorou outro homem e o deixou por conta do Henry só porque ele tem dinheiro. — Ela para e imediatamente se vira para mim.
— Por que disse isso? — Ela olha para mim intrigada.
— Porque o outro cara era o David. — Ela arregala os olhos. Passo o meu braço sobre os ombros dela para seguir nossa caminhada, porque estamos longe. — Quando o David estava na faculdade ele conheceu a Brittany, não era nem meu funcionário e trabalhava num restaurante para poder pagar seus estudos, seus pais não são ricos. Brittany tampouco, e trabalhava no mesmo restaurante.
— Sério? David? Seu David?
Meu David? O quê? Eu aceito "minha Alex" mas "meu David" nem nos meus piores pesadelos.
— Não é meu David, Alex — eu me defendo. — Isso soa muito, muito, muuuito ruim.
Ela começa a rir, até eu me divirto.
— Eu... eu sinto muito — ela gagueja, eu olho para seus lábios e contenho a vontade de beijá-la.
— Bem, eles iam se casar — eu falo. — Isso foi antes de oferecer a ele o cargo de gerente da revista. Mas Brittany conheceu Henry e deixou David.
— Puta maldita — ela fala, com ódio. Eu me divirto.
— De qualquer forma, essa é a razão pela qual David e Henry se odeiam. É desconfortável porque David é meu amigo e a pessoa mais leal que eu já conheci e Henry é meu irmão. E todos os nossos amigos sabem disso, é por isso que eles não gostam da Brittany também.
— E seus pais sabem? — pergunta, enquanto continuamos andando.
— Claro que não, eles odiariam a Brittany, e ela já não agrada muito ao meu pai. — Eu paro e me viro. — Veja isso... — Eu a seguro pelos ombros e a viro para que ela possa ver a vista daqui.
O vento agita fortemente as folhas das árvores e o sol brilha no ponto mais alto, dando um aspecto mais iluminado à paisagem.
— Quem me dera ter uma câmera para fotografar essas ocasiões — ela fala. Chama a minha atenção que acaba de dizer que quer uma câmera. Eu posso comprar uma câmera, até a melhor câmera.
— Gosta de fotografia? — eu pergunto.

— Meu Deus, é uma das coisas que eu mais amo, eu até desistiria do meu trabalho para ser uma fotógrafa. — Melhor não comprar uma câmera. Ela sorri para o meu rosto de desaprovação.

Melhor seguirmos a estrada. Ela sobe nas minhas costas e nós continuamos a subir. Por sorte é bem leve! Chegamos na bendita cabana, com o enorme campo de beisebol que meu pai e seus amigos adoram. A cabana é bem pequena, só tem cinco quartos, e eu vou escolher o nosso antes que nos deixem na sala.

Capítulo 34

Pego o primeiro quarto que encontro e é o melhor, tem uma excelente vista para um alojamento cercado por árvores frondosas através da pequena janela.

Deixamos o quarto e encontro com Henry, que, aproveitando que meu pai está lá fora com os amigos, me mostra um documento da sua empresa que quer ajuda para entender perto da lareira. Aqui em cima faz um pouco de frio. Alex observa a vista de uma janela perto de nós, então deixa o local. Não pergunto nada, uma vez que não há muitos lugares aonde possa ir.

Continuo a minha interpretação do documento e mostro-lhe um pouco da minha empresa para que possa ter uma ideia. Eu praticamente faço o trabalho deles, porque eu enfatizo explicando e eles não entendem. Só permito isso a Alex.

— Oliver. Aquela é a sua Alex? — pergunta. "Minha Alex", gostei.

Eu olho para Henry, que está olhando pela janela. Alex está no pátio gargalhando com todos os amigos do meu pai. Pega o taco e o senhor Chris lança uma bola, Alex começa a correr, e a imagem de todos esses homens de mais de cinquenta anos tentando alcançar a Alex é bem cômica. É que esta mulher é uma caixa de surpresas.

— Eu tenho que ir ver isso mais de perto — eu digo para Henry, que está assistindo à cena divertida. Ele acena com a cabeça e saímos para ir ao pátio.

Eu chego no lugar e me aproximo do meu pai, vendo Alex, a primeira mulher que conheço que se diverte jogando beisebol.

— Posso lançar? — Ele concorda com a cabeça quando Chris se retira para o banco.

Vou testá-la sob pressão. Ela me olha desafiadora e sorri maliciosamente para ela. Eu não tenho compaixão, se ela se der bem com essa curva é porque é boa de verdade.

Tem seu olhar em mim. Me preparo e lanço, e apenas observo seus movimentos, olhando atônito a bola sair do campo. Ainda não acredito e me viro para ver uma Alex incrédula, que sorri triunfante, apreciando seu *home run*, mesmo caminhando.

Quê? Não.

Passa ao meu lado e pisca um olho, sacudo a cabeça enquanto eu dou uma risada. Que tipo de mulher é essa que encontrei?

Depois de completar sua carreira, ela chega ao meu pai, que ri alto com os outros membros do time. Caminho com eles até a mesa que minha mãe preparou no quintal. Estes almoços ao ar livre são os melhores, a comida cheira superbem e estou morrendo de fome. Alex para por um momento para continuar sua conversa sobre beisebol com os senhores; não só ganhou meu pai, como também toda sua gangue. Alex me surpreendeu.

Me sento por um momento ao lado da minha mãe, que abre um refrescante copo de limonada e observa Alex.

— Aparentemente, eles encontraram o oitavo membro — ela ri, fazendo-me arquear os cantos dos meus lábios em um sorriso.

Alex se aproxima de nós e pego uma cadeira para ela, que me dá um beijo na bochecha. Amo esses atos de doçura da Alex.

— Então... beisebol também? — Ela olha para mim e encolhe os ombros quando se senta.

— Passei muito tempo com meu avô que jogou beisebol profissional em sua juventude — ela fala e eu franzo a testa. Não sei nada sobre ela, pelo que vejo.

— Sério? — Eu a olho, curioso, e sorrio. — Nunca na minha vida imaginei me casar com uma mulher que sabe mais sobre beisebol do que eu.

— Bem, você não se imaginou se casando — ela responde.

Nem imaginei me apaixonar.

Comemos em silêncio enquanto ouvimos minha mãe falar sobre quando eles não tinham tudo isso e moravam em um apartamento alugado. Quando eu nasci tudo isso já existia, então não entendo esse sentimento e espero nunca o viver.

Está quase anoitecendo e não há mais ninguém na mesa além de Alex, Lindsey e eu. Lindsey está imersa em seu celular ouvindo música. Eu levanto um momento para ir buscar uma garrafa de vinho, pedindo a Alex para me esperar, e ela concorda. Eu vou para o interior da casa e minha mãe me diz onde está o vinho e vou buscar. Não consigo encontrar o lugar onde ele está, uma vez que a casa é iluminada apenas com candelabros antigos.

Eu saio pela porta dos fundos. Ando para o lado de fora lendo o rótulo do vinho, e uma voz que reconheço instantaneamente me chama a atenção.

— E eu me arrependo disso. Você não sabe o quanto. — Eu olho para cima, Raymond está na frente da Alex e passa a mão pelo cabelo. — Ver você de novo foi como um golpe no meu coração.

Um golpe no rosto dele é o que ele vai sentir. Alex olha para ele surpresa, estou curioso para saber o que ela vai responder. Eu me escondo atrás de alguns arbustos, tenho que ouvir isso.

Ela não responde.

— O que acha de sairmos quando eu chegar em Nova York?

— Você quer dizer os quatro? — Alex tenta parecer relaxada, mas eu a conheço demais para saber o quão desconfortável ela está.

— Não, só você e eu. — Ele coloca a mão na perna de Alex. Ninguém coloca a mão naquelas pernas, eu vou matar ele.

Capítulo 35

Caminho a passos firmes com os punhos cerrados até ele. Nem penso duas vezes quando descarrego a minha ira em sua cara. Ele, muito imbecil, cai no chão, e tenho que sacudir minha mão por conta da força com que bati. Maldito filho da puta! Respeite minha esposa! Alex olha a cena atordoada e Lindsey ainda está imersa em seja lá o que está fazendo e não percebe. O idiota levemente levanta o rosto e toca o sangue que escorre pelo queixo dele com o polegar.

— Eu falarei com Henry para preparar sua demissão, não quero mais que ponha os pés nessa empresa, nunca mais. — Farei isso mesmo. Embora a gráfica seja administrada por Henry, ainda sou o sócio majoritário e se eu disser que eu não o quero lá, então não estará lá.

Pego a mão da Alex e eu percebo que deixei a garrafa de vinho deitada na grama. Eu a levo para o nosso quarto. Felizmente ninguém voltará a nos ver, porque tenho certeza que minha cara não está com uma expressão de muitos amigos.

Entramos na sala e começamos a recolher nossas coisas, vamos sair daqui agora. Alex não diz uma palavra desde o que aconteceu com Raymond.

— Oliver. O que você fez? — ela pergunta, finalmente, depois de vários minutos. Ela me observa, intrigada.

— Nós estamos indo — eu respondo secamente. — Eu não quero você perto daquele idiota um segundo a mais.

— Oliver, chega. Não vamos sair agora. Chega! — ela diz com firmeza, tira as mochilas das minhas mãos e as leva para a cama, onde elas estavam.

Eu a observo e me sento na beira da cama, tentando me acalmar para evitar brigar com ela. É melhor eu voltar lá e pegar Raymond na porrada, ou é melhor eu me acalmar. Eu levo meus cotovelos aos joelhos e afundo meus dedos no cabelo, tenho que me acalmar. Ela chega perto de mim e fica agachada entre as minhas pernas. Olho para cima e vejo esses olhos ternos que até me fazem esquecer como estou aborrecido. Pego seu rosto com ambas as mãos e a beijo com ternura, afinal, não é culpa dela. Não é sua culpa ser tão bonita.

Ela corresponde ao meu beijo e meu interior está cheio de emoções diferentes que fazem a raiva desaparecer em instantes. Não sei como essa mulher faz isso, mas sempre me faz esquecer de todos os problemas com um único toque, como se só ela existisse. Acaricio seu pescoço e eu me separo lentamente, olhando para ela com atenção, esfregando nossos narizes, e nossa respiração se misturam. Ela me beija novamente. Nosso contato é cada vez mais apaixonado e me envolve com seus braços, sua língua com a minha. Sobe para se sentar sobre mim, continua esse beijo intenso e eu não posso mais, o desejo de fazê-la minha se apodera de mim novamente. Com as minhas mãos acaricio sua cintura e esqueço o mundo completamente.

Eu passo minhas mãos por suas coxas, ela está vestindo uma legging. Mesmo assim, eu as acaricio e se sente muito excitada. Levo minhas mãos para o abdômen dela debaixo de sua blusa. Foda-se! Estou tão perdido, aquele contato da pele dela nas minhas mãos. Minha respiração treme quando ela se livra da camisa xadrez. Meus lábios se movem para o pescoço, o perfume ainda não desapareceu. Eu sinto as mãos dela no meu abdômen e agilmente ela tira minha camisa. Eu tomo sua cintura e em um movimento ágil eu estou sobre ela.

Eu sobre ela.

Eu a beijo como um leão faminto, meus lábios percorrem seu queixo, seu pescoço, ela ofega e me excita terrivelmente, eu sei que ela já sentiu que estou excitado. Minha mão toma posse de sua coxa e meus lábios dos dela, eu levo minhas mãos para suas calças.

Eu não posso fazer isso.

Eu não posso arruinar isso, ela pode se arrepender amanhã.

Ela não sabe que para mim não é mais um contrato.

Eu me separo dos seus lábios e, com os olhos fechados, tento me acalmar, afundo meu rosto na curva do pescoço dela. Eu respiro a fim de me acalmar e me levanto, eu não sei de onde eu tenho tanta força de vontade.

Eu acho que o amor faz isso.

— Eu... eu sinto muito — eu gaguejo, e coloco minha camisa de volta. Ela não diz nada, só fica na mesma posição. — Nós não deveríamos ter chegado a isso.

Eu saio do quarto, meu corpo reclama o calor dela, eu quero meu corpo em seu corpo nu. Eu quero fazer dela minha.

Chego à cozinha e encontro minha mãe sorrindo e meu pai ao lado dela. Eles conversam um com o outro e também com Henry também, de mãos dadas com Brittany; sempre tentando parecer o casal perfeito mesmo que eu saiba que eles não se amam porque ele tem amantes e ela só se preocupa com dinheiro. Como é possível que eles durmam juntos e não se apaixonem? Como eu me apaixonei?

Eu vou para a mesa e me sento ao lado deles. Todos sorriem para mim, eu não quero sorrir, mas eu tento o meu melhor. Minha mãe me passa um copo de suco de laranja, eu começo a beber. Eles falam e eu não presto atenção, olho para a minha aliança. Como Alex reagiria se eu dissesse a ela que eu não quero mais estar naquele maldito contrato? Que eu quero sair com ela, que eu quero um relacionamento sério com ela? Isso me deixa louco.

— Oliver — minha mãe fala, e eu olho para cima.

— Sim? — digo. Ela me dá um pedaço de bolo quando eu recebo uma mensagem e tiro meu celular do meu bolso. Eu pensei que não havia sinal aqui.

É o David.

E ele precisa que eu volte amanhã.

Significa que eu não vou mais dividir a cama com a Alex e isso me deixa com sentimentos contraditórios.

— Pais — falo, e ambos olham para mim —, eu preciso ir amanhã, David precisa de uma assinatura minha em alguns documentos com urgência. — Brittany fica tensa ao ouvir o nome do David. Às vezes eu faço isso de propósito.

— Oliver, dissemos que...

— Margot — interrompe meu pai —, há algumas coisas que são importantes. Mas ele promete que voltarão em breve.

Concordo com a cabeça. Queria ficar. Se eu for, isso significa que já não compartilharei meu espaço com Alex. Ao mesmo tempo, preciso controlar meus hormônios.

Eu volto para o quarto. Eu preciso tomar um banho, um que me faça esquecer de tudo. Está um vento bom do lado de fora e eu gosto dessa sensação. As noites são as melhores.

Quando abro a porta, lá está Alex, deitada de costas para mim. Vou direto para o banheiro depois de pegar meu pijama. A água corre pelo meu corpo, quero que as mãos da Alex façam o mesmo.

Eu saio com minhas calças de pijama e ela ainda está na mesma posição. Eu me deito de lado depois de desligar a luz fraca e minhas costas esfregam as dela. Eu não posso ficar assim, quero senti-la perto de mim — não no sentido sexual, só quero tê-la por perto porque gosto de estar ao seu lado. Não sei o que vou fazer amanhã, quando tudo voltará ao normal.

Eu me viro para ela, passando meu braço em volta de sua cintura. Ela olha para mim por cima do ombro e sorri. Eu pressiono meus lábios contra sua bochecha, gosto do cheiro dela.

Eu gosto de tudo sobre ela.

Eu gosto de estar assim.

Mais do que eu deveria gostar.

Entre todos os meus pensamentos, estou caindo no sono e tudo em meus sonhos é ela.

Seu sorriso, seus lábios, seus olhos, seu rosto.

Eu acordo e a luz do sol entrando pela janela bate nos meus olhos. Eu tento me acomodar à claridade. Olho para meu relógio e é muito cedo, ótimo. Eu só espero não encontrar o maldito do Raymond. Volto a vista à minha direita e o rosto da Alex está muito próximo ao meu.

Levanto silenciosamente para evitar acordá-la e então me lembro que é Alex não acorda nem que passe um caminhão do lado. Sorrio para meu próprio pensamento.

Vou tomar banho e me trocar rapidamente, preciso entrar em contato com o motorista do meu helicóptero para vir aqui, não há nenhuma maneira de eu ir a pé e ver Raymond. Ajeito minha gravata granada e ponho minha jaqueta preta. Não é que eu vá sair de traje formal daqui, até porque eu não trouxe nenhum. Eu amarro meus sapatos e penteio meu cabelo. Alex ainda está dormindo.

Eu não posso deixar de sorrir como um idiota.

Eu me aproximo dela e acaricio seu rosto. Tenho que acordá-la de alguma forma, tenho que trabalhar. Finalmente ela abre os olhos e eu coloco uma mecha de cabelo atrás de sua orelha.

— Bom dia, boneca. — Começa a piscar várias vezes para se adequar à claridade.
— Por que esse olhar de Chucky? — ela pergunta. Sério?
— Espera aí, eu aqui sendo romântico e você me chama de Chucky? — Eu levanto uma sobrancelha para sua risada. Claro! Depois são os homens que estragam o romance.
— Oliver, se vamos andar, por que diabos você está usando gravata? — interroga, vendo meu casaco.
— O helicóptero virá para nos buscar, aconteceram algumas coisas na empresa e eu tenho que voltar cedo. Estamos saindo em quarenta e cinco minutos, se arrume.
— Algo não está indo bem? — ela franze a testa e me faz sorrir. Acho que já disse isso desde que a conheci e foi uma dor de cabeça.
— Tudo está bem, mas minha assinatura é necessária para algumas transações, David não pode fazê-lo. — Eu me levanto. Quarenta minutos para mim são quarenta e cinco minutos.
Ela olha para mim com desaprovação.
Volto a ajeitar a gravata no pequeno espelho do banheiro e coloco o pente de volta na minha cabeça. Alex se levanta finalmente e tenho certeza de que ela não está muito feliz.
Saio do quarto, para que então Alex se arrume tranquila. Desço até a cozinha e tomo um copo de suco de laranja. Felizmente Raymond não aparece. Eu vejo Henry sentado à mesa onde almoçamos ontem ao lado de Brittany e eu ando na direção deles.
— Henry... — falo. Ele olha para mim e sorri.
— E aí, irmão? — Ele estende o punho cerrado e eu o acerto de leve com meus dedos.
— Tire Raymond da gráfica. Entendido? — Ele franze a testa e se levanta para me encarar. — Eu não quero ele por perto.
— Por quê? — ele pergunta, e Brittany nos observa, ainda sentada na cadeira de madeira.
Eu acho que não é da conta dela.
— Porque ele é um degenerado, ponto. Uma coisa é ser mulherengo e outra coisa é querer passar um tempo com minha esposa. — Henry olha para mim espantado. — Então você sabe, assim que você voltar, prepare sua demissão, eu não quero saber que ele ainda está na empresa.
Eu gosto de falar assim.

— Mas eu não posso deixá-lo sem trabalho, é o marido da Suzanne — fala. Ele não entende por que ninguém faz essas coisas com a Brittany.

— Suzanne tem dinheiro suficiente que herdou do pai dela, ela não precisa daquele idiota.

— Oliver, preciso de um argumento mais forte, não posso dizer o que...

— Invente um — interrompo. — Deve ter algo que ele não faz bem, ninguém é perfeito.

Tendo dito isso, eu me viro sem esperar por sua resposta. Espero que cumpra. Volto para o cumprimentar novamente e ele ainda está intrigado.

— Bem, estou indo, irmão. — Agora, sim, estou voltando para casa.

Trinta e cinco minutos depois, Alex está pronta. Sorrio quando a vejo correndo para a sala de estar, não preciso me preocupar em chegar atrasado.

Eu me despeço dos meus pais e da turma, que estavam correndo pelo campo de beisebol. Esses avôs me bateram hoje, até me esqueci de correr. Todos também se despedem de Alex. Meus pais nos acompanham ao helicóptero.

— Nós prometemos visitá-los frequentemente — diz minha mãe.

Espero que sim, vou ter um argumento válido para levar a Alex para dormir comigo.

Subimos no helicóptero e Alex faz um gesto de despedida com a mão, que eles respondem. Nos leva ao jato e confiro se trouxeram todas as nossas malas, com o enorme urso de pelúcia que Alex ganhou para mim. Nunca esquecerei aquele urso gordo da porra.

A viagem é cansativa, mas até esse tipo de viagem é divertido com a Alex. Começo a mostrar pra ela lugares que podem ser vistos daqui, eu os conheço de cor.

Ponho o casaco antes de descer do helicóptero. Tinha lido sobre a frente fria que estava por vir. Vejo que a Alex se abraça para se aquecer, esses shorts não ajudam muito com o clima, mas eu amo como caem nela. Tiro o meu casaco e o coloco em seus ombros, ela sorri e dou-lhe um carinhoso beijo na bochecha. O motorista abre a porta da limusine. Ela entra primeiro e eu a sigo. Fecho a porta quando já estou acomodado no meu lugar. Ficamos de mãos dadas até a casa dela.

Chegamos ao seu edifício e meus olhos se enchem d'água, porque o dia termina aqui. O motorista leva a mala de Alex e entra no prédio. Ela olha para mim e, por alguns segundos, nos encaramos. Vou sentir falta dela, tenho certeza. Ela delicadamente coloca seus lábios nos meus e quando correspondo ao seu beijo, não sei por que sinto que estou deixando uma grande parte de mim neste lugar.

Capítulo 36

— Vamos! — digo, enquanto abro a porta da limusine. — Eu vou deixar você em seu apartamento. — Só quero mais alguns minutos com ela.

Ela sorri para mim em resposta.

Eu vou sentir falta desse sorriso.

Eu abro a porta do prédio para que ela passe. Pego a mão dela e entramos no elevador. Felizmente, não há mais pessoas. Ela tira o casaco e me entrega. Chegamos ao seu andar e sua amiga pega as malas da Alex das mãos do motorista. Ela vira o olhar em nossa direção e ambas gritam ao mesmo tempo. Imediatamente meus tímpanos se sacodem.

Ela corre pelo corredor e Alex solta a minha mão para encontrá-la. Eu franzo a testa enquanto assisto à cena. Por que as mulheres são assim? Eu não posso imaginar o David e eu fazendo esse tipo de coisa nos corredores da empresa, só de pensar nisso sinto vergonha.

— Meu Deus, acho que estou surdo — falo. Cumprimento a Natalie, ela olha para mim e faz o mesmo. Tenho certeza de que ela não nos esperava, já que o cabelo castanho dela está bastante desgrenhado. Pelo que Alex me disse, ela nem sai para o corredor despenteada.

— Se você tivesse me avisado com antecedência que viriam, eu teria preparado algo — ela diz.

— Não, está tudo bem — eu respondo quase imediatamente. — Eu tenho que estar na empresa em trinta minutos. — Olho para o meu relógio.

— E para ele trinta minutos são trinta minutos — Alex me interrompe, me fazendo sorrir. Sua amiga nos observa, divertida.

— Então eu vou preparar algo para você — ela diz a Alex e retorna rapidamente ao seu apartamento.

— Com que rapidez vai trabalhar? — Ela me pergunta, enquanto caminhamos em direção ao seu apartamento. Por um momento, eu observo uma expressão triste em seu rosto que faz meu coração dar mil voltas. Eu gostaria de ficar com ela.

— Tenho que conversar com o David. Você pode descansar hoje. — Ela sorri aquele lindo sorriso. Agora eu não sei como agir na frente dela na empresa. Ela apoia as costas na parede perto da porta e olha para mim intensamente. Eu seguro seu lindo rosto com as duas mãos e toco meus lábios nos dela, de uma maneira gentil e delicada, saboreando essa boca deliciosa pela última vez. Não sei quanto tempo vai demorar até que eu possa fazer isso de novo. Naquele exato momento, o som da porta nos faz estremecer. Nós dois olhamos naquela direção e é sua amiga. Ela olha para nós com uma expressão de surpresa e fecha a porta imediatamente. Maldita seja! Tenho certeza que minhas bochechas estão coradas.

— Eu tenho que ir — digo, com um esforço sobrenatural. Eu ficaria com ela o resto do dia. Dou um pequeno beijo nos seus lábios e ela sorri com tristeza, partindo o meu coração em mil pedaços. Me distancio dela com toda a força que posso recolher e saio pelo corredor. Pela primeira vez na minha vida eu estou odiando ter que ir para trabalhar.

Chego no elevador e a olho pela última vez. Sorrio enquanto as portas de metal se fecham e já não a posso ver. Imediatamente, eu sinto um grande vazio dentro de mim e ele cresce à medida que me afasto. Eu não sei se vou aguentar isso por um dia inteiro.

Na limusine, olho a cidade através da janela. Um forte vento varre tudo em seu caminho e o céu começa a se tornar um cinza triste que não ajuda muito com meu humor. Me lembro da Alex, inconscientemente trago os meus dedos aos meus lábios e sorrio. Como queria outro beijo desse demônio loiro.

Desço da limusine e vou para o meu escritório. Nem essa sensação de ver a correria das pessoas de um lado para o outro me alenta. Fora do meu escritório está o David, que segura alguns papéis e me olha com um sorriso estranho que eu entendo quase imediatamente quando chego perto dele.

— Como você está, Romeu? — Agora ele ri alto, uma vez dentro do meu escritório. Eu olho para ele de um modo fulminante, como sempre, enquanto ele se senta na cadeira branca em frente à minha mesa. — Você finalmente teve sua noite apaixonada? — Esboça um sorriso travesso que eu não posso deixar passar despercebido, sentando na minha cadeira giratória.

— Não, eu acho que voltarei a ser virgem. — David ri tão alto que, no final, não importa o quanto eu tente manter minha postura, eu acabo rindo com ele. Ele estende os documentos para mim e eu começo a revisá-los.

— Bem, você sabe que isso se resolve com um pote de vaselina e sua mão direita — ri novamente, maldito. — A propósito, o NYTV nos convidou para sua festa de Halloween. Nós vamos, certo?

— Creio que não — eu digo, com nojo, enquanto reviso os documentos que devo assinar.

— Porra, Oliver! Vai disfarçado. Você sabe o que o Halloween significa? Mulheres em trajes provocantes! — Eu não sei o porquê, mas isso não causa nenhuma emoção em mim. Eu até me surpreendo e, claro, também surpreendo o David, o que não passa despercebido.

— Está fodido, Anderson! — Ri novamente enquanto se levanta da cadeira, ajeita o paletó preto, e me observa. — Sabia que não demoraria para aparecer quem te domasse. — O olho novamente com um olhar feroz enquanto se afasta rapidamente do escritório e o perco de vista atrás da porta. Xingo David.

Eu tento me concentrar tanto quanto posso. Termino minhas tarefas do dia, Alex caminha livremente em meus pensamentos e de novo me distraio, não acredito que essa mulher fez isso comigo. O que estará fazendo nesse momento? Termino tudo como deveria, apesar de um pouco mais tarde que o normal porque me peguei pensando na Alex várias vezes. Não posso dar nenhuma folga, não posso ficar sem vê-la. Eu me viro de novo e de novo na minha cadeira giratória. Devo ligar para ela? Ou talvez não. E se ele achar que eu sou um manipulador pesado? E se ela achar que eu esqueci dela, se eu não fizer?

As mulheres são tão estranhas que dizem que se irritam se você liga, mas, se não fizer isso, elas terão raiva quando voltarem para casa.

Eu não sei, sou tão novo nessas coisas.

Não me lembro quando foi a última vez que liguei para alguém porque senti falta. Acho que nunca fiz isso.

Eu nunca senti falta de alguém.

Eu deveria convidá-la para sair hoje. Ela gosta de hambúrgueres. Agora eu não olho da mesma forma para hambúrgueres, eles me unem com a Alex.

Eu dirijo até seu prédio, sentindo uma onda de excitação dentro de mim. Quero vê-la, quero provar aqueles lábios. Desço do carro e entro num embate entre ir diretamente ao seu apartamento ou avisar antes. Tenho que ter certeza de que ela está lá. Vou ligar para ela. E se ela fosse embora e não me dissesse nada? Eu vou buscá-la em qualquer lugar.

Eu procuro seu número e na letra A não há nada. Que diabos? Eu apaguei seu número? Eu me lembro como começava, mas não lembro os dois últimos dígitos. Não pode ser. Começo a ver o resto da minha agenda e minhas mãos suam. Agora como dizer que eu deletei o seu número? Vai acreditar que eu fiz de propósito! Finalmente, algo na letra M chama minha atenção: "Meu amor". Eu franzo a testa, abro o contato abençoado e é o seu número. Eu não posso deixar de rir. A que horas fez isso? Espero que também me tenha na agenda dessa maneira.

Eu lhe enviarei uma mensagem. É mais casual.

> Oliver
> Ei!

Que ótimo, Oliver. Você já conquistou ela.
Para minha surpresa, ele responde quase imediatamente.

> Meu amor
> Ei

Eu sabia que ia estragar tudo. Em minha defesa, eu não sou muito bom em mandar mensagens, já que eu não faço isso desde a faculdade.
Eu começo a digitar rapidamente.

> Oliver
> Não pense que ignorei o fato
> de que você alterou
> seu nome de contato no meu
> celular.

> Meu amor
> Sinto muito?

Como assim? Ela pede desculpas, mas ao mesmo tempo não quer se desculpar.
Me faz rir.

> Oliver
> Quer sair? Sei lá, talvez
> para comer hambúrguer?

Eu imediatamente recebo sua resposta.
Esse nome de contato agita algo dentro de mim.

> Meu amor
> Hambúrguer! Apenas me diga
> quando e onde.

> Oliver
> Agora, você diz onde...
> Estou do lado de fora do seu prédio.

Sua resposta leva alguns minutos. Quando vou perguntar se ela desmaiou, a mensagem chega imediatamente.

> Meu amor
> Me dê cinco minutos.

Cinco minutos? Ok, contagem regressiva.
Cinco minutos depois, ela vem correndo pela porta principal do prédio e meu interior se enche de emoções diferentes só de vê-la.
Imediatamente os nossos olhos se encontram. Ela sorri e aperta o passo até mim. Vou até ela e nos unimos em um abraço. Já sentia falta daquele perfume e do cheiro do cabelo dela. Eu não sei se beijo seus lábios ou espero.
Melhor esperar, não quero que ela sinta que quero aproveitar a situação.
— Você, Oliver Anderson, me convidando para comer hambúrgueres? — diz, enquanto abro a porta do passageiro do meu carro. Eu sorrio enquanto ela sobe e eu dou a volta para entrar.
— É que eu senti sua falta — digo sem olhar nos seus olhos e saio com o carro. Eu nem sei como dizer essas coisas, nunca as disse. Ela olha para

mim, vejo-a pelo canto do olho, gostaria de parar o carro e beijá-la bem aqui. Mas eu me contenho. Quando se sabe esperar, as coisas são melhores e mais fascinantes.

— Eu também — ela fala e me faz sorrir.

Ela também sentiu a minha falta, isso é bom.

Nós conversamos por horas enquanto comemos essas coisas que eles chamam de hambúrgueres. Eu rio quando ouço que seu carro feio é chamado Herbie. Não, não conheço ninguém com mais histórias do que essa mulher.

Voltamos ao seu apartamento, me sinto bem em tê-la comigo. Tudo parece bom quando estou com ela; eu esqueço do trabalho, do estresse, de quantas reuniões pendentes eu tenho, é bom. Estar com ela me faz bem.

— Ei — eu digo, quando seguro a porta do meu carro para que ela saia. — Amanhã é Halloween.

— Eu sei — ela ri. — Todo ano Natalie me lembra disso comprando fantasias estranhas. Tem uma festa no canal em que ela trabalha. Quer vir comigo?

Eu sorrio, é só o que eu iria fazer.

— Na verdade — eu olho para os olhos dela e passo para trás da orelha aquele cacho que cai na testa dela e chega ao queixo —, eu ia te perguntar o mesmo. Com você qualquer festa é divertida.

— Nós vamos dançar, então prepare-se! — Eu rio e ela inclina seus quadris no meu carro. — A propósito, você deveria levar o David para apresentar Natalie, acho que eles iriam se dar bem.

— Acredite em mim, ele não vai perder. — Eu sei que não vai, então pego seu queixo e levo meus lábios aos dela. O contato com sua pele me faz tremer. Pego seu rosto com as duas mãos, com as nossas línguas dançando no mesmo ritmo, emaranhando os dedos entre meu cabelo, e uma gota cai na minha bochecha. No início eu não dou importância, mas depois a chuva começa a cair com mais pressa, querendo furar o chão.

Eu me separo dela com um sorriso.

— Até a natureza tem que nos interromper — eu falo, correndo minha língua suavemente pelo meu lábio inferior, ainda com sabor dela.

Vamos ao seu apartamento sem dizer uma palavra, apenas com nossos dedos entrelaçados. Chegamos à porta.

— Vejo você amanhã, boneca — digo, pegando seu queixo e deixando um beijo suave.

— Até amanhã — ela sorri. Eu não quero ir, mas é ousado demais dizer que quero ficar com ela.

Eu ando em direção ao elevador e meus lábios já sentem falta dela. Sinto falta dela. Quando me viro, lá está ela, esboçando um sorriso, e eu lhe correspondo da maneira mais carinhosa possível.

Eu chego na minha casa e sinto que não aguento mais, estou prestes a ligar para ela e fazê-la vir. O estranho é que eu não me importaria de fazer sexo com ela ou não; eu só quero dormir com ela ao meu lado.

Eu acho difícil adormecer e, quando eu finalmente faço, o maldito alarme toca.

Capítulo 37

Alex me fez mais falta do que eu pensava. Eu vou a minha academia pessoal e começo minha rotina de bíceps. É um milagre que o David não esteja aqui, então eu lembro que é nosso dia de folga. Droga! E eu acordei a essa hora? Mesmo essas coisas eu esqueço. Eu preciso começar a relaxar.

Quase duas horas mais tarde, quando estou prestes a sair, o David aparece, com o cabelo bagunçado, e me olha com seus olhos pequenos, que mais parece que não abriram ainda. Essa imagem de David é épica.

— E aí? — ele me cumprimenta, segurando uma grande caneca de café. Com a outra mão bate no meu ombro enquanto eu termino uma série na roldana.

— Eu vejo que você está bem animado — eu respondo, uma vez que recuperei minha respiração pelo esforço do exercício.

— Não sabe quanto! Ebaaa — exclama com seu entusiasmo fingido, levantando as mãos e fazendo com que um pouco de café caia em seu braço.

— Porra! — ele exclama, colocando a caneca em um banco e limpando a mão com uma toalha que carregava no ombro.

— David, na minha casa eu não permito palavrões — expresso em tom de sarcasmo.

— Eu entendo totalmente, Sra. Anderson — ri em voz alta. Essa é a frase típica da minha mãe, que falava toda vez que ia limpar o pátio. É por isso que David e eu sempre parecíamos jardineiros da casa quando ela ia nos visitar. Logo parou de ir e quase imediatamente entendi o porquê.

— A propósito, vamos para a festa de Halloween. — Ele se vira para me ver.

— Eu aposto que Alex vai. — Eu olho para ele com desaprovação. — Eu sabia!

— David, sério... uma amiga dela vai também, então eu pensei que você poderia entretê-la.

— Eu, o palhacinho? Na verdade, sim.

— David — resmungo.

— Bem... — ele suspira. — É pelo menos bonita?

— Bem, ela gosta de malhar, então acho que você vai gostar. — Ele olha para mim e parece pensativo.

— Então tudo bem. Felizmente eu já tinha comprado nossas fantasias pela Amazon. Porque, de alguma forma, eu iria convencê-lo a ir. Entregarei mais tarde. — Eu concordo com a cabeça e saio de lá, batendo no ombro dele enquanto ele começa a se aquecer.

Eu só espero que não seja um pirata ou algo assim, porque, seriamente, prefiro não ir.

Eu chego ao meu quarto e começo a digitar uma mensagem para Alex no meu celular. Sinto a necessidade de saber sobre a minha loira louca.

Oliver
Bom dia, boneca.

Talvez não esteja acordada ainda. Deixo o telefone na minha cama e vou tomar um banho, tiro minhas roupas e deixo a água quente relaxar meu corpo. Me sinto tão bem. Fecho os olhos e sinto uma paz interior.

Eu ouço o som do meu telefone e vou imediatamente atender, sem nem terminar de me enxugar. Deslizo meu dedo umas cinco vezes porque o maldito aparelho não quer desbloquear com meu dedo molhado. Seco as mãos e finalmente atendo, só para ver uma mensagem da porra da operadora de telefone. Droga! Eu jogo meu celular na cama e volto para o chuveiro. Quando passo pela porta do banheiro, o celular toca e eu rapidamente volto e tomo em minhas mãos. Agora é Alex. Eu sinto algo passando pelo meu interior que não vou descrever porque sou um homem muito macho.

Alex
Bom dia, príncipe.

Como assim?

> Oliver
> Príncipe?

Eu mando a mensagem de volta.

> Alex
> É carinhoso ;)

Ela responde imediatamente e com uma piscadela. Eu não quero imaginar como ela deve responder sem ser carinhosa.

Nós trocamos mais algumas mensagens, eu não sei quantas. Eu me sinto como um adolescente novamente com essas mensagens de texto e carinhas felizes. Agora posso tomar um banho tranquilo. Com um sorriso no rosto, eu termino de tirar sabão do meu corpo.

Por volta das seis da tarde, David volta com as fantasias e me dá a minha. Não me interesso muito por esse tipo de coisa, só vou pela Alex, não posso ficar sozinho naquele lugar. Eu uso o maldito terno e David insiste em fazer uma maquiagem estúpida no meu rosto. Para ele, maquiagem é só um monte de talco.

Eu ajusto meu relógio e termino de pentear o cabelo, colocando loção. Pelo menos estou bonito. Dirijo e David vai comigo. As meninas insistiram em ir sozinhas, então instintivamente sei que chegarão mais tarde. Desta vez não coloquei regras de horário para Alex e me arrependo. Já estou começando a ficar entediado neste bar, vou acabar bêbado antes que a Alex chegue.

Deixo de beber por enquanto, já passei vergonha com ela por causa de bebida. Eu olho ao redor do local, há luzes coloridas para todos os lados, muitas fantasias, umas boas e outro ridículas, como a do David, que insistiu em ser um mago, e há uns vinte neste lugar. Pelo menos não encheu a cara de talco.

— Oliver, o chapéu vai na cabeça — me tira dos meus pensamentos, colocando o chapéu na minha cabeça. Eu fulmino ele com o olhar e o ponho de volta no bar. — Faz parte da sua fantasia de vampiro réptil. Está ótimo, sim ou não? — pergunta ao barman, que só sorri e acena. Ele me dá uma bebida que seguro com a mão direita. Dirijo o meu olhar para o meu lado direito e vejo meninas se aproximando e chegando bem perto de mim. Descubro que é a Alex.

Minha visão está perdida nela.

Por um momento, não acho que seja ela.

Eu não posso acreditar, eu tenho que ver duas vezes. Eu nunca vi Alex desse jeito, ela usa uma roupa de algo que eu acho que é um lobo, e eu tenho certeza quando vejo que sua amiga é a Chapeuzinho Vermelho. Agora eu entendo por que ela me disse que sua amiga gosta de combinar fantasias. Eu comeria aquele lobinho.

Eu olho para ela da cabeça aos pés, um par de sapatos pretos de salto alto que mostram suas pernas cobertas por meias da mesma cor, a saia que eu suponho de tecido sintético cobre menos da metade das coxas e a parte superior do terno aumenta seus seios. Eu tenho que desviar o olhar imediatamente para evitar que ela me encontre olhando para onde eu não deveria, embora eu já a tenha visto olhando para onde ela não deveria.

Eu teria uma desculpa perfeita.

Ela sorri quando se aproxima de mim. Tenho que disfarçar a minha cara de bobo para evitar babar por cima do bar, eu... eu... eu não consigo nem articular uma palavra. Está tão linda com suas orelhinhas. Alex apresenta Natalie e David, que já estão se despindo com os olhos. Ela me abraça e correspondo. Ela cheira tão bem... algo me diz que hoje eu perco o controle.

Natalie diz algo que eu não presto atenção, por estar olhando para a Alex como um idiota. Aponta algumas cadeiras de couro que estão em um canto. Alex me pega pela mão e me leva para lá, enquanto Natalie vai na frente de nós com David. Eu não consigo nem pensar claramente, várias pessoas me cumprimentam e eu sequer consigo estabelecer uma conversa porque Alex me desconcentra. Não sei quanto mais eu resisto isso, mas acho que terei que ir embora mais cedo para me trancar no banheiro.

— Oliver, o que há de errado com você? — ela fala e olha para mim desconcertada.

Quero te tocar.

— Nada. O que eu posso te dizer, Alex? Se o lobo da Chapeuzinho Vermelho fosse assim, a história teria sido ao contrário?

— Ah. — Olha para mim, confusa.

Eu sorrio, sei que com o que vou dizer é possível que me bata, mas neste momento eu não estou batendo bem e me deixaria apanhar.

— Chapeuzinho teria perseguido o lobo para comê-lo — murmuro em seu ouvido.

Ela olha para mim e levanta uma sobrancelha. Penso bem no que eu' disse e sinto vergonha. Quando já me senti envergonhado de dizer elogios a uma mulher?

É melhor eu rir, para não parecer estúpido.

Que idiota você é, Oliver.

— Ei. Vamos dançar? — Alex pergunta. Eu, dançar?

— Não, eu não danço. — Agora eu fico sério.

— Eu te disse para vir preparado, então vamos. — Alex faz o que quer.

Ela me pega pela mão e quase me arrasta para me levar até a pista de dança. Começa a mover seus quadris de as costas para mim, de modo que sua bunda roça na minha virilha.

Oh, Deus.

Eu não tenho escolha a não ser rir. Não posso dizer a ela para parar porque eu vou soar pervertido. Embora, se soubesse como eu olho para ela, achar que sou pervertido é o de menos.

Embora eu saiba que ela me olha desse jeito.

E eu amo que ela olhe para mim desse jeito.

Eu envolvo sua cintura com meus braços para parar esses movimentos na minha virilha, me desconcentram, já estou fora de controle. Eu coloco minha cabeça em seu pescoço e chupo.

Cheira muito bem.

Eu quero comer ela.

Ela se volta para mim e beijo aqueles lábios deliciosos. Ela imediatamente leva as mãos para o meu pescoço, eu sinto seus beijos, me faz derreter, eu derreto por ela. Eu me agarro ao seu corpo, envolvo sua cintura com meus braços, coloco uma das minhas mãos em seu pescoço, aprofundando o beijo. Sua língua entra na minha boca e eu sinto como ela esfrega a minha com tanto calor. Ela é perfeita, seus beijos são perfeitos.

Estou descontrolado.

Eu paro o beijo porque meu pensamento está divagando sobre outros assuntos, alguns muito sexuais. Minha respiração está agitada, é melhor simplesmente abraçá-la. Faço isso por três minutos, ao som de uma música romântica que não consigo reconhecer.

Eu olho para seus olhos, seu olhar verde está fixo em mim. É perfeito, eu pego o queixo dela e trago meus lábios para os dela de um jeito calmo, um beijo amoroso que me deixa tranquilo por um tempo.

Eu a seguro pela mão e a trago de volta para a mesa em que estávamos quando nossos lábios se separaram. Natalie e David já não estão ali. Finalmente os vemos continuando sua rodada de beijos na pista de dança.

Dou um beijo carinhoso na bochecha da Alex e ela me olha e sorri, beijando-me outra vez com essa paixão característica dela. Eu não aguento mais, isso é tortura.

Nós mudamos de assunto ou tentamos, mas é impossível. Nossos lábios sempre acabam juntos e nossas línguas se chocam.

Eu deveria ir ao banheiro.

— A música está começando a me incomodar. Vamos? — diz Alex.

— Claro — respondo. Não sei por que isso soou como um convite.

Eu dirijo até o prédio dela sem uma palavra. Eu poderia propor de ir à minha casa, mas neste momento eu só me sinto capaz de obedecer a ordens. Ela desce do carro, eu a sigo quase imediatamente e, se não tivesse gente no elevador, a tinha encurralado aqui e agora.

Nem sequer chegamos ao apartamento dela. Eu a encosto contra a porta e tento abri-la com várias tentativas fracassadas. No final ela consegue e vamos direto para o interior. Eu fecho a porta atrás de mim, nossos lábios se juntam e eu sinto suas mãos na minha bunda.

Ah, Deus.

Ela apertou minha bunda.

E isso me excitou, porra.

Eu a beijo desesperadamente, nossas respirações se aceleram e meu sangue começa a se acumular em alguma parte do meu corpo em especial. Eu a quero muito. Com a mão, levanto uma das pernas até o quadril e depois a outra, encostando-a na porta, e ela se agarra ao meu pescoço para não cair. Meus beijos vão até o pescoço dela, eu tento me controlar tanto quanto eu posso, esperando que ela me pare em algum momento, mas ela não me para. Nossos olhos se cruzam por um momento.

Algo dentro de mim não quer arruinar tudo o que tenho com Alexandra Carlin.

Eu olho nos olhos dela, e ela me olha intensamente enquanto recupera a respiração. Eu faço o mesmo, ofegante. Uno sua frente com a minha. Quando vejo uma mesa do nosso lado, preciso levar ela até lá para me recuperar de tudo isso que estou sentindo neste momento.

— Alex — eu murmuro, seus lábios muito próximos dos meus —, se você me disser para parar, eu...

Ela me interrompe, colocando o dedo indicador nos meus lábios.
— Shhh — ela sussurra. É sinal suficiente para mim.
Eu devoro seus lábios e baixo para seu pescoço, sua pele suave e macia na minha boca é a melhor sensação do mundo. Ela geme de prazer e perco o controle completamente, minhas mãos indo debaixo da saia dela. Eu nem sou capaz de me divertir tirando o vestido dela, já não temos tempo para isso, a quero tanto.

Um calor enorme toma conta do meu corpo, minhas mãos se livram de sua calcinha e a deixo ao lado da mesa. Ela acaricia meu corpo por cima das minhas roupas. Suas mãos se mexem e as minhas também por todo esse corpo delicioso. Tudo o que eu quero é tirar esse vestido.

Eu desabotoo minhas calças e o zíper fica preso. Puta merda! Só isso que estava faltando! Puxo com força suficiente para liberar minha ereção crescente. Agora suas mãos estão na parte de trás da minha cabeça e ela me beija freneticamente, tão perdida quanto eu.

Amo isso.

Abaixo o elástico da minha cueca, meu coração bate forte e sinto minha respiração acelerar. Enrosco meus dedos na parte de trás de sua cabeça e imediatamente vou para o seu interior. Por um momento deixo nossos sexos se esfregarem. Eu devoro seus lábios e ela geme, de uma forma que me inflama.

Isso me excita como nunca.

Estou tão perto, tão perto, de fazê-la minha. Deixo que nossos membros se embebedem um do outro, que se desejem tanto. Ela está tão molhada e quente que eu estou me perdendo. Enrola suas pernas em meus quadris e me aproxima mais dela, ela me quer dentro dela e eu não aguento mais. Pego sua perna por trás de seu joelho e a jogo para mim, entrando nela numa única investida. Ela geme, arqueando as costas, e esses gemidos suaves em minha orelha são a coisa mais inexplicavelmente linda do mundo.

Até seus gemidos são deliciosos.

Eu ainda não acredito que isso está acontecendo. Eu olho em seus olhos e ela para mim, aqueles belos olhos. Em seguida, devoro seus lábios novamente, aumentando o ritmo dos movimentos. Ela geme inúmeras vezes e, porra, eu amo aqueles gemidos, suaves e provocantes no meu ouvido, na minha boca, reivindicando mais.

Ela também move seus quadris, também gosta de assumir o controle, e eu gosto disso. Eu não quero deixar ir tão rápido, mas merda! Há muito tempo eu tenho desejado essa coisa que é quase impossível para mim, essa mulher é uma deusa completa, ela me faz gemer, eu nunca gemo quando faço sexo. E ela me faz sentir essa necessidade.

Ela me beija, me beija tão intensamente e eu não aguento mais, nem ela aguenta. Nós nos apegamos aos nossos corpos, nos unindo para a libertação. Porra! Cacete! Isso é o paraíso! Essa mulher me faz sentir no céu.

Eu olho nos olhos dela, com as nossas respirações ofegantes, seu lindo olhar penetra no meu e seus cachos estão desgrenhados, dando um ar mais erótico à cena. Sorrio, não consigo acreditar. Minha melhor experiência sexual foi com essa mulher.

Capítulo 38

A rodeio com meus braços e a aproximo ao meu corpo. Seu rosto descansa na curva do meu pescoço e eu posso sentir sua respiração se acalmando.

— Me diga que você se cuida — eu digo, depois de alguns minutos nesta posição. Eu a sinto concordar com a cabeça.

— Minha menstruação é mais louca do que eu, então eu preciso tomar pílula. — Ela me faz rir, acaba rindo comigo e levanta o rosto para ver meus olhos.

A luz da lua é a única que dá uma iluminação suave à sala de estar de seu apartamento. Embora seus olhos sempre sejam bonitos, agora parecem bem mais.

— Que bom… — ofego, com um sorriso, e ajeito dois cachos loiros caindo na sua testa.

Ela se mexe ligeiramente para descer do móvel e eu a ajudo. Paro então para ajeitar minha cueca e minhas calças. Eu posso ver que ela pega a calcinha e vai até o interruptor de luz. Quando ele liga, um som vindo da porta do seu apartamento nos faz estremecer.

Não pode ser.

O maldito David está segurando Natalie contra a porta, os dois se tocando em lugares proibidos. Olho em outra direção e vejo uma foto com figuras estranhas na parede, por um momento acho a foto interessante, tudo é interessante, desde que não seja para ver David dessa maneira.

Alex também olha em outra direção e em algum momento de sua paixão desenfreada eles notam nossa presença. David olha para Alex e depois me olha, repetidamente. Pigarreia, quando os olhos de Natalie nos foca, ela se abaixa e ajeita seu vestido. David arruma o casaco e limpa a garganta.

Alex pega minha mão e me direciona para seu quarto. Lhe agradeço internamente. A coisa boa sobre tudo isso é que David não pode me perguntar por que eu estava aqui amanhã. Eu não suportaria sua provocação, embora... eu saiba me divertir melhor do que ele.

— Vamos tomar um banho? — Alex chama minha atenção, concordo. Ela me pede ajuda com sua fantasia e eu começo a abrir as porras dos botões um por um. Se eu tivesse começado a fazer isso quando chegamos aqui, eu provavelmente ainda estaria fazendo e não rolaria o sexo. Suas costas ficam nuas diante dos meus olhos. Percebo que ela não estava usando sutiã; suponho que com essa roupa não era necessário, porque não se notava. Eu passo as minhas mãos nas suas costas e começo a beijá-las até seu pescoço. Depois de separar seu cabelo, o vestido escorrega e cai em seus pés. Se vira, exposta diante dos meus olhos, sua pele nua, seus seios, sua, seu quadris, suas pernas. Sua pele adere perfeitamente a todas as partes do seu corpo e minhas mãos delineiam cada pedaço de seu corpo delicioso.

Beijo seu pescoço e ela suspira. Minhas mãos vão para os seios, lindos e naturais. Eu beijo seus lábios e de uma vez tiro minha gravata e a jaqueta. Ela se livra da minha camisa e leva as mãos às minhas calças, que começa a tirar, seguida pela minha cueca.

Tudo isso acontece com nossos lábios se tocando, mas não ao ponto de beijar, apenas desejando, o que é a melhor parte. Agora eu beijo seus lábios e começo a me mover em direção à cama com os braços em volta de mim. Ela se deixa cair suavemente, me guiando para tomar posse dela. Eu me apoio em meus cotovelos de ambos os lados, nossos corpos nus estão se esfregando, eu estou entre as pernas dela e meu membro imediatamente pede o dela.

Entro nela de novo, de um jeito suave, com delicadeza abro meu caminho para dentro dela, ela geme e eu gosto que ela faça isso, são gemidos suaves, apenas aos meus ouvidos, eu gosto disso. Eu gosto de tudo nela. Olhando-nos nos olhos, eu me movo dentro dela, acaricio sua perna nua com uma das minhas mãos, ela é como veludo. Beijo seus lábios, deixando pequenas mordidas na parte inferior. Minha testa descansa na sua, eu fecho meus olhos para sentir essa união de nossos corpos.

Ela é minha.

Ela traz as mãos para as minhas costas e as acaricia. Eu a amo, eu a amo tanto que eu gemo com meu rosto em seu pescoço. Seus braços estão em volta do meu pescoço e em um movimento ágil agora ela está em cima de mim. Eu me delicio com sua dança, me delicio em seus seios, em seus cabelos loiros, em sua cintura.

Porra!

Ninguém nunca me fez sentir tudo isso.

Meus dedos estão enterrados na pele por esses movimentos, aumenta o ritmo e eu adoro isso. Eu fico louco.

Eu a puxo gentilmente para que ela se incline em minha direção, beijo seus lábios com paixão enquanto meus braços cercam sua cintura e movo meus quadris para baixo dela. Cacete! Que coisa linda!

Ela se agarra ao meu corpo, me segura com tanta força que sinto que o sangue não flui. Gosto dessa sensação de saber o que a faço sentir. Abre seus olhos e sorri de forma marota, com a respiração agitada. Eu a seguro pela cintura e entro nela novamente, agora de uma forma mais apaixonada. Sinto que agora eu não aguento mais. Eu alcanço o clímax com meus lábios sobre os dela, com minhas mãos nas suas e nossos dedos entrelaçados.

Continuamos os beijos suaves e delicados tentando nos recuperar. Ela acaricia minhas costas, eu ainda estou nela e saio lentamente para me deitar ao lado dela. Ela se inclina de bruços com o rosto em minha direção. Vejo suas costas, sua pele lisa é iluminada pela pouca luz que entra pela janela. Eu a acaricio com a ponta dos meus dedos apenas, seus olhos estão fechados e eu me aproximo para beijar sua bochecha. Ela sorri.

— Não era você que não transava com a mesma pessoa duas vezes? — ironiza, e imediatamente solto uma gargalhada, ainda me lembro quando eu disse isso.

— Você estava certa, ninguém tinha feito isso comigo — agora ela ri, eu gosto de vê-la rir.

Ela começa a falar e me conta sobre sua infância. Quero saber mais sobre seu pai, ela parece estar confortável falando sobre outras coisas. Ela também me conta sobre quando ela se mudou para cá com Natalie e que ela odeia as mudanças.

— Como você vai fazer quando se mudar para a minha casa? — pergunto, e ela sorri para mim.

— Eu vou fazer você se mudar para cá — ela diz, me fazendo rir.

— Eu não me mudaria para cá, você sabe disso — solto, ela sorri novamente.

Ainda não é hora de falar sobre morarmos juntos, mas a qualquer momento vou propor a ela.

Fecha seus olhos e continuo acariciando as costas dela.
— Alex. — Ela imediatamente abre os olhos.
— Sim? — Eu estou brincando com uma mecha do cabelo dela que cai de costas.
— Seria estranho se eu te dissesse que quero conhecer sua família? — Ela franze a testa.
— Não, mas eu não gostaria. — Eu a olho nos olhos. Ela diz isso de forma calma, não se importa com a minha pergunta, mas também não quer que eu saiba.
— Por quê? — Eu acaricio sua bochecha.
— Você sabe que eu não tenho um bom relacionamento com eles — se inclina sobre os cotovelos —, principalmente com meu pai.
— Eu sei — eu interrompo —, mas eu gostaria de conhecer todos eles, ver como se parecem — ajeito um de seus cachos —, quem é mais como você, quantos tios você tem, se você tem mais irmãos... tudo que eu sei é que sua família paterna é alemã, gostaria de saber mais. Isso é errado?
Ela nega com a cabeça. No entanto, não diz mais nada. Rapidamente muda o assunto e me faz rir de novo com tudo que me vem à mente.
Adormeço. A primeira coisa que aparece em minha mente são os olhos dela, os lindos olhos, o rosto, o sorriso, os lábios. Quando de repente sinto um beliscão no meu mamilo.
— Porra! Alex! — disparo. Ela apenas ri, ri tanto que não sei se me chateio ou rio com ela. Talvez os dois.

k

Eu acordo de repente quando sinto que a claridade atingiu meu rosto, pisco várias vezes e me dou conta de que não estou na minha casa. Eu não sei a que horas adormecemos, mas Alex ainda está lá dormindo tranquilamente ao meu lado, eu amo vê-la dormir.

Tudo o que fizemos ontem vem à minha mente e um sorriso se abre na minha cara, agora vou passar o dia todo sorrindo. Não é bom, não quando tenho uma reunião em poucas horas.

Vou à procura de uma toalha para tomar banho e olho para o macaco de pelúcia que levei naquele dia, apoiado em uma lâmpada. Gosto de saber que ela guarda as coisas que lhe dei, por mais insignificantes que sejam.

A única coisa que encontro é uma toalha rosa e outra com flores. Eu pego a rosa e olho para uma porta ao meu lado, deve ser o banheiro. Eu entro e sim, é; muito menor que o meu, mas parece confortável.

Deixo a água correr pelo meu corpo e olho para um gel de banho com flores. Outro ao lado tem a cidade de Gotham pintada. Sem pensar muito eu pego o de flores.

Vou ter que voltar para casa para me banhar novamente com meu gel ou será estranho se eles me virem sorrindo e cheirando a flores.

Depois de terminar meu banho, eu coloco a toalha em volta da minha cintura e saio. Eu olho para cima e Alex já está acordada. Ela coloca seus olhos verdes em mim e sorri carinhosamente, eu sorrio para ela da mesma maneira.

— Bom dia — eu falo, me aproximando dela e beijando sua bochecha enquanto me sento na beira da cama.

— Você cheira a primavera — ela diz, com um sorriso. — Por que você usou o gel de banho de Natalie?

— Natalie? — Eu levanto uma sobrancelha.

— O meu é o com a cidade de Gotham — diz. Franzo minhas sobrancelhas.

Agora eu entendo tudo. Me faz rir.

— Como eu não supus isso! Só você gosta de cheiro de Batman. — Ela também ri.

— Tenho de ir para casa me trocar para o trabalho. Não chegue atrasada, ok? Lembre-se, eu ainda sou teu chefe! — Ela bufa, me faz sorrir.

— Eu sei, chefe — ela bate continência e eu começo a me vestir.

Tudo isso sob o seu olhar, mas o seu olhar não me incomoda em nada. O zíper da minha calça quebrou. Ótimo!

Vou tentar chegar em casa o mais rápido possível para trocar de roupa.

— Repita de novo e de novo: "não devo me atrasar!", ok? — ela bufa, sentada no colchão, segura o lençol com os braços cruzados no peito. Como se eu não tivesse tudo isso guardado na memória, até mesmo a pequena mancha em forma de estrela no lado de seu peito esquerdo.

— Eu sei — diz ela, trazendo as mãos à cabeça, isso me faz sorrir.

Merda, tenho que parar de sorrir tanto.

Não há nenhum minuto que não penso nela, me sinto como uma criança apaixonada, mas isto que sinto não se compara com aquilo. Agora eu sei a diferença entre amor e obsessão. Estou dirigindo para a empresa quando um urso de pelúcia me chama a atenção, ela gosta de ursos de pelúcia.

Eu estaciono meu carro para ir comprar o urso. Ela diz que as coisas que são feitas como surpresa são as melhores. Eu pego o urso de pelúcia e o coloco no carro. Nunca na minha vida comprei essas coisas para alguém. Eu chego na empresa, vou ao meu escritório carregando o urso e todo mundo me vê, mas eu não me importo. Eu olho para o meu relógio, esperando que ela apareça a qualquer momento. Eu saio do meu escritório quando Parker se aproxima de mim, me entrega alguns papéis. Eu digo a ele para deixá-los na minha mesa e ele acena, se retirando. Vou ligar para Alex quando braços finos me cercam. Por causa de suas unhas compridas pintadas só com brilho, sei quem é; além do mais, ninguém mais faria algo assim nesta empresa sem ser demitido. Eu me viro imediatamente quando aqueles olhos verdes se concentram em mim.

— Você chegou cedo — eu digo. Ela se afasta um pouco, para por dois cafés que trouxe em cima da mesa.

— Eu te trouxe uma coisa — ela fala com uma sobrancelha levantada e me entrega o café. É um gesto agradável, especialmente porque ela já sabe de cor como eu gosto de café.

Eu sorrio quando eu olho para o copo e o tomo. Passo a mão na cintura dela para depositar um beijo suave nos lábios, que me faz lembrar muitas coisas de ontem. Usa outro perfume, mas eu também gosto.

— Eu trouxe uma coisa para você também — eu digo. Seus olhos se arregalam e ela olha para mim com curiosidade.

Eu a levo para o meu escritório e quando ela vê o urso de pelúcia na minha cadeira ela olha para mim com emoção. Ela gosta dessas coisas e quando eu a entrego a ela me abraça.

Ela está certa, pequenos detalhes são importantes.

— A propósito — digo, depois de beijá-la por um longo tempo —, eu sei que provavelmente vai gostar do que vou dizer agora. — Ela olha para mim, com curiosidade, enquanto eu ando em direção a minha mesa. — Não é mais a minha secretária, e preciso que me ajude a encontrar uma.

Eu estendo os documentos do RH e ela me olha curiosa.

— ESPERA! Você está me despedindo? — Ela semicerra os olhos, me faz sorrir.

— Algo assim. Não posso ter minha esposa como minha secretária agora que todo mundo sabe sobre o nosso casamento, então eu falei com o Sr. Duerre para fazer os testes do grupo de edição. — Ela franze a testa.

— Edição, sério? — Eu concordo com a cabeça.

— Um erro e te demito, você sabe disso. — Ela solta uma pequena risada e vira o olhar para os papéis. — Tenho uma reunião com o David — continuo. — Assim que assumir o cargo, confio mais em você do que em qualquer um do RH, e Andi será sua assistente.

— Espera, Andi? — Imediatamente seus olhos se concentram em mim.

— É, agora você tem poder sobre ela, use isso. — Eu beijo seus lábios.

— Espere, eu escolho sua secretária e de quebra posso me aproveitar da Andi? — Eu concordo com um sorriso.

— Você é a chefe, massacra ela agora! — Ela ri de novo. Essa palavra é uma das suas preferidas, tenho certeza.

Capítulo 39

Saio da minha sala, deixando uma Alex feliz dentro dela. Não posso deixar de rir uma vez dentro do meu elevador, não sei o que esperar quando voltar. Eu pego meu celular uma vez na sala de conferências e disco o número do David, que não está por aqui. Se ele não veio, juro que vou bater nele quando o vir.
— Alô? — atende quase imediatamente.
— Cadê você?
— Atrás de você.
Eu viro e, sim, lá está ele, usando enormes óculos de sol com um terno cinza-esverdeado; pelo menos ele penteou o cabelo. Eu o observo, afastando meu celular do ouvido e desligando a ligação. Pego os óculos dele e tiro-os de seus olhos. Ele pisca várias vezes pela claridade, aperta os olhos e massageia a têmpora. Naquele exato momento a imagem de David com Natalie vem à minha cabeça e eu não posso deixar de rir. David franze a testa e olha para mim com um sorriso.
— Que bom humor você tem, Anderson. Algo me diz que você se divertiu na noite passada. — Ele pisca.
— Não mais do que você. — Eu mantenho meus olhos da mesma forma e sua expressão muda para uma mais séria.
— Nada aconteceu, só adormecemos. Maldito bêbado
— Que bom que você reconhece. Agora vai trabalhar sem essas porcarias. — Deposito os óculos em um cesto de lixo e ele me olha com relutância. Discretamente os pega os coloca no seu bolso.
Começo a cumprimentar dois parceiros importantes que já estavam na sala e David ainda tenta esconder sua ressaca. Sento-me à cabeceira da

enorme mesa e David à minha direita. O resto das pessoas começa a chegar e a reunião começa. Não há momento em que Alex não passe pela minha cabeça, estou tão distraído que não sei do que estão falando.

Eu a imagino na minha cadeira giratória, colocando todas aquelas mulheres para suar. Algo me diz que vou acabar com uma velha como secretária, eu não posso evitar arquear o canto da minha boca. David olha pra mim, articula um sorriso de escárnio no rosto, e imediatamente desfaço o sorriso enquanto o fulmino com o olhar. Ele tenta conter uma gargalhada.

A reunião termina e tratamos de nos despedir dos parceiros. Depois que todos saem, vamos para o elevador. Eu aperto o andar onde trabalhamos, quero ver minha esposa.

— Nós vamos almoçar juntos hoje? Com nossas meninas. — David leva a mão ao bolso e, com a outra, segura um laptop.

— Nossas meninas? — Eu levanto uma sobrancelha. Ouvir o David dizer "nossas meninas" é estranho. Ele sempre diz "sua menina e sua amiga".

— É, eu gosto dessa mulher e ela vai ser minha. — Eu rio alto e o elevador abre no nosso andar. Eu vou para o escritório da Alex com pressa e entro sem bater na porta. Há uma mulher de cerca de quarenta e cinco anos na frente dela, mas eu não presto atenção.

— Anderson, você já tem uma secretária. Esta é Crystal Ross — ela diz, quase imediatamente. Não levanta o olhar, apenas escreve.

Eu levo meus olhos para a dama na frente dela, levanto uma sobrancelha e ela sorri. Ela me estende sua mão gorda e com a outra endireita uma mecha de seu cabelo preto grisalho atrás da orelha.

Eu imaginei que Alex faria algo assim.

Eu quero rir, mas não vou fazê-lo na frente da senhora. Olho para a mão dela. Eu não aperto a mão dos meus funcionários, Olho para Alex, que me faz um gesto para que eu pegue a mão dela, e não tenho outra opção a não ser fazê-lo de uma forma rápida.

— Você pode se retirar, Sra. Ross, amanhã eu a vejo. — Ela balança a cabeça, pega suas coisas e sai. Eu a vejo sair do escritório, ela usa calças como as minhas. Eu levanto uma sobrancelha e olho para ela.

— Eu sabia que você faria algo assim, Alex. — Eu descanso meus quadris na minha mesa.

— Algo como, meu amor? — Ela sorri, eu sorrio e a observo. — A propósito, ela e a esposa adotaram dez filhos. Você acredita nisso? — Ela abre os olhos verdes com surpresa, mas eu sei que é falso, só quer enfatizar que ela tem uma esposa.

Esposa? Como?

— Esposa? — Eu levanto uma sobrancelha e ela sorri triunfante. Não, não bastava para ela ser mais velha. Não.

Ela tem que ser lésbica.

— Você disse que confiava em mim, certo? — Me faz rir. Ainda mais com essa expressão de seriedade com o qual ela está trabalhando.

— Vamos almoçar com Natalie e David? — eu questiono, ela imediatamente olha para mim e franze a testa.

— Natalie e David? — Para mim também é estranho.

— Sim, aparentemente eles ficaram encantados um com o outro.

Ela se levanta da cadeira, começa a separar os papéis e eu a ajudo. Chegamos ao restaurante, David e Natalie estão muito sorridentes de mãos dadas no estacionamento, apoiados no carro do David. Como sempre, Natalie e Alex correm gritando e se abraçam. Meu Deus! Elas acabaram de se ver há umas doze horas. David as observa com uma careta.

— Se acostume — digo, vendo ele sacudir a orelha direita com o dedo.

O lugar não é ruim. David começa a nos fazer rir durante o almoço, pelo menos vejo que Natalie se diverte com ele, ponto a seu favor. Só estou esperando que David se apaixone para começar a tirar sarro dele como ele tem feito todo esse tempo comigo.

— E vocês também são amigas desde que eram pequenas? — David pergunta, tomando um gole de suco do copo que ele segura.

— Não — exclama Natalie — nos conhecemos desde os dezesseis. Nós saímos com o mesmo cara. — Arqueio as sobrancelhas, como o David. Nunca havia perguntado como ela e Alex como se conheceram.

— Pobre rapaz — diz Alex pensativa, e isso aciona meus alarmes. O que elas terão feito com ele?

— É, ele não sabia que nós duas estávamos no grupo de kickboxing. Ele usou muletas por cerca de três meses. — Alex ri alto do comentário de Natalie.

— Então já sabe, David. Se quiser brincar com a Natalie, ambas sabemos kickboxing. — Alex começa a jogar lenha na fogueira e David nem consegue sorrir. Já começa a repensar a ideia de sair com Natalie. Melhor eu rir para não chorar.

— Se aplica para você também, Oliver — Alex olha para mim, séria.

— Não me importo de quebrar esse lindo nariz que você tem.

Isso foi um elogio doloroso. Quero fugir, já vi a porta. Então lembro que já me casei e não tenho muito o que fazer.

Chegamos na empresa. Hoje é o último dia de Alex como secretária. Ela pode ser minha esposa e eu a amo, mas quando se trata de trabalho eu não tenho compaixão e ela sabe disso. Como sempre, ela tem tudo pronto na hora que eu digo. Eu não posso deixar de sorrir cada vez que ela entra na porta com um sorriso triunfante, para ela isso é como um desafio e ela se diverte fazendo isso. Vou sentir falta dela como secretária, espero que Crystal saiba trabalhar como ela.

David entra no meu escritório enquanto digito um relatório no meu computador. Não toca, típico dele, e me cansei de repetir o que ele o faça. Agora que tenho minha esposa aqui a qualquer hora ele me encontrará em uma situação desconfortável, como eu o encontrei. Hoje, por exemplo, ele via imagens no celular e se tocava na porra do banheiro de seu escritório.

— Oliver, sua sogra está na recepção. — Eu faço uma careta.

— O quê? Por que disse isso?

— Uma senhora está aqui embaixo gritando para a recepcionista porque não a deixam passar, afirma ser a mãe de Alex.

Quê, quê, quê? Como? Por que ele não me disse que eles estavam vindo? Ou a Alex? Ela não vai gostar disso. Ela não quer vê-los.

— Ela está com outra pessoa? — eu pergunto. Acho que o pai dela também deve estar aqui.

— Só com uma loira bem parecida com a dama. — Alex me disse que tem uma irmã.

— Diga a recepção que as deixe passar, indique o elevador corporativo e diga a elas o andar. — Estou nervoso, Alex não vai gostar disso.

David acena com a cabeça e recua e eu começo a bater minhas unhas contra a mesa. Eu digo a Alex já ou melhor depois? Só estou pensando na reação dela. Vou contar depois, quero saber primeiro por que estão aqui.

Levanto-me da cadeira e olho pela janela. Depois de vários minutos elas batem na porta.

— Entre — exclamo e me viro. Uma loira olha devagar e entra, seguida por uma loirinha muito parecida com ela. David estava certo, elas se parecem muito uma com a outra, mas não tanto com Alex, embora tenham olhos bem expressivos como os dela, mas de uma cor castanha.

Ambas olham para mim, não sei como decifrar sua expressão. Eu ando na direção delas, sorrio. O que mais posso fazer? Eu estendo minha mão primeiro para a Sra. Carlin, que a olha e em seguida a aperta.

— Eu sou Alicia, e essa é minha outra filha, Stefanie — diz ela, olhando para a garota e estendendo a mão para mim. Eu faço o mesmo.
— Bem, eu acho que você sabe o meu nome. — Eu sorrio de novo.
— Por favor, sentem-se.
Elas acenam e tomam lugar na frente da minha mesa. Eu a rodeio para me sentar na minha cadeira giratória. Meu Deus, ontem mesmo eu estava falando sobre a reunião da família de Alex e ela não concordou, hoje eu conheço sua mãe e sua irmã.
— Se me avisassem que viriam eu as teria ido buscar no aeroporto — sorrio, tiro alguns papéis e minha caneta para parecer interessante.
— Não, tudo bem, tentamos nos comunicar com Alex, mas como você pode imaginar, ela não responde — sua mãe tenta sorrir, a irmã olha para ela e sorri.
— E o Sr. Carlin não veio com vocês?
— Não — responde, o que em parte me dá alívio. Ela não quer ver seu pai, por isso não os visita. — Ele está doente, e essa é a razão por que estamos aqui — diz a Sra. Carlin. Eu franzo as minhas sobrancelhas.
— Ele não está bem? — pergunto, colocando os dois cotovelos sobre a mesa e entrelaçando meus dedos.
— No momento está, mas não alguns dias atrás — Stefanie finalmente anuncia.
— A verdade é que eu quero que vocês estejam presentes no seu aniversário daqui a dois dias. Pedimos a você por favor para nos ajudar a convencer Alex. Eu não sei o que ela disse a você, mas as coisas entre eles não terminaram muito bem antes de Alex se mudar para esta cidade.
— Meu pai é muito teimoso — diz a irmã de Alex.
— E Alex também — diz a Sra. Carlin.
Eu acho que já sei.
David olha pela porta e entra.
— Com licença — diz.
— Vocês conhecem o meu amigo David. — Elas sorriem e acenam com a cabeça, David também e me dá os papéis.
— David, ache a Alex, por favor, diga a ela para vir. — Ele acena e sai. A irmã sorri amplamente e eu posso jurar que suas mãos começam a suar, parece que Alex não causa essa sensação só em mim quando a vejo.
— Você realmente quer vê-la — eu provoco, e ela ri, enxugando o suor de suas mãos em seu vestido.

— É que tem tanto tempo... — Ela sorri um pouco. — Por telefone não é o mesmo.

Aparentemente, as coisas não são tão ruins com a irmã dela.

Sem bater antes, a porta do meu escritório se abre e lá está Alex. Elas olham para ela e ela olha para elas, os olhos arregalados. Eu não sei qual será a reação dela, mas não acho que seja boa.

Eu só espero que ela não pense que eu tenho algo a ver com isso.

Capítulo 40

Alex está de pé, parada. Não diz uma palavra, não menciona nada, só olha para elas quando Stefanie pula de seu lugar e vai até ela em um ritmo rápido.

— Alex! — ela diz, envolvendo os braços em volta dela. Alex só olha para mim. Imagino que ela pense que eu tenha algo a ver com isso.

— Stefanie? — ela diz incrédula, uma vez que sua visão está em sua irmã.

Alex corresponde ao seu abraço efusivo, sua mãe se levanta e vai até ela, com uma mão na cintura e a outra na boca, reparando em Alex da cabeça aos pés.

— Alexandra Jane Carlin — a mãe cruza os braços —, ou Anderson, seja o que for... — sorri. — Por que diabos você não atendeu minhas ligações?

Alex não responde e Stefanie finalmente a deixa respirar quando sua mãe faz o mesmo e ela também tenta retribuir o abraço como pode, seus olhos se voltam para mim, e eu sei o que passa pela sua cabeça.

— Por que não me disseram que estavam vindo? — ela pergunta, já recuperada do trauma que essas duas pessoas lhe causaram.

— Se você atendesse nossas ligações, você saberia, Alex. Você e eu falaremos em particular depois — a mãe dela aponta o dedo e volta para onde estava. A irmã dela a abraça de novo. Ela só não cai para trás por conta da porta atrás dela, tenho certeza.

— Que tal sairmos para comer e nos atualizamos? Acho que temos muito o que conversar. — Levanto-me da cadeira e olho para a Sra. Carlin, sorrindo.

Nós não temos outra escolha, eu não pensava em conhecê-las dessa maneira, eu pensei em um restaurante de luxo e uma apresentação formal, mas nem tudo pode ser alcançado neste mundo.

— Claro! — exclama a Sra. Carlin, se pondo de pé novamente, e se dirige à porta. Stefanie entrelaça o braço com a Alex e depois de guardar alguns papéis em meu porta-arquivos caminho rapidamente até a porta do meu escritório para que passem.

— Uau! Bonitão e cavalheiresco — exclama a Sra. Carlin. Sorrio, acho que até corei.

Sua mãe se aproxima um pouco ao lado de Stefanie e Alex se vira para mim com seu olhar odioso.

— Oliver, você tem algo a ver com isso? — ela murmura. Continuo andando para evitar suspeitas.

— Eu juro que não tive nada a ver com isso. Eu também fiquei surpreso quando David me disse que elas estavam na recepção.

— Bem — interrompe a mãe, que chegou ao elevador —, eu vou descer as escadas, vou esperar por você lá embaixo.

Eu franzo a testa.

— Mãe, são vinte e cinco andares. — A Sra. Carlin caminha em direção às escadas de emergência.

— Não, eu não entro no aparelho do diabo e você sabe disso, estarei esperando por vocês lá embaixo.

O aparelho do diabo? Eu viro meu olhar para Alex com extrema perplexidade.

— O aparelho do diabo? — Eu levanto uma sobrancelha.

— Longa história — responde e agora sinto a necessidade de saber. — Uma vez ficou presa no elevador com a gente e começou a chorar e gritar que iríamos morrer. — Alex olha para a mãe com desaprovação, e Stefanie ri.

— Sinto muito, mãe, ainda é engraçado para mim. — Stefanie ri alto e faz Alex fazer o mesmo. Eu ainda estou perplexo com o aparelho do diabo, mas eu admito que é muito engraçado, estou me segurando porque a senhora está nos observando e eu não quero causar uma má impressão. Os malditos seguranças apenas olharam para mim através da câmera e riram alto, eu os amaldiçoei.

— Então, eu suponho que nós vamos de escadas e não no... aparelho do diabo. — Eu suprimo a risada até que a Sra. Carlin se vire. Stefanie vai atrás dela para rir.

— Percebi de onde você tirou suas ideias — eu rio de uma forma modesta para não atrair atenção, acho que essa senhora vai ser muito boa para mim.

Descemos rapidamente. Uau! São muitas escadas. Que horas eu segui essas mulheres por aqui?

Eu ouço o coro dos anjos quando vejo meu carro, estou cansado, isso porque estou em boas condições físicas. Eu abro a porta para que elas entrem. Alex já se acostumou com este tipo de atenção, agora espera paciente.

— Então este é seu carro? — Stefanie interrompe Alex, emocionada, enquanto entra no meu carro.

— Do Oliver — Alex responde quase imediatamente.

— O dela é um Bentley perolado que ela não gosta — eu respondo, enquanto eu olho por alguns momentos para Alex com desaprovação. Ela sorri e eu olho para a estrada novamente.

— Não disse que não gostei.

— Um Bentley perolado? — A irmã sorri surpresa.

As mulheres e sua excitação pelos Bentleys. Exceto Alex. Ela é especial.

Chegamos a um restaurante bastante luxuoso, um dos que mais gosto de frequentar. Pelo que Alex me contou, sei que a mãe e a irmã vão gostar, mesmo que ela não goste. A Sra. Carlin endireita sua jaqueta pontilhada preta enquanto se senta na minha frente, Stefanie se senta na frente de Alex e olha para ela com ternura.

— Meu Deus, tudo parece requintado — exclama a Sra. Carlin, vendo o menu que segura nas mãos com as unhas pintadas de rosa. Eu nunca vi Alex com suas unhas pintadas com nada além de brilho.

— Você pode pedir o que quiser, Sra. Carlin. — Eu sorrio amplamente e ela ainda segura a mão de Alex sobre a mesa, algo me diz que ela ainda está choque com esta surpresa.

— Por favor, me chame de Alicia. Afinal, embora essa pessoa ingrata não tenha nos apresentado formalmente, somos da mesma família.

Esta senhora me faz rir. Alex olha para ela. Eu sei que vou me divertir.

Tenho razão, não houve tempo em que não ria das coisas que a Sra. Alicia disse, é bastante divertida. Agora eu entendo de onde Alex tirou sua personalidade, são capazes de criar graça sobre qualquer coisa, por mais insignificante que seja.

— Alguma história da infância de Alex que eu deveria saber? — pergunto a Alicia. A verdade é que estou morrendo de curiosidade.

Não vou passar vergonha com anedotas da minha mãe sozinho.
— Ah! — ela bufa. — Milhares! Alex tornou minha vida impossível.
— Sério? — Isso está ficando interessante.
— Diga a ele, Alex, as vezes quando você quase me deixou louca.
— Não, mãe.
— Então eu conto. — As olho e sorrio, eu sei que isso vai ser bom.
— Mamãe... — Ela cobre o rosto com a mão livre.
— Uma vez se perdeu de mim num shopping e quase perdi a razão, inclusive os guardas de segurança estavam me ajudando a procurá-la. — Alex mantém seu rosto por trás da sua mão. — Aí eu a vejo subindo as escadas rolantes, mas pelo lado que desce. Imediatamente, os guardas de segurança correram atrás dela e ela se jogou lá de cima! — A mãe olha para ela ferozmente e com uma expressão de seriedade pior que a minha. Eu rio. — Eu pensei que ela estava morta, realmente. Você já notou como ela anda?
— Claro.
— Sei que sim, muitos acreditam que é um andar sexy, mas não, é o resultado dessa vez que o quadril foi deslocado.

Como andar sexy que nem Alex Carlin? Desloque o quadril.

Mais risadas minhas. Eu olho para Alex e suas bochechas estão tingidas de vermelho. Ela é tão fofa segurando seu rosto triste.

— Ah, outro dia — continua ela e presto atenção —, tínhamos nos mudado recentemente para um novo bairro...

— Mamãe... — interrompe Alex.

— Não interrompa — responde Alicia —, que pena das vezes que quase me matou do coração! A questão é que eu a deixei com minha mãe umas horas para fazer compras. E quando voltei não estava lá e procuramos por todos os lugares e não estava, dá pra imaginar? Eu estava quase para sair correndo gritando pelas ruas, quando a vejo com um bolo em suas mãos e os bolsos dela cheios de doces.

— Mamãe, por favor...— Ela foi para o aniversário de um vizinho sem dizer uma palavra e embrulhou um jarro da minha mãe para levá-lo de presente.

Eu querendo ser sério e me mostrar como um profissional importante e pessoas assim me aparecem.

— E outro dia... —Sra. Carlin continua.
— Mãe, parou.

— Ela comeu cerca de cinquenta chocolates e os abriu de tal forma que não danificou o pacote de ninguém.
— Oliver, vamos embora?
— Claro que não! — Está ótimo aqui.
— Alex, deixe-me terminar! Depois fez pequenos barras de lodo, as guardou nos pacotes e os selou perfeitamente com etiqueta, como se nada tivesse acontecido. — Aquele olhar de ódio dela.
— Todos pegaram uma barra, exceto ela, o que eu achei estranho. Logo descobri o porquê.
Agora ela ri.
— Esta mulher tem a imaginação mais terrivelmente engenhosa que eu já conheci — ela continua. — Se você quer ter filhos, lembre-se que é muito possível que eles saiam como ela. Vão deixá-lo louco, acredite em mim.
Soa interessante.
— Eu acho que nós vamos ter que adotar, Alex — eu sorrio. — Que nem a mulher lésbica que você colocou como minha secretária.
— Issooo! — exclama Stefanie, se levanta um pouco do seu lugar para estender a palma de sua mão que Alex bata e faz isso rindo em voz alta. Sim, sim, isso me diverte, saber que faz maldades.

Capítulo 41

— Bom, acho que é meu dever perguntar: como está o Alexander? — Alex pergunta. Sei que ela quer desviar a conversa.
— Seu pai, você quer dizer? — pergunta a mãe quase que imediatamente.
Alexander? Aparentemente não só eu compartilho o nome com meu pai.
— O nome do seu pai é Alexander? — eu pergunto, olhando para os olhos verdes dela.
— Que ironia, não? — responde, incrédula.
— Alex... — sua mãe diz.
— Mamãe, foi ele quem disse que se eu saísse de casa deixaria de ser filha dele.
— E ele se arrepende, Alex — responde a Sra. Alicia quase imediatamente. Alex suspira.
— Então, por que ele não está aqui? — Um incômodo silêncio reina. Gostaria de dizer eu mesmo que ele está doente, mas não vou, é um assunto entre eles.
— Nós adoraríamos ir para Miami, Sra. Alicia — interrompo o silêncio desconfortável. Alex, me mate se quiser, mas isso tem que acontecer.
Ela imediatamente se vira para mim.
— Quê? — ela pergunta.
— Alex, em dois dias é o aniversário do papai. — Stefanie olha nos olhos dela. — Ele quer que você esteja presente.
— Desde quando? — Alex fica na defensiva. Pelo que me disse, eu sei que está certa, mas tenho certeza que as pessoas mudam; eu mudei desde que caí apaixonado por ela. Até eu mesmo me assombro com isso.

— Desde que ele adoeceu — sua mãe fala — e foi internado no hospital por vários dias.

— Não sei, não, ele diz que é forte e nunca fica doente...

— Alex— eu interrompo —, pelo menos escute o que elas têm a dizer.

— Você nunca sabe quando pode ser seu último aniversário — Stefanie acrescenta, com melancolia em sua voz.

Alex a observa. Eu não sei o que ela está pensando, mas seu olhar não é bom e estou prestes a ser crucificado pelas próximas palavras que vou dizer.

— Amanhã nós vamos com vocês. — Os olhos verdes furiosos de Alex imediatamente se focam em mim.

— Amanhã? — ela pergunta. — Não é muito cedo? Acabamos de voltar.

— David faz um excelente trabalho, podemos desaparecer alguns dias, sem problemas. Vocês vão ficar lá em casa, certo? — Eu olho para a mãe e a irmã e elas se viram para se entreolhar.

— Bem, nós tínhamos reservado um hotel — diz a Sra. Alicia. Não, agora elas são parte da minha família, não podem ficar por aí.

— Não, vocês têm que ficar com a gente, não se preocupem com nada. Além disso, mandei suas malas para a nossa casa. Vou ligar para o David para preparar o jato.

— Jato? Você um jato? — sua irmã pergunta com uma expressão de espanto no rosto.

— Oliver tem um jato.

— Alex, é seu também. A propósito, ela odeia esse tipo de presentes, por isso não tem um próprio — tenho que esclarecer esse ponto, não quero que pensem que eu sou mesquinho e não dou um jato de presente a minha esposa.

— Alex e seu orgulho — sua mãe exclama, olhando em seus olhos com um sorriso. — Igual ao pai em muitos aspectos! — Ouço falar tanto daquele homem que me sinto cada vez mais interessado em conhecê-lo.

Chegamos em casa e Alex fica pensativa todo o caminho. Eu sei que ela está repensando a ideia de ir lá de novo e de novo. Eu não sei por que também sinto que ela está pensando nas milhares de maneiras de me torturar por dizer que iríamos.

Rosa mostra os aposentos para a Sra. Alicia e Stefanie, que olha com emoção para toda a minha casa desde que entra no jardim. Eu ligo para David com urgência. Me estressam quando acontecem coisas que alteram meus planos, embora eu estivesse morrendo de vontade de conhecer a família de Alex.

— O que aconteceu, cara? — ele responde. Sua voz agitada me dá muito para pensar.

— David. Que porra você está fazendo? — ele dá sua maldita risada.

— Você precisa ir a algum lugar para lavar seu cérebro contaminado — ele ri novamente. Eu comprei uma nova poltrona para os dois minutos que você me deixa descansar e eu estou levando para dentro da minha casa.

— Amanhã, Alex e eu estamos indo para Miami, posso contar com você na empresa?

— Que tipo de pergunta é essa? — Eu sorrio enquanto levo minha mão livre até a cintura, afastando meu terno.

— Assim que eu gosto. Você já sabe, qualquer coisa me avise.

— Claro. E qual é a sensação de ser domado?

Sua risada ressoa do outro lado. Filho da puta, não vejo a hora de zombar dele de volta.

— Não vão para o apartamento depois? — ele pergunta, já controlando o riso. Estou prestes a ir para sua casa e bater nele.

— Acredito que não... por quê?

— Quero ver Natalie e não quero mais situações desconfortáveis — ele levanta a voz nessa última e eu tenho que guardar meu celular antes que meu tímpano se quebre.

— TÁ BOM! — eu respondo com o mesmo tom.

— Maldito, vai me deixar surdo.

Eu rio e desligo a chamada. Onde diabos Alex estará? Eu ando pelo corredor e a única porta aberta é a do quarto de sua irmã. Eu não hesito em olhar e lá está ela, sentada na beira da cama com a irmã, a abraçando. Percebendo minha presença, Alex vira seu olhar para mim e se levanta.

— Sinto muito, não consegui encontrar você, imaginei que você estivesse aqui — digo. Posso ver os olhos lacrimejantes da irmã, mas não quero interferir. — Bem, eu vou deixar você descansar, você precisa — se dirige a Stefanie e a beija na bochecha, sai e fecha a porta atrás dela. Nós caminhamos em direção ao nosso quarto.

— Boa noite, mãe — ela diz, batendo na porta do quarto ao lado.

— Boa noite, meu amor — se ouve do outro lado.

Eu não acho que ela tenha um mau relacionamento com sua mãe, mas eu quero saber mais sobre o pai dela. Parece ser a única razão pela qual ela não os visita.

Entendo isso, de minha parte não falaria com meus pais se não fosse por conta da revista.

Chegamos ao quarto e imediatamente fecho a porta, me viro e a observo.

— Por quê, Oliver? — bufa. Eu franzo a testa. — Te expliquei tantas vezes que não tenho um bom relacionamento com meu pai e não quero vê-lo! Eu sabia que isso iria acontecer! — Eu a pego pelos ombros para falar com ela calmamente e ela se solta.

— Ouça, é seu aniversário, Alex. Dê a ele uma chance.

— Ah! Tá! Eu tenho que dar uma chance! E todos esses anos que ele não estava em nenhum dos meus? — tenta sussurrar, mas não sai. Está chateada.

— Alex, vá e fale com ele, por favor — uso uma voz persuasiva, mas pela sua expressão eu sei que não funciona. — Se ele disser ou fizer algo que você não goste voltamos para casa e nunca mais o procuramos, mas dê a ele uma última chance. — Pego o seu queixo para beijá-la e ela me afasta e caminha até o banheiro, onde se tranca com a chave.

Droga.

Não sei quanto tempo demora no banheiro, mas deu tempo de eu me trocar e ver alguns e-mails. Recosto na minha cama enquanto eu tento ler, mas minha mente não para de pensar na Alex e no quão chateada deve estar comigo.

Eu só quero ajudar em qualquer problema que ela tenha com o pai.

Ela sai. Reparo que usa uma camiseta minha, expondo suas belas pernas, mas não posso me concentrar nisso neste momento. Sem dizer uma palavra, ela se deita do seu lado e eu me viro para abraçá-la. Eu beijo sua bochecha e entrelaço seus dedos com os meus.

— Eu não quero ir, Oliver — ela sussurra. — Entenda que eu não quero que você o conheça, que se tornem amigos.

— Alex...

— E então você e eu nos divorciamos... ficará mais claro para ele que eu sou um completo fracasso. — Como posso dizer a ela que não quero me divorciar?

— Amor, por favor, me escute.

— Isso é um contrato, Oliver. — ela se vira para mim e eu franzo a testa, imediatamente agarrando seu queixo.

— Alexandra, o que nós fizemos ontem não fazia parte de qualquer contrato. — Olho os olhos dela, aqueles belos e quentes olhos verdes. — Para mim foi especial, não quero saber de nada desse maldito contrato. — Ela me olha de sobrancelhas franzidas e se vira para outra direção pensando em minhas palavras. — Podemos tentar fazer isso funcionar.

Ela descansa a mão no colchão bem na nossa frente, eu a pego e entrelaço seus dedos nos meus.

— Eu te amo, Alex.

Capítulo 42

Não tenho certeza se isso foi muito apressado, mas é o que eu sinto, estou apaixonado por ela. Eu não sei como aconteceu, não sei quando e não sei por quê. Na verdade, claro que sei o porquê: ela é a única pessoa que me fez mudar completamente o meu dia desde que a conheci.

Eu nunca usei essas palavras e dizê-las me faz sentir tão bem, mesmo sob o seu olhar de confusão. Eu não me importo que ela não sinta ainda, mas eu não posso mais segurar isso.

Eu não me conheço desde que ela entrou na minha vida.

— Oliver — ela fala, com a voz sufocada. Seus olhos estão molhados e por um momento não consigo decifrar sua expressão.

— Alex, não se sinta obrigada a retribuir, eu entendo se você ainda não sente o mesmo. — Acaricio sua bochecha. — Eu não te culpo, admito que eu era um pouco rude com você no começo.

— Um pouco? — ironiza, me fazendo sorrir.

É por isso que eu a amo, o tempo todo me faz sorrir.

— Eu imploro seu perdão. — Uma lágrima sai de seus olhos, e ela rapidamente a limpa. Não sei se ela chora por este momento ou porque não quer ver o pai.

— Eu também te amo — ela diz. Por um momento eu não sei como reagir. Ninguém nunca disse que me ama. — E eu não digo só porque você me disse. — Posso jurar que meus olhos se enchem d'água, como soa bem quando dizem essas palavras para você. Agora eu entendo o motivo de tanta emoção.

— Desculpe. — Eu limpo minha garganta. — Eu nunca imaginei que você também sentisse o mesmo, eu estava disposto a fazer qualquer coisa para que se apaixonasse e no final do contrato concordasse em ficar comigo.

— Sem hesitação, Oliver — ela diz imediatamente —, eu ficaria com você hoje e sempre. — Eu a beijo carinhosamente e ela sorri, enxuga as lágrimas dos olhos. Eu a ajudo e pressiono meus lábios na testa dela.

— Durma, ok? Lembre-se que o que quer que aconteça com ele, você me tem e nós voltamos quando você quiser.

Eu fico lá acariciando o cabelo dela, brincando com seus cachos, e percebo que pouco a pouco ela está caindo no sono. Esse seu cabelo que brilha com a luz que entra pela janela. Acaricio sua bochecha, estou tão apaixonado que posso assegurar-lhe que nunca encontrei uma mulher mais bonita.

Um barulho incessante me deixa louco. Maldito alarme! Estava tão bem acomodado com a Alex no meu peito. Ela o desliga e sinto um alívio percorrer meu corpo, pisco várias vezes para me acostumar à luz. Hoje sinto a necessidade de ficar na cama, levo as mãos à cabeça e bocejo. Tiro todo o pensamento ruim de mim: tenho que trabalhar e adoro meu trabalho, só pensamentos positivos. Alex sorri enquanto me olha de um jeito carinhoso, tão linda com seus cabelos brilhantes despenteados. Sorrio de volta.

— Que foi? Eu também me canso de levantar cedo todos os dias. — Envolvo seu pescoço com meus braços e o apego a mim.

— Por que então você não dorme mais? Mesmo na Califórnia, você tinha que acordar cedo demais. Eu vou sumir com todos esses malditos alarmes, relógios, telefones celulares... — ela diz, seu rosto enterrado no meu pescoço.

Me faz rir.

— Faça isso e seremos pobres — suspiro. Ela levanta a cabeça e olha nos meus olhos.

— Oliver, garanto que você já tem dinheiro suficiente para se aposentar e viver confortavelmente o resto da sua vida.

— Tenho, mas eu não quero fazer isso. Além disso, tenho que deixar algo para nossos filhos. Você quer que eles saiam por aí procurando trabalho? — digo, como se fosse o mais óbvio. Eu não me imagino trabalhando para outra pessoa.

— Nossos filhos? — interrompe meus pensamentos.

— Claro, eu quero oito — eu brinco, obviamente eu não consigo me imaginar com oito crianças correndo em volta da minha casa.

— Bem, se você for ficar grávido e parir oito vezes seguidas, serão bem-vindos. — Não posso deixar rir da expressão no rosto dela. Depois fica pensando e solta uma risada, eu sei que está imaginando milhares de cenários em que eu carrego oito bebês. Conheço a mente macabra da Alex e a encaro furiosamente, não vai me imaginar em qualquer situação constrangedora.

— Falando sério — ela diz, e eu a observo levantando uma sobrancelha —, você já pensou em ter filhos?

Olho para o teto. Sim, já pensei milhares de vezes, mas com nenhuma parceira acreditava que isso aconteceria. Mas agora eu tenho a Alex e meu rosto se ilumina enormemente.

— Você encontrou a resposta lá em cima? — ela ri e eu trago meus olhos fulminantes de volta para seus olhos verdes.

— Encontrei. — eu digo. — Falando sério, sim, eu pensei nisso várias vezes, mas nunca achei que encontraria alguém com quem eu pudesse me dar tão bem. — Olho para os olhos dela. — Vamos ter um filho. Eu acho que, se eu for compartilhar essa responsabilidade com alguém, quero que seja com você.

— Oliver, estamos começando...

— Pare com isso — eu a interrompo, antes que saia correndo pela porta. — Não é algo para agora ou dentro de um mês ou um ano, será quando ambos estivermos preparados. Crianças não são feitas na loucura. — Ela esboça um sorriso que mostra o alívio em seu rosto. — Isso foi algo bom que meu pai me ensinou. O medo dele é que eu faça filhos por aí sem me responsabilizar.

Ela ri levemente.

— Você pode se incomodar com o seu pai o quanto quiser, mas ele lhe dá bons conselhos, admita. — Eu sorrio de volta enquanto pego a minha escova de dentes. — Eu tenho que ir ao meu apartamento para pegar roupas e você tem uma reunião às oito horas.

— Bem, vou levá-la para o seu apartamento, mas lembre-se de repetir outra vez: "Eu não vou me atrasar", ok? — Ela revira os olhos e bufa, se deixando cair entre os lençóis de uma maneira engraçada.

Deixo Alex em seu apartamento, a lembrando de não se atrasar e, em vez de um beijo na chegada, recebo uma batata frita no rosto.

Ela ri enquanto abre a porta e entra. Me lança um beijo antes de fechar e me faz sorrir. Vou pedir a ela que venha morar comigo, embora ela e Natalie sejam boas amigas e eu não ache que ela queira sair e deixá-la com todas as contas. Ela deveria comprar o apartamento e sua amiga não pagaria nada além das contas básicas; Alex poderia ir tranquila, embora eu não saiba como ela iria reagir a esse pedido. No entanto, ela já é minha esposa, mas isso é como começar um relacionamento.

Oliver, pare de pensar em tantas coisas, peça agora.

Eu dirijo para a empresa e David já está tomando café no andar da recepção.

— Como vai, Anderson? Sua secretária sexy já está aqui. — Ele ri alto, referindo-se a Cristal. Maldito David.

Eu vou para o meu escritório e na porta está Cristal com uma xícara de café. Espetacular, já está se saindo bem. Pego o copo sem agradecer e fecho a porta, então me lembro de Alex e seus olhos raivosos quando não agradeço e imagino outra batata no meu rosto.

Isso me faz sorrir.

Eu sinto a necessidade de agradecer. O que essa mulher fez comigo?

Eu tenho uma reunião com parceiros em alguns minutos. Crystal está com sorte, é a única coisa que tem que fazer hoje. Dez minutos antes da reunião, olho pela janela do meu escritório enquanto bebo as últimas gotas de café e vejo o Bentley da Alex chegar ao estacionamento; nesse preciso momento um Volkswagen rosa bate nela. Ponho o copo na minha mesa e saio em um ritmo rápido. Espero que ela esteja bem, porque, senão, as coisas vão ficar piores. Meu elevador desce e em menos de três minutos estou no primeiro andar. Saio da empresa e dou de cara com a Lauren, que está na frente de Alex, juntamente com Romanov. Como era esperado! Quem mais bancaria a vilã contra a Alex?

Mulher maldita! Para que fui me meter com ela?

Saio de lá com as mãos dentro dos bolsos do meu terno Doriano cinza, tento me acalmar por dentro, mas vou explodir, é de se imaginar que não levo no rosto uma boa expressão.

— Sr. Anderson. — O Sr. Romanov olha para mim, nervoso. — Como está? Foi um acidente, sinto muito pelo que aconteceu. Juro que pagarei todos os danos.

Eu não presto atenção, minha prioridade é Alex agora, não o maldito carro.

— Tudo bem? — Ela concorda com a cabeça. É melhor para esses dois. Eu coloco meu braço em volta da cintura dela e beijo sua testa.

— Você sabe que isso poderia ter sido mais sério, caro Romanov? É minha esposa que estava dentro do carro. — Eu me aproximo para verificar a batida, estou mais do que certo de que não foi um acidente.

— Minha noiva está arrependida, de verdade. — Lauren me observa e está mais do que puta. Como assim? Quem deveria estar chateada é a Alex e não ela. Juro que se Alex voasse em cima dela, eu não a deteria; que ela a partisse ao meio, se quisesse, até porque eu sei que ela é capaz.

— Ok, por favor, vamos em frente — eu digo, calmamente. Eu pego a mão de Alex e entramos a empresa, seguidos por Romanov e Lauren. Estou tão chateado que é mais fácil ignorá-la e espero que vá embora logo. Não sei o que pode estar fazendo aqui, se em nenhum lugar do e-mail que mandei ao Anthony mencionei o nome dela. Felizmente, ela sai da sala e não retorna.

Alex pega minha mão durante toda a reunião e eu entrelaço meus dedos nos dela, eu amo suas mãos. Ela se inclina por cima do meu ombro enquanto eu relaxo na minha cadeira. David está ao meu lado brincando com sua barba e do outro lado de Alex está Cristal, que se vê bastante nervosa, e começa a escrever e apagar várias coisas. Alex a olha, se dirige para ela e começa a explicar algo, e vejo como ela tira um peso de cima de seus ombros e sorri. Observo como ela vai explicando passo a passo e sacudo a cabeça; essa Alex, sempre tentando tornar a vida das pessoas mais fácil.

Capítulo 43

A reunião dura cerca de quarenta e cinco minutos. Logo depois de deixar todas as instruções ao David, me dirijo para casa com a Alex. Sua mãe e irmã estão rindo às gargalhadas com Rosa, sentadas nos bancos da mesa na cozinha, e conhecendo a Sra. Alicia, acredito que está tendo bons momentos com Rosa, e o contrário também.

— Bom dia — eu digo, e todas elas me respondem ao mesmo tempo. Alex fala com sua mãe e Stefanie, ambas a abraçam calorosamente. Rosa a olha com um malicioso sorriso e depois olha para mim com o mesmo sorriso, levantando uma sobrancelha. Eu sei que assim vai ser minha vida de agora em diante.

Eu me aproximo delas e a Sra. Alicia rapidamente se levanta e me abraça. Eu não sei como reagir, olho para cima e Alex está me vendo com um sorriso de orelha a orelha no rosto e encolhe os ombros. Ela sabe que eu não gosto de abraços, mas neste caso eu não posso fazer nada porque é a mãe dela, então com dificuldade eu levanto meus braços e a envolvo com eles, até que finalmente ela me deixa livre.

Eu olho pela janela e vejo que o motorista leva sua bagagem. Ao menos elas se conheceram. Pedi a Rosa que as dissesse que se aprontassem, porque quando saímos ainda estavam dormindo; típico da família da Alex, eles dormem depois das seis sem problemas.

Rosa se despede com um abraço de Alex, sua irmã e sua mãe. Como eu imaginava, Alicia se saiu muito bem. Estou mexendo no meu telefone celular quando eu sinto um corpo magro que me cerca com seus braços. Fulmino Rosa imediatamente com o olhar. Com ela eu tenho confiança e deixo claro que não gosto de abraços.

— Aposto que não olha para Alex assim quando ela te abraça, hein? Ela bate no meu braço com o cotovelo enquanto pisca para mim.

Eu tento esconder uma risada para que Rosa não olhe para meu rosto, então tenho que aguentar. Ela me dá uma torta de limão e uma garrafa de café para o trajeto até Miami. Agradeço a ela por dentro e aqui, novamente, quero agradecer, mas me contento.

O motorista nos leva ao jato, e por muito tempo vejo as letras que formam "ANDERSON" em vermelho sangue. Assim que chegamos, Stefanie e Sra. Alice sobem, e uma vez que o jato decola, Alex se apoia no meu ombro enquanto leio um documento. Estendo meu braço para que se deite sobre o meu peito. Quase cai no sono em momentos. É um pouco desconfortável para ler, mas este documento pode esperar; eu adoro ver a Alex dormir e eu não posso evitar beijar o nariz pequeno e perfeito uma e outra vez. Ela abre os olhos e começo a beijar todo o rosto dela, e então sob seu pescoço, e ela começa a rir alto.

— Oliver! — bufa, e eu não posso evitar de rir. A irmã dela se vira para nos ver nos divertindo. Felizmente a mãe dela está dormindo, ou ela teria feito alguma graça.

Eu me levanto e vou para o quarto do jato. Eu preciso trocar de roupa, de jeito nenhum eu vou encontrar a família da minha esposa nestes trajes; além do mais, Alex não gostaria disso.

Me sento ao lado da Alex depois de me trocar e posso ver que ela também não usa as mesmas roupas. Começo a verificar alguns documentos e Alex leva a minha boca um pedaço da torta de limão. Estou digitando quando a observo intrigada para ver o que estou fazendo; sorrio e explico, aparentemente agora ela vai entendendo um pouco mais, vejo seu brilho nos olhos sempre que entende algo que não sabia antes. Mesmo o trabalho ao lado dessa mulher é mais suportável.

Nós descemos do jato e imediatamente eu sinto que está um clima diferente. O cabelo de Alex embaraça com o vento, mas não importa, ela é linda desgrenhada. Me dirijo ao gerente do aluguel de carros. A mãe de Alex explicou como é o lugar, a melhor opção é uma caminhonete, então o cavalheiro de colete amarelo me traz um catálogo com a seção de utilitários e não sei qual escolher, quero alugar todos. Decido, finalmente, por um Hummer branco H3. Alex disse para não alugar nada que ostentasse, mas isso para mim não é do ano passado.

Paro ao lado da Alex, ela está muito distraída desde que saímos do jato e posso assegurar que tem a ver com o seu pai. O motorista do jato nos ajuda a levar as malas para o carro e Alex sobe no lado do passageiro, logo depois que sua mãe e irmã subiram nos bancos de trás.

São mais de trinta minutos estrada, desde que nos distanciamos da cidade; eles têm algo em comum com os meus pais, não gostam do congestionamento da cidade. Mas viagem se encurta bastante com a Sra. Alicia contando coisas da infância de Alex. Essa mulher foi um capeta, não pude deixar de rir muito, ainda mais vendo as bochechas da Alex coradas.

Nós entramos em um beco de árvores frondosas, estiramentos sombreados ao longo do lugar, o vento assobiando através das árvores. De verdade, gosto deste lugar, eu posso ouvir os detritos secos rugindo sob os pesados pneus do carro; poderia viver aqui perfeitamente. Talvez eu devesse falar com os pais de Alex e comprar esta propriedade.

— Chegamos! — exclama a Sra. Alicia e observo o exterior. A casa é bastante grande e fina, conduzo até chegar na frente da casa. Vejo uma propriedade de pessoas ricas e há um senhor se apoiando na moldura da porta, lendo o rótulo de uma garrafa. Será o Sr. Carlin?

— Lá está Frank — diz a Sra. Carlin enquanto saio da caminhonete, então ele não é o pai de Alex.

O careca examina o caminhão, Alex sai e o observa.

— Tio Frank! — Ele olha para Alex com surpresa.

— Alex? — ele pergunta. — É você?

— Não! — ela bufa. — Eu sou Donald Trump! — Ah, meu Deus! Essa mulher tem umas sacadas! Eu rio.

— É definitivamente ela — exclama o senhor, sorrindo.

O senhor chamado Frank rapidamente desce e a abraça. Tem olhos verdes, mas não tão claros quanto os de Alex.

— Por que ninguém me contou? — está quase gritando, é sério que todos nesta casa sentiam falta de Alex. Eu ajudo Stefanie e a Sra. Carlin a tirarem suas malas do carro, elas levaram muita coisa para passar um dia só em Nova York. Mulheres!

— Eu não posso acreditar. Por que você ainda não tem cabelos grisalhos, tio Frank? — Alex olha para a cabeça careca do Sr. Frank com toda a seriedade possível. Eu não posso deixar de rir, Frank ri alto e ela, também. Também, com esses genes de sua mãe, eu não acredito que um dia ela vá ficar grisalha.

— Alexandra! — a Sra. Carlin grita e ela para seu riso estrondoso de repente. É divertido ver como a Sra. Carlin a influencia.
Eu me aproximo deles ao lado da Sra. Alicia.
— Frank, este é meu marido. Oliver, este é o tio Frank! — Tio Frank estende a mão para mim e eu aceito gentilmente.
— Bem-vindo à família, rapaz! É realmente um prazer. Ainda que — diz ele, olhando para Alex — não saiba como e por que não fui convidado!
Ele olha para nós com desaprovação e ela olha para mim, eu não sei o que dizer.
— Foi meio rápido, mas no nosso aniversário vamos renovar os votos e todos, claro, serão convidados. E estou gostando desse lugar! — Eu não perguntei a Alex, mas sei que estou salvando nossa pele. — Gostaria que fosse aqui, meu amor
Eu a observo e ela me dá um sorriso até que Frank nos interrompe.
— Parece espetacular. Isso porque não te mostrei o vinhedo, garoto, você vai adorar. — Dá um tapa no meu ombro suavemente enquanto entra na casa, seguido pela Sra. Alicia e Stefanie. Vinhedo? Eu volto para Alex e ela apenas dá de ombros.
— Vinhedo? — eu questiono e ela vai responder quando uma silhueta atrás dela me chamar a atenção.
— Alex! — diz o homem. Ela se vira lentamente em direção a ele e eu posso imaginar quem é.

Capítulo 44

— Papai? — ela pergunta. Eu olho para o Sr. Carlin e é verdade, eles são bem parecidos, exceto pelo tom grisalho que espreita através de seu cabelo loiro, e pelas pequenas rugas ao redor de seus olhos verdes, tão claros quanto os dela. Na idade de Alex, deve ter sido idêntico, só que no masculino. Eles observam um ao outro sem dizer uma palavra.

— Sr. Carlin, é um prazer conhecê-lo pessoalmente — tenho que quebrar esse silêncio desconfortável. Ele dirige seu olhar para mim e sorri, me aproximo e estendo a minha mão, ele faz a mesma coisa e aperta, parece bastante agradável.

— O prazer é meu, Sr. Anderson — diz ele.

— Oliver, por favor — eu digo gentilmente. Ele balança a cabeça e agora olha para Alex.

— Como você está, Alex? — ele pergunta, sorrindo agradavelmente para Alex.

— Bem — ela responde, arqueando o canto dos lábios, mas eu a conheço bem e sei que é um sorriso bem fingido. Um silêncio ainda mais desconfortável toma conta e não sei mais o que fazer.

— É normal que Alex não fale com ninguém sobre a marca de vinho que temos — finalmente, sinto um grande alívio porque já surgiu um tópico de conversa. Ele ainda observa Alex. Marca de vinhos?

— Possuem uma marca de vinhos? — pergunto, intrigado. Isso é algo que Alex não me contou nem pensou em me dizer. O Sr. Carlin concorda com a cabeça.

— Se você tiver tempo, Frank e eu poderemos levar você pela vinícola, para provar nosso vinho.

Parece bom para começar a conhecer. Eu realmente quero entender muitas coisas e ouvir sua versão do que Alex diz sobre ele. Ajudaria muito, e nunca se sabe a verdade até ouvir ambos os lados.

— Isso seria ótimo, acho que vou ficar bêbado hoje — brinco, e ele ri. Tem um conjunto perfeito de dentes como os da Alex. Já posso sentir a tensão se desfazendo.

— Todas as visitas que temos aqui acabam embriagadas — acrescenta ele. Naquele exato momento Frank rapidamente desce os degraus, pegando nossas malas.

— Sr. Frank, não é necessário. — Eu me viro e caminho em direção a ele. — Eu posso levá-las. — Eu não posso permitir que eles acreditem que eu os tratarei como empregados.

— Não, sobrinho, Walter e eu vamos ajudá-lo.

— Walter? — interroga Alex, olhando para Frank com desconcerto.

— E eu que pensei que você ia ser lésbica — uma voz no nosso lado nos faz girar o olhar naquela direção. Um jovem alto e magro olha divertidamente para Alex. Lésbica?

— VOCÊ! — Alex, com um sorriso, olha para o menino. — Você precisa de um hambúrguer, rapaz! — Me faz rir, quase me esqueço ela não me disse nada sobre o vinhedo. Walter a olha com toda seriedade e Alex sai correndo na direção dele e o abraça. Então eu percebo que ele é o filho de Frank.

— Oliver, vou te contar todas as vezes que Alex quase me matou. Já me jogou de uma árvore, do segundo andar, dessas escadas aqui...

— Walter! — Alex olha para ele, com os olhos verdes enfurecidos.

— Eu tomaria cuidado no seu lugar — continua ele. Acho que já sei disso. — Quando Alex fica irritada é melhor desaparecer — acrescenta o senhor Frank, puxando minha mala de rodas.

— Eu sei disso — respondo, e a observo, divertido. O que eles não sabem é que com um bom beijo ela se acalma.

— Por favor, por favor. Eu suponho que eles devam estar cansados — diz o Sr. Carlin, estendendo a mão para o interior da casa. Eu levo Alex pela cintura e vamos nessa direção. Abro a porta para ela passar, seguida pelo Sr. Carlin, e depois a fecho.

— Seu quarto é o mesmo, Alex. — Alex se vira para ver seu pai, intrigada, depois desse comentário.

— Eu ainda tenho um quarto nesta casa?

— Por que não? Esta é sua casa também. — Ele sorri, um sorriso que aparentemente ela não leva muito bem. — Descansem por hoje. Amanhã nós podemos fazer um tour, Oliver.

— Parece espetacular, Sr. Carlin — respondo, de uma maneira gentil. Até agora estou conhecendo meu lado amável.

— Alexander, por favor — insiste o Sr. Carlin. Eu aceno com a cabeça e ele se retira, perdendo-se de vista quando entra pela porta da sala de jantar.

Nós descemos as escadas e vemos o corredor no segundo andar. Esta casa é maior que a minha.

Frank e Walter deixam as malas no quarto. Não posso deixar de pensar que Alex não me contou sobre a marca de vinhos que eles possuem. Fecha a porta e se vira, deixando seus olhos verdes na frente dos meus.

— Eles têm uma marca de vinho e você não me contou? — Eu cruzo os braços e levanto uma sobrancelha, quero respostas.

— Oliver, não é grande coisa. — Ela caminha até a cama.

— É sim, Alex. Faz parte da sua vida, e eu sinto que não sei nada sobre você. — Eu me viro na direção dela.

— Não foi você quem me investigou? — Ela também levanta uma sobrancelha e cruza os braços.

Pensando bem, por que não contratei um investigador particular?

— Eu disse que não, que não havia te investigado! A única que me disse coisas sobre você foi a Natalie, mas eram coisas que eu já conhecia. Ela nunca me disse que você tinha dinheiro.

— Eu não tenho dinheiro — ela se defende. — Essa coisa pertence ao meu pai e aos irmãos dele. Eu não sei nada sobre isso porque meu pai nunca permitiu que eu aprendesse, com aqueles absurdos machistas que as mulheres não são para esse tipo de trabalho.

— Eu acho que você tem um conceito ruim sobre seu pai. — Ela olha para mim com atenção e dá um passo em minha direção.

— Você não conhece meu pai, Oliver. Como você vai defender alguém que me disse o tempo todo que eu era um fracasso?

— Eu acho que você exagera.

— Não, Oliver! — Agora ela anda mais perto de mim. — Não acredito que esse mesmo homem está fazendo a gente discutir neste momento.

— Alex, não estamos discutindo, você é que... — suspiro. Pode ser que sim, estejamos começando a discutir, e é o que menos eu quero. Eu estou à beira da cama, com roupa de cama macia rosa. — Vem cá, meu amor — dou umas pancadinhas suaves no colchão para que se sente perto de mim. Ela me observa e finalmente concorda. Eu me acomodo para pegar o rosto dela com as duas mãos.

— Me prometa que você vai dar uma segunda chance ao seu pai. Você me disse que faria.

— Oliver, não...

— Alex, prometa — eu interrompo.

— Tá — ela responde depois de alguns segundos e eu sorrio. Eu trago meus lábios aos dela e os provo delicadamente. Finalmente, beijo seu nariz e ela sorri para mim.

— Esse nariz é o mais bonito que eu já vi. — Isso faz com que ela solte uma risadinha.

— O seu também é lindo, Oliver. — Isso soou ousado.

— Alex! — A voz da Sra. Carlin nos faz perceber o mundo que está lá fora.

— Oi? — ela responde.

— Desçam para comer, depois continuem fazendo suas saliências! — A mãe de Alex me faz rir. Ela reclama, mas são iguais.

— Minha mãe... ela é única — ela acrescenta, as bochechas vermelhas de vergonha, mas na verdade eu gosto disso.

— Vamos descer, podemos fazer nossas saliências a qualquer hora do dia! — Tudo isso me dá graça, ela me olha apenas com um sorriso e cobre o rosto com ambas as mãos, balançando a cabeça.

Descemos para o quintal e agora eu conheço Samuel, o outro tio de Alex, bem parecido com Frank, mas com cabelo. Samuel fala comigo sobre produção de vinho. Eu já li alguma coisa, mas ter um especialista na minha frente torna tudo mais interessante. Sr. Carlin e Frank falam comigo sobre plantio e colheita, este é um mundo novo para mim e eu amo isso. Eles me pedem conselhos sobre finanças e gestão de negócios, eu sou um livro aberto, eu gosto de transmitir meus conhecimentos e, de passagem, os aconselho a entrar em novos mercados; eu conheço muitas pessoas que estariam interessadas neste projeto. Posso ver como os olhos dos três senhores Carlin brilham com intensidade, e isso se segue por uma hora inteira, é um tópico incansável para mim; na verdade, tenho a facilidade de falar com pessoas de qualquer idade pelo meu trabalho.

Depois de um tempo, as conversas mudam completamente de tema, para tópicos de golfe e os meus sentidos são ativados para ouvir o senhor

Carlin discutir tão entusiasmado sobre este esporte e um taco de golfe que não conseguia. Seria o presente perfeito, tenho que conseguir esse maldito taco para amanhã. Viro para o meu lado e está Alex com Stefanie. Alex tem o cabelo um pouco mais loiro do que a irmã dela. Imediatamente seus olhos me focam quando sua mãe lhe dá um sanduíche. Aqueles olhos me fazem suspirar, sorrio e ela sorri de volta.

Capítulo 45

Sinto a necessidade de estar onde ela estiver. Samuel está ao meu lado direito e me serve outra taça de vinho. Delicioso, levarei umas garrafas para casa. Eu ando em direção a eles e me inclino para beijar os lábios de Alex ao chegar onde estão sentadas. Alex se levanta e me faz sinal para que eu me sente, eu faço isso e ela se senta em minhas pernas, se inclina no meu tronco e começo a acariciar o cabelo dela, enquanto continua sua conversa com Stefanie. Tudo está quieto até eu ouvir a palavra Raymond e todo o meu interior se agita.

— A senhora Phillips me disse que Raymond agora mora na Califórnia — Stefanie fala. Como me perturba esse nome! Mas não a culpo, ela não sabe nada do que aconteceu. — Pediu trabalho ao papai, diz que ele deixou seu antigo emprego por problemas pessoais. — Esboço um sorriso, Alex olha para mim de sobrancelhas franzidas.

— Ele também não vai conseguir — rio. É só dizer ao Sr. Carlin para não dar trabalho a ele, tenho certeza que não dará.

Stefanie olha para mim perplexa e Alex revira seus lindos olhos.

— Longa história, Stefanie — ela diz. Sua irmã nos olha mais curiosa.

— E daí? Nós temos tempo — exclama. Vou contar e ela.

— Bem, eu te explico — me acomodo na cadeira e dirijo meu olhar para Stefanie. — Com todo o respeito, o filho da puta queria ultrapassar os limites com a Alex na casa dos meus pais na Califórnia. — Stefanie olha para mim com os olhos bem abertos com uma expressão de extrema surpresa, que sabe o canalha que ele é.

— Ele é casado com uma prima do Oliver — diz Alex, calmamente. Quando se trata de Raymond, não falo com calma.

— Eu só saí de perto dela por alguns minutos. Eu poderia dizer que tenho pena do Raymond por estar sem trabalho, mas na verdade não tenho, ele é um maldito que não respeita nem a sua esposa nem a dos outros.

— Oliver... — resmunga Alex, me interrompendo. O que há de errado em todo mundo saber o idiota ele é?

Stefanie continua com sua expressão de surpresa e dá uma risada alta depois de alguns segundos. Falar dele me incomoda, eu levo o copo de vinho aos meus lábios e Alex também começa a rir, até eu me contagio com essas duas. O copo de vinho está um pouco cheio e derramo um pouco na minha camisa branca.

— Droga!

— Alexita! Minha menina! Não acredito! — Uma senhora idosa vem quase correndo pela grama no quintal dos Carlin. Alex olha quase imediatamente e um sorriso de orelha a orelha se abre em seu rosto.

— Vovó, você ainda está andando? — Alex se levanta das minhas pernas e vai na direção dela. Eu franzo a testa. Se digo isso para a minha avó e ela nunca fala comigo de novo.

— Claro, garota, e eu ainda faço muitas outras coisas! — Eu observo como a senhora levanta as sobrancelhas várias vezes. Meu Deus! Eu entendo e seguro o riso para que acreditem que eu sou uma pessoa muito séria. É que, seriamente, toda essa família de Alex é divertida.

— Assim será sua esposa nessa idade, mesmo físico e mesmas ocorrências — a voz de Stefanie me interrompeu. Com o cabelo encaracolado e branco como o dela e falando sobre essas coisas com um lábio vermelho, não posso deixar de imaginar a Alex, me faz rir só de pensar.

— Você ainda tem força, vó! Isso é um bom sinal, ainda não chegou sua hora.

— Alex... — Sra. Carlin se aproxima deles.

— Não se preocupe, Alicia. Eu já a conheço. — Ela aperta as bochechas de Alex e vira seu olhar para mim. — E esse menino bonito é quem te atura agora? — Eu sorrio, levanto-me para cumprimentá-la e ela me abraça efusivamente e me envolve com as enormes mangas de seu vestido florido. O que todas essas pessoas têm com abraços?

— Não faz ideia — digo e a vovó Carlin ri alto.

Ofereço minha cadeira para vovó e vou buscar outra. Quando volto, Alex me faz sinal para pegar outra cadeira, e creio que entendo o motivo: a vovó pode começar com suas piadas se nos ver desta forma.

Algo me diz que esta senhora também vai gostar de mim.

Alex coloca a cadeira na frente dela e me sento ao seu lado. Depois de meia hora meu abdômen dói de tantas risadas, essa senhora é uma comédia ambulante, essa família é única. Se minha família fosse assim, eu a visitaria todo final de semana. Depois de um tempo, Frank se aproxima da vovó Carlin e a abraça calorosamente.

— Frank, você me fez sufocar com essa sua abundante cabeleira — faz sons de cuspir alguma coisa.

Não consigo mais rir. Vou sair dolorido deste lugar.

— Você vai me pagar, mãe. Alex e você vão me pagar — ele aponta o dedo indicador repetidamente na frente do rosto de Alex e da vovó. Alex ri alto, essas pessoas são incríveis.

Já é noite e engasguei umas três vezes por me sentar para comer ao lado vovó Carlin. Não cometerei o mesmo erro novamente, minhas bochechas doem de tanto rir. Todo mundo já tomou rumo das suas respectivas casas. Caminho com as mãos dadas à Alex dentro da casa, quando o pai dela me sinaliza para esperar com a mão, parece interessante.

— Alex, eu alcanço você, sim? — Ela concorda com a cabeça, sei que viu a expressão que seu pai fez para mim e um interrogatório me espera depois. Ela sobe as escadas e eu vou ao Sr. Carlin. Ele sorri.

— Amanhã vamos ao vinhedo com o Frank e o Samuel, o que você acha? — Eu aceno com a cabeça. — Mas eu quero que você e eu partamos mais cedo, quero te conhecer melhor. Não pense que, por já ser casado com ela, eu não vou fazer você passar pelas típicas perguntas desconfortáveis.

Isso me faz rir, ainda que tenha me deixado apavorado. Eu nunca tive que viver a experiência de sogro, mas acho que posso com isso.

— Além disso, eu quero que falemos sobre algumas outras coisas. — Ele me dá um leve sorriso, eu sei o que ele quer dizer e também preciso falar sobre essas coisas com ele.

— Claro, eu vou estar pronto amanhã cedo, Sr. Carlin, não se preocupe. — Nos despedimos e vou para o quintal, olhando ao redor esperando que ninguém me veja ou escute. Ligo para a agência onde compro coisas exclusivas on-line e rezo para que eles tenham o abençoado taco Titleist que Sr. Carlin não foi capaz de obter.

— É isso mesmo, Sr. Anderson, temos o taco de golfe que você quer disponível. — A voz do agente é ouvida do outro lado.

— Eu preciso disso amanhã de manhã, não posso esperar mais. — Ouço a digitação do computador do agente do outro lado da linha.

— Estará na porta de sua casa às sete horas, sabe que somos bastante pontuais. — Eu sei, é por isso que eu compro com eles.

— Muito obrigado. — Eu já caguei dizendo essa frase em todos os lugares. — Mas quero enviá-lo para um endereço em Miami.

— Não há problema, Sr. Anderson, vamos fazer algumas perguntas de verificação antes de fazer seu pedido, você sabe que a segurança é muito importante para nós quando se trata de uma personalidade como você.

Começo a caminhar em direção ao interior da casa enquanto respondo às perguntas de verificação. Assim que o processo termina, dito o endereço enquanto subo as escadas. O agente se despede de mim e eu vou para o quarto de Alex.

— Oliver vai matar você, ouviu bem, vai matar você. — Alex levanta a voz e estou extremamente curioso para saber com quem ela está falando, ela entra no quarto sem bater e lá está ela no telefone.

— Quem vou matar? — Eu olho para ela desconcertado, não ouço o que estão dizendo do outro lado.

— Sim — responde, eu pego o celular dela e coloco no meu ouvido. Se for o Raymond, eu juro que mato ele.

— Alô? — eu digo imediatamente.

— Oliverrr, eszztoy en lasss Vegazzss — David?

— Que porra você está fazendo em Las Vegas, David?

— Puezzs eu mereço umasss féeeriassz.

Ele deixou minha empresa sozinha? Vai me dar um ataque cardíaco. Coloco a mão na testa e me sento na beira da cama, juro que mato David.

— Amanhã mesmo eu te quero na empresa, se algo der errado eu juro...

— Ponha no viva vozz — ele me interrompe, eu mal o entendo.

— Não, eu não vou te colocar no viva-voz — disparo. Meu Deus! A minha empresa. Eu não quero imaginar tudo o que deve estar acontecendo agora.

— Necceszzito falaar com Alexxz também.

— Alex não vai falar com você, nem vou mudar de ideia se eu decidir te demitir. — O próprio maldito só ri e depois de várias broncas eu não tenho escolha senão colocar David no viva-voz. Fico frustrado e ele, bêbado, não me escuta, possivelmente não vai lembrar de nada amanhã.

— Beeem, vamozz dizeerr — o ouço rindo alto com uma garota. Eu o ouço mencionar o nome de Natalie no fundo. Natalie? O que você faz com Natalie em Las Vegas? Não pode ser o que eu penso.

— Beeemmm, aoo mesmo tempoo, no treeess.

Alex ri e eu, por mais que eu queira me conter, quase não consigo. David bêbado é um desastre completo, eu até estou esquecendo como estou irritado.

— Bem, ummm, doixxzzz, t...

— A genteeee...

— Nata... Nós dissemosss que seria no três. — Agora eu não posso deixar de rir.

Oliver, se controle, você está chateado.

— Outra vez... Um, espere que eu diga tresss agora. Trezzz. NOSSS CASAAAMOS! — Oh, por Deus! Isso não pode ser verdade...

Pensando bem, espero que seja verdade. Isso significa que eu posso tirar sarro dele muito em breve.

Capítulo 46

Nesse exato momento, começam a soar uns chocalhos do outro lado da linha, e alguns assobios. Eu olho para Alex e ela me olha perplexa. Estou rindo e não me aguento! Quero gravar isso para tirar sarro da cara do David pelo resto da vida dele!

— Vocês dois acabaram de se conhecer — diz Alex, depois de alguns minutos de agitação da outra linha e risos de nós.

— E vocêxx tambéeem e jáa se casaraam.

— Isso foi diferente — eu interrompo David, mostrando-me sério, para saber que deixar a minha empresa sozinha não está certo.

— Alexxx, você pode acreditar? Acredite... — Agora Natalie pega o celular e murmura. — Não fizemozzz sexooo antes do casamentooo.

Mas ele está no alto-falante, então mesmo que tenha sussurrado, eu escuto e reprimo a risada porque é suposto que apenas Alex deveria saber.

— Uau, sua mãe vai adorar ouvir isso, Natalie — ela responde, com uma emoção fingida. É claro, toda mãe adoraria saber que sua filha se casou em Las Vegas e estava bêbada.

— Oliverrr — agora o David —, agoraa que acaboo deee meee cazzsar teem que me daar alguns diaz livressx.

— Uma merda é que eu vou te dar! Você volta amanhã antes...

Alex me interrompe com uma gargalhada estrondosa. Eu a olho, intimidante, seu riso não ajuda muito minha seriedade.

— Alex, maldição, você não me ajuda — sussurro, tento conter meu riso, mas eu não posso, e termino gargalhando junto com ela e os dois bêbados do outro lado.

Alex pigarreia e, com a maior seriedade possível, pega o celular.

— David, você volta amanhã e ponto — ela diz, num tom de chateação, mas seus olhos brilham com as risadas que ela está tentando esconder.

— Beemm, a culpa é sua, você não teve lua de mel, agora temos um matrimônio para consumaaaar.

— Outra vvezz.

Não quero imaginar a vida de casado destes dois. A última coisa que ouço é o celular caindo no chão e a ligação é cortada. O celular da Alex está cheio de notificações de Natalie em suas redes sociais e ela começa a vê-las, são fotos do suposto casamento. Meus olhos vão diretamente ao traje de listras amarelas que David está usando e eu rio às gargalhadas. Não acredito nisso, eu tenho que baixar essas fotos e passá-las para meu telefone. Eu me divirto, como me divirto. A menina com um vestido de látex vermelho, botas e véu brancos, mas pelo menos parece melhor do que David, que parece um prisioneiro que acaba de escapar da prisão e de fumar maconha.

Oh, Deus! Não é tudo! Há uma capela, o padre, homens em vestidos de tule rosa. O que eles deveriam ser? Ah! As damas de honra, diz a legenda da foto, isso é incrível.

— Eu juro que vou tirar sarro do David para o resto de sua vida — eu digo, balbuciando. Sim, eu vou.

Depois de vários minutos tentando aplacar o riso, Alex tem que desligar o telefone, porque ver isso de novo e de novo não ajuda muito. Eu não posso imaginar o David casado, vai ser muito divertido.

— Talvez devêssemos nos casar dessa maneira, Oliver — diz Alex, e eu a observo. Nunca e nunca.

— Você é louca, quero me casar em um casamento normal, sóbrio, para que nos lembremos no dia seguinte.

— Oliver, não é você quem odeia as coisas românticas? — É verdade.

— Eu sei, a culpa é sua. — Acaricio sua bochecha e me lembro do presente que trouxe para ela. —Eu tenho algo para você — eu digo, me levantando da cama. Eu alcanço minha mala e pego a caixa com o arco.

— O que é? — ela diz, balbuciando. Seus olhos brilham com emoção.

— Uma surpresa — eu digo. Lhe entrego a caixa e ela quase a arranca das minhas mãos, começa a abri-la tão desesperadamente que até embola mais o embrulho. Que mulher mais impaciente! Algo me diz que ela gosta de presentes. Eu me sento ao lado dela e a ajudo a desatar o laço com delicadeza. Abre a caixa e olhe para o colar de ouro branco com o pingente de pérola que ela viu na Califórnia. Ela abre os olhos arregalados, eu sei que não esperava.

— Oliver, eu te disse...

— Não — interrompo —, você me disse que não queria um iate ou um helicóptero. Você não falou nada disso.

Ela não diz nada, apenas me observa. Eu sei que ela está animada e eu adoro vê-la assim.

— Sério, obrigada! — Ela me abraça calorosamente, eu gosto desses abraços dela, eu coloco meus braços em volta dela e sorrio. Ela se separa de mim e por alguns segundos vemos os olhos um do outro, aqueles olhos tão enigmáticos dignos dela que me enlouquecem. Levo o rosto dela com as duas mãos e junto os meus lábios com os dela. Eu pego o colar e me sento atrás dela para colocá-lo em seu pescoço, ela escova o cabelo loiro para trás e suavemente eu envolvo o colar em sua nuca. Eu posso sentir o aroma que seu cabelo separa e eu amo isso.

Ela se vira para mim e olha para a pérola no colar.

— Eu amo como você está — eu digo, e sorrio.

— De verdade, obrigada. Vamos sair? Eu quero ir a um lugar que eu não visito há muito tempo — ela diz e sorri.

— Sim, mas eu tenho que me trocar, não vou andar por aí coberto com gotas de vinho. — Tiro minha camisa e a pego me observando com malícia da cabeça aos pés.

— Gosta do que vê? — Eu sorrio maliciosamente, imediatamente suas bochechas coram e ela começa a rir.

Eu imediatamente noto como suas bochechas se colorem e rio em voz alta. Me aproximo dela, tomando seu rosto com ambas as mãos, e junto meus lábios com os dela; um terno beijo no início que a cada segundo que passa se torna mais apaixonado. Me livro do casaco preto que ainda visto, uma blusa vermelha de tiras que veste me dá uma vista espetacular de seios voluptuosos, quero acariciá-los. Eu tomo sua cintura sob a blusa e começo acariciando suavemente com as pontas dos dedos, ela estremece com cada toque e eu também.

— Tenho que admitir que tenho muito a agradecer ao meu pai. — Paro um pouco com a testa na dela. — Se não fosse por ele eu não estaria aqui com você.

Ela sorri. Um dia eu vou agradecer, porque aquele velho mandão e hostil me fez descobrir essa joia. Meus olhos se enchem d'água e fecham imediatamente, chorar em uma cena como essa também já é demais. Melhor o beijo. Eu tomo seu rosto com as duas mãos e encontro seus lábios com os meus, nossas línguas se encontram e ela leva as mãos ao meu peito, e desce pelo meu abdômen lentamente, nossos lábios continuam unidos e minha respiração está acelerando, minhas mãos delineiam aquele corpo delicioso e de repente eu sinto suas mãos na minha bunda.

Eu estremeço e engulo a saliva.

— Alex — eu murmuro, acho que tenho que me acostumar com esses apertos de nádegas de vez em quando.

— Desculpe, não me aguentei. — Limpa a garganta, eu não vou rir porque eu deveria repreendê-la por isto. — Te dou vinte minutos, e para mim vinte minutos são vinte minutos.

Chegamos à caminhonete no estacionamento e observo Alex andar a passos rápidos com a chave em suas mãos. Faço uma careta e a vejo abrir a porta do passageiro para mim.

— O que você está fazendo, Alex? — eu pergunto, ela olha nos meus olhos e sorri.

— O quê? Você também merece que abram a porta do carro para você entrar. Hoje eu dirijo e você aproveita a viagem — pisca um olho e a observo com os olhos semicerrados.

Eu já disse isso muitas vezes, nunca vou encontrar outra mulher como ela.

— Me sinto uma dama — brinco enquanto subo. Ela ri e imediatamente rodeia o carro para entrar do lado do motorista.

Alguns poucos metros depois, uma vez que começa a conduzir, desvia da estrada e chegamos a um ponto que apenas os faróis do carro iluminam do lado de fora. Um silêncio tão extremo que só se ouve o barulho do vento assobiando entre as árvores frondosas. Eu olho para fora e franzo a testa. Quem é tão louco para colocar um lugar nesses lados?

— Você vai me sequestrar e depois abusar de mim, certo? — Eu sorrio um sorriso travesso, ela dá gargalhadas sem tirar o olhar da frente.

— Como você sabia? — finge assombro e observo um sorriso em seu rosto.

Depois de alguns minutos estamos em um lugar bastante populoso. Olho para fora, é um lugar agradável. Chegamos ao evento e eu olho para aquele lugar com a testa franzida. É um prédio antigo e a música "We will rock you" está tocando. Eu pego a maçaneta da porta.

— NÃO! — Isso me faz estremecer, viro meu olhar para ela com perplexidade. Ela sai do caminhonete com pressa, apenas a vejo dar a volta no carro, e é claro, ela quer abrir a porta para mim.

Que pena, felizmente não há ninguém nos vendo.

— O que é isso, Alex? — eu pergunto, referindo-me ao lugar.

— Um lugar que eu costumava frequentar antes de me mudar para Nova York. — Eu não quero entrar, mas ela me leva para dentro. — Eles fazem combates de luta-livre para levantar fundos para uma associação que ajuda os sem-teto.

— Sério? — Ela concorda. — Eles usam violência para coletar fundos?

— Não é violência — diz ela, quando ouço um som estrondoso do ringue e viro meu olhar naquela direção. Um cara está batendo em outro cara.

— Não é? — ironizo e levanto uma sobrancelha quando seus olhos se concentram nos meus.

— Oliver, é apenas atuação — diz com um sorriso enquanto pega a minha mão para ir a algum lugar. — As lutas são ensaiadas para parecerem de verdade, comumente são atores com experiência em artes marciais.

Eu faço uma careta, espero que seja apenas atuação mesmo. Como Alex gosta dessas coisas?

— É a coisa mais louca que eu já ouvi, mas, sendo assim, por que você não me disse antes? Poderíamos ter pago o dobro pelos nossos ingressos.

— Sério? — ela diz e concordo. Chegamos a uma mesa onde há bebidas coloridas, ela toma uma bebida e me dá uma que eu bebo com a testa franzida.

— Vamos — ela diz, empurrando em direção à minha boca. — O que está esperando? — Eu olho para ela, hesitante ao seu pedido.

— É a única que me faz beber, porque tenho que dirigir. — Mais gritos no ringue e eu não posso deixar de pensar que isso não é apenas atuação.

— Sim, Oliver, é atuação — ela diz, como se estivesse lendo minha mente. Pega minha mão para procurar um lugar na frente do ringue. — É divertido. Você não quer tentar? — Espero que esteja brincando.

E assim todo tipo de pessoa vai para ringue. Estou começando a me interessar por lutas e não posso deixar de notar que muitas pessoas conhecem Alex apesar dos anos.

— Aparentemente você costumava ser popular — eu falo. Ela tira o olhar do ringue para se virar para mim.

— Sempre me dei bem com todo mundo, não gosto de me estressar e criar inimigos. — Ponto interessante, isso me faz rir.

— Alex! — Eu ouço uma voz perto o suficiente de nós, eu olho novamente naquela direção e imediatamente Alex se levanta e vai em direção ao sujeito.

— Matthew? — Ela diz, fico tenso. — Matt, este é meu...

— Marido — digo imediatamente, levanto-me e fico ao lado de Alex, coloco meu braço em volta de sua cintura e a apego ao meu corpo.

— Eu não fazia ideia de que você era casada — ele diz com um sorriso. Sim, está claro. Ele estende a mão e eu aperto. — É um prazer, eu sou Matthew. Eu vejo você depois, é a minha vez — ele diz e se retira, meus olhos se encontram com Alex, que está me observando com a testa levemente franzida e uma sobrancelha levantada.

— Que foi? — eu pergunto. — Eu pensei que era alguém apaixonado por você. — Eu pego sua mão e, sem esperar por sua resposta, volto para meu lugar.

Em cada combate, ela explica como cada participante tenta ensaiar essas lutas. Ela me oferece cinco cervejas e bebe as cinco. Ela caminha em direção à caminhonete enquanto eu pago duas vezes por nossos ingressos. Quando chego a ela eu a vejo de olhos fechados e inclinada com os quadris na frente do carro. Eu lhe dou um beijo na testa e ela estremece.

— Podemos ficar aqui por um tempo? — ela pergunta e, sem esperar pela minha resposta, sobe no capô do carro, é engraçado.

— Então você gostava de praticar essas coisas? — Eu pergunto, colocando-me entre as pernas dela. Eu a ajudo com o cabelo louro desgrenhado.

— Não exatamente isso, eu gosto de lutas reais. Você já foi a alguma?
— Eu faço uma careta e olho para seus olhos brilhantes.

— Não — eu digo imediatamente —, não é algo que realmente me chame a atenção, embora eu admita que não fiquei entediado com o que vi lá.

— Você já notou? — Ela fala, sorri e me olha nos olhos. — Você e eu somos tão diferentes — toca meu cabelo e concordo com a cabeça.

— Mas isso é o que me encanta em você — eu digo, perto de seus lábios —, que você é diferente e me faz ver as coisas do seu ponto de vista louco. — Ela sorri, tem um sorriso bonito e apesar de seu hálito de cerveja eu morro pelo beijo dela; tremo quando ela pega as mangas da minha jaqueta e me sacode.

— Oliver, faça um pedido. — Ela está olhando para cima e estou curioso para ver olhar na mesma direção. Eu assisto ao flash que está perdido no horizonte.

— Por que fazer um desejo, Alex? Se eu já tenho tudo o que quero — volto a olhar para os olhos dela e com as mãos na cintura a levo para perto do meu corpo. — Tenho um bom emprego, casa, carro e uma linda esposa que não mudaria por nada. — Ela não diz nada, apenas me observa. Eu não sei o que aconteceu comigo para dizer estas palavras.

— Você disse que não era piegas? — Eu não posso deixar de rir, mas de vergonha. É melhor eu beijá-la.

— Aparentemente, isso é contagioso — digo, muito perto de sua boca. Imediatamente dou um beijo nela, e levo minhas mãos sob sua camisa, sua pele quente em minhas mãos é a melhor coisa do mundo.

— Vamos? — Ela pergunta. Vamos, quero ir.

Nós entramos no carro e fazemos todo o caminho de mãos dadas, eu apenas solto para trocar a marcha. Eu a assisto de novo e de novo, toda vez que ela olha para mim fazendo isso, ela me dá um sorriso.

Eu a amo.

Chegamos ao quarto. Depois que fecho a porta atrás de mim, nossos lábios se juntam novamente. Agora eu me livro da blusa e assim por diante de cada uma de suas roupas e das minhas. Não há sentimento melhor no mundo do que torná-la minha.

— Eu te amo — eu sussurro, ainda dentro de seu corpo. Nossas respirações estão agitadas, eu gentilmente beijo seu nariz, o que a faz sorrir.

— E eu te amo, Oliver — ela diz, e eu amo essas palavras. Ela com sua mão delicada acaricia minha bochecha.

Capítulo 47

Um movimento repentino me faz sair do sono profundo que eu estava. Eu abro meus olhos e a luz do sol atravessa as cortinas e atinge meus olhos. Eu olho em volta e levo alguns segundos para lembrar que eu estou na casa da família da Alex e que o presente do Sr. Carlin deve chegar hoje.

— Que horas são? — Alex olha para o relógio e depois olha para mim.

— Oito horas. — Eu me levanto da cama como uma mola, o presente não será mais uma surpresa se o Sr. Alexander o vir.

— O que aconteceu? — Alex diz, andando atrás de mim quando eu começo a escovar meus dentes.

— O presente do seu...

— Quê? — eu aperto a pasta de dente e encontro o olhar da Alex no espelho da pia.

— Nosso presente para seu pai já deve estar aqui — continuo a escovar meus dentes.

— Como assim, o nosso presente? — ela caminha em minha direção e fica de frente para um dos meus lados. — O que você comprou?

Eu termino de escovar meus dentes para responder sua pergunta.

— O que seu pai ama além do vinho? — eu pergunto, limpando as mãos em uma toalha.

— As vacas? — Ela ri. — Sinto muito — ela balbucia, até suas risadas me fazem rir. Eu levo o meu olhar para as pernas nuas e calcinha de Bob Esponja, nestes casos eu não sei se rio ou me excito.

Mas é isso, foda-se! Até o Bob Esponja parece sexy nela.

— Não é uma vaca — eu digo, lembrando que o presente está lá embaixo e é provável que todo mundo já tenha visto.

Naquele exato momento ela começa a colocar um short e eu saio pela porta em um ritmo rápido para chegar à sala o mais rápido possível. A Sra. Alicia e Stefanie estão lá embaixo, ambas segurando uma xícara de café nas mãos.

— Chegou algo para você, Oliver — dizem imediatamente. Suspiro de alívio ao ver que a caixa vem embalada e não há nada que diz o que é.

— Uau, eles são mais do que pontuais. Muito obrigado — eu digo, pegando a caixa. — Alexander não viu, certo? — Eu olho para as duas e negam com a cabeça. Alex para ao meu lado e observa intrigada o que tenho em minhas mãos.

— Saiu cedo hoje, para terminar o seu trabalho na hora do jantar — diz a Sra. Alicia, tomando sua xícara de café que tinha sido deixada em cima da mesa.

— Ótimo — eu sorrio agradavelmente e me retiro para o quarto.

Alex e sua mãe estão conversando, mas não consigo reconhecer o que dizem até aqui.

Chego ao quarto e ponho o pacote na cama, Alex entra imediatamente, hiperventilando e procurando a caixa com o mesmo brilho nos olhos dela quando eu lhe dei o colar.

— Não! — eu exclamo, eu sei que ela quer abri-lo e ela olha para mim perplexa.

— Então me diga o que é, porque senão eu juro que essa caixa não chega intacta até o jantar — sorrio. Não, para mim é não, nem se me mostrar essa calcinha do Bob Esponja de novo.

— Vou escondê-lo. — Eu começo a ler os documentos que vieram ao lado da caixa.

— Oliver...

— Pense, Alex. Se pelo menos você chegar perto, vou lhe dizer o que é. — Continuo a olhar para os papéis.

Alex se senta na beirada da cama e pensa. Seus belos olhos se movem por toda parte, que graça. Pegue a caixa e a agita.

— Merda! — ela exclama, e eu a encaro, divertida.

— Vamos! — encorajo-a, mas sei que ela não consegue pensar em nada. Eu não posso acreditar, Alexandra. Eu só ouvi uma vez.

— Tem a ver com vinhos? — ela pergunta.

— Não.

— Com mamãe?

— Não.
— A cabeça do outro homem que faz vinhos por aqui?
— Quê?
— O cadáver do cachorro de padaria que mordeu o tornozelo dele há alguns anos?
— Não... — Eu não posso com Alex e sua mente, é sério, eu não conheci ninguém com melhor imaginação.
— Uma varinha mágica? — Por Deus, eu coloco minhas mãos na minha cintura.

Alex está roendo as unhas, parece tão engraçado, e quando menos espero. Em um movimento ágil ela pega os papéis das minhas mãos. Eu a agarro pela cintura, derrubando-a na cama. Prendo-a entre minhas pernas e seguro seus pulsos. Ela imediatamente muda sua expressão para uma de dor e eu me levanto rapidamente. Espero que não a tenha machucado.

— Desculpe, meu amor, você está bem? — Ela pula e corre para o banheiro com papéis nas mãos, fecha a porta antes que eu a alcance. Esqueço o quanto essa mulher é inteligente.

— Droga! — exclamo. — Eu juro que da próxima vez não vou cair nessa, Alex Carlin!

Às vezes me sinto bobo ao lado de Alex.

Eu não ouço nada do outro lado, e eu não acho que possa decifrar o que significa "1 PD GLF Titl". Sorrio vitorioso, cruzo os braços e olho para a porta do banheiro, esperando que ela saia com todo o desconcerto possível. Seu celular toca e eu vejo que está sobre a mesa de cabeceira. Naquele exato momento ela sai do banheiro com seu olhar derrotado e eu sorrio mais abertamente.

Ela me dá os papéis e eu os pego, indo pegar o celular. Ela atende a ligação, aparentemente é a Natalie e isso me faz lembrar do David, disse-lhe que tinha de estar hoje cedo na empresa, eu tenho que ligar.

Eu saio do quarto, eu ligo para o seu número três vezes, o maldito não responde, estou ficando desesperado, mas se ele não tiver chegado eu juro que vou bater nele. Eu volto para o quarto, tenho que tomar um banho, o Sr. Carlin não demora muito para vir.

— Oliver, é um taco de golfe? — Alex pergunta. Ela abriu? Se fez isso, ficaria chateado.

— Diga-me que você não abriu.

— Não. — Que alívio. — Quanto custou?

— Pouco.
— Quanto é pouco para você?
Que mulher questionadora. Eu começo a me despir.
— A curiosidade matou o gato — sorrio. — Tomarei um banho, seu pai vai me mostrar o vinhedo, vamos?
— Não, obrigada. Divirta-se.
Eu realmente esperava essa resposta, tenho muito o que conversar com o pai dela e muitas coisas para entender, e ela não pode estar presente.

 A água percorre o meu corpo, sinto uma incrível paz de espírito, mas depois lembro-me que David está fora e ninguém é responsável pela minha empresa e meu sangue ferve. Saio do chuveiro e retorno para discar o número dele. Nada. Ah! Eu respiro fundo. É melhor eu relaxar, voltar para o chuveiro, e deixar a água fazer seu trabalho. Ouço meu celular tocar. Eu saio do chuveiro e antes de chegar à porta, escorrego e caio no chão. Filho dos setenta mil pares dos quinhentos e oitenta mil setecentos e setenta e nove mil pares da grande prostituta! Agora eu vou ter uma enorme contusão nas minhas nádegas, eu fico chateado e pego meu celular, eu sabia que era David, atendo.

— Eu espero que você esteja me ligando porque já está na empresa. — Eu levanto a minha voz, penso no David e o tombo que acabei de levar não me deixa de bom humor.

— Já estou aqui e não dormi nada. Então, se você falar assim comigo, eu estou indo à merda.

— Veja que filho da puta! — Ele ri alto, me deixando ainda mais irritado. — EU VOU CHEGAR AÍ E JOGAR VOCÊ DA JANELA DO ESCRITÓRIO.

— Oliver, acabo de me casar, é óbvio que eu vou abrir a porra janela do meu escritório sozinho e me jogar. — Eu tento não rir, mas me lembro de suas damas de honra, toda minha raiva se desvanece e libero uma explosão de riso.

— E você deixou suas damas de honra em Las Vegas? — ironizo, não quero imaginar seu rosto neste momento.

— SE VOCÊ ESTÁ ME ZOANDO, EU JURO... — ele ri, o que me faz rir. — Aqueles caras estavam tão loucos.

— E você estava sexy com seu terno listrado — eu rio, é difícil falar.

— Nunca vou superar isso.

— Pior que nem me lembro bem como foi minha noite de núpcias. Mas eu acho que foi boa, porque estou dolorido.

— Pelo menos eu te ouço feliz.
— Você sabe como é, ria pra não chorar, como dizem lá fora — começa a choramingar de brincadeira.
— E me diga agora... Como se sente ao ser domado? — Eu carrego minha mão até a cintura, esperando para ouvir sua resposta épica.
— Eu, domado? — Eu suspiro. — Eu sou um macho de peito peludo... Desculpa, eu recebi uma mensagem dela, e se eu não responder, é ela que virá para me jogar da janela.
— Macho de peito peludo, você disse? — digo com zombaria.
— Calado! — desliga a ligação e começo a rir sozinho. Volto ao banheiro e termino o que estava fazendo. Me apronto e vejo que o lugar está uma bagunça que não suporto, então começo a colocar cada coisa em seu lugar. Quando fica habitável, saio do quarto. O Sr. Carlin já deve estar me esperando.

Eu fecho a porta atrás de mim e vejo Alex sentada no degrau da escada, com os cotovelos nos joelhos e os dedos afundados em seus cabelos. Eu me aproximo rapidamente.

— Alex, está bem? — Ela vira o rosto e olha para mim com um sorriso.
— Estou, é só que... — Eu me sento ao lado dela.
— É seu pai? Ele disse algo para você? — Nega com a cabeça.
— Ele está na cozinha esperando por você — ela fala como se estivesse tentando mudar de assunto. Eu não pergunto mais, se ela quer me dizer, o fará.
— Tem certeza de que não quer vir? — pergunto, ela balança a cabeça novamente em negação.
— Melhor ficar para ajudar por aqui. — Sorrindo, pressiono meus lábios contra os dela.
— Qualquer coisa, você me liga, ok? — Assente com um sorriso no rosto. Eu começo a descer as escadas e quando chego à cozinha lá está o Sr. Alexander.

Capítulo 48

— Bom dia! — eu exclamo. Stefanie está ao lado do Sr. Alexander, ambos se voltam para mim e me cumprimentam da mesma maneira.

— Feliz aniversário, Alexander — eu digo efusivo. Sorri um sorriso assustadoramente como o de Alex, só que seus lábios já perderam a cor e no canto deles já se começa a perceber as pequenas rugas.

— Muito obrigado, Oliver. — Ele aperta a minha mão. — Vamos?

Eu aceno com a cabeça, nos despedimos de Stefanie e vamos em um jipe de sua propriedade. A verdade é que estou encantado com este lugar, eu não paro de ver tudo ao meu redor, ainda mais quando chegamos no vinhedo, eu nunca tinha estado tão perto de algo assim.

Talvez eu deva ter um vinhedo e deixar a revista.

— Eu realmente gosto deste lugar, Sr. Carlin. Você já pensou em vender? — Ele olha para mim e sorri largo.

Nós descemos do jipe e começamos a caminhar em direção às plantações. É muito grande e eles têm trabalhadores suficientes. O Sr. Carlin e eu vamos nos entender.

— Eu já recebi várias ofertas, mas não quero fazer isso, é algo que me custou e aos meus irmãos e nós não queremos deixar assim. Acho que você me entende melhor do que ninguém. — Eu aceno com a cabeça, e é hora de falar sobre a coisa mais importante.

— É verdade que Raymond pediu para trabalhar aqui com você? — Ele se vira para me ver confuso.

— Você conhece o Raymond? — Sr. Carlin começa a cumprimentar todos os trabalhadores e eles sorriem para ele. Eu não me veria cumprimentando meus trabalhadores dessa maneira.

— Sim, ele é casado com uma das minhas primas. — Eu cruzo meus braços e ele começa a me apresentar a eles, todos sorridentes se aproximam de mim e também apertam minha mão humildemente.

— Ah, nesse caso, vou considerar uma posição melhor para ele. — Acho que não está entendendo, sogro.

— Não, na verdade, tivemos um forte atrito da última vez que vi — começo a falar. — Acho que ele gosta da Alex mais do que eu gostaria e o demiti. — Ele leva as mãos à cintura e ri.

— Então eu acho que ele não vai entrar aqui. — Eu sorrio. Eu disse que ele e eu nos entenderíamos! — Raymond desde a infância mostrou um grande interesse em Alex — continua, e todo o meu interior se agita agora, eu odeio isso. — Sempre foi o tipo de mulher que enlouquece os homens.

Começa a andar e depois há mais trabalhadores, todos sorrindo ao vê-lo, e cumprimentá-los igualmente. Esta faceta do chefe me agrada, talvez eu devesse ser assim.

— É por isso que a matriculei no que ela chama de "escola militar", mas foi realmente um acampamento de autodefesa — ele continua. — Eu conheço a intenção de muitos homens e vendo que Alex cresceu com um grande atrativo físico, pensei que era a melhor opção. E funcionou! — Ele ri. — Ela chutou o saco de cada moleque que a incomodou.

— Isso foi algo que eu queria perguntar. Como essa mulher sabe usar armas? — Ele ri um pouco, sem tirar os olhos da frente.

— Ela também dá seus bons socos e chutes, diga a ela para te ensinar — ele diz ironicamente.

— Eu realmente não quero que ela me ensine — digo, com extrema seriedade. — Por que é que não tem um bom relacionamento com Alex? — Ele olha para mim e vira os olhos para a frente. Talvez eu não devesse perguntar; mas se eu não fizer agora, quando?

— Eu nunca fui um ótimo pai, acho que fui um pouco rude, mas… que posso te dizer? Eu sei que não é uma desculpa, mas não sabia como educar uma menina. Eu tenho apenas irmãos, meus irmãos só têm filhos homens e pensei que eu estava fazendo a melhor coisa. — Faz uma pausa. — Sejamos honestos, nesta sociedade as mulheres sofrem mais, eu queria fazer dela uma mulher forte.

— E eu diria muito forte — eu brinco. Ele ri, mas eu estou falando sério.

— Cuide dela, porque se aquela mulher sair da sua vida, ela não voltará. — Vou tatuar essas palavras em minha mente.

— Eu sei, por isso a trato com todo cuidado também. — Ele sorri, um sorriso tranquilo e caloroso que parece estar pensando em algo. No entanto, não diz uma palavra.

— Stefanie é muito diferente... — adiciona depois de vários segundos. — Queria que tivesse a personalidade de Alex, mas eu cometi um erro, e cresceu de forma mais pacífica porque quase morreu no hospital ao nascer. Cuidamos tanto dela que nos esquecemos até de Alex, passava mais tempo com os meus pais e não sabia que iria crescer com aversão a mim.

— Desculpe-me, Sr. Carlin, mas por que você não tentou corrigir esse erro muito antes? — Ele simplesmente olha para mim enquanto continuamos andando. Ele vira os olhos para a frente e faz uma expressão que significa que ele está pensando.

— Porque levei muito tempo para pensar nisso, Oliver. Porque o tempo todo eu mantive em minha cabeça que o que ela fez foi por rebelião. Além disso, eu sabia que não ia escutar. Agora estou doente e não quero contar a ela, não aceito que faça as pazes comigo só por isso.

Eu gostaria de perguntar o que quer dizer com o doente, mas é melhor não perguntar sobre isso agora. Eu suponho que deve ser do coração, a Sra. Alicia me disse que ele sofreu um ataque cardíaco recentemente.

— Depois de alguns dias — continua —, me dei conta que tinha casado e já não vi sentido em continuar indo atrás dela. Sabia que ela pensaria que eu a estava procurando porque se casou com você, mas eu juro que não. — Ele para e me observa.

— Eu acho que você deveria se explicar. — Eu paro de qualquer maneira e olho para os olhos dele, eu tenho que saber se ele não mente.

— Eu vou fazer isso, mas ela é tão teimosa quanto o pai, eu não sei como vai terminar essa conversa. — Ele sorri tristemente. Eu não sei, mas não acho que isso seja atuação. Continuo andando e logo vemos Frank. — Lá está a careca brilhante de Franklin — diz ele, não posso deixar de rir.

Começamos a caminhar em direção a ele e, ao chegar, Samuel começa com suas piadas com a careca do Frank. É impossível não rir, mas com o olhar macabro de Frank quando ele já está cansado, tento conter o riso. Eu prefiro ir para as cervejas.

— Me dê as chaves, Alexander — fala Frank.

— Vá andando, você precisa bronzear a sua careca. — Não consigo com essa família.

— Você sabe, é melhor eu ir para as cervejas — eu digo, eu não suporto meu abdômen e eu não quero ser o primeiro a ser atingido por Frank por causa do riso alto.

Eles acenam e o Sr. Carlin me dá as chaves, eu dirijo de volta e de longe eu vejo uma cena que me intriga: Alex discute com um cara vestido de médico, Stefanie está atrás dela. Eu dirijo mais rápido e na chegada vejo Alex dar um soco na cara, fazendo-o voltar alguns metros. Arregalo os olhos. Merda! Esse é a minha Alex!

Eu saio do jipe e o cara agarra o braço dela, ela solta e Stefanie se senta na grama e começa a chorar. O cara levanta o punho, filho da puta.

— Faça isso e eu juro que vou quebrar seu rosto. — Que vá bater na mãe dele.

Ambos me olham e Alex imediatamente vira seu olhar para Stefanie e aproxima-se dela. Começo a andar na direção do sujeito e ele retrocede, deve o doutorzinho da sua irmã.

— Para bater em mulheres você tem culhão — fico na frente dele de braços cruzados; não diz uma palavra. — Vai, tente o que planejou, mas agora comigo.

Eu posso ler em seu terno verde "Dr. Evan Cruz ", esse idiota vai pagar por isso.

— Certamente vou arruinar sua pequena carreira como médico, entendeu? — Naquele exato momento, Stefanie se deixa cair na grama.

— Stefanie — diz Alex e começa a sacudi-la. — Oliver, chame uma ambulância, agora — me diz. Meus alarmes são ativados, juro que este idiota vai para pagar. Tenta novamente abordá-las e o pego pelo seu jaleco e o atiro contra uma árvore enquanto eu falo para trazerem uma ambulância urgente.

Capítulo 49

A ambulância está demorando e Alex está tão nervosa que temo que a qualquer momento ela também desmaie. Vou rapidamente procurar a mãe dela, deixando o doutor Cruz avisado de que, se ele se aproximar, esmago o pescoço dele.

A Sra. Carlin, ao ouvir que Stefanie desmaiou por causa do tal Evan, que levou um soco na boca, e que também tentou bater em Alex, pega uma faca na cozinha e sai a todo vapor. Tenho que correr atrás dela e retirar a bendita da faca de suas mãos, porque sendo a mãe de Alex eu sei como iria reagir. Mesmo que aquele idiota mereça, isso dá prisão.

A avó corre primeiro e a Sra. Alicia vai em seguida, tirando os saltos, e chega onde Alex e Stefanie estão. Evan tenta abordá-las ao vê-las preocupadas e, sendo médico, é o único que sabe o que fazer, mas ao ouvi-lo falar a vovó lança um dos sapatos de plataforma que a Sra. Alicia tinha nas mãos; pelo que se vê, ela sabe o que fazer e dá algumas indicações a Alex e a mãe dela, e empurra de volta o doutorzinho contra a árvore, puxando o bonito uniforme que não usará por muito um tempo.

Pego as chaves da caminhonete. A ambulância nunca chega e isso é sério, já faz muito tempo que ela não volte a si mesma. Alex rapidamente pega as chaves das minhas mãos e corre para o carro. O imbecil do Evan tenta se aproximar e com um empurrão eu o jogo novamente contra a árvore.

Pobre árvore, não merece ser usada contra este inseto.

— Disse que se você se aproximasse iria torcer seu pescoço — sussurro para o idiota que não diz uma palavra e eu juro por alguns momentos que ele parece preocupado. Claro, quem não estaria? Se ela morrer, será culpa dele.

Olho para Alex, que choca o carro contra uma lixeira, e em seguida sobe no jardim. Não, definitivamente, ela não tem condições de dirigir. Quando estaciona perto, pego Stefanie nos braços e a levo até o carro e uma vez dentro a Sra. Alicia e vovó, me aproximo de Alex, que olha para a frente desorientada.

— Alex, deixa que eu dirijo. — Ela assente sem uma palavra; a ajudo a sair do carro, seguro seu antebraço e vejo uma marca de dedo bem perto de seu cotovelo, que, por ser a sua pele muito branca, é bastante notável.

— Filho da puta, isso eu resolvo com ele. — Eu grito e, sim, o farei. Ajudo Alex a entrar do lado do carona.

Vou a uma velocidade muito rápida, mas acho que posso ir ainda mais rápido. Todos estão tão nervosos que nem percebem. O maldito do Evan volta em seu Audi preto, estúpido, esperemos que caia em um precipício.

Felizmente o hospital não é longe, vou à recepção e mostro minha identidade, Sou conhecido em muitos hospitais, porque fiz várias doações para o setor de saúde. Vários médicos saem para atender Stefanie e também Alex, pela contusão no braço.

Eu chego onde estão Sra. Alicia e a vovó. Lá está também o Frank se movendo de um lugar para outro, seus gestos são muito irritantes.

— Você viu? — ele pergunta quando me vê. Eu sacudo minha cabeça.

— Eu também estou procurando por aquele bastardo, ele ia bater na Alex só porque ela deu um soquinho na mandíbula dele. Que covarde! Então, eu espero vê-lo ansiosamente.

— Ah! — Frank olha para mim perplexo. — Quem era a próxima? Alicia? Então minha mãe?

— Ahhh! — Exclama Alicia. — É a minha vez de fazer o aborto de avestruz, vou tirar os ovos dele.

O quê? Evito rir porque a situação não é propícia, mas a vovó dá uma risada e não posso me conter e acabo rindo.

— Familiares de Stefanie Cruz? — diz uma voz atrás de mim, um cavalheiro de meia-idade em um casaco de médico. Alicia se levanta do pequeno banco onde ela estava com a avó e se aproxima dele, seguida por ela.

— Sim, sim, somos nós — ela diz imediatamente.

— Felizmente, a jovem mulher e o bebê estão bem. — O bebê? Como? E esse idiota se atreveu a bater em sua esposa grávida? Que filho da puta! — Mas ela vai precisar de descanso porque pode sofrer um aborto espontâneo.

— Não, não... — A mãe de Alex segura a mão no peito e outra na testa. — Eu vou matar aquele maldito. — O médico olha para ela com uma careta e se vira para mim.

— Sr. Anderson — o médico me dá uma receita —, sua esposa está bem, eu lhe darei uns comprimidos para a inflamação, está na enfermaria.

Pego a prescrição médica e olho para ela. Há apenas um remédio aqui, isso não deve ser tudo, eu juro que se piorar irei culpá-lo.

— Você tem que estar ciente do cronograma, porque essa jovem é boa em despistar e pular o remédio por horas — escuto sua mãe. Eu sorrio, comigo isso não vai acontecer. Para mim, se disse que são três horas, é porque são três horas.

— Você pode ver a senhora Cruz com o marido que está na sala de espera ao lado do quarto.

— Como? — Imediatamente, Frank vai até o bendito do quarto e eu vou para a enfermaria.

Chegando, ela está sentada em uma cama e conversando com um jovem com uniforme de enfermeiro, eles estão sorrindo enquanto ele enfaixa sua mão. Alguém vai sair com um hematoma do trabalho hoje. Eu entro e ele se vira para me ver.

— Família? — pergunta o tonto.

— Marido — eu respondo imediatamente.

Chego até Alex, pego seu queixo e beijo seus lábios enquanto o idiota termina o curativo. É desconfortável, mas vale a pena. Termina e, sorrindo, se retira. Ainda está sorrindo? Eu o vejo ir embora e Alex sorri, isso não é engraçado.

— O médico me deu uma série de comprimidos que você vai tomar por causa da inflamação. Sua mãe me disse que você é boa em evitar as horas de medicamentos, mas comigo você vai tomá-los!

Ela ri, mas sabe que é verdade. Naquele exato momento, Frank entra na sala e observa seu pulso.

— Alex, eu te disse, perna esquerda para a frente, para trás, volta do quadril e golpe no rosto. Você o teria deixado inconsciente! Soco na mandíbula é para meninas. O que te aconteceu? — Ainda assim ele ensina mais coisas? Aqueles golpes serão mais tarde usados contra mim.

— Ah, entendi. Então você é quem ensina essas coisas, Frank? — Eu cruzo meus braços e o olho.

— Claro. — Ele esboça um sorriso. — Eu me cuidaria se fosse você, garoto. — Ele cutuca meu ombro e olha para Alex, intrigado. — A propósito, já me encarreguei do Evan, ele também entrou na emergência, eu disse que ele tinha caído das escadas — diz ele, dobrando as mangas de sua camisa xadrez. — E vou te dizer uma coisa, Oliver. — Ele olha para mim. — Se você bater nessa garota, além do fato de que ela vai rasgar a sua masculinidade, eu vou ajudá-la, você entende?

— E vamos fazer sopa de você — acrescenta Alex, jogando combustível ao fogo, enquanto olha para o pulso e começa a movê-lo. Bem, eu não sou tão covarde a ponto de bater em uma mulher, mas isso soa tão macabro, milhares de cenários onde eles tomam minha masculinidade e me fazem de sopa passam pela minha cabeça.

— Eu sei — digo, rindo, porque eu não tenho outra opção.

Nesse momento, a Sra. Alicia entra e se aproxima de Alex.

— Alex, por nada no mundo você mencione isto para seu pai! Você sabe da condição dele.

Faz sentido, mas eu diria a ele, para saber o quão idiota esse cara é.

Saímos da enfermaria e Alex vai ver Stefanie. Depois de algumas horas eles a dispensam e voltamos para casa. Ela tem que ficar em repouso, então fica em seu quarto. Disseram ao Sr. Carlin que ela tinha caído e seu lábio estava machucado. Eu sei que Alexander é esperto e não vai acreditar nessa farsa, mas no momento ele finge que sim.

Todos os convidados começam a chegar e eu começo a conhecer o resto dos parentes de Alex, todos me cumprimentam efusivamente. Será que toda essa família é assim? Eu começo uma conversa com dois primos dela e eles começam a falar sobre seus empregos, parece interessante, eu começo a falar sobre o meu, omitindo várias coisas para que não pensem que eu sou arrogante. Viro meu olhar por alguns segundos à procura de Alex e imediatamente a encontro, ela está conversando com seu pai e tios e os três seguram o taco de golfe.

— Não é apenas um taco de golfe, é *o* taco de golfe — digo a Alexander.

— Como assim, o taco golfe? — ela pergunta, intrigada.

— É um Titleist, usado por Tiger Woods em uma de suas vitórias no Masters! — exclama o Sr. Carlin bastante animado, eu sorrio ao vê-lo dessa maneira.

— Feito de metal puro, latão e cobre — diz Frank —, é o deus dos tacos de golfe.

Eu continuo minha conversa com os primos de Alex e pouco depois o senhor Alexander interrompe, me dá a benção e me ponho de pé. me dá um abraço efusivo que eu imediatamente correspondo, já estou começando a me acostumar com abraços.

— Alex o conhece muito bem, não é?

E ele sorri, Alex não o conhece, mas tenho certeza que é por causa do relacionamento não tão bom que eles tiveram. Uma mentirinha branca pode fazer seu relacionamento funcionar. Ele volta para ela e a envolve em seus braços.

Capítulo 50

Ao menos estão se falando, daqui não consigo saber sobre o quê, mas já é um avanço. Nesse momento a vovó sai com uma enorme torta, seguida da Sra. Carlin, e começam a acender as velas. Todos começam a cantar "Parabéns pra você" e a Sra. Carlin acompanha perfeitamente no piano. Procuro por Alex por todos os lados e percebo que não está mais por lá. Vou até a cozinha e lá está ela, escondida, bebendo água num pequeno copo de cristal de costas para mim. Não me ocorre nada a não ser fazer cócegas e, no susto, espalha água por toda a parte.

— Oliver! — Ela vira bruscamente e eu só sorrio para não rir. — Você vai me matar, droga.

— O que você está fazendo aqui, Alexandra? Você deveria estar cantando lá com seu pai.

— Eu não sou muito disso. — Ela esfrega a cabeça enquanto tenta drenar as últimas gotas de água deixadas no copo.

— Você disse que faria sua parte. — Eu cruzo meus braços e tento parecer irritado.

— Eu o abracei três vezes, Oliver — ela diz, levantando os últimos três dedos da mão me fazendo sorrir.

— Fale com ele! Pergunte como ele se sente, como foi, o que tem achado de mim.

— O que você quer é saber se ele gostou de você — ri um pouco e me observa, entretida, no que rodeio sua cintura com meus braços.

— Não, boneca. Eu sei que ele gostou de mim e me disse tantas vezes que não preciso ouvi-lo novamente.

— Mas que modesto — diz ela, e leva as mãos delicadas ao meu peito, fazendo uma carícia insinuante nessa parte.

— A propósito, como você está linda com esse vestido rosa! — Eu começo a passear pelo seu corpo com os olhos, não é comum ver Alex com um vestido curto preso na cintura. Muito pior, rosa. — Ainda quero tirar isso de você. — Eu não sei por que eu mordo meu lábio inferior, acho que vi em um filme; ela ri, isso significa que ela não me achou tão sexy quanto eu imaginava, mas espero que me ache sexy em outras coisas que pretendo fazer.

— Bem, você tira mais tarde porque eu preciso dela agora — a voz de sua mãe interrompe meus pensamentos. Felizmente não disse o resto que pensei. Ela entra na cozinha e tento conter uma risada, mas de vergonha. As bochechas de Alex ficam vermelhas e acredito que devo estar igual. Onde tem uma caixa ou um buraco para colocar minha cabeça?

Ela se aproxima de nós e olha para a água derramada no chão.

— Quem foi? — Olha para nós dois, por sua vez.

— Eu não seguro um copo — falo com malícia, Alex olha para mim e Alicia olha para ela com toda a seriedade possível.

— Você — diz com o dedo indicador — não se mova daí.

Observamos a mulher sair e Alex olha de sobrancelhas franzidas, apenas alguns segundos. Em seguida, vem rápido com um esfregão nas mãos e nos oferece. Me contenho de rir porque sei para que o esfregão serve. Alex me fulmina com o olhar e começa a limpar.

— A propósito, eu não sabia que tocava piano, Sra. Carlin — eu digo para Alicia, que olha cuidadosamente para o chão que Alex está limpando.

— Ah, sei tocar muitas outras coisas, filho, se você quiser perguntar ao Alexander.

Não, eu não quero perguntar ao Alexander. Eu quero posar de sério e profissional na frente da família da minha esposa e me mandam essa.

— Mamãe...

— O que foi, Alex? — ela diz como se fosse óbvio. — Violino, violoncelo, violão... — Alex olha para ela com os olhos semicerrados, impossível não rir alto. Adeus toda a seriedade que existia em mim, não verei mais nada do mesmo modo.

Alicia tira o esfregão das mãos de Alex e o encosta na parede, agarra Alex pelo braço e vai até a porta da cozinha.

— Vamos, Alex. Preciso que você faça uma harmonia no piano, vou dedicar algumas palavras ao seu pai.

— O quê? Você também toca piano? — Elas se voltam para mim e eu devo estar com a expressão mais perplexa possível. Deveria ter perguntado mais sobre ela, mas também sinto remorso porque ela não me contou.

— Bem...

— Desde os quatro anos de idade — interrompe a Sra. Alicia. Desde os quatro anos de idade?

— Não que seja boa — declara. Ah claro. De verdade, se são dezenove anos tocando piano, é porque é boa.

— Como assim? — A mãe dela imediatamente olha de novo para os olhos dela. — Você sabe tocar "Winter Wind" de Chopin. — Sua mãe olha para mim, eu não sei o que diabos é "Winter Wind" de Chopin, mas se mencionou isso com entusiasmo é porque é uma coisa boa, eu vou ver no YouTube.

— Eu sabia tocar "Winter Wind" de Chopin, mãe — diz ela, olhando para sua mãe.

— Como não vai ser boa se a fizemos no banheiro de um concerto de música clássica?

Sua mãe olha para ela com ternura. Foi informação demais para mim. Alex leva a mão dela para a boca da Sra. Alicia e a leva quase arrastada até a sala. Eu as sigo e elas vão para um espaço na sala perto do piano que se presume ser o cenário. Sento-me ao lado do Sr. Carlin ainda em gargalhadas, ele olha para mim com um ar de diversão.

— Sinto muito — eu digo —, estava conversando com sua esposa e Alex na cozinha.

— Eu entendo — me interrompe e solta uma risada.

— Olá — Alicia chama a atenção de todos os presentes enquanto dá uma voltinha. — Eu escrevi um poema para o aniversariante. — Seus olhos se enchem d'água e ela coloca as mãos no peito, o Sr. Carlin sorri e balança a cabeça.

Pelo que acabou de me dizer e pelo gesto que Alexander acabou de fazer, acho que isso vai ser bom.

Ela murmura algo para Alex e ela começa a tocar uma melodia. Eu vou comprar um piano para essa mulher.

— Alexander, você se lembra dela? — ela diz e todos nos voltamos para ver Alexander. — É a música que tocava quando nos conhecemos. — A voz dela falha e Alexander olha para ela docemente.

— Para meu Alexander — todos a olham atentos, e quando eu esperava algo digno de Pablo Neruda, começa: — Eu lembro quando estávamos no ensino médio e você me jogou escada abaixo, mas de que outra forma eu teria olhado para você, se você se parecia com uma caveira?

Eu engasgo com o vinho e começo a tossir, todo mundo começa a rir alto, até ela mesma. O Sr. Carlin tem que segurar seu estômago de tanto rir, como eu, eu rio tanto que meu rosto dói, não consigo lidar com isso, e achei que uma pessoa mais espirituosa do que Alex não poderia existir.

— Não acabei — ela limpa a garganta e alisa o vestido de flores com as palmas das suas mãos, tentando recuperar sua respiração como todos. — Só queria alegrar a festa e vejo que eu já fiz isso. — E como fez! — Agora sim, sério, só quero te dizer, meu Alexander — parece engraçado e ainda quero rir —, você é o homem mais incrível que eu podia ter conhecido, e sem aquele empurrão escada abaixo não teria te conhecido, e se não estivesse comigo esse dia todo na enfermaria, nunca teríamos descoberto o quanto nós temos em comum. — Oh, por Deus, não aguento meu abdômen. — Tenho orgulho de ter um marido como você, que não trocaria por nada nem por ninguém. Mesmo você sendo teimoso. Eu te amo e desejo-lhe um feliz aniversário e milhares de anos a mais.

Acaba soando romântico no final de tudo. O Sr. Carlin se levanta para abraçá-la, agarra sua cintura e a beija. Eu continuo pensando no poema, que maneira de desejar feliz aniversário. Eu olho para Alex, que observa a cena e direciona seus belos olhos para mim. Faço um sinal de que farei o mesmo, ela nega com a cabeça imediatamente e me faz rir.

Quando tudo está calmo, mas não tanto, porque a mãe e a avó de Alex juntas são um completo caos, eu me aproximo dela, que ainda está sentada no piano. Quero que ela toque uma melodia para mim e tenho que insistir até que finalmente, com relutância, ela faz. Eu adoro, definitivamente vou comprar para ela um piano para tocar essas melodias todas as noites. Eu me inclino em seu ombro e com meus braços ao redor de sua cintura, eu juro que vou dormir de repente.

— Eu vou te comprar um piano — eu menciono, e vejo suas lindas mãos tocando todos aqueles acordes que não consigo entender.

— Mas que seja um piano normal, não "O" piano — ênfase sobre essa palavra e me lembro das palavras de seu pai sobre o taco de golfe, rio um pouco.

— Você é uma caixa completa de surpresas, meu amor. Pelo menos isso não me assusta como aquelas malditas brigas que você gosta. — Embora, pensando duas vezes, ela poderia bater minha cabeça contra o piano.

Ela ri, eu gosto quando ela está feliz.

— Sabe? Agora que penso melhor — acrescento —, seria melhor se eu tivesse enviado um detetive particular para investigar você, aí eu não teria recebido tantas surpresas.

— Oliver, é mais bonito do que você descobre por si só, não acha? — ela esboça um sorriso. — Eu gosto de descobrir coisas sobre você sozinha, não porque alguém as contou.

Ela está certa novamente. É verdade, me surpreende todos os dias e eu gosto, se já soubesse não seria o mesmo. Naquele exato momento, gargalhadas me tiram dos meus pensamentos. Ambos nos viramos para ver e... quem mais seria? Sra. Carlin e a vovó fazendo piadas.

— Você sabe? — Eu olho para a Alex divertido, eu gosto da sua família. — Vamos vir todos os fins de semana.

— Claro que não — continua a melodia que eu deixei no meio e meus ouvidos relaxam.

Alicia, ao lado da avó, traz o bolo para Alexander e ele começa a cortá-lo. Todo mundo aplaude. Depois de alguns segundos a avó se aproxima de nós com uma daquelas câmeras antiquadas que só tinha visto nos filmes.

— Diga "Magic Mike" e sorria — ela diz, quando chega até nós. Magic Mike? Já não é uísque?

— Magic Mike? Vovó, por que você vê esse tipo de filme? — Filme? Parece um mago.

— Quem diabos é o Magic Mike? — pergunto curioso, gosto de filmes de ficção científica.

— Um filme bem gostoso. — Já não soa mais como um filme de bruxaria.

— Vovó...

Definitivamente, com essa família, nunca fico entediado.

— Eu te digo que nós vamos vir todo fim de semana e ponto — digo a Alex. Ela só olha para mim com uma risada que tenta conter.

Capítulo 51

Não posso parar de rir com as histórias da vovó, e eu já entendi da pior maneira possível que o Magic Mike não é um mágico e que a vovó não salva nada.

— Magic Mike é um cara muito bom que me faz suar, e não só isso.

Porra! Por que eu perguntei? Não consigo parar de rir, coloco meus cotovelos nos joelhos, meu rosto em minhas mãos, e rio como nunca.

— O Channing Tatum dança tão bem que faz o meu deserto umedecer.

Eu não posso com isso, meu estômago dói de tantas risadas! Eu não quero imaginar o significado que ela quis dar a "deserto". Sou um bom menino, então eu acho que ela quer dizer que o chuveiro em sua casa não funciona, é isso.

Quando eu finalmente consigo me acalmar, eu poso com Alex para a bendita foto e ainda estou rindo quando me lembro de sua maneira incomum de descrever um filme. Quase imediatamente a pequena foto sai da parte inferior da câmera. Eu gosto desta câmera. A avó dá para nós e não posso deixar de sentir uma emoção interna passar pelo meu ser: minha primeira foto com Alex. Por que eu não tirei fotos com ela antes? Ficamos tão bem juntos e felizes. Alex se aproxima para vê-la com uma carranca, ela com certeza não entende por que eu olho para esta foto por algum tempo, mas isso significa muito para mim, as fotos são memórias muito importantes. Eu a vejo nos olhos e ela me olha intrigada.

— Alex, esta é a primeira foto juntos. Eu vou guardá-la, esta foto irá ficar emoldurada e estará na nossa mesa de cabeceira.

— Nossa? — Ela levanta uma sobrancelha e olha para mim confusa.

— Bem, desde que Natalie se casou, ela terá que ir morar com David e você teria que vir comigo.
— Isso é um pedido ou uma ordem? — Ela olha para mim com as sobrancelhas arqueadas.
— Uma ordem — eu brinco, ela olha para mim com os olhos apertados. — Nós dissemos que iríamos fazer isso funcionar e você não pode ficar vivendo naquela caixa de sapatos.
Eu sorrio amplamente para que ele possa esquecer que eu chamei seu apartamento de caixa de sapatos.
— Caixa de sapatos? Você ainda ofende meu apartamento, Oliver Anderson! — Eu rio de novo, claro que aquele lugar é uma caixa de sapatos.
Muito risadas não são normais. Não sei, estou feliz.
— Eu gostaria de viver com você, Alex — eu digo, de um jeito terno. Abro um sorriso, do tipo que eu sei que ela gosta. Ela apenas me observa e também sorri.
— Eu vou guardar isso, meu amor. Já volto, ok? — Assente, eu me inclino para beijar suavemente seus lábios macios e caminho para as escadas.
Escuto que começa a tocar outra melodia enquanto eu subo, e me faz sorrir, não sei quantas vezes repeti isso, mas nunca encontrarei outra mulher como ela.
Eu vejo a foto novamente antes de colocá-la na minha mala. Meu celular toca e eu imediatamente tiro do meu bolso. É uma ligação de Romanov e eu franzo a testa. Por que ele me liga? Isso deve significar problemas.
— Alô? — digo quando atendo.
— Oi, bonito — uma voz estridente de uma mulher do outro lado. Não pode ser.
— Por que diabos você está me ligando, Lauren?
— Está de mau humor. Sua garotinha não te faz feliz? — ri, maldita mulher.
— Sério, eu estou ficando farto de você! Se você continuar fazendo essas coisas, juro que vou cortar todos os tipos de relação de trabalho com seu noivo. Acredite em mim, não os convém.
Silêncio do outro lado.
— Ai, meu Deus, eu só queria cumprimentar…
Que belo modo de dizer olá.
Eu desligo o telefonema, esta mulher está me estressando seriamente. Debaixo das escadas e eu encontro uma imagem muito carinhosa de Alex

mostrando alguns acordes para seu pai e rindo alto de costas para mim. Eles já conversaram? Eu não sei, mas Alex parece bem calma.

— Por que você sempre tem que estar na defensiva, Alex? — seu pai pergunta, observando-a. Parece interessante, não sei se devo ficar atrás dessa parede ou fugir para deixar essa conversa acontecer em particular.

— Você nunca me deixa terminar e às vezes as coisas não são como você pensa.

— Talvez porque você sempre me culpou por tudo que sua princesa passou. Eu não ficaria surpreso se agora você acha que fui eu quem a acertou.

— Como? Evan bateu em Stefanie?

— Papai...

— Por que diabos ninguém me disse?

— Papai! Chega! — Merda! Eu me sinto como Dona Clotilde, a fofoqueira de todos os bairros. — Foi um acidente — acrescenta Alex. Obviamente não foi um acidente, mas eu entendo por que ela faz isso.

Ela traz os dedos de volta ao piano e ele apenas olha para ela.

— Bem, eu acredito em você — ele diz finalmente. — Eu nunca te culpei por tudo, Alexandra. — Alex não parece se importar e continua a andar os dedos no piano, emitindo um som glorioso que me rodeia. — É claro que eu não era um exemplo de pai, mas não sou tão ruim quanto você faz as pessoas acreditarem.

— Eu não os faço pensar que você é ruim, Alexander. Só falei a verdade — ela diz isso de maneira tão calma, qualquer um acreditaria que isso não a afeta.

— Uma verdade bastante exagerada. Você menciona o tempo todo o quanto eu sou duro com você, mas você não menciona a pessoa que você se tornou. Você é forte, independente, pronta, você não precisa de mim ou de ninguém, você pode valer apenas por si mesma. — O Sr. Carlin está certo. — A verdade, mesmo que você me odeie, é que por isso tenho orgulho da pessoa que criei. Cometi o erro com Stefanie, não com você. Você realmente me acha tolo o suficiente para não perceber que o culpado no estado de Stefanie é Evan?

Ele sabia disso, sabia que perceberia, qualquer pessoa inteligente notaria.

— Stefanie não vive sem outra pessoa e desde que você era criança você era autossuficiente, você nem precisava de nós — ele continua, e Alex continua sem dizer uma palavra. Há um silêncio constrangedor entre os dois, até que, finalmente, Alex o quebra.

— E o que você sabe? Diga-me, Alexander, o que você sabe? — Eu ouço atentamente o que Alex tem a dizer. — Como pode uma garota não precisar de seus pais? Eu cresci praticamente sozinha. Você me mandava para um acampamento do outro lado do país todo verão, e eu mal te via no resto do ano. Por que você queria ficar longe de mim?

— Eu não queria. — Eu vejo um leve brilho nos olhos de Alexander que indica que seus olhos estão molhados e ele engole em seco. — Eu nunca pensei que isso te afetaria tanto.

E quem não seria afetado, Sr. Alexander?

Agora eu entendo a posição de Alex.

Ela se levanta. Eu não sei onde me esconder: se ela vier aqui, ela vai perceber que eu ouvi tudo. Eu procuro uma saída, mas nesse exato momento Alexander pega a mão dela e uma lágrima corre pela sua bochecha, enquanto enuncia palavras que tocam até meu coração.

— Me perdoe.

Capítulo 52

Eu tento analisar o rosto de Alexander e vejo sinceridade nele, acho que quando alguém mente, isso é visto em suas expressões. Alex o observa, eu sei que também escapou uma lágrima e ela se senta lentamente, retornando ao lugar onde estava.

— Como você pode acreditar que isso não iria me afetar? Quando todos os meus colegas estavam ansiosos porque seus pais chegavam para buscá-los, eu via como corriam para abraçá-los quando os viam, e esperava que o professor me levasse para casa quando se esqueceram de ir me buscar.

E o rosto do Sr. Alexander está cheio de lágrimas.

— Alex...

— Como você pode acreditar que eu não seria afetada pelo fato de que toda vez que eu vi você sozinha era para brigar comigo porque não era o que você queria? Porque minhas notas não eram perfeitas. Eu não entendo o que eu fiz para você me odiar tanto.

— Como você pode acreditar que eu te odiei, Alex? Eu amei você toda a minha vida, eu simplesmente não percebi o dano que eu causei a você com minhas atitudes.

Meu coração aperta, eu não deveria ter ficado para ouvir isso.

— Eu sinceramente não quero ouvir o que você tem a me dizer.

Deus, Alex, ouça-o.

Ele solta a sua mão e ambos olham nos olhos um do outro.

— Eu — ele balbucia —, eu li as coisas que você escreveu e eu as amei.

— É por isso que você as queimou.

— Então explique para mim, como é que eu ainda as mantenho sob o colchão da minha cama, ao lado de todas as cartas que você escreveu para mim?

— Como? — Ela olha para ele espantada. — Como você as encontrou?

O Sr. Carlin enxuga os olhos, mas imediatamente mais lágrimas inundam seu rosto.

— Quando você saiu, eu estava tão chateado, porque vi isso como um ato de rebelião. Eu continuei esperando que você voltasse, mas depois de um tempo eu percebi que não, você não voltaria. Eu ia transformar seu quarto em um depósito. — Ela se levanta e eu volto a procurar onde me esconder, mas o Sr. Carlin pega a mão dela novamente e ela toma o seu lugar de novo. — Deixe-me terminar. Foi aí que eu encontrei as cartas que eu você escreveu quando tinha sete anos de idade.

Eu quero ler essas cartas. Ele engole e continua.

— E as li — continua —, cada uma delas. Levei semanas porque as li cinco vezes, mas li. — Eu procuro alguma expressão de raiva na face de Alex, mas está apenas desorientada o observando. — Pensei em ligar quando terminei, mas também sabia que você não queria saber nada de mim, e quando finalmente eu decidi, no dia seguinte, percebi que não tinha nenhum significado porque estava casada com Oliver Anderson, e te conheço muito bem para saber que se te procurasse agora iria pensar que era por quem você estava casada. Não?

Várias lágrimas escorrem pelo rosto de ambos e não sei o que fazer. Vou embora? Eu fico? Eu choro com os dois?

— Infelizmente, as coisas aconteceram ao mesmo tempo e eu não pude te mostrar antes. Você nunca pareceu um fracasso para mim. Eu só disse isso como resultado de minha raiva e eu juro que mais tarde me arrependi — olha para baixo e tira um pedaço de papel do bolso. — Não sabia como iria acabar esta conversa, não me sinto em condições de continuar, eu sei que você gosta de ler. Então talvez você devesse ler isso, eu escrevi para você.

Alex olha para o papel atônita e Alexander pega a mão dela e coloca o papel entre os dedos, ela não diz uma palavra.

— Continuamos essa conversa em outra ocasião. — Ele se levanta e começa a se retirar em um ritmo lento, enxugando as lágrimas do rosto.

Alex fica no mesmo lugar por alguns segundos. Como eu quero me aproximar dela! Ela enxuga as lágrimas e se levanta, sai e eu prudentemente a sigo, vai embora para um ponto brilhante no quintal e começa a lê-lo.

Eu não sei o que pode ser, mas as lágrimas vão para baixo de suas rosadas bochechas. Segura umas mechas rebeldes de seu cabelo, afastando-as do seu rosto. Ela se joga na grama, abraçando seu corpo. Ela está chorando, e isso parte o meu coração. Não... meu amor... tenho que ir até ela e abraçá-la.

Começo a andar em direção a ela e ela começa a ler o bendito papel novamente. Chego até ela, que está sentada sobre os joelhos, me curvo, e de cócoras rodeio meus braços ao redor da cintura por trás, ela ligeiramente se vira para mim e quando eu pensei que iria tentar esconder suas lágrimas de mim, ela me abraça e chora com o rosto escondido no meu pescoço. Este é o melhor ato de confiança que alguém como Alex pode mostrar. Pego o papel e começo a lê-lo; devia perguntar se eu posso, mas seu estado não está para isso. Eu tenho que ler cada parágrafo duas vezes porque os meus olhos se molham na tentativa, eu tenho um enorme nó na garganta que tento engolir para parecer forte. Eu tenho que ler novamente.

Para: Alex, minha garota.

Eu tenho que escrever essas coisas quando eu não queria escrever nada, apenas pedir desculpas pessoalmente e te abraçar, mas eu sei que a conversa não pode ser tão fácil e melhor eu escrever e dar a você se as coisas não saírem como eu esperava.

Lembro a primeira vez que te vi, quando acabava de sair de sua mãe, fui o primeiro a segurá-la, e meus olhos se encheram de lágrimas, você abriu os olhos e naquele momento que eu percebi que não poderia existir ser mais perfeito. À medida que crescia sua personalidade era indiscutível, uma mistura da loucura de sua mãe com a seriedade de seu pai, sabia que você era única, lembro-me dos primeiros passos e sua primeira palavra, lembro suas primeiras palhaçadas, seu primeiro dia de aula, suas trancinhas loiras que te deixavam linda e a expressão de raiva que fez você cruzar braços quando alguém dizia que precisaria de muitas páginas para lhe dizer quão feliz que me fez ser, mas se eu falhei em alguma coisa... Você viajou pelo mundo sozinha e eu nunca a acompanhei para viajar com você.

Eu sei que fui um péssimo pai, eu li em uma de suas cartas e você não sabe como me partiu o coração ler todas e cada uma delas, não sabia que você crescia com essa ideia de mim e minhas mãos começaram a tremer quando uma delas mencionou "melhor que eu não tivesse nascido". Minhas lágrimas brotaram ao saber que fui eu quem fez com que pensasse essas coisas sendo tão pequena, não estava lá no seu primeiro

dia de escola, seu aniversário ou seu prêmio por ser a melhor em tudo fazia, mas sempre tive orgulho, apesar de eu cometido o erro de não te dizer, e agora me arrependo.
Você sempre foi boa em tudo que faz, e onde ia se sobressaía, para mim era a melhor em todos os aspectos para lidar com as coisas na vida, eu nunca percebi a falta que seu pai te fazia, e hoje, com lágrimas nos olhos, eu tenho que consertar o estrago que eu fiz antes que seja tarde demais.
Tampouco desejei que nascesse um menino, embora uma vez eu tenha mencionado porque precisava de alguém que me ajudasse com o vinhedo quando as coisas estavam tomando a direção certa, e fui tão machista para não deixar você fazer parte disso mesmo sabendo que você poderia lidar com isso melhor do que eu.
Eu queria que você crescesse como uma pessoa forte, porque a mulher é a que sofre mais nesta sociedade, e ali vejo meu outro erro, não a ensinei a ser forte por mim mesmo e te enviei todos os verões para aquele acampamento de defesa pessoal, acreditando que eu estava te fazendo um favor. Eu não sabia como criar uma garota (eu sei, sou uma idiota), queria criar você como meu pai fazia comigo. E o meu próximo erro foi não fazer o mesmo com Stefanie e fazer você acreditar que se importava com ela e com você não, quando na realidade para mim ambas eram igualmente importantes, só que você sempre foi independente e ela não poderia viver sem outra pessoa.
E aquele que eu nunca vou perdoar, e eu sei que você também, é o meu maior erro com você, nunca te apoiar no que você gostou, eu sei que se eu tivesse feito isso desde o começo, no momento nossa história seria diferente, mas eu te digo, você tem um futuro à sua frente fazendo o que gosta, não tenha medo de nada ou de alguém que lhe diga que você não vai conseguir, e a quem te diga isso, bata no nariz dele, como aquele amiguinho do jardim de infância que lhe contou que o desenho da pantera rosa era feio. Sim, ainda me lembro disso.
Eu sempre estarei orgulhoso de você, minha loira louca, que mordeu seu coelho Pancho somente porque ele te mordeu primeiro e tinha que morder de volta para ele saber que isso dói. Tive de fazer-me forte com você, embora me arrancasse gargalhadas e eu tivesse que me trancar no quarto para poder rir tranquilo.
Desculpe-me, meu amor, não te peço que faça isso agora, ou dentro de algumas semanas, ou dentro de alguns meses, peço-lhe para fazê-lo

quando seu coração sentir que você está pronta, porque há muitas coisas que eu gostaria de compartilhar com você, porque você não sabe quando será o último dia. Não quero partir sem a alegria de saber que te fiz feliz, mesmo se for por alguns dias. Com amor, papai.

Não tenho palavras.

Capítulo 53

Meus olhos se enchem d'água imediatamente. Alex chora no meu pescoço por alguns minutos, tenta se acalmar, enxuga as lágrimas dos olhos e respira fundo.

Eu quero me deixar chorar também, mas não vou.

— Dê para mim, eu vou queimá-la — diz ela. Olho em seu rosto em busca por algo que me diz que está brincando.

— Não — eu digo imediatamente. — Se você não a guardar, eu vou. Algum dia você vai querer ler de novo. — Ela balança a cabeça.

— Já me fez chorar o suficiente. Que vergonha. — Sorrio e viro meu olhar para a carta.

— Porra, vou ter que contratar seu pai para escrever artigos. Acho que ele não conhece o talento que você conseguiu dele, Sr. Alex deveria ter sido um escritor — Ela tenta rir, mas não sai. Mesmo assim, um sorriso se forma no rosto dela enquanto ela pega a carta novamente.

— Livre-se dela — ela diz, entregando-me a carta novamente. Não entendo o porquê, mas em parte dou a razão. Ela sente rancor e eu sei que isso não o deixará passar tão facilmente.

Eu pego seu rosto bonito e com meu polegar limpo as lágrimas que estão escorrendo por suas bochechas.

— Nós vamos para o quarto, o que acha? Eu não quero que você se resfrie aqui — eu digo, ela olha para mim e balança a cabeça.

Eu a pego pela mão a levo para o quarto, eu tenho que ajudá-la, está tão desconcentrada, que não se lembra sequer onde estão as escadas de sua casa. Eu a coloco no meu ombro e subimos dessa forma, mas isto não é uma boa hora para brincar.

Antes de entrar no quarto me pede para esperar e segue seu caminho ao longo do corredor para o quarto dos pais. Estou tentado a segui-la, mas tenho certeza que o que ela quer é ter certeza de que seu pai tem as cartas embaixo do colchão, como ele disse, e não quero me intrometer. Eu entro no quarto e me sento na borda da cama, leio a carta novamente, e agora que eu consegui controlar minhas emoções, morro de rir imaginando Alex mordendo seu coelho Pancho, ou batendo no companheiro por insultar seu desenho da pantera cor-de-rosa. Esta mulher desde que era pequena era única, nunca terá uma coisa que vá me aborrecer nela. Espero que nossos filhos sejam iguais e que se divirtam muito.

Eu ouço seus passos no corredor e apago todos os vestígios de riso do meu rosto, não é hora de me olhar as gargalhadas, em outra ocasião vou zombar.

— Como você gostou dessa carta — ela diz ironicamente, entrando pela porta. — Diga ao seu pai para lhe fazer uma.

— O dia em que meu pai fizer uma dessas, eu juro que ele vai me dar um ataque cardíaco. — Meu pai nunca faria algo assim para mim, talvez para Henry, mas não para mim. Sorri e se senta ao meu lado.

— O que você acha que eu deveria fazer? — ela olha nos meus olhos, com uma expressão triste. Alex me pedindo conselhos? Bem, de qualquer forma, mesmo se eu der, ela nunca me escuta.

— A verdade é que falhei como psicólogo, a última vez que a David me fez essa pergunta acabou na cadeia por crimes de agressão. — Ela ri, mas é mais um desses risos fingidos, que só acabam sendo um gesto apático.

— Escuta. — Eu pouso minha mão em seu rosto e acaricio-o enquanto me ajusto melhor para encará-la. — Eu sei que tenho insistido todo esse tempo para que você faça as pazes com ele, mas eu acho que você precisa de tempo, ele está certo, quando seu coração estiver pronto para perdoar. Mas eu aconselho você a fazer um esforço para agora se dar bem com ele. Você verá que, com o tempo, deixando as lembranças ruins para trás, ambos se sentirão melhor.

Eu não sei de onde isso poderia vir de mim.

— Você falhou como psicólogo, você disse? — A sua pergunta me faz rir e eu levo meus cotovelos aos joelhos.

— Eu fico piegas às vezes. — Ela sorri, eu quero que se sinta melhor.

— Exceto com David, esse maldito eu encho de porrada se eu o vir chorando. — Agora sim ela ri com vontade, pelo menos o David é bom para alguma coisa.

Aquele dia tem dificuldade em dormir, e eu entendo, sei que é por causa daquela conversa com o pai dela, porque a Alex, desde que coloque a cabeça naquele travesseiro, adormece.

— Oliver, conte-me uma história — olha nos meus olhos, já estava adormecendo, é que o peito dela é o melhor lugar do mundo.

— Uma história? Agora? — bocejo. Ela acena com a cabeça. Merda! De onde vou tirar uma história que não tenha nada a ver com matemática? Estou procurando em minha mente algum conto enquanto eu me ajeito em outra posição, tentando não cair no sono, passo meu braço por baixo de sua cabeça e com outro rodeio com sua cintura, ela se encaixa melhor ficando de costas para mim, eu posso sentir o cheiro do cabelo dela que eu amo.

— Era uma vez três porquinhos. — Ela ri, me interrompendo.

— Os três porquinhos? É sério?

— Claro. — Eu rio igualmente. — Deixe-me continuar! O filho da puta do lobo queria comer o pobre porquinho e soprou e explodiu a primeira casa, mas como o porco era um vagabundo como o David a casa de palha caiu e foi se esconder na segunda casa que eu não lembro de que merda era feita.

Solta uma risada, sim, essa é a Alex que eu conheço.

— Madeira, eu acho — ela murmura, rindo.

— É? E a casa de madeira também foi demolida e a única que restou foi a que o mais velho dos porquinhos construiu com tijolos com tanto cuidado.

— E o que aconteceu com o filho da puta do lobo? — Ela ri novamente.

— Garota! Eu lavo sua boca com sabão! — Estou ofendido por lembrar minha mãe e suas frases típicas.

— Ou seja, você pode dizer isso e eu não posso?

— As mulheres da sociedade não falam assim. — Ela ri de novo e isso me deixa feliz.

— O bom é que eu não sou e não quero ser uma mulher da sociedade.

— Shhh, Alex... deixe-me terminar.

— Tá — ela responde, cobrindo a boca e escondendo uma risada.

— O lobo entrou pela chaminé e caiu de bunda em uma panela de água fervente. — Mais risos da Alex; já até me contagiam essas risadas. Eu continuo a minha versão da história, e depois de um tempo, eu ouço sua respiração mais tranquila, eu a olho e noto que ela está dormindo. Acaricio seus cabelos e beijo a cabeça dela; me instalo em seu pescoço e meu celular toca. Xingo, tanto me custou para Alex dormir e não conheço outra história. Olho para ela novamente, por sorte ela ainda está dormindo. Eu pego o celular rapidamente para evitar que ele toque e eu atendo e me levanto furtivamente, por sorte ela só se mexe um pouco para se acomodar melhor.

— Alô? — eu sussurro enquanto saio pela porta.
— É verdade, Oliver? — uma voz de mulher do outro lado.
— Quê? Quem fala? — eu faço uma careta. Quem diabos vai reivindicar algo neste momento? Eu fecho a porta atrás de mim.
— David casado?

Ah!

— Brittany? — eu pergunto, voz de desespero. — De onde você tirou meu número?

Bem, acho que é uma pergunta boba, porque é óbvio que foi no celular de Henry.

— Apenas me responda quem é ela — ouço ela soluçar.
— E isso te importa por quê? — Eu enfatizo essa última palavra e eu juro que a escuto assoar o nariz.
— Eu só queria saber se era verdade.
— Sim, é verdade, e deixe ele em paz, você decidiu se casar por dinheiro e não deu a mínima que o David sofresse por sua culpa.
— Você sabe que as coisas não eram assim...
— David se embebedava todas as noites quando você disse que ia se casar, cada vez que te ligava você o humilhava. — Eu estou com raiva, e que ela saiba disso! — Beijava o Henry na cara dele quando o via. E agora você se importa se ele está casado?
— Me diga, quem não comete erros? — Sua voz está quebrada, eu posso ouvir que ela está chorando, maldita mentirosa, eu rio sarcasticamente.
— Não é um erro dormir com dois homens ao mesmo tempo e decidir pelo que tem mais dinheiro. Mas adivinha o quê? Agora David ganha a mesma quantia que Henry e eu o aconselho a começar seus primeiros investimentos. Ele, finalmente, está feliz com quem ele está, então pare de foder sua vida. — Brittany começa a chorar e isso está me deixando doente. — E não me ligue de volta para essas idiotices — eu continuo.
— Você tem o seu marido e se você não está feliz, coloque na sua cabeça que isso foi o que você procurou. Agora deixe o David viver em paz, você já fez o bastante.

— Oliver...

Eu desligo o telefonema, não vou ficar ouvindo mais idiotices dela, sinto meu sangue ferver toda vez que ela fala comigo. Eu encostei minhas costas contra a parede e tento me acalmar, só espero que o David não se meta novamente com esta estúpida. Disco seu número, mas é melhor eu parar e falar pessoalmente, já que Natalie pode estar perto e não vai gostar de saber disso.

Retorno para o quarto e Alex continua dormindo, acaricio seus cabelos e beijo sua testa, uma vez relaxado evito de pensar naquela maldita e durmo em momentos.

Capítulo 54

Meu celular me acorda de repente, pulo de susto na cama e acabo caindo no chão. Droga! Sério, já estou caindo, vou envelhecer com problemas na coluna e numa cadeira de rodas. Eu fico no chão por um tempo tentando me acalmar, porque se o David, eu juro que quando eu olhar para ele, é o que vai ser deixado em uma cadeira de rodas. O celular para de tocar, ótimo, eu perdi a ligação, levantei e percebi que Alex se foi. Onde ela terá ido tão cedo? O telefone não demora a tocar novamente, eu franzo a testa para ver quem é. Henry. Eu atendo.

— Fala, irmão.

— Como vai você, Oliver? Como estão as coisas por aí? — Eu não sei o porquê, mas tenho certeza que ele não quer apenas saber disso.

— Bem — eu respondo. — Eu estou em Miami agora, mas vou voltar para a empresa hoje. Por quê?

— Você se lembra de que havíamos concordado que eu iria para a empresa depois de terminar algumas coisas aqui? — Ótimo, só o que me faltava, que Brittany vá se meter na minha empresa.

— Sim, lembro. — Procuro uma camisa na mala e pego a primeira que encontro.

— Acho que vamos semana que vem.

— Você vai com a Brittany? — pergunto, vestindo a camiseta.

— Eu acho que sim. — Eu solto um suspiro.

— Henry, eu vou falar honestamente com você. — Eu abro a porta do quarto e saio, fechando-a atrás de mim. — Por favor, eu não quero brigas com o David no escritório. — Silêncio do outro lado.

— Também diga isso a ele. — Eu começo a escovar meus dentes.

— Eu vou fazer isso — eu digo, cuspindo a pasta de dente. — Sério, eu não quero estar no meio novamente. Ambos vão se comportar como adultos. — A coisa boa sobre Henry é que eu posso falar com ele sinceramente e ele não se incomoda. — Entenderia se sua discórdia fosse por algo mais importante, mas aquela mulher... sério?

Mais silêncio do outro lado.

— Por que ela te ligou ontem, Oliver? — Eu paro de escovar os dentes quando ouço sua pergunta. — Você vai responder ou não? — interrompe meus pensamentos.

— Olha, eu não quero criar problemas, Henry — eu digo, depois de me limpar.

— Tem a ver com o David?

— O melhor é que você pergunte a ela. Eu realmente não quero estar no meio desse circo novamente.

— Eu perguntei e ela me disse que queria falar com a Alex. Não sou idiota, elas nem conversam entre si. — Ele faz uma pausa. — Só quero me divorciar e deixar essa merda toda.

— Bem, foi você quem quis se casar com ela, mesmo sabendo o que ela estava fazendo.

Não diz uma palavra.

— Ouça, eu vou te dizer porque você é meu irmão. — Eu começo a andar pelo corredor. — Brittany me ligou porque queria saber se o David havia se casado.

— Quê? — interroga imediatamente.

— Eu realmente a mandaria à merda — definitivamente, só com Alex eu fico piegas — e procuraria outra amanhã, porque ela não é bonita o suficiente para suportar tudo o que ela fez com você. Bem, o que ela fez com ambos.

Mais silêncio de Henry.

— David casado? Como diabos ela sabe?

— Não sei. Eu não perguntei a ele e não pretendo fazê-lo. Se você quiser, pergunte a ela, eu realmente não me importo se você disser a ela que eu te disse, talvez ela nunca mais me ligue de novo.

— Eu te ligo mais tarde, Oliver.

Dito isto, desliga a chamada. Espero colocá-lo no lugar, porque eu não quero ficar ouvindo. Eu ando em direção à sala de jantar e vejo Alex com seu pai e na frente deles está Frank, os três se viram para me ver.

— Oliver. Como você pode dormir ao lado desses Deakpool? — Frank pergunta, eu o vejo com uma carranca. Que diabos é Deakpool?

— É Deadpool. DEADPOOL! — dispara Alex, com uma xícara de café nas mãos.

— Ah! — Já sei que se refere aos shorts. Eu já os tinha visto na noite passada e eu tive que pesquisar na internet para ver o que desenho é esse.

— Acho que me acostumei com isso.

Saúdo Frank e o Sr. Carlin, depois vou até Alex e beijo carinhosamente sua bochecha macia. Eu beijaria seus lábios, mas aqui está seu pai e eu me sentiria desconfortável.

— Não só Deadpool — acrescento, dirigindo-me à cafeteira —, também tem Bob Esponja, as Tartarugas Ninjas, o Quarteto Fantástico. O que mais, Alex? Me lembra.

— Homem-Aranha, Batman, o gêmeo perdido do tio Frank, Shrek. — Todos riem, exceto Frank.

— Alexander — diz Frank. — Você se lembra que eu tinha meus braços assim quando eu era boxeador profissional? — Olha meus braços descobertos pela camisa sem mangas que eu uso.

— Franklin, se agarrar a golpes com todos da quadra não te faz um lutador de boxe profissional — corrige Alexander, eu não posso deixar de rir.

— Bons tempos, bons tempos — diz Frank, olhando para a janela e tomando um gole de café.

— Agora eu entendo a quem Alex saiu tão agressiva — eu digo, enquanto me sento do outro lado de Alex.

— Alex é pior — diz ele.

— Você se lembra da vez que ela te chutou e você desmaiou? — diz o Sr. Carlin e solta uma risada. Esse comentário me chama a atenção, Frank observa Alex com seu rosto mais hostil possível.

— Eu lembro — diz ele, levando a xícara de café à boca, e continua a olhar Alex a sério.

— Como? — pergunto preocupado. Alex não tira o olhar e o sorriso triunfante de Frank. Vejo que, com essa mulher, um passo em falso e vou para o hospital.

— Frank disse a ela para mostrar-lhe o que estava aprendendo no kickboxing. — O Sr. Carlin ri novamente.

Agora Frank olha para mim.

— Ela me chutou na cara.

Um pontapé? Eu olho para Alex em busca de uma explicação e ela ri com seu pai, um riso assustadoramente igual.

— Eu nunca imaginei que esta pessoinha pálida batia tão forte — diz ele, tomando outro gole de café.

Por Deus! Ninguém aqui é sério.

— Ao ouvir essas coisas eu não sei se rio ou choro pelo que me espera — eu brinco e Frank ri.

— Melhor não te contar mais, porque senão Alexita acaba divorciada antes do final deste ano — acrescenta. Na verdade, estou bem com minha ignorância.

Frank começa a pedir algumas rotinas para desenvolver seus braços, eu começo a explicar e não consigo prestar atenção ao que Alex fala com seu pai, e gostaria de ouvir; que fofoqueiro me tornei. Alex vai até o quarto alguns minutos depois e meu celular toca de novo, agora é o David. Peço licença, pegando o telefone.

— Fala, David. — Volto para o quarto.

— Tenho umas vinte e cinco chamadas não atendidas da Brittany — ele murmura. — Sério, estou ficando doente, acho que vou mudar de número.

— Faça isso — digo sem hesitar, subindo os degraus.

— Você se lembra de quando eu era o das vinte e cinco ligações?

— Sim, eu lembro que você era mais ridículo do que cachorro sem dentes. — David ri alto, eu venho para o quarto, eu vejo toda a bagunça que Alex deixou antes de tomar um banho, eu começo a organizar tudo. Como eles me chamam? A Rosa Oliver?

— A propósito, peguei o cartão da empresa.

— Quê? — Eu faço uma careta e aperto minha mandíbula, agora eu vou gritar com ele. — POR QUE DIABOS PEGOU?

— Foi uma emergência — ele me interrompe.

— Emergência? Você não tem cartão, droga?

— Tenho, mas o banco bloqueou temporariamente por causa da quantia que gastei em Las Vegas.

Sento-me na beira da cama e massageio minhas têmporas esperando que o desejo de matar David diminua.

— Qual foi a emergência? — Eu pergunto, da maneira mais calma possível.

— Alguns absorventes.

— Alguns absorventes? — Eu quase não acredito nisso.

— Sim, Natalie disse que era uma emergência. — Alex sai do banheiro com apenas uma toalha ao redor do corpo, secando seus cachos loiros com outra. — Agora que eu me casei, você terá que me dar um aumento, ter uma esposa sai muito caro.

— Um chute na bunda é o que eu vou te dar, e devolva aquele cartão sem qualquer centavo faltando. — Alex dá risadas fazendo todo meu semblante sério se tornar um riso audível. David também ri do outro lado da linha.

— Ainda mais porque te servi de Cupido, você devia ser grato, droga.

— É certo, mas não posso permitir que leve o cartão da empresa, eu vou dizer a ele todas os horrores potenciais por tocar meu dinheiro, mas Alex me desconcentra ao montar em mim e beijar o meu pescoço.

— O quê? — pergunta, e eu não respondo porque o David está falando do outro lado e eu tento entender.

— Agora eu vou acabar com sua inocência — ouço sussurros da Alex no meu ouvido, naquele exato momento remove a toalha e os meus olhos não saem de seus seios, mas tento esconder, olhando para os lábios.

— Isso soou bem na sua voz. Porra, David! — Desligo o telefonema, levo-a pela cintura fina e em um movimento ágil estou em cima dela. — Oliver, se você não resistir, não é divertido. — Ela sorri para mim.

— Bom, então — continuo beijando seus lábios e me separo um momento para tirar minha camisa. — NÃO, POR FAVOR, NÃO FAÇA ISSO. MINHA VIRGINDADE! — finjo choramingando e começo a tirar minhas calças pretas do pijama.

Me causa até graça, me ponho novamente entre as suas pernas e, tentando parecer sério e profissional no que faço, eu começo uma turnê de beijos em seu delicioso corpo atingindo os dedos dos seus pés. Em seguida, vou até seus lábios e o maldito do celular toca de novo! Merda!

Nós dois bufamos, olhamos e rimos, até para isso temos que sincronizar.

— Que porra é essa? — Se for o David eu o mato, eu alcanço meu celular.

— Rapaz! Eu lavarei sua boca com sabão.

Eu franzo a testa para a tela do meu celular, hesito em responder. Tenho certeza que vai reclamar porque contei a Henry sobre o que ela havia me dito, mas deixei claro para aquela garota que não ligasse de volta por coisas estúpidas.

— Quem é? — Alex pergunta, intrigada, certo pela perplexidade no meu rosto.

— É Brittany — eu digo, sem tirar os olhos do telefone.
— Por que diabos a Brittany tá te ligando? — Alex pergunta intrigada. Agora eu vou ter que te dizer antes de imaginar todos os tipos de coisas.
— Prometa-me que você não contará a Natalie.
— Tem a ver com o David? — Eu concordo com a cabeça e desligo a ligação.
— Por alguma razão, ela soube que o David se casou e agora ele quer se intrometer. — Eu coloco o celular na cama.
— O quê? Por quê? Foi ela quem o deixou. Sério, essa mulher está doente.
— Eu sei, e David não quer que Natalie descubra, então peço seu silêncio.
— A troco de quê? — Ela levanta uma sobrancelha, isso me faz sorrir.
— O quê? Você me disse que tenho que tirar proveito de tudo.
— Sério, não voltarei a te ensinar negócios. — Rio um pouco enquanto eu olho para seu pés. — Olha aqui, não acho que você vai escapar! — Puxo um dos pés para aproximá-la de mim e começo me livrando do último vestuário que carrego no meu corpo. Volto para os lábios, quando o telefone toca novamente e eu aposto que é essa mulher.
— Foda-se! — Eu pego o celular e o jogo contra a parede. Sério, esse dispositivo é muito útil, mas se torna uma dor de cabeça nos momentos mais importantes.
— Oliver, você acabou de quebrar seu celular horrivelmente caro. — Alex olha para mim atordoada. Talvez mais tarde eu me arrependa, mas não agora.
— Agora sim ninguém vai nos interromper. — Volto para os seus lábios, essa merda me desconcentrou, mas imediatamente, quando sinto sua pele contra a minha, a cabeça retorna ao que estava fazendo e me acomodo melhor entre suas pernas.

Capítulo 55

Sim, como eu pensei, eu me arrependeria de jogar o celular contra a parede. Tento ligá-lo, mas ele não quer responder. Por que eu não desliguei? Já pedi outro, mas eu preciso desse filho da mãe, tenho chamadas importantes para atender, então lembro da Brittany e é melhor que esteja desligado, não quero ela me ligando. Quando estou vendo o lado positivo de não ter um telefone celular, o maldito liga.

— SIM! FUNCIONA! — grito, não posso evitar.

Alex, que estava vendo pela janela intrigada, vira para mim. Começo escrevendo no meu celular, mas, aparentemente, o toque não está configurado, olho e há os lindos olhos de Alex me examinando e esboça um leve sorriso.

— Que foi? — pergunto, ela sacode a cabeça, sorrindo da forma mais ampla. Está linda com uma blusa branca sem ombros bem apertados ao corpo, é que eu amo essa mulher, tenho minhas mãos nas laterais de sua cintura e imediatamente eu sinto um desejo de beijá-la e beijo, mas eu não queria só beijá-la. É bastante viciante, não só porque é bonita, ou porque se mexe tão bem, e assim eu me lembro as palavras da avó Carlin com seu Magic Mike, quero rir, mas não faço isso para evitar o interrogatório por Alex.

— Você está linda — eu digo, entre beijos.

— Você também — ela diz, piscando para mim, combinando com seus beijos suaves e delicados.

Eu penso por alguns segundos no que acabou de me dizer.

— Ou seja… eu estou linda? — Eu levanto uma sobrancelha.

— Claro! Mas sou eu quem mata a inspiração! — Ela me envolve com os braços e de uma maneira sedutora me aproximo dela. Algo me diz que hoje chegaremos atrasados.

— Você sempre mata minha inspiração e eu não reclamo.
Eu vou beijá-la quando uma batida na porta nos faz olhar nessa direção ao mesmo tempo. Alex se separa me dá um último beijo nos lábios, sorrio e ela caminha até a porta. Não posso evitar ver como essas calças escuras se ajustam mais que bem, e quanto mais a gente faz amor, mais vontade me dá.

Pela sua voz eu percebo que quem está do outro lado é Stefanie, não presto atenção ao que elas estão falando, porque estou concentrado em fazer esta merda funcionar. É traumático querer teclar um "m" e aparecer um "g". Recebo mensagens e todas são do David e também do número de Brittany. Essa mulher é uma dor no... não mencionarei essa palavra porque, em minha opinião, sou um cavalheiro.

— Alex, me empreste seu celular que aparentemente o meu ainda está atordoado com o golpe. — Eu ando em direção a Alex, ela e sua irmã olham na minha direção. — Oi, Stefanie, como vai? — Eu vejo uma contusão muito feia na beira do seu lábio, quão pouco homem esse médico é.

— Bem, obrigada — ela responde, enquanto Alex procura seu celular em um dos bolsos.

— Da próxima vez, pense melhor antes de jogar o celular contra a parede — ela me diz com seriedade ao me estender o celular.

— Foi sua culpa. Por que você me nocauteou? — Alex ri e Stefanie olha para nós com uma careta.

Eu me retiro para ligar para o maldito do David, por sorte não é nada urgente ou sério, e é que com o novo casamento é difícil não o ridicularizar. Tudo pronto e o motorista confirma que ele já está esperando por nós no aeroporto antes mesmo de sairmos de casa. Vovó vem em ritmo acelerado com um bolo, brownies, donuts, é sério que com essa família eu engordaria; ela abraça Alex e assoa o nariz em um lenço.

— Se você encontrar um menino bonito para mim em Nova York, você me envia — ela diz tão sério que eu não posso deixar de rir. Por que eles não mandaram essa senhora para mim como avó? Vi a minha avó duas vezes em toda a minha vida e a outra nunca a conheci. A Sra. Alicia vem correndo, soando seus sapatos de plataforma contra o chão de madeira, se aproxima de Alex e quase a faz cair de costas.

— Mãe!

— Sinto muito — a Sra. Alicia começa a sorver pelo nariz.

— Mamãe, não é como se eu fosse embora para sempre.

— É só que nunca se sabe. — a Sra. Alicia quase pendurada no pescoço de Stefanie.

— Não se preocupe, Alicia. Sim, vamos voltar. Certo, Alexandra? — A olho de forma exigente e ela apenas ri, já não importam mais minhas brigas; ouço passos atrás de mim e eu me viro, Alexander se aproxima de nós com uma garrafa nas mãos e a estende para mim, eu sorrio. O melhor sogro do mundo!

Alexander olha para Alex e caminha para onde ela está abraçando a Sra. Alicia.

— Alicia, é a minha vez — ele diz, e eu continuo a ver a garrafa de vinho.

A Sra. Alicia agora se lança em mim e começa a chorar. Ah! Eu não tenho outra opção e a envolvo com meus braços igualmente. Eu assisto a Alex abraçar seu pai, isso é um grande avanço, então eles murmuram coisas que eu não consigo entender por causa dos gritos da Sra. Alicia e da avó. E eu pensei que minha mãe era a pessoa mais sentimental neste planeta.

Nós caminhamos para fora, Frank ajuda Alex com sua mala, e todo mundo começa a se despedir de nós.

Dirijo por uns trinta minutos, olho para o relógio e, na minha cabeça, estou calculando que horas estaremos em Nova York. Foda-se! Meu cérebro tem que descansar por um dia.

— Oliver...

— Alex... — eu sorrio, eu sei que quando ela faz aquele som agudo com o meu nome, ela vai perguntar ou pedir alguma coisa.

— Eu preciso de algo para levantar meu ânimo. — Eu faço uma careta e ergo uma sobrancelha, eu sei muitas maneiras de animá-la.

— Algo parecido com o quê? — eu pergunto, tentando parecer inocente.

— Não sei, um hambúrguer — encolhe os ombros e suspira, Alex e seus hambúrgueres.

— Bem, então vamos parar em algum lugar para comer gordura.

— Oliver, a princesinha. — Ela me chamou de princesinha? Eu freio com força, mas ela nem percebe. Está rindo alto, isso não me causa nenhuma graça.

— Alex, Alex... você vai ficar sem hambúrguer — eu digo, ligando o carro novamente.

Paro em uma hamburgueria e rodeio carro para abrir a porta para ela, eu a observo, ela olha atentamente para o exterior e sai analisando o lugar, me dá intriga, e começo a fazer o mesmo que ela, e claro! Era de se imaginar, ao lado da barraca de hambúrgueres há uma sorveteria, ao lado da sorveteria há uma barraca de cachorro quente, ao lado do cachorro quente, uma pizzaria e depois uma loja de doces. Este deve ser o paraíso para essa mulher. Parei num mal lugar.

— Eu sei, nós vamos passar por cada um desses lugares e no processo vamos pegar um balde no caso de você vomitar como da vez que você comeu minha sobremesa — eu zombo, mas sei que pode ser verdade, lembrando o tempo na Itália, que ela não queria me dar aquela sobremesa. Ela apenas solta uma gargalhada e nós começamos na barraca de hambúrguer, então passamos por quatro lugares e tenho que suportar ser chamado de princesinha Oliver. Eu juro que vou comprar fita adesiva para cobrir a boca dessa mulher.

Na pizzaria, a observo, incômoda, alternando o peso do corpo em cada perna. Com o olhar, ela procura algo e estou curioso para saber o que acontece com ela.

— Oliver — ela pega meu braço e agora sim a intriga me mata —, eu tenho que ir ao banheiro.

— E isso porque nem começou a comer, Alex — eu brinco rindo.

— É outra coisa — ela diz, e continua procurando o que eu sei agora que são os banheiros.

Procuro por eles igualmente e quando os acho a levo até lá e espero por ela do lado de fora, acho que posso imaginar o que é. Eu começo a olhar ao redor do lugar e parece bem limpo, eu gosto disso; há também plantas em vasos, eu gosto de plantas. Apenas alguns minutos depois meu celular toca, eu tiro do meu bolso e eu franzo a testa quando vejo o que é Alex. Atendo imediatamente, aparentemente meu celular já está voltando ao normal.

— Alex?

— Oliver, eu tenho um probleminha. — Probleminha? Essa palavra com diminutivo me estressa.

— Você precisa de mim aí?

— Não — ela faz uma pausa e escuto atentamente. — Eu preciso que compre uns absorventes, urgente.

Não pode ser, minha mente trabalha em todos os tipos de coisas em relação a essa frase: "Eu preciso que você compre uns absorventes, urgente".

— Quê? Alex, isso significa que não haverá sexo por vários dias? — eu murmuro, maldita natureza das mulheres.

— Porra! Eu estou estressada, sangrando e você pensando em sexo? — Como não pensar nisso? Sou homem. E é aí que eu percebo que tenho que ir em busca daquelas coisas femininas. Isso não pode estar acontecendo comigo. Saio dali pensando no que vou fazer e onde eu vou comprar essas coisas, caminho de um lado para outro, e escuto o coral dos anjos quando vejo um bendito supermercado na frente. Atravesso a rua às pressas, entro no mercado e repito de novo o que Alex me disse — "com abas e fluxo normal" —, que não sei a que merda se refere, mas nem sequer encontro a seção de acessórios femininos. E pensar que isso vai acontecer comigo muitas vezes pelo resto da minha vida.

— Desculpe-me rapaz, o que está procurando? — Uma senhora de meia-idade se aproxima de mim e me observa com seus enormes olhos cinzentos intrigados, vestindo um uniforme com o logotipo do supermercado, com certeza viu meu desespero. Eu limpo minha garganta.

— Ab... absorventes — eu balbucio, inferno! Por que essas coisas acontecem comigo?

Ela acena e eu a sigo para o lugar onde os supostos estão, e sim, aparentemente aqui está. E eu vejo que existem todos os tipos e todas as cores, o que eu não sei é quais são os favoritos de Alex? Diz que aqui é noite, quando chegarmos lá vai ser noite, acho que vou pegar um desses. Foda-se! Eles não têm abas, malditas abas, eles serão grandes? Eles serão pequenos? Eu acho que eles devem ter os dois lados.

Uma senhora passa por mim e estou tentado a perguntar por que não vejo nenhuma merda com abas aqui.

— Desculpe-me. — Eu limpo minha garganta e ela fixa os olhos nos meus. — Quais destas coisas têm abas?

Ela sorri um pouco e me aponta a próxima seção. Agradeço e antes de chegar lá vejo algumas caixas escritas "OB" e pelo que David disse, sei que estas coisas também servem, mas simplesmente não têm abas.

Merda.

Eu vou até onde a senhora anterior me disse e nada! Nenhum tem abas. Ah! Eu já estou estressado. Eles não entendem que isso é urgente? Vou ter que ligar para Alex. Eu me inclino em uma prateleira esperando ela atender seu celular.

— Alex, eu não vejo as porras das abas em nenhum lugar — eu digo imediatamente, Alex solta uma risada e franzo a testa. — Porra, Alex! Eu estou passando vergonha aqui, e você apenas ri? — Ri novamente. O que há de errado? Devem ser os hormônios que a fazem feliz.

— Oliver, olha o pacote. Aí diz se são com abas ou não. — Eu franzo a testa e olho. Sim, lá diz "com abas" e há algo que diz "fluxo normal", sim, é isso! Finalmente! Essa foi toda a merda.

— Ah! — eu suspiro. — Achei. E se tivesse me dito desde o início.

Eu desligo o telefonema, vou levar cinquenta deles, não quero ter que passar por isso novamente.

Capítulo 56

Levo a enorme sacola com os cinquenta pacotes; eu não estava brincando. Guardo nos bancos traseiros do carro enquanto eu pego o que ela pediu, agora eu tenho que descobrir como levar lá, mas como uma obra prima de um ser supremo a moça da limpeza vai ao banheiro com um esfregão.

— Desculpe-me. — Ela fixa os olhos em mim e franze a testa. — Você pode levar isso para uma garota lá? O nome dela é Alexandra.

Ela faz que sim com a cabeça, pega a bolsa e entra, eu cruzo os braços enquanto espero. O que se faz pelas mulheres! Pelo menos eu sei que é com abas e fluxo normal, embora quando os cinquenta pacotes acabarem tenho certeza que terei esquecido.

Alex finalmente sai, arrumando a blusa branca, e olha para mim com um sorriso nervoso; o nervoso deveria ser eu por essas coisas estarem acontecendo.

— Eu comprei para você cinquenta desses para que você nunca mais me faça passar por isso. — Ela franze a testa e ri de novo, para mim isso não é divertido.

Por fim me entregam a bendita da caixa de pizza, o papel que tenho que assinar cai no chão e enquanto penso em abaixar para pegá-lo, Alex o faz. A mulher que nos atende me deixou atordoado, posso apostar que tem a idade da minha mãe. Eu posso notar quando uma mulher flerta e eu sei que ela está fazendo isso, eu quero sair daqui, ela me lembra da minha mãe, mas pelo menos minha mãe é linda.

Eu começo a assinar o papel e ando para sair o mais rápido que posso pela porta quando ouço a voz de Alex, algo que me chama a atenção.

— É linda essa bunda, não é? Bem, deixe-me dizer-lhe que sou eu quem aperta todos os dias, então mais respeito.

Oh, Deus!

Melhor caminhar mais rápido porque, conhecendo a Alex, vem me apertar.

Eu não sei do que me sentir mais envergonhado, do que Alex disse ou que a senhora estava olhando minha bunda.

Chego até a porta contendo as risadas e ela volta a olhar para a mulher e sorri. Ao que parece não notou minha presença e quando gira se choca com a caixa da pizza que carrego.

— Ah, então é você quem me aperta todos os dias? — digo, e ela imediatamente olha para baixo. Dou gargalhadas e continuo rindo o caminho todo até o jato. Ela só olha para baixo constrangida e olhá-la assim só me dá vontade de rir alto. Parece um anjinho que não quebra sequer um prato, mas na verdade pode tirar o lugar do diabo no inferno.

Já no jato, observo que Alex tem uma expressão séria no rosto. Está com a mão no abdômen e a outra na cabeça, com o cotovelo no braço da cadeira.

Eu fico olhando para ela, temo que tenhamos que ir ao hospital mais tarde.

— Alex... Sente-se bem? — Eu levo minha mão para a testa com a testa franzida, não sei o que acontece com as mulheres quando estão nesse período, mas espero que não fique doente.

— Não, minha barriga está puta e não quer saber nada da vida — eu não sei por que isso me faz rir.

— Claro, você ri porque você não é quem sofre com essa merda.

— Eu não me imagino com um daqueles lenços com abas enrolados no meu Superoliver. — Alex me observa, analisando o que acabei de dizer e sorri.

— Seu "Superoliver"? — Ela cai na gargalhada.

Depois de um tempo ela adormece no meu ombro e eu começo a buscar no Google sobre essas coisas de mulheres e suas menstruações, eu só ouvi dizer que elas enlouquecem. Depois de um tempo, já sei mais sobre como funciona o aparato feminino do que o meu, e muitas outras coisas que preferiria manter ocultas.

A turbulência de jato acorda Alex, que olha pela janela; estamos chegando. Uma vez que o avião aterrissa, ela é a primeira a sair e caminhar até a limusine com a caixa de bolinhos que a avó Carlin nos deu, enquanto eu assino uns papéis. São vários e eu me assusto com umas risadas; me volto para ver e está Alex, rindo e comendo bolos com Pablo, o motorista da minha empresa, bem como marido da Rosa. Sorrio ao vê-la feliz e Alex é capaz de fazer amizade com qualquer um. Eu me aproximo deles e saúdo Pablo com um aperto de mão, ele abre a porta para nós e Alex passa primeiro.

— Sr. Pablo, não é necessário, mas obrigado — diz Alex e eu sorrio, tenho certeza que ela já ganhou Pablo também. Leio um relatório do David e Alex se inclina no meu ombro. Me ajeito para que ela se deite no meu peito e acaricio seus cabelos, o Google disse que se deve fazer as vontades delas quando estão assim, não é a posição mais confortável para ler, mas ao menos para ela é.

Chegamos ao prédio de seu apartamento, subimos pelo elevador e, felizmente, não há mais pessoas, percorremos o corredor do prédio que leva ao seu apartamento e Alex está pensativa e nostálgica. Como vai sentir falta de viver aqui? Bem, vou culpar seus hormônios, também li que as mulheres ficam melancólicas quando estão naqueles dias. Alex abre a porta do apartamento e...

— VAMOS, DAVID, MAIS FORTE!

Os grunhidos ásperos do David são ouvidos.

— MAIS FORTE. Foda-se! Eu não lamento que se mude mesmo!

Eu franzo a testa, eu não sei para onde olhar, eu não quero ver as bolas do David novamente... uma vez que ele esqueceu de trancar a porta do seu quarto de hotel, eu entrei e... Bam! Estava em uma cima de uma modelo russa que não sei quem é, gritando em sua língua. Eu saí o mais rápido que pude, mas as pálidas nádegas do David ficaram tão gravadas na minha memória que depois tudo o que eu via tinha forma de nádegas. Demorei para superar esse trauma, mas ela me ligou depois e juro que alguém que já passou pelo David não me atrai.

— ESTOU SUANDO! Quer mais forte que isso?

Eu evito rir, eu só espero que não seja o que eu penso. Natalie vai para a sala e pelo menos usa roupas, seus olhos brilham quando ela vê Alex. Eu sei o que isso significa, imediatamente trago minhas mãos para meus ouvidos, gritos e abraços. Sim, eu as conheço, ela está usando aquelas luvas de boxe, espero que ela não as tenha usado no David. A verdade é que espero que ela as tenha usado no David.

— Meus ouvidos! — David exclama, parado atrás de Natalie. Ele também tem luvas. — Anderson, estamos ferrados, estas mulheres têm um saco de pancadas neste lugar. Você acredita? — Eu acho que sim, David finge choramingar e é a coisa mais engraçada do mundo. — Esse é o que você estava dando com força? — eu pergunto com todo o duplo sentido possível e David apenas me olha seriamente.

— Você quer pizza? — Alex se dirige para a cozinha e Natalie grita de excitação. Ah! David e eu vamos ficar surdos.

Todo mundo começa a se servir menos Alex. Alex? Não comer pizza? Isso é tão sério nas mulheres? Começo a levar pedaços de pizza em sua boca e como ela não come, começo a fazer os típicos aviõezinhos que costumam fazer aos bebês para que comam. Natalie ri e Alex termina comendo. Faço um sinal sutil a Natalie apontando para o David e ela imediatamente entende. Chegou a minha hora de vingança!

— David, senta essa sua bunda aqui no sofá agora mesmo. — Tento segurar uma risada para não me perder esse momento do David obedecendo ordens. Ele caminha seriamente comendo sua pizza e senta onde Natalie o indicou. Só uns segundos depois ele percebe e levanta puto.

— NÃO FALA ASSIM COMIGO! — David volta para a cozinha, eu não vou rir, não vou. Foda-se! Sim, vou rir.

— E é assim que vocês vão morar juntos? — pergunta Alex, Natalie está rindo e David finge que não se importa, embora eu saiba que sim.

— Sim, eu preciso de uma cozinheira na minha casa, então...

— Cozinheira é a sua avó — Natalie interrompe imediatamente, David ri alto, não sei como será a sua vida de casado, mas tenho certeza que será uma comédia; mais por David.

— Olhem o lado bom, vão ser vizinhas, David mora há umas cinco casas de distância da minha — afirmo enquanto como um pedaço de pizza. De qualquer forma, já me preparo psicologicamente para engordar

Ambas se olham com emoção e eu já vou preparando meus ouvidos para esses gritos diários.

— Ei, sério que até casa perto vocês compraram? Tem certeza de que vocês não se gostam?

Natalie estraga o momento, nós dois olhamos para ela. Não, não são olhos verdes, nem parece uma boneca, além disso, meu Superoliver e eu temos certeza de nossa masculinidade.

— A sério, preferia me casar com o Oliver a você — David começa a caminhar em direção nós. — Mas de repente se torna louco e comece a dar milhares de ordens para todos os lados e a despedir pessoas.

Alex ri, eu não acho engraçado, nem Natalie, que olha para ele com toda a seriedade possível.

— Talvez você devesse despedir sua assistente, David — digo com um sorriso malicioso, sim, fiz isso de propósito.

Imediatamente David me faz um gesto de negação sutilmente, mas as mulheres são três vezes mais espertas, Natalie percebe imediatamente e olha para ele com fúria.

— Assistente? O que você tem com a sua assistente?

Natalie se levanta e tira um dos sapatos Vans da Alex.

— Nada — David gagueja, corre ao redor do apartamento e Natalie vai para trás com o sapato de Alex levantado. David encontrou a forma do sapato dele.

Capítulo 57

Não sei como Alex me convenceu a ficar nesse pote, mas se ela quer ficar aqui não tenho outra escolha a não ser ficar com ela. Eu ouvi da minha mãe que camomila é bom para reduzir as cólicas menstruais, sim, acho que foi isso, mas melhor eu verificar no Google, ele nunca mente. Em frente ao prédio do seu apartamento há um supermercado, eu vou lá e pego uma caixa de saquinhos de chá.

A bendita da camomila funciona, dez minutos depois já foi dormir e a levo em meus braços até o quarto dela, eu fico com ela, estou muito cansado, acho que amanhã vou me dar férias. Adormeço em segundos, mas uma mensagem no meu celular me acorda. Senti que se passaram cinco minutos, mas já eram cinco horas.

David
Vamos correr?

Que milagre, esse idiota está acordado antes de mim.

Oliver
Ok

Eu me levanto furtivamente para não acordar Alex e outra mensagem chega.

David
Eu te dou dez minutos, e para mim dez minutos são dez minutos.

Oliver
Vá à merda!

Eu ouço suas risadas da sala de estar, sim, ele também foi forçado a ficar, e sua dor foi maior porque ele teve que ficar assistindo filmes de romance com Natalie até a meia-noite. Eu saio de suéter e ele está sentado em uma poltrona tomando café.

— Vamos?

— Toma, te fiz um café — ele me entrega uma xícara e o observo franzindo a testa, o copo tem um rosto, eu juro que é que um cão, sim, ao que parece, a alça parece ser a cauda.

— Que porra é essa? Um cão? — David olha para a xícara e tenta decifrar o que é, a dele é um rato, mas isso é fácil porque diz "mouse" na parte inferior.

— Parece que esse maldito é um cachorro e imagine que estes copos vão parar na sua casa e na minha... — ri. Eu nunca morei com uma garota, mas eu já sei como será.

Começamos a correr e quase nos perdemos, não conhecemos esse lugar tanto quanto o nosso, mas não parece um lugar ruim para se morar, parece calmo, ou espero que sim. Eu me mudaria para cá, mas prefiro a minha casa. Chegamos e nenhuma das duas adormecidas se levantou. Meia hora depois, estamos tentando aprender a cozinhar com um vídeo do YouTube.

— Estamos ferrados, Anderson — diz David, enquanto observamos cuidadosamente o celular aprendendo a preparar um omelete. Prego meus olhos nele desconcertado.

— Agora você encontrou uma câmara de tortura escondida neste lugar? — Eu brinco, no entanto, no fundo eu acredito que há uma câmara de tortura neste lugar e meu sorriso se dissipa apenas pensando nisso.

— Não — ele me olha —, olhe só para nós, estamos preparando comida para aquelas duas mulheres quando você e eu deveríamos estar em outro país, mordendo os mamilos estrangeiros.

É melhor não rir, não quero acabar com os ovos extirpados.

— Não mencione isso neste lugar, David. Ou o saco de pancadas será você e eu — murmuro, David ri e olha para o vídeo, dissipa o seu riso, tenho certeza que está imaginando isso, o que me faz rir, agora dele.

Nós continuamos a ver o vídeo, uma vez que David foi para o supermercado do outro lado da rua para procurar o que precisamos, ele mesmo se ofereceu para ir, porque disse que as caixas são bonitas, eu gostaria de comentar isso com a Natalie. Eu nem mesmo percebo como as caixas são porque tenho medo dos enormes olhos verdes de Alex e de sua habilidade de torturar, e não quero saber o quanto ela realmente está zangada.

— Qual dessas merdas é a pimenta? — David pergunta, franzindo a testa, olhando para uma série de especiarias que ele trouxe do supermercado.

— Eu não sei, acho que essa coisa preta — aponto com uma concha que tenho em mãos o que eu acho que é a pimenta.

— Você acha que a pimenta é feita da pimenteira? — David pergunta como se fosse óbvio.

— Sei lá, porra, mas faz sentido — essas coisas de cozinhar não são pra mim.

— Você comprou o iogurte grego? — Eu começo a derramar os ovos em uma tigela e David joga uma colher que eu pego no ar.

— Com certeza — exclama, começa a jogar o iogurte em uma vasilha grande e começa a sacudir e a cantar a bendita canção da Macarena, e eu nunca consigo deixar de cantar com ele toda vez que faz isso, desde... sempre? E começamos a nos mexer de um lado para o outro ao ritmo da puta da música, quando uma risada nos faz virar em direção ao som; é a Alex às gargalhadas vendo nosso baile. Sinto o sangue se acumular nas minhas bochechas e olho a cara do David ficar vermelha. Ele por ser loiro dá pra perceber melhor.

— Continuem — Alex aperta os lábios para não continuar rindo —, não parem por mim.

— Esqueci que não temos mais privacidade — diz David sério. E eu não sei mais o que fazer.

— Já está melhor? — eu pergunto, antes que o bullying ao Oliver continue.

— Com essa serenata, quem não — continua ela. Por Deus!

— Estou aqui cozinhando para você e você tirando sarro dos meus dotes artísticos — eu choramingo e finjo que limpo uma lágrima de mentira.

— Alex, você magoa seus sentimentos — diz David, com sua típica expressão neutra enquanto balança a cabeça, despeja um cereal sobre a tigela com iogurte. — Em seu lugar, eu enviaria esse café da manhã romântico para o inferno, Oliver.

Isso me faz rir, mas como sempre, Alex estraga tudo.

— E se cantarem a Macarena de novo? — isso faz com que a olhemos ferozmente. Nisso, Natalie aparece e vem andando até nós. Para de repente ao ver o David e posso apostar que é porque ele está sem camisa. É que nossos suéteres ficaram suados e decidimos ficar só de calças de corrida.

— Mas que loirinho mais sexy — ela sacode as sobrancelhas várias vezes e olha para David descaradamente. Ele pisca para ela com um beijo malicioso e eu achando que uma mulher mais pervertida do que Alex não poderia existir.

O café da manhã não é ruim, e isso me deixa orgulhoso, mas não vou fazê-lo novamente.

— E por que você não usa aliança de casamento? — Alex pergunta, vendo as mãos de Natalie e David, é verdade, eu não tinha notado.

— Porque meu querido esposo comprou alianças de plástico, e eu não vou trabalhar com isso — responde Natalie encolhendo de ombros.

— Deveria levá-la na sua amiga da joalheria — esboço um malicioso sorriso, sim, disse de propósito e David me olha com reprovação. Natalie vira seu olhar maligno para ele.

— Amiga? Qual amiga? — Sim, isso é o que eu estava tentando fazer e fiz.

— Eu juro que é apenas uma amiga. — Não posso lidar com isso.

— Então por que você está nervoso? — Eu até quero comprar a casa ao lado de David para ouvir todos as suas desculpas quando Natalie descobrir todas as amigas que ele tem.

Começamos a guardar as coisas coloridas destas duas mulheres em caixas e elas começam a dividir as coisas que tinham comprado entre as duas. Para minha desgraça, o saco de pancadas fica com a Alex. David abre um grande sorriso, xingo David, embora... olhando para o lado bom, quando ela estiver com raiva vou levá-la para bater o saco de pancadas.

Eu esperava lágrimas, gritos e abraços de ambas ao se despedir; na verdade, elas até que se comportaram, o que significa uma única coisa: Natalie vai estar sempre na nossa casa ou Alex na deles. Depois de horas já estamos em casa esperando o caminhão de mudança, nós reservamos metade do dia livre com David para deixar essas coisas organizadas.

Poucos minutos depois o caminhão chega aqui, eles começam a baixar coisas, felizmente, não são muitas, mas são coisas estranhas, como um porta-livros de um Minion enorme que eu não posso deixar de olhar, parece que vai cair em cima de mim a qualquer momento. Desço até a sala enquanto eles providenciam tudo. Lá está a Alex numa cadeira grande olhando para todos os lados, chego perto dela e pego o sorvete que ela tem nas mãos e me sento ao seu lado.

Os encarregados de arrumar as coisas baixam uma enorme caixa e a colocam perto de minhas poltronas, eu não tinha visto aquela caixa, eles desempacotam e eu franzo a testa. Por que está desempacotando aqui? E então eu vejo que é uma poltrona em forma de mão, a base é a palma da mão e dedos apoiando, não consigo imaginar-me sentado naquela coisa, sinto que ela está tocando minha bunda. Alex se levanta e olha para a cadeira feia com brilho em seus olhos.

— E essa coisa não coloca os dedos onde não deveria? — Alex olha para mim com uma carranca. — Foda-se! Até as unhas dela são pintadas de vermelho — Eu ainda vejo a porra da poltrona, ela se aproxima de mim com os punhos fechados e bate no meu braço com o punho, uau, o quão forte ela me bateu (sarcasmo).

Eu me sento na cadeira feia e uau! É confortável, delicadamente a tiro dos braços da cadeira para sentá-la em minhas pernas, beijo seus lábios, esses lábios ricos e ternos de Alex que eu amo, um pigarro da garganta nos tira da nossa bolha e ambos olham na direção do som. Rosa está na nossa frente com os braços cruzados.

— Como as minhas palavras naquele dia tiveram um efeito maior do que eu esperava, né? — Ela esboça um largo sorriso e sinto como se meu rosto se tornasse de todas as cores.

— Rosa, você não tem nada para fazer? — Eu a observo atentamente e ela quer soltar uma risada.

— Menino Oliver, isso significa que não haverá mais embriaguez? — Rosa olha para nós alternadamente, e eu lembro disso.

— Acredito que não mais, Rosa. — Ela olha para mim com raiva, enquanto coloca as mãos na cintura.

— E eu tinha já preparado psicologicamente o Pablo para quando chegasse bêbada. — Oh, céus, não rio porque Rosa não pode me ver rindo o tempo todo.

— O menino Oliver me prometeu algumas cervejas quando se divorciasse de você.

Alex olha para nós alternadamente.

— Menino Oliver? — Ela levanta uma sobrancelha e eu olho para cima, eu não tinha notado como ela me chamava, mesmo sabendo que eu odeio isso. Eu olho para ela ferozmente e ela apenas ri, maldita Rosa.

— A propósito — ela diz rindo —, chegou algo para você ontem à tarde.

Eu franzo a testa e começo a me afastar rapidamente, estou curioso e segundos depois vem com uma pequena bolsa e dá para mim.

— Ah! É o meu novo celular — eu começo a abrir e sim, parece igual ao das fotos, acho que sou o primeiro a ter esse modelo.

— O que aconteceu com o seu outro celular, Oliver? — Rosa me olha surpresa.

— Tem um arranhão porque bateu um pouco, eu não gosto de celulares com arranhões.

— Posso ficar com ele? — Os olhos de Rosa brilham e concordo com a minha cabeça, não tenho mais nada a ver com ele.

— Deixe-me passar meu número para... — Rosa grita, mais forte que Alex e Natalie juntas, me interrompe, meus tímpanos estão ressentidos. Foda-se!

— Sinto muito — ela sorri. — É a emoção porque finalmente terei Waksak. — Eu franzo a testa, expliquei mil vezes WhatsApp, não Waksak.

Capítulo 58

Dirijo rumo ao escritório e David vai saindo de sua casa em sua Ferrari, dá uma buzinada e faço o mesmo. Não, não vamos brincar de velozes e furiosos na rua, ainda que... ele passa ao meu lado abaixando a janela e esboçando um sorriso, enquanto levanta as sobrancelhas. Em instantes, me deixa a vários metros de distância; acelero para alcançá-lo, posso ir mais rápido que ele se quiser, mas... logo me lembro que sou casado, e que ela é bonita, e se me acidento e morro é provável que em poucos anos estará casada com qualquer um. Eu não suportaria isso, nem morto, e, se reencarno, provável que me lembrasse disso e cairia morto infartado. Melhor me acalmar, não estou atrasado

— Ei, Anderson! Como você ficou para trás? — pergunta David, na entrada da companhia.

— Eu tive minhas razões.

— Ele olha para mim com uma carranca, uma de suas mãos está dentro do bolso de sua calça cinza.

Chegamos à sala de reunião, chegamos bem cedo, começamos a dizer olá aos membros e eu me sentei à cabeceira da mesa, David à minha direita e só esperava que Cristal aparecesse em menos de cinco minutos, senão vou me chatear.

— Oliver, você está se sentindo bem casado? — A pergunta de David me faz desviar o olhar do meu laptop e o observo franzindo a testa.

— Incrivelmente, sim — até mesmo às noites estou feliz quando ela colide com a parede com sono procurando o e começa a falar um monte de palavrões em alemão, inglês, francês, e eu acho que japonês.

David coloca os cotovelos sobre a mesa de vidro, ele olha para mim.

— Você, Oliver Anderson, aquele que disse que nunca ia se casar, aquele que dizia para que se casar, aquele que dizia que ele estava bem sem compartilhar suas coisas, aquele que disse... — Eu pego a caneta que repousa sobre a mesa e jogo na cara dele.
— Oliver!
— Agora pegue, você me fez jogar em você. — Eu aceno minha caneta e giro meu olhar para o monitor.
— Bem, isso vai te custar cinquenta dólares — ele se inclina para pegar a caneta e joga para mim.
— Tão barato? A caneta é mais cara — eu respondo sarcasticamente, ele ri enquanto se inclina no encosto da cadeira.
— Bem, com aqueles cinquenta dólares que eu já comprei tampões — eu começo a rir, mas depois lembro que é uma reunião com parceiros e não posso estar rindo.
— E você não se sente bem casado? — Eu levanto uma sobrancelha e observo ele.
— Claro que não.
— Claro que não? — Ele balança a cabeça enquanto tira o seu laptop de sua pasta.
— É a coisa mais foda.
— Talvez seja hora de você se comportar — falo, vendo-o atentamente. Ignora minhas palavras e começa a digitar no seu computador.
— Eu preciso de você para demitir a Andi, ela está me deixando louco. — Eu sabia que um dia ele pediria por isso, mas eu não vou.
— Demita você, também pode. — Eu o observo ao dizer isso e viro o olhar para o computador, começo a teclar quando Cristal entra pela porta. Olho meu relógio, chegou três segundos antes dos cinco minutos que havia dado. Ela se senta ao lado do David e a reunião se inicia.

Há algo estranho: é que Alex está no grupo de edição agora e não a vejo todo o dia como antes; já não posso levá-la nas reuniões, mas fico feliz em saber que ela passou em todos os testes com boas notas e isso porque a pressionei em dobro. Intimamente, quero que volte a ser minha secretária... neste horário, já está em casa.

Eu dirijo para casa, David vai atrás de mim, mas imediatamente passa por mim, eu aperto o acelerador com força, mas depois lembro que minha esposa está me esperando, então é melhor eu me acalmar.

Chego e não tem ninguém em casa, nem Rosa. Onde teriam ido. Subo ao quarto e Alex não está lá, ao menos está tudo arrumado. Ouço a campainha tocar e vou até a porta.

— Natalie está aí? — pergunta o David com a testa franzida.
— Não, nem a Alex ou a Rosa. — David entra e solta um sorriso.
— Que porra é essa? — aponta para a cadeira de Alex.
— Presume-se que é uma maldita cadeira — digo, olhando pela janela. O carro da Alex está lá, o que quer dizer que ela não saiu. David se aproxima da cadeira esquisita e se senta.
— Estou esperando o dia que vai chegar o pé. — David ri.
— Quando se deu conta que tem uma cadeira de vagina na sua sala?
— imagino a cena e... Por Deus! Não! Tira essa imagem da minha cabeça.
— Essa merda não te rasga a bunda? — pergunta o David, me observando.
— Pensei o mesmo, mas acho que não — também rio, sim, a gente se entende.

Agora me lembro, o saco de boxe está na academia, acho que já sei onde estão.

David olha para mim, ele também pensou o mesmo, nós andamos até lá e do corredor eu ouço gritos e risos, sim, lá estão elas e parece que, com Rosa. Eu franzo a testa e abro a porta. Sim, aqui estão elas e Alex está dobrando o braço de Rosa no chão e Natalie está de pé. Saio por umas horas e já estão matando a Rosa.

Eu coloco minhas mãos na minha cintura, puxando a bolsa do meu terno desabotoado e eu olho para elas com uma sobrancelha, David vai logo atrás de mim e também assiste à cena.

— O que você está fazendo com a Rosa? — pergunto calmamente, esperando uma explicação, embora Rosa pareça gostar disso.

— Por favor, filho Oliver, me ajude — continua rindo e recolho o espaço entre as sobrancelhas, não sei se devo me incomodar ou rir. Eu não sei o que elas podem estar fazendo com ela, mas ela está em uma posição muito desconfortável. E Rosa errou ao fazer amizade com as duas ao mesmo tempo.

— Solte a Rosa, que eu quero brownies — David diz, Rosa para de rir e levanta a cabeça para observar David descontente.

— Sabe de uma coisa, garotas? Melhor terminarem de me matar — e volta a se deitar no chão. Alex e Natalie acabam deixando-a ir as gargalhadas e eu faço todo o possível para não o fazer, porque eu deveria estar chateado, eu fecho meus lábios e olho para David.

Eu tenho que convencer Rosa a fazer brownies, e tenho que admitir que ela faz os melhores. Alex se senta em minhas pernas na cadeira da sala de jantar onde eu estou. Rosa queixa-se de novo e de novo da dor no braço e sei que Alex é a culpada, depois vou perguntar por quê.

— Natalie, pelo menos mande-me uma mensagem quando sair — diz David, Natalie está sentada do outro lado da mesa e olha para Rosa com um rosto de poucos amigos. Não sei o que ela fez com elas, mas tenho certeza de que nada de bom, talvez tenha a ver com o que Rosa chama de Waksak. Ela franze a testa e vira o olhar para David.

— Eu saio quando sinto vontade — eu pensei que Alex era a mulher mais irritada que eu conhecia.

— Bem, agora você é casada, então pelo menos você tem que me dizer — finalmente chegou o dia do David.

Rosa imediatamente as vê novamente e olha para elas alternadamente.

— Bem, você também é casado, você não deve ver as fotos de calcinha que a ruiva manda para você. — Isso está ficando bom. Eu quero participar, mas não vou. Pobre David, ele já tem o suficiente.

— Casado? — Rosa cruza os braços e olha para David. — Como casado?

— Infelizmente. — David olha para Natalie com descontentamento e ela olha para ele da mesma maneira, sinto o cheiro do divórcio em breve. Eu só espero que ele não me peça dinheiro para pagar por isso.

— Como? Por que todos se casam e ninguém me diz nada? — Rosa está olhando atônita para David.

— Porque ele estava em Las Vegas e bêbado. — Ele ainda não tira os olhos de Natalie.

— Você sabe o quê? — Rosa joga a concha que ela tinha em suas mãos na tigela fazendo tudo espirrar, bem, ela é a única que vai limpar essa bagunça. — Faça o seu brownie sozinho, David! — Ela começa a tirar o avental e joga-o contra a sala de jantar. — Todos se casam e ninguém diz nada para mim, nem sequer me convidam para tomar uma cerveja. — Rosa começa a andar e todos nós olhamos para ela recuando e se perdendo atrás da porta. — Rosa, eu quero isso, Rosa, eu quero aquilo, mas ninguém se digna a me convidar para... — Ela continua gritando na sala de estar até que bate à porta da frente, pobre Pablo, ele vai ouvir seus gritos agora.

Capítulo 59

Estava achando que Rosa estava de brincadeira, mas não. Não voltou até o dia seguinte, quando chegou gritando que tinha ido ver seu filho Juan Pablito na prisão, e David estava sentado comigo e não, ela não falou com ele, até uns três dias depois, quando David apareceu em minha casa para que revisássemos uns papéis, se sentou na cadeira rasga-bundas da Alex (sim, a da mão gigante) e Rosa apareceu na porta com um corte novo. Eu nunca elogio Rosa, mas em David isso é normal.

— Mas que Rosa mais bonita! Corte novo? — David finge espanto e Rosa de repente para e se vira para vê-lo.

— Isso mesmo. — Os olhos de Rosa brilham e ela coloca as mãos no cabelo, penteando-o de volta.

— Até parece mais jovem e mais magra. — Evito rir e finjo que os papéis são mais importantes.

Rosa sorri amplamente.

— Você quer brownies, menino David? — agora sim olho para cima, eu também quero brownies.

— Claro. —Ele pisca para ela e esboça um de seus melhores sorrisos.

E assim eles voltaram a ser melhores amigos.

É assim: Rosa é fácil.

Os dias passam e minha vida de casado melhora a cada dia. E foi isso que Alex me disse uma vez sobre felicidade, ela estava certa em parte. Por quê? Porque se eu não fosse o chefe da revista, nunca teríamos nos encontrado; isto é, o dinheiro me trouxe essa felicidade.

Tem sentido. Não?

Certa vez caí na entrada da empresa e... não, esqueçam isso, não vou contar porque me senti envergonhado.

Eu procuro meu suéter por toda parte. Onde diabos você está? Porra David se ele pegou, eu vou para a academia novamente e não, não está, eu estou de volta no quarto e não, nada. Foda-se! Eu amo essa porra desse suéter azul.

Eu ouço alguns passos entrarem no quarto e só pode ser a Alex.

— Alex. Você viu meu...?

— Oliver, ouça isso... — ela me interrompe comendo um doce, me viro para vê-la e lá está meu maldito suéter, começa a imitar a voz de dois homens.

— *Ei amigo, eu comprei um fundamental.*

— *Quê?*

— *Um chapéu, você não entende? Um fundo mental.*

O engraçado era a voz dela.

— Que piada de mau gosto — ela diz, rindo. — Não são David e você?

— Eu não sei se vou rir dessa piada, da sua imitação, do seu riso alto ou do fato de que você está usando meu suéter e estou procurando por ele como um louco.

E ela olha para o suéter e depois para mim.

— No meu antigo apartamento eu colocava as roupas da Natalie, aqui vou usar a sua, então se acostume com isso.

Ah! Que beleza!

Eu deveria estar chateado, mas quem se incomoda com aquelas pernas longas e bonitas e muito mais quando ela as cruza sentada em outra cadeira estranha que ela comprou e está em nosso quarto.

— E o que você está vestindo sob esse suéter? — Quero ouvir sua resposta, porque sei que vai me aquecer.

— Nada. — Ela levanta os olhos verdes para mim, levanta uma sobrancelha e sorri maliciosamente.

Sim, esta é a única mulher que sabe como me excitar apenas com palavras.

— Nada? — Eu pergunto e mordo meu lábio inferior.

Alex sorri mais amplamente, eu corro para ela e tomo-a em meus braços e a deixo cair na cama, ri alto e começo a devorar seu pescoço.

— Oliver. Chega! Você me faz cócegas — eu amo como ela ri, ela tira o doce da boca e joga em algum lugar, bem, eu só espero que ela pegue mais tarde. — Oliver, estou falando sério.

— E eu te beijo sério também — e volto para os seus lábios, têm um sabor doce, eu amo ainda mais, minhas mãos acariciam seu corpo e subo lentamente minhas mãos através do interior de suas coxas, me separo um pouco de seus lábios. — Mentirosa, usando calcinha.
— É óbvio, eu não ia andar com a minha Superalex ao ar livre.
Superalex? Não, eu não posso deixar de rir. O quê? Eu olho em seus olhos, eu não sei como esse olhar inocente pode pertencer àquele ser demoníaco.
— Bem, sua Superalex vai estar no ar agora mesmo.
E de volta ao seu pescoço e ela ri novamente com risadas, eu levo minhas mãos sob sua calcinha, pronta para abaixá-las.
— Oliver. O que é isso? — Ela olha para o teto com uma expressão de surpresa extrema, olha para um ponto. Imediatamente, vendo que observa algo com intriga, eu paro e levo meus olhos rapidamente para onde estão os seus olhos, ela num movimento ágil me empurra e caio prostrado de costas na cama e ela foge pela porta do quarto.
Eu sempre esqueço o quão hábil essa mulher é, bati no colchão com risadas. Agora ele me paga e eu sei como.
— Maldita Alex, sempre a mesma coisa, mas vai pagar! — A sigo pelo corredor, ela desce as escadas rapidamente, mas eu conheço a minha casa perfeitamente e não vai ser difícil encontrá-la.
Ela se esconde atrás da parede de um corredor que leva a uma sala, eu sei exatamente onde é, mas se eu a enfrentar cara a cara ela vai correr, então eu vou passar como se nada tivesse acontecendo. Alex não sabe que há uma outra entrada para o salão mais adiante.
Rápida e furtivamente eu ando para onde ela está. De acordo com ela, está escondida, é que ela parece tão bonita com meu suéter, eu terei que dar a ela de presente, mas se eu os der de presente ela não os usará. Quando ela está prestes a deixar seu esconderijo, eu a pego pela cintura.
— Te peguei! — Estou rindo e começo a fazer cócegas nela. Sim, ótima maneira de me vingar, sabendo o quanto é delicada.
— NÃO! Oliver!
Oliver, nada, ela tem que pagar pelo fato de que ela me leva como um idiota sempre que tem vontade.
— Oliver, droga!
Ela finge se sufocar, mas não, eu não acredito mais tão fácil assim.
— Te disse que você ia me pagar! — Ri mais alto e se joga no chão até eu rio com ela, acho que já era suficiente a tortura; depois de vários

minutos tentando recuperar a respiração ajudou-a se levantar e se deixa cair em meus braços, suas bochechas estão vermelhas pelo riso e seus cabelos despenteados, ainda parece bonita.

Olhamos nos olhos, por alguns segundos, como amo que me olhe assim, imediatamente junto aqueles preciosos lábios aos meus, rodeio sua cintura com meus braços e a aproximo mais ao meu corpo, levei uma das minhas mãos ao pescoço dela para aprofundar o beijo delicioso. Tudo nela é requintado.

Com minha outra mão eu subo um pouco o suéter e acaricio seus glúteos; logo subo para a cintura e começo a perder o controle, com ambas as mãos abaixo sua calcinha que desliza pela suas pernas, acaricio sua intimidade, e, num rápido movimento, levanto e ela enrosca suas pernas nos meus quadris; a sustento contra a parede com meus braços e o beijo se torna mais intenso, tão intenso que sinto o calor que emana do meu corpo, quase que imediatamente me apodero do pescoço dela e ela agarra meu cabelo com os dedos; sentir seu aroma me deixa louco, meu membro me aperta contra a minha calça e com uma mão abaixo a barra da calça e da cueca, volto aos seus lábios, esses lábios cor de rosa.

Com minha mão eu corro minha intimidade dentro dela e imediatamente sinto como seu calor me envolve; solta um gemido ao sentir nossa união e eu perco completamente o controle. Com nossos lábios unidos começo com movimentos suaves e, à medida que o tempo passa, aumento o ritmo das investidas; ela geme incontáveis vezes, me encanta essa mulher e sempre me encantará, estou certo disso. Minha língua dança junto com a dela, e logo desço meus beijos pelo seu queixo e pescoço, voltando a sua boca. Ambos nos agarramos ao corpo um do outro e ao chegar ao clímax, sinto que morro.

Morro de amor por ela.

Sinto como se tivesse sem forças, pouco a pouco saio de dentro dela enquanto recuperamos nossas respirações e ajeito sua roupa e ela a minha. Põe os pés no chão e imediatamente me abraça e faço o mesmo; sinto seu coração bater desenfreado como o meu; a amo completamente.

A carrego nos braços e subo as escadas. Preciso de mais disso e sinto sua pele contra a minha.

Capítulo 60

— Oliver, é sério o que você pretende fazer? — David olha para mim levantando uma sobrancelha enquanto cruza os braços. — Quero dizer, você já é casado. Para quê?

— Para ter uma boa memória, David. Para as mulheres, isso é importante, todas sonham com o dia em que propõem o casamento. Mas não diga a Natalie porque ela lhe dirá e não será mais uma surpresa. — David começa a andar de um lado para o outro na academia.

— Posso estar lá no caso de ela te rejeitar? Eu não quero perder nada.

Eu abro um sorriso.

— Não, você não pode, e ela não me rejeitará. Você já pediu uma em casamento, então eu quero que você me aconselhe.

Ele olha para mim com uma carranca.

— Não me lembre, Oliver. Eu estava envergonhado em um restaurante muito caro só porque era disso que ela gostava, então um mês depois ela deixava o anel na minha cama e um bilhete dizendo "me desculpe". — David parece pensativo e imediatamente muda sua expressão com um bufo. Embora eu saiba que isso ainda afeta ele. — Bem, vamos praticar, apenas fique de joelhos e enuncie as palavras mágicas. Eu sou Alex e você... bem, você é o mesmo idiota.

Eu levanto uma sobrancelha e olho para ele. Ele caminha até um esfregão, remove as mechas e as coloca na cabeça, simulando um cabelo. Eu olho para ele com intriga e caminho de volta.

— David. O que está fazendo?

Ele para na minha frente, pegue numa madeixa dos fios que caem em ambos os lados do rosto e começa a envolvê-la em torno de seu dedo, enquanto a outra mão está na cintura.

Oh, Deus! Eu não posso com isso e, ainda por cima, finge uma voz feminina.

— Depressa, filho da puta, tenho que pintar minhas unhas. — Eu seguro meu abdômen de tantas risadas e ele acaba rindo comigo. — Vá a merda, Oliver. Vamos, apenas ajoelhe-se e diga as porras das palavras de uma vez! — Quando estou me acalmando, e estou pronto para fazer o que ele diz, ele para na mesma posição e continua enrolando o pavio no dedo.

— Não, n... eu não posso — eu murmuro entre risadas e ele olha para mim.

— Oliver, maldição. Apenas finja que sou a Alex.

Eu não posso fingir que é a Alex, mas... eu caio sobre um joelho enquanto ele estende a mão esquerda para mim, eu aceito e naquele exato momento a porta do ginásio se abre.

— SANTA CACHUCHA. Eu posso ser a dama de honra? — Rosa olha para nós alternadamente, imediatamente David tira as mechas de sua cabeça e sinto o sangue correndo para as minhas bochechas. Ela solta uma risada e quando ela foi publicar o que ela tinha acabado de ver em seu status do "Waksak", nós tivemos que sequestrá-la e amarrá-la em um canto.

Obviamente não. Mas nós explicamos que ela não podia dizer a Alex porque era uma surpresa, ela começou a gritar como uma louca e quase desmaiou.

— Mas desta vez me convida, filho Oliver, ou juro que vou bloqueá-lo na minha Feibu.

— Eu não tenho FACEBOOK, Rosa.

— Mas vai ter, como vingança vou fazer um Feibu para você e começar a conversar com homens fingindo ser você. — Com Rosa estou mais do que ferrado.

Eu dirijo até a empresa pensando novamente que desculpa vou dar para Alex para ficar mais tempo no escritório sem que suspeite de algo e olho para a maldita flor sorridente pendurada no meu retrovisor. Alex tinha comprado outro dia e não... ela não a pendurou no carro dela; Ela teve que vir e pendurar no meu, porra. Um dia que Alex não estiver comigo eu vou jogá-la em uma lixeira e fingir que fui assaltado e só levaram a porra da flor.

Eu tenho um dia muito ocupado, reuniões e visitas de diversos parceiros, apenas cerca de duas vezes eu vi Alex, estou conversando com dois parceiros quando a porta do meu escritório se abre e olhamos para ela;

primeira coisa que se vê é sua cabeleira loira e pouco a pouco aparece seu rosto. Ela faz isso desde que veio trabalhar para mim.

Parece terna.

— Eu sinto muito — ela diz, eu sorrio quando a vejo, eu a sinalizo para entrar e a apresento aos meus parceiros, eu não gosto de como eles olham para ela.

— Posso ir para casa? — ela sussurra.

Perfeito! Nem sequer questiono o fato de que querem ir mais cedo, que eu preciso de mais tempo, então sem pensar duas vezes lhe dou as chaves do carro e coloco um terno beijo nos seus lábios e se retira.

As coisas que tinha encomendado chegaram, as coloco tal como tinha visto nas imagens, visitei várias joalherias com David, nada me convencia, até que eu vi um com uma esmeralda no centro e lembrou-me imediatamente dos seus olhos, será este.

Eu chego em casa e Alex não está no quarto, posso apostar que ela está no ginásio batendo no saco de pancadas com Natalie. Me encaminho até lá e ouço várias gargalhadas; sim, estão lá; abro a porta e não estão golpeando o saco de boxe como tinha imaginado, Alex está em cima da Natalie, a tem presa entre suas pernas e ela tem a cabeça da Alex entre suas axilas enquanto Alex tenta se desvencilhar, mantendo o pé da morena num ângulo bem doloroso. O que é isso? Ainda não me acostumo com essa faceta da Alex, é que impossível imaginar uma loira tão delicada praticando artes marciais.

— O que vocês duas estão fazendo? — eu pergunto, observando-as com intriga.

Ambas se viram para olhar em minha direção.

— Quer provar? — Alex pergunta, levantando uma sobrancelha quando ela solta Natalie de sua prisão.

— Nessa posição? Com você, é claro! — Ela zomba de mim, piscou um olho e esboçou um sorriso travesso. Natalie solta uma risada e se levanta.

— Você sabe o quê? Estou saindo. — Ela caminha até sua bolsa e depois volta para Alex, se despedindo com um abraço.

Nunca, nunca na minha vida, eu tinha imaginado que eu estaria aqui, acomodando minha gravata com minhas mãos tremendo para propor casamento a uma mulher, e, se alguém tivesse dito a mim há alguns meses atrás que eu ia fazer isso, é mais seguro a que tivesse espancado e jogado pela janela.

— Ei, você usou isso, Anderson, sério. — Eu me viro para ver David, que está andando pelo meu escritório com os olhos. — De onde você tirou essa ideia?

— Da Alex — trago minhas mãos para os bolsos do meu terno preto.

— Ela disse à minha mãe que eu fiz esse pedido.

— Bem, se ela não aceitar eu aceito. De acordo? — pisca um dos olhos dele.

— Então te incomoda que meu pai ache que somos um casal — eu sorrio, olhando em volta, e não acredito me entregaram isso e ainda fiz sozinho. — Você sabe se já veio?

— Bem, eu a vi a toda velocidade chegar ao escritório dela hiperventilando.

Rio, típico nela quando não vem comigo, mas eu tive que vir cedo para acabar com isto, felizmente não fez perguntas e continuou dormindo.

— Bem, diga-lhe, por favor, que venha, e faça-o de forma dramática para que acredite no pior.

David balança a cabeça e ri para fora do meu escritório fechando a porta atrás dele, há apenas alguns minutos para Alex entrar por aquela porta com pressa. Se me sinto nervoso agora, não consigo imaginar o dia em que realmente me casar. Espero que nesse dia eu não desmaie e passe vergonha.

Eu não posso medir o quanto estou apaixonado por aquela mulher, só sei que quero tê-la para o resto da minha vida, vou ao redor da minha mesa e descanso meus quadris na frente da porta esperando por ela. Meu coração bate forte, possivelmente este será o melhor dia da minha vida, no momento, o dia do nosso casamento realmente substituirá isso, tenho certeza.

E ela entra, olha em volta, atordoada, usando um vestido rosa pastel, solto na parte da saia e chega até o joelho, eu enfatizo que parece uma boneca. Ele leva as mãos à boca com uma expressão de espanto e olha para mim, seus olhos começam a ficar embaçados e o verde fica mais pálido. Olha para os balões no teto e as ripas que caem destes, então olhe para as rosas, há em toda parte como ela gosta e, em seguida, olha o enorme sinal "VOCÊ CASARIA COMIGO?" e ela vira o olha para mim.

Ela começa a chorar, mas não é a mesma expressão que ela teve quando leu a carta de seu pai, dessa vez, é uma expressão diferente, é emoção, eu sei. Seu rosto está iluminado e lágrimas escorrem por suas bochechas rosadas.

— Eu sei que somos casados — eu digo, enquanto caminho até ela — e, sério, estão sendo os melhores dias da minha vida. — Eu sorrio, e como David me disse, eu me curvo em um joelho na frente dela. — Passei semanas pensando em como fazer isso de forma menos tradicional, porque eu quero fazê-lo formal, não é algo que faz parte de um contrato, então me lembrei do que você disse à minha mãe na noite da primeira cena — tomo sua mão macia e começo a tirar aqueles anéis que nos uniu do dedo dela —, então. É praticamente ideia sua e se veio de você é porque você gosta. — Ri e chora ao mesmo tempo. — Você é a primeira mulher que me faz pedir algo assim, então — eu pigarreio, isto é mais difícil do que o que achei —, Alexandra Carlin, você se casaria comigo?

Eu abro a caixa e ela olha para o anel, eu sei pela sua expressão que ela gosta.

— Eu escolhi uma esmeralda, porque eu gosto dos seus olhos, e esse eu escolhi, não a amiga do David. — Eu sorrio levemente, talvez eu não devesse mencionar isso, mas eu já fiz. Ela então para, sem dizer nada, eu espero que ela não desmaie, ou eu desmaie, porque eu já sinto que sou feito de gelatina. — Bem? — pergunto, e ela leva seu olhar para os meus olhos, esboça um sorriso e assente entusiasmada; fico de pé e beijo seus lábios, esses lábios ricos que cheiram a morangos, a agarro em meus braços, acabo de colocar o anel no dedo, porque já esquecido com a excitação, seguido pelo anel de noivado que ainda deve ser usado até o casamento. Espero que ninguém perceba que o seu anel não é o mesmo agora.

Nós nos abraçamos por quase meia hora, de pé, debaixo dos balões, sem dizer uma palavra, acaricio seus cabelos e ela mantém a cabeça enterrada no meu pescoço. Eu gostaria de poder congelar este momento.

Ela começa a fotografar tudo, e leva alguns balões e rosas para casa, naquele dia ela não me deixou, nem eu a ela. Eu me senti a pessoa mais feliz do mundo.

Nosso relacionamento é agora ainda melhor e é que, ao lado dela eu sou incapaz de ficar entediado, até mesmo horas de trabalho são mais suportáveis ao seu lado, tenta me ajudar no que pode quando eu tenho que trabalhar em casa e eu gosto disso. Mesmo que seja só para me fazer um café, mas ela está sempre disposta a estar lá e ficar comigo. Mesmo a minha casa não é mais a mesma, agora há cortinas vermelhas em todos os lados e porta-copos em forma de maçãs. Eu meio que começo a me acostumar com isso.

— Oliver, olhe esse tapete. Você gostou?

— Não — eu respondo imediatamente, sem tirar os olhos do meu computador.

— Não? Você nem sequer olhou para cima.
— Mas eu posso imaginar. Então não, eu não gosto.
— Posso comprá-lo?
Eu olho para cima e a vejo abrir um grande sorriso.
— Se eu disser que não, você vai comprar assim mesmo, não é? — Eu sorrio levemente. Ela sempre faz isso. E eu sei que é só para me incomodar.

Na semana seguinte, entro em minha casa e há um tapete de girassol na entrada.
— Alex. Por que há um maldito girassol na entrada? — Eu não sei por que eu reclamo.

Capítulo 61

Observo meu relógio enquanto espero pacientemente sentado na sala da casa do David. Eu olho ao redor e esta casa agora parece uma casa, antes era uma lixeira desde que sua governanta saiu. E David não sabe nada sobre ordem, mas agora cheira a rosas.

— Diga-me, Sr. Anderson, como posso ajudá-lo? — Natalie se senta na minha frente arrumando o vestido e me observa intrigada.

— Como você deve saber, na próxima semana é o aniversário da Alex.

— Sim, eu já pedi seu presente. Isso vem um dia antes. Nós a levamos para comer hambúrgueres? — O que essas mulheres têm com hambúrgueres?

— Não, eu posso fazer hambúrgueres graças ao Chef Tom e seu canal no YouTube. Então eu não preciso levá-la a lugar algum para comer gordura anti-higiênica. — Natalie olha para mim e ri alto, eu franzo a testa e a vejo curiosa.

— Você e David são idênticos. Por que vocês dois não estavam se casando em Las Vegas? — Ela ri novamente.

Eu olho para ela com desaprovação, se não fosse uma mulher, eu já estaria agarrado no pescoço dela. Embora, pensando bem, ela pode me pegar sem problemas.

— Eu ia lhe dizer — continuo com minha expressão neutra — que organizamos uma festa surpresa para ela, sua família, minha família, nós. — Seus olhos brilham.

— Eu quero uma festa surpresa no meu aniversário. Bem, eu organizo tudo — começa a falar animadamente.

— Você sozinho...

— Pago? — eu a interrompo. Ela olha para mim, sua expressão de emoção se converte em chateação, ela olha para mim indignada.

— NÃO! Eu ia dizer que você contataria sua família. Você realmente acha que eu não posso pagar uma festa surpresa?

Por que as mulheres se ofendem por tudo? Pergunto a David e ele sorri e diz: "Claro, porra, porque você é um merda." Eu nunca vou entender as mulheres.

— Ah! Esqueça isso.

Mas ela não esqueceu, então me lembrou a semana toda e comprou decorações para a festa sem me consultar antes, porque ela pode pagar por elas sem minha ajuda. Sério, as mulheres são um caso.

Entrei em contato com a família dela e todo mundo ficou animado, na primeira hora estavam subindo no jato. Eles tinham que estar aqui muito cedo. Eu também contatei meus pais. Eles ficaram muito animados com a ideia de aniversário e vieram mais cedo para nos ajudar. Eu convidei Rosa para não me fazer um "Feibu".

David veio ajudar muito cedo, mas depois ele saiu porque tinha que estar na companhia. Eu disse a ele para tirar meio dia de folga, mas ele não queria, e posso apostar porque Henry disse que viria.

Natalie corre de um lado para o outro com um balde de pétalas de rosa, eu não sei como ela faz com aqueles saltos grandes, ela para de repente quando ela vê minha mãe e ambos sorriem um enorme sorriso.

— Você é do programa de beleza do NYTV — minha mãe se aproxima dela.

— Isso mesmo. — Ela sorri largamente e ajeita o cabelo.

— Eu vi desde que você começou esse programa, realmente.

— Eu não posso acreditar! — a envolve com seus braços e minha mãe gosta, sim, elas se darão bem. Isso é bom porque é a coisa mais próxima que vai ter uma sogra.

Mas o que me chamou a atenção foi quando Natalie se aproximou de mim e murmurou bem perto de mim.

— É verdade? Ela é sua mãe? — Eu faço uma careta.

— Sim. Por quê?

— Ela está ótima! — Ela levanta as sobrancelhas e esboça um grande sorriso.

Você acabou de dizer que minha mãe está bem?

Começamos a espalhar as pétalas da porta da sala ao longo do corredor fazendo um caminho para Alex seguir, mas ela não vai à festa, vai para o topo de um corredor, é só uma piada e eu posso imaginá-la irritada com isso. Natalie e eu rimos alto só de pensar nisso e eu faço as anotações para pendurá-las.

A primeira nota:
"Bom dia, meu amor, eu saí por um tempo e encontrei esta rosa, eu sei como você gosta dessas coisas e eu não hesitei em cortá-la para você.

Eu te amo
Postscript: Depois siga as pistas, eu tenho uma surpresa. ;)" Eu ainda adiciono uma piscadela.

Isso é colocado no meu travesseiro ao lado de uma rosa vermelha. Ela vai ver quando ela acordar. A segunda:
"Siga as pétalas."
Eu a penduro na porta de entrada do quarto.
A terceira:
"Você percorreu um longo caminho, pequena boneca, continue."
Eu a penduro no meio do corredor.
E a quarta:
"Agora retorne pelo caminho que você andou, meu amor (Desculpe), que eu só queria ganhar tempo. Desça as escadas, eu estou esperando por você na sala de jantar. Eu te amo."
No topo do corredor.
Sim, é aqui que ele começa a me matar mentalmente, eu sei.
Natalie recebe uma mensagem e lê com entusiasmo.
— David acaba de chegar com o bolo! — Sai correndo escada abaixo, eu estou atrás dela e não posso evitar pensar que horas ela vai sair com esses sapatos, mas ela não cai. Do lado de fora meu pai já está ajudando David com o bolo e Natalie animadamente os direciona e diz a eles onde colocá-lo. Sério, ela adora isso de organizar festas.

Por acaso, David esbarra o rosto com o bolo e Natalie não hesita em passar a língua na bochecha do meu amigo, sim, na frente do meu pai. Ele olha para eles intrigados.
— E esta garota é sua namorada? — David não sabe o que responder.
— Esposa, na verdade — diz, fazendo com que Natalie sorria, certamente ela não esperava e parece que gosta de ser chamada assim. Meu pai olha para eles e sei que o drama está chegando.

— Por que todos eles se casam e eu nem percebo isso? É sério? Margot!
— Volta e procura minha mãe. Mas eu não fiquei para ouvir o que ambos dizem ao David, só observo minha mãe surpresa os olhando intrigada, quando vejo a limusine chegou a família de Alex.

Os pais de Alex, Stefanie, a avó, Frank e o filho de Frank, Walter, saem da limusine. Chama a minha atenção um enorme Deadpool que traz Frank, que diz "Feliz aniversário, Alekpool".

Rosa chegou com seus famosos brownies, vendo minha mãe gritou com emoção e jogou todo o brownies no chão. Eu observo o brownies caídos.

— Pode limpar isso aí, Rosa! — Ela coloca as mãos na cintura e olha para mim com desaprovação.

— Finalmente me convidam para algo e eu vou limpar? — Ela cruza os braços e olha para mim, mas eu não tenho tempo para brigar com ela. Eu tenho que apresentar a família de Alex para meus pais. Mas quando tento fazer isso, eles já se cumprimentam, se abraçando e rindo alto. Espero que a vovó não esteja contando nada sobre o feiticeiro Mike.

Peço a Walter que observe silenciosamente as escadas quando Alex sai do quarto, e ele o faz; enquanto isso, Frank faz alguns cachorros com balões.

— Ela saiu do quarto! — murmura Walter — Mas ela não vem para cá.

— Perfeito! Todos tomem suas posições, por favor — digo e todos começam a obedecer e parar perto do bolo. — Vocês já sabem, a esperem chegar ao primeiro degrau e gritem "Feliz aniversário"!

— Agora aviso logo — Frank fala, segurando seu Deadpool de papelão —, mais provável é que nos bata por essa surpresa, mas logo vai se emocionar. — Todos o olham atentos. — Digo apenas para que estejam preparados para qualquer reação — retorna ao seu lugar no lado direito do bolo.

Espero que ele não esteja certo.

Eu olho para o bolo novamente, pego uma cereja quando ouço os passos de Alex rapidamente descendo as escadas.

— Agora — Natalie murmura. Todo mundo se prepara e eu me viro para vê-la.

— FELIZ ANIVERSÁRIO! — Tudo bem, Alex não desce as escadas, ela rola as escadas.

— Santa virgem de La Papaya! Menina Alex, não morra em seu aniversário — Rosa é a primeira a correr em direção a Alex, que jaz no chão inconsciente. Morrer? Não! Não, não e não.

Corro atrás de Rosa e vou até Alex antes dela. Ela não está inconsciente, pelo menos, tem os olhos abertos e olha para todos nós com surpresa.

— Alex, você está bem? — Eu comecei a tocar suas pernas e braço tentando encontrar alguma fratura, mas felizmente não há ou sou eu que não posso sentir isso. Eu disse a ela mil vezes para descer cuidadosamente as escadas.

— Morrer? Nááááo, Alex, meu amor, não morra! — a mãe de Alex vem gritando e começa a chorar. Todos se aproximam e a cercam, estou alarmado. E se a queda tiver problemas secundários e mais sérios? Pode andar?

— CHAMEM UMA AMBULÂNCIA AGORA! — grita a Sra. Alicia, e corre de um lado para o outro, não sei o que procura, mas minha mãe, que também fica transtornada nesses casos, corre junto com ela e Natalie é a mais louca que elas todas.

— Menina Alex, não se mexa daí, ouvi dizer que quando movem uma pessoa ferida ela pode morrer.

Como? Não, vou ligar para o meu médico, urgente.

— Não, estou bem. — Finalmente ela fala, eu já estava desmaiando porque ele só olhava para nós sem qualquer expressão. — Oliver...

— Oliver nada, até que um médico venha para ver que você está bem e você não quebrou o seu pescoço, você não se levanta daqui — eu sei, eu exagero, mas nunca se sabe. Eu começo a ligar para o meu médico e, felizmente, ele responde no primeiro tom.

— NÃO! NINGUÉM VAI CHAMAR AMBULÂNCIA NENHUMA, ESTOU BEM! PORRA! — Não a deixamos se levantar; essa mulher é teimosa; quem vai chorar por anos se ela morrer sou eu.

O médico disse que estava tudo bem, mas sem placa nem nada, não me convenço assim tão fácil e a Sra. Alicia também não, todos a levamos para o hospital, tenho que ver com os olhos que não aconteceu nada e que não terá consequências.

Eu ando de um lado para o outro no corredor do hospital enquanto eles fazem o checkup, minhas mãos suam e estão frias. E se algo sério acontecesse com ele? Rosa está rezando para que ela não morra, e eu realmente aprecio isso, ia acompanhar ela, mas o médico veio até nós para nos dizer que Alex estava bem e que seu coração está funcionando muito bem, esta parte do check-up foi a Sra. Alicia quem solicitou devido a uma doença de Alexander em seu coração, ela quis se certificar que de suas filhas não as herdou. Cinco médicos tiveram que me explicar as placas que fizeram para eu poder ir tranquilo, sei que é muita coisa, mas eu tenho que ter certeza.

Chegamos em casa e Alex olhou em volta com as mãos no peito, sim, o lugar estava ótimo e ela quase morreu.

— Bem, já que a surpresa não foi como esperávamos, vamos comer bolo — vovó se adianta, seguida da Sra. Alicia.

— Sabem de uma coisa? — Alex interrompe e todos a olham. — Todos esqueçam o que aconteceu, vou subir novamente e descer como uma pessoa normal. Todos fiquem em seus lugares, por favor.

— Ia propor a mesma coisa, porque eu não fiz este Alekpool para nada, então finja emoção ao vê-lo, Alex. — Frank corre para tomar a sua posição enquanto Alex corre em direção as escadas. Ninguém sabe o que fazer, finalmente, todo mundo vai ao bolo para retomar sua posição, até eu. Já que?

— Prontos? — ela pergunta, uma vez que ela subiu todos os degraus.

— Sim! — todos respondem. Só espero que não caia novamente porque passaremos o dia todo no hospital.

E a vejo descer, gentilmente, com uma das mãos na cintura e com a outra segura o corrimão das escadas. Eu não tinha notado que ela está usando um vestido vermelho sexy. Chega ao primeiro degrau sã e salva. Ela ri quando finge emoção quando nos vê e abre os olhos bem abertos com um gesto de extrema surpresa.

— FELIZ ANIVERSÁIO!!! — todos começam a aplaudir e ela leva as mãos ao peito, seus olhos se enchem de lágrima e ela finge limpar uma lágrima da bochecha; todos começam a rir às gargalhadas! Eis que essa mulher é um show completo

Capítulo 62

Quando tiverem um dia ruim, lembrem-se que a Alex caiu das escadas arruinando sua própria festa surpresa de aniversário; não posso deixar de rir com o comentário do tio Frank, porque sei que a Alex tem um grande senso de humor e pouco se importa que zombem dela.

— Alienígenas, por favor, me sequestrem, façam experimentos comigo, eu não sei, qualquer coisa é melhor do que ouvir isso — finge se lamentar sentada na frente do bolo, enquanto a avó acende as velas, sim, como eu disse.

— Bem, então me diga como foi para você, porque é certo que te devolverão... — Frank continua, depois reclama que Alex o faz desmaiar.

— Ou eu caí da espaçonave — rio de novo com o que vovó disse. Todos nós vamos apanhar aqui hoje, eu sei.

— Alex! Por que encontrei seu chapéu de aniversário no lixo? — Natalie vem correndo com aqueles enormes saltos que são assustadores, eu juro que nunca deixaria Alex colocar uns assim, eu teria medo de quebrar um pé.

— Ehmm, eu tinha perdido. — Alex coça a parte de trás de sua cabeça. Sim, claro. Ela me mandou jogá-lo no cesto de lixo. — É bom que você tenha encontrado! — Finge emoção.

— Claro! E é por isso que está pisoteado e enrugado — eu apenas segui as instruções.

Alex se aproxima, arrumando e limpando o chapéu rosa gelado com fitas coloridas, coloca-o na cabeça e sorri, sim, é karma por ter colocado um coração gelado no meu computador só para me incomodar, eu tive dificuldade em tirá-lo.

— Você está pronta. Todos vamos cantar "Feliz aniversário" — diz Natalie e começamos. Até eu canto neste tipo de ocasiões.

— Agora, apague as velas e faça um pedido — a avó faz uma pose com sua câmera antiquada. Eu já sei o qual o desejo de Alex. Uma vez que ele me confessou que desde os quatro anos de idade ele pediu em todos os aniversários para ver um fantasma, a sério que só Alex pede por essas coisas, eu me cagaria se eu visse o Gasparzinho.

Quando ela começa a apagar as velas, Rosa se aproxima dela e tira uma foto bem de perto.

— Rosa... — resmunga, esfregando seus belos olhos, e Rosa começa a digitar.

— A-albumaniversariodameninaalex — diz letra por letra enquanto move seus dedos pelo celular bem devagar. — Me desculpe, é para meu Feibu. — Ela sorri e todos olham para ela com intriga, já estou curado com esse seu "Feibu".

— Você quer dizer o Feibul? A bebida energética? — Vovó pergunta com uma carranca. Feibul?

Deus!

Eu sou um homem sério. Por que você está me cercando com esse tipo de pessoa? Contenho as risadas porque, sério, não pareceria legal rir da bebida "Feibul", vejo Alex pressionando meus lábios para não rir e ela faz o mesmo, eu me retiro, para rir tranquilo lá fora.

— Avó, a bebida energética é chamada Redbull.

— Ahh. Não é de se admirar que no supermercado eles me disseram que não sabiam daquela bebida e eu os chamei de idiotas — eu posso ouvi-los saindo pela porta, eu a fecho atrás de mim e agora dou gargalhadas!

Quando ri o suficiente, meu celular toca. Eu tiro do meu bolso e percebo que é o David.

— O que aconteceu, caramba? — eu digo, assim que ele atende.

— O idiota do seu irmão chegou ou não? — pergunta, do outro lado da linha.

— Não, ele disse que tem muitas coisas para fazer na empresa.

— Bem, eu já chego, porque, realmente, eu quero bolo — diz isso e desliga o telefone. Sim, eu já sabia que era por ele queria ficar.

Eu volto, Alex está abraçando seu pai, isso é bom. Muito mais com o presente que ele comprou para o seu aniversário.

Eu ando em direção a ela e quando todos terminam de abraçá-la eu me aproximo dela e a abraço efusivamente, e até a levanto em meus braços.

— Feliz aniversário, minha boneca. — Beijo seus lábios enquanto sorrio, mas ela não sorri de volta para mim e acho que sei por quê.

— Você me fez ficar chateada — me olha fixamente e toca com a ponta do dedo no meu peito uma vez que a coloco no chão. — Me fez dar voltas lá em cima toda emocionada para nada! — Sim, eu sabia! Ela faz sua típica expressão engraçada de "isso não tem graça", mas para mim tem.

— Sinto muito. — Eu não posso evitar de rir, apenas a imagino lá em cima, indo por aí animada por nada. — A propósito, eu tenho algo para você.

Me separo um pouco dela e rapidamente subo as escadas para trazer meu presente, sei que ela planeja me seguir, mas Frank a intercepta antes. Eu chego ao meu quarto e pego meu presente do cesto de roupa suja, sim, eu o mantive lá por dois dias desde que chegou, para que Alex não o encontrasse. Desço e lá está ela olhando para o pai que está falando com o meu e posso apostar que se trata de vinho, ele também ficou encantado, ainda mais pelo nome em alemão que tem, tudo que tem a ver com a Alemanha emociona meu pai.

Alex olha para mim e observa a caixa embrulhada que eu carrego em minhas mãos com um laço no centro, eu sou ruim em embrulhar presentes, então eu sempre peço a Rosa para fazer isso por mim. Alex pega a caixa com surpresa e começa a desembrulhá-la.

— É sério? Bem, eu espero que não seja "a" câmera. — Isso me faz rir, eu a agarro pela cintura e trago para perto do meu corpo.

— Não é "a" câmera, mas é muito boa para todas as viagens que iremos fazer juntos, boneca. — Ela sorri amplamente.

— Sr. Anderson, eu me demito. Vou me tornar uma fotógrafa. — Eu olho para ela com desaprovação, mas ela não está olhando para mim, está com os olhos na câmera enquanto ouvimos os saltos de Natalie batendo no chão.

— Alex — Natalie está chegando rápido. Sério, que toda vez que ela faz isso eu tenho a sensação de que ela vai cair naqueles enormes sapatos. Segura um quadro embrulhado em um cobertor, olha para a câmera de Alex e reprime um grito. Eu vou acabar surdo.

— Você realmente ousou, menino Oliver. — Agora já me chamam de menino Oliver. — Bem, eu queria que meu presente fosse o melhor, mas não acho que vá superar essa Supercâmera. — Arqueia suas sobrancelhas e, hesitando, tira o cobertor do quadro e o estende.

Isso é provavelmente o que ela me disse que tinha pedido para o aniversário de Alex. Mas é bom, é uma pintura, é o rosto de Alex. Tão bonito como é em pessoa. Por que isso não ocorreu a mim?

— Eu saí por várias noites, mas eu fiz — ela fez? Como é isso? Alex olha para a pintura atônita e olha para ela.

— Natalie, você fez isso? — eu pergunto, é que eu não acredito. Ela acena com entusiasmo e Alex me dá a câmera para segurar a pintura. — Natalie, isso é ótimo, — ela diz, e elas se abraçam efusivamente.

— Não me disse que você tinha encomendado o seu presente online? — Ela levanta uma sobrancelha e eu a observo, curioso, ainda acho que ela comprou online, porque, sério, é bom demais.

— Sim, mas esse é outro presente que até você vai gostar — pisca um olho. Ah, meu Deus! Isso parece ótimo. Naquele momento, David entra pela porta, ele nos vê e caminha em nossa direção. Segura uma pasta na mão direita e na outra uma pequena bolsa.

— Feliz aniversário, Alexandra.

— Ele estende a bolsa para Alex e ela franze a testa, espero que não seja um par de meias como as que ele me deu no meu último aniversário.

— Eu sou ruim com presentes.

— Muito ruim — interrompe Natalie. Ele olha para ela com uma carranca e vira o olhar para Alex. É verdade que é muito ruim.

— De qualquer forma, Natalie me disse que você gosta dessas coisas, então... — Alex pega a bolsa, abre e sorri.

— Um hambúrguer, David? É sério?

Um hambúrguer?

— Eu sei, eu sou uma merda com presentes — ele zomba, Alex ri e vejo isso com uma expressão neutra. Eu fazendo hambúrguer em casa para que não me peçam para ir a estes insalubres lugares e David me vem com isso. — Quero bolo.

Natalie vai com ele para servi-lo. Meus olhos encontram os do Sr. Carlin e ele sinaliza para mim. Pego o cotovelo de Alex e a puxo gentilmente para direcioná-la ao próximo presente.

— Vem comigo — eu menciono, ela franze a testa e deixa-se guiar, é um milagre que ela não esteja protestando.

Chegamos ao outro quarto, eu o tranquei porque o presente do Sr. Carlin veio ontem e eu não queria que Alex descobrisse isso antes, felizmente não ocorreu a ela vir aqui porque eu já sabia que se ela tivesse encontrado essa porta fechada teria começado perguntar e se eu não respondesse meu braço acabaria em uma posição bastante estranha.

Antes de entrar, eu cubro seus olhos com uma das minhas mãos enquanto com a outra eu seguro a câmera. Estando perto, tiro a mão dos olhos dela e ela os abre, arregala os olhos e, pela expressão dela, sei que gostou. Até eu gosto e não sei nada sobre pianos. Só sei que é imenso, preto e brilha com a luz do pôr do sol que entra pela janela. Ela se aproxima do piano e faz um som tocando todas as teclas com a mão correndo.

— Oliver...

— Não — interrompo, não posso levar o crédito —, não comprei. Eles chegaram antes de mim.

— E aí? Você gostou? — A voz do Sr. Carlin me faz virar imediatamente, de braços cruzados com um sorriso nos lábios.

— Você? — ela pergunta e sorri, ele se aproxima dela com um sorriso assustadoramente igual.

— Eu gostei de como você toca piano desde que eu te ouvi pela primeira vez naquela competição de talentos na sua escola primária. Sim, me lembro disso. Eu estava lá, Alex, embora você não tenha me visto, porque eu saí logo que eles te anunciaram como vencedora. — Vencedora? Concurso de talentos? Existe algo que Alex não ganha? Até cair as escadas, esta mulher ganha. — Que erro terrível, eu sei. Mas eu sei que você sempre quis um assim, então pode ver que eu prestei atenção em você. Espero que não seja tarde demais. — Ela nega com a cabeça, se aproxima dele e o cerca com os braços, ele faz o mesmo.

— Obrigada, Alexander. Sério. — Eu sorrio ligeiramente, desejava que meu pai fosse tão bom comigo, mas é melhor não, é melhor assim, porque não me sinto mal por mentir para ele.

— Competição de talentos? Piano? — Meu pai de pé na porta. — É incrível, sério, você é uma caixa de surpresas, Alexandra, agora eu entendo por que este homem está apaixonado por você! — Suavemente bate em meu ombro, essas palavras me fazem corar. — Margot e eu também temos um presente para você.

Presente! De meus pais? Eu só imagino um iate. Meu pai tira alguma coisa do bolso, aperta algumas chaves e as joga em Alex, ela não percebe e bate na testa dela.

— Aiii — diz. Pelo menos ela não desmaiou, corro para ela, a sério, meu pai quer me deixar viúvo.

— Oh, Deus, Lamento. Eu não achei...

— Pai, isso é sério? — Eu empurro meu pai suavemente para ver melhor o golpe de Alex em sua testa, uma vez que ele se aproxima.

— Não foi minha intenção — diz ele, e nós três olhamos para ela com preocupação.

— Deixa, pai.

— Eu me desculpei. Eu só queria que ela fosse lá e descobrisse seu presente. Como você se sente, Alex? Nós chamamos o médico?

Para o hospital, eu vou levá-la!

— Estou bem — ela diz rapidamente. — E o que é? — pergunta, sorrindo abertamente. Ainda estou preocupado com a possível fratura que possa ter em sua testa e ela está mais preocupada com a porra do presente.

Meu pai pega as chaves e as entrega para ela.

— Siga-me — diz ele. Eu olho para ele carrancudo e ele, com uma expressão neutra, olha para mim. Com certeza é algum carro.

Ela anda atrás dele e eu atrás dela, meu pai abre a porta para chegar à entrada principal e ela passa, fecho a porta atrás de mim enquanto meu pai vem e entra na frente dela. Percebo que ele para ao lado de uma moto idêntica à sua, mas tem as letras "ALEXANDRA" em fonte gótica. Não pode ser verdade. Isso me dará um ataque cardíaco toda vez que eu ver minha esposa nessa coisa.

— Isso? É sério??? — Ela grita com entusiasmo, quase gritando, chega ao meu pai. Ele balança a cabeça e sorri.

— Pai, não — eu ando logo atrás —, essas coisas são perigosas. E você dá uma para minha esposa?

— Eu as usei por anos e ainda estou aqui. Não é? — Meu pai responde como se fosse o mais óbvio, bem, ele ainda está aqui por causa das orações de minha mãe toda vez que ele sai nessas coisas, mas eu nem sequer conheço a oração do Senhor.

— Sério, obrigada, Sr. Anderson. Muito obrigada. — Ela está animada e meu coração vai sair do meu peito.

— Sério, sinto muito pelo golpe, não achei que você estivesse distraída.

— Que golpe? — diz. O que ela anda procurando é que eu a leve ao hospital novamente.

Capítulo 63

Não pude dormir a noite toda pensando que Alex tem uma motocicleta e agora vai me torturar toda vez que sair nela. Estou procurando milhares de maneiras de me livrar dessa moto, mas com tudo o que sei, Alex vai ficar chateada. Talvez eu tenha que pagar aos amigos de Rosa para entrar na minha casa, simular um assalto à mão armada e simplesmente pegar a moto. Ah! E o tapete de girassol.

Como é de se imaginar, meu pai e o Sr. Alexander se dão muito bem, eles falam alemão o tempo todo, sim, como eu disse, ele fica animado com tudo relacionado à Alemanha, eles podem estar falando mal de mim e eu não entendo merda nenhuma para me defender, talvez eu deva ir a alguns cursos de alemão.

O Natal está se aproximando e já se começa a sentir. Eu não sei por que eu gosto desses dias, ainda mais porque Alex nasceu em torno dessas datas festivas. Nós concordamos em passar o Natal com a família de Alex e o Ano Novo com o meu. Mas todos concordaram em passar o Natal juntos na minha casa. Pelo menos, isso significa que não vamos viajar e vou me poupar desse estresse. Mas isso significa que Henry e Brittany provavelmente aparecerão e David não quer fazer uma presença. Para mim, ambos são meus irmãos, só que nunca esquecerei que Henry caiu tão baixo com Brittany quando se dava tão bem com David.

Todo mundo tem que ir hoje, pelo menos eu sei que Alex gosta de sua câmera, já que ela tira fotos de tudo e de todos. Mas eu continuo pensando na maldita motocicleta; pelo menos ela parece feliz com ela e vou ter que aprender a rezar com a Rosa. Alex ficou doente, eu sei que é por causa do tempo e de sair naquela moto sem casaco. Ela diz que é "apenas um resfriado", mas isso também pode levar à morte. Sim, meu avô Gerard morreu de "apenas um resfriado". Alex é muito teimosa e não quer ficar na cama, vou ter que amarrá-la para que ela fique lá, estou falando sério.

— Oliver, é só um resfriado.
— E daí? Meu avô morreu de um resfriado.
— Seu avô tinha oitenta e nove anos.
— A morte não tem idade.

E eu sei que estou certo.

Eu tenho que ligar para ela a cada hora para tomar seus medicamentos e saber que ela ainda está na cama. Por sorte, dura apenas três dias.

Na tarde de quinta-feira, David chega ao meu escritório exatamente na hora da saída. Nós vamos para a minha casa juntos, tivemos muito trabalho e Alex levou meu carro, não posso fazê-la esperar com a gente, ainda temos que terminar algumas coisas, logo ela será minha parceira.

Eu chego na minha casa, Alex não está lá e nem a moto, ótimo, espero que ela volte logo, se não teremos problemas. Nós nos sentamos na minha sala de estar enquanto revisamos alguns papéis. Algumas gargalhadas, que eu já conheço, me fazem virar para olhar na direção da porta. Lá vem ela, não sei o que lhe causa tanta felicidade, mas quero saber. Imediatamente seus olhos verdes se concentram em mim, sua risada se dissipa, a observo com intriga.

— Posso saber o que te faz tão feliz? — Ela coça a parte de trás de sua cabeça.

— Na verdade, isso não é um riso de felicidade — responde. Espero que não tenha dominado ninguém. Ela estende a mão para mim e me dá um pedaço de papel, eu tomo e observo com curiosidade, é uma multa, por não usar c... POR NÃO USAR CAPACETE?

— Alex. Como isso é possível? Você sai nessa maldita coisa e você não pega a porra do capacete? Você tem dois! E se sofrer um acidente e sua cabeça cair no paralelepípedo? Você entende o que aconteceria? Você morre!

— Oliver, eu só fui tomar um sorvete a duas...

— Oliver nada, você tem que ser mais consciente, por Deus. Mostrarei alguns vídeos onde as vítimas sem capacetes são as primeiras a morrer.

Então Alex me fez mudar de ideia à sua maneira, e não tem como continuar chateado quando aquelas pernas me aprisionam e aqueles lábios me devoram.

Até parece um romance erótico.

No dia seguinte, faço um relatório na minha cama enquanto ela escova os dentes.
— Oliver, você me disse que não tinha Facebook.
— Eu não tenho Facebook, amor, isso é uma perda de tempo. Eu nunca tive nenhuma rede social.
— Bem, aqui está escrito: "Oliver Anderson quer ser seu amigo."
— Imediatamente olho para cima e franzo a testa. — E é uma foto sua dormindo no meu sofá. Como você não postou? O quê?
— Como? — Eu levanto e caminho em direção a ela.
— Você até tem um comentário em sua foto do Sr. William Argazzi. "Descansando, querido Anderson."
E você disse: "É assim, menino William."
Eu pego o celular e vejo. Porra! Eu sei quem fez isso.
Puta.
— ROOOOOSSSAAAAAAAAAA — saio do quarto em um ritmo rápido com os punhos cerrados, eu tenho meu queixo tenso. — ROSA, PORRA, ONDE DIABOS VOCÊ ESTÁ?
— Que mosca picou você agora, menino Oliver? — Rosa sai da cozinha limpando as mãos em uma toalha de papel, sobe as escadas rapidamente e Alex vem atrás de mim.
— COMO ASSIM "QUE MOSCA ME PICOU"? VOCÊ ME FEZ UM MALDITO FACEBOOK E ENVIOU UM PEDIDO A UM DOS MEUS PARCEIROS MAIS IMPORTANTES.
— Quem? Eu? Por que você diz que fui eu? — Ela leva as mãos à cintura com indignação.
— PORQUE É O ÚNICO DOS MEUS PARCEIROS QUE VOCÊ CONHECE E, TAMBÉM, QUEM MAIS RESPONDERIA: "É ASSIM, MENINO WILLIAM"? — Rosa começa a rir. E isso me irrita mais. — Eu não vejo a PORRA DA graça, Rosa. ESTÁ DEMITIDA.
— Mas o menino William também não tem Feibu. Não se preocupe, menino Oliver — ela ri. — Eu só queria ver a sua reação e já que me demitiu, eu vou ver minha novela.
E vai mesmo! Não pode ser! Viro meu olhar para Alex que está atrás de mim rindo, essas duas juntas vão me matar. Eu olho com desaprovação para Alex ao seu lado, nós não falamos o resto do dia. Rosa retorna no dia seguinte.
É Natal e a avó Carlin faz luvas para todos. Minha avó nunca me fez luvas, portanto, já quero a vovó como minha própria avó.

Natalie, como sempre, estragando tudo, nos compra chapéus de Natal e nos faz usar todos eles. Eu posso ver o desejo de David de matá-la, mas isso não acontece.

Quando meus pais chegaram e vovó deu-lhes as luvas, meu pai ficou louco. Ninguém nunca deu a ele nada de tricô e a dele tinha bordado "Feliz Natal" em alemão.

O presente que Alex deu a David me fez rir por horas, não só porque era uma máquina de barbear, mas mais pela dedicatória.

"David, eu entendo o seu estilo hippie e boêmio, mas essa coisa de querer parecer com Dumbledore não combina com você. Feliz Natal."

David ficou observando-a durante horas com os pequenos olhos estreitados, enquanto Natalie e eu morríamos de rir.

O fim do ano também passamos todos juntos, se bem que trabalhei a metade do dia porque tinha que terminar algumas coisas. Alex me chamou para dizer que sairia com seu pai na motocicleta por umas horas; logo me peguei pensando na maldita motocicleta! Quando cheguei em casa ela não estava; me exercitei, almocei, joguei conversa fora e me diverti com o David e sua camisa "I love Christmas". Olho no relógio e Alex e seu pai não retornam. Eu começo a ligar para ela e ela não me responde, todos os meus nervos se alteram. E se algo aconteceu com eles?

— Oliver. Você sabe algo sobre os dois Alex? — pergunta Dona Alicia, limpando as mãos em um avental.

Estou ligando para Alexandra e ela não atende.

Sra. Alicia grita. Ah! Eu já entendi onde Alex conseguiu aquele grito agudo. Ela começa a correr, mexendo tudo na bolsa, até tirar o celular.

— E se algo aconteceu com eles? E se eles estão com seus cérebros espalhados na calçada? E se eles estão morrendo em um hospital?

A Sra. Alicia me alarmou, não, não, não, nãooooo. Eu começo a ligar igual ou mais do que a Alicia, mas nada. Isso não pode estar acontecendo comigo até eu começar a hiperventilar.

Até que finalmente liga de volta, estava prestes a me dar um colapso nervoso.

— Oliver, estou bem! — Eu ouço quando atendo.

— Alex, por Deus, eu quase enlouqueci, você me disse há duas horas que estavam voltando.

— Eu sei, mas aqui é ótimo. Quer vir?

Claro que quero ir! Assim que chego dou um forte abraço, quase morri por causa dela.

Eu me entendo muito com o Sr. Alexander, e não sou só eu que percebo que Alex chama a atenção do dono da cafeteria onde estamos.

— Você que manda, nós o sequestramos e o queimamos vivo. — O Sr. Alexander chama minha atenção.

— Ou o desmembramos e jogamos em um rio.

— Ou arrancamos os dedos um por um.

Sim, eu disse que me entendia com ele. Para Alex isso é engraçado, mas eu posso fazer isso.

Pela primeira vez na vida, passo o ano novo com minha família assistindo aos fogos de artifício; sempre estava trabalhando ou em festas com o David, para conhecer garotas e terminar com alguma em um hotel, mas isso já nem chama minha atenção. Sério, isso é muito melhor, minha esposa, meu melhor amigo e minha família. Todos juntos.

No dia seguinte todo mundo tem que ir, especialmente Alexander e Frank, que deixaram seu irmão Samuel sozinho no comando da vinha. Uma bonita imagem me chama a atenção ao sair de casa. Alex está abraçando seu pai enquanto ele beija sua testa e sussurra algumas palavras que eu não posso ouvir. Eu me aproximo deles, não porque eu quero saber do que eles estão falando, mas porque eu tenho que dizer adeus ao Sr. Carlin.

— Adeus, Alexandra. Eu te ligo quando chegar lá — diz isso e estende sua mão para mim. O Sr. Alexander se retira. Percebo por um momento a expressão da nostalgia de Alex quando ela o viu se retirar e quando o viu pela janela.

Eu gostaria que algum dia meu pai quisesse melhorar seu relacionamento comigo.

Capítulo 64

Não posso acreditar que só faltam cinco meses para Alex e eu realmente nos casarmos, se eu já estou nervoso, eu não sei como eu estarei no dia; eu certamente vou desmaiar e farei um show na frente de todos. Ela quer que o pai dela a leve ao altar, e eu gostei dessa ideia, até vi o brilho nos olhos de Alexander ao ouvir Alex enunciar essas palavras, isso porque estava do outro lado da tela do computador. Eles se falam todos os dias e o senhor Alexander também tem aquela personalidade muito alegre, eu me sinto relaxado nessa família.

Há dias em que tenho que trabalhar em casa como hoje, e o que mais gosto é que Alex está sempre comigo e me faz rir de tempos em tempos, fazendo com que o estresse desapareça completamente de mim. Até adoro trabalhar quando estou com ela. E muito mais quando assiste àqueles programas ridículos na TV que a faz rir às gargalhadas; mas seus risos me contagiam e eu acabo rindo com ela do estúpido programa de mulheres de uma fraternidade que são perseguidas por um homem disfarçado de diabo mata uma a uma. Que tipo de programa é esse?

— Aonde você quer ir, meu amor? — eu pergunto, uma vez que ela não está mais rindo do programa bobo. Ela tira o olhar da TV e me observa, levantando uma sobrancelha.

— Como assim, aonde eu quero ir? — Ela se senta na cama de frente para mim e me olha intrigada.

— Na lua de mel, ou seja lá como chamam. — Ela ri, aquele sorriso lindo, eu continuo digitando enquanto eu a ouço.

— Oliver, faltam alguns meses ainda.

— Cinco, para ser exato — posso mencionar, dias, horas e minutos, eu tenho tudo contado.

— Você vê? Não sei, posso morrer antes. — Eu franzo a testa e olho para ela, somente ocorre-lhe piada com essas coisas.

— Não pense sobre isso porque eu juro que eu mesmo me livro dessa maldita motocicleta.

— O que diabos a motocicleta tem a ver com isso? — Ela ri, mas isso não me é nada engraçado.

— O que você quer é ficar trancada nessa casa para sempre, ou trancada em uma torre como a Rapunzel. — Ou eu acho que esse é o nome, eu continuo digitando, isso não é nada engraçado.

— Você exagera, Oliver, muito a sério. Eu não posso imaginar como você será com nossos filhos.

— Se ela for uma garota, eu compro uma espingarda e se for um menino, bem, também — continuo digitando. — E aí? O que você acha de Paris? Você me disse que gostava de lá da última vez que fomos, nem sequer desfrutamos. — Sim, falo nesse sentido.

— Paris parece bom, mas...

— Mas? — Eu levanto minhas sobrancelhas.

— Nós viajamos em voos comerciais, pegamos transporte público e alugamos um quarto em um lugar barato como pessoas normais.

— Ah. — Eu olho para ela com intriga, essa mulher quer me matar. — Você está me zoando, certo? Você quer que nós façamos bebês em lençóis suados e com odor de cebolas nas axilas?

— Viu? Você exagera demais. — Ela ri alto e joga uma almofada no meu rosto.

— Alex! — Eu pego o travesseiro e o jogo contra ela, ela revida com outro travesseiro e eu acabo fazendo o mesmo.

Poucos minutos depois, eu ouço um som surdo no chão acarpetado e viro para ver, é o meu computador. Merda!

— Náoooo, querida, não morra, eu preciso de você — eu pulo e vou para o computador, sim, eu sei, eu exagero, mas esse dispositivo tem coisas muito importantes lá dentro.

No dia seguinte, eu não sei como Alex me convence a viajar pela cidade de metrô, o que se faz pelas mulheres, pelo menos eu estava feliz tirando fotos em todos os lugares, mas, seriamente, poderíamos fazer isso do meu carro. Mas não, ela queria usar o maldito metrô, tantos germes lá e eu tinha acabado de tomar banho.

Todos esses dias, David se queixou de que não usaria uma gravata rosa no meu casamento, como Natalie lhe disse. Mas, conhecendo esses dois, ele vai acabar colocando-a e chegará com uma cara de poucos amigos naquele dia.

Começo a fazer meu trabalho quando David abre a porta do meu escritório.

— OLIVER! — Me faz estremecer e quase paralisa meu coração.

— Porra, David. Você não pode entrar como uma pessoa normal?

— Você não é normal, Oliver. A propósito, seu sogro está na recepção. — Eu o olho com intriga e franzo a testa.

— O Sr. Alexander está aqui? — Ele concorda.

— Eu o chamo para subir?

— Eu estou indo até ele — eu interrompo. Dito isso, me levanto ajeitando meu terno e caminho até a porta da minha sala.

Ao chegar na recepção, eu o observo. Lá está ele, sentado em uma das poltronas da sala de espera, batendo os pés no carpete, a mesma mania de Alex quando ela está impaciente, até nisso se parecem.

— Como vai, Sr. Alexander? — Eu digo efusivamente, uma vez que cheguei onde ele está. Quando ele me vê, ele sorri amplamente, se levanta e estende a mão.

— Muito bem, Oliver. E você?

— Ótimo. Eu não o esperava na verdade. Deveria ter ligado, eu o teria buscado no aeroporto.

— Realmente aprecio isso, mas eu não queria incomodar, eu sei que devem estar muito ocupados. Fui até sua casa, mas Rosa me disse que já tinham vindo trabalhar e me deu esse endereço.

— Eu entendo, por favor, entre — estendo a mão para mostrar-lhe o caminho e ele segue, quando ele chega ao elevador, ele entra primeiro seguido por mim.

— Este é um bom lugar para trabalhar, Oliver — ele diz, uma vez dentro do elevador, e eu sorrio um pouco.

— Quando você quiser se mudar para Nova York, as portas da empresa estão abertas para você. — Ele sorri, com aquele sorriso igual ao de Alex.

— Vou considerar mudar para cá, seriamente.

— Eu suponho que tenha vindo pela Alex — eu digo, saindo do elevador atrás dele.

— É isso! A verdade é que eu quero falar com ela, algo muito importante — o que ativa o alarme, só espero que não tenha a ver com o assunto de sua saúde porque a Alex vai se preocupar bastante.

Eu ando ao lado dele para o escritório de Alex. Quando ouço uma voz estridente animada em seu escritório, só pode ser de Natalie.

— Quatro meses, Alex, eu já estaria ficando louca para ter tudo pronto para esse dia. Você entendeu? Quatro meses! Eu já tenho algumas ideias para os convites, os sapatos que você vai usar, o penteado que vou fazer, vou usar um vestido rosa. — já estou ficando tonto e isso porque não estou lá. — David vai usar uma gravata rosa para combinar, nós seremos os melhores padrinhos de casamento que você já viu.

Agora eu entendo o trauma de David com as gravatas rosa.

— Olha! Alguém está mais animada do que a noiva — eu digo, enquanto me inclino contra o batente da porta, colocando minhas mãos no bolso.

Alex sorri amplamente quando nos vê e vai até o pai, ambos se abraçam e sorriem, isso é bom.

— Alexander, eu não estava te esperando. O que faz por aqui?

— Para mim, as ligações telefônicas não são suficientes — diz, enquanto continuam se abraçando.

— Sr. Alexander, já tenho também o traje que você vai usar e sapatos, a gravata também será rosa, porque todas as decorações serão rosa. — Não suporto mais a Natalie e o rosa.

— Como assim os arranjos serão rosa? — Eu a olho franzindo a testa enquanto abraço Alex, que parece mais do que bonita com uma blusa verde de gola larga que faz seus olhos se destacarem muito mais.

— Eu gosto da cor rosa e Alex também, e sua gravata também será rosa. — Levanto uma sobrancelha, isso não pode ser verdade.

— Não usarei nada rosa. É meu casamento e eu não ficarei envergonhado. — Natalie cruza os braços e olha para mim desafiadora. Eu não usarei nada rosa, ponto final. Claro, a menos que Alex me obrigue, não teria outra opção. — Natalie, chega. No dia do casamento, é você quem vai desmaiar, tenho certeza.

— Alex! Como você pode estar tão calma? — Ela está na nossa frente nos observando com seus grandes olhos castanhos. — Vejo você no último minuto correndo por aí xingando tudo.

Bem, isso mesmo. Alex faz tudo no último minuto.

— Eu acho que Natalie já conhece você perfeitamente. — Sr. Alexander sorri. — Bem, eu quero que você me dê outra carona na sua moto, meu amor. O que acha? Nós temos que conversar algumas coisas.

Moto? A porra da moto mata a minha paz interior.

— Oliver, eu vou para casa pegar a moto. — Alex sorri vitoriosamente, sim, ela sabe que eu não gosto dessa ideia, droga.

— Se tiver que terminar de trabalhar, espero, Alexandra — diz seu pai enquanto estão de mãos dadas.

— Alex pode sair, não se preocupe, Sr. Carlin, mas não na moto, por favor. Tudo bem, Alex? — Eu levanto uma sobrancelha. — Pegue meu carro! — Tiro as chaves e estendo-as, sei que vai pegar a motocicleta estúpida de qualquer forma, sinto que é melhor começar a rezar.

Alex não voltou o dia todo e quando cheguei ela já estava deitada. Sim, já sei o que eles tinham que falar, era sobre a saúde do Sr. Alexander, mas eu não vou perguntar, eu nunca pergunto, eu deixo ela me dizer quando ela se sentir pronta, sempre faz isso.

Nós jantamos e conversamos por um tempo com o Sr. Alexander. Alex, nada de se levantar, estou começando a me preocupar. Eu tenho que levar a comida dela para o quarto e lá ela está pensativa, olhando para a janela, sem nenhum tipo de expressão. Eu não vou perguntar, vou esperar que ela me diga. Eu faço ela comer, finalmente.

No dia seguinte, fomos juntos para deixar o Sr. Alexander no aeroporto, eu ofereci-lhe o meu jato mas ele insiste em usar o bilhete que ele já havia comprado. Eu acho que sei o que é.

Depois de esperar pelo Sr. Alexander para pegar seu avião e ficar abraçado por cerca de dez minutos com Alex, nós vamos ao escritório. Alex continua seu olhar perdido e eu quero saber o que eles conversaram.

— Tudo bem, meu amor? — eu tenho que perguntar, ela simplesmente balança a cabeça com um sorriso torto que indica tristeza, eu a conheço muito bem.

Capítulo 65

Eu me sento na cabeceira da mesa enquanto espero que o maldito do David apareça, aparentemente ele está muito feliz em estar casado e nem quer sair de casa. Depois de cinco minutos ele aparece de barba feita, eu franzo a testa imediatamente, aparentemente ele levou a sério as palavras de Alex no Natal.

— O que foi? Seu merda? — Eu olho para ele com os olhos apertados enquanto ele se senta à minha direita.

— O que você fez com a barba? Hippie? — Ele olha para mim e acomoda o casaco dele.

— Eu perdi uma aposta com Natalie, era isso ou usava salto todos os dias.

— Aposta? — Eu sorrio um pouco, enquanto ele nega com a cabeça.

— Ela faz mais abdominais que eu. Você pode acreditar? Eu já estava tirando sarro dela quando cheguei a cento e oitenta sem descansar e ela fez duzentos e vinte. — Eu levanto uma sobrancelha e sorrio. — A propósito, vou levar Andi para outro departamento ou ela vai cortar meus ovos. Agora preciso de um secretário.

— Um secretário? — Crystal me traz uma xícara de café e eu agradeço, caso contrário, juro que adormeço.

— Sim, secretário, Oliver. E Andi já está me deixando doente. — Eu não continuo perguntando porque a reunião começa e depois de algumas horas termina.

Eu saio do escritório, David sai comigo, ele não é apenas o gerente da minha empresa, ele já está começando a ser um parceiro, eu sei que muito em breve um dos mais importantes, e que, além de ser um pé no saco, é um cara bem inteligente e responsável, ele merece isso. Mais dois parceiros vêm conosco, quando eu passo pela porta, eu olho para minha loira impaciente encostada na parede digitando muito rápido, quase imediatamente ela olha para cima e seu olhar é motivo de preocupação, todos os meus sentidos se alarmam, eu franzo a testa e me aproximo dela o mais rápido que posso. Aconteceu alguma coisa com ela?

— Meu amor. Está bem? — Com minha mão eu pego seu pescoço e dou-lhe um beijo na testa. Ela sacode a cabeça e eu me preocupo ainda mais.

— Eu quero falar com você, é importante — ela morde a unha do dedo indicador, ela só faz isso quando está nervosa. Foda-se! Espero que ela não tenha matado alguém com essa maldita motocicleta.

— Nós conversamos no meu escritório ou saímos daqui? — Eu pergunto, ela engole.

— Qualquer um dos dois, Oliver. — Concordo, me afasto dela para me despedir dos parceiros enquanto imagino milhares de cenários de Alex na cadeia por matar alguém, mas mando para meu pai para pagar sua fiança por ter dado a ela de presente.

Ao retornar para onde ela está, David está falando com ela.

— David, qualquer coisa me ligue, por favor. — David assente. Pego a Alex pela mão e cruzamos os corredores sem dizer uma palavra até chegar à minha sala. Poderia ir a outro lugar, mas é melhor me dizer já e agora quem ela atropelou e por quê.

Quando fecho a porta atrás de mim, não preciso perguntar.

— Quero antecipar o casamento, Oliver. Quanto mais cedo melhor. — Faço uma careta e olhei para ela intrigado. Era isso? Até estou preparando meu discurso porque já lhe disse mil vezes que ela não saísse naquela motocicleta.

— Eu não tenho nenhum problema. Mas… por que a mudança de opinião? — pergunto, porque tínhamos combinado um ano.

— Meu pai, eu não sei, tenho 100% de certeza de que não irá aguentar quatro meses, Oliver. — Os olhos dela se enchem d'água. — Sério, eu quero que seja ele a me levar ao altar — ela murmura; pego suas mãos e elas estão frias.

— Mas por que diz isso? — Eu vou para minha mesa para deixar minha pasta e retornar com pressa enquanto me responde.

— Porque eu sinto isso, Oliver. Não sei por quê — uma lágrima escorre pela sua bochecha, cruza seus braços, tomo seu rosto com as duas mãos enxugando a lágrima com o polegar.

— Alex, não, não diga isso. Eu vou encontrar o melhor médico para o seu pai, ele não vai morrer agora. Sim, nós vamos fazer todo o possível — isso me preocupa.

— Ele já está vendo um dos melhores, Oliver — mais lágrimas estão escorrendo pelo seu rosto. — Não está funcionando, ele me disse.

— Alex, não fique chateada. — A apego ao meu peito e continua chorando, a partir de agora entrarei em contato com os melhores médicos, não consigo vê-la assim.

— Isso não pode estar acontecendo comigo. Não agora que eu tenho um pai. — Meu coração encolhe com essas palavras.

— Alex, calma. Sim? — pego seu rosto novamente. — Os médicos têm tratamentos diferentes, ligue para ele e diga isso. Vou conseguir o melhor médico para ele.

Ela assente, finalmente. A abraço enquanto se acalma. Recebe uma ligação e se distancia um pouco de mim para tirar o celular do bolso de seu blazer.

— É a Natalie — ela exclama, atendendo a ligação.

— Natalie? — Eu não consigo ouvir o que ela diz do outro lado, eu vou para a minha mesa e pego meu laptop.

— Porque é a terceira vez que tenho sonhado com esse tipo de coisa, Nat. Eu tenho que ligar para ele. Eu ligo mais tarde.

Desliga a chamada e se vira para mim.

— Eu vou ligar para o meu pai, Oliver — diz enquanto eu me sento na minha cadeira, concordo e se dirige a mim a passos rápidos, dando um beijo suave nos meus lábios, pelo menos está mais calma.

Ela sai do meu escritório fechando a porta atrás dela. Minutos depois, David entra sem tocar, típico dele. Eu olho para cima e ele fecha a porta.

— Eu sei que não é da minha conta, Oliver. Mas, e a Alex? — Ele se senta no sofá em frente à minha mesa. Até Natalie está preocupada.

— É por causa de seu pai — suspiro. — Ele não está bem de saúde, ela se preocupa demais. Ela acha que ele vai morrer.

David olha para mim pensativo.

— Eu entendo. É terrível perder um pai. Mas pelo menos a mãe dela está bem, eu perdi os dois quase ao mesmo tempo.

Eu lembro de ter passado aquela era cinzenta de sua vida com David. Graças a Deus, ainda não perdi um parente próximo, embora tivesse muito apreço pelos pais de David.

— A propósito, Anderson. Eu preciso de você para assinar alguns papéis para transferir Andi para outro departamento. — Ele diz isso, levantando-se, ajustando seu terno a caminho da porta.

— Escute, se você vai contratar um secretário, não contrate jovens porque eu não quero ter de despedir alguém porque o peguei olhando para Alex. Você entende? — Ele ri e se vira para me ver.

— É um ciumento maldito. Você se lembra quando você dizia "ciúmes, para quê?"?

— Porque outra mulher como Alex eu nunca encontrarei! — Ele ri novamente.

— Eu não vou encontrar outra como Natalie, mas não é por isso que vou ficar com ciúme o tempo todo, ela que é fiel...

— Espera — interrompo —, você acabou de dizer que nunca encontrará outra como a Natalie? Você está quebrando a barreira que jurou que ninguém passaria, David Schmitt.

Ele se vira completamente para mim e parece curioso para algum ponto no escritório. Até eu me virei para olhar naquela direção.

— Sabe, é melhor eu voltar para os meus papéis — dito isso, abre a porta e se perde atrás dela, depois de fechá-la ao sair.

Eu sorrio enquanto balanço minha cabeça, olho para o meu relógio e Alex ainda não voltou. Vou sair para procurá-la quando o David voltar com os benditos papéis; olho ao redor e não vejo Alex em nenhum lugar.

— Assina, maldito — diz David, uma vez que ele se aproximou de mim.

— Mas primeiro eu vou ler, não vou dizer aqui que estou aumentando seu salário, de novo. — Olho para ele com descontentamento, quando Alex chama nossa atenção.

— Oliver, eu preciso ir para Miami, hoje. — Eu faço uma careta e a observo com intriga, seus olhos umedecidos.

— Alex, por quê? Algo aconteceu? — Eu a envolvo com meus braços.

— Falei com meu pai, ele diz que precisa falar comigo e ele não pode fazê-lo pelo telefone — soluça.

— Bom, então vamos lá. David, prepare o jato. — David concorda e se retira.

— Oliver, eu não quero interromper seu trabalho, é sério, amanhã estarei de volta.
— Não, Alex. Foda-se o trabalho, tenho que ir com você. — Vou ao meu escritório para guardar os papéis, Andi pode esperar.
— Não, Oliver. Por favor — caminha atrás de mim —, eu não quero sentir que eu o interrompo, isso é algo importante, por favor, deixe-me ir. Eu volto amanhã, prometo.
— Não, claro que não. Como vou deixar minha esposa ir sozinha para lá?
— Oliver, por favor, eu vou me sentir mal se eu estiver te interrompendo o tempo todo.

No final, concordei em deixá-la ir, se não fosse por ter muito trabalho, eu teria ido com ela. Imediatamente ligo para a casa dela para saber quem vai buscá-la e o Sr. Frank é o primeiro a oferecer, pelo menos isso me acalma. Eu a acompanho para pegar o jato.

— Por favor, me ligue assim que chegar. — Eu beijo seus lábios e ela me abraça com força.
— Não se preocupe, eu volto amanhã com ele, você verá — ela sorri, pelo menos ela está calma.

Eu volto para a empresa, mas não consigo parar de pensar em Alex e seu pai; só espero que ele concorde em vir e tratá-lo com o melhor médico que puder. Se ele for tão teimoso quanto sua filha vai custar, vou até tentar persuadi-lo.

Termino todo o trabalho que tenho que fazer e recebo uma ligação dela, pelo menos já chegou, o que me relaxa.

Eu volto para casa, esta manhã eu não pude me exercitar, então eu vou fazer isso agora, eu me troco, poucos minutos depois David aparece. Uma vez terminada nossa rotina de exercícios, fomos até a cozinha e preparamos um shake de proteína.

Quando saio da cozinha, ele está na poltrona rasga-bunda da Alex.
— Essa porra de poltrona é confortável — diz ele enquanto estendo o copo com o shake.
— Devo admitir que é. — Pega o copo e toma de um gole. — Uma vez me sentei e dormi aí. Rosa tirou uma maldita foto, fez-me um maldito "Feibu" usando esta foto para imagem de perfil. Eu a odiaria, se não cozinhasse tão bem.

— Quê? — O próprio filho da puta ri alto até ele engasgar e começa a tossir.

— Espero que você se afogue, imbecil! — Nesse momento, a campainha toca, coloco meu copo na pequena mesa no meio das poltronas.

— Deve ser Natalie — ele exclama —, ela disse que queria vir e fazer exercícios comigo.

— Mais desafios? Eu quero estar lá para tirar sarro de você — eu digo, caminhando em direção à porta.

— Sua bunda coça. — Ele anda atrás de mim e ri um pouco.

Quando chego à porta, viro a maçaneta e abro, levanto uma sobrancelha e, nesse exato momento, David olha para fora.

Brittany está do outro lado, ela imediatamente olha para David com espanto, isso não pode ser verdade.

Capítulo 66

— Posso saber o que você está fazendo aqui? — eu pergunto, tento parecer legal, mas isso não acontece com pessoas que eu não gosto, como a Brittany.

Ela não responde, não diz uma palavra, fica petrificada e olha para David, ele também a vê, quando avisto a silhueta de Natalie se aproximando à distância. Ótimo! Era o que estava faltando. David se vira, fingindo indiferença, enquanto Natalie nos alcança. Brittany se vira e a observa, Natalie igualmente, conhecendo a Natalie ela vai arrastá-la para a frente da minha casa agora mesmo.

Mas não, aparentemente ela não sabe quem ela é, e esboça um grande sorriso.

— Olá! — ela exclama, quando vê Brittany e olha para mim com o canto do olho, como se estivesse imaginando mil coisas em sua mente sobre ela e eu. Eu me sinto enojado com o que ele está pensando.

— Ela é esposa do meu irmão — digo, como esclarecimento. Eu vejo como ela relaxa. Brittany apenas sorri e a checa da cabeça aos pés.

— Bem, já não te mato — ela gesticula, enquanto Brittany está tensa olhando para outro lugar, eu posso adivinhar que ela sabe quem ela é.

— E o loirinho, está? — pergunta. Brittany leva seu olhar para ela e eu concordo. Naquele momento, Henry aparece atrás de Brittany e olha Natalie da cabeça aos pés, conheço esse olhar do Henry e Brittany também olha para ele, não sei o porquê, mas sinto problemas.

— Não esperava você, Henry. Por que você não me disse que estava vindo? — eu falo, cortando o silêncio constrangedor, enquanto Natalie, depois de dar um sorriso para Henry, entra. Eu só espero que agora ele não queira seduzi-la também. Embora eu saiba que Natalie é muito diferente daquela falsa e hipócrita da Brittany que só faz amigos por dinheiro.

Henry bufa, agora olhando para mim, voltando para si mesmo.

— Eu tive muito trabalho, queria fazer no avião, mas esqueci, desculpe.

— Não se preocupe, entrem, por favor — ambos entram, mas não tenho outra opção.

Brittany entra primeiro com pressa, Henry atrás dela para na porta e me observa levantando uma sobrancelha.

— Quem é a jovem? — Eu senti isso, ótimo.

— A esposa de David — eu digo, sem hesitação, imediatamente seus olhos crescem e ela olha para mim com surpresa, quase no segundo em que muda de expressão.

— Ótimo, tudo bem, eu só estarei aqui por alguns dias, porque eu quero que você me ajude com alguns relatórios. Está bem? — Eu aceno com a cabeça. Mas o que lhe custava vir sozinho? Eu não acho que há alguém que queira roubar a Brittany.

E as coisas não pararam por aí, quando dei a volta, uma vez fechada a porta, o olhar do David se cruza com o do Henry e como sempre pareciam que tentariam se assassinar, mas Henry olha para a Brittany, que menciona seu nome cruzando os braços acima das escadas. Eu reviro meus olhos, exasperado, aquela pose é tão gay.

Natalie diz alguma coisa para David e ele olha para ela com desaprovação, não sei o que poderia ter sido, mas Natalie ri de um jeito macabro, David pega a mão dela e a leva até a porta.

— Eu te vejo amanhã, Anderson. — Se ficasse certamente se agarraria a golpes com Henry, ou levaria Natalie embora.

— Adeus — Natalie faz-me um sinal de adeus com a mão enquanto David a pega no ombro e a leva, ela começa a chutar e me lembra do tempo na Itália, eu fiz o mesmo com a Alex, quando aquela doida varrida já estava começando a gostar de mim sério. Eu sorrio só de pensar.

Fecho a porta que aquele idiota do David deixou aberta e vou para o meu quarto, ouço uma discussão entre Brittany e Henry, que estão no corredor. Ao me ver, eles param e Henry esboça meio sorriso e entra no quarto. Eu tinha esquecido que meu celular estava na minha cama, imediatamente eu corri para ele, se Alex me ligou isso vai ser uma briga por não responder, mas por sorte ela não fez isso… por que ela não me ligou!

Eu imediatamente disco o número dela, só espero que as coisas estejam bem entre ela e o pai, depois de uns três tons ela responde.

— Meu amor... tudo bem? — Eu pergunto. — Você não me ligou. Ela faz uma pausa.

— É câncer — ela menciona, eu franzo a testa, sua voz é áspera; ela esteve chorando e algo dentro de mim está apertando.

— Seu pai? — pergunto com medo, enquanto me sento na beira da minha cama. Espero que não seja dele que ela está falando.

— Sim — ela balbucia, por um momento minha mente continua em choque, isso não pode ser verdade.

— Ele te contou? — eu também balbucio, não, isso não pode estar acontecendo, já passei por isso com o David e a mãe dele, isso não, por favor, Deus.

— Isso mesmo — ela começa a chorar —, e está muito avançado, não há mais nada a fazer.

Não, não, não, eu levo a mão à cabeça, até sinto vontade de chorar, deito na cama pensando que, para essa doença avançada, não há cura.

— Eu não sei o que fazer, Oliver. Eu só quero que isso seja um pesadelo e eu acorde imediatamente — e aqui eu não posso segurá-la, eu lamento não ter ido com ela.

— Alex, eu te disse que iria com você, parte meu coração ouvir você assim e me sinto impotente. Sabe de uma coisa? Hoje mesmo chego aí — me levanto num pulo e procuro o que vestir.

— Oliver, não — ela responde imediatamente —, melhor descansar. Chego cedo amanhã.

— Alex... — interrompo, quero estar com ela.

— Oliver, por favor. — Eu respiro, não tenho outra opção.

— Ok, minha boneca. Você me avisa quando estiver por aqui que vou até você.

Conversamos por mais de uma hora, fiz o melhor que pude para fazê-la se sentir melhor, mas até eu me sinto arrasado, disse de todas as opções que existem para esta doença, mas que seu pai não quer estar num hospital e eu entendo isso, a mãe de David sofreu várias quimioterapias igual, não conseguiu.

Acho que é difícil dormir o resto da noite, essa notícia passando pela minha cabeça várias vezes e isso porque não é meu pai, não me imagino nessa situação, eu sei que ela não consegue dormir porque começa a me mandar mensagens de texto começo a responder. Nós teclamos por várias horas, faço a minha melhor tentativa de fazê-la rir, até que deixa de responder, e eu sei que ela já está dormindo. Depois de alguns minutos, também caio num sono profundo.

No dia seguinte, Brittany, felizmente, já tinha ido embora, eu não queria perguntar o motivo porque, na verdade, estou feliz em não ter que vê-la. Eu fui esperar por Alex dez minutos antes do tempo que o motorista me disse que ela chegaria.

Olho para cima e vejo o jato aterrissando. Sai colocando seus cabelos loiros para o lado, e ao me ver não sorri, só corre até mim, me abraça e começa a chorar. Imagino quão duro isto deve ser, ainda mais para ela, que apenas começou a ter um relacionamento bom com o Sr. Alexander. Eu a abraço o máximo que posso enquanto acaricio seu cabelo; tento ser forte, ela precisa de alguém forte, não alguém que chore com ela.

Tive que sair e deixá-la em casa. Como sempre, tive que praticamente forçá-la a ficar, sei que na empresa ela se distrai, mas quero que relaxe, pelo menos Rosa com todos os seus gracejos a faz sentir-se calma e isso me faz sentir bem.

Chegando na empresa, Henry já está lá, eu disse a ele que iria buscar Alex e ele concordou em vir mais cedo, mas não é só Henry: David está com ele e eles estão discutindo, no meio da empresa, com todos os trabalhadores presentes. Isso é o que eu temia. Não pode ser verdade. Henry decidiu sair no mesmo dia, senti alívio, ainda mais com tudo isso que estou passando com Alex e seu pai.

Ela tenta estar sorrindo o tempo todo, embora eu a conheça muito bem para saber que ela está triste; cumprimenta a todos quando chega, sim, é ela, até fala com os guardas de segurança e os zeladores. Não, Alex não sabe o que é ser "seletiva" com seus amigos, ela fala com qualquer pessoa, independentemente do seu status social, e eu amo isso. Isso me ensinou a ser uma pessoa muito melhor.

Ela está planejando tudo relacionado ao casamento com Natalie, adiantará algumas semanas; às vezes me sinto deslocado, porque eu sou o noivo e a mim não perguntam nada, mas logo me ensinam sobre dois tipos de flores para saber o qual eu mais gosto e a verdade é que nenhuma, e se eu disser, ambas vão ficar chateadas e gritar comigo, então eu estou melhor sendo ignorado. Eu já tenho bastante estresse com a gravata rosa.

Nós visitamos o Sr. Alexander várias vezes nos finais de semana, ele quer que seja assim e não estamos interrompendo o trabalho vindo vê-lo durante a semana. Sua perda de peso é bastante notável, e eu posso ver muitas vezes o quão cansado ele fica muito rápido por apenas uma pequena caminhada; ele está sentado o tempo todo, eu não consigo imaginar o quão deprimente pode ser o tempo todo assim para alguém que tem sido muito ativo, não posso acreditar como um câncer de pulmão pode consumir uma pessoa.

Eu mesmo propus alguns hospitais e tratamentos para essa doença, mas sua resposta tem sido a mesma: "não quero minha esposa e filhas num hospital nos últimos dias da minha vida, sabendo que o resultado será o mesmo." Eu entendo perfeitamente, a mãe do David vem à minha cabeça uma e outra vez. Seu câncer estava avançado e ela aceitou o tratamento, sem resistência. O resultado foi o mesmo, só que sofreu numa cama de hospital e David sofreu ao lado dela.

Eu não quero me imaginar em tal situação com um dos meus pais, só de pensar nisso parte meu coração em mil pedaços.

Estou imerso em tantos pensamentos que eu nem sequer consegui terminar um relatório que estou escrevendo, quando minha atenção é desviada por um som na porta uma cabeleira loira aparece na porta, e depois mostra o rosto; sempre repito, tem feito isso desde que começou a trabalhar aqui e me faz sorrir sempre que faz isso.

— Oliver — ela diz, com aquele jeito de fazê-lo afiado e cantado.

— Sempre, desde que eu te conheço, quando você vai me perguntar algo, você menciona meu nome desse jeito.

Ela sorri enquanto caminha em minha direção, eu amo como ela fica com esses vestidos de cor pastel, eles refutam minha teoria de que ela se parece com uma boneca humana.

— Eu quero que você leia isso — me estende uma pasta que carrega em suas mãos.

— São as cartas? — pergunto imediatamente, eu já a tinha visto trabalhando neles; ela me disse que seu pai lhe pedira para melhorá-las (essas que escreveu aos sete anos) para enviar para uma editora; pelo que li até agora eu sei que seria um sucesso, até me sinto identificado com algumas, meu pai sempre esperava de mim duas vezes mais do que ele exige do Henry.

Ela circula minha mesa enquanto pego a pasta e me sento.

— Quero que me dê sua opinião para enviá-las a uma editora — se recosta no meu torso, abro a pasta e, enquanto acaricio seus cabelos, leio a primeira página.

— Você quer me fazer chorar. Certo? — Eu sorrio levemente, só com o primeiro parágrafo meus olhos estão lacrimosos.

A porta do meu escritório abre e fecha com um estrondo alto, nós dois nos voltamos na direção do som e é meu pai. Ele caminha em nossa direção em um ritmo fixo, com uma pasta em uma mão e outra com um jornal. Eu franzo a testa quando vi a expressão dele.

— Até quando pensaram que iam manter essa farsa? — dispara, seu tom de voz é forte, só fala assim quando está chateado. Farsa todos os meus alarmes estão ativados. Minha mãe entra pela porta, mas de uma maneira mais relaxada, fecha-a atrás das costas.

— Pai, o que há de errado com você? — Eu pergunto, ele está na frente da minha mesa e joga o jornal com fúria, fazendo com que caia na nossa frente.

— É sério, Oliver? Me faz de idiota todo esse tempo? — Eu tranco a pasta, pego o jornal e leio.

"O casamento arranjado entre Alexandra e Oliver Anderson."
"David Schmitt, gerente geral da revista *Anderson*, assegurou nesta sexta-feira passada que o jovem magnata se casou com sua secretária, Alexandra Carlin, para não perder a presidência da revista assim que seu pai ameaçou tirá-lo do cargo por não levar uma vida forma..."

Meu coração bate forte e minha mandíbula aperta até o ponto da dor. Isso não pode ser verdade.

Capítulo 67

David? Não, por favor, não. David é meu melhor amigo, ele é meu irmão, ele não pode me trair dessa maneira. Eu não penso assim, não, não, não... aqui deve haver um erro, ele não faria algo assim.

— Oliver! Olhe para mim — meu pai diz, eu olho para cima, ele coloca a mão com a qual ele segurou o jornal na minha mesa e olha para mim. — Isso é verdade no jornal? Sim ou não?

Não sei o que dizer, se negar, será possível investigar e quando perceber que eu menti vai ser pior e se afirmo, adeus empresa. Estes são os casos em que você não sabe o que fazer, porque ambas as respostas trarão problemas, não tenho palavras, meu cérebro procura por milhares de alternativas, ele me olha firme nos olhos e eu também, tira seu olhar de mim e agora leva para Alex.

— Alexandra? Isso é verdade? — Alex também não sabe o que responder, suas mãos esfriaram, eu posso senti-las através das minhas roupas onde ela segura meu antebraço. Seus olhos estão marejados, não tenho outra opção.

— Sim, é verdade, papai — eu falo, ele imediatamente desloca seu olhar de raiva de Alex para devolvê-lo para mim. Ele faz uma pausa e olha para nós alternadamente.

— Que decepção — murmura, depois de alguns segundos, enquanto leva as mãos à cintura, afastando a jaqueta cinza, ele se vira para ver minha mãe, que está cruzando os braços apenas observando a cena. — Você vê, querida? E você jurou que isso não poderia ser verdade.

Ela também nos observa, seus olhos estão desapontados, ela simplesmente sai do escritório e fecha a porta.

— Com a gente eles não contam para o suposto casamento que farão para renovar votos e eu não sei o que mais — continua —, não vou continuar jogando uma farsa. — E uma dor se instala no meu peito.

— Papai, não é mais uma farsa, ouça… — eu quero ficar de pé, Alex ergue-se entre as minhas pernas e num salto me dirijo a ele para explicar as coisas com calma.

— Não quero ouvir nada, Oliver — interrompe, fazendo com que eu pare. — Não acredito. — Levanta o dedo indicador para apontar para nós. — Vocês dois deixaram de existir para mim. Você entendeu?

Meu coração e todas as minhas entranhas encolhem com essas palavras, eu me casarei em uma semana.

— Papai… — Eu quero ir até ele, mas ele sai do escritório e bate a porta, segui-lo e explicar não vai ajudar, os olhos de Alex estão cheios d'água e sei que ela está pensando em sua família agora que eles leem este jornal. Não! Por que isso aconteceu conosco agora? Eu só queria dar a Alex a melhor lembrança de sua vida.

Eu olho para o jornal de novo, eu não acho que David é capaz de arruinar a minha vida dessa maneira, eu levo minha mão para a minha cabeça em frustração, ele tem sido como meu irmão. Juro que, se tiver sido David, não me importarei de limpar esta empresa com ele e, antes de sair, o mandarei a merda eu mesmo.

Eu ando até o escritório dele, com os punhos cerrados, não consigo pensar em David fazendo isso, aperto o jornal com força e caminho pelo corredor desejando a morte dele ou de quem quer que tenha dito isso. Pego a maçaneta da porta seu escritório, girando-a e a fechando nas minhas costas com um estrondo; jogo o jornal que estava nas mãos no chão com força, e lá ele está gritando com sua assistente, Andi, e ela chora para os mares. Sim, agora tudo faz sentido, o filho da mãe contou a ela e ela disse à imprensa. Imediatamente seus olhos me focam e caminha em minha direção, num ágil movimento o agarro pelas bordas do terno e o atiro contra a parede.

— Oliver, me escute, eu juro que não fui eu — seus pequenos olhos se focam em mim e eu posso jurar que sei quando ele mente para mim e isso não parece ser o caso.

— Mas você falou com ela. Não? — eu pergunto, ele se mexe para ficar longe do meu aperto forte, mas não consegue.

— OLIVER! Porra! Eu estou lhe dizendo que não fui eu. Estou investigando quem foi o filho da puta que fez isso — levanta sua voz também e me olha ferozmente. Seus olhos estão cheios de lágrimas. Creio que não foi ele quem fez isso, o imbecil em quem confio cegamente não seria capaz de me fazer isso.

Alex entra no escritório, só vejo seu vestido azul claro com o canto do meu olho, mas eu não a enfoco completamente, não posso tirar os olhos do David, e ele tampouco, até que começa a discar um número.

— Oliver, chega, por favor. — Alex vem entre nós dois, fazendo com que eu finalmente solte David, pega meu antebraço e me afasta dele.

— Juro que vou processar esses filhos da puta — David agora caminha na direção de Andi, que levanta o olhar ao ouvi-lo. — E te juro — aponta para Andi com o indicador — que se você tiver algo a ver com isso, farei da sua vida um inferno!

— Mas eu nem sequer... — Andi volta a chorar sem acabar de falar, creio firmemente que sim, ela fez isso. Sei que o David comentou algo com ela.

David começa a gritar em seu telefone para o maldito jornal, se ele pudesse queimá-los vivos ele iria. Eu olho pela janela do seu escritório, inúmeros repórteres cercam a empresa, minha cabeça dá mil voltas, estou prestes a ter um derrame.

— Oliver — Alex pega meu antebraço e me gira em sua direção —, eu preciso ir ao meu pai, urgente. — Em outra ocasião, eu diria que vou com ela, ainda que recusasse, mas tenho muitas coisas para resolver neste lugar que eu nem consigo pensar claramente. — Não quero que ele saiba por um jornal e é muito provável que tenha a mesma reação do seu pai.

— Deixe-me fazer algumas ligações. — Eu tiro meu celular do meu bolso, tenho que preparar o jato para a Alex. Neste momento, com tudo o que se passa e com o estado de seu pai, a melhor coisa é que esteja longe daqui.

Eu a levo para o aeroporto, quase não chegamos ao carro por causa da quantidade de repórteres que nos rodeavam, eu não queria responder às perguntas típicas: "É verdade sobre o seu casamento falso? É verdade que foi apenas um acordo por conveniência? Como se sente com a traição de um amigo?"

Todo o caminho eu pensei sobre as possíveis respostas para essas perguntas, mas o último gira em torno de todas as minhas entranhas. Se David tiver comentado com Andi seria uma traição, eu não suporto um engano assim, não falei com Alex todo o caminho, espero ir até jato e antes de fechar a porta de metal da entrada esboça um sorriso que tento corresponder tanto quanto posso. Quase imediatamente eu estou indo para o caos que é a minha vida na empresa no momento.

De novo, disco o telefone do meu pai enquanto dirijo de volta e ele não responde, minha cabeça está uma confusão, no momento, não acredito como acontecem tantas coisas juntas, quero sumir aqui e agora. Espero que a família de Alex não reaja como a minha, eu sei que eles são diferentes, tenho notado em todo o tempo que compartilhamos.

Eu chego na empresa e o caos dos repórteres continua. Eu odeio ter que ser cercado por guardas de segurança, mas a situação o justifica, eu não quero dar qualquer tipo de declaração porque eu não tenho nada inteligente para dizer, além de "vá se foder".

Eu abro a porta do meu escritório e lá está meu pai, e David na frente dele, eu tenho muito a explicar e ele tem que me ouvir.

— Por favor, pai, eu sei que isto foi um terrível...

— Oliver, me dê todos os documentos da empresa — ele me interrompe.

Eu paro de repente quando ouço essas palavras.

— Quê? O que você quer dizer? — Eu gaguejo, tirando minha mão do bolso que inconscientemente levei para lá antes de abrir a porta do escritório.

— Eu quero que você recolha suas coisas deste lugar, agora — sinto como se um balde de água fria acabasse de cair sobre meu corpo, tudo que eu trabalhei esse tempo todo vai a merda. Isso não pode ser verdade, isso não pode estar acontecendo comigo.

— Papai, vamos conversar primeiro — tento parecer calmo quando tudo que eu quero fazer aqui é jogar tudo pela porra da janela.

— O que você vai me dizer? "Sim, no começo era mentira, mas agora é real"? Porque eu ainda acho que você mentiu para mim e eu tive que dar saber por um maldito jornal. Me diga. Há mais alguma coisa que você queira adicionar a isso? — Não respondo, ele está certo. O que mais eu poderia adicionar? Todos os meus argumentos possíveis são resumidos em "no começo era uma mentira, mas agora é real". — Para ambos — continua ele —, eu os quero fora.

— Você não está falando sério. — Eu engulo o nó na garganta, tentando ver todos os lados positivos de sua decisão, mas não consigo encontrá-los.

— Estou. — Olha para mim, sem qualquer tipo de expressão. — De manhã cedo virei aqui e não quero ver suas coisas. — David mantém seu olhar torto enquanto ele diz tudo isto. — Deixe-me todos os documentos da empresa sobre esta mesa. Eu também falo com você, David.

Tendo dito isso, ele sai pela porta, outras vezes eu o teria seguido tentando explicar as coisas, mas o conhecendo, nada faz mais sentido. David se inclina sobre a mesa enquanto traz as mãos à cabeça em frustração.

— Quem fez isso vai me pagar — ele diz. — Eu juro que vai. — Dito isto, ele vai até a porta e sem uma palavra se retira.

Minha cabeça vai explodir, isto não pode estar acontecendo comigo, isso não pode ser verdade. Meu mundo desmorona, tudo que eu trabalhei dia e noite. Me sento na minha cadeira giratória com meus cotovelos nos joelhos e minha cabeça em minhas mãos. Que isso seja apenas um pesadelo.

Me recuso a fazer o que ele diz, eu fico aqui durante horas pensado como de um dia para outro que minha vida se tornou uma merda, mas isso não tem sentido colocar a oposição; eu pego minhas coisas e deixo cada documento sobre a mesa, como ele me pediu. Não sei como farei, mas seguirei adiante, ainda que me dê as costas. Eu não posso odiá-lo, graças ao meu pai e sua teoria absurda da vida é que eu encontrei Alex, pelo menos isso me conforta.

Eu assisto pela janela do meu escritório, a última vez que vou ver um lindo pôr do sol deste lugar. Não consigo evitar que meus olhos fiquem turvos, nesse preciso momento recebo uma ligação, é da casa dos pais de Alex, eu franzo a testa, ela sempre me liga do celular. Será que algo aconteceu com ela? Eu respondo imediatamente.

— Alô? — digo quando atendo, minhas mãos estão tremendo.

— Oliver. Está ocupado? — É a voz de Frank, eu o ouço fungando pelo nariz, todos os meus alarmes disparam, que não tenha acontecido nada com a Alex.

— Não. O que aconteceu? O que aconteceu com a Alex?

— Não é nada com a Alex. — Meus pulmões liberam todo o ar que eles estavam inconscientemente segurando. — Mas talvez você devesse vir, Alexander acabou de morrer.

Capítulo 68

Estou perplexo, não, isso não pode ser verdade, não, não, não. Eu engulo, vejo minha vida como espectador, como se isso não estivesse acontecendo comigo, como se eu fosse apenas alguém que vê alguém passando por isso.

— Por favor, Frank, me diga que é uma piada. — É o que eu espero do fundo do meu coração, não, por favor, não é verdade.

— Eu queria que fosse uma piada. — Sua voz se quebra e ele começa a fungar. — Alex não quer se levantar de onde ela está e eu não posso ficar com ela porque eu tenho que ir ao hospital com Stefanie, ela também não aceitou muito bem.

Eu começo a andar, a sair do escritório, sinto que estou vivendo um pesadelo terrível. Eu engulo o nó na garganta.

— Por que ele morreu? — eu pergunto, eu só espero que não seja por causa das notícias, porque isso o meu interior não aguenta, inconscientemente uma lágrima escorre pelo meu rosto, quando eu saio do escritório eu encontro David.

— Oliver, já sei quem foi — ele diz, não presto atenção, Frank está me falando sobre o frio que o Sr. Alexander pegou que ele não podia suportar.

— David, por favor, informe a Natalie que o pai de Alex morreu. — Ele me olha com seus olhos alargados e olha de sobrancelhas franzidas. — Tenho certeza que ela vai querer vê-la lá. — Assente sem dizer nada, eu não acredito, não acredito.

Eu preciso do jato da empresa, o meu demoraria em voltar de Miami e reconsidero a ideia de usá-lo, mas foda-se, é uma emergência e se o meu pai se opuser, eu sou capaz de bater nele. No momento indicado Natalie está lá, chorando, isso não me ajuda, mas eu não posso culpá-la, não descreveria como é quando você ouve esse tipo de notícia, bem, tenho este desconfortável nó na minha garganta e não consigo parar de pensar como seria se acontecesse com o meu pai. Assim, embora não tenhamos tido a melhor das relações. Eu não quero imaginar como Alex está, que ansiava por seu pai levá-la para seu casamento. Por que a vida é tão injusta? Por que tudo tem que acontecer ao mesmo tempo?

Ao chegar, Frank me diz exatamente onde ele está, seus olhos estão inchados, ele estava esperando por nós, porque ele tem que estar no hospital com Stefanie, aparentemente o choque que acabou de receber seu corpo não aceitou muito bem, muito mais por causa de sua condição, ela está pronta para dar à luz. Ao entrar, lá está a Alex, ele não se move e isso me preocupa; está deitada no chão de bruços, com a testa no antebraço, parece estar dormindo. Nem mesmo troquei de roupa, mas foda-se minha roupa nessas situações, Natalie corre atrás de mim. Eu começo a agitar Alex gentilmente enquanto acaricio suas costas, nem imagino como deve estar se sentindo, muito mais porque ela estava presente quando ele morreu.

— Alex, Alex, meu amor, você mal se agita. Alex, bebê, sou eu. — Ela levanta os olhos, os olhos inchados e vermelhos. Como tantas coisas podem acontecer conosco no mesmo dia? — Aqui estou eu, minha vida — eu me inclino para ela uma vez que ela se senta no chão e eu a envolvo com meus braços, até eu sinto aquela dor imensa, eu não quero imaginá-la. Eu tento não chorar, tenho que ser forte por ela. Não responde nada, está quieta olhando para algum lugar na sala, não corresponde nem mesmo meu abraço, Natalie se prostra de joelhos diante de nós, me separo um pouco ao ver a intenção de abraçá-la e assim o faz, mas também não corresponde, seu olhar fixo ainda.

— Alex, tudo vai ficar bem, querida, você verá — fala Natalie, mas Alex não responde, eu nunca sofri a morte de um membro da família e não quero imaginar como deve ser.

Finalmente, depois de um longo tempo ela tenta se levantar, suas pernas enfraquecem e Natalie e eu a levamos para o que costumava ser seu quarto, ela chorou comigo a noite toda até que ela pudesse dormir, eu não posso lidar com isso. Eu respiro profundamente, também quero me deixar chorar agora, não consigo com tanta pressão, muito mais com o meu pai mandando que recusem todos os investimentos que fiz, se alguém tem poder sobre mim, é meu pai.

Eu tentei tanto quanto eu posso falar com membros e negar tudo o que disse por David, principalmente porque não foi ele e isso também está lhe trazendo problemas; parece-me que Brittany foi a responsável por tudo isso. Eu sei... não sei onde conseguiria a informação, mas vou investigar e juro que, se foi ela, tornaria a sua vida impossível.

Eu não falei com David além de algumas palavras, eu confio nele totalmente, embora minha mente dê mil voltas na matéria eu não quero pensar que foi o meu melhor amigo. Eu já tenho problemas suficientes. Ele chega no dia seguinte, e não tem mais emprego, ele não precisa ficar lá.

No funeral, continuo sem acreditar nisso, escapei algumas lágrimas para ouvir os discursos que têm todos os seus trabalhadores para o Sr. Alexander, seus amigos, conhecidos, aparentemente todos apreciaram. Alex está de pé com a visão perdida de algum lado sem qualquer expressão, eu coloco meu braço em volta dos ombros dela enquanto todo mundo vai depositar flores no túmulo.

Então acompanho a Sra. Alicia até o carro do Frank; desmaiou duas vezes; volto para a tumba do senhor Alexander e lá está Alex, seus joelhos estão na grama e toca apenas o nome na lápide, me aproximo lentamente para ela quando ouvi meu celular vibrar, retiro do meu bolso e eu passo o dedo indicador sobre ele, é meu pai.

"Precisamos conversar. Eu quero você aqui em vinte minutos."

O mínimo que quero agora é ter um momento ruim com ele, eu nem sequer respondo, já tenho o suficiente com tudo, eu coloco meu celular de volta no meu bolso.

— Meu amor, vamos lá. — Eu agacho ao lado de Alex e enrolo uma mecha de cabelo atrás de sua orelha depois que o vento frio e leve se agitou em torno dela.

Não respondeu, ainda está lá com sua vista fixa para a lápide, apenas nega sua cabeça, me curvo à sua bochecha e depositar um beijo suave sobre ela.

— Alex, ficará resfriada aqui, vamos para casa — eu disse, com uma voz muito calma, ainda não está respondendo, pego sua mão e dou um pequeno beijo nos seus dedos, uma lágrima escorre pelo rosto e me parte o meu coração, a rodeio com meus braços e a apego ao meu peito; ela começa a chorar com os olhos fechados, eu acariciando seus cabelos, posso imaginar a dor que deve sentir. Mesmo eu derramo algumas lágrimas, eu não posso com tudo isso, de repente eu vou ter um colapso nervoso, eu sei.

Várias imagens desde que conheci o Sr. Carlin passam pela minha cabeça. Eu não posso acreditar como a vida se esvai de suas mãos em segundos; penso em meu pai de novo e de novo; talvez devesse responder e consertar as coisas, não sei o que vai acontecer amanhã, mas lembro-me que ele não quer nada de mim.

Capítulo 69

Os dias seguintes são demasiado cinzentos, tanto para mim quanto para Alex. Minha mente ainda em choque e meu pai causando mais estresse; não falei com ele e nem sequer passei na porra da empresa. A última coisa que sei é que ele está tomando meu lugar e Henry o lugar de David. Eu quero ver como estará essa empresa em poucos dias, Henry não tem a capacidade do David para fazer tantos trabalhos ao mesmo tempo em uma empresa com vinte e cinco mil empregados; para terminar as coisas, a única coisa que me sustenta nesses momentos é o investimento que fiz em ações que comprei, mas sendo todos os amigos do meu pai, uma conversa é suficiente para me fazer tirar da tabela de parceiros e para ocupar meu lugar.

Não acredito que meu pai está me fazendo isso. O tanto que eu trabalhei para conseguir tudo isso, e vejo ir embora em poucos dias. Eu entendo perfeitamente que ele está chateado comigo, eu menti todo esse tempo, mas também foi culpa dele.

Não consigo deixar de pensar com nostalgia que só hoje formalizaria meu casamento com Alex. O dia em que estaria sob o altar cheio de flores esperando minha Alex andando na minha direção, morrendo para saber como estaria, porque elas nunca me deixaram saber como seria seu vestido, de acordo com Natalie é "má sorte", mas mais azar do que tudo o que aconteceu não pode existir. Supostamente hoje meu pai ficaria feliz no meu casamento, porque é o que ele queria, que nos tivéssemos casado assim e minha mãe com lágrimas nos olhos dela ia ter ajeitado minha gravata, como ela fez com o Henry, quando ele se casou, assim ela é. O Sr. Carlin, ainda vivo caminhando com Alex e entregando-a como todo pai à filha, era o que ambos queriam e nada resultou como esperado.

Que injustiças da vida, existem pessoas lá fora andando em direção ao altar sem amor uns aos outros, outros casados pela obrigação de um bebê, não por amor; outros se casam por dinheiro. E eu, que realmente queria fazer isso, que eu realmente amo essa mulher, não, isso não era possível e não será possível por um longo tempo até que ambos nos recuperemos desse redemoinho.

Minha mente está perdida em algum lugar neste restaurante enquanto espero pela minha mãe, há poucas horas me ligou, disse que queria me ver; sei que agora falta seu sermão por mentir, mas ao menos sei que ela não é como meu pai. Embora esteja pronto para o que for.

Eu ouço alguns saltos ressoarem atrás de mim, e me viro, sim, é ela. Esboça um sorriso ao me ver; fico de pé e ela me abraça, não sei por quê, mas não importa a idade que você tem quando sua mãe abraça você enquanto você atravessa um mau momento sente-se uma tranquilidade imensa.

— Como vai? — ela pergunta, acariciando minhas costas.

— Bem — respondo. Eu contei a ela do Sr. Carlin, e ela me censurou pelo fato de não tê-la avisado ao tempo do seu funeral, mas que ela entendia, sabia que estávamos passando por muitas coisas juntas, e que eu escapei de avisá-la; a pedi para não ligar para Alex, ela não quer qualquer tipo de pêsames e entendi, gostaria que meu pai fosse um pouco mais parecido com minha mãe.

Ela se separa de mim e eu ofereço a ela o lugar em que eu estava sentado, ela assente a cabeça e se senta, eu dou a volta ao redor da mesa e me sento na frente dela.

— Bem, mãe, vamos fazer isso rapidamente, eu sei que antes de seus sermões sobre a mentira você faz um longo silêncio para prolongar a agonia. Eu te conheço. — Ela ri, não, ela não parece brava, ela está calma.

— Eu já percebi que aquele sermão não funcionou. — Sorrio levemente, o garçom se aproxima de nós e minha mãe faz o mesmo pedido que eu.

— Ouça, tentei convencer Oliver de que o jornal era uma mentira, não porque achasse que era mentira, mas porque sabia como ia reagir.

— Eu suponho que você está chateada — eu digo em um suspiro, eu prefiro que ela grite comigo e não fale comigo pacientemente, porque isso significa que ela está mais chateada do que eu pensava.

— Não estou. Eu já sabia disso, Oliver — responde pacientemente e acomoda um guardanapo no colo; franzo minhas sobrancelhas e faço uma cara intrigada. — Lembre que sou tua mãe, e vivi mais do que você. Sou casada com seu pai há vinte e oito anos e sei que no início, nem tudo é róseo como você pintou — levanta uma sobrancelha, e a olho confuso.

— Do que você está falando? — Eu questiono, eu coloco meus cotovelos na mesa. Foda-se boas maneiras! Eu entrelaço meus dedos e franzo a testa.

— Te lembro que eu era atriz, Oliver, e a atuação de ambos não me convenceu, desde o primeiro dia, mas nunca queria perguntar, queria fazer-me a ideia de que era verdade.

— Mas nunca contou ao pai? — Ela balança a cabeça, fechando os olhos por alguns segundos.

— Eu sei como ia reagir... além disso, eu queria deixar passar, eu sabia que Alexandra era uma pessoa pela qual você ia se apaixonar, e eu não falo por sua aparência física, mas por sua personalidade, tão diferente de você. Ou não estava certa?

Eu não sei se rio disso, me irrito ou apenas aceno com a cabeça.

— Mas eu nunca pensei que ia aparecer em um jornal — continua — e que seu pai iria perceber, muito pior que David...

— Mãe, não foi David... — eu interrompo. — Eu cometi um erro uma vez com uma mulher, mas foi antes de eu conhecer Alex. Desde então ela prometeu...

— A noiva de Anthony Romanov? — pergunta. Como é que minha mãe sabe tudo?

— Mãe, você vendeu sua alma ao diabo? Como você percebe tudo?

— Jesus Cristo! — exclama. — Essas piadas, Oliver! — Quase rio, mas é melhor não, sabendo com certeza me lança o garfo na parte da frente, e sequer tem pontaria; suspira, revirando os olhos azuis. — Criança, nenhuma mulher vai me elogiar se não quiser algo com um dos meus filhos, e eu percebi que era com você quando perguntava demais pela Alex. É mais notável que tem inveja, ela não é bonita naturalmente e não é inteligente; precisa de um homem com dinheiro que atenda aos seus caprichos, pois certamente não sabe fazer nada mais do que isso. Nunca, nunca pense em cair tão baixo novamente com uma mulher que parece uma prostituta barata.

Não, eu nem sequer penso nisso, um erro na minha vida que eu quero que desapareça de uma só vez.

— E eu sei que David não seria capaz de fazer algo assim — continua ela. — Eu o amo tanto quanto você e Henry. Eu até o aceitei como genro quando seu pai e eu pensamos que vocês eram um casal. — A olho com desaprovação quando ela riu levemente. E ela ainda me lembra! Pena que eu não posso jogar meu garfo por fazer essas piadas.

Pelo menos passei um tempo descontraído com minha mãe, sabia que conversar com ela me esclareceria todos os problemas em minha mente, mas eu não poderia contar a ela sobre os problemas com meu pai, obviamente ela não sabe, mas eu não quero que ela diga a ele que está me afetando, é melhor eu me mostrar indiferente.

Mas esse relaxamento não durou muito, antes de sair do carro para chegar em casa recebi um e-mail, meu maior investimento recusado pelo meu pai. Porra! Não, não, náoooo. Essa foi a melhor coisa que fiz em minha vida, precisei de muito trabalho para ocupar esse lugar como acionista. Imediatamente ligo, enquanto entro em casa, três tons e finalmente atendem; tento o melhor que eu posso para persuadi-los a deixar-me no lugar que estava. Sério, que meu pai está insistindo em foder minha vida é demais. Eu entro na sala, a Alex está em uma cadeira giratória olhando pela janela.

— Não, isso não é possível, esses investimentos estão em meu nome, não em nome do meu pai, você não pode recusá-los...

— Sinto muito, Sr. Anderson. Seu pai fez um investimento maior e... — Eu me sento na beira da cama, minha mão livre na minha cabeça em frustração.

— NÃO! Não entendo...

Foda-se! Que desespero. Meu pai, meu pai. Nem ouço o que está me dizendo do outro lado, estou tão absorto em pensamentos de raiva contra ele, que eu juro que se eu o vir o agarro a golpes, mesmo que ele seja meu pai.

Suspiro e desligo a chamada, não me adianta fingir que estou a ouvir, eu não posso com isso.

— Agora o que aconteceu? — Alex pergunta, se aproximando de mim. Eu olho para cima, ela está chorando, eu posso ver em seus olhos.

— Milhares de coisas. Mil coisas, Alex. Quando eu puder, vou buscar seus pertences na empresa, mas no momento não, porque eu não quero encontrar meu pai.

Eu jogo o celular na cama e levo as duas mãos à minha cabeça com meus cotovelos nos joelhos.

— Eu posso ir buscar. — Se senta ao meu lado. — Além disso, eu preciso me distrair um pouco.

— Eu não quero que você tenha um mau tempo com meu pai. Natalie estará com você em alguns minutos, eu tenho uma reunião e mil coisas para resolver. — Eu bufo e me levanto.

— Oliver, Natalie também tem seus problemas, eu não quero que ela esteja aqui o dia todo trancada comigo, ela tem um emprego, ela tem uma vida...

— Ela está bem aqui com você, Alex. Se não, inventa qualquer desculpa — respondo exasperado, enquanto ajusto a gravata.

— Porque ela é assim, ela nunca dirá não — ela se levanta e olha para mim —, mas agora ela conseguiu o emprego dos seus sonhos, não posso fazer com que falte o tempo todo.

— Não gosto que você esteja sozinha aqui, Alex. Além disso...

— Então, por que você não está comigo? — interrompe e continua esse olhar fixo em mim. — Foda-se seu pai com essa empresa e seus investimentos! Você já tem dinheiro suficiente para viver o resto da sua vida. Por que você insiste em fazer mais?

— Você não entende, Alex. — O que ela não sabe é que com o meu pai estragando tudo o que tenho, não vou ter mais nada.

— Você não entende! — ela exclama. — Quantas horas te vi desde que voltamos da Flórida? Quando eu acordo, você se vai e quando você volta você apenas amaldiçoa seu pai e vai dormir. — A voz dela quebra. — Eu... eu preciso de você também, Oliver.

Ela sai do quarto, batendo a porta. Meu coração aperta quando essas últimas palavras ressoam na minha cabeça, eu engulo o nó na minha garganta. Pode ser. Eu trago minhas mãos para a minha cabeça em frustração. Eu ouço um carro ligar e olho pela janela, é ela, imediatamente pego meu celular e começo a ligar, mas ela não responde, imaginei. Eu não posso mais segui-la porque perdi o rastro dela. Por que ela não foi na maldita motocicleta? Eu deveria ter instalado o rastreador na porra do carro também.

Não, já não posso mais ir à bendita reunião, minha mente pensa repetidas vezes nas palavras de Alex: "Eu preciso de você também, Oliver", me faz sentir como um verdadeiro idiota. Eu estou na poltrona da minha sala, segurando minhas mãos no meu rosto com meus cotovelos nos meus joelhos. Isso não pode estar acontecendo comigo, e tudo é culpa do meu pai, se não fosse por ele eu teria mais tempo para estar com a Alex aqui, mas não, ele estraga tudo, espero não ter que vê-lo novamente na minha vida. Nunca.

Capítulo 70

Estou quase pronto para ficar bêbado, já faz mais de quatro horas desde que Alex saiu daqui e não voltou, estou nervoso. Eu sou um verdadeiro idiota, não atendeu meus telefonemas, vai me ouvir quando voltar; voltei para a minha posição com os cotovelos em meus joelhos e minha cabeça nas mãos, eu estou já preparando meu discurso para quando ela voltar, estou chateado, não pode deixar-me assim e não atender nenhum dos meus trinta telefonemas, muitos pensamentos de raiva passam pela minha cabeça, até que ouço a porta abrir, e sigo o som, é ela; sinto um alívio tomar meu corpo e toda a raiva é dissipada, eu vou para la e a rodeio com meus braços. Eu não posso explicar a felicidade que sinto agora.

— Meu amor, desculpa, é sério — enterro minha cabeça no pescoço dela, eu me sinto idiota por não estar aqui para ela. — Eu prometo que não vai acontecer de novo, eu estarei aqui com você todas as vezes que precisar de mim. Eu não acho que...

— Ok, Oliver — me interrompe e sorri um pouco, ela leva o que segurava em suas mãos para a mesa que está perto da porta e, da mesma forma, me rodeia com seus braços acariciando minhas costas.

— Eu prometo que sempre que precisar de mim, estarei aqui, mas você também tem que me entender — pego seu rosto com as duas mãos e a olho nos olhos, sinto um nó na minha garganta. — Não vou me sentar para ver como meu pai arruinou tudo o que me custou...

— Oliver, talvez você deva falar com ele, eu não acho...

— Não — eu interrompo imediatamente, a última coisa que quero fazer é falar com meu pai. — Não há nada que eu tenha que falar com ele, já deixou bem claro que para ele só há Henry e na verdade não importo.

Eu engulo quando digo essas palavras, me viro secretamente em direção a uma mesa com uma gaveta, fingindo que estou procurando algo nela, mas não, eu só quero que não olhe para o meu rosto. Não me importo que meu pai acha que Henry faz as coisas direito.

— Oliver, talvez ele tenha algo a dizer.

— Não — eu interrompo imediatamente, voltando-me para ela, eu não quero saber nada sobre o meu pai. — Sério, eu não quero saber nada sobre ele, Alex. Respeite minha decisão.

Por essa noite, pelo menos, ela a respeita.

No dia seguinte, levanto-me para fazer exercícios. Não preciso levantar cedo, não tenho uma empresa para dirigir, sou pobre.

Eu faço minha rotina de exercícios, eu não tenho visto o David, imagino como ele deveria estar se sentindo, ele também foi prejudicado por tudo isso. Muito mais quando ele descobriu que Andi era quem procurava entre suas coisas o número do advogado que me casou com Alex, aparentemente ela ouviu David falando com ele e o resto ela supôs; o que ela fez por um pouco de dinheiro que Lauren ofereceu a ela é inestimável. Eu juro que elas vão pagar por tudo isso. Bem, Andi já pagou, David enviou ao marido dela fotos que ela mandava. Melhor vingança que não pode ter, se divorciada e desempregada e assim será por muito tempo porque vamos cuidar que nenhuma empresa novamente nunca a aceite.

Eu tomo um banho e me preparo o mais rápido que posso, tenho uma reunião em trinta minutos, ainda não sou tão pobre assim, mas se meu pai continuar tentando me foder eu estarei em breve. Alex ainda dorme, não quero acordá-la, ultimamente tem lhe custado muito o sono; para nenhum dos dois está fácil tudo o que está acontecendo, eu sei que muito mais por ela pela perda recente do senhor Alexander.

Chego ao lugar certo, na hora certa, como sempre, saúdo aqueles que já estão presentes e me sento para esperar enquanto a sala se enche, vejo meu relógio e olho ligeiramente para a porta de entrada, meu pai a atravessa, seus olhos encontram os meus e nos observamos sem nenhuma expressão até que eu viro meus olhos para outro lugar. Eu não posso medir o ódio que sinto por ele agora. Eu me recosto na parte de trás da cadeira à procura de relaxamento que não consigo encontrar, quando a cadeira ao meu lado é removida um pouco ele se senta nela ajeitando seu perfeito terno preto.

— Como vai você, Oliver? — ele pergunta. É sério? Eu não respondo, não é como se eu quisesse dizer olá à pessoa que se comporta como meu inimigo.

— O que faz aqui? Vendo como você vai me arruinar agora? — Arqueio minhas sobrancelhas, ele não responde, apenas me observa sem qualquer expressão quando alguém interrompe e se senta ao lado dele do outro lado. Sinto alívio.

A reunião começa, pelo menos desta vez tudo está quieto, ainda não começou a amargurar minha vida, por enquanto, sei que não demorará muito para começar seu bombardeio, mas para minha surpresa não o faz. Terminada a reunião, levanto-me, não quero outro minuto a seu lado, enquanto pego minha pasta, sua mão segura meu antebraço.

— Eu gostaria de falar com você, Oliver. É possível? — Eu o olho nos olhos. Agora, o que foi?

— Não — respondo da forma seca e mais dura. — Acho que nós não temos nada para falar, você já fez minha vida miserável o suficiente. — Tenta parecer indiferente enquanto eu arqueio a sobrancelha. Tendo dito isso, eu ando em direção à porta de saída quando ele me pega novamente e me vira para encará-lo.

— Talvez nós precisemos conversar. — Ele olha nos meus olhos, mais problemas. Por quê, Deus? Que te fiz?

— Vamos.

Dito isso, está indo em direção a porta de saída, ao ver que eu não o sigo ainda se vira e faz-me um sinal; suspiro, tentando encontrar a paz interior, mas eu cedo, seguindo seu caminho.

— Tá! Onde? — pergunto, uma vez no estacionamento. — Eu vou no meu carro.

— Para o restaurante do Romanov. Venha, por favor. Não me diga isso e não apareça. — É o que eu estava pensando, mas eu balanço minha cabeça, agora terei que ir.

Entro no meu carro e dirijo com extrema paciência para o restaurante, é mais que óbvio que eu não quero ir, felizmente é razoavelmente perto de minha casa se eu quiser correr de lá. Entro no lugar, bastante fino, vale mencionar, e vejo meu pai impaciente, olhando para o relógio, temos isso em comum quando o nos desesperamos, por isso que eu sei que ele está prestes a se lançar.

Levante o olhar e de imediato me enfoca, vou até a mesa onde está e me sento na frente dele.

— Até que finalmente você se dignou a chegar! — exclama, eu não respondo. O que eu poderia responder? "Eu não queria vir" é a única coisa em que consigo pensar.

— E aí? O que estamos fazendo aqui, Sr. Anderson? Eu tenho coisas para fazer, uma esposa para cuidar, problemas para consertar, parceiros para ganhar...

— Por que você não me contou sobre a morte do Sr. Carlin? — interroga, prestando atenção mínima às minhas palavras. Eu levanto uma sobrancelha e observo, é um assunto que eu não gosto de falar, mas eu tenho que fazer isso.

— Quem lhe disse? — pergunto, observando-o intrigado quando um garçom se aproxima de nós com o menu e se retira.

— Alexandra, ontem ela veio para a empresa; ela havia deixado o que está escrevendo na mesa do seu escritório. Por que não me disse?

— Para quê? Tudo foi tão rápido e no mesmo dia que você disse que paramos de existir para você. Você realmente acha que eu ia ligar para você para dizer que sabendo que você não ia me responder? — Ele suspira um pouco e coloca os dedos na mesa.

— O motivo pelo qual você não chegou na reunião no dia em que lhe enviei a mensagem? — Eu aceno com a cabeça. O que mais posso fazer? — Oliver, eu pensei que você fez isso por rebelião, é por isso que eu fiz tudo isso. — Ele olha para mim e baixo os meus olhos no cardápio.

— Claro! Mas no dia em que Henry saiu de casa por rebeldia porque você não queria dar a ele aquele carro, foi procurá-lo e deu-lhe a porra do carro.

Eu bufo, sem olhar para os olhos dele, mas com certeza ele está me vendo, eu faço sinal para o garçom para pedir, eu faço meu pedido e meu pai faz o mesmo, sim, nós também temos o mesmo gosto em comida.

— Eu não entendo por que você inveja Henry. — Eu olho para cima e franzo a testa.

— É sério? — solto uma risada sarcástica. — Eu? Invejar Henry?

— Todo o tempo você o está metendo em nossas conversas, quer colocá-lo contra mim.

— Não — eu interrompo —, você quer colocá-la contra mim, você não deve comparar-nos o tempo todo, sabe perfeitamente que somos pessoas diferentes, com vidas diferentes, você sequer o conhece.

— Você comprou uma esposa, ele nunca faria isso — dispara, isso não pode ser verdade.

— Ele roubou a do David — disparo, vou me arrepender disso, mas estou tão fora de mim, no momento, eu sinto que não me importa. — Eu nunca ousaria tirar a noiva de um amigo.

Ele me observa, franzindo a testa.

— Do que você está falando? — Não tira esse olhar de mim, eu sabia que isso era uma má ideia.

— Você sabe se Henry está feliz? Não, eu não acho que você saiba. Você tem alguma ideia se eu estou? Eu também não acredito. Talvez eu tenha comprado uma esposa, mas estou feliz com ela. Henry não comprou uma esposa, mas não, ele não está feliz com ela. Mas, na verdade, sim, ele comprou, porque, se não fosse pelo dinheiro de Henry, ela nunca teria se casado, acredite.

Ele não diz nada, apenas fica me observando enquanto se inclina no encosto da cadeira. Eu tento relaxar por dentro, mas não consigo.

— Oliver, eu não vim brigar — ele diz, depois de alguns segundos.

— Não, você só veio reivindicar-me coisas! — Outro garçom traz nossas refeições. Como eu posso comer?

Ele não diz uma palavra e nem eu; começamos a comer com um silêncio desconfortável, não, não consigo nem terminar minha refeição, sinto meu estômago fechado. Alguns minutos depois, Henry aparece. O que faltava! Agora, para dar explicações a Henry sobre o porquê eu disse sobre David. Mas, milagrosamente, o homem que em teoria é meu pai não diz uma palavra.

Henry se senta e eles começam a falar sobre coisas da empresa. Eu ouço atentamente, ambos estão errados. Não! Não! E não! Eles vão à falência, eu sei, e todo o meu trabalho a uma merda. Como meu pai pode começar a dirigir algo sobre o qual ele não sabe nada há dois anos? Talvez eu deva pensar em fundar minha própria revista, seja a concorrência. Que agora tenha motivos para me odiar.

— Você vai falir, Anderson. Acredite. — Faço um sinal de novo para o garçom, tiro minha carteira, meu cartão e a identidade. Meu pai me observa com sua testa franzida, só pago e me levanto.

— Do que você está falando? — Meu pai menciona, eu não respondo. Deixe-os perceber por si mesmos. Eu pego meus documentos e as próximas palavras quando estou prestes a levantar, chamam minha atenção. — Oliver, eu sou seu pai, você não pode não responder minhas perguntas quando você quer, além disso, não pode sair da minha vida, bem como... — Ah! Mas que romântico! Até o sarcasmo da minha esposa está me contagiando.

— Alex abriu meus olhos...

— Ela? — faço uma careta. Ele assente e continua.

— Você está certo, você não sabe quando a vida pode nos escapar e eu não quero que você e eu…

Alex? Ela sabe que eu não gosto que ela se envolva nessas coisas, isso é entre meu pai e eu. Eu nem presto atenção ao que ele diz a seguir, eu não me importo. Por que ela faz isso? Eu disse a ela e ela já sabe, eu não gosto disso, agora eu me levanto.

— Com licença — menciono, meu pai franze a testa.

— Oliver… — Eu não fico esperando o que mais tem a dizer, eu não ligo, Alex e eu temos uma longa conversa pendente. Eu começo dirigir quando percebo que apenas meu cartão de crédito está em minhas mãos. Ah! Deixei minha identidade no restaurante. Não pode ser! Já estou longe, não quero ter de voltar. Imediatamente ligo para Anthony, que atende no primeiro tom, não presto atenção ao que diz, só que deve enviá-la para a empresa, que é suficiente para mim, embora eu não queira ir à empresa.

Eu chego em casa, minha cabeça dando mil voltas no assunto. Que estresse! Tudo por causa da Alex. Desço do carro com raiva e bato a porta; entro em casa e Alex está lá, perto da entrada, de braços cruzados, como esperando por mim. Ótimo, porque eu tenho muitas coisas para falar com ela.

— Oliver, o que foi?

— Alex. Por quê? Por que você fez isso? — não meço o tom da minha voz, estou tão fora de mim.

— O quê? — ela pergunta com intriga. E ainda?

— Ir falar com meu pai — a observo fixamente. — Por que você fez isso?

— Não fui falar com ele, Oliver. Eu o encontrei no de…

— Não me importo de saber onde você o encontrou. Eu lhe disse para respeitar minha decisão. — Eu percebi que eu levantei um pouco a minha voz, mas agora eu não me importo.

— Eu apenas disse a ele que estava fazendo…

— Por que você insiste em me trazer mais problemas? — digo isso mesmo, ela sabe o quanto isso me irrita.

— Eu apenas…

— Não! — disparo. — Entenda de uma vez, isso não é da sua conta. Foda-se! Para mim, ele deixou de existir desde o primeiro momento que fez todos virarem as costas para mim. E eu não quero que você se envolva, quero que você me entenda, não que eu prove…

— VOCÊ NÃO VAI FALAR COMIGO DESSA FORMA! — A observo atônito. — A NÃO SER QUE QUEIRA QUE EU SAIA POR ESSA MALDITA PORTA E NÃO VOLTE.

Fico perplexo por alguns momentos. Ela gritou para mim que está pensando em sair? O quê? Não! Eu olho nos olhos dela e ela olha para mim, seus olhos marejados. Talvez eu não devesse ter falado com ela desse jeito, mas... eu estava muito chateado. Ah! Não pode ser! Ela sobe as escadas com pressa. Por um momento me sinto tentado a segui-la e pedir perdão, mas vou aguardar a tensão baixar um pouco. Por que tudo isso está acontecendo conosco?

Eu me sento na poltrona e coloco meus cotovelos nos joelhos segurando minha cabeça, tudo isso em um derrame cerebral para mim. Eu ouço seus passos apressadamente descendo as escadas, acho que ele quer conversar, eu olho para cima e observo que ela sai e me lembro de suas palavras de sair por aquela porta e não voltar. Isso não pode ser verdade, eu vou enlouquecer com tantas coisas.

Eu imediatamente me levanto para segui-la, mas fico aliviado quando percebo que ela saiu de moto. Ótimo. Eu abençoo o dia em que coloquei um rastreador na porra da coisa.

Pego o meu carro para ir onde o aplicativo do meu telefone me indica, pelo menos eu estou tranquilo. Se ela tivesse pegado seu carro mais provável que eu estaria louco agora por não saber onde está indo. O que significa que tenho que me apressar em colocar um no Bentley. Após uns vinte minutos, parou em um lugar, é uma loja de café, ótima, porque estou perto; benditos criadores de rastreadores, porra, faria um altar para eles se soubesse quem eles são.

Após cerca de dez minutos que eu já tinha chegado, lá está a porra da moto estacionada; eu saio do meu carro e me dirijo ao lugar; nem sequer me deu tempo de trocar de roupa, ao abrir a porta e entrar, nada tinha me preparado para o que eu vejo. Não!

Capítulo 71

Alex está lá e Lauren também, esta última deitada no chão, duas pessoas a ajudam a se levantar. Foda-se! Eu imediatamente ando em direção a ela antes de agarrá-la, não é que eu me importe, mas você pode ser fichado por fazer isso e eu não quero ter que fazer visitas na cadeia. Alex olha para mim e vejo que seus olhos refletem raiva, tenho certeza de que estou no meio de tudo isso. Não! Mais problemas!

— O que você estava fazendo em um restaurante com essa prostituta esta manhã? — ela pergunta, e meus alarmes estão ativados. O que eu estava perdendo? Eu olho para Lauren. Que porra é essa? Eu vejo que do nariz dela emana sangue que ela limpa com um lenço branco, dos olhos dela brotam lágrimas...

— Alex, anda, vamos conversar em casa — respondo, de forma suave, até porque ela pode me bater, e eu acredito que seja capaz disso.

Ela se afasta de mim e me dá algo. Bem, na verdade, ela coloca no meu peito, eu franzo a testa, eu pego e suas mãos delicadas esfregam as minhas, mas ela continua seu caminho, eu observo o que ela me deu. É minha identidade! Merda! Não! O que essa vagabunda disse? Eu ando atrás dela tentando explicar para ela e, tanto quanto eu chamo o nome dela, ela não se vira para me ver; não, não, não, agora isso não é, por favor.

— Oliver... — Eu ouço a voz estridente de Lauren, não, se essa mulher me deixar louco, eu até deixo que Alex a mate. Imediatamente Alex volta para ela, eu posso ver como a garota tola estremece e Alex a joga contra a parede com força. Puta! Isso deve ter doído e ainda colocar o antebraço no pescoço dela, mas a melhor eu levá-la; a seguro pela cintura e faço que ela se separa de Lauren. Que mulher, porra! E ela ainda se apega a moldura porta dura, eu tenho que tirá-la de lá, estou esperando o momento em que se solte e me bata.

— Eu juro que vou te processar por isso — a voz estridente de Lauren se ressente meu tímpano, Alex se remexe em meus braços, quer se soltar de mim, tenho que segurá-la com mais força.

— Então processe! Dessa forma eu posso dizer a todos que eu bati em você porque é uma puta! — Ah! Esta mulher! E agora o que me espera por não ir pegar a identidade eu mesmo.

Quando eu saio desse lugar, eu viro Alex em minha direção e ela me observa, ela está chateada, eu sei. Eu quero rir do que ela fez, mas é melhor não.

— Alex. Que foi isso? Por quê?

— Claro, defenda-a — lágrimas aparecem através dos seus olhos. Ah! Não pode ser! — O que eu estava perdendo! Que venha ver você com essa vagabunda — soluços; suspiro, este é o momento em que eu me defendo, mas dizer que a moto tem um rastreador não é uma boa ideia e acabo apanhando. Ela começa a chorar aos mares, enquanto se senta no chão. Eu sei que isso é mais por toda a tensão que tem passado nos últimos dias do que seja lá o que Lauren disse, sei o suficiente para saber que a minha Alex estaria caminho para qualquer lugar onde encontrar uma espingarda agora.

— Alex, querida, acalme-se, por favor... — digo, suavemente, gentilmente tirei seu antebraço, mas ela se solta.

— Eu, me acalmar? — me interrompe. — Você veio para ver aquela cadela. Certo? É por isso que você está aqui?

Ah!

— Não, Alex. — Eu me inclino para ela em um agachamento. Como eu falo sobre o rastreador? Eu tomo seu rosto com as duas mãos enxugando as lágrimas com meus polegares. — Ouça-me, vamos para casa, você vai se acalmar e depois vamos conversar.

— De jeito nenhum... — retruca; a rodeio com meus braços e aproximo seu rosto do meu peito, reluta no início, mas, finalmente cede e começa a chorar, precisa desabafar um pouco para que possamos conversar tranquilos; tudo isso deve ser demais para ela, eu sei disso e ainda essa puta vem para foder com tudo. — Se você não quer me responder, é porque tem algo — ela gagueja através das lágrimas.

— Alex... — volto a pegar o seu rosto e a olho nos olhos. — Só te pergunto uma coisa. — Limpo suas lágrimas e observo ao estilo das telenovelas que Rosa assiste. — Você desconfia de mim?

Claro que desconfia de mim! Quem não faria, se lhe dessem uma identidade do seu parceiro? Mas pelo menos com essa pergunta idiota, tenho tempo para o meu cérebro procurar as melhores palavras para dizer "Ei, essa maldita motocicleta tem um rastreador" sem ser atingido.

E ela olha para mim, eu estou esperando por qualquer coisa, seus olhos irritados me examinam, eu sinto medo por alguns momentos de receber um golpe como o que ela deu em Lauren.

— Então, por que você não responde minhas perguntas? — interroga, sem tirar os olhos de mim, quando ele chora o verde dos olhos parece mais pálido. — Eu já tenho bastante estresse para me fazer pensar que você fez algo com ela.

— Eu não estou fazendo isso, você é quem está imaginando — meu cérebro continua tramando as melhores palavras.

— Por que ela tinha seu documento? Por que você está aqui onde ela está? Por que você não me diz que me seguiu… Sério, não c…

— Alex, chega. Vamos lá, por favor, vamos conversar em casa, calmamente — então eu penso em como dizer a ela.

— Eu não vou a lugar nenhum se você não me disser aqui e agora! — Que mulher difícil!

— Nem sequer a vi, juro, me escute bem — eu continuo vendo seus olhos. — Eu te amo, nunca na minha vida faria algo assim estando com você, estou feliz ao seu lado, embora estejamos indo mal neste momento, não desejaria estar com mais ninguém além de você. — Tiro uma mecha de seu cabelo para trás sua de sua orelha e ela me olha atenta, ela gosta dessas palavras, eu sei. — Fomos com meu pai para almoçar no restaurante do Romanov, se você quer ir e perguntar a ele, não foi uma boa conversa, até esqueci minha identidade no lugar. Liguei para Anthony e ele me disse que a mandaria para a empresa, mas eu não sabia que a pessoa com quem ele a mandaria seria Lauren. — Ela pisca e vejo as lágrimas cessarem.

— Como ela sabe qual advogado nos casou? Você disse alguma coisa? — ela pergunta, sua voz rouca. Eu continuo limpando suas bochechas com meus polegares.

— David cometeu o erro de falar algumas coisas com o advogado na frente de Andi, por isso sabia onde seu chefe mantinha o contato. Ela nunca soube que ele nos casou, mas foi o suficiente para fazer uma ligação.

— Andi — ela fala —, maldita.

— Lauren e Andi se conhecem, Andi enviou a Lauren o contato do idiota por algum dinheiro. Você já pode imaginar como ela conseguiu informações.

— Oliver, isto não pode continuar assim — ela se levanta, por um momento eu tenho medo de que ela volte e bata na Lauren.

— Não. Alex, chega — eu a seguro.

— Por quê? Não entende que aquela puta só veio para arruinar as coisas?

— Escute — a interrompo —, não será assim, David já estava responsável pela Andi e me assegurou que o advogado não volte a trabalhar e ele, chateado, enviou um vídeo dele com Lauren ao Anthony Romanov.

— Quê? — pergunta, olha para mim desnorteada.

— Ela é tão estúpida a ponto de não saber que ele tem câmeras em seu escritório e todo o processo dela tirando informações enquanto estava sentada montada nele e começando a se despir foi gravado.

Continua me olhando perplexo.

— Bem, mas você veio vê-la aqui… você esperou que eu saísse para que pudesse vir com calma. — Suspiro, pelo amor de Deus, não tenho outra opção.

— Alex, chega… eu não tinha a menor ideia de que ela poderia estar aqui. Digamos que pedi para instalar um rastreador na maldita motocicleta. — Eu estou morto, eu estou morto. — Eu sabia que quando nós discutíssemos você se vingaria e sairia nela.

— Você está brincando! — Ela exclama, com a testa franzida, vira-se para ver a motocicleta. — Oliver, você não pode fazer isso.

— Agora você entende por que eu não te contei? Você vai ficar chateada de novo. — Ela começa a andar em direção à motocicleta. — Vamos de carro, me bata em casa, não aqui. — Foi engraçado, mas eu não ri, não é um bom momento. — Eu direi a Pablo para vir pegar moto.

— Não! — ela grita e caminha até a moto. — Por que você tem que fazer essas coisas? Eu não instalo rastreadores, mas você sabe o quê? Eu vou fazer isso. — Bufo, eu sabia que ele ficaria chateada. — Assim cada vez que sair saberei onde está e se não te encontrar onde me disser eu juro que vou atrás de você com um taco de beisebol. — Já não posso mais conter a risada; ao menos esta mulher, até com seus rompantes, me diverte. — E não me importa se vou fazer um show… — Vou até ela e com um movimento rápido a ponho no meu ombro. O mesmo que fiz quando estávamos na Itália.

— Oliver — resmunga e começa a chutar enquanto eu ando em direção a meu carro, de repente para e eu sinto um aperto tremendo na minha nádega.

— Ahhh! Alex! — Eu estremeço rapidamente, na parte inferior do meu ombro e, aparentemente, não estava pronta para isso, cai sentada na calçada.

— Você me jogou no chão!

Eu não posso deixar de cair na gargalhada. Não eu. Eu não consigo nem pensar em nada para repreendê-la pelo que ela acabou de fazer, espero que ninguém tenha visto isso.

— Você pegou minhas nádegas! — Eu continuo rindo, eu não posso lidar com isso, eu me sento ao lado dela na calçada segurando meu estômago. — Você está louca! — balbucio.

— Agradeça por eu não ter feito isso na primeira vez que você me carregou dessa forma — ela diz, isso teria sido interessante, ela se levanta, me ajuda.

— Você é safada — exclamo com risadas e me levanto pegando a mão dela.

— Por que não vamos na motocicleta e Pablo vem pegar o seu carro?

— Ninguém dirige meu carro, limpo minhas calças e depois cruzo meus braços.

— Ninguém além de você dirige meu carro, então entre, não me faça subir à força.

Mas, não tem que fazê-lo, até que eu sou um sequestrador, ela só ri quando eu coloquei o cinto e todo o caminho de volta. Pelo menos ele está rindo, achei que o rastreador não ia levar tão bem.

— Alex, eu juro que vou te internar num hospital psiquiátrico, primeiro você quase mata alguém, então você chora, depois se irrita de novo e agora está rindo.

— E qual fase você prefere? Eu ficaria matando Lauren, mas você não me deixou — ah, sim! Ótimo, deixe sua esposa matar alguém.

Quando eu desço, eu a levo de volta, mas não, desta vez eu não a pego no meu ombro, eu não quero mais um aperto na bunda.

— Você não me coloca no seu ombro de novo? — Ela pergunta, balançando as sobrancelhas maliciosamente, eu não posso deixar de rir.

— Não, porque você é uma safada — eu subo as escadas com ela às pressas, abençoado exercício aeróbico.

— Agora tenho que apreciá-la antes de ir para a cadeia por atos violentos.

Capítulo 72

As coisas estão melhorando, eu não me sinto tão estressado, ser pobre não é tão ruim, eu passo mais tempo em casa e eu posso aproveitar a Alex a cada hora. Pelo menos eu sei que está melhor e pouco a pouco volta a ser a mesma de sempre. Adeus seriedade com ela e é que mesmo quando fica com raiva é bem engraçada, sim, até que me faz uma chave estranha que coloca meu braço em um ângulo extremamente doloroso, não é divertido. O que eu sei é que nunca vou ficar entediado com essa mulher. Depois de fazer a minha rotina de exercícios, vou ao meu quarto, tenho uma reunião para assistir, na minha pobreza, ainda tenho algumas coisas para fazer, preciso tomar um banho, ouço o som do chuveiro, o que significa que hoje Alex passa quarenta minutos lá. Eu tenho que me apressar, eu vou ao banheiro e escuto uma música que eu não consigo entender, mas eu sei que se chama algo como Gangnam Style. Sei que foi bastante tocada há algum tempo, Alex está cantando a música e através do chuveiro de fibra de vidro ondulada posso ver sua silhueta magra se movendo de um lado para outro; fico curioso e furtivamente, deslizo a porta e minha esposa está lá coreografando a bendita da música. Eu mencionei que nunca vou ficar entediado com ela? É precisamente por causa disso. Eu não sei onde ela consegue tantas coisas estranhas para dizer ou fazer.

♪ Heeeeeeey, sexy ladyyyy... ♪

— Alex! O que você está fazendo? — disparo, ela se vira rapidamente, escorrega e cai no chão. Aperto meus lábios, não vou rir, é minha esposa.

— Merda!! — Ela exclama. — Oliver! Por que não bateu na porta antes? — Estendo a mão para ajudá-la a levantar, mas não posso conter mais riso e me faz perder as forças, Alex cai novamente e olha puta para mim.

— Me desculpe — gaguejo —, é que... — Mais risos, não, eu não posso me conter, e eu estou correndo o risco de ser atingido.

Ela caminha até a janela, não, não consigo parar de rir.

— Bem, vem dançar comigo porque eu tenho que tomar banho. — Eu não ouço nem um som de sua parte, viro para vê-la e está embrulhada até a cabeça nas cortinas da janela do banheiro.

— Alex?

— Finja que estou na China.

— Vou fingir uma ova, sai daí — repito, não, eu nunca vou ficar entediado com ela, eu ando rápido e tento desenrolá-la das cortinas, mas ela está segurando-as com força, naquele exato momento pés descalços escorregadios e caem no chão. Filho dos setenta mil pares dos cento e oitenta mil... eu só ouço o som da cortina sendo rasgada e Alex cai sobre mim envolto nela.

— Alex! Era uma cortina com bordados à mão!

— Alex, nada! Você fodeu com ela sozinho.

E aí eu percebo que a única coisa que nos separa é a maldita cortina e, bem, minha calça esportiva e minha cueca, mas é bem fácil de se livrar.

— Você está nua, sobre mim, Alex. — Eu sorrio maliciosamente e movo minhas sobrancelhas repetidamente.

— Não foram suficientes para você três vezes na noite passada, certo?

— Ela levanta uma sobrancelha, e lembre-me daquelas três vezes ontem que quase me causa uma ereção, eu balanço minha cabeça enquanto começo a rir de novo.

— E agora eu quero a quarta, ainda mais com essa música de fundo que seu celular está tocando. — Não sei que música é, mas o que eu ouço é muito erótico, com um movimento ágil fico em cima dela e a aprisiono entre minhas pernas, segurando os pulsos com minhas mãos. Começa a se agitar, mas eu seguro com mais força. — Então o tourinho Carlin é domesticado, hein?

E ela ri alto, eu caio para o lado dela na gargalhada.

— Fim do banho, eu tenho uma reunião, você vem comigo — eu digo, levantando-me, vamos nos atrasar.

— Não éramos pobres? — pergunta, enquanto eu a ajudo a ficar de pé.

— Somos, só não temos uma empresa para gerenciar, por enquanto. Eu tenho uma ideia maravilhosa, quando for melhor, explico para você.

— Parece bom, eu não vou entender, mas vou fingir sim e dizer que você tem todo o meu apoio e quantos dólares eu tenho no banco para fazer o que você quer e se você quiser vender o Bentley então muito melhor.

Alex e suas coisas, eu forço meus lábios a não rir e levanto uma sobrancelha.

— E se eu vender a moto?

— Não se envolva com ela — ela joga seu gel de banho vazio e bate no meu abdômen.

— O que você tem contra o Bentley, Alex? Eu dei a você com todo o amor possível. — Ela começa a tomar banho de novo e eu finjo choramingar.

— Ah! Sim, claro, você disse que odiava meu lixo. Além disso, esse carro é de uma menina mimada.

— Você é uma menina mimada — digo imediatamente. — Se a menina mimada quer um hambúrguer, temos que ir comprar hambúrgueres, se a menina mimada quer sorvete, compramos sorvete — digo isso enquanto coloco minha toalha sobre a pia —, se a menina mimada quer pizza, ainda que seja meia-noite...

Eu não consigo imaginar como será quando estiver grávida, o diabo vai me levar com sapatos e tudo como minha mãe costumava dizer.

— Oliver, chega ou te atiro pela janela. — Rio novamente e saio correndo do banheiro.

— Xeque-mate! — Eu faço uma careta e olho intrigado para o jogo de xadrez na mesa.

— Não! — Eu digo imediatamente. — Eu era o capitão do time de xadrez na universidade, você não pode me vencer. — Ela sorri triunfante enquanto se apoia nas costas da cadeira e cruza as pernas.

— Mas ganhei — a olho com os olhos semicerrados, em desafio. — Eu quero a revanche, Alexandra, agora.

— Outra vez? — E ainda zomba? Ela cruza os braços e eu começo a arrumar as peças novamente.

— Em minha defesa, eu estava distraído. — Ela esboça um sorriso. — Há algo que você não pode fazer, Fosforito Carlin?

— Agora fosforito? — Ela franze a testa e olha para mim intrigada.

— Sim, te esfregam e você acende.

— Espere... eu levo isso para o lado depravado? — Eu olho para ela curiosa. Claro! E o pensamento ruim é sempre meu.

— Não, eu estou falando sobre o mau caráter. — Como se tivesse sido pouco o que ela fez com Lauren só por ter minha identidade. — Você tem uma mente podre, Alex. E ainda diz que sou eu! — Ela começa a rir e eu não sei por que eu a vejo mais bonita a cada dia; eu vou ao redor da mesinha que me separa dela e me sento ao lado dela, começo a beijar sua bochecha de novo e de novo.

— Oliver, é suficiente. — Continuo beijando seu rosto até que, finalmente, chego à sua boca. Eu pego seu queixo e caminho através de seus lábios ricos, eu nunca provei mais delicioso que estes, e embora eu beije todos os dias para mim toda vez eles são mais requintados.

Eu a amo.

Suavemente morde meu lábio inferior me cortando a respiração, sorrio sobre o rosto dela quando uma limpeza na garganta nos sacode. Nós dois nos voltamos imediatamente para olhar a direção do som.

É meu pai, como sempre, arruinando os melhores momentos. Ele olha em outra direção angustiado enquanto eu o observo com meu pior rosto possível, eu pensei que não ia vê-lo, ultimamente ele envia Henry para tudo. Alex se levanta e imediatamente vai ao meu pai e ele estende sua mão. Ela a aperta com um sorriso; levanto-me logo depois que ela ajusta minha jaqueta cinza e meu pai instantaneamente estende a mão para mim agora. Eu olho para ele e hesito em segurá-la ou não, até que Alex bate no meu braço suavemente e eu acabo pegando a mão dele.

— Ainda bem que encontrei vocês dois. Eu gostaria de conversar depois da reunião com os dois. O que acha? — NÃO, eu gostaria de dizer. — Oliver? — Olha para mim, não, não direi nada.

— Por quê? — digo finalmente. — Agora, o que você vai esfregar na minha cara?

Eu não posso deixar de dizer isso. Ele apenas olha para Alex e a observa.

— Alexandra? — interroga, sim, boa maneira de me controlar, usando minha esposa.

Passei mais de meia hora naquele quarto porque não queria ir almoçar com ele, minha vida está bastante calma agora, não quero problemas com meu pai, mas ela me convenceu, não tenho outra opção.

Fomos ao mesmo restaurante no outro dia, espero não deixar minha identidade novamente e que Alex bata em outra pessoa e eu tenho que dizer que agora seu carro também tem um rastreador. Não, não é desconfiança, é que temo que algo aconteça com ela enquanto ele estiver fora.

Eu nem sequer pedi minha comida e não tenho mais paz, sim, imaginei, ele quer falar comigo porque tem problemas, obviamente está perdendo, bem, ele me disse que me queria fora da empresa. Por que eu deveria ajudá-lo?
— Isso significa que você está perdendo, Sr. Anderson. — Eu nem sequer olho nos olhos dele. — Faz anos desde que você dirige uma empresa, as coisas mudaram.
— É por isso que eu preciso que você trabalhe comigo, eu vou te pagar. Me pagar? Ele para mim?
— ESPERA, você realmente acha que eu preciso da sua esmola?
— Não é esmola, Oliver — ele diz e suspira. — Estou lhe dizendo para me ajudar a arrumar as coisas — trago um copo de vinho para minha boca e tento soar indiferente.
— Alexandra? — E lá vem ele com esse nome.
Ela olha para mim, não, se ela também me força, estaremos com sérios problemas.
— Não, obrigado. Eu não posso ajudar a concorrência — eu menciono, vendo que Alex não diz uma palavra, ela sabe qual seria a minha reação.
— Como? — Ele olha para mim surpreso. — Para quem você planeja trabalhar?
Você realmente acha que eu não posso fazer minhas coisas sozinho?
— Eu não preciso trabalhar para ninguém, estou em meus próprios projetos. A verdade é que você me deixa farto ao acreditar que em tudo Henry é melhor do que eu, que pensa mais acertadamente, e eu não sei o que mais merda. Bem, teste-o. Que ele tire você dos seus problemas. — Eu lanço o maldito guardanapo na mesa e me levanto. — Sabe de uma coisa? Eu fiz muitas coisas para agradar a você, mas nada foi suficiente. Eu até queria ser o melhor em Harvard, então você se sentiria orgulhoso, mas você já fez isso?
— Oliver — ele também se levanta —, eu sempre tive orgulho de você. A única coisa que me incomodou foi como você estava levando sua vida pessoal.
Alex só olha para nós alternadamente, eu só espero que ela não venha dar razão a ele porque vou ficar chateado e muito.
— Bem, eu já tenho uma vida pessoal como você queria, e agora, o quê?
— Você é muito orgulhoso, se eu tomei essas decisões é por causa do que nós já falamos.

— Você tenha um bom dia — falo isso, pego Alex pela mão e saímos daquele lugar, não sei se vou segurá-la com força, mas estou tão chateado que não percebo minhas ações.

— Oliver — diz, e eu a solto um pouco, talvez eu a esteja segurando forte demais ou ela queira que eu volte para dentro.

— Não, Alex — eu interrompo. — Não o defenda — eu digo, antes que ela comece a fazê-lo.

— Eu não ia fazer isso, mas talvez você devesse...

— NÃO. Você não entende, Alex. Venha, suba — digo calmamente, porque não quero discutir com ela novamente.

Basta entrar no carro, eu vou ao redor e entro no lado do motorista.

— Por que você me fez falar com meu pai e fica chateado se eu te disser para fazer o mesmo? — Eu coloquei o carro em marcha sem responder sua pergunta.

— Foi diferente — digo finalmente.

— Oliver, é o mesmo, sério. Você quer esperar até que ele morra para falar com ele? — Eu sabia que ia sair com isso.

Eu não digo uma palavra por todo o caminho e ela também não. Mal conseguimos trocar um par de ideias mais tarde, sinto que meu pai arruinou minha vida, meu casamento, meu trabalho, tudo. Sério, estou começando a odiar aquela pessoa que supostamente me deu vida.

Eu vou dormir e mal consigo dormir, penso de novo e de novo em me perder nessa cidade e nunca mais vê-lo de novo. Alex só me abraça pelas costas, a sério, a amo por ser tão linda, sempre tenta me fazer sentir melhor, mas graças ao meu pai os abraços não podem ser correspondidos por agora. Levo um par de horas para adormecer.

Eu senti que tinha descansado por apenas algumas horas quando ouvi meu celular tocar. Eu abro meus olhos imediatamente e começo a tatear em minha mesa de cabeceira até que eu bato no telefone. Droga! Quem me chama neste momento? Eu franzo minha testa no momento em que meus olhos focam nessas letras, a palavra que elas formam é "Mamãe". Por que ela me ligaria agora?

— Mamãe? — Eu digo quando eu pego o telefone, eu ouço soluços do outro lado e todos os meus alarmes internos são ativados.

Capítulo 73

— Oliver, seu pai... — Não, por favor, ele agora não. — NÃO. Por favor. Me diga que é uma piada! — me adiantei... é que não consigo com esse tipo de notícia, se minha mãe está chorando é porque algo aconteceu, eu saio da cama como uma mola.

— Eu nem te contei nada! — Eu não respondo, apenas escuto, meu coração bombeia mil por hora enquanto eu levo minha mão para minha cabeça. — Seu pai está na cadeia. — Foda-se! E é por isso que eles quase me causam uma parada cardíaca? Eu tiro todo o ar que meus pulmões estavam segurando. Eu juro que quero matar alguém.

— Mãe, acalme-se. — Eu vejo Alex de pé e olhando para mim intrigada, eu sei que ela também está imaginando o pior.

— Oliver. O que aconteceu? — pergunta, balbuciando. Vou dizer a ela para relaxar, mas tudo que minha mãe começa a dizer me chama atenção.

— Saímos um pouco e, bem, seu pai exagerou na bebida eu acho que você já sabe quando passa um pouco dos limites. Bateu em três rapazes e num policial. Depois montou na motocicleta, queria fugir, uma patrulha parou ele e bom... você sabe o escândalo que ele arma. Eu preciso que você venha e o tire, porque até eu estou sendo detida.

Foda-se! Eu vou é pagar para que fique lá por três meses.

— Mãe, por que porras você...

— Rapaz! Eu lavo sua boca com sabão! — Ah! Olha, você acha que tem milhares de problemas com o Sr. Anderson bêbado.

— Lave minha boca com sabão, mas não vou...

— É claro que você virá! Eu sou sua mãe e estou lhe dizendo que você virá para tirar seu pai agora.

— Oliver — ouvi Alex, sussurrando e levando meu dedo indicador aos meus lábios.

— Mãe, você quase me matou com um ataque cardíaco por ter me ligado neste momento chorando. É quase meia noite! Deixe-o na cadeia.

— NÃO! Oliver, não desobedeça a sua mãe! — Ah! Foda-se!

— E eu disse a ele para bater em um oficial? Eu disse a ele para fugir da patrulha? — Eu ando na direção de Alex. — Eu tenho que ir para a delegacia de polícia — murmuro, eu juro que se ele tivesse me ligado eu não iria nem louco.

— Eu vou com você — Alex diz, ótimo, porque eu ia propor isso.

E aqui vou eu, dirigindo até a maldita delegacia de polícia; eu seguro o volante com força; é sério, por causa do meu pai até que quase me dá um ataque de coração, meu funeral teria ele feliz da vida bebendo num bar e se atracando a golpes com homens inconscientemente, mais certo é que ele faça o mesmo com seu companheiro de cela.

Quase chegando, eu ligo para o banco para fazer a transferência de dinheiro. A que horas me deu acesso às suas contas? Por que não entrega essas coisas para Henry para que ele possa tirá-lo de problemas? Ah! Eu já lembrei, ele gasta em prostitutas, embora ele pense que ele passa com Brittany em viagens.

Estaciono o carro quando chego, enquanto eu continuo a falar com o banco; tantas verificações inúteis que me causam estresse, mas depois lembro-me que são necessárias; rodeio o carro rapidamente e abro a porta do copiloto para Alex descer. Eu não sei, isso faz parte de mim. E vale a pena ver seu rostinho inocente toda vez que faço isso.

— Por que eles não ligaram para Brittany para tirá-lo da prisão? — Alex pergunta, uma vez que eu desligo a chamada, isso me faz olhar para ela com uma carranca. O que essa mulher tem a ver com tudo isso?

— Por que Brittany? — Eu pergunto, enquanto eu guardo o celular no meu bolso.

— Porque é sua esposa, né! — Eu respiro, vejo-a com os olhos meio fechados quando abro a porta da delegacia para ela passar, ela não tem ideia de que é meu pai quem está preso, agindo como um louco.

— É o Sr. Anderson que está na cadeia por bater em três caras e num policial, não Henry. — Digo, ela observa-me com as sobrancelhas levantadas. — Além do mais ele queria escapar, esqueceu sua habilitação em casa e o raio da motocicleta está retida.

— ESPERA... O Sr. Perfeito está na cadeia? — ela pergunta, eu paro um pouco quando vejo que ela não está indo para o meu lado, eu olho para os pés dela e estão com aqueles malditos chinelos de gato que me fazem rir.

— Não é a primeira vez. Meu pai, quando ele fica bêbado, briga com todo mundo que olha para a minha mãe de uma forma ousada.

— Uau! Pare o mundo — ela para e olha para mim —, agora eu entendo de onde você tira aquele ciúme compulsivo. — Ri, eu não sinto ciúmes, eu pego a mão dela e gentilmente a puxo para andar mais rápido.

— Como se você fosse diferente — digo, enquanto a faço andar no meu passo.

— É que essas nádegas são minhas, boneco. De ninguém mais — me pisca um olho, não, não consigo com essa mulher, acabo rindo com ela até perceber que todos aqui olham para nós curiosos, é melhor calar a boca, dou risada em casa.

Chegamos numa sala cheia de oficiais onde supõe-se que pagarei a fiança; ali está minha mãe sentada em um banco, mordendo seu dedo indicador, vendo-nos se levanta e caminha rapidamente em direção a nós, não pude deixar de notar que está num vestido bastante ajustado e bem maquiada, e como todos esses homens a olham, eu entendo meu pai, eu não aguento que olhem minha Alex desta forma.

— Eu vou fazer isso porque você me pede, da minha parte, ficaria na prisão até amanhã.

Ela revira os olhos e bufa quando vou pagar a multa, não sei quantas cobranças são, mas são suficientes.

Alex me espera ao lado de minha mãe, quando eu ouvi uns gritos que meu cérebro reconhece imediatamente, lá vem ele, se soltando do policial, está bêbado e gritando de milhares de palavras à plenos pulmões.

— A todoosss vou processar por isto. E você — aproxima-se um oficial — eszpero que aprendasz a não ver mulheresx alheiaxs. — Não vou com o fluxo, estou chateado com ele.

— Oliverrrr, meeeu filhooo — se aproximando de mim e não esperava que me cercaria com seus braços. Desde quando ele me abraça? Ah, sim, ele está bêbado. — Eu te amo, você sabe?

Essas palavras só aceito da minha esposa, afasto meu pai com a minha cara fechada e Alex ri vendo a cena. Eu não vejo a menor graça e a pego pela mão e caminho com ela para sair desse lugar; meus pais vêm logo atrás de nós, quando escuto meu pai começar a cantar aquela música do

Titanic. Alex se vira para ver e faço a mesma coisa e ele está de joelhos, cantando para minha mãe, que olha em volta com vergonha e puxou o braço para fazê-lo ficar de pé e ele se recusa, típico do meu pai quando passa se embebeda; três vezes desde que tenho memória, acaba por bater em alguém, na prisão, cantando uma canção para minha mãe e então desmaia.

Eu tento não rir, mas quando Alex começa a rir é quase impossível.

— Vamos, Alex, antes que eles nos deixem envergonhados — eu a puxo gentilmente para que ela possa andar mais rápido, ela continua rindo e de repente ela olha para trás de novo, ri de novo e eu estou curioso e eu levo meus olhos nessa direção, ele é meu pai, ele continua a cantar, mas agora ele está de pé, coreografando algo como uma valsa, ele sozinho enquanto continua a cantar. Agora eu não posso contê-lo, é melhor eu ir antes que minha raiva com ele desapareça, quando o vejo assim, de repente ele nos observa e começa a caminhar em nossa direção.

— Alexandra! — ele exclama, ela imediatamente pega meu braço e me puxa quando ela começa a andar rapidamente em direção ao carro, sim, ela sabe que quer que eles cantem juntos. Imaginá-los cantando e dançando a canção feliz no meio da delegacia de polícia me faz rir.

— Menino Oliver! — Agora me chama, ambos nos viramos ao ouvir a voz no momento exato quando cai do terceiro degrau da entrada da estação, me faz querer rir com mais força, mas ver que não acorda, minha mãe é o alarme, eu vou até ele e Alex me segue.

Meia hora depois estamos na sala de espera do hospital por conta de um joelho fraturado. Ótimo, agora sempre que o ver mancando o lembrarei do episódio vergonhoso que fez na frente de todos.

Chegamos em casa às três horas, a coisa boa de ser pobre e de não ter emprego é ser poder levantar ao meio-dia se você quiser, embora isso seja muito difícil para mim, se eu me levantar naquele momento fico deprimido e penso o dia todo a maneira estúpida que perdi meu tempo. Como se ele tivesse outra coisa para usar. Mas eu amo ser pobre.

Alex tira o casaco que colocou sobre o pijama de René, e se joga na cama, eu também tiro meu casaco e a camisa, eu nem me troquei porque minha mãe se apressa com tudo.

Eu olho para cima e Alex está me observando da cabeça aos pés mordendo o lábio inferior. Eu não posso deixar de sorrir.

— Você é uma pervertida — exclamo. — Quase vejo daqui as imagens eróticas que seu cérebro projeta nessa mente suja que você tem.

— Você acha que só você pode fazer isso comigo, Oliver Anderson? Eu sorrio novamente e me jogo ao seu lado.
— O que eu mais gosto em você é a seriedade com a qual você inventa coisas sem sentido. Você já ouviu essa frase? Se encaixa em você.
— Espera — se acomoda de lado, faço o mesmo para estar na frente dela. — Você leu...
— Gabriel García Márquez — interrompo. — Você realmente acha que eu só leio livros sobre Economia e Gestão Financeira?
— Na verdade, sim, eu acredito — responde sorrindo, eu gostaria de vê-la feliz e que já está voltando a ser a mesma louca como sempre a Alex.
— E agora você é minha escritora favorita... — eu digo, limpando uma pequena mecha loira de seu rosto.
— Nós ainda não sabemos se a editora a quem eu a enviei aceitará.
— É claro que eles vão aceitar, até eu chorei e eu sou difícil. — Ela ri um pouco, bem, até eu faço. Eu não posso deixar de notar como seus olhos brilham apenas com a luz da claridade que vem através da janela.
— Meu amor, sobre o casamento... — faço uma pequena pausa, a sério, eu quero falar sobre isso. — Eu não quero apressar e entende-se por seu pai...
— Não — ela me interrompe. — Sim, quero que aconteça, Oliver, é o meu sonho — sorri. — É como se não fôssemos casados porque no início, fizemos uma maneira não convencional. — Rio, só de pensar na forma que nos casamos me dá graça, e muito mais agora, querendo casar com ela a maneira tradicional, eu nunca esperava isso de mim.
— Como havíamos concordado no começo? Um ano? — eu pergunto e ela concorda.
— É um pouco mais de um mês, então ligue para Natalie e deixe-a louca! — ela responde efusivamente.
— Sem gravatas cor de rosa, por favor. — Eu fecho meus olhos brevemente e espero por sua resposta, por favor, gravata rosa não. Ela apenas ri e, com sua mão macia e delicada, limpa mechas do meu cabelo que caíram na minha testa. — Eu amo você, meu boneco — diz ela, aproximando-se de mim e dando um belo beijo na minha testa que me faz arquear o canto dos meus lábios com ternura.
— Eu te amo, minha boneca — digo, enquanto acaricio seu rosto com a ponta dos meus dedos, delicadamente tomou meus lábios para o nariz pequeno, deixando um último beijo carinhoso nos lábios. Eu a amo.

Capítulo 74

Acordo e a claridade já está batendo forte nos meus cílios; eu olho o relógio, já são mais de oito horas. Uau! Novo recorde, já estou aprendendo a ser pobre, este é o mais tarde que eu fui capaz de parar na cama. Alex ainda está lá ao meu lado, ela sim bate recordes todos os dias quando ao acordar bem tarde, mas para desfrutar enquanto nós somos pobres. Eu sei, eu mencionei a maldita palavra muitas vezes, mas é que eu amo... ser pobre.

Faço minha rotina de exercícios, hoje eles focam nas pernas. Em poucos minutos, David aparece, bocejando, com os cabelos loiros desgrenhados como sempre.

— Oliver. Para que diabos você quer mais bunda? Você não vê que você já se parece com a Nicki Minaj?

— E você, por que quer mais cabelo? Você não vê que você se parece com o maldito Wolverine?

— Eu amo minha barba, Oliver. Deixe-me em paz. — David olha para mim com desaprovação e vai até uma esteira elétrica. — E aí? O que seu pai lhe contou? — Sento-me em um banco plano enquanto tomo um gole de água.

— Nada, você sabe, típico. Henry aqui, Henry lá, Henry, Henry e Henry.

— Maldito filho da mãe — interrompe, com a respiração entrecortada pelo exercício. — Esclareço, não é que falo da Margot, é que Henry nasceu de outra mulher, uma prostituta, e sua mãe, muito boa, o adotou...— David, pare de inventar, infelizmente é o clone do Sr. Anderson. Eu acho que é por isso de tanto favoritismo.

— Que bom que você se parece com sua mãe em todos os sentidos. É por isso que você é muito mais bonito. — Faço uma careta.

— Você sabe que soou tão gay? Depois se irrita que te chamam de homossexual.

— Não, meu King Kong e eu amamos as vaginas. — Alex ri do nome do meu Superoliver e que não sabe como o David chamou seu membro, não posso deixar de rir toda vez que ouço isso.

Uma vez que meu amigo se retira, vou para a cozinha e lá está minha lourinha a preparar meu shake de proteína, como sempre faz, quando sabe que eu estou na academia. Eu a amo. Eu me aproximo dela, abraçando-a por trás, fazendo-a estremecer e derramar parte do shake no balcão e nos seus shorts do sapo René. Eu evito rir porque então meu braço termina num ângulo bastante doloroso.

— Você limpa — diz imediatamente depois que me deu o copo, não tem outra opção, com um meio sorriso eu tomo, ela sorri também, que lindo, beijo seus lábios enquanto ela tenta remover as proteínas suas pernas e mãos. Sobe as escadas para se trocar.

Eu ouço a campainha, eu franzo a testa, eu não espero por ninguém neste momento, coloco a camisa que eu carrego em minhas mãos no meu corpo enquanto ando em direção à porta, quando me aproximo da câmera que está instalada do lado de fora vejo que é meu pai. Sr. Anderson? Eu queria deixá-lo lá, mas eu não estou mais chateado com ele por conta da sua serenata da porra da música de Titanic. Eu abro a porta indicando que entre e ele o faz, ele para por alguns minutos assistindo o tapete de girassol de Alex na entrada, o último dia que ele esteve aqui foi para o aniversário da minha loira e eu tinha escondido aquela porra da tapeçaria.

— Tapete interessante — ele diz, virando o olhar para mim, ele está carregando uma muleta porque aparentemente seu joelho sofreu um pouco com a queda de ontem, eu me contenho de rir quando me lembro disso.

— É da Alex — eu digo, enquanto ando até a sala de jantar para continuar bebendo meu shake. Ele anda atrás de mim e senta em uma das cadeiras da sala de jantar. — E o que te traz aqui?

— Vim buscar os documentos que sua mãe disse que você tinha para entregar.

— Ah, sim, mas sabe por que vou fazer isso? Porque você está fodendo todo o meu trabalho.

— Oliver — interrompe, colocando a maleta na sala de jantar.

— Vou buscá-los.

Eu vou para o meu quarto e vejo que Alex não está, mas seu depósito de roupa suja sim, típico quando se troca, eu começo a recolher tudo e depois vou procurar os documentos abençoados que este homem quer; meus óculos estão na mesa de cabeceira, os pego e os coloco para ler se os papéis que acabei de encontrar são os corretos. Não, não é que eu seja cego, só gosto de usar óculos para ler porque me sinto interessante.

Caminho de volta para a sala de jantar onde ele deveria estar e quando levanto os olhos vejo Alex sentada na frente dele rindo enquanto meu pai a observa com a testa franzida, sim, certamente, recordando de ontem é não pode conter o riso.

— Essas são as coisas que você deve aprender, se possível de memória — digo, dando a carteira nas suas mãos. Meu pai pega e levanta uma sobrancelha quando ele vê o número de folhas que contém; rodeio a mesa, beijo a cabeça de Alex e me sento ao lado dela. — Se você continuar trabalhando como está fazendo — eu coloco meus antebraços na mesa e eu entrelaço meus dedos —, irá falir. E será sua vez de fazer o dobro de trabalho. Apenas olhe o quanto você perdeu.

— Com essa perda mensal em um ano, Sr. Anderson, 15% da sua empresa terá desaparecido. O que significa isso? Mais de três mil pessoas estarão desempregadas.

Eu franzo a testa e olho para Alex levantando uma das sobrancelhas, o pior de tudo é que ela está certa, mas a pergunta do milhão é "como"?

— Depois de ler seus livros de estatísticas e encontrar o arquivo "Perdas que o Sr. Anderson causou" eu achei divertido usar o que aprendi para resolver o enigma que estava no final" "quanto terá perdido em um ano?".

— Interessante, eu continuo a olhar para ela, assim como meu pai. — Sabe o quê? Me ignorem. Tomar Red Bull me faz mal. — Se levanta e caminha para a geladeira, eu não sei por quê, mas eu só tenho um grande sorriso. Talvez seja o que acontece com a bebida?

— Você vê? Então você diz que não entende nada de números. — ela se vira para ver minhas palavras. — Pai, aprenda — eu digo, meu pai está me vendo sem qualquer expressão.

— Sério? Você fez um arquivo sobre as perdas que vou causar? — Ele se inclina nas costas cruzando os braços.

— Que já está causando. — Ele suspira e continua o seu olhar para mim, que não me intimida, e não tiro meus olhos dos seus.

— Oliver, eu quero que nós saiamos para jantar...
— Não — digo imediatamente. — Sempre que você me convida para comer, é para exigir coisas de mim. — A comida é sagrada.
— Eu não sei por que você está ofendido, você foi o único que me enganou por um longo tempo. Você me pediu perdão por isso?
— E você se desculpou comigo por todos esses anos querendo que eu me sentisse menos ao lado de Henry? Meu irmão! — Continua a olhar para mim, mas agora com aquela expressão de espanto. — Você tem alguma ideia de quantas perdas você me causou apenas por uma vingança estúpida?
— Oliver, eu já expliquei isso para você. Eu lhe disse para falar bem sobre este assunto, mas você não apareceu e não se dignou a telefonar para me dizer que não podia, porque estava no funeral do Sr. Carlin. E você ainda se incomoda comigo? Eu queria consertar as coisas.
— O que você estava procurando era me jogar na cara que pelo menos Henry realmente se casou. — Ele suspira novamente. — Eu já lhe disse a minha resposta. — Eu sou muito rancoroso para esquecer tudo o que ele fez.
— Oliver, acho que temos uma longa conversa pendente.
— Eu não quero, entenda. Não pretendo falar com você. Eu te ajudo porque Alex e minha mãe me pedem, mas não porque você faz isso, você me fez passar os piores dias da minha vida na hora errada.
— Você não me contou nada, Oliver.
— O que eu ia te dizer? Você tinha acabado de me expulsar da empresa. Algo que me custou! — Levanto a voz, merda, não é bom levantar a voz para seus pais — Mas eu vou provar — me levanto e o aponto com o dedo indicador — que eu posso ser seu pior pesadelo.
Dito isso caminho de volta para o meu quarto, não sei por que sempre que vem é para me enlouquecer, estamos melhores sem nos ver, juro que sim, eu serei seu pior pesadelo, agora. Na verdade, não tinha a certeza de seguir esses planos porque pensei que em algum momento retornaria o trabalho com ele, mas é melhor não, vou fazer minhas próprias coisas e eu vou provar que também posso obtê-lo.
Eu começo a expandir e melhorar as ideias, não sei quanto tempo passou desde que comecei a digitar no meu computador, mas já aconteceu, nem tomei banho, vou fazer isso e depois vou continuar aqui; vou entrar em contato com alguns parceiros que não têm nada a ver com meu pai. Perfeito, em algumas semanas isso já deve estar funcionando.

Capítulo 75

As coisas estão tomando o rumo que quero, em breve tudo deve estar funcionando como eu pensei, David me ajudou muito e meu pai que vá a merda com a empresa dele. Juro que quando tiver meus filhos, nunca os tratarei dessa maneira como ele fez comigo, nem farei comparações entre eles e que vivam suas vidas como quiserem.

Hoje eu tenho estado disposto a mudar um pouco essa rotina de trabalho, Alex me pediu para sair e a verdade é que eu preciso disso, me sinto estressado e quando isso acontece eu exploro. Agradeço a Deus que colocou Alex no meu caminho, ela me entende e me apoia muito. Apenas cinco minutos antes de sair da minha casa, recebo uma ligação de um dos meus futuros parceiros. Não entendeu algo e é que ele não entende nossa linguagem muito claramente, vou ter que fazer isso de novo com palavras mais simples. Por que eu não estudo holandês?

— Meu amor, me dê dez minutos, por favor, tenho que escrever algo.

Ela balança a cabeça, e se senta em uma cadeira giratória de frente para a janela, eu digito o mais rápido que eu posso, mas eu sempre checo tudo, então não há o menor erro, eu percebo que faz mais de dez minutos e ainda não terminei, eu me apresso, entretanto, vendo que fico confuso, eu decido pegar leve.

— Oliver? Já? — Alex pergunta, eu não olho para cima, continuo o mais rápido que posso.

— Amor, dez minutos.

— Foi isso que você me disse há vinte anos. — Bufo. Que estresse! Foda-se! Eu olho para ela com desaprovação e ela tira os olhos da janela para devolvê-lo para mim.

— Alex, não me estresse — suspiro, tentando me acalmar, ela volta seu olhar para a janela e eu me sinto o mais merda por falar com ela desta forma, então peço desculpas.

— O que está fazendo é demais — fala depois de alguns minutos, eu tenho que terminar isso agora, meu pai nunca deixa parceiros para depois então, e eu tenho que ser melhor do que ele, se eu quero alcançar coisas melhores em menos tempo.

— Você disse que me apoiava — continuo a digitar.

— Mas eu também quero sair com você. Você está colocando o seu trabalho em primeiro lugar.

— Alex, isso não é verdade, eu só quero terminar isso, então eu sou todo seu, você sabe que eu não gosto de deixar as tarefas pendentes. As coisas estão indo bem.

— Para você.

— Alex! — exclamo fechando meu laptop. — Por favor, amanhã eu tenho uma apresentação e o que menos quero são discussões.

Ela não diz uma palavra, eu abro meu computador de volta sob seu olhar e continuo, eu também quero ir embora, mas há coisas mais importantes, meu pai não anda saindo por aí enquanto ele tem que trabalhar; quando as coisas já são alcançadas é que se pode dar a si mesmo esses luxos. Depois de vários minutos, Alex caminha em minha direção e se senta ao meu lado na cama e descansa a cabeça no meu ombro, e minha bochecha no topo da cabeça dela; estou quase terminando.

— Meu amor, me desculpe, ok? — Eu deposito um beijo suave em sua cabeça, seu cabelo cheira bem, eu adoro isso. — Apenas deixe-me terminar isso e depois iremos aonde quiser, minha princesa. De acordo?

Ela balança a cabeça, com um meio sorriso. Quando finalmente pensei que tinha acabado, ligo novamente para o Sr. Bürke e ele quer lê-lo comigo no telefone para que eu possa explicar o que ele não entende ali mesmo, isso não pode ser verdade. Eu estou no telefone há quinze minutos e estou fazendo o meu melhor para explicar o mais claramente possível, estou até com dor de cabeça, olho para o relógio, já é tarde, mas não posso reclamar, é um dos mais importantes até agora, com ele tiro o meu pai do trono em que ele está.

Quando termino de falar, depois de uns quarenta e cinco minutos, já me sinto exausto, e verifico que há cinco chamadas perdidas de meu pai, sei que ele quer me reivindicar, removi três de seus parceiros mais importantes e os que estão faltando.

Eu vejo o meu relógio, não é uma hora agradável para sair, muito pior quando eu tenho uma reunião muito cedo amanhã. Nós podemos deixar para outro dia.

— Alex, meu amor, melhor passearmos amanhã. O que acha? — Eu não recebo uma resposta dela, me viro na direção dela e vejo que os olhos dela estão fechados, ela adormeceu, me sinto mal por não ter conseguido levá-la aonde ela queria, mas podemos deixar para outro dia. Hoje me sinto cansado, troco de roupa e vou dormir, amanhã será um dia muito agitado.

Acordo de repente, lembro que na noite anterior não havia deixado o alarme e eu pulei da cama. Merda! Eu olho para o relógio na minha mesa de cabeceira e percebo que é bem cedo. Que alivio! Solto todo o ar preso nos pulmões, quase me dá um ataque de pânico, morro no dia que chegar atrasado a uma reunião.

Tomo um banho e me apronto; enquanto coloco minha gravata observo Alex, segue dormindo e parece preciosa assim; não havia percebido que nem sequer se trocou ontem, e o short que veste deixa grande parte de suas pernas descobertas que estão em umas meias pretas. Não sei por quê, mas eu amo essas pernas. Sorrio enquanto termino de ajeitar meu terno.

Desço as escadas e Rosa está na cozinha, cantando alguma música em espanhol, eu ouço algo como "rato de duas pernas", eu sei algo dessa linguagem graças a ela. Ele me mostrou algumas frases que disse que me seriam úteis se eu fosse ao seu país e alguns batedores de carteira viessem até mim, até as anotei.

— Bom dia, Rosa. — Ela se vira para mim imediatamente e esboça um sorriso.

— Bom dia, menino Oliver. — Até que me acostumei com o "menino" Oliver. — Vai sair?

— Sim, eu tenho uma reunião. — Eu ando em direção à sala de café da manhã, enquanto eu sou servido algo que eu não posso ver o que é. — Meus planos estão entrando em vigor.

— Menino Oliver — ela olha para mim com as sobrancelhas arqueadas —, volte cedo, a menina Alex se sente mal quando você chega tarde da noite.

— Rosa, eu nunca seria capaz de desrespeitá-la, nem mesmo outra mulher me passa pela cabeça.

— E é melhor mesmo, Oliver — ela sorri amplamente —, ou a menina Alex corta seus ovos. — Eu não posso deixar de rir, e até mesmo isso ela tem que falar com Rosa. — Mas um relacionamento não se concentra apenas em ser fiel, mas também em dedicar tempo à outra pessoa. Sabe que, da mesma forma, um casamento é arruinado pelo excesso de trabalho. Certo? — Ela caminha em minha direção com uma xícara de café e coloca na minha frente.

— Mas esta é apenas uma hora, Rosa, quando tudo aparecer, ela vai trabalhar comigo e nós voltaremos ao jeito que estávamos antes.

— Bem, mas eu só te digo, não ponha seu trabalho antes da sua esposa. Eu gosto de estar com a garota Alex, ela me faz rir e ela entende minhas piadas ruins, eu não quero que ela saia um dia e você e eu voltemos a ser os mesmos amargos como antes com uma casa cinza sem tapetes de girassol.

Eu olho para ela com uma carranca. Acabou de me chamar de amargo?

— Ela não vai partir, Rosa, ela entende isso tudo que isso está acontecendo. — Eu pego meu café e tomo um gole.

— Eu sei, menino Oliver, mas sempre dê tempo a ela, volte cedo, almoce com ela, ouça-a, desligue o celular enquanto estiverem juntos. Foi o que seu pai fez, e perceba, seus pais ainda estão juntos.

— Não mencione meu pai, Rosa. Por culpa dele eu estou fazendo tudo isso.

— Menino Oliver... talvez devesse falar com ele, como...

— Não — interrompo imediatamente —, por favor, Rosa, nem me venha com isso, você sabe como tem sido comigo — eu entrelaço meus dedos sobre a mesa, enquanto me observa com curiosidade. — Por favor, me faça o café da manhã de Alex, vou levá-lo para a cama e não quero mais comentários sobre meu pai.

— Está tudo bem — ela suspira. — Vou colocar uma rosa como eu, então parece mais romântico.

Eu rio levemente, essa mulher e suas coisas.

Depois de alguns minutos eu levo o café da manhã da Alex, que permanece dormindo de bruços, coloco a bandeja do seu lado e subo por cima montado, levantou sua blusa um pouco e começar a beijar suas costas nuas, não leva muito para perceber e acordar. Pisca várias vezes para se acostumar a luz.

— Oliver, basta — ri baixinho, mas continuo meus beijos nas costas dela.

— Meu amor, eu trouxe o seu café da manhã. — Ela se move debaixo de mim para se virar e eu me levanto ficando de pé ao lado da cama.

— É sério? Até uma rosa? — interroga e arqueio meus lábios, foi ideia de Rosa, mas não vou contar.

— Querida. — Eu puxo uma mecha de cabelo de sua testa, levando-a atrás da orelha, me sentando na beira da cama com o meu olhar nela. — Eu realmente sinto muito que nós não pudemos sair ontem onde você queria, fiquei bastante ocupado, mas há bons resultados...

— Tudo bem — ela interrompe, sentando-se e apoiando as costas nas cabeceira. — você diz que é só um tempo e eu vou esperar por você quantas vezes for necessário. — Ela sorri. Rosa não está vendo isso? Ela é compreensiva.

— Tenho que ir, mas volto cedo, meu amor, tá?

— Você promete? — ela pergunta, arqueando as sobrancelhas.

— Eu prometo — eu esboço um sorriso, deixando um beijo suave em seus lábios, eu saio do quarto acomodando meu terno bege e levando a pasta na mesa perto da porta.

O resto do dia, como eu imaginava, com resultados positivos, mas bastante ocupado, tudo corre como eu quero. Ao sair do local, David anda comigo e vai até o carro.

— Eu venho mais tarde para colocar este abdômen em ordem. O que acha? Eu tomei muita cerveja quando estava deprimido porque era pobre. — Eu rio levemente, sei como é ser pobre, eu aceno com um sorriso.

Quando chego em casa, recebo uma ligação do próprio Sr. Bürke, ele quer falar sobre outras coisas que não estavam claras para ele na reunião. Ótimo não poderia ter perguntado lá? Nós começamos a conversar e quando eu entrei na minha casa, Alex veio em um ritmo acelerado e me deu um beijo e um abraço que eu também correspondi, eu já sentia falta dela, mas eu tenho trabalho a fazer.

— Oliver! — ela exclama, com aquele tom melodioso de quando ele quer me dizer alguma coisa.

— Não agora, Alex — eu sibilo, logo nós conversamos, agora eu tenho trabalho a fazer, esse homem me estressa, eu estou com ele há mais de uma hora e David aparece para fazer exercícios comigo, até ele tem que me esperar, mas ele estava feliz com o que Alex lhe dera. Quando finalmente o Sr. Bürke desliga a chamada, David vai para a academia, Alex serviu um prato de comida para mim, mas eu não estou com fome.

— Eu vou comer depois, meu amor. Come você, por favor, não espere por mim. — Eu beijo sua testa, enquanto está sentada em um banquinho na sala de café da manhã, ela me dá um leve sorriso e eu estou prestes a andar para a academia.

Capítulo 76

— Como vai você, maldito? — David se aproxima de mim com uma xícara de café nas mãos, eu olho para cima enquanto ele se senta ao meu lado e eu o viro para o meu computador.

— E aí, cara? — Estendo meu punho fechado para ele e bate nele gentilmente com os nós dos dedos.

— Como vão as coisas com você e seu pai? — Eu não respondo, tenho muitas coisas para fazer, não posso falar sobre ele quando tenho trabalho pendente.

Começa a falar comigo, mas não presto a mínima atenção, estou muito ocupado e não quero distrações, em meu e-mail eu vejo uma mensagem do meu pai com "Importante" no assunto, apaguei imediatamente, a única coisa que faz é me estressar, no dia anterior tinha aberto um por engano e era só para dizer "basta com seu jogo estúpido", vou bloqueá-lo, inclusive do meu celular.

— Anderson? Porra! Você está prestando atenção em mim? — David balança a mão na minha frente.

— Amigo, estou ocupado — digo a ele.

— Ah, quando você saiu? — Dá uma gargalhada que me irrita mais.

— David, isso é sério. — Eu olho para ele, às vezes isso me deixa louco.

— Anderson, relaxe. Eu acho que você está levando isso a sério demais, já conseguiu o que você queria fazer, você é um maldito gênio. Por que não descansar? — Ele se recosta tão fresco na parte de trás da cadeira e olha para mim com um gesto engraçado.

— Ainda falta, David, e você sabe disso, falta muita coisa. Estou surpreso que você esteja se portando dessa forma. — Coloco meu antebraço sobre a mesa de vidro enquanto eu continuo com meu olhar de decepção.

— Eu acho que você está enlouquecendo. Eu não vi você olhar em nenhum outro lugar além desse computador. — David cruza os braços. — Até o dia em que você tiver um derrame. Você é assim com sua esposa?
— Claro que não, mas você não é Alex.
— Sério? Porque ontem fez um jantar para você e você nem se dignou a comer com ela. — Me recosto na parte de trás da cadeira enquanto eu franzo minhas sobrancelhas e, em seguida, o mesmo Sr. Bürke me causando dores de cabeça se aproxima de nós, nos cumprimentando com um aperto de mão ao qual ambos retribuem.

Meu dia passa muito rápido, o Sr. Bürke me convida para comer e umas duas horas depois lembro que tinha combinado de almoçar com Alex, merda, esqueci, não quero imaginar quão chateada deve estar; eu verifico meu celular e felizmente não tenho ligações dela. Espero, sinceramente, por um milagre do ser supremo, que também tenha se esquecido.

Dirijo para casa, chegando eu a chamo pelo nome e ninguém responde, Rosa me disse esta tarde que não viria porque uma de suas oito irmãs estava fazendo aniversário, o que me faz pensar que Alex não está aqui, ela não gosta de ficar sozinha. Eu olho pela janela e vejo o carro e a maldita moto estacionados, subo para o quarto e não está, eu franzo as minhas sobrancelhas, não acho que estará na casa de David, porque neste momento Natalie trabalha, eu vou para a academia e não a encontro.

Procuro por todos os cantos da casa e não aparece, isso já está me preocupando, eu tiro meu celular e em dois toques ela responde, sinto um alívio passando pelo meu corpo no momento em que sua doce voz invade meus ouvidos.

— Oliver? — Ela diz, ao atender.
— Alex. Onde você está? — pergunto, quase imediatamente, levando as chaves do meu carro para ir em frente.
— Agora você se lembra de que tem uma esposa? — Suspiro, merda, ela lembrou.
— Alex, pelo amor de Deus.
— Você me disse que iríamos almoçar juntos — ela diz, em um tom de voz bastante irritado. Ah! Por Deus! Não é para tanto.
— Alex… eles me convidaram para comer com alguns parceiros, você pode perguntar ao David…
— Que se dane o David — ela interrompe. — Não levaria mais de dois minutos me enviar uma mensagem dizendo que você iria.

— Meu amor, é melhor falarmos isso pessoalmente, eu vou te buscar. Onde você está? — Eu espero a pior resposta de todas, mas para minha surpresa apenas suspira e responde com uma voz bastante gentil.

— No set de filmagem onde Natalie trabalha.

— Bem, me dê cerca de quinze minutos — falo, com um tom de alívio. Olho para o relógio enquanto ando em direção ao meu carro, desligo a ligação e mantenho o celular no bolso.

O trânsito é bastante pesado e falando ao telefone não consigo dirigir tão rápido. Quando chego ao local que Alex me contou já tinha passado vinte minutos, por sorte ela não está obcecada com o horário, se não, eu já estava com sérios problemas.

Eu vou para a porta principal do prédio, enquanto continuo minha conversa com um dos parceiros. Para minha surpresa, Alex está acompanhada de um cara alto e moreno, ambos sorrindo. Quem é esse idiota?

— Sinto muito, Sr. Rosseti, vou te ligar mais tarde — digo, sem tirar os olhos daquela cena.

— Está bem, Sr. Anderson, mantenha contato. — Desligo a chamada, caminho até a Alex e o desgraçado, segurando meu celular com força em uma das minhas mãos; imediatamente os olhos de Alex focam nos meus e esboça um sorriso que eu não consigo corresponder, guardo o telefone no meu bolso quando eu a pego pela cintura e beijo seus lábios.

Eu me viro para o cara que virou seu olhar para outro lugar e ao fazer contato visual comigo o canto da boca dele se arqueia. Eu sei quem é, é o mesmo cara que conhecemos em Miami.

— Prazer em te ver, eu sou Matthew Hayes, acho que nos conhecemos em Miami. — Sim, é ele, aquele amigo de Alex.

— É — digo apenas isso. Fico num embate entre apertar a mão dele ou não, acabo por fazê-lo quando eu me lembro que a Alex talvez se chateie, e já tenho problemas o suficiente com o almoço que eu esqueci.

Sorrio falsamente, mais dissimulado que o sorriso da Brittany, passo minha mão na cintura fina de Alex para direcioná-la para a porta de saída. Não diz uma palavra, quase chegando ao carro tira o celular dela e começa a digitar, posso ver na tela "Natalie" e isso me acalma, não poderia suportar que enviasse mensagens para aquele idiota.

— Você não pode ficar sozinha por alguns minutos, porque você já tem abutres por cima — eu digo, quando abro a porta do passageiro para ela.

— É o Matthew — ela suspira e finalmente entra no carro. Eu circulo o veículo e entro no lado do motorista.

Chegamos em casa, trocamos de roupa e ela se prepara para fazer alguma comida, o que é ótimo, porque estou morrendo de fome e amo o que ela cozinha. O que eu mais amo nessa mulher é que ela é sempre toda ouvidos para o que se fale, e hoje não é a exceção, embora eu tenha certeza que ela está chateada e esse é um assunto muito chato para ela; mas presta atenção em cada um dos detalhes e pergunta o que quer que seja que não tenha entendido, não sei quanto tempo passou desde que comecei a falar sobre negócios com Alex, depois de um tempo ela pega dois pratos de comida, cheira incrivelmente bem, fica ao meu lado direito enquanto eu verifico meu e-mail, aparentemente tudo está indo bem.

— Parece que realizamos mais do que pensávamos — estou sorrindo, não tiro os olhos da tela, nem sequer comecei a comer.

— Isso significa que você vai prestar atenção em mim? — Eu faço uma careta e olho para ela, com uma sobrancelha levantada. Sua expressão está séria.

— Alex — suspiro —, eu presto atenção em você. Por que disse isso?

— Por quê? Ainda pergunta? — Droga! — Qual foi a última coisa que eu te disse antes de você falar?

Porra, essa pergunta? É óbvio que eu não sei, não prestei atenção, vou preparar meu velório, não me levem flores porque eu odeio elas.

Eu olho para ela a sério, fecho meu laptop, o empurro para o lado e entrelaço meus dedos com os antebraços na mesa.

— Eu estou ouvindo... o que me dizia? — Ela olha para mim sem expressão.

— Algum dia você vai chegar a esta casa e eu não vou estar mais aqui, mas muito provavelmente você não vai perceber por estar consumido por essa merda de trabalho e seu maldito computador. — Quê?

Ela pega seu prato de comida e eu a vejo se perder atrás da porta da sala de jantar. Não pode ser! Isso não pode estar acontecendo comigo. Levanto-me e a sigo quando ouço uma batida na porta do quarto, mas não é o nosso, é do quarto no final do corredor. Eu bato na porta, mas não responde.

— Alex, meu amor, abre, por favor. — Não, não responde, e sei que ela não vai fazer isso porque está chateada, não sei o motivo, mas prefiro que ela grite comigo. Quando ela está desconfortável e silenciosa, é porque eu sei que ela está mais brava do que penso. Merda! Bem, vou apenas esperar que ela saia e a encha de beijos e isso passará, tenho certeza, eu a conheço.

Mas não saiu, em toda a porra da noite, ou pelo menos eu não percebi porque adormeci e no dia seguinte, quando voltei do exercício, encontrei tudo no quarto e no banheiro, procurei em todos os lugares e ela não estava mais lá. Droga! Eu olho pela janela e lá estão o seu carro e moto. Não, nem tenho como localizá-la, por isso não queria contar do rastreador, eu sabia que depois faria algo assim quando está chateada.

Capítulo 77

Tinha que trabalhar, mas não pude me concentrar direito por estar pensando nela. Odeio quando fica chateada comigo, mas não a culpo, ela tem razão, ultimamente tenho estado bastante distraído com outras coisas, mas garanto que se a chamo para comer um hambúrguer em um jantar romântico, conserto as coisas. Sei que está no trabalho da Natalie, enviei uma mensagem a ela e Alex está lá. Só espero que não com o tal do Matthew.

Quando termino com todos os meus compromissos eu dirijo até o local. Ela ainda não saiu. Estaciono meu carro. Enquanto a espero descanso meus quadris na porta do passageiro, e vejo pessoas saindo e entrando de lá com ferimentos nos braços, pescoço e em toda parte. Eu entendo que Natalie está trabalhando aqui e deve ser o trabalho dela, isso é bom, mas parece assustadoramente real.

Imediatamente, ouço alguém chamando pelo meu nome, eu viro meu olhar para a frente e aqui vem a Natalie, ao lado da minha Alex, linda como sempre, vestindo um longo casaco preto e uma camisa da mesma cor de gola alta, do tipo que eu gosto; quando foca os olhos em mim sua expressão não é boa, então me dou conta de quão ruim está a situação, porque ela é daquelas que cumprimenta a todos com um grande sorriso e um abraço efusivo, principalmente para mim. Eu tenho que consertar isso em breve, felizmente eu não tinha esquecido o hambúrguer. Eu ando em direção a ela, levando minhas mãos aos meus bolsos.

— Natalie vai me levar — diz ela, antes mesmo de chegar a eles. Ah! Porra, por sorte, sua amiga a entende com um olhar e imediatamente balança a cabeça e murmura algo no ouvido de Alex e se retira, me dando um último olhar cúmplice.

— Vamos, Alex, você e eu temos que conversar — digo e gentilmente tomo sua mão magra.
— Tem tempo? — pergunta, estou ficando desesperado com essa atitude.
— Sim, sim eu tenho, venha agora, por favor. — Suspira ligeiramente sem destacar o seu olhar de mim, seus pés se encaminham para o carro sem dizer uma palavra, bem, eu pensei que ia ter que carregá-la na frente de todas essas pessoas, mas felizmente, concordou.
Caminho mais rápido para abrir a porta do passageiro para ela, imediatamente sobe. Ao fechar a porta rodeio e entro do lado do motorista, pego a caixa que estava no meu lugar e a estendo.
— É sério? Um hambúrguer? Onde estão as flores, a porra dos chocolates e o ursinho de pelúcia que diz "Perdoe-me"? — ela diz, levantando uma sobrancelha. É de verdade? É que mesmo chateada tem que me fazer rir? Então eu não posso mostrar minha cara de arrependimento, eu sorrio amplamente.
— Eu estava procurando por algo melhor — eu digo, levantando uma sobrancelha. — Eu quero que jantemos juntos, mas não em casa, em outro lugar.
— Para quê? Por quê?
— Alex, não — interrompo. Voltamos para o mesmo ponto. Pego meu celular do meu bolso e desligo na frente de seus olhos, porque parece que eu estou falando sério. — Por favor, quero muito corrigir qualquer estupidez que cometi nos últimos dias. Eu não quero que você saia de casa cedo demais para evitar ter que me ver.
Olha para a frente, nem sequer pega o hambúrguer. Coloco nas pernas dela e ela não presta atenção, eu não posso com isto e para piorar as coisas ao escutar que eu estou falando retira seu telefone celular e o fone de ouvido. Me dou por vencido.
— E se jantássemos com seus pais? — diz, depois de alguns minutos me ignorando, removendo um fone apenas. Sem me virar, eu franzo a testa. O que eles têm a ver com isso?
— Por que você quer que a gente jante com eles? Isso é algo apenas entre você e eu, meu amor.
— Sua competição com o seu pai tem muito a ver com tudo isto, eu quero que as coisas se ajeitem, caso contrário só vai piorar as coisas.

— Alex, não — interrompo. — Além do mais, nós não somos rivais.
— Uma cadeia hoteleira não tem que ser oposição a uma revista, bem, sim eu removi alguns parceiros, mas eles não eram os mais fortes.
— Oliver — ela sussurra. — Por que não só... bem, eu não quero que você jogue seu esforço no lixo, mas... E se você se juntar a ele? Você coloca seu trabalho junto com o dele.

Freio de repente, fazendo um carro atrás de nós começar a tocar a buzina de forma incessante.

— Por que você me pergunta isso, Alex? — eu digo, sem colocar o veículo em movimento, e uma fila de carros atrás do nosso apita com desespero.

— Oliver, avança, por favor — diz, e aí eu percebo que eu estou dificultando o trânsito e coloco novamente o carro em marcha. — Só quero que isto acabe, talvez você não veja, mas você está deixando de lado a nossa relação.

Essas palavras me magoaram, ou mais com o sofrimento que disse, não sinto que estou deixando de lado o nosso relacionamento, mas não vou dizer isso porque não quero mais problemas, é melhor eu fazer o meu melhor para passar mais tempo com ela.

Eu pego a mão dela que está sobre sua perna.

— Alex, isso não vai acontecer de novo, eu prometo — eu digo, olho para os olhos dela por alguns segundos, e viro meus olhos para a estrada.

— Eu quero que você os convide para o jantar — diz, olha para nossas mãos e entrelaça seus dedos com os meus, bem, isso é um avanço.

— Você realmente acha que meu pai vai querer falar comigo depois de tudo que eu fiz? — pergunto, uma vez que passamos pelo portão principal da nossa casa.

— Eu seriamente gostaria que trabalhassem juntos ou fundássemos algo você e eu, mas não para fazer competição.

— Algo você e eu? — indago, estacionando o carro uma vez que estamos na frente de minha casa e eu olho para os olhos dela.

— Eu não sei, uma produtora ou algo assim — o que não soa mal. — Acho que você e eu, se ficarmos juntos, temos conhecimento suficiente para criar algo assim.

Ela está certa, eu estou pensando nisso por vários segundos, sim, é uma boa ideia, desço do carro e rodeio até chegar nela.

— Bem, eu quero que falemos sobre isso com mais calma. Você aceita o jantar? — cobro, estendendo minha mão, a qual ela pega e desde, balançando a cabeça.

Pelo menos, já é uma atmosfera melhor, quando olhei tinha comido o hambúrguer e em trinta minutos estava pronta, até o lugar, já conversamos amigavelmente e sorri com cada coisa, sim, essa é a minha Alex e eu sei que ficará surpresa, porque isso é algo que não havia mencionado, é provável que ela me bata, vou me preparar para tudo.

Eu tiro um lenço do bolso quando estamos no lugar, eu desdobro e começo a enrolá-lo para colocá-lo em seus olhos.

— Confia em mim? — digo, com um sorriso, ela apenas olha para mim e olha para o lenço, franze o cenho.

— Não — ela diz imediatamente. — Em todos os filmes, quando dizem isso à garota com um lenço nas mãos, é para sequestrá-la e matá-la.

Eu não posso deixar de rir. Que tipo de filmes serão esses? Os únicos que eu vi que fazem essas coisas vendadas são os pornográficos, tudo bem, muita informação.

Desço do carro e o rodeio, uma vez que abro a porta para ela não a deixo sair até que me certifique de que não está vendo nada. A conduzo ao lugar, passo minha mão na cintura marcada à perfeição com este vestido preto com uma saia rodada solta dá um olhar mais fino na cintura, pego sua mão, nem tinha notado que ela pintou as unhas cor vinho tinto, ela nunca faz isso e parece muito bem.

— Pronta? — eu pergunto, uma vez que estamos na frente do lugar, suas mãos estão frias, eu sei que ela está nervosa.

Começo a desfazer o nó do lenço na parte de trás da cabeça e removê-lo pouco a pouco.

— Pronto — sussurro, ela imediatamente abre os olhos e se concentra nas letras enormes e iluminadas no topo do prédio que diz "ALEXANDRA".

— O que é isso? — balbucia, sem tirar a vista daquele lugar, também olho para lá e parece mais exótico à noite.

— A cadeia de hotéis Alexandra — a abraço por trás pela cintura. — Já está em alguns estados e em breve terá um em cada uma das cidades neste país, e vou fazer o possível para que atinja todo o mundo, então se acostume a ver o seu nome por todos os lados. — Sorrio enquanto a rodeio e paro na frente dela, continua com seu olhar para edifício, com aquela expressão de surpresa, que faz com que pareça tão carinhosa.

— Se fazer tudo isso leva tempo longe de mim, é melhor ficar assim. — Sorrio e tomo sua cintura.

— Não vai acontecer de novo, te prometo — seguro seu queixo e dou-lhe um beijo carinhoso nos lábios.

— Eu pensei que você estava criando sua própria revista ou algo assim. — Ela olha para mim. Revista? Para quê?

— Eu pensei, mas gosto mais disso e aproveitei para ouvir a proposta dos antigos donos deste prédio. É só nosso, sem que meu pai tire a paz interior e não somos a concorrência dele, então ele não tem que me repreender. Eu também gosto da sua ideia da produtora, eu pensei que seria um jantar romântico em comemoração que há um hotel com o seu nome, mas eu vi que será um jantar de negócios com minha própria esposa. — Eu não posso deixar de rir, eu nunca imaginei ter que fazer isso. — Vamos entrar, temos muito o que conversar e quero que você olhe para todo o lugar, eles ainda estão remodelando, me diga se você gosta ou não.

Claro que ela gostou muito mais do jantar. Depois de comer juntos e expor sua ideia da produtora, cada vez se torna mais interessante.

— Alex. Por que você não me deu essa ideia antes? — eu pergunto e olho para ela enquanto tomo um gole do vinho de seu pai.

— Porque antes eu não tinha a herança do meu pai e não quero desperdiçá-la, quero investir em algo.

— Espere — eu interrompo. — Herança? O que você quer dizer?

— Você vê? Você não sabe nada por estar tão consumido nesse trabalho. — Eu levanto uma sobrancelha, essa conversa está se tornando interessante.

— Mas você poderia ter me sacudido ou gritado que você queria me dizer algo. — Ela respira e revira os olhos exasperados, sim, talvez eu devesse ter escutado ela. O que mais eu deveria saber? Eu coloco meus antebraços na mesa e entrelaço meus dedos.

— Se eu te sacudo, você também não me ouve. E, bem, eles vão publicar o meu livro.

— O que é sobre o seu pai? — Assente, eu abro um grande sorriso. — Eu te disse, eu sabia que eles iriam aceitar. — Eu me levanto e vou ao redor da mesa para me ajoelhar ao lado dela. — Eu sou o marido de uma escritora, pelo amor de Deus.

— E roteirista... — Franzo minha testa.

— Roteirista? — ela concorda efusivamente.

— No trabalho de Natalie. — Lembro que Matthew trabalha lá, mas eu não vou me comportar como um babaca só por isso, eu confio nela. — Roteirista? Nesse programa? Aronofsky ganhou um Oscar como melhor diretor! — Ela concorda com um sorriso largo.

— Eu não posso acreditar, isso é ótimo... é o que você gosta de fazer, lamento seriamente por ter agido como idiota todo esse tempo, mas tive que fazer muito para obtê-lo. — Pega na minha mão e beija meus dedos, isso foi terno.

— Eu prometo — eu digo, com um sorriso, beijo seus lábios com ternura e ela me corresponde imediatamente.

— Jure com o dedo mindinho — diz ela, levantando o dedo e olhando para mim o mais seriamente possível.

— Quê? — digo, vendo com intriga a mão e o rosto alternadamente.

— Faz — ela diz e continua esse ar de extrema gravidade, não tenho outra opção, ridiculamente gancho meu dedo com o seu.

Capítulo 78

Uns beijos na minha bochecha, pescoço e costas me acordam. Pisco várias vezes para me acostumar à porra da luz do amanhecer, algo me impede de me mover e ouço uma voz doce que meu cérebro imediatamente reconhece.

— Feliz aniversário. — Meu amor, que está sentada nas minhas costas, fala daquele jeito cativante digno dela, mas que inferno...

— Que horas são? — pergunto imediatamente, e nisso meus olhos se concentram em um bolo com uma vela verde que forma o número vinte e seis. — Alex, o que você fez? — questiono, com um sorriso, eu esqueci que hoje era meu maldito aniversário.

— Que importa a hora, Oliver? É seu aniversário, aproveite. E este — pega um pouco do glacê do bolo com o dedo indicador e mancha meu nariz — é o seu bolo de aniversário. Deixe-me acender a vela para que você possa fazer um desejo.

Eu não posso deixar de sorrir, eu não quero fazer um desejo, eu já tenho tudo o que eu quero. Eu tento girar sobre mim mesmo, Alex levanta-se para me deixar fazê-lo, uma vez que estou de barriga para cima ela novamente sobe em cima de mim, bem, estou acordando e ela sentada assim, mas ela já deve ter se acostumado a ver o Superoliver assim todas as manhãs.

— Obrigado, minha boneca, sério — eu digo, pegando sua cintura estreita que eu amo. — E aposto que Rosa fez isso.

— Quê? — ela leva as mãos ao peito e mostra indignação. — Levantei-me muito cedo para fazer isso sozinha — ela acaba choramingando. — Rosa me deu apenas instruções. — Eu não posso segurar o riso, enquanto continua choramingando, aproveito esta oportunidade e pego um pedaço de bolo em meus dedos e bagunço em seu rosto, imediatamente ela abre os olhos de espanto e me olha feroz. — Eu... te... mato! — Tenta pegar o bolo, mas o seguro firmemente para que não o faça, porque eu conheço suas intenções, num movimento ágil subo nela a segurando pelos pulsos com força e começo a lamber o bolo do seu rosto. — Você é um bas... tar...do — ela balbucia, rindo.

— Espero que você ainda não tenha feito uma festa surpresa, e que agora eu caia das escadas — menciono, me contendo uma risada lembrando daquele dia, ela me olha com reprovação.

— Mas eu vou te levar para jantar em um lugar legal, então espero que você esteja em casa cedo.

— Claro — sorrio um pouco —, mas agora eu tenho coisas para fazer, vamos lá, vou deixá-la em seu trabalho, eu quero que todoooooos eles saibam que você é casada. — Ela revira os olhos.

— Sério, Oliver? É isso que mais te preocupa? — Eu fecho meus olhos um pouco para rir e em questão de segundos ela estava com a mão dela com o bolo no meu rosto, sim, no final ela se safou.

Levei um tempo para me livrar do maldito bolo no cabelo e Alex, nem digamos, pelo menos foi uma boa desculpa para tomar um banho juntos, só porque não há tempo para mais nada, tenho muitas coisas para fazer.

Em meia hora eu estou pronto só para esperar que ela termine de se arrumar; minha surpresa é que ela já está lá embaixo me esperando, rindo com Pablo e Rosa. Quando desço as escadas, todos sorriem para mim e Rosa vem em minha direção em um ritmo rápido.

— Feliz aniversário, menino Oliver. — Ela coloca os braços em volta de mim e eu franzo a testa, eu odeio abraços, exceto para a minha esposa, ela pode me abraçar o quanto ela quiser. Alex ri quando vê minha expressão, como Pablo, enquanto eu tento separar Rosa de mim.

Eu levo minha loira para seu trabalho e observo que eu estou bastante atrasado, eu queria descer com ela ao ver o tal do Matthews na entrada do set, mas não tenho tempo. Eu me despeço com um beijo rápido em seus lábios e dirijo para meus novos escritórios.

Ao chegar, David já está lá e tira os olhos do computador para me ver.

— Feliz aniversário, bicha — ele diz, com uma emoção fingida, droga.

— Você está velho agora.

— O que é estranho aqui, eu sou dois meses mais velho do que você e você parece ter quarenta — eu digo, andando em sua direção.

— Ha! Há! Há! — marca as sílabas. — Que piada, Sr. Anderson! Eu lhe trouxe um presente. — Ele me entrega um pequeno pacote de prata e eu pego, estreitando meus olhos.

— É sério, David? Um preservativo? Você sabe que se Alex me acha isso me mata? — digo, levantando uma sobrancelha, eu não quero imaginar meu Superoliver castrado por causa do David, que apenas ri, filho da puta, eu jogo na cara dele e ele continua rindo alto.

— Que ingrato, Oliver. E aí? Nós vamos beber? — ele pergunta e leva seu olhar para o monitor do computador.

— Eu não posso — eu digo, colocando minha pasta na mesa de vidro onde David está, eles ainda estão reformando o local e há apenas um escritório onde nos encontramos. — Alex quer que a gente vá jantar.

— Parece bom, eu pensei que você fosse se prender para trabalhar no seu aniversário e isso é triste. — Eu levanto uma sobrancelha, o trabalho é a melhor coisa que pode acontecer com você, o pior é ser pobre. — A propósito, você quer ir à festa do programa para o qual as garotas trabalham? Eu acho que é a estreia ou algo assim.

— Eu não quero celebrações, estou muito cansado, tenho o suficiente com aquele jantar que a Alex está preparando — eu respondo, enquanto eu tiro o meu laptop da minha pasta —, então eu só quero ir para casa e dormir. — David começa a digitar em seu computador, balançando a cabeça, e eu começo a checar meu e-mail.

À tarde, meu celular toca, quase não vejo por tanto trabalho e em poucos minutos tenho uma reunião. David já está guardando suas coisas e eu faço o mesmo, eu tiro o telefone do bolso e vejo uma mensagem de Alex sobre o lugar onde vamos jantar, soa bem, eu gosto daquele restaurante e ela sabe disso, eu respondo de imediato afirmativamente e eu vou para o lugar onde a reunião seria.

Sinto que os minutos voam, quando olho pela janela já está anoitecendo, mas novamente olho para meu computador e já não me importo com nada mais que os expositores dizem, uma vez que todos sumiram foram. Eu vejo que eu tenho um arquivo ainda inacabado. Merda! Naquele mesmo momento, tenho de concluir, sinto meu celular vibrar na minha perna, tinha colocado desta forma antes da reunião, não posso me distrair, então eu simplesmente ignoro a chamada, tiro o telefone do bolso e coloco em meu porta-arquivos. Deve ser Alex, olho para meu relógio e faltam apenas poucos minutos para o tempo que seria o jantar; fico num embate entre ir ao restaurante agora ou terminar arquivo, mas... este documento é importante, eu não posso deixar para mais tarde, Alex pode esperar, como ainda não está pronta, eu vou ficar tranquilo no jantar.

Eu não sei quanto tempo se passou, mas não há ninguém mais além do David neste lugar, ele sempre será minha mão direita, porque ele fica comigo para terminar qualquer coisa e com ele tudo é mais rápido.

— A que horas é o seu jantar? — David pergunta, não tira os olhos do monitor e continua a digitar.

— Agora, suponho — respondo, não tiro os olhos do computador também, tenho que terminar sim ou sim.

— Espere — agora tira os olhos da máquina porque eu sinto aqueles olhos avelã presos em mim, no entanto, eu não virei meus olhos para ele.

— Então você está fazendo ela esperar?

— São só alguns minutos, David. Não vou incomodá-la por alguns minutos atrasados. Quando terminar, eu ligo para ela e explico.

— Sabe de uma coisa? Deixa que eu termino isso — ele diz, sem hesitar. Eu balanço a cabeça.

— Não se preocupe, são só alguns minutos e eu estou a um quilômetro de distância — olho para o relógio enquanto digo essas palavras. — É só um jantar...

— Tem certeza? — Concordo com a cabeça e David vira o olhar para o computador e continua a digitar.

Capítulo 79

Depois de vários minutos em que já sinto que o documento tem vida, olho para o relógio e já se passaram mais de sessenta minutos. Foda-se! Que me espera agora, levanto-me do meu lugar e procuro o meu celular na minha pasta e vejo que há mais de vinte chamadas perdidas de Alex.

— Droga! Agora tenho que ir, irmão...

— Ei! Não se preocupe, é seu aniversário. Eu fico aqui e amanhã eu te dou conta do que eu consegui fazer. Calma! Aproveite!

A bronca de Alex é o que eu vou provar, bem, eu não acho que isso a incomode, é só trabalho e David estava comigo, não pode imaginar nada de errado.

Eu dirijo até o lugar que indicou, eu ligo e ela não atende, bem, seu carro não está no estacionamento. Errei de lugar? Não, é isso. Eu continuo ligando e nada, estou ficando desesperado e lembro do localizador em seu carro. Tecnologia abençoada! Eu começo a rastrear o veículo, em alguns minutos ele me mostra onde está, eu dirijo tão rápido quanto é permitido nessas estradas, felizmente não há muito tráfego para a hora, eu vou para onde o rastreador me diz e quando cheguei em um lugar bastante luxuoso, notei que o bendito Bentley estava estacionado lá, eu deveria ter imaginado, era a festa de estreia do programa. Eu estaciono meu carro e ando pelo grande estacionamento e quando chego à entrada, o porteiro pede para mostrar minha identificação me diz o andar onde a festa está, felizmente é no primeiro andar.

Vou para o lugar, existem todos os tipos de pessoas, imediatamente foco meus olhos na Natalie, que está a falar com algumas pessoas, ela me

olha de sobrancelhas franzidas e caminha em direção a mim, eu juro pela sua expressão que está chateada.
— Onde está Alex? — eu pergunto, olhando em volta antes que ele diga alguma coisa.
— Então você finalmente se dignou a aparecer? — Ela cruza os braços e eu olho para ela com desespero.
— Eu preciso falar com ela, onde ela está? — eu questiono, enquanto eu dou uma checada no lugar novamente.

Eu levo meus olhos até a pista de dança e vejo aqueles cabelos loiros que não se perdem em qualquer lugar, está de costas para mim, mas eu sei que ela está bonita com um vestido verde que se encaixa perfeitamente a cada curva do seu corpo. Natalie está falando na minha frente, mas eu não presto atenção, imediatamente meus pés estão indo na direção onde Alex está e uma mão em sua cintura me chama a atenção, eu rapidamente me concentro no sujeito que a acompanha e é o tal do Matthew, o cara está dançando com minha esposa e ele coloca as duas mãos em seus ombros para sussurrar algo, ambos sorriem e meu sangue ferve, eu não posso acreditar nisso.

Eu ando em direção a eles em um ritmo rápido, meus punhos estão fechados de tal forma que minhas unhas estão enterradas nas minhas mãos, minha mandíbula está tensa, eu aperto meus dentes até que eu os sinto feridos. Ao chegar, eu pego Alex pelo seu antebraço para me afastar dele quando, sem pensar duas vezes, solto meu punho contra o rosto daquele idiota, que imediatamente me pega pelo terno e me empurra para o bar. Vou dar outro soco quando Alex fica no meio dos dois.
— Já chega, os dois, por favor — diz ela, com a voz embargada.
— Quê? Agora você vai defendê-lo? Que este imbecil aprenda a respeitar as outras mulheres — eu tento me jogar em cima dele e Alex me empurra de volta para o bar, eu olho para ela perplexo quando a voz do idiota me chama a atenção.
— Ouça-me bem, idiota — fala, se aproximando de mim —, se eu quisesse levá-la, acredite que há muito tempo o teria feito, porque você é tão estúpido de colocar seu trabalho em primeiro lugar e depois sua esposa. — Estou sem palavras. Quanto ela falou com esse idiota? Ele imediatamente caminha em outra direção e eu assisto Alex, que me observa com lágrimas nos olhos, eu tomo seu antebraço.

— O que você disse para esse imbecil? — eu pergunto, ela se solta do meu aperto abruptamente e caminha em direção à porta de saída, eu a sigo, eu tenho que falar isso sim ou sim. Como é possível que esteja dançando com um idiota em outro lugar quando estou trabalhando? Quando saí do quarto, levo seu antebraço novamente e viro-a para mim. —Alex, entre no carro e vamos conversar em casa.

— Não, Oliver... — se solta novamente do meu aperto, droga! Estou frustrado e não quero dramas agora.

— Entra na porra do carro agora. Maldita seja! Estou trabalhando e acho um cara colocando as mãos na minha esposa. — Ela ri sarcasticamente quando se vira para mim.

— Claro. Agora você se lembra que é casado, passei o maldito dia planejando um jantar especial para você e nem sequer se dignou a aparecer.

— Estava ocupado. Droga! Eu não esqueci de você, eu só tinha muito o que fazer que perdi o tempo e quando olhei para o relógio...

— Quer saber? — Ela me interrompe. — Eu acho que você e eu precisamos de algum tempo. — Ela se vira novamente e caminha em direção ao seu carro. — Eu não sei aonde diabos eu vou, mas eu não posso mais lidar com isso.

TEMPO. Isso significa apenas uma coisa.

— O quê? — Estou paralisado. — Do que está falando? — Eu ando em direção a ela em um ritmo rápido e observo que ela começa a andar novamente. — Alex, pare! Do que você está falando?

— Que você precisa de tempo para terminar o que você está fazendo e eu não posso esperar por você toda a vida — abra a porta do carro e meu cérebro ainda processa as palavras que acabou de me dizer.

— Alex... não, por favor, não... vamos lá, vamos falar em casa tranquilos...

— Eu não posso com isto, Oliver — interrompe, lágrimas escorrendo de seu rosto, começa a tirar os dois anéis de dedo anelar dela, não pode ser. --- Me deixar plantada e depois do que me custou para preparar essa surpresa, já é o cúmulo — pega minha mão e coloca os anéis na palma dela, eu sinto que eu não posso me mexer e todo o meu corpo é gelatina.

— Amor... Não... por favor, me perdoe... — Pelo amor de Deus! Eu não sabia que isso era tão significativo para ela, todos os meus aniversários nunca foram importantes, eu não tinha nem mesmo um bolo de aniversário desde que eu não sei quando. — Vamos conversar amanhã, vamos descansar, amanhã será outro dia...

— Eu te amo, Oliver. Mas isto já não está funcionando — é como um balde de água fria para mim, não posso não mencionar um monossilábico, sinto que não posso fazer nada mais para vê-la fora em seu carro daquele lugar, não, isto pode estar me passando.

Imediatamente pego meu celular para tentar localizá-la e entro no meu carro para segui-la; o aplicativo começa a encontrar sua localização e vejo que está indo para uma rua que não é a da nossa casa, ligo o carro para alcançá-la quando o filho da puta do telefone desliga devido à falta de bateria, isso não pode estar me passando. Maldita seja! Não, não, não, eu bati a minha testa no volante, nem sequer trouxe a porra do carregador. Eu rapidamente saio de lá para minha casa, eu dirijo a toda velocidade, eu só espero encontrá-la lá e consertar toda essa merda. Suas palavras ressoam na minha cabeça de novo e de novo. Isso não pode ser verdade.

Capítulo 80

Eu me sento junto à escrivaninha enquanto espero que o celular me diga onde minha esposa está, leva apenas alguns minutos. Olho repetidamente para os anéis de Alex que repousam sobre a mesa de madeira dura e fina, tenho um nó na garganta, espero que ela não tenha falado sério.

Os sons de alerta de mensagem tocam e eu pego meu telefone, o endereço que mostra me é muito longe daqui e não se move, é em um só lugar, eu sei que não quer voltar; fico no embate entre ligar para ela ou não, ou se vou à ela ou não, não quer me ver. É mais seguro se eu a seguir vou aumentar os problemas, eu sei perfeitamente.

Eu acordo de repente, eu não sei que horas eu dormi, eu olho para o meu relógio e faz três horas desde que eu me sentei aqui, Alex poderia ter vindo e eu nem percebi, eu olho para o meu celular novamente e o aplicativo indica que está no mesmo lugar. Sério? Por três horas? Ela já adormeceu? Não, este lugar é perigoso neste momento, agora sim vou atrás dela, dane-se se chatear não posso deixá-la lá.

Já passou da meia-noite, um leve orvalho encharca meu para-brisa e os limpadores de janelas começam a fazer seu trabalho, eu dirijo há algum tempo. Como ocorreu a ela vir aqui? Estou chegando ao local e por muito tempo observo o Bentley.

Eu estaciono e me aproximo do carro esperando a pior reação de todas para segui-lo. Para minha surpresa, quando chego ao veículo, vejo que está vazio, não há ninguém, olho em volta e não, não está perto. Não sei se disco seu número, ou não, que tenho certeza que não vai me responder, mas algo dentro de mim estremece de pensar que poderia ter acontecido alguma coisa.

Como se é de imaginar, ela não responde. Droga! Onde ela se meteu? E se ela estiver com problemas? Eu entro no meu carro e começo a andar nessas ruas desertas, meu coração dá uma reviravolta só de pensar que eu posso encontrar seu corpo jogado nessas ruas. Afasto esses pensamentos macabros antes que eu enlouqueça, a brisa começa a ficar mais forte. Eu tento uma última vez, se ela não responder eu juro que eu chamo a polícia, para minha surpresa, imediatamente sua voz invade meus ouvidos e algo dentro de mim se alegra, mas apenas alguns segundos.

— Por favor, não me ligue, é depois da meia-noite e eu quero dormir.
— Sua voz é áspera, sei que ele chorou muito e me sinto a pessoa mais merda do mundo.
— Alex. Onde você está? Por que seu carro...
— Eu não quero que você me ligue — ela interrompe imediatamente.
— Amor, por favor, vamos conversar — eu digo, com uma voz calma, algo se instala em meu peito enquanto eu a ouço falar assim. — Não há nada que uma conversa não possa resolver.
— Conversar sobre o quê, Oliver? O que vai me dizer? Você me deixou plantada.
— Alex, eu não deixei você plantada, droga. Talvez eu tenha atrasado, tive muito trabalho. Por que você não consegue entender isso?
— Porque dói, Oliver. Passei o dia inteiro tentando fazer isso perfeito para você!
— Eu nunca imaginei que você se incomodaria tanto por me atrasar em um jantar — murmuro, é que isso me incomoda, eu estou a uma hora da minha casa para vir procurá-la e não tenho a menor ideia de aonde foi.
— Você demora uma hora para ir a uma refeição com seus parceiros?
— Eu paro enquanto procuro as palavras mais inteligentes para dizer.
— Não — limpo minha garganta —, mas isso é trabalho, se eu fizer, eles não me verão como uma pessoa séria.
— É o mesmo, Oliver.
— Não mesmo. Droga! Você deveria ser minha esposa! — Eu pressiono com força no volante. — Você deve me entender, mas é o mínimo que eu tenho da sua parte. Foi apenas um jantar estúpido, Alex, e você age como se fosse nosso casamento e eu deixei você de pé no altar.
— Um jantar estúpido que eu tive que preparar para ser perfeito para você — ela levanta a voz, mas ao dizer que a expressão dele acaba, engole,

pelo amor de Deus! Eu não sei mais o que sentir, ouvi-la assim parte meu coração, mas também me incomoda que ela não esteja me entendendo.

— Alex, você quer que eu me coloque no seu lugar, mas quem fica no meu? Me diga! Quem? — Talvez tenha levantado um pouco a voz, mas também quero que ela me entenda. — Por que você não me entende? Você tem toda a sua vida para me ver! Para preparar outro jantar, muitos outros aniversários virão, mas no trabalho eu aproveito as oportunidades ou as perco. — Ela não diz uma palavra, talvez eu tenha passado dos limites da forma como lhe contei. Ah! Merda! — Alex, perdão, falo melhor em pessoa, estas são coisas que não podem ser conversadas por um telefone celular — levo minha mão livre minha cabeça e eu recosto na parte de trás da minha cadeira, ela não diz uma palavra até, finalmente, falar.

— Eu quero pensar sobre as coisas, Oliver — ela soluça. — Tenha uma boa noite — diz isso e desliga a chamada. Merda! Eu sinto todo o meu mundo desaparecer. Eu vou deixar o tempo passar, você tem que gastar a raiva comigo em algum momento.

Chego em minha casa, me troco rapidamente, enquanto eu escovo meus dentes penso na Alex de novo, eu farei com que conversemos pessoalmente, talvez tenha razão, me excedi, mas nunca meus aniversários foram algo importante para mim, estou exausto, me recosto na minha cama, em instantes eu cai no sono.

No dia seguinte, meu coração se parte ao não ver minha loira ao meu lado e lá eu me lembro desde o episódio de ontem; tomo um banho e me apronto para ir trabalhar, sem incentivo algum, desço as escadas e lá está Rosa, preparando o desjejum.

— A garota Alex vai querer panquecas? — pergunta, pego um pedaço de papel e sem responder anoto o endereço onde seu carro está localizado.

— Não, ela não está, por favor, se a vir mais tarde não a deixe sair, me promete — digo com extrema gravidade, Rosa levanta sua sobrancelha me olhando, logo assente.

— O que aconteceu? — pergunta, sem tirar o olhar de mim até que eu abro o papel e trago seus olhos para o que estou dando a ela.

— Brigamos e não quer me ver, por favor, entregue isso para o Pablo, este é o endereço onde está o carro da Alex, eu preciso que vá buscá-lo. — Rosa assente novamente e pega o pedaço de papel, saio de casa e entro no meu carro, não pude deixar de me sentir nostálgico em ver aquela maldita flor sorridente que Alex pendurou no meu carro, espero que essa coragem não dilate muito, sinto falta dela.

Meu dia passa rápido, tenho muito mais a fazer, tudo terminou de uma maneira próspera, verificando meu telefone ocasionalmente, mas não há chamadas de Alex, ligo, mas nenhuma resposta como presumi, novamente eu ligo e nada.

Já estou a ponto de ir para casa e a única coisa que quero é que minha bela loira atenda o celular, gostaria de conversar, consertar as coisas. Naquele momento, eu ouço alguns saltos altos ecoando no corredor e a porta do escritório se abre, eu me viro para o som e Natalie se aproxima de mim em um ritmo rápido.

— David acaba de sair, está em.... — ela me estende um papel, eu franzo minha sobrancelha, olho para o documento e por sua vez a cara dela, tem um pouco os olhos vermelhos e inchados, algo me diz que ela estava chorando.

— É isso que você queria? — Eu pego o papel hesitando, o que quer dizer? — Aí está o resultado de suas ações, eu espero que você esteja feliz com o seu trabalho — disse isso e sai batendo a porta.

Por alguns momentos eu estava perdido e desdobro o papel, é a letra da Alex, meu coração começa a bombear com força, eu sinto que deixará meu peito à medida que meu cérebro capta todas estas palavras. Isso não pode ser verdade!

Eu vou me sentar e escrever esta carta, já que falar com você, eu não posso, sinto que cada uma das suas palavras vai me machucar, e o melhor, meu amor, é deixar para terminar o seu trabalho tranquilo, porque a paz é algo que em ultimamente você e eu não conhecemos e você está certo, não é algo que você fala calmamente, através de um telefone celular, mas eu não estou disposta a que me suborne com beijos e abraços, porque isto não é algo que é resolvido desta forma.

O celular continua tocando alto e é provável que seja você, não responderei suas chamadas, nem estas, nem as próximas, porque a verdade, meu boneco, não quero voltar a ouvir que não acha que isso me incomoda, o fato de que não era "jantar de aniversário estúpido", como você disse, algo que cuidadosamente eu consegui terminar em um dia, me dói.

Me dói que você prefere sentar e fazer números e não considera importante algo que fiz para você, me dói quando não leva meia hora para se sentar para jantar comigo, me dói a deixar tudo o que vem de mim no último minuto, você promete uma coisa e não cumpri-la me machuca, porque para mim, você sempre esteve em primeiro lugar.

Eu não pediria tempo, é ilógico, é o que você menos tem, mas se você quiser você pode procurar-me, uma vez que você aprenda a fazer um equilíbrio entre seu trabalho e sua esposa, o problema é que quando isso acontecer, é provável que eu já não esteja esperando por você.

Vou sentir sua falta, de fato, já sinto, e não há dia que não caminha livremente pelo meu pensamento, que cada coisa eu me lembre de você, que céu cada noite me refiri a seus olhos, cada detalhe insignificante, cada sorriso, cada abraço, cada beijo, pequenas coisas que não parecem importantes, mas são as que me lembro; Lembre-se mais do que o antigo Oliver Anderson, que se acostumou comigo. Você também merece alcançar seus objetivos e perdoe-me por todas as vezes que disse que não te entendo, mas eu não consigo entender uma coisa que eu nunca me atreveria a fazer, nunca teria preferido para confinar-me ao trabalho quando a pessoa que amo está lá fora fazendo algo Especial para mim.

Lembra quando você mencionou que este contrato era um negócio ganha-ganha? Nenhum de nós dois ganhou, você não tem mais a presidência e eu não tenho emprego, o estranho é que você não quer mais a presidência e eu não quero mais o emprego.

Quando você ler isso, é mais provável que eu esteja em outro país, desejo-lhe o melhor e sucesso em seu projeto, em breve você obterá documentos de divórcio, minha assinatura já está lá, agora só depende de você e estamos livres novamente nosso contrato acabou.

Atenciosamente.
Alexandra Carlin

Fico paralisado por alguns instantes. Eu não posso dizer quantos minutos, eu li a carta novamente, esperando que eu entendi errado, mas não, as palavras "outro país" e "divórcio" estão lá. Merda! Não, não, nãããooo. Não, não, não, eu me recuso a aceitar isso, droga, foi só um erro, um erro maldito, eu estou morrendo, acho que não suporto isso, começo a discar o número de Alex enquanto eu fico de pé e caminho para fora, notei que minhas pernas vacilam, na verdade, todo o meu ser, sinto que tudo se transforma. Este deve ser um pesadelo, não sei a que horas as lágrimas começaram a brotar dos meus olhos e turvar minha visão.

— Desculpe, o número que você discou está fora de serviço. — Morro.

Capítulo 81

Não posso acreditar, não, isso não deve ser verdade, deve ser só uma brincadeira, começo a andar de um lado para o outro na minha sala com uma mão na cabeça enquanto com a outra com os dedos quase tremendo começo a discar o número da Natalie. Não atende. Merda. Minha garganta está seca, sinto meus músculos fracos, vou entrar em colapso a qualquer momento. Eu só quero me deixar falar com ela, isso não pode ser possível.

Eu chego ao meu carro e começo a dirigir, minha mente está tão perdida que eu não sei para onde estou indo por alguns minutos, até então eu lembro que eu tenho que encontrar Natalie, eu começo a discar o número do David, mas ele estava indo para uma reunião em meu nome, eu só queria ir para casa cedo e falar com a minha loira para saber como eu poderia recompensar essa merda que fiz ontem. Não, isso é demais.

Eu continuo discando o número de Natalie, ela pode estar no trabalho. Em casa, não sei, mas não é em qualquer um dos dois lados, se recusa a responder o celular, meu coração sairá do meu peito, sinto que a cada minuto se aperta, dou voltas sem rumo por algum tempo na esperança de encontrar com ela em algum lugar nas ruas Talvez foi para a mãe dela, começo a ligar, a essa hora já deveria estar lá, imediatamente o senhora Alicia responde e não sabe dela também, eu não a alarmo, então eu lhe disse que eu deveria estar com a Natalie, a verdade não saber nada dela me frustra e não quero que mais pessoas sintam o que estou sentindo agora.

Eu não tenho outra opção.

Dirijo para a revista e depois vou para os escritórios, estou tão fora de mim que nem sei o que estou fazendo, sem tocar, entro na sala do meu pai que costumava ser minha, não posso evitar me sentir nostálgico, pois foi aqui que a pedi em casamento. Meu pai está encostado na cadeira falando ao telefone, imediatamente foca seus olhos pequenos e reunir sua sobrancelha e termina a chamada, eu posso jurar que ele viu a expressão no meu rosto por suas palavras seguintes.

— Está bem? — interroga, levantando-se, sacudo a cabeça quando me aproximo da mesa dele.

— Você ainda tem contatos com os aeroportos? — Estou hiperventilando, ele olha para mim com intriga, sinto que terei um ataque cardíaco a qualquer momento.

— Por quê? O que aconteceu? — pergunta, levo minhas mãos a minha cabeça ainda pensando na porra da carta enquanto eu olho em outra direção e debato me entre dizer sim ou não, comumente gostaria de dizer que não é da conta deles, mas isto não é uma boa hora. — Oliver — ele menciona, sem receber uma resposta minha, suspirando.

— É Alex. Ela me disse que está indo para fora do país e eu preciso da sua ajuda para rastrear onde foi. — Eu não sei nem que porcaria eu faço aqui, é óbvio que ele não vai cooperar, eu me recusei ajudá-lo nestes últimos dias.

— Como? Por quê? — Interroga, para minha surpresa, pega o telefone do escritório e começa a discar um número. — Você vai me dizer por que ela tomou essa decisão? Porque ela não acabou de fazer isso por si mesma, ou sim?

— Não — eu engulo, ele continua com o telefone sobre a orelha, é a única solução que tenho.

Paro na frente dele e levo meus cotovelos para meus joelhos, eu enfio meus dedos entre meu cabelo quando ele começa a falar com alguém do outro lado da linha, batuco meus pés contra o chão acarpetado, tente manter a calma e não jogar tudo aqui.

— Você sabe a hora exatamente? — pergunta, nego com a cabeça, disco mais uma vez o número de Natalie, ela deveria saber, mas é que não responde, finalmente, me ocorre ligar para o David, no entanto, ele não sabe nada da Natalie hoje. Maldita seja. — Oliver, eles vão rever os registros do dia, mas isso pode levar horas ou alguns dias.

— Eu só quero saber onde ela foi para ir atrás dela — gagueio e engulo o maldito nó na garganta.

— O que aconteceu? — pergunta ao final da chamada, rodeia sua mesa de trabalho para chegar a mim, repousa seus quadris em cima da mesa, não sei nem o que responder, afinal de contas não posso censurá-lo, está me

ajudando sem que eu mereça. — Você dormiu com outra pessoa? — Eu agora olho para cima.
— Como pode dizer isso? Por que você tem esse conceito ruim de mim, pai?
— Oliver — ele me interrompe, no entanto, eu não o deixo continuar, eu imediatamente me levanto, como sempre quando me sinto ofendido.
— Se você só me conhecesse um pouco, você sabia que eu nunca ousaria fazer algo assim...
— Oliver. Por Deus! Por que você está sempre na defensiva? — Dá alguns passos em minha direção para enfrentar um ao outro.
— Porque você está sempre fazendo a si mesmo equívocos sobre mim.
— Filho, se acalme — dou a volta imediatamente, não suporto isso e ainda aguentar meu pai; saio do escritório, batendo a porta ao sair.
Vale a pena mencionar que passei aquele dia no meu quarto desejando que tudo fosse apenas uma mentira enquanto as lágrimas deslizavam pelo meu rosto até adormecer.
Me assusto com algumas batidas na porta do meu quarto, não sei quanto tempo tinha passado, mas clareza estava me deixando de saco cheio e minha cabeça estava prestes a explodir; olho ao meu à espera de que isso foi só um pesadelo, mas aparentemente não, quando o meu cérebro volta à realidade uma nostalgia me cobre da cabeça aos pés e eu fico deitado por alguns segundos, evitando que as lágrimas se apoderem de mim, pelo ângulo da luz entrar no meu quarto posso jurar que já é meio-dia. Escuto outros golpes e me ponho de pé imediatamente quando uma dor aguda na minha testa faz com que eu sente na beira da minha cama, voltei me levantar, eu nem eu tinha mudado de roupa, abro a porta e rapidamente meu pai entra no quarto olhando em volta.
— Londres, Inglaterra — diz ele, e olha para a garrafa de uísque derramado no tapete do meu quarto. — Está lá, o problema é que não há mais registro, eu investiguei e não alugou um carro ou algo parecido. Você sabe se ela tem família naquela cidade? — Crava os olhos em mim enquanto tento me lembrar, não sei de nada, trago minhas mãos à testa tentando lembrar, mas não evoco nada, não, não sei. Eu gostaria de ligar para a mãe da Alex, mas se ela não sabe de nada, eu não quero alarmá-la, droga. Eu sacudo minha cabeça.
— Não acredito que tenha ido andando, alguém tinha que ir levá-la em algum lugar, tente puxar da memória, amigos, tios, primos — continua,

a única coisa que eu sabia de seus parentes é que eles estão na Alemanha, mas Inglaterra não, retorno negar com minha cabeça Eu fecho meus olhos difícil tentar acalmar a punhalada dor na minha cabeça.

— Eu juro que eu não sei, papai — meus olhos ficam molhados — e não sei mais o que fazer, eu garanto. — Agora sim, meus olhos estão cheios de lágrimas e começarem a deslizar pelo meu rosto, droga, não quero que meu pai me veja desta forma. Eu vou para a beira da minha cama e enterrar meus dedos no meu cabelo com os cotovelos, joelhos.

— Não se preocupe. — Ele coloca a mão no meu ombro. — Vamos encontrá-la, você vai ver. Conte comigo.

Essas palavras vêm de meu pai, eu não sei o que está causando dentro de mim, mas era algo como um júbilo inconsciente, que a parte faz com que eu me sinta confiante, não estou sozinho nessa. O remorso inundou meu ser, tê-lo tratado mal e ele está a fazer-me um favor.

— Por que faz isto, Oliver? — pergunto, tenho de admitir que chamá-lo apenas como eu me faz me sentir um pouco estranho, eu prefiro ficar o chamando de pai.

— Porque você é meu filho, Oliver. Aconteça o que acontecer entre nós dois, isso não vai mudar. — Eu estou olhando-me nos olhos um tempo, esse castanho enigmático que não desprega dos meus olhos, até eu perceber como estúpido que é esta cena e me livro do contato visual. — Qualquer nova informação eu vou deixar você saber — diz ele —, enquanto isso, não se tranque aqui para beber, Oliver, é o pior que você pode fazer.

— Você não entende... — Uma risada sarcástica me interrompe.

— Sua mãe me deixou quando você era um bebê e isso é pior, sem saber nada sobre sua esposa ou seu filho. — Eu olho para cima de novo e franzo a testa, vendo meu rosto perplexo, continua. — Sim. Agora você entende por que eu te disse que a família vem antes do trabalho? — pergunta, tomando o lugar ao meu lado e adotando a mesma posição que eu. Porra, ele repetiu isso para mim de novo e de novo. — Eu estava tão consumido com o trabalho que no final sua mãe acabou me deixando, com você...

— Por que você nunca me contou isso? — eu o interrompo, ele traz seus olhos castanhos para mim e bufa com um gesto de desespero.

— Porque o que aconteceu por último, ou algo assim... não é uma cena que eu gosto de lembrar, naquele dia eu percebi que era tão apaixonado por sua mãe, que não poderia deixá-la a ir por isso mesmo, embora ela se recusou a retornar, eu bêbado todos os dias e armando escândalos... bem, você sabe como eu sou bêbado — me faz esboçar um sorriso, não acredito que em meu próprio pai que vejo alguma clareza em um dia tão cinzento — e você pode apostar que você passou o mesmo. — Escondo meu rosto entre minhas mãos sem dar uma resposta. — Agora você me entende? — pergunta, eu olho em algum ponto para a frente, eu entendi tarde demais.

Eu tento continuar com minha vida, como ele me disse enquanto investigam o paradeiro de Alex em Londres, eu estou continuando meu trabalho, saio com ele, passeio com o David, até fiz novos amigos, mas é muito difícil, sempre voltar para casa e eu estou sozinho, eu não posso evitar mas pensar na minha loira, seus cachos dourados que iluminavam com o sol, que seu sorriso, seus olhos verdes, sua forma, sendo que, de alguma forma estranha isso mudava meu dia.

Sinto que não estou vivo, os dias passam e eu não sou capaz de mover-me, minhas pernas cambaleiam para sair do meu quarto, constato novamente sua câmera, a que lhe tinha dado para o seu aniversário, muitas das nossas fotos, não sei o que está acontecendo dentro de mim sinto que estou morrendo.

Os dias passam e eu não sei o que aconteceu com ela, nem mesmo os investigadores particulares que contratei, não há registro de nenhuma Alexandra Carlin ou Anderson em Londres, ela não alugou um apartamento, nem um carro, ela não procurou emprego, é como se ela tivesse chegado lá e fosse engolida pela terra.

Eu tento me concentrar tanto quanto eu posso para me exercitar, mas não tenho forças, e eu não me lembro quando foi a última vez que comi algo que me sustenta. Levanto-me e me forço a ir para a sala de jantar, Rosa já deve estar aqui e sim ela está, assim que saio para o corredor minhas narinas são ativadas e, portanto, meu estômago. Desde que Alex partiu, até Rosa ficou deprimida, não me lembro de quando foi a última vez que nos falamos. Eu me sento em um banquinho no bar enquanto ela cantarola uma música que eu não sei, eu ouço a campainha tocar e ela vai em frente para abrir, eu olho para os porta-copos com formas de maçãs... eu sinto falta dela.

— Menino Oliver, isso veio para você — ela diz, franzindo a testa, eu não estava esperando nenhum pacote. Eu estendo minha mão para pegá-la e imediatamente começo a tirar os papéis para dentro. Não pode ser verdade.

Eu observo os documentos do divórcio com a assinatura de Alex e sinto como se meu mundo desmoronasse, tinha mínima esperança de que o divórcio não fosse verdade, rapidamente meus olhos cheios de lágrimas e meu coração bombeando com força.

Não, Alex, por favor, não faça isso comigo.

Capítulo 82

Alex não pode fazer isso comigo; lágrimas amargas escorrem pelas minhas bochechas, nem sequer posso falar direito; não sei como conseguiria que Natalie me deixasse falar com ela, uma vez que David me disse que minha esposa estava em Londres, o usei para tentar convencê-la a me deixar falar com Alex.

— Eu — balbucia. — Eu só quero que você assine. — Essas palavras me machucam. David está de costas olhando pela janela, estávamos conversando no celular porque Natalie não atendeu nenhuma ligação.

— Alex, por quê? Por que você está fazendo isso comigo? Eu juro que deixo o que você me pedir por você. — Eu levo minha mão à cabeça, estou frustrado, me sinto derrotado, não sei o que fazer.

— E por que agora, Oliver? Por que você esperou até eu tomar essa decisão? — Estou em silêncio. — Quantas vezes falamos sobre isso? Quantas vezes discutimos sobre isso? Me prometeu coisas muitas vezes não concluídas e não estarei aí ao seu lado esperando pelas suas reações, dói, mas se é mais importante para você o seu trabalho, eu não tenho nenhum porquê para te dizer para não fazer.

— Não, Alex... não é mais importante. Eu simplesmente não medi as consequências. — Eu juro que estou morrendo, sou capaz de dar tudo que tenho para vê-la novamente.

Um silêncio toma conta de ambos, até que ela finalmente o quebra.

— Por que você não estabeleceu nada sobre a propriedade na certidão de casamento, especialmente sabendo que era um contrato? — pergunta, eu engulo, nem me lembro quando fiz essa mudança, mas foi antes mesmo de darmos nosso casamento como garantido. Se algo acontecesse comigo, eu estava determinado que Alex manteria tudo, eu confiava nela muito antes mesmo de ir para a cama.

— Eu modifiquei isso depois, quando eu já tinha me apaixonado por você. — Um silêncio constrangedor tomou conta de ambos. — Me diga: você me ama? Porque se neste momento você me disser não, eu juro que assino os papéis aqui e agora. Mas preciso de uma resposta.

Meu coração bombeia mil por hora, se ouço que ela não me ama mais, não sei o que vai acontecer com a minha vida.

— Se você não quiser assinar, tudo bem, mas acho que precisamos de tempo.

— Foda-se o tempo, Alex! — Soluço! — Por favor, eu só quero que você volte, vamos tentar de novo. — Eu sou um mar de lágrimas, eu não sei como contê-las.

— Nós estávamos tentando. Você se lembra? E você nem se dignou a me enviar uma mensagem para esperar mais... termine o que você está fazendo e se depois disso você ainda quiser...

— Alex, não — eu interrompo. — Só quero que você me perdoe. — Eu engulo a saliva, recosto na parede fria da sala da minha casa com uma mão na minha testa quando ouvi que a ligação está cortada e toda as minhas entranhas se embrulham.

Não sei mais o que fazer, começo a telefonar desesperadamente e tudo que consigo é que Natalie desligue o celular. Minha garganta está seca e meu peito está doendo. Eu juro que quero morrer, nunca me apaixonei dessa maneira.

Pelo menos ela não me disse que não me ama mais. Eu ainda tenho esperança.

Nos dias seguintes, minha vida não é nada além de lágrimas. Eu não sei o que vou fazer comigo mesmo. Tudo me faz lembrar dela, aquela fragrância no meu carro, toda garota loira andando pelas ruas, todas as coisas verdes, todas as motocicletas, etiquetas, cada... maldição, lágrimas a correr pelo meu rosto, muitas vezes tenho estacionar e chorar com minha testa no volante do carro para chegar em casa, fingindo que nada está acontecendo e que Rosa não olhe meu estado.

Já faz exatamente três meses e duas semanas, eu não tenho um sinal dela, não tenho ideia de onde ela foi, nem de quem ela é e agora Natalie, que era minha única salvação, foi para a mãe. Eu não sei o quanto eu bebi, mas já está começando a encher, isso é terrível, eu não suporto isso.

Lágrimas a correr pelo meu rosto cada vez que eu me lembro dela, tudo nela era perfeito, nos demos tão bem que eu não entendo como me descuidei tanto para chegar a esse ponto; bebo outra bebida enquanto meu pai fala coisas que não entendo ou não quero entender. Eu só sei que eu quero minha loira de volta comigo, mais lágrimas escorrendo pelo meu rosto, eu não sei o quanto eu bebi, mas eu sinto um impulso e me levanto determinado a assinar esses malditos papéis de divórcio, eu ainda me lembro quando disse que nunca iria me casar porque eu não acreditava em separações, mas ela se foi e eu lhe darei o prazer de ficar com o maldito divórcio e eu estou solteiro de novo, eu serei o mesmo Oliver Anderson como antes e eu valho uma merda que meu pai tem por dizer

Caminho para o meu quarto, eu não sei como, porque tudo gira desajeitadamente eu procuro no meu arquivo os papéis do divórcio enquanto eu seguro uma caneta que eu encontrei na minha cabeceira, pego os documentos e eu tenho que assiná-los, aqui se foi meu casamento com Alexandra Carlin, me seguro em cima da mesa pequena enquanto eu tento colocar minha mão na linha que diz o meu nome, há dois... qual desses será? Merda de merda! Seja o que for, vou assinar e ponto final.

— Oliver, deixe esses papéis de uma vez por todas — meu pai fala, pegando-os.

— Não... a merda do casamento, e serrr um homeeemm decente, me dáá essaas porraass dessesss papéis, malditaa sejaa — grito, ou eu acho.

— Não, amanhã você vai acordar e vai se arrepender, acredite em mim.

— Eu valho uma merda. — Eu olho para o Sr. Anderson e não sei com qual estou falando.

Agradeço ao meu pai que não me deixou assinar.

Até que um dia me lembrei que a ex-mulher de Frank, o tio de Alex e o primo dela, Walter, vivem em Londres. Começo a investigá-los e recebo a informação deles com Frank, Alex já tinha ido, entendi por que nunca estava. Amaldiçoo-me por não pensar rápido e eles já não sabiam onde ela tinha ido. Droga! Afundo meus dedos no cabelo com os cotovelos sobre a mesa, não tenho dúvidas de que, quando você não está destinado a alguém, sempre o destino vai jogar contra você.

Eu ficarei sozinho pelo resto da minha vida.

Eu não sinto mais nada, desisto, não tenho ideia do paradeiro dela. Você já ouviu a frase "Se você gosta de algo, deixe-o ir, se ele volta é seu e eu não sei mais o que é"? É mentira, quando eles deixam que você por se portar como um merda, nunca retornará, não porque nunca foi minha, mas porque era, e eu estraguei tudo completamente. As palavras que me dissera seu pai retornam à minha cabeça e são jogadas repetidamente: "cuide dela, porque se essa mulher decide partir, não vai voltar".

Eu engulo enquanto engasgo com minhas tristezas. Não suporto pensar que Alex não faz mais parte da minha vida, mas não tenho outra opção, tenho que me resignar.

E quando estou fazendo o possível para me convencer que ela não quer mais fazer parte da minha vida, pego meu livro de estatísticas e um vento joga na minha cama uma folha que estava dentro dele, me apresso em desdobrar o papel e é um "te amo" com a letra da Alex e sua fragrância. Droga, mais uma vez as lágrimas povoam meu rosto e eu me sento para morrer. Eu fico na beira da cama enquanto eu olho a porra do papel e engulo o nó na garganta, mas sem sucesso.

Eu nunca posso esquecer dela.

Sento-me no bar do clube enquanto espero pelo meu pai, sim, meu pai, ultimamente tenho saído bastante com ele e ele é a única pessoa que eu sinto que me entende, apenas dez minutos depois aparece e se senta ao meu lado.

— Ainda nada? — pergunta, referindo-se à investigação do paradeiro de Alex.

— Não, e eu não pretendo continuar, talvez seja o que ela quer e eu preciso respeitar isso. — Ele apenas me observa, com aquela expressão triste dele. — Bem, se o destino quer que vocês estejam juntos, será.

Eu rio levemente, destino, sim, claro...

Então, passamos algumas horas conversando sobre a vida e a empresa. Meu pai parece muito cansado, talvez essa quantidade de trabalho não seja para uma pessoa da sua idade.

No dia seguinte, não quero ficar em casa afogando minhas mágoas em álcool, tomo banho, me preparo e vou para a empresa... minha cadeia de hotéis será pausada, ajudarei meu pai primeiro como ele fez comigo.

Entro no escritório, Sr. Oliver está digitando em seu computador, ao me esboça um largo sorriso, porque não se reúnem entre as sobrancelhas, como antes, quando ele caiu em surpresa.

— Mova o seu traseiro, Anderson — franze a testa e tenta rir, mas nivela seus lábios porque presume-se que vou censurá-lo por aquelas palavras.

— Eu venho ajudá-lo, você está livre. — Coloco minha maleta na mesa e apenas me vejo dando a volta na mesa.

— Oliver, você está com seus próprios projetos.

— Eles podem esperar — eu interrompo, levando o antebraço para gentilmente puxá-lo e me dar o meu lugar. Eu só o vejo sorrir quando ele se mexe. — Mas eu quero David no lugar que Henry está ocupando. — Ele apenas balança a cabeça.

— Ok, outro em planos de divórcio e ele não quer saber nada sobre essa posição, então é tudo do David. — Eu olho para ele com uma carranca.

— Quê? — Eu olho para seus olhos castanhos com perplexidade.

— É isso!

— A verdade é que já havia tardado — digo, sentado na cadeira giratória.

— Me disse tudo o que aconteceu entre eles e como foi que prejudicou David, não estou feliz com isso, então quando eu chegar em casa, temos uma longa e pendente conversa, eu mesmo vou chamar David volta para tomar o seu lugar — diz isto tirando o celular do bolso. Não sei o porquê, mas me dá risada ver como afasta o telefone de sua visão para ver a tela. Eu não deveria rir. — A propósito, peço desculpas, Oliver. — Ele olha nos meus olhos. — Eu nunca quis fazer você pensar que eu tinha preferências com Henry, porque não é assim. — Meu coração encolhe quando ouço essas palavras. — Com você eu fui um pouco mais duro, que nós vamos admitir que você era mais desobediente — ele sorri um pouco —, mas é uma das coisas que fazem você ser o gênio que você é, nunca me escute; Eu amo os dois igualmente, ambos são meus filhos e me desculpe por...

— Papai, não... — interrompo, enquanto eu nego com a minha cabeça.

— Por favor — já por si só tenho emocional suficiente para que agora você fique brega, eu tenho meus olhos para o seu computador onde ele estava escrevendo algo, em seguida, girou em seus calcanhares e volta a andar em direção à saída.

— Eu também peço desculpas — menciono, o fazendo virar-se imediatamente para mim — por tudo o que eu fiz, não me comportei tão bem com você e minha vingança estúpida para fazer você ver que eu poderia fazer algo melhor do que você, me levou a isto... você não sabe como me arrependo disso.

— Eu não tenho o que te perdoar — caminhando em direção mim a passo rápido, enquanto estende os braços, fico de pé. — Você é e sempre será meu primeiro filho e acredite ou não, as primeiras crianças são sempre aquelas que trazemos no coração, porque eles são aqueles que te ensinam a ser pai. — Sorrio. — Quando você tiver seu primeiro filho vai entender.

Meus filhos... e só de pensar que com Alex falamos sobre tê-los, suspiro um pouco, não terá descendentes, eu vou ser o único para o resto da minha vida, não quero nada com qualquer mulher.

Já faz mais de cinco meses, não há dia em que não pensei nisso, é hora de seguir em frente, levei várias semanas para colocar a empresa em ordem, mas tudo voltou ao que era antes, mas não à minha vida. É hora de superar tudo isso.

Acordado e por algum motivo sinto o desejo de me exercitar, já fazia muito tempo desde que me sentia fraco. Em seguida, tomar um banho relaxante, minha vida já está ganhando respeito, alguns novos parceiros me convidaram para uma festa em Los Angeles e é provável que eu vá, eu convidei o David, mas por alguma razão desconhecida, não quer ir... eu não entendo o que está acontecendo com ele ultimamente, ele ama festas.

Falo com meu pai sobre as coisas da empresa por telefone, me aproximo da sala de jantar; em cima da mesa está o jornal, todas as manhãs tomo meu café, lendo o jornal, tinha muito tempo que não fazia essa rotina matinal; esta manhã, enquanto eu me sento e estendo o jornal; a primeira página me chamou minha atenção... o livro que se tornou um best-seller... por um momento sinto toda a minha mente em branco... Há uma foto de Alex ao lado de seu livro... minha Alex...

Eu não posso explicar o que sinto por dentro, um nó enorme toma conta da minha garganta. Eu ouço meu pai chamando meu nome do outro lado da linha, mas acho que não posso dizer uma palavra, estou olhando para aquela loira de olhos verdes, não sei quanto tempo olhei para aquela foto.

O resto do dia eu não conseguia pensar com precisão; eu não fiz nada que não fosse mecânico, todo o caminho para Los Angeles foi um completo silêncio e isto porque tinha mais dois amigos, que não pararam de fazer piadas, mas eu não podia rir, minha mente estava vagando. Só meu pensamento e eu, dando voltas em milhares de tópicos... minha Alex, é mais provável que você ande por aqui se você está em plena promoção do seu livro, eu preciso saber. Chego ao hotel onde ficaremos, começo a discar o número da pessoa que esteve investigando Alex nos últimos meses, só preciso saber se ela está aqui. Nada mais.

Eu desligo o telefonema uma vez que o Sr. Lewis me disse que a investigação começará hoje. Eu me inclino sobre a pia no banheiro do quarto do hotel. Eu olho para cima para encontrar Oliver Anderson desesperado, suspiro, só acho que em poucos dias eu posso saber onde ela está. Eu abro a torneira e a água começa a cair, com as duas mãos eu pego um pouco para molhar o rosto e paro de pensar nisso de uma vez por todas.

Eu tomo um banho e relaxo no colchão macio da cama aveludada. Um par de horas depois, quando eu ouço uma batida na porta, levanto-me para terminar de me aprontar, os caras vão me esperar na recepção.

Chegamos na festa, eu sinto minha mente em outro lugar, como é imaginar que eles só vêm para as meninas, mas não consigo pensar em outra coisa senão Alex. Eu tenho que afogar minhas mágoas, preciso muito de um uísque e esquecer toda essa merda que é minha vida neste dia. Eu me levanto da cadeira de canto com uma bebida em minhas mãos, uma não é o suficiente, este foi o primeiro lugar que eu vi para me esconder desde que entrei, eu ando em direção ao bar.

— Oliver. Para onde vai? — Eu ouço o Harold atrás de mim. Eu me volto em sua direção.

— Para o bar, já volto — viro os calcanhares abruptamente quando colido com alguém, fazendo com que a bolsa caia no chão e engoli com isso. Maldita seja! Que vergonha.

Começando a desculpar-me e enquanto me inclino para a ajudá-la a recolher a sua bolsa de mão pequena e ela faz o mesmo, imediatamente sua mão encontra a minha e eu sinto uma estranha sensação através do meu corpo, observo sua mão, aquelas mãos suaves e delicadas com unhas compridas só com esmalte. Eu devo estar alucinando... eu rapidamente olho para cima e os belos olhos verdes estão presos nos meus.

Capítulo 83

Maldita seja, isso não pode ser verdade, a pessoa que eu estava procurando por todo esse tempo está na minha frente, tão atordoada quanto eu, seus olhos verdes estão fixos nos meus... eu não sei o que sentir, não sei o que fazer ou o no que acreditar, eu acho que isso é um sonho como muitos que eu tinha onde a encontro, mas aquelas fantasias rimos juntos, nos abraçamos e nos beijamos, eu não acho que isso acontece na vida real. Eu sinto meu coração dar mil reviravoltas, eu não consigo tirar meus olhos dela, eu não posso, e nem ela pode.

Ela tenta se levantar e eu ajudo-a a estender minha mão para ela, para minha surpresa, ela pega e levanta-se comigo, sem tirar aquele olhar de mim ou eu dela. Eu deveria dizer "oi" pelo menos, eu vou dizer essas palavras quando ouço que eles chamam meu nome da boca de Harold. Eu me viro imediatamente quando ele se aproxima de mim.

"Uma das meninas quer conhecer você", ele murmura no meu ouvido, sem perceber a presença da pessoa na minha frente, apesar de ser um novo parceiro não sabe sobre ela. Eu não me importo com ninguém, e eu viro meus olhos para a frente, Alex não está mais lá, vejo sua silhueta com um vestido branco que se encaixa em todas as suas curvas se perder na multidão.

Minha mente está perdida, engulo a saliva e por um momento eu não sei o que fazer, talvez mais inteligente fosse ir atrás dela, mas eu decidi sair daquele lugar, não sei o que estou fazendo, me retiro sem dizer nada a ninguém, eu dirijo sem rumo por algum tempo a não ser pelo GPS instalado no carro que eu aluguei eu juro que eu tinha me perdido; paro em algum lugar com meu cérebro ainda desorientado... Alex... não sei quanto tempo meu cérebro vai se resignar de que a perdi.

Eu chego no meu quarto e não consigo parar de pensar nela. Eu me inclino na cama, aqueles olhos verdes estavam tão impregnados em mim, meus olhos se molham, eu a quero comigo.

É demais dizer que nesse dia não dormi a noite toda e no dia seguinte, foi a viagem mais longa para Nova York, que experimentei, tinha uma ligeira ressaca que não me deixaria fazer o meu trabalho com clareza, ou... não queria fazê-lo pensar sobre essa bela loira. Afundo meus dedos no cabelo com os cotovelos na minha mesa. Alguns minutos depois meu celular toca, é o investigador, agora sim, tem todos os seus dados, maldição, leva mais de um mês para viver aqui e fomos coincidir em uma festa em outra cidade.

— Você sabe se ela tem alguém? — eu questiono hesitando, quase balbucio essa pergunta, não sei o que farei se a resposta for afirmativa, estou morto.

— Aparentemente não, segundo os vizinhos apenas duas senhoras são aquelas que vêm visitá-la desde que ela se mudou para o local. Eu tenho o endereço da sua casa se você precisar, Sr. Anderson, número de telefone e seu próximo evento que será uma apresentação no NY Live.

Eu continuo analisando a minha resposta, eu já tenho tudo para ir, se eu quiser, eu não posso acreditar. Eu fico lá, na minha mesa, analisando o que vou fazer. No dia seguinte eu tenho tudo armado em minha mente, outra noite eu não durmo... isso um dia vai me afetar, mas agora, eu precisava pensar sobre tudo isso.

Levanto-me da minha casa e vou ao meu arquivo. Lá estão os papéis do divórcio, sem pensar duas vezes eu os assino e os envio ao meu advogado, estamos oficialmente separados.

Eu não sei quando você vai receber os documentos, mas não deve demorar muito. Enquanto isso, preparo-me para o próximo passo, leio de novo e de novo a carta que ela me enviou naquele dia e começo com minha resposta. Não sei quanto tempo demorou para escrever estes poucos parágrafos, mas quando eu olho pela janela, o sol está escondido dando forma a um belo pôr do sol, o céu é tingido de laranja fazendo isso dentro de mim para relaxar e ter um pingo de esperança.

Não sei se ela vai me aceitar ou não, ou quanto vai me custar, mas eu não penso em deixá-la ir, peço o endereço onde ela estará amanhã, tenho o endereço da casa dela, mas não quero ir lá para interromper a privacidade dela se ela ele não quer me ver. Não sei porquê, mas pela primeira vez em muito tempo me sinto bem e tranquilo, se ela ainda me ama, como eu vai dar essa oportunidade... Eu sei, se ela não o fizer, pelo menos estou convencido de que não posso continuar com isso. Estou à procura de Amazon uma merda de um urso de pelúcia com as letras "PERDOA-ME", no entanto, não consigo encontrar nada, apenas um Homem-aranha com essa palavra.

Bem, isso conta e muito mais sabendo seu gosto de pijama. Isso é bem original, amanhã é a primeira coisa.

Pela primeira vez na minha vida, durmo como um bebê, levanto tarde, tomo café tranquilo, tomo um banho e me apronto, olho para o espelho enquanto eu ajeito minha gravata com um sorriso bobo no rosto.

Ontem eu consegui ter o novo Porsche do próximo ano e vou estrear para isso, será uma boa memória, ou uma má. Não tenho certeza, mas algo dentro me diz que eu vou conseguir.

Sento-me na beirada da cama e revejo minha carta de novo, limpo minha garganta e suspiro quando chego ao último parágrafo, sorrio quando volto a lê-la, até me surpreendo com o que escrevi.

Agora sou eu quem se senta para escrever estas palavras, já que não posso falar contigo, mas bem, não me deixa, prefiro, que eu aprecio. Se não tivesse me ensinado da maneira mais difícil, a importância que é dedicar tempo para minha esposa nunca teria entendido.

Desde que não me deixou a opção de conversar com você sobre a carta que você me enviou, acho justo e prudente desabafar por meio de outro papel, espero que você não se desfaça, porque o seu, eu ainda guardo em um lugar especial no meu livro de estatísticas ao lado da nota deixaste-me com as palavras "te amo".

Eu pedi perdão milhares de vezes por isso, mas seriamente o faço com o coração na mão, nunca foi minha intenção ofender você com minhas palavras, estava tão estressado naquele dia que não medi as consequências e você não sabe como me arrependo, eu sou um idiota, eu sei, me arrependo, sou idiota, e voltou a te pedir perdão.

Continuamos com negócio vantajoso para todos que você mencionou no início do contrato, você está certa, primeiro pacto que falho, porque nenhum dos dois ganhou, ou pelo menos pensei, porque, na verdade, eu sim, eu ganhei, ganhei uma melhora amiga, uma companheira, uma confidente... eu ganhei o amor da minha vida.

Eu espero que você esteja feliz porque eu assinei seus papéis de divórcio, mas eu fiz isso para fechar esse mau negócio. Agora, se você me permite, eu quero fazer as coisas direito, na ordem correta.

Eu não sei se você quer me responder, ou me dar um tapa, mas para qualquer uma das duas opções eu estou aqui. Eu trouxe as flores, a porra dos chocolates, mas não encontrei o urso de pelúcia que diz "PERDOA-ME"; no entanto, encontrei um Homem-Aranha com as mesmas palavras. Atenciosamente. Oliver Anderson.

Eu verifico o programa para ter certeza de que ela está presente, e eu só tenho que esperar alguns minutos para vê-la, lá está ela, seu cabelo loiro perfeito que brilha nas costas com o contraste de sua blusa preta, aquelas camisas de gola alta que a fazem parecer mais bonita.

Eu tenho que adicionar um "A propósito, você está linda" à carta.

Eu dirijo até o lugar, eu ligo o número de Natalie e ela me responde imediatamente, surpreendentemente... aparentemente, ninguém pede que ela me ignore mais, já que imaginei que ela estivesse lá com sua amiga; no entanto, peço-lhe para manter o segredo. Quando chego ao local, ela já está do lado de fora esperando por mim e seus olhos escuros estão embaçados, quando ela me vê, esboça um sorriso.

— Eu disse — menciona, antes mesmo que eu a alcance. — Não sabe as palavras que acaba de te dedicar na televisão, não vai hesitar em voltar com você, e se ela disser que não, a sequestramos e fingimos que ambos foram sequestrados e o isolo com ela em qualquer lugar algo bom tem que resultar disso.

Eu franzo a testa, que imaginação desta mulher, é melhor que eu tivesse pedido a ela ideias sobre como voltar para Alex. Eu não posso deixar de rir.

— Concordo — digo com um sorriso, ela vai imediatamente para o local do carona, tiro do assento as rosas, chocolates e o Homem-aranha e recosto meus quadris no meu carro novo.

Eu não posso deixar de sentir nervoso, meu estômago encolhe de novo e de novo. Olho para meu relógio, levou apenas alguns minutos aqui e parece como se fossem anos, sinto uma emoção terrível e quero saber quais palavras Alex disse sobre mim, então vou pedir uma cópia da entrevista para este canal. Eu até acho que vou fazer xixi nas minhas próprias calças, eu nunca estive mais ansioso, até que eu a vejo sair daquele prédio, ela para quando me vê, tem lágrimas nos olhos. Esboço um sorriso terno de olhar para ela, não sei se ele vai vir me bater, mas já só para vê-lo à minha frente, me sinto uma felicidade tremenda embrulhar-me, começa a caminhar para onde estou.

— E então? — pergunto, ela enxuga as lágrimas, por um momento eu não sei se devo cobrir meu rosto. — Você aceitaria um encontro comigo?

Alex olha para mim e eu para ela, suas bochechas estão vermelhas e o verde de seus olhos mais brilhantes, não diz uma palavra até que ela olha para o Homem-Aranha em minhas mãos.

— Você me conquistou com o Homem-Aranha — responde, com a voz quebrada, maldita boneca roubou meu show. — Mas você está em período probatório — ela menciona e isso aumenta meu ânimo.

— Isso não vai acontecer de novo — eu digo, quando me aproximo dela e desta vez prometo cumprir, já sofri o suficiente. — A sério, não sabe o quanto senti sua falta, por favor, não nunca mais desapareça assim — rodeio sua cintura com o braço enquanto ela segura o homem aranha de pelúcia, olhe em seus lábios, eles são tão saborosos. — Permita-me? — pergunto, com nossos narizes tocando, ela assente imediatamente uno a sua boca com a minha, aqueles lábios macios e rosados. Depois de tudo... graças a Deus que não me custou muito, eu estava pronto para chorar, gritar, atirar-me de joelhos e caminhar assim atrás dela, se fosse possível, mas não havia necessidade, afinal de contas, sim, também sente saudades, é o que eu queria saber.

Capítulo 84

Não podia acreditar que havia encontrado a Alex, que ela estará aqui a qualquer momento, e teríamos nosso primeiro encontro. Sei que ela não gosta de coisas luxuosas, gosta do simples, mas romântico, e o que é melhor do que fazer na minha casa, junto à piscina. Preparei tudo sozinho, inclusive a comida; esses últimos meses me dediquei a aprender sobre cozinha para evitar me deprimir no meu tempo livre e gostei do resultado.

Acendi velas aromáticas ao redor da piscina para iluminar o lugar de forma calma, a mesa ao lado da piscina tem um enfeite com rosas vermelhas, ela gosta de cores. Tomei grande cuidado como nunca para este compromisso. Acabo de colocar a jaqueta de couro em meus ombros e conduzo ao lugar que me disse onde estava o seu apartamento, eu realmente já sabia o endereço, mas ela não sabe disso; disse-lhe que isso passaria para buscá-la e quando chego ao prédio admito é bastante agradável, ela já me esperando, linda como sempre, com um vestido rosa pálido razoavelmente ajustado. Eu não acho que eu mantenha minhas mãos comportadas hoje. Ao me ver esboça um largo sorriso, coloca um casaco sobre os ombros nus e vai me encontrar, minha boneca, eu não posso medir o quanto senti falta dela, a rodeio com meus braços e gentilmente a levanto, juntando nossos lábios e quando seus calcanhares toquem o chão me abraça mais forte. Eu a amo.

Como eu imaginava, quando chegamos ao local onde seria nosso encontro, ela esboçou um grande sorriso com um gesto de surpresa, voltando-se imediatamente para mim com os olhos cristalizados.

— E eu fiz isso sozinho. — lamento, eu tive que me gabar. Ela me abraça novamente e caminha até o lugar, até comprei para ela um buquê de rosas vermelhas.

Muita conversa, cinco meses é muito tempo na vida de uma pessoa, ela já é famosa, com seu livro e me disse da produtora que quer fazer parte, para minha surpresa me pede conselhos sobre negócios e isso para mim é um tema sem fim; o que eu gosto da Alex é que sempre está interessada no que quer que eu diga e só acho que eu não me comportei assim com ela em nossa antiga relação. Não sei como me tornei um idiota obsessivo no trabalho.

Eu rodeio a mesa para me aproximar dela, tomando minha cadeira para colocar ao lado dela, beijo seus lábios macios e delicados que sempre parecerão apetitosos... eu nunca vou encontrar outros que me amem mais do que estes, eles estão até começando a acordar o meu Superoliver e isso não deveria acontecer em um primeiro encontro.

De repente, eu ouço passos se aproximando, eu abro meus olhos e rapidamente separo meus lábios dos dela e concentro em meu pai com uma garrafa de champanhe. Alex olha na direção onde meus olhos estão e eu posso ver como suas bochechas coram, sempre meu pai estragando momentos importantes. Imediatamente, ele levanta uma sobrancelha e olha para nós alternadamente, eu não tinha dito a ele sobre isso, ontem ele concordou em sair comigo. Meu pai esboça um largo sorriso quando se aproxima de Alex e ela se levanta para fazer o mesmo, depois olha para mim com um gesto engraçado.

— Acho que vou voltar outro dia, filho — ele menciona, e caminha de volta para o carro. Alex se dirige seu olhar em minha direção e eu sei que ela quer uma explicação, bem, ela não sabia o que aconteceu nestes últimos meses.

— Vamos dizer que foi meu companheiro de bebidas durante esses cinco meses — encolho os ombros e ela lança uma gargalhada, a olho a sério e, conhecendo Alex, sei que, por sua mente macabra estão passando milhares de cenas minhas, bêbado, ao lado do meu escandaloso pai.

Alguns minutos depois, ouvi os gritos de Rosa do portão principal, franzo minha testa e ambos nos levantamos. imediatamente para ver o que aconteceu. Algo aconteceu? Quando nos aproximamos ela corre para abraçar Alex e chora amargamente, levantou uma sobrancelha enquanto eu observava aquela cena.

— Menina Alex, nunca mais pense em sair assim, e se o fizer, por favor, me leve com você — diz ela, entre lágrimas. Alex apenas ri e eu fecho meus lábios para não dizer a Rosa uma grosseria. Eu puxo minha jaqueta para o lado para levar minhas mãos à minha cintura e olho para ela com indignação.

— Você me machuca, Rosa — eu digo dolorosamente. — Você é como uma segunda mãe para mim e você está fazendo isso comigo na minha cara.

— Não é divertido ver séries com você no Nesflis, menino Oliver, que fique na sua memória: se fizer algo de novo, de modo que a menina Alex vá embora, vai perder nós duas. — Eu olho para ela com os olhos semicerrados. — A propósito, eu vim pelas minhas bebidas, você, o menino Oliver, me disse que quando se divorciasse, iria me convidar algumas cervejas.

E a alcoólatra da Rosa nunca se esqueceu.

Então ela saiu quase meia-noite da minha casa tomando cerveja e conversando com Alex; arruinou meu compromisso e por mais gestos que fiz para sair ela não me escutou, eu tive que falar seriamente para ela e ela apenas revirou os olhos e retomou o seu lugar, o próximo compromisso eu vou ficar longe daqui.

Abro a porta do carro esperando que Alex suba para levar ela para sua casa, quando um som faz-nos virar para ver a direção de voz, Rosa tinha tropeçado no meio da rua e caiu de cara no chão, desajeitadamente tenta se levantar e quando eu vou para ajudá-la, ela levanta como uma mola e sai caminhando em direção a casa dela, dizendo milhares de palavras de baixo calão em espanhol, eu não devia rir, mas, no entanto, não pude evitar.

Se passaram exatamente seis meses desde o dia que aceitou um encontro comigo; queríamos desfrutar nosso namoro, e a verdade é que amei essa fase dos compromissos e os fins de semana juntos, mas ainda que passe a maior parte do tempo na minha casa, eu quero que volte a ser minha esposa.

— Não sei na verdade quantas vezes eu tenho que fazer isso com você, Alex. — Tinha aproveitado este jantar com os meus parceiros para ser oficial; havia preparado tudo para que ficasse perfeito e desde que ele entrou no lugar que vi como seus olhos brilhavam, mas espero que este seja o último.

Eu me levanto e começo a andar ao redor da mesa quando a banda que eu contratei sobe ao palco e começa com suas baladas românticas, Alex olha para mim intrigada, eu fiz isso outras vezes com ela, mas mesmo assim não posso deixar de sentir nervoso, meu coração acelera e começa a dar mil voltas. Eu prostrado a minha loira com um joelho sobre o carpete e tirar a caixa de veludo preto, imediatamente leva as mãos à boca para esconder o seu gesto de espanto e isso é algo que não tínhamos falado.

— Desta vez, eu queria fazer isso de uma maneira mais tradicional e com testemunhas — eu abri a caixa enquanto ainda estou na mesma posição. — Alexandra Carlin. Você se casaria comigo?

Seus olhos se enchem de lágrimas e logo correm pelo rosto enquanto ela balança a cabeça efusivamente, começo a deslizar o anel que formava uma rosa coberta de diamantes e uma pedra preciosa no topo.

— Eu mandei fazer para torná-lo exclusivo para você, então é um design único. — Eu me levanto.

— DISSE QUE SIM! — exclamo, todos os meus parceiros se levantam e começam a aplaudir, até meu pai, com quem já havia comentado isso antes, por um momento riu, mas depois percebeu que ele estava certo, era melhor se divorciar para fechar aquele contrato e fazer tudo bem, desde o começo, eu pego a mão de Alex para que ela se levante no que algumas pessoas estão indo para a pista de dança, eu envolvo sua cintura pequena com meus braços. — Bom! Quando seria? — eu pergunto, dando-lhe um beijo naqueles belos lábios, ela me olha nos olhos com seus lindos olhos verdes dela.

— Que tal hoje? — ela diz imediatamente, levantando uma sobrancelha quando ela apenas sorri.

— O quê? Não! Eu quero um casamento tradicional, com flores estúpidas e nossas famílias juntas… — Olha para mim com surpresa, e eu percebi quão ridículo que acabo de soar, limpo minha garganta, tenho a certeza de que meu rosto é todas as cores possíveis.

— ESPERA! Você? Oliver Anderson? Você quer um casamento tradicional com flores? — ri e, definitivamente, sinto calor nas minhas bochechas.

— Digo, para dar alegria a Natalie, seria uma pena desperdiçar todos estes arranjos! — Que desculpa mais estúpida, eu olhar em outra direção para evitar este olhar travesso, ela toma meu rosto entre suas mãos enquanto ela ri e junta-se a sua frente com a minha. — Eu te amo e eu me casaria hoje, amanhã ou qualquer outro dia, rodeado por flores e gravatas rosas, desde que seja com você — não pude deixar de sorrir, que mulher, nossos lábios juntos e lá eu me lembro… gravata rosa… Merda!

Absolutamente não.

Mas como sempre, as mulheres sempre saem vencedoras. Aqui estou eu, ajeitando a gravata rosa do caralho, desejando me enforcar com isso da varanda, no entanto, lembro-me que eu vou me casar com a mulher mais bonita do mundo e eu tenho que estar vivo. Eu sorrio apenas quando me lembro dela, eles não me deixaram vê-la durante todo o dia, de acordo com a minha avó "é azar" e talvez ela esteja certa; eu estava com Alex o dia todo quando nos casamos e terminou mal, dessa vez eu quero fazer as coisas direito; eu coloco meu terno branco e dou uma última olhada no espelho, eu pareço um floco de neve mas eu gosto dessa cor, exceto por aquela maldita gravata rosa, eu odeio isso.

David entra na sala, com um terno cinza, escolhido por Natalie para todos os convidados, a única diferença entre estes e os padrinhos era a gravata rosa, não pude deixar de rir ao ver o traje no pescoço dele e ele também não consegue evitar de rir ao ver o meu...

— Nós estamos ferrados, irmão — ele diz, rindo.

Henry entra no quarto, usando uma gravata rosa. Embora ele ainda não se dê tão bem com David, eles não tratam uns aos outros tão mal quanto costumavam. Pelo menos hoje eles têm que tentar se comportar, ambos são meus padrinhos. Henry me dá um abraço efusivo e David sai da sala enquanto gesticula "Eu vou ver Natalie".

— Parabéns, Oliver, você sempre será meu modelo, com certeza— diz ele, dando-me pequenos tapas nas costas.

— Obrigado, irmão! — Eu sorrio amplamente, enquanto meu pai entra na sala com minha mãe, que olha para mim da cabeça aos pés com os olhos cristalizados. Ela se aproxima de mim para ajustar minha gravata, antes que meu pai se aproxime, me dá um abraço efusivo.

— Nós vimos Alex, ela está linda — minha mãe fala, Ah! Merda! Eu quero ver isso. — Eu dei a ela a tiara de quando me casei com seu pai para que isso também faça bem a vocês. — Sorrio enquanto minha mãe balança os braços para mim e me cerca com eles.

— Obrigado, mãe, de verdade. — Ela vira os olhos azuis e cristalizados em mim novamente e arqueia o canto dos lábios.

— Estou feliz por você estar fazendo as coisas direito, e embora eu saiba que você já me perdoou, peço desculpas novamente por ter sido tão...

— Papai — eu interrompo —, você fez o melhor que pôde, eu agradeço novamente porque sem você eu nunca encontraria a mulher da minha vida, e estou feliz que você tenha me perdoado também.

Minha mãe olha para nós alternadamente com lágrimas nos olhos.

— Para mim, ambos são uns gênios — diz, referindo-se ao Henry para mim. — Os dois sempre fazem parte do meu coração, eu igualmente e únicos para mim, não quero que voltem a sentir que tenho uma preferência uns com os outros, porque não é assim. Entendido?

Natalie entra na sala gritando que é hora, droga! Me deixa nervoso. Para mim um momento, eu vou vomitar... ou melhor, seria estúpido, mas sinto-me assim nesses momentos enquanto caminho desajeitadamente para o pátio da casa dos Carlin, felizmente eu não caí na frente de todos, mas qualquer nervos desaparecem quando vejo a decoração do jardim, a grama verde e fresca, elegantes cadeiras com buquês de flores rosa e brancas, o altar com uma trepadeira artificial, tudo é perfeito, exceto o rosa de cor. Todos os convidados se aproximaram de mim para me parabenizar antes da cerimônia, fizemos isso da maneira mais discreta possível para evitar que a imprensa descobrisse e nos arruinasse o momento com manchetes estúpidas nos jornais.

Eu tomo posição, Henry e David ao meu lado, eu posso ver meus pais daqui, que esboçam um enorme sorriso; também para vovó, tio Frank e tio Samuel, que se sentaram ao lado deles. Nossa família unida, meus amigos e parceiros... e eu que nunca pensei que fosse contrair matrimónio, menos desta forma, estou mais do que ansioso, o oposto de como me casei com ela pela primeira vez, desta vez não é um contrato e ela já não é minha secretária.

A marcha nupcial começa a soar quando vejo aparecer a Natalie e Stefanie no tapete rosa, ambas vestidas da mesma cor que nossas gravatas e o tapete, aquele odioso rosa pálido e depois minha Alex, com sua mãe, não pode ser. É bonito seu branco conjunto e o vestido cai solto de seus quadris com pouco vento para mover de uma forma lúdica, que seu cabelo é preso deixando seus ombros nus, carrega a tiara que minha mãe deu à ela, e quanto mais se aproxima, mais o desejo de chorar me apreende, enchem de lágrimas os meus olhos, minha boneca está linda.

A sua mãe fez sua rendição formal e não posso tirar meus olhos daqueles olhos, que ficam ainda mais belos e brilhantes, estão cristalizados, que a faz olhar mais pálido e eu os amo, dou-lhe um abraço, que ela imediatamente me corresponde, seu agradável aroma enche minhas narinas, estou completamente apaixonado por essa mulher perfeita.

A cerimônia começa com as palavras do advogado; continuam os "sim, aceito", que nenhum de nós dois duvidou nem um segundo em responder; e seguiram os votos enquanto colocávamos as alianças nos dedos um do outro, e eu sequer pensei em minhas promessas, só disse o que existe em minha mente sobre ela, para mim esta mulher é perfeita, nunca a trocaria por nada nem ninguém, porque a amo e amo tudo que ela é, uma mulher forte e independente, cheia de amor e ternura, que me ensinou o significado do que é amar e ser amado; uma lágrima escorre pela minha bochecha, lamento, não posso evitar; seus votos também me deixam sem alento e seus olhos lacrimejam enquanto menciona cada uma das ternas palavras para mim. Isto é perfeito.

— Eu declaro marido e mulher — o advogado menciona, todo mundo aplaude. — Eu ouvi que fazem as coisas ao contrário, então... — se vira para Alex — pode beijar o noivo! — Todos cacarejam e eu não posso evitar, não, é que nosso casamento seria normal, Alex imediatamente com um sorriso colocou seus lábios nos meus eu pude escutar os sons carinhosos dos convidados.

Depois ficamos bêbados e nem chegamos ao Brasil para consumar nosso casamento em nossa lua de mel, não... tive que passar lá no jato, em uma das poltronas de veludo, e onde quer que seja ao lado dela, será especial. Espero que o piloto não tenha escutado nossas explosões bêbadas.

Um ano depois

— Bem. Como é que isto funciona? — pergunto, segurando um teste de gravidez na mão e vendo uns quatro mais do que há em cima da mesa durante a noite, estou nervoso, mesmo que é verdade que nós estávamos planejando isso desde há alguns meses é impossível não se sentir esse medo interior e não há nada melhor do que passar o processo juntos.

— Acho que temos que esperar cinco minutos — fala Alex, sair do banheiro e sentada ao meu lado, eu bato o meu pé no chão acarpetado, minha garganta está seca, já há muito tempo queria um bebê.

— Alex, tem mais vinte lá — menciono, aponto para um lado dela, comprei vinte e cinco testes, nunca se sabe quantos são suficientes.

— E de onde você acha que vou conseguir tanto líquido para vinte testes? — ela pergunta, eu olho para ela e ela está me vendo com seus lindos olhos semicerrados.

— Posso fazer xixi? Isso funcionaria? — brinco, eu tenho líquido para esses vinte, mas eu não quero sair daqui e perder o resultado. Alex ri alto, sim, é isso que eu queria, liberar a tensão que provocam os nervos a minutos antes de saber se você for pai.

— Devemos tentar — ela sorri entre as risadas quando cai no colchão em nossa cama. E se for negativo?

— Nós continuamos tentando — eu respondo, com um sorriso travesso enquanto levanto uma sobrancelha, embora eu não ache que seja negativo, não é normal para mim querer comer hambúrgueres em todos os momentos. De acordo com meu pai, ele sofreu a devastação de ambas as gravidezes de minha mãe, já estou percebendo que tenho muito em comum com ele.

Eu me distraí por alguns segundos, ou assim eu pensei, mas quando eu virei meu olhar já havia a resposta lá, na frente dos meus olhos. Duas listras. Eu desmaio. — Duas listras — digo imediatamente.

— Duas listras? — interroga, levantando-se como uma mola e olhando em uma das caixas que estavam no chão o significado daquilo e faço o mesmo com uma que estava perto dos meus pés.

Não pode ser, o melhor dia da minha vida toda.

— VAMOS SER PAIS!! — exclamamos ao mesmo tempo; ela levanta a palma das mãos e eu bato com as minhas para logo nos fundirmos num abraço perdendo o equilíbrio e caindo sobre o colchão felpudo às risadas; não sei se é o choque emocional de saber que vou ser pai.

Alex está ao meu lado e uma vez que ela recupera a respiração eu viro um pouco para encará-la, que também faz o mesmo e olha para mim de um jeito terno, eu tomo seu rosto com as duas mãos.

— Eu te amo, Alexandra — eu digo, com uma voz doce, acaricio sua bochecha com o polegar e ela sorri para mim, um sorriso bonito que derrete minhas entranhas. Esta mulher é linda, e se o nosso bebê é uma menina e se assemelha a ela, eu juro que preparo uma espingarda.

— E eu te amo, Oliver — tenho aqueles lábios apetitosos que não duvido em unir aos meus, nunca me cansarei de repetir o quanto a amo, ainda me lembro de quando resisti para não me apaixonar por ela, mas não consegui. Acabei me apaixonando por ela, por seus olhos, por seu sorriso, por seu jeito de ser que me faz sentir feliz, não sei se o amor tem limite, mas me apaixono todos os dias.

Epílogo

Olho para Haylie fixamente e ela para mim. Eu pisco várias vezes e essa fralda não se parece com a da fotografia. O que eu fiz de errado? Eu levanto a caixa para observar melhor. Eu quero tirá-la para tentar de novo. Faço isso e fico com uma das fitas ajustáveis nos meus dedos. Não pode ser verdade. Bufo, e ela apenas ri ao ver meu desespero, me faz sorrir.

— Um dia você estará nesta situação, mas quando isso acontecer, espero que você tenha trinta anos, porque se não papai vai usar sua futura espingarda e vai deixar o seu filho sem pai.

E ela apenas ri, a mesma personalidade de Alex, tirando sarro dos meus problemas. Eu olho para as instruções novamente. Ah! Eu entendi, aquela fita vai do outro lado. Maldita seja! Por que eles não explicam antes?

— As fraldas antigas que você usou não tinham todos esses acessórios, a avó Margot é louca de adquirir essas coisas estranhas cor-de-rosa. Vou comprar fraldas do Relâmpago McQueen ou do Deadpool para fazer sua mãe feliz e combinar com seus pijamas.

Ela chuta como sempre quando está feliz, com um sorriso. Baba na mão inteira, a luz que entra pela janela atinge seus cachos loiros que já estão começando a aparecer. Outra boneca e eu vou comprar minha espingarda.

Uma gota de suor escorre pela minha testa enquanto eu ajusto a outra fralda. Tantas flores me deixam tonto. Olho para a imagem da caixa e para ela, sim, ali está, eu exalo todo o ar que meus pulmões estavam segurando.

— Haylie, conseguimos! — Coloco minha mão na frente dela e pego sua pequena mão para bater na minha.

Eu levo a bolsa com as coisas dela para ir até a sala de estar, hoje é o aniversário da Sra. Alicia e nós teremos uma festa surpresa para ela. Eu termino de ajustar o vestido dela quando eu a vejo intrigada em algo, não... isso não é o que eu penso... não... Imediatamente minhas narinas são ativadas. Porra! Não!

— Meu amor. Por quê? — Eu aproximo a fralda dela e sim, aí está, eu a observo com os olhos meio fechados. — Você fez isso de propósito.

— Como se me entendesse, sorri muito e continua chutando enquanto continua a morder seu punho.

Ela é definitivamente a filha de Alex.

Eu suspiro. Tanto que me custou colocar essa porra de fralda.

Depois de meia hora, consigo ir para a sala. Encontro Alex, que se aproxima com um sorriso e que a maternidade torna muito mais bonita, e não digo isso só porque seus seios são maiores.

— Por que demoraram tanto? — ela pergunta, ficando na ponta dos pés para alcançar meus lábios e depois beijar o bebê na bochecha.

— Aquelas fraldas cheias de flor cor-de-rosa estavam prestes a me fazer vomitar arco-íris.

— Se acostume — ela diz, com um tom zombeteiro, quando a risada nos assusta e nós dois olhamos naquela direção novamente.

Meu pai e David estão vendo nosso álbum de família. Alex tinha tirado uma foto para cada mês de gravidez comigo, até o último, com a nossa Haylie nos braços. As melhores fotos que tiramos juntos. A Alex não ganhou um quilo, eu que fiz isso por ela — tive que correr e treinar três horas por dia para perder sete quilos. Alex está indo em direção a eles, enquanto eu vou para a cozinha. Estou com fome, mas pelo menos não é um desses malditos hambúrgueres.

— A única coisa que vejo aqui é como Oliver aumenta um quilo a cada mês — ouço a voz de David à distância e me dirijo em sua direção.

— Claro, como não iria engordar — ironicamente meu pai. — Se antes me convidava para beber, agora é para comer hambúrgueres. — Hambúrgueres malditos, eu os odeio.

— Olhe para você, parece o maldito Ursinho Pooh na última foto — David, o filho da mãe. Alex continua com riso solto. Eu a encaro com meu mais fulminante olhar possível. Ela gostava de me ver carregando os sete quilos.

Sento-me ao lado dela com minha Haylie nos braços, enquanto continuam o escárnio em relação a mim, mas com esses belos olhos azuis da minha filha me encarando com curiosidade e com o sorriso sempre que faço uma careta, todo o ódio por David e meu pai desaparece.

— Foi o Oliver que teve que usar as aulas de ioga pós-natal que consegui para Alex. — Agora é minha mãe, que estende os braços para levar a bebê. Minha mãe e Sra. Alicia ficaram loucas quando viram que era uma menina, ambas me acompanharam para comprar tudo o necessário cinco meses antes. Estávamos prontos para recebê-la e todo esse tempo elas passaram discutindo por que ela deveria chamar Margot e por que deveria chamar Alicia.

— Mãe, tenha cuidado — eu digo, quando ela leva Haylie embora.

— Amor, eu lembro a você que eu fui mãe duas vezes, eu sei mais do que o canal do YouTube sobre paternidade que você vê todo dias. — Ninguém sabe mais do que Camilo e seu canal no YouTube.

A campainha toca e Alex se levanta para abrir a porta enquanto meu pai continua sua provocação. Algum dia eu vou retaliar, embora... eu o tenha feito: baixei a música da Celine Dion e defini como o toque do celular; em uma reunião com nossos parceiros, liguei para ele de propósito e a música ressoou em todo o lugar Eu morri de rir.

Poucos minutos mais tarde Stefanie se aproxima para nos saudar e com ela estão seu novo namorado e o pequeno Alex, que já não está tão pequeno assim. Fiz um bom trabalho como padrinho. Depois de me apresentarem a Tyler, os três se retiraram para a sala de jantar e logo depois deles Henry e Katrina aparecem. Meu irmão a conheceu um ano depois que seu divórcio de Brittany se tornou oficial, estou feliz por ele. Pelo menos ele já deixou seus maus hábitos.

— Está vindo — diz Alex, correndo para a mesa onde está o bolo que Natalie trouxe algumas horas atrás. Todos nós tomamos posição no mesmo lugar.

— Surpresa para mim — ela diz, com as mãos no ar.

Ninguém tem palavras.

— Vó. Por que você contou a ela? — resmunga Alex com a avó que vem atrás da Sra. Carlin, se lambuzando de gloss com um pequeno espelho de mão. Ela olha para nós.

— O quê? A única coisa que estava falando com ela é sobre Agustín, o novo jardineiro — diz a avó, e ela sorri para Henry. Depois de dançarem juntos no dia do meu casamento eles se tornaram bons amigos; quem não iria? Meu irmão morreu de rir quando ouviu sobre Magic Mike.

— O quê? Acha que não imagino que estão preparando uma festa surpresa quando ninguém se digna a me parabenizar? — Esqueci que a

Alicia estava pronta. Antes de sabermos o sexo do bebê, ela já sabia que seria uma menina. Olhando para Haylie nos braços da minha mãe, ela suspira. — Minha garota — ela exclama, caminhando em sua direção e segurando-a no colo.

É assim que ela arruína seu próprio aniversário. Alex está certa, as coisas nunca saem como planejado, mas essa é a emoção da vida, não saber o que o futuro reserva. Pelo menos nos divertimos juntos em família, porque somos todos um e este dia merece uma foto.

Alex prepara a câmera no tripé enquanto todos nos instalamos no quintal da minha casa, Natalie vem correndo, parando perto da Sra. Margot.

— Dez segundos — Alex exclama, correndo em nossa direção. Por um momento tenho medo que ela caia, por causa dos sapatos de salto alto que usa, mas ultimamente é bastante ágil com eles. Toma seu lugar ao meu lado enquanto eu seguro minha Haylie, que está tocando minha orelha.

— Já sabem, todos gritem "Magic Mike" — exclama a avó, nesse exato momento, quando a foto é tirada. Não consigo parar rir. Esta senhora nunca vai mudar, nem nos seus oitenta anos, como ela se sente mais jovem do que a Sra. Alicia.

Ainda me lembro quando, há alguns anos, o conceito de família não passava pela minha mente nem em sonhos. Nunca pensei que aquela pequena palavra teria um impacto significativo na minha vida. Agora... sinto que não posso viver sem essas duas mulheres que são a minha vida, minha Alex e minha Haylie.

Eu não me importo em sair ou fazer outra coisa senão com elas. Até meus horários de trabalho facilitam, eu posso me sentar por horas digitando no meu computador enquanto as ouço rindo alto, e elas são de personalidade idêntica, ambas me fazem feliz.

Eu vendi o projeto da cadeia de hotéis para os holandeses, eles adoraram adquiri-lo porque a esposa do chefe também é chamada Alexandra e ele deixou o nome como estava. Eu realmente queria manter meu projeto, mas também quero ajudar meu pai com a empresa dele. Afinal, ele está certo, não é só dele, é nossa. E eu quero ter tempo suficiente para estar com a minha família.

Agora Alex é famosa por seu livro e já está até escrevendo uma segunda parte, *Cartas para um pai que já se foi*. Sei que será outro sucesso. Eis que ela já não é mais a esposa de Oliver Anderson, não, eu que sou marido de Alexandra Carlin Anderson. É mais provável que você veja seu nome nas colunas sociais do que o meu. Só me lembrar que ela foi minha secretária me faz rir. Se não tivesse feito esse acordo com Alex, é provável que agora estivesse pensando nela em um lugar escuro na minha sala, a vendo pela televisão e rindo uma ou outra vez dela, me perguntando por que não a convidei para sair se ela gostava tanto de mim. Muitas coisas para agradecer ao meu pai. Se ele nunca tivesse me pressionado a fazer isso, não estaria aqui segurando minha outra boneca esperando que minha esposa viesse ao nosso quarto para assistir a um filme juntos.

Como Alex sempre repete, "tudo acontece por um motivo". Me relaxa a ouvir essas palavras. Ela está certa. Tudo acontece por um motivo.

Todos os dias conto as horas para sair do trabalho para casa e ver meus dois amores. Ao chegar, subo para o meu quarto e lá estão as duas dormindo na minha cama. Meu coração não aguenta todo o amor que eu tenho por elas, Me aproximo, tirando meu terno e minha gravata, enquanto beijo a face de Alex delicadamente, que abre os olhos rapidamente. Desde que é mãe, Alex agora tem um sono mais leve, pisca repetidamente para me focar, enquanto eu vou para Haylie lentamente para beijar sua bochecha. Ela é tranquila, exceto à noite — às três da manhã já quero puxar meu cabelo.

Alex sorri quando ela me vê e beijo seus lábios com ternura enquanto me inclino para o lado dela. Eu trago minha mão ao pescoço dela, pressionando minha boca em sua testa. Eu digo a ela todo dia que a amo, mas, sinceramente, eu gostaria de contar a ela a cada segundo.

Ouça este e milhares de outros livros no Ubook.
Conheça o app com o **voucher promocional de 30 dias**.

Para resgatar:
1. Acesse **ubook.com** e clique em **Planos** no menu superior.
2. Insira o código #ubk no campo **Voucher Promocional**.
3. Conclua o processo de assinatura.

Dúvidas? Envie um e-mail para contato@ubook.com

*

Acompanhe o Ubook nas redes sociais!
 ubookapp   ubookapp   ubookapp